民国贵州文献大系 第六辑

乐嘉藻日记

第三册

乐嘉藻 著
乐 慈 李建军 供稿
李 峰 庞思纯 整理
王尧礼 审订

贵州省文史研究馆 编
孔學堂書局

图书在版编目（CIP）数据

乐嘉藻日记第三册 ： 含附录二种 / 乐嘉藻著 ； 李峰， 庞思纯， 王尧礼点校. 一 贵阳 ： 孔学堂书局，2022.2

（民国贵州文献大系. 第六辑）

ISBN 978-7-80770-329-7

Ⅰ. ①乐… Ⅱ. ①乐… ②李… ③庞… ④王… Ⅲ. ①日记一作品集一中国一民国 Ⅳ. ①I266.5

中国版本图书馆CIP数据核字(2022)第010873号

书名	乐嘉藻日记　第三册
丛书名	民国贵州文献大系·第六辑
编者	贵州省文史研究馆
责任编辑	苏桦　丁羽
书名题签	戴明贤
封面设计	何萍
书籍排版	刘思妤
责任印制	张莹
出品	贵州日报当代融媒体集团
出版发行	孔学堂书局
地址	贵阳市云岩区宝山北路372号
印制	贵阳精彩数字印刷有限公司
开本	787mm×1092mm　1/16
字数	500千字
印张	31
版次	2022年2月第1版
印次	2022年2月第1次印刷
书号	ISBN 978-7-80770-329-7
定价	108.00元

总　序

顾　久

“文献”一词最早见于《论语·八佾》，朱熹《四书章句集注》以为“文，典籍也；献，贤也”。就是说文指典籍文章，献指的是古代先贤的见闻、言论以及他们所熟悉的各种礼仪和自己的经历。宋元之际的马端临著《文献通考》，以为“文”是经、史历代会要及百家传记之书，“献”是臣僚奏疏、诸儒之评论、名流之燕谈、稗官之记录，他将文献的外延缩小了，只限于一般的文字记载，非文字记载的东西不能称之为文献。随着社会的发展，“文献”的概念已发生了巨大变化。除了泛指古籍外，近人把具有历史价值的古迹、古物、模型、碑文、绘画等，统称为“历史文献”。一九八四年中华人民共和国国家标准《文献著录总则》关于“文献”的定义是“记录有知识的一切载体”。“知识”是文献的核心内容，“载体”是知识赖以保存的物质外壳，即可供记录知识的某些人工固态附着物。也就是说，除书籍、期刊等出版物外，凡载有文字的甲骨、金石、简帛、拓本、图谱乃至缩微胶片、视盘、声像资料等等，皆属文献的范畴。“民国贵州文献大系”的“文献”，就是这个变化、扩大了的概念。

我国向称文献之邦，历代所积，浩如烟海，民国文献又数倍于古代。原因是中华民国虽然短暂，但却是一个非常很重要的转折时期，短短三十八年间发生了推翻帝制、建立了共和国，军阀混战，外国侵略，国共两党两度合作又两度内战及政权易手等重大事件，真正是“三千年未有之大变局”。时代的多故、学术文化的繁荣、新闻出版的发展、印刷技术的进步，使这个时期的文献数量剧增，种类繁多，涵盖图书、期刊、报纸、手稿、书札，还包括海报、老照片、电影、唱片以及非正式出版的文稿、日记、传单、商业契约和票据等。据初步估算，国内民国时期文献数量超过了存世的古籍总量。数量最多、离我们最近的一个历史时期的文献，本应得到整理利用，但恰恰相反，全国各省甚至各大图书馆、博物馆大抵都是一笔糊涂账。而且民国时期正处于由手工造纸向机械造纸转化的初级时期，造纸材料混杂，制浆工艺落后，多为机械磨木浆纸和酸性化学浆纸，导致纸张酸性强，质量差，保存期短，经过百十年后，大多早已黄脆不可触摸。所以，抢救、整理出版民国文献成了刻不容缓的事情。二〇一〇年省文史馆向省政府建议编纂《民国贵州文献大系》，得到省政府主要领导的高度重视，很快就批准了，并拨出了专项经费。为此，省文史馆组成了编委会和编辑部，邀请有关单位、专家学者座谈，广泛听取各方面的意见和建议，拟出了一个粗目，依靠馆内外的力量，搜集、整理、编纂。

中共十七届六中全会决定说：“文化是民族的血脉，是人民的精神家园。”又说：“文化越来越成为民族凝聚力和创造力的重要源泉、越来越成为综合国力竞争的重要因素、越来越成为经济社会发展的重要支撑，丰富精神文化生活越来越成为我国人民的热切愿望。”一个国家是这样，一个省也是这样。东南诸省从自然风光来说，并不一定优于贵州，但游人趋之若鹜，主要还是那里的人文积淀深厚。文化的吸引力、向心力、凝聚力就显示在这些具体而微的地方。胡锦涛同志曾说：“加强对各民族文化的挖掘和保护，重视文物和非物质文化遗产保护，做好文化典籍整理工作。”这就为我们指出了具体的工作方向。我们贵州本来文化积淀不如东南各省深厚，这是不能不承认的事实，但贵州文化自有其独特之处。贵州人在中国近代化、民主化进程中起到了积极的作用，为中华民族的独立自由贡献了不容忽视的力量，这说明贵州独特的地域文化具有深厚的潜力，只是整理、发掘不够，不及时，不能与经济社会发展的步伐一致，影响了我省经济社会的全面发展。所以，整理出版民国年间的贵州文献，是增加本省文化积淀的重要的、不可或缺的工作，是增强贵州人的自信心、向心力、凝聚力的重要手段，也是增加影响力、吸引力，提高贵州的知名度的重要手段，符合中央大的精神与胡锦涛同志的指示，符合省委、省政府建设旅游大省、工业强省的战略。

这项工作，得到了贵州省图书馆、贵州省博物馆、私人藏家和很多专家学者的大力支持、并力襄助，在此，我代表贵州省文史研究馆深表谢忱。

二〇一二年一月十日

出版说明

一、本丛书收录的文献起讫时间主要为民国元年至民国三十八年（一九一二年一月一日至一九四九年九月三十日），写作于民国前后，内容重要而关涉民国贵州人事的著述，也酌量收入。

二、本丛书所收文献，以已出版的图书、期刊及未刊稿为主，以书刊报纸辑录为辅。

三、本丛书力图反映贵州民国时期的政治、经济、军事、文化、学术、民族、风俗、物产等方面的内容，收录的是贵州人的著作及省外人士关于贵州的著作，主要涉及文、史、哲及社会科学等方面的文献，包括契约、票证、摄影、绘画等作品。

四、本丛书以整理和影印两种方式出版，以前者为主。

五、本丛书整理本以标准规范简体字及现代通用标点进行整理，横式排印；人名、地名、机构名倘无一一对应的简体字，为避免歧义，不作改动；常见异体字、通假字亦予保留；书中明显的错别字径改，一般不出校、不加注。不可少的说明、校记、注释置于本页脚。原文不能辨识的，用缺字符号代替。

六、书中的数字及个别特殊的字词（如的、地、得等）因打上了时代的烙印，故保留原来的用法，不作改动。数字用法，一依原著，汉字数字不改作阿拉伯数字。为统一体例，总序、整理前言的数字亦用汉字。

七、本丛书分辑出版，每辑分为上、下两册或上、中、下三册，每辑二十至百万字不等；字数较少的著作，合几种为一辑。每辑的内容不一定类同。

八、每册前冠以总序、出版说明；每一种著作前冠以一篇整理前言（个别著作情况特殊，可不称“整理前言”），介绍本书的内容、价值及其作者、整理情况等。

九、原书中对少数民族的侮辱性旧称，改为现行称谓。有的改后反生歧义，可保留原貌，但一书必须统一，不可出现不同的写法。另有部分字句对一些历史事件，对少数民族的记述、评价不客观、不全面，甚至是歪曲，删改恐影响文献的原貌，故亦仍其旧，请读者注意辨别。还有一部分著作尤其是本省官方和持官方立场人士的记载、评述，对中国共产党及其所领导的军队、中共人物未必公允，但也是当时政治背景的不可避免的。鉴于本丛书为文献性质，应当遵守文献整理的原则，保持文献原貌，敬希有关部门及广大读者明鉴为荷。

整理前言

王尧礼

《乐嘉藻日记》第三册收录乐氏《七年京寓日记》《八年京津日记》《九年京津日记》《十一年日记》《十二年日记》《十三年日记》《十四年日记》《十五年日记》《十六年日记》，共九种，附录《香雪堂诗》《香雪堂文》两种。乐嘉藻日记民国四年以后严重残缺，如五、六、十三年全缺。本册所收九种（九年），稿本十二册，计存民国七年（一九一八）全年、八年（一九一九）五月二十一日至十二月三十一日、九年（一九二〇）一月一日至七月十日、十一年（一九二二）十一月一日至十二月三十一日、十二年（一九二三）一月一日至九月三十日、十三年（一九二四）十月一日至十二月三十一日、十四年（一九二五）一月一日至九月三十日、十五年（一九二六）四月一日至十二月三十一日、十六年（一九二七）全年。九年计一百零八个月，存者六十九个月，缺者近半，令人惋惜。

乐嘉藻，字采丞，又作采臣、彩臣、彩丞、彩澄，贵州黄平人，清同治六年（一八六七）生，光绪癸巳科（一八九三）举人，近代贵州著名教育家、社会活动家、学者。民国元年（一九一二）出省避难，流寓京、津，再未回乡。民国三十三年（一九四四）春病逝于北平，享年七十七岁。著有《贵州党争事略》一卷、《香雪堂文》一卷、《香雪堂诗》二册不分卷、《考瓷笔记》一卷、《中国建筑史》三编计三册及日记数十册，除《贵州党争事略》《中国建筑史》外，皆未刊印。其手稿分藏于贵州省博物馆与其后人家中。自二〇一四年始，我邀约李芳（李峰）、庞思纯一起着手整理其日记，二〇一九年十二月，将《庚戌旅行日记》《辛亥日记》《元年旅行日记》合为《乐嘉藻日记》第一册，列入《民国贵州文献大系》第六辑，二〇二〇年将《二年旅居日记》《三年旅居日记》《四年旅居日记》合为第二册，均由贵州人民出版社出版。如今仍是我们三人，将民国七年至十六年（中缺十年）的日记整理出来，作为《乐嘉藻日记》第三册出版。

《七年京寓日记》开首有题记曰："余以元年二月去黔，二年至天津，是年游日本三月而返，四年游美，五年复返天津，是年十月十五日到部，岁暮马兰君亦至都，同住长安公寓小楼二间，起居甚适，以至于今。于时森玟夫妇及汉昌在汉上，森理妇及汉长在黔，罗畹君及幼兰亦在黔，同住新街宅后进。弟兄则都在黔，侄辈则森璧游学在美，森琳、森桂闻在本省充经征委员，其馀皆在省也。经济每月俸一百零五元，又天津陈列所征稿费三十元。"这则题记交代了他民国元年以后的行踪、职业、家庭情况及其经济收入：民国元年离黔，二年到天津。到天津是受聘为直隶商品陈列所编辑课课长，后改陈列课课长，奉派赴日本考察博物馆、陈列馆管理，后兼直隶筹备巴拿马赛会事务局干事。民国四年(一九一五)以调查员的身份，随赛会直隶出品协会事务局局长严智怡（字慈约）在参加美国旧金山举行的巴拿马万国博览会，参展结束后又赴美国东部参观、考察，次年初归国。五年十月，严慈约调任民国政府农商部某司司长，乐嘉藻随调任主事，长住北京。其家分两处：一在京，乐嘉藻与续弦夫人马兰君，赁居长安公寓；一在故乡贵阳新街宅，有妾罗氏与其所生女幼兰（名森珉），次媳与其子汉长。他当时在农商部的俸禄是每月一百零五元，另外还有天津商品陈列所的征稿费每月三十元。据日记记载，陈列所每个月还有十元车马费。

他虽然已经到部任职，但天津商品陈列所的职务亦未辞。直隶筹备巴拿马赛会事务局是个临时机构，巴拿马赛会参展结束后就撤销了，但直隶省参加万国博览会的资料还需要收集整理，编辑出版。这个临时机构本是在商品陈列所的基础上成立的，陈列所的人员都兼事务局职差。事务局撤销后，其未竟事务自然由陈列所继续完成，所以频繁往来于京津两地。关于乐嘉藻生平的文字，颇有说其曾为天津商品陈列所所长者，如《贵州省志·人物志》《贵阳市志·人物志》的乐嘉藻传，两志还指明时间是民国二年。乐氏任所长不假，然两志所言时间误矣。据我们整理其民国二年至四年旅居日记，并无任所长之记载，当时的所长先后是王竹铭、严智怡、华石斧以及不知其名的人（乐嘉藻日记但称所长）。他任所长是在民国八年底，《八年京津日记》十二月三十一日有载："早八时起，午后二时，访绎琴还。至长安街理发，至桂香村购酒一瓶。还寓，西林来访，交到王仰泉信及委充陈列所所长令。"任期很短，第二年三月就辞职了。民国九年三月十五日日记载："早写信致慈约，辞所长职。"今日记稿本中尚夹存直隶实业厅收到退回的所长委任状的收照，收照所署时间是"民国九年三月十五日"。他当时在天津，当天的信当天收到。接到委任状至辞职，只有三个半月。

他虽辞所长任，但还是承担了赛会事务局遗留的编辑任务。《七年京寓日记》五月十四日载："关于赛会各种文字，昨日携至天津者存福田寓内。检点毕，至公园一看，九时同福田、菱生至实业厅，十时慈约始至，共至公邸议报告编辑事，余充主任，此外为编译员多人，房舍定公邸楼下北东西房共九间，名称为‘直隶赴美赛会编辑处’。所编辑者为直隶赴美赛会丛编，手续分五期：一清理时期，二印刷物翻译目录提要时期，三翻译时期，四编纂时期，五印刷时期。”他不仅参与编务，还是负责人。这部书后来定名“巴拿马赛会直隶观会丛编”，于民国十年（一九二一）印行，共十六册，夹板装。该书分上下两编，共二十四卷，由预会志略、大会参观日记、调查报告，教育馆参观记、交通馆调查记、东美调查录等内容组成，并附有赛品的图片。最后署名的主事者是严慈约，乐嘉藻才是实际主编。日记中有很多他征稿、编审的记录。

他在天津商品陈列所所兼事务还不止编辑巴拿马赛会资料。此时陈列所已向博物院过渡，严智怡主其事，乐嘉藻任博物院名誉协赞员。七年一月二日载：“慈约以《天津博物院分类说明书》见示，石甫手笔，体裁尚合，但其中多武断处。”一月二十七日：“三时出至琉璃厂看新修市场，至商务印书馆访孙伯恒，问《元曲选》样本，言尚未到，与议为天津博物院预备旧书标本一套，起宋迄清，以代表中华印刷术。伯恒言商务印书馆涵芬楼图书室有此标本，此时再辑一分，恐不容易。余又言旧书插画亦可搜集一套，以代表中国从来之美术印刷，伯恒深以为然。”二月一日：“十二时半至严宅，以瓷器说明书交袁庆云誊清寄津，到部竟日无事，写致福田信，言博物院印刷品顺序陈列事，六时返寓。”三月十七日：“早八时半起，至陈列所共福田谈博物院事，李冠山君亦至，令人搬出旧瓷多件，属为审定，且编制说明书。”五月七日：“早八时起，作博物馆瓷器说明书。”网上查阅天津博物馆的历史沿革，没有人提到乐嘉藻，他的贡献被历史的尘埃淹没了。

他不仅参与天津博物院的筹建，还将自己历年收藏的古物、书画、古籍赠送或寄陈津博。据七年一月十七日所载，寄陈津博的藏品有：明青花加彩象耳大花瓶，明鬼脸青水钵，明宣德建窑香炉，雍正均釉大花瓶，雍正青花加彩果盘，雍正英哥绿八宝暗花果盘，乾隆白地青花果盘，郎窑红大盌，郎窑绿双陆瓶，淳熙元宝铁钱，治平元宝铁钱，元符通宝铁钱，崇宁通宝钱，原刻《隶篇》一函十册，东文《苗族调查报告》一册。所谓寄陈，是寄放、陈列于天津博物院，所有权归他自己。这些寄陈品，丰富了刚刚建立的津博。东文（日文）《苗族调查报告》是日本名人类学家鸟居龙藏于清末考察贵州苗族的成果，为鸟居氏所赠。据其弟嘉荃日记载，鸟居氏来黔，乐氏兄弟接待过他，并为其考察提供帮助。

乐嘉藻赠送津博七张贵州照片，分别是镇宁黄葛树大瀑布照片、贵阳九架炉地方石牌坊照片、贵阳甲秀楼照片、贵阳观音寺照片、贵阳水口寺照片、安顺苗人像片、水城苗人像片。看似菲薄，意义却不小：一是贵州远在天边，外省人对之了解甚少，这些照片有助于打开参观者的视野；二是乐嘉藻有很浓的乡土情结与很强的乡土宣传意识。携带这些照片外出，本是依恋故乡的体现，将这些照片赠送津博，也是宣传贵州。据宣统二年庚戌、民国元年日记载，他在上海时用贵州照片向杂志社投稿或换取杂志。

乐嘉藻在农商部，先是任某司主事，后司长严智怡调任商标局局长，他又随着去了商标局。严、乐原在的到底是什么司，向来关于两人生平的文字资料都没说。乐氏《七年京寓日记》一月四日载："一时半至部，彼此见面，大拱其手。二时齐集总长室前庭中，行团拜之礼。返至农林司庭中照像，人多地狭，台架又甚危险，遂不预照，返工商司。见刘惠农在一科室中，亦言立处甚危，故不预照，因与谈两湖藏书事。"从此看来，当是工商司。民国六年，严智怡调任直隶省实业厅厅长，乐嘉藻仍留商标局。下录民国七年日记数则，可知其工作状态：

一月五日：是日，拟令镇南浦领事稿，阅《六年秋季报告》，无甚精要语。淮生以余所编《朝鲜报告摘要》一册及陈扶黄所编大阪、横滨、长崎三处《五年报告摘要》三册，托交慈约。五时半出，至严宅，以《报告摘要》四册交常聘臣，托俟慈约至交看。

一月八日：十二时半到部，拟驻朝鲜总领事指令稿，并阅本报告六年秋季商务报告，又阅李骏《法国招工事务报告》。六时还寓。

一月十日：十二时半至严宅，持所抄朝鲜总领事报告摘要（六年秋季）付西林重抄，取商埠表两张、领事报告表一张带回部中。是日未办公事，但对校惠民公司新旧合同毕，六时还寓。

一月十一日：十二时半到部，持惠民公司章程与俭学会合同对照，六时还寓。

一月十二日：十二时半到部，三时伯坚见访，言书物已至西车站，交到税关收据一纸，匆匆辞去。余即向科长请假半日，至豆芽菜胡同严宅，仅遇袁君，以收据交之，托其俟慈约至京，请设法取出。袁君交还六年秋季朝鲜总领事报告摘要等稿，余又以各招工公司事略一纸交袁君照抄，约星期一取回，遂还寓。

一月二十一日：二时到部，制惠民改章及俭学会合同对照表。六时返寓。

一月二十五日：十二时半至严宅，向袁君取回惠民俭学对照表，到部誊清惠民改章与俭学合同对照表，六时还寓。

一月二十六日：十二时半到部，誊写惠民原章改章对照表，此类表凡三种皆毕，交还科长。科长往领薪水，将本科诸人薪水带至本科分之，搭现三成。五时半还寓。

以上是在司工作的大体情况。大抵是中午以后才入值，六时许下班，不算忙。到了商标局，更是清闲，几乎处于无事可做状态。另据其侄乐森璧民国十五年六月致乃父乐嘉荃信，乐嘉藻还兼任国务院秘书。

乐嘉藻在北京也颇不寂寞，故乡流寓都下的老友不少，如毕节周素园，贵阳黄济舟、漆铸城，盘州张绎琴，麻哈周铭久，安顺黄幹夫等。周素园、黄济舟与他一样，都是因为辛亥以后贵州党争而出省避祸，政治倾向也比较一致；漆铸城从日本留学归来，就留居京津，是老同盟会员，参加了同盟会改组为中国国民党的大会，民国六年到农商部任职，与乐嘉藻成了同僚，后来还成了姻亲，乐之女嫁漆之子；张绎琴也是留日出身，同盟会员，归国后亦未回黔，客居北京贵州会馆；周铭久与乐氏兄弟交好，其父曾久客乐氏贵阳普定街邸宅，铭久此间以国会议员驻京；黄幹夫民国六年携家来京久住。彼此之间经常互相走访，聚会。

与他最感情最厚、交往最多的，还是一位外省人士李裕增，字福田，又写作苐田，东北人。清末贵州巡抚潘霨兴办青溪铁厂，李福田因为逌英文、晓算学，被聘到铁厂当翻译，铁厂失败，流落贵阳，被时任提督学政严修（字范孙）聘为学古书院教习，深受严先生器重。在贵阳与乐氏兄弟交往深厚，并与李端棻、乐嘉藻、于德楷创办公立师范学堂。后移家京津，由于与严先生的关系，参与直隶省劝业公所以及后来的天津商品陈列所的创办。乐氏流寓北京，李福田荐之于主持陈列所的严范孙之子严慈约，严聘乐往任编辑课课长，与福田同事。福田在京津两地都有工作与住房，所以两人交往极为频繁，每月必见数面。乐氏曾对在京的侄子森璧说：“平生诸友，仍数福田最为相得。”与严慈约交往亦甚厚，以至慈约迁调，他亦随之，可见彼此信任之深。所以如此，是乐氏德才艺俱佳，为严氏所赏识、倚仗，情感之深也是不可忽视的。

除了老乡、故旧，乐嘉藻还有三个侄子在京——二弟嘉荃的三个儿子森珣、森琅、森玮，先后来京求学。他们经常来看望伯父，给他以亲情，缓解他客居的寂寞。乐嘉藻在日记里很少记录侄子来访的细节，但侄子们都会将伯父的近况以及言谈写信告知牵挂兄长的父亲。乐嘉荃收到信后，都会将儿子们的信抄录或摘录在日记里，正好可以弥补乐嘉藻日记的疏略。如《乙丑日记》正月初四（民国十四年一月二十七日）："得森琅一月二日来械，述伯兄画语：画以创作为贵，山水尤然。专摹古人，纵极神似，亦不过至古人所有之境而止，实无进步之可言。古人所摹山水，安能尽天下之风景于万一。历观旧画，不外长江一带之景物为多，求如湘黔蜀滇之峻伟雄奇者，渺不可得。盖因地理之关系，各处山水异其天然之趣味，故山水画系合有地方性的。予生长湘黔，而滇蜀又所曾经之地，故其作画带有西南地方之色彩。又古人原有皴法笔意，不足以发挥西南山水之特色，乃创作新法以补其未逮，以较西人之专事西南风物者，自当别饶真趣，不仅带地方特色也，更须作者之个性。是以有价值之画，必能发挥作者之胸襟思想，毫无遗憾。专摹古人者，其画之精神是古人的，不是本己的，因不含有其个性，完全以古人之意思为意思也。以上所云，亦不尽谓古人不足法，乃于学习期间将其作为一种范本参考而已。并述以后之画业，云用中国笔于中国纸上作自己的画，庶中国之创作作品可侪于欧美创作之品之列，而脱去其历来抄袭之恶弊，以自立其新生命。男于伯父之意见，参以研究所得，可谓完全相同。观伯父最近作品诸大幅，确有用意之所在，其成熟期当不甚远。拟捡一二十幅为中国画展之预备，并拟作多幅，分赠家人及亲友云。"乐氏画语颇多杰见，实是针对画界盲目趋新，以西画的视角来看中国画、以西画的技术来改造中国画而言，深刻透辟。百十年过去了，以今视之，仍不失一剂良药。

观乐嘉荃所录，乐嘉藻与侄子们的叙谈，不仅是故乡故事故人，大量涉及读书、学问、创作。嘉荃诸子能够成才，与在京数年间伯父的庭训关系甚大。中国旧家庭大都重视家教，即所谓庭训，嘉荃诸子远离父母，伯父就近担负起训导之责，而侄子们也认真受教，真是一门佳子弟，无怪乎乐氏一门人才辈出也。

民国七至十六年的十年间，乐嘉藻的境遇变化较大，虽然在政府任职，但薪水经常被减成发放，甚至不发，收入日减，生活日窘。他喜欢收藏古物旧书，尤其是旧瓷，此时也不能不大为收敛。琉璃厂、海王村、隆福寺等处还经常流连，收获则少而又少。到了民国九年，罗姨娘在贵阳病故，乐氏遣马兰君赴贵阳，将罗氏所生女兰儿接到北京。民国十三、十四年，家里生大变，其长媳王氏、长子森玟在南宁先后去世。乐嘉藻有二子，长森玟，次森理。此前数年，森理已在贵阳病卒。森玟在财政部税务学校毕业后，分配到南宁海关任职。乐氏以其人地生疏，为谋调往京津，事未果而长媳卒。次年命其来京续弦，十月十二日在南宁良庆不幸溺水而亡。乐嘉藻遣杨姨娘（即马兰君）与在北大读书的侄子森玮前往南宁料理后事，并将嗷嗷待哺的五个孙子女带回北京。此年后三个月缺日记，当是过于悲痛，不能捉笔也。此时乐嘉藻已五十八岁，要供养这一大家人，殊非易事。民国十五年，乐嘉荃长子森璧为贵州赈灾事到京，前来看望伯父后，写信告诉其父说：“伯父精神较衰，孙辈过多，颇劳抚育。经济方面约存四千元，月薪惟商标局三十元可靠，农部事务员薪八十元久未领获，国务院秘书月薪三百元，贾内阁取消，无从补领。现佃西城大将胡同，房屋远不及景武（乐森琅），整理去四百馀元。刻拟以三千元置一宅，正物色中。”（乐嘉荃《丙寅日

记》五月廿一日）

乐嘉藻是一位纯粹的学者，平时除了上班办公，就是访友聚会，逛古董店，阅旧书铺，日记所载大抵如此。其时政局变化多端，国家四分五裂，但在他的日记里几乎没有反映。八年六月五日他在天津，遇到了学生游行："至东南城角，遇学生队自南开整队来。日租界有巡官一及中人巡警二，学生队向北行，每百数十人为一聚，有武装巡警二十馀人整队随其后而监视之。如此者不知其若干聚，电车为之阻滞不行。两旁观者亦多，每遇巷口或人多之处有演说者，学生队过则拍掌和之。再进则聚人愈众，学生队进行数步辄止，似前者又有阻碍。""视省长公署前军警云集，尚有马队，此种情形余出时已见之，初不知其为何事也。在东南城角所见为学生后队，至此始见前茅。最初为国旗一面，次为军乐，而裹以多数学生，杂以兵警，时行时止，路旁有演说者极为奋厉。""饭后，矞州来言，今日学生大集将往公署，当道知之，戒备甚严，故未得逢，仅有女学生二百馀人至辕上有所请求，旋亦散去云。矞州盖未知学生已到河北也。在黄纬路口南，有兵队十许人横立，一生冒前责之曰：'汝中国兵，今日乃监视我等，国亡之后汝辈为他人牛马，彼时悔之已晚。'"六月八日："午后三时出，过东北城角，见学生甚多，观者亦伙。""过桥见省长公署前学生云集，交通隔断，车绕入三马路出天纬路而至公园。"六月九日："今日，天津学生界在公园开大会，联合讲演会，会者约数千人。"民国八年是一九一九年，不用考证，即可知是"五四运动"，学生大多是南下的北京学生。乐嘉藻但记所见，并未发表意见。经过了民初贵州党争的杀戮，他厌倦了政治。贵州省当局有人来京，他避而不见；有人谈及贵州政局，他就会打断，或起身离开。

他讨厌政治，但不等于没有政治立场，这于其对孙中山之死的态度可见：

十四年三月十二日：午刻兰儿至学校返，云孙中山逝世，学务局令各校停课。午后一时出，至东四七条探素园，则已启行，遂至铁狮子胡同中山行馆一看。

三月二十一日：早作挽中山联。

三月二十二日：午后二时到公园看杨令茀画，至中山礼堂行礼，赞礼者陈扶黄也。

挽中山联

改造五千年历史国家，与世界争驱，坐言起行，天命无权让人力；

提高四百兆同胞人格，应潮流直上，前仆后继，匹夫有责在国民。

三月二十四日：早十时出，至中央公园观中山开吊之各挽联，十二时还寓。

三月二十六日：早十时出，至公园看中山开吊，遇鸣九，十二时返寓。

挽中山联：

任圣如伊尹而不事时王，石破天惊，新民旧国空三古；

精诚似武乡而更多同志，夜寒星落，望祭哀思遍五洲。

三月二十七日：早十一时同马兰君至公园，以挽联交中山治丧处，随众行礼，得瞻仰遗体，觉面上犹有血色。至柏斯馨用牛乳，过长美轩雅座，见有挽中山联悬门上：

拚将老骨锁王气，指葬钟山

死不甘心作帝羓。指保存遗体

以中国人眼光看此事，自应有如是观念。至水榭看四川国民党人追悼会。

四月二日：十一时出，至市上看中山出殡。西单牌楼一带观众云屯，肆楼窗、屋顶上皆聚有多人，学生队甚多，校旗飘扬，迤逦数里，北大花圈队尤为庄严。四川国民党所上大花圈径约一丈，以八人舁之。大花圈后即为马车，上置中山大像，后为灵柩，载以汽车，黑布幕之。柩车前后皆由童子手牵巨棒，绕作椭圆形，国民党中重要人皆在车之前后。

孙中山去世前三个月的十三年十二月末，乐嘉藻去劝业场买了一幅孙的画像；孙去世当日，立即前往铁狮子胡同中山行馆瞻仰。此后的二十天丧期里，他五次前往凭吊。这次一改不论政治的惯例，作輓联两副，对孙中山评价很高。他记录了自己亲历的孙氏出殡仪式，抄录了别人的輓联，是可贵的史料。

乐嘉藻日记正文往往不涉及时政，不臧否人物，但是在每册的卷首、卷末与内页天头上，经常写下自己对各种问题的看法，涉及政治、文化、人物、风土、物产等，有记录，有考证，有驳议，是了解乐氏思想的重要资料，读其日记者不可不注意。

这九种日记，除了民国七年，都记得很简略，不似民国四年以前的日记那么详尽弥满。原因大概是因兼职过多，没有馀暇，又遭丧子之痛，心境不佳。但信息量还是很丰富的，尤其是对天津商品陈列所、天津博物院事务的记录为多，是了解我国早期博物事业、天津博物馆不可多得的资料。其次是对北京古董旧书市场的记录也很多，从中可以了解北京旧货市场的情况，增加古董旧书鉴定鉴赏的知识。再次是记录了客京贵州人的工作、生活状况，这些人大多是近代贵州的名人，如周素园、周恭寿、漆铸城、黄幹夫、黄齐生等，都是研究民国贵州史经常遇到的人，从贵州研究这个角度而言，其重要性超过前二者。

最后谈一下附录两种。

《香雪堂诗》二册、《香雪堂文》一册，《香雪堂诗》一册藏于贵州省博物馆，一藏于其曾孙女乐慈石家庄家中。《香雪堂文》一册，亦藏乐慈处。

香雪堂是乐氏贵阳普定街宅（今黔灵西路君安宾馆处）的一个堂名。此宅是乐氏在贵阳购置的第一处房产，嘉藻、嘉荃兄弟共住。后乐嘉藻另在新街购置一处，兄弟分居。普定宅是乐嘉藻主持购买并修葺，且住了一段时间，故仍以旧宅之名名其诗文集也。

《香雪堂诗》底本两册，均题曰“香雪堂诗”，不分卷，内容重复者过半，今剔除重复，将两本合二为一，计收诗二百五十五题，三百八十八首，大多是他游历各地的纪程、纪游诗，一部分是怀人、赠答之作。乐嘉藻多才而感情丰富，每到一地，登临抚拍，都有诗意生发，往往记在日记里。多年远客他乡，思念故里亲人，也是其诗的一个主题。如《忆弟两首却寄》，是怀念二弟嘉荃（字良臣）之作，兄弟四人中，嘉荃与他年龄最近，兴趣最似，感情最深，兄弟都具诗才，嘉藻长于诗，嘉荃长于词，常以宋代“二苏”（苏轼、苏辙）自许，每有新作，必远道相寄。嘉藻长客不归，自笑为功名所误，又久不见其弟寄来新作，心中挂念，因作诗寄询，有“东坡自被虚名误，更有飞花恼子由”“新词何似久无闻，憔悴诗怀也似君”之句。《忆家》八首，回忆故乡贵阳的山川河流、城郭园林、繁花茂草、先人坟墓以及家中郑子尹、莫郘亭二先生旧藏的书籍。“看松问海他人国，归去还为异地人”“也有潇湘无限意，虚名终误自由身”。这组诗是他民国二年赴日本考察时所写，故曰“看山问海他人国”。远在异国，更添一份乡愁，但回去还是回到北京、天津，而不是贵山富水、九门四阁的贵阳，所以愁上加愁。有家而不能归，自有他自己不得已的苦衷，读罢其诗，我也不禁惆怅起来。

《香雪堂文》收文八篇，皆作于戊戌及后数年间，为数不多，却是乐嘉藻思想与家世的重要资料。

《上光绪帝书》两篇，分别写于戊戌七月二十日、七月二十三日。戊戌年，乐嘉藻赴京参加会试，参加了康、梁发起的“公车上书”，是贵州签名的九十七名举人之一。他不仅在请愿书上签名，还单独上了两道奏书，前一书呼吁行新政，设教部，改革科举，开办西学。他所言“新政”是“西政”，反复强调行西政不能杂以儒教，西政、西艺乃实用之学，能救国家之急，而儒教不切实际，不能救国救教。他请求删除学堂章程中的“经学”一门，代之以诵读“浅文深意”的“圣教歌诀书”，使学子仅知道“圣学”而已，“经生陈言”概不列入功课，以免乱其学习西学之心。还请求取消科举考试中的第三场“经义”，以第二场“新学”取士。待“国势已尊”，“再重兴儒教，以张吾先圣之道”。他所言“教部”不是教育部，而是主管儒教的机关，“置一大臣，以待天下之大贤。各省置一主教，以待天下之贤者”。“能有言圣人之言，行圣人之行，其行谊足以感动乡里”的人，可任为“宣教之官”，可行“宣教之权”。朝廷给教职人员以崇高礼遇，但教官不得干预政事，政府亦不得干预教务，政教分离。乐氏此时思想已经发生了质的变化，用他自己的话说，是“不辨中西，不分新旧，一从其是”。乐氏此书，实际基本否定了儒家几千年的思想正统，可谓惊世骇俗，不仅不可能被采纳，重者甚至可能获重罪。

《致王仲猷书》《致吴雁洲太守论民权书》《答仲猷书》三篇，内容互有关联，大致表达了乐氏的政治改革思想。他认为中国必须改革，由君权国家变为民权国家，但目前国势颓靡，民智未开，列强环伺，危若累卵，如果遽行民权，势必导致天下大乱以致亡国，必须先行西法，使国势稳定后，再行民权。他主张渐进的改革，反对激进的革命，思想近于康梁。戊戌变法失败后，攻击康有为的人很多，言其“奔走倖门，仆仆自荐”，是十足的利禄之徒。乐嘉藻不以为然，在《致王仲猷书》中为其辩污，说康有为是“求措天下于富强之域，而于一身之利害、流俗之毁誉，则不屑计也”的人，实心为君为国。他与康氏“无一面之识，无一字之往还”，纯粹以旁观者的身份说公道话。由于乐嘉藻参加了“公车上书”，又一直留在北京，政变发生后，一起参加会试、参加“公车上书”而先期归赴云南任所的同乡至交王仲猷（名勋）很是为他的安全担心，致函嘉荃了解情况，乐嘉藻回到贵阳，见到此函后，就写了这封信。信中除了阐明自己的政见，乐嘉藻还谈了参加维新活动的情况。他三月到京，九月出京，滞京半年。迟迟不归，是因为遇到了维新变法，以为是“旷代难逢之事”，希望能有所作为。“朝读一求贤之诏”“暮读一求言之诏”，很受感动，与一同滞京的同乡二三友人商议参与，他自己上二书，敬之上一书，然后坐在旅馆等待回音，结果等来的是政变发生的消息。“事既无成，绝所希冀，与敬之、仁宇狼狈出都”。乐嘉藻参加戊戌变法，此事罕为人知，前人所写乐嘉藻传均未言及。此二书是研究戊戌变法、贵州人与戊戌变法、乐嘉藻生平的重要文献。于此数札，亦可见贵州士人的先进分子的视野、胸襟、抱负。

《家祭文》二篇，分别写于辛丑、庚子，前者是祭其父，后者是祭其母。二文叙述了其父母的为人治事、乐氏经商起家的经过，是了解其家世不可或缺的资料。以上是本册的概述。

本册与前两册一样，是我与庞思纯、李峰二先生合作整理，李峰录入并初校，庞老师二校，我统稿、审订。我们三人交往多年，有共同的爱好与理想，经常结伴考察古迹、整理文献，自称“三丁拐”，乐氏日记的整理出版，是我们共同的心愿，也是我们友谊的结果。

最后要感谢乐慈女士及其丈夫李建军先生，感谢贵州省博物馆，是他们提供了本书的底本。

二〇二一年十二月十三日草于贵阳鹿冲关快意巢

民国贵州文献大系

第六辑

乐嘉藻日记　第三册

目　录

民国七年京寓日记

余以元年二月去黔，二年至天津，是年游日本都三月而返，四年游美，五年复返天津。是年十月十五日到部，岁暮马兰君亦至都，同住长安公寓小楼二间，起居甚适，以至于今。于时森玟夫妇及汉昌在汉上，森理妇及汉长在黔，罗畹君及幼兰亦在黔，同住新街宅后进；弟兄则都在黔；侄辈则森璧游学在美，森琳、森桂闻在本省充经征委员，其馀皆在省也。经济每月俸一百零五元，又天津陈列所征稿费三十元。

一月

一月一日（丁巳十一月十九） 午前八时起，九时至东单三条牛觔角湾，十时至宣武门外万家花园。是日寒甚，十一时返。澍园来访，饭后延坐内室，助臣亦至，同谈甚乐，且订明日午后六时在瑞记晚饭，二时始去。余因大风未出，夜间风少止。七时同马兰君出，过总统府门前，见所装电灯甚繁。至公园，先至社稷坛上观火判，砌砖作判官坐像，自坐后开门，燃煤腹中，于两乳及脐处作穴如碗大，中亦燃煤，与腹内者相连，火焰则自五官出，皆有窍，盖头亦中空也。其处甚暗，仅借火光映射。至碧纱舫观冰灯，至池上见有鱼龙等形之灯在池冰上，因风大，游人甚少，故未燃烛。过花神庙，又过水榭，出公园，雇车至中华门前下车，在灯坊前小立，同出前门东西站，电灯照耀，俨同白昼。南至大街沿路西而行，入大栅栏至观音寺前返，入门框儿胡同，至廊房头条文盛斋纱灯舖购走马灯，言未制成，访刘掌柜不遇，至前门雇车同返。中华门内直接天安门前，满悬红色灯笼，高下远近，密如繁星，在暗夜中视之，如在别一世界。

一月二日（十一月二十） 午前八时半起，十时至严宅，闻慈约与展云、福田在西室，往就之。慈约以昨夜晚车至京，展云较前消瘦。问尚在市政公所耶？曰昨日乃离脱关系。福田以现洋十元相借，又还《瓷考略表》。慈约以《天津博物院分类说明书》见示，石甫手笔，体裁尚合，但其中多武断处。展云先去，慈约今日宴客亦先去，与福田谈少顷而还。午后一时，峯老来访，少坐同出，入东华门，至古物陈列所正殿参观，又往观浴德堂。东行至太和门前茶坐用茶，入太和门至三殿一览而出。仍出东华门，峯老令车夫先至公园门外守候，同入公园至社稷坛观火判，正殿及前后庭有古玩书画之集会。往观时，峯老欲购一物以为纪念，以无佳品而止。至碧纱舫观冰灯，同出，乘车出前门至瑞记饭馆，澍园、助臣已先至，坐西厢南室中，菶老用素菜，炒冬笋、炒油台菜、红烧老豆腐、豆花汤。吾辈用荤菜。燻腊拼盘、宫保鸡、脆皮鱼、红爔牛肉。八时即散，带回拼盘各品一包。

一月三日（十一月廿一） 午前八时起，十时至严宅。慈约已先出，遇福田，以中票二十七元讬福田向天津陈列所换取现洋，且约午后同游天坛。还寓午饭，一时福田至，同出前门，过天桥，见席棚所构戏园，有曰燕舞台者、歌舞台者，皆在路东，路西亦有四五处。且有市场，附近皆小摊人货丛集，中等以下社会之京都市也。入天坛至第二重门，福田往购入券，每人小洋小角。其中地势广阔，弥望皆柏林。上龙尾道，北至祈年殿，观其构造之法。殿作圆式，周檐三重，殿内自里达外，柱凡三层，内一层四柱皆朱漆作地，绘印度式之金色花纹俗呼西番莲，纹之大小与柱相称。外两层皆十二柱，内一开间当外两层三开间，外柱须用两层者，前后之间各有短栋当四隅者，有大栋之端压其上。大栋四，各与四方平行。大栋之上，则承曲栋凡八，相衔接而成环。大栋在内四柱之外，曲栋则已在内。凡为是重叠者，因上重之檐其间架全以曲栋为基础也。曲栋压于大栋，大栋之端则压于四隅短栋之上，短栋两端则穿于四隅之前后柱之间，故上两重之重全压于此八柱之上也。殿内之北端为祭坛，殿基亦为圆形台陛三重，前有辇道，惜院宇稍隘，逼于四周之墙，致令此庄严伟丽之建筑未能十分发扬其气概。出院门，南向甬道之东有小方台，题曰“幄次遗址”，在殿内时遇明九、长卿、幹夫、敬之孙，敬之并介绍其尊翁相见。明九为言澍园事，言迟日当再作计。同出，诸君他去，余与福田至皇穹宇及圜丘。皇穹宇院门三，甚精丽，圜丘通体皆白石琢成，古代遗风进化至此，亦可谓至其极焉矣。自圜丘返，循西道而出，入斋宫东门，过无梁殿，中一间作穹宇式，度非无梁，但不见耳，殆所谓屋不呈材者也。后为正殿五间，院宇狭长而甚洁净，老柏八株，列为两行，清严肃穆，令人不期敬而自敬。自斋宫北门出，宫之四围有水环之，其间周庐临水，附于宫墙外面，虽小居处而规模井然。同福田出，约往便饭，福田固辞，遂与作别。雇车赴青云阁，至古玩摊上觅古月轩烟壶不得，购旧象牙牙牌亦未成。步行入门框儿胡同，至牛乳店中进乳一杯，酪干一盏。出至前门大街，雇车还寓。接森玟信，言赵唐事，即时作答。

一月四日（十一月廿二） 早八时起，十时持昔年在沪上所购乾隆瓷观音像往访澍园。前日与菶老游，菶老言欲得佛像一躯，故以讬澍园请其转赠。菶老近年奉佛，故有是想，此像在余处无地供奉，在荃至老处佳也。又托澍园转托王季和调停森玟与赵唐争执事。十一时还，一时半至部，彼此见面，大拱其手。二时，齐集总长室前庭中，行团拜之礼。返至农林司庭中照像，人多地狭，台架又甚危险，遂不预照。返工商司，见刘惠农在一科室中，亦言立处甚危，故不预照，因与谈两湖藏书事。惠农言，辛亥之变，湖北存古学堂、湖南某书院所藏精本尽皆散佚。又问惠农作书是何家数，言往年曾学道因碑，又言湘绮早年亦学道因碑云。照像既毕，开茶话会，聚啖洋式点心，无话可说。三时各散，余返寓，写致森玟信，将托澍园转托季和转交者也。夜写日记。

一月五日（十一月廿三） 早八时起，十时持致森玟信往访澍园，托其寄季和转交。澍园言昨日午后访季舟，且于东安市场见助臣云。十一时还寓，接罗姨信。十二时半至严宅，遇西林，言福田以三点钟车赴天津。同西林出，余至部。是日，拟令镇南浦领事稿，阅《六年秋季报告》，无甚精要语。淮生以余所编《朝鲜报告摘要》一册及陈扶黄所编大阪、横滨、长崎三处《五年报告摘要》三册托交慈约。五时半出至严宅，以《报告摘要》四册交常聘臣，托俟慈约至交看。至单牌楼，向天顺祥取拜年名片，未得。出，见马路上有马车驰过，其前马驰行甚急，致踢倒道旁人力车。时天色已暮，彼此皆未燃灯，致出此险。车马皆奔越而去，巡警亦未过问。余往视，见人力车夫及乘者皆未被伤，幸也。返寓，接次子妇来禀。饭后写致良丞信，托处分家事，每月收房租十五两，在号上支十五两，以二十两作家用，罗姨及次子妇月费各五两，仍由罗姨当家，汉长乳母则辞去。又写日记。

一月六日（十一月廿四） 午前八时起，十时至长安街剪发，饭后发拜年名片，皆答拜者也。一时，倪松寿来坐，言汇文学堂平日不易请假，即星期日亦须请假，始能外出。问有疾如何？曰堂中有医，即用药亦不取资。问有游戏处耶？曰有足球、篮球之属。三时去，余欲出而畏寒，取书观之，澍园与德山同至，少坐同出。至北半截胡同黄宅访荃老，见面极谢佛像之馈，且言居停黄君有瓷、玉器托为审定。瓷器皆仿古者，玉器则皆京料。黄君，萍乡人，前在财政部任职，著有《海关通志》。德山约荃老至六味斋便饭，又约黄君同往，固辞。余四人遂同出，雇车至香厂六味斋用素饭。去窗帘正对新世界，时建筑尚未完工，其处多旷地，寒风凛冽，行人甚少，素菜烹调尚可口。六时散，寒甚，至寓取寒暑表置室外试之，当冰点下九度。是夜，风竟不息。

眉注

星

一月七日（十一月廿五） 午前八时起，十二时半到部。闻部令发表菱生著在佥事上任事，仍留商品陈列所办事。是日，未分得公事，写覆夏用清[①]信时任江西实业厅长，论江西商品陈列所事。六时还寓，接森玟信，即时作答。

一月八日（十一月廿六） 午前八时半起，十时至商品陈列所，往访菱生，已往公事楼，至其寓室候之。菱生旋至，贺其新命，与谈少顷即行。步行向宣武门大街，天气颇热，衣多汗出。至蜀人所开利远斋购泡菜一罐，菜一斤八枚，罐五枚，又购豆豉饼三块，块二枚。肆中商品寥寥，一蜀人坐账桌后，唇角两绺苍白之须类鱼须然。蜀人喜作此式，在黔时习见，今在此地观之，觉甚可怪。照应者尚有三人，闻营业颇不恶。蜀中冬菜原销行京津沪汉间，辛亥以后榨菜盛行一时，流布极速，随榨菜以俱发达者为泡菜、辣角、豆豉之属。南城外川菜之肆已五六家，所制大率精洁可口，然尚非上品，较人家自制自用者殊不及也。雇车回寓。十二时半到部，拟驻朝鲜总领事指令稿六年秋季商务报告。并阅本报告，又阅李骏《法国招工事务报告》。六时还寓，夜共马兰君制盐渍鱼。

一月九日（十一月廿七） 午前九时起，抄李骏报告中天津惠民公司一段。十二时半到部，作承办法国招工各公司洋行事略，对校惠民公司新旧章程。同科陈扶黄告假南归，约月馀始回。六时返寓，接良丞信。

一月十日（十一月廿八） 午前九时起，澍园来坐，十二时半至严宅，持所抄朝鲜总领事报告摘要六年秋季付西林，重抄取商埠表两张、领事报告表一张带回部中。是日未办公事，但对校惠民公司新旧合同毕。六时还寓，夜抄诗稿。

一月十一日（十一月廿九） 午前九时起，十时至辇儿胡同访张绎琴。十二时半到部，持惠民公司章程与俭学会合同对照，六时还寓，接书物已托伯坚

校记

①用清，又作用卿，夏同龢字。

寄京。

一月十二日（十一月三十） 午前八时半起，九时半至法源寺东街访助臣，共论为学之旨。助臣言近因渔牧司长汪君拟提倡渔业上之共同组合故，近又从事于钱行之研究，共谈甚乐。罗云帆亦至，言住西馆，余亦遂行。十二时半到部，三时伯坚见访，言书物已至西车站，交到税关收据一纸，匆匆辞去。余即向科长请假半日，至豆芽菜胡同严宅，仅遇袁君，以收据交之，托其俟慈约至京，请设法取出。袁君交还六年秋季朝鲜总领事报告摘要等稿，余又以各招工公司事略一纸交袁君照抄，约星期一取回，遂还寓。夜七时出城，至观音寺街买缎条带一对，价五十枚。至澄华入浴薙髯，十时回，有风颇寒，然甫自浴堂中出，殊不觉冷。

一月十三日（十二月初一） 午前八时半起，九时半至严宅，以行李钥匙交西林，并向袁君取还收据，亦交西林。写信致慈约，索取名片一张，向关上取行李。十一时还，困卧凡三时许。夜，清写汉上运来书物单，清点《京话日报》《群强报》《国强报》所附《白话小说》，写古物陈列所目录。接森玟信，言托伯坚带京者三衣箱一圆盒。

一月十四日（十二月初二） 午前九时起，写致罗姨娘信。仍由当家，家用月二十两，又与次媳各月费五两。接天津陈列所信，约往照像，十二时半至严宅。又接天津陈列所寄来一函，内二件，一约任博物院名誉协赞员，一约本月二十日莅会，又博物院陈列品说明书天然部一册、历史部三册。到部托汪东屏向科长明日请假，还寓，写留致西林信。三点三刻出，至东车站附三等车，四点二十分开行。七点二十分到天津新站下车。至鸿云阁晚饭。至事务局会福田，言因王仲铭赴沪，明日不能照像，又交还代换大洋二十七元，顺便还福田十元。夜宿事务局。

一月十五日（十二月初三） 午前七时半起，至楼上看博物历史部之陈列，下至库房检点存物，取出书物多种，又以民国纪念会瓷茶壶一赠福田。午后一时，至陈列所楼上下游看一周，至公事房与诸君相见，返事务局与慈约、石甫相见，仍至楼上一看，以《苗族调查报告》一册寄存博物院作参考书。四时出，至大胡同一看，又至日租界洋货店购卫生衣二，价小洋二十毛，丝光手巾二，小洋四毛，共付大洋二元。六时至裕德里口上番菜馆晚饭，费一元。还事务所检点行李，福田讬带京刻丝枕袱二、里画烟壶四、韵琴女史画册十四开，皆陈列所物。共谈至十二时就眠。

一月十六日（十二月初四） 午前六时起，又三刻启行，赵升送至车站。七时二十分上车，十时半至北京东车站。过税关时，税丁持云石水仙盆及紫檀画框往问稽查还，还言不必上税，遂出，雇两洋车赴长安公寓。饭后至豆芽菜胡同严宅，于胡同口上遇西林及袁庆云两君，至车站为余取箱盒也，遂到部。四时半又至严宅，西林两君甫还寓，其以电话告福田，遂开箱将寄陈博物院物品取出，仍将箱锁好，六时还。随将子妇寄来豆豉、鸡宗菌、布绣枕袱及布袜携回。

本日收到三皮箱一木盒。三箱一为瓷器及他物，一为书籍及字画，一为碑帖。木盒内亦为瓷器，分别如左：

瓷器：明青花加彩象耳大花瓶后寄津博，明宣德建窑香炉后寄津博，康熙郎窑红大盌后寄津博，康熙郎窑绿双陆瓶后寄津博，雍正均釉大花瓶后寄津博，雍正仿汝窑淡青暗花大花瓶后赠人，雍正青花加彩果盘二一后寄津博，雍正霁蓝果盘，雍正英哥绿八宝暗花果盘后寄津博，乾隆黄地五彩大盌留汉，乾隆白地青花盘后寄津博；乾隆霁红果盘二，嘉庆五彩花瓶残，嘉庆五彩折腰盌，道光红地金花盌留汉，道光五彩挂瓶残，茶叶末鹅颈大花瓶后赠福，煨瓷青花小瓶，仿汝窑小瓶留汉，霁蓝大方瓶留汉，灰色瓦瓶，惜阴堂胭脂红大盌留汉，仿豇豆红笔洗留汉，碎纹笔洗，云龙水盛，建窑印色盒留汉，建窑雕花压手盃；仿雍正五彩花鸟盃二；二彩云蝠盖盌二带托，五彩花卉盖盌二带宜兴托，蓝地金花海棠盃，白地红龙凤酒盃，五彩花卉酒盃二，宜兴双耳壶留津，碎瓷绿龙药瓶。

他件：绿玉螭头带钩，旧玉环，小玉鼻烟碟，广东浮雕双龙云石盌赠人，小英石，黄石片带雕花座，云南自然铜香炉后寄津陈，淳熙元宝铁钱后寄津博，治平元宝铁钱后寄津博，元符通宝铁钱后寄津博，崇宁通宝钱后寄津博，雕竹林七贤竹笔筒留汉，扬州雕漆圆盘，云南碁子一付盛以扬州雕漆盒二留津汉，紫檀印盒，法国制气压表，各瓷器木座十馀件。

书籍：汲古阁五次剜改大字本《说文解字》八册过录二惠评，原刻《隶辨》八册，原刻《隶篇》一函十册后寄津博，原刻《毛诗稽古编》八册，仿宋本《仪礼》六册，项本《水经注》七册，《乐府诗集》十六册，海録轩《文选》十六册，明刻《鲍明远集》二册，仿宋本《李太白集》六册，膺德堂本《昌黎诗集》四册，游刻《柳集》二函十二册，元刻《河东集》残本四册，明刻《栾城集》

二函十六册，城书堂本《赵松雪集》四册，明刻《李空同集》十二册，《困学纪闻》六册，汲古阁《辍耕录》二册。

字画：伪周东邨人物小幅；伪王麓台山水条幅留汉，未定王石谷山水直幅，恽南田寒岩积雪图，李仰亭人物横披，阮云台行书条幅。

碑帖一箱，尚未检视。

一月十七日（十二月初五） 午前八时起，取出寄陈博物院瓷鉢及寄赠之风景、苗人等照片。十时，袁庆云来，送来宋本《仪礼》及《松雪斋集》，余以自天津带来陈列所皮箱及刻丝枕袱、《韵琴画册》，并寄陈、寄赠各物品交其带回。马兰君喉病，赴尚志医院去。十一时至严宅，问慈约、福田，俱以今日来京。于西林将寄陈、寄赠物品编号，开单如左：

一明青花加彩象耳大花瓶，二明鬼脸青水鉢，有损，带木匣包装。三明宣德建窑香炉，口际微损，带盖座并盖上雕玉件。四雍正均釉大花瓶带雕花核桃木坐；五雍正青花加彩果盘带架，六雍正英哥绿八宝暗花果盘，七乾隆白地青花果盘损，八郎窑红大碗口际有损，九郎窑绿双陆瓶口际有损，十淳熙元宝铁钱，十一治平元宝铁钱，十二元符通宝铁钱，十三崇宁通宝钱，十四原刻《隶篇》一函十册，十五东文《苗族调查报告》一册。以上皆寄陈品。十六贵州镇宁黄葛树大瀑布照片，十七贵阳九架炉地方石牌坊照片，十八贵阳甲秀楼照片，十九贵阳观音寺照片，二一贵阳水口寺照片，二十一安顺苗人像片二件一张，二十二水城苗人像片二件一张。以上皆寄赠品。

在严宅午饭，又取出赠人品为雍正仿汝窑夔纹暗花蝠耳大花瓶一坐、汲古阁五次剜改大字本《说文》一部八册、广东浮雕双龙云石盌一件、苗人布绣枕袱四张，又取出茶叶末鹅颈大花瓶讬西林持赠苐田，又云南自然铜圆香炉则寄陈陈列所。一时到部，阅看招工合同。此合同共五种，由内务部咨来，标题错误，今日始全行清好。五时出，仍至严宅，闻慈约尚未到，余取回鲁峻碑及紫檀印合，内有小玉器及小瓷器等。夜，检取清季各省铜币，拟以一览表之式排列之，又写十七日以来日记。接陈列所信，邀为玩具研究会名誉会员。

一月十八日（十二月初六） 午前八时半起，十时福田来坐，十二时至严宅，慈约已他出，遇菱生，言明日将往天津。一时到部，校《招工章程》。绶卿有《人宽城随笔》一册，余借来一看，其中记天产物数篇尚可观，惟所语阿哈特鱼长一二丈，顶端喷水，实鲸也。日人在北海有捕鲸之船，我国士大夫尚不能举其名，可惜也。末言顺治为汉人王皋血统，此真齐东之语。王皋一作王杲，建州酋长，受明都指挥之职，为阿台章京之父塔失显祖之外舅，努而哈赤之外祖也。李成梁攻阿台，尼堪外兰为导，叫场景祖、塔失在两军之间，死于暧昧，后努而哈赤蔽罪外兰，指为仇人。今言皇太极之后与皋有染而生顺治，无论年岁不相及，且不知亲戚关系矣。当皋盛时，叫场、塔失皆隶麾下，又属至亲，子孙祀之，久而不废，自以此。故以为血统。固血统也，何必定有牛马关系。六时归寓，夜检取铜币，又编清季各省铜币分年表。

一月十九日（十二月初七） 午前八时半起，午刻马兰君之戚自广安门外来。十二时半到部，制兴业道信两章程对照表，六时还。

一月二十日（十二月初八） 午前八时半起，写致森玟信，十时至长安街理发店刮脸。午后二时，至古物陈列所调查瓷器。是日所观者为明以上器，余旧藏雍正仿汝窑暗花大瓶今已赠人者，此处亦有之，在殿后过廊南端大柜中，形式、暗花、釉色皆与余器同，但高仅三寸许，似为余器之缩影，然今日所调查者，别有笔记。来时天气颇暖，此时忽冷，大约四时矣。出殿门有风甚寒，出西华门还寓。车上凉甚，至寓，马兰君亦自护国寺返，购有小桃红两株，又水仙花一族，已有八箭，取大理石盆植之，壅以桃源石子。夜，步民及曾少轩来坐，去后余写古瓷调查记。鼻塞，似已冒寒，服清快丸十五粒。

眉注

星期

一月二十一日（十二月初九） 午前九时起，写致良丞信及古瓷调查记。十二时半至严宅，慈约已出，闻以今日晚车赴津，余至东室检点旧瓷，又取元刻柳集残本四册。二时到部，制惠民改章及俭学会合同对照表。六时返寓，夜写日记。

一月二十二日（十二月初十） 午前八时半起，九时半访澍园不遇，还写调查瓷器笔记。十二时半到部，制惠民原章改章对照表。六时返寓。

一月二十三日（十二月十一） 午前八时半起，十时澍园来坐。十二时半到部，清点三种对照表。五时出至严宅，以对照表交袁君照抄，自书箱内取恽南田《寒岩积雪图》及王石谷画幅归寓。夜，誊写瓷器调查记。

一月二十四日（十二月十二） 午前八十半起，十时取南田雪图，出城至陈列所访菱生，讬其卖去，价一千元。十一时返，步行至菜市口利远斋买素菜，还寓。十二时半到部，誊清兴业道信、两章程对照表，六时还寓。

一月二十五日（十二月十三） 午前八时起，大雪，与马兰君同观，甚乐，写瓷器调查记。十二时半至严宅，向袁君取回惠民俭学对照表，到部誊清惠民改章与俭学合同对照表，六时还寓。夜，助臣来坐，去后余写瓷器调查记。

一月二十六日（十二月十四） 午前八时半起，九时半出访德山，坐两刻许还。十二时半到部，誊写惠民原章、改章对照表，此类表凡三种皆毕，交还科长。科长往领薪水，将本科诸人薪水带至本科分之，搭现三成。五时半还寓，夜至长安街刮脸。

一月二十七日（十二月十五） 午前八时半起，内室大扫除。午刻端记电话来言助臣约饭，更衣而出。至则澍园亦在座，宫保鸡最嫩，且用豆瓣酱炒之，味尤可口。一时散，余至大栅栏瑞蚨祥购花洋布八尺、檀香皂一块、俄国牙粉一盒，价共二元零七分。又至药房市药，共价三元七角五分。至香厂澄华入浴，三时出至琉璃厂看新修市场。至商务印书馆访孙伯恒，问《元曲选》样本，言尚未到，与议为天津博物院预备旧书标本一套，起宋迄清，以代表中华印刷术。伯恒言商务印书馆涵芬楼图书室有此标本，此时再辑一分，恐不容易。余又言旧书插画亦可搜集一套，以代表中国从来之美术印刷，伯恒深以为然。伯恒近日颇讲收藏，案头有均窑花盆，高四五寸，口径二三寸，方形，棱角不甚整齐，色于粉蓝中带紫色，或元器也。又均釉海棠觚，色丽而雅。绿郎窑小梅瓶，色如冻青，高亦四五寸。年窑红笔筒，径二寸许，皆甚可观。出至文友堂买朱笠翁《陶说》一部，价一元九角。至中华书局访支山，问中华内部近事，言仍归陆伯鸿办理，前途不知如何。问营业状况，言最苦是债不易收，门面现卖交易有限，发行者本京月一清，外县节一清，此中多数不能应手，个人债务及学堂债务亦不能到期即得。时事纷乱，个人生计都受影响，无怪其然。支山为寿伯茀门生，伯茀尽节后支山亲为解下，林琴南为伯茀挚交，故与支山感情亦厚。问宝竹坡之美人麻亦经见耶？曰见之，麻则有之，美则未也，名士风流，每出寻常情理之外，性酷爱菊，某岁购菊，无资以偿，举客座几案悉以委之花佣，其清狂类若此。余往看石印画，购取文明印华秋岳山水一册、石谷山水一张，共一元六角，八五折。出，雇车还寓。夜，布置室内装饰。

眉注

星

一月二十八日（十二月十六） 午前八时半起，十二时至严宅，以惠民新旧合同对照表交袁君抄写，西林交到天津陈列所寄陈品收据及代博物馆寄陈、寄赠品收据各一纸。到部，六时还寓，夜写日记。

一月二十九日（十二月十七） 午前八时半起，十时半出城访步溟，十一时还。十二时半到部，无事，作博物院瓷器说明书。六时还寓，夜写日记。

一月三十日（十二月十八） 午前八时起，写日记，十二时半到部，拟咨税务处稿兴华纺织公司纱样标本转咨，六时还，夜写日记。本月日记自十七日始补写，今日始毕。

一月三十一日（十二月十九） 午前八时半起，十时持为良丞所购六零六丸药三盒每盒一元二角、建漆烟盒一个二元五角共一布包，往邮政局双挂号寄黔，局员谓湖南路不能走，须走重庆，寄价较寻常为重，寻常六角，此时须一元也。双挂号须加铜子七枚，掣取收条一张，还寓。十二时半到部，制商埠地图，六时还。

二月

二月一日（十二月二十） 午前八时半起，十时出至烂面胡同湘乡会馆访曾少轩。少轩言有友人内务部司员金志瀚浩如现派在古物陈列所编目录，因托介绍，少轩已见许，言须午前往始得见云。十一时还，过菜市口往利远斋购泡菜一斤，雇车返寓。十二时半至严宅，以瓷器说明书交袁庆云誊清寄津。到部，竟日无事，写致福田信，言博物院印刷品顺序陈列事，六时返寓。

印刷品顺序：

（一）旧书

北宋、南宋官本、坊本、聚珍本。

元、明嘉靖及其前后官本、私家校刻本、朱墨本、始于明自应搜求。

清官本（分各省）、私家校刻本、聚珍本公私皆有之。

写刻工、印工、纸质、墨色皆宜从说明书中标出，又行款边线、板心木记、装订等有关考据者亦应涉及。

印刷品顺序

（二）旧书上图画

经史类如礼器图、《尔雅》图、《山海经》图、《列女传》图等，图画自宋时已有雕本，其后亦多翻印。小说传记类如《西厢记》图、《元曲选》图等，此类甚多，取其精者，余所见《春灯谜》图甚有情致。风俗图如耕织图等。风景图如圆明园、避暑山庄图咏等。纪念图如《鸿雪因缘图咏》等。人物图如《红楼梦图咏》等。画谱如《诗画舫》《无双谱》《芥子园》《十竹斋》等。

以上两种皆以雕板为断聚珍本之字钉亦雕成也。

二月二日（十二月廿一）　午前八时半起，行外室大扫除，十二时半到部，制商埠地图。五时先出，至严宅取回瓷器说明书稿，闻茀田与道衡到京。夜，外室装饰并抄写及选取铜币。

二月三日（十二月廿二）　午前八时起，十时访茀田，留饭，十二时始还。午后伯坚、济舟来坐，二时同访澍园，四时同出，至青云阁雅座，六时始散。共伯坚、济舟过大栅栏，至前门，余至信昌洋行买清快丸，两君入城，余亦还。夜，抄写及选取铜币。

眉注

星

二月四日（十二月廿三）　午前八时起，接森玖信，言欲送家眷至京，即时作答，令在租界上设法。昨夜小雪，此时尚飞微屑。十二时半到部，拟令爪哇总领事稿六年秋季报告。是日值班，七时始还寓。夜，抄写及选取铜币。

二月五日（十二月廿四） 午前八时半起，访菱生，以前借《小说大观》五册还之。还，阅报，见商会改选总理，厚斋当选。十二时半到部，制商埠地图，六时还。夜，共马兰君出城，至青云阁市毛巾二，过大栅栏，至廊房头条胡同，至文盛斋看走马灯，大者十馀元，寻常者亦一元。至前门看夜市，至信昌洋行买面油及胃活，还寓已十时。

二月六日（十二月廿五） 午前八时半起，抄写二页，十二时半到部，制商埠地图，六时还。夜至琉璃厂有正书局购《芥子园》一部，价五元四，去纸币十元，此时方五三折也。至澄华入浴剪发，十一时还。

二月七日（十二月廿六） 午前八时半起，抄写二页，接良丞信。十二时半到部，制商埠地图，写致良丞信，六时还。八时至琉璃厂有正书局买王石谷《临安山色卷》及《溪山霁雪卷》之翻印册，九时半还。

二月八日（十二月廿七） 午前八时起，抄写二页，十时至中国银行换取二角小银元十五枚，十二时半到部，商埠表及图皆毕，交科长处，六时还。夜，倪松寿来坐。本部自十一日起放假三日，熏年假也，十四日到部。

二月九日（十二月廿八） 午前八时起，抄写一页，十二时半到部，查阅浦口商场六年冬季报销册，领本月俸给，一半中票，一半现洋。五时半还，夜抄写一页。

二月十日（十二月廿九） 午前八时起，抄写一页，十时访福田，十一时还，闻澍园来访，二时命马兰君往澍园家看诸侄女，携蜂糕一元、饼干一斤而行，又押岁钱四元。余亦出至新世界，见其建筑内部虽已苟完，外面粉饰全未着手，商家方安置橱架、桌椅等事。门前有巡长数人，问明早能开门耶？曰能。返雇车至青云阁欲刮脸未得，步行至海王村公园即厂甸，店摊各商方营营有事，北端有花窖，往视。闻有呼“乐先生”者，视之育英标本店少东也，向购细叶背阴草一盒，价四角；草花一盒，价三角。出，在旧货店购嵩书农所画山水旧团扇一柄，价中票一元合六角。嵩名崑，曾任贵州巡抚庆博如之太翁，画尚不俗。出雇车还寓，马兰君已先还，述澍园言，初六日贺莘老约在端记便饭。夜，至长安街刮脸。

二月十一日（戊午正月初一）　昨日公寓中颇嘈杂，屡被惊醒。今早九时始起，午饭，公寓开水角子，肴皆冷碟，皆可用。十二时同马兰君出，佣妇郭亦假去，余同马兰君雇车至新世界，径登屋顶花园，南望见先农坛，东南望见天坛及天桥大芦棚，东北望见前门城楼，再北则天安门、午门、太和门，太和三殿皆在望中，远至景山及北海白塔而止。第一舞台则甚近，西北则有宣武门城楼及白塔。西望则有广安门城楼及天宁寺塔，前在自来水塔所见者为都城东北方，此则西南方也。屋顶铁桥皆未完工，高亭数处皆未能上。坐半小时，下至第三层听滩黄，一字不解，至第二层观京津杂耍中之快书，不佳，至电影处观韩秉谦幻戏，已满座不得入。仍至杂耍处听五音连弹及大鼓、八角鼓。四时后往看幻戏仍不得入，观者皆立坐椅上，故座不及半数，而在后者皆不得观，中人之不重公德类如此。遂至第三层加非座中，各进加非一器、点心二枚，费六角。同出雇车至海王村公园，即旧日厂甸也。两旁屋宇中皆卖店，檐下为货摊，院中央仍为茶座。北入陈列所，陈列品多数为京津名产，如老天利、德兴成之景泰蓝，宝华楼之金银器，继古斋之雕漆，天津广文斋之通草花等皆在。新发明者有某氏之铜面七色花纹，大率利用热度使铜面成种种幻色，因之显成画图，为孔雀、松树等毛羽之色，俨同真物，但不知易生变化否。下，仍至花窖看花，同出。马兰君购轻气球等，雇车回寓，已五时半矣。夜，写日记。在新世界屋顶时遇倪松寿，下遇陈伯朋、杨云生、彭翰丞、郑斗生诸人。在海王村遇严约冲、周支山、贾恩溥等。

眉注

旧历元旦

二月十二日（正月初二）　午前八时半起，十时访澍园，十一时还。十二时半同马兰君出，至新世界二层之幻戏及杂耍、下层之大戏，皆人满不得入。至屋顶花园坐食顷，仍下二层各戏场觅坐，皆不得入，至茶社用茶，三时出。其北门见太平梯，在北面上接屋顶。雇车同至海王村，入陈列所一周而出。马兰君购玩具，雇车先回。余至神州国光社卖店看印刷书画，外有真迹数幅，沈石田之柳枝双燕较佳，王叔明浅赭色山水一幅，画心长尺四五，不甚精采。出遇步溟，立谈数语而别。出雇车还寓。夜共马兰君出，至公园阒其无人，树阴中红灯数百盏，远望之若云停星聚，碧纱舫中冰灯较新历年为多，看守之役徘徊其侧。春明馆中明灯照耀而有座皆空，与马兰君同坐路侧铁椅上，但闻馆中器具戛击声，盖将敛肆也。一馆人至冰灯许，问看守者曰仅汝一人耶？曰然，其人笑曰竟无人来看也。同君至花棚中，见麦芽所作龙形及刺猬等形，盖利用细根蟠结，略加装饰。唐花有海棠、牡丹、丁香、玉兰等。复至池上，池冰尚厚，且积雪其上，徘徊食顷遂出。

二月十三日（正月初三） 午前八时半起，十时澍园来坐，借《吴评史记》《白话聊斋》等去。午后三时，至海王村神州国光社看《国光大观》，十二册皆毕，又看零张画亦毕，又至各书店、各古董店一看，入陈列所一周而出，雇车还寓。六时同马兰君至新世界，本拟看韩秉谦幻戏，不得入座，同至屋顶看满城灯火，下至京津杂耍处，凡三易始得相宜之座。新世界报载开幕之日门票万馀，参观票五百馀客，大菜五百馀位，中菜二百馀位，茶二千壶以上云。余观三日以来，游人有加无减，入者每须尽兴始出，戏场座尤不易得。至午后一时起，至十二时止，奏技者联属不断，故坐客亦有尽日不去者，一人甫去，赴者辄数人至，有因而起争端者。后至者不得坐，每倚徙他人座侧，幼女少妇亦复如是，在北方所仅见者也。杂耍以徐狗子双黄最有名，今日因演他技过倦，改演莲花落之《湘子试妻》。十一时半散同出，至大街始雇得车，至寓已十二时一刻。

二月十四日（正月初四） 午前九时始起，十二时到部，廖绶卿言昨夜在新世界见余，又言在琉璃厂见小画一幅，一驴驹系树下，枝上一灯笼着火，驴见之惊跃状，倩余往视佳否。三时同子培、香岩、斗生三人出，至海王村土地庙内看画，绶卿之所言遍觅不得，遂至市场中一周出。至临远斋购冰糖山查及海棠果。雇车还寓。五时济舟来访，留饭，夜写日记。

二月十五日（正月初五） 午前八时半起，十时访莑老，吉甫亦在座。莑老以朱桂辛所赠铜制文殊像见示，又昨日所购转经轮两具，价中票一元。壁上张白纸一幅，言某君习金轮渡世法可以知人前生，此其行法时所用云。莑老言近日学佛者甚多，吴雁老在长沙为佛学会长，生活则倚修志局之月薪三百元，此地不久将有越僧来说法，借地江西会馆，但恐越语不易解。坐一小时返寓。十二时半到部，拟咨直隶省长稿，五时半出，夜抄写一页，又看《陶说》数页。

二月十六日（正月初六） 午前八时半起，十时访菱生，云已赴津，返寓。十二时半到部，向图书室取约章成案汇览一部，查取关于商埠之条文。五时半返寓，马兰君已往新世界，余亦出城赴瑞记，莑老之招也。在坐有湖南彭君兄弟，此外为德山、澍园、济舟、助臣诸君，八时散。至新世界觅马兰君不得，九时半还寓。马兰君以十一时半还。

二月十七日（正月初七） 早九时起，十时至长安街刮脸。午后二时同马兰君出，雇车至东单牌楼换车，至新鲜胡同访济舟及黄老伯母。余在书室，马兰君至上房，黄老伯母留饭，夜八时始回。

眉注

星

二月十八日（正月初八） 早九时起，接良丞寄来贵阳张赐珍水笔十二枝。十二时半到部，查取关于商埠之条约，五时还寓。六时至东安市场，赴伯坚之召也，在座为田伏侯、瞿幼卿及澍园、济舟、助臣、万勉之、吴伯寅诸君。八时始散，与助臣同出，雇车还寓。

二月十九日（正月初九） 早八时半起，十时往访明九，张莲仙亦同招待，十一时返。十二时半到部，查商埠条约，六时返寓。

二月二十日（正月初十） 早八时半起，十时至尚志医院，因神经衰弱也，遇黄大夫，药医费共九角。十二时半到部，查商埠条约，六时返寓，抄写二页。

二月二十一日（正月十一） 十二时半到部，查商埠条约，六时还寓，抄写二页，又选取铜币。

二月二十二日（正月十二） 早八时起，九时访菱生，十时至尚志医院，今日医药费一元一角。十二时半到部，三时出，至厂甸火神庙，以珠宝玉器为多，旧字画佳者甚少。旧书颇有佳者，向购原刻初印《无双谱》，索五元，畀二元未成；原刻《万首绝句选》，索一元五，畀一元未成。又至一处，见有李笠翁著之《闲情偶寄》一函七册，残第九、十两卷，其中首论剧曲，次论居处及一切器用之属，惜其不全，未与问价。又购吴挚甫手写《尚书》石印本一册，畀五角亦未成。六时还寓。

二月二十三日（正月十三）　早八时半起，十二时半到部，三时先出。至厂甸火神庙，遇明久、幹夫、玉池诸人，明久欲学隶字，觅考证之书，在旧摊上见有《汉隶溯原》《隶韵》《隶辨》等，《溯原》索十四元，《隶韵》索十二元，皆未与价。又至旧帖处，觅《张迁碑》不得，旋相失。余往购昨日之书，亦未成。出至新街两旁摊上，见有旧铁铸佛像之首，似自全躯上断落者，承以木座，象人双肩之形，像甚齐整，问价索八十元，未与价。五时半还寓。夜，八时至澄华入浴。

二月二十四日（正月十四）　午前九时起，一时伯坚自内务部来电话，言将与济舟同来。二时伯坚至，少顷济舟与澍园同至，同为麻酱之戏，余素不习，马兰君助余为之，八圈之后，已七时矣，留诸君饭，八时始散。是日，手气不顺，输去三元馀。

眉注

星

二月二十五日（正月十五）　早九时起，小病，服清快凡，托杨宗伯请假。午后小差，三时出至厂甸火神庙，以三元购《无双谱》，二元购《中国艺术家征略》正编一部二册、共七卷，義州李无放所辑而刻于天津者也。出至新街摊上寻视一周，见画棚中有李某作老松一幅，甚奇古，枝柯重叠，不类俗笔，惜款字不甚佳。五时半还寓。

二月二十六日（正月十六）　早九时起，病已愈，未出门。十二时到部。夜，同马兰君至新世界。马兰君入戏座，余至屋顶一看，月光甚黯，下至各处一游即出。至劝业场访孙丽生，出至大栅栏，花灯甚盛，游人亦不少。至前门颇冷静，即雇车先还，已十时矣。

二月二十七日（正月十七） 早九时起，十二时以电话讬陆香岩代为请假。二时济舟侍黄伯母及携小芍同来，少坐同出赴白云观。济舟所包轿车行颇迟，余与马兰君雇人力车先行。出宣武门，沿城河南岸出西便门，沿途乞丐甚多，纷扰不休。入观后由东院直至后院，穿西院而前，遇济舟诸人，后同入东院至后院，又出西院至会仙茶棚，余延入座。凭栏外望，有驰马及跑车者，都中舆马，少年牵于此时至此地，炫其所有。不少骏马，亦不少好身手，但无甚秩序，随意乱跑而已。五时同出，送黄伯母及济舟三人上车后，与马兰君步行里许始得车，还寓已近六时。夜八时，同马兰君至单牌楼北看灯，仅五家有灯，其中有串灯者，又惟毓英、毓兰两饽饽舖。灯之种类惟羊角灯、玻璃画灯、纱绢画灯，所画者多七侠五义、聊斋之属。返，接良丞信。白云观建筑甚齐整，云集山房东院有白杨二株，径近二尺，高至六丈，树干圆直而洁净，分枝皆有画意。余目所见白杨，未有如此之可爱者也。观中羽流，率借此时为骗钱之行为，如石桥下之静坐，及老人堂中之老人，皆此类也。

二月二十八日（正月十八） 早八时半起，昨日接良丞信，今日复之。十二时半到部，竟日无事。余以脑病故，亦须养息，六时还。夜看《艺术家征略》。

三月

三月一日（正月十九） 早九时起，写致森玟信，十二时半到部，六时还。接小琴信，言伯楼病乞药，出城购药付之。

三月二日（正月二十） 早九时起，至东城觅伯楼寓处不得，还已十一时矣。十二时至豆芽菜胡同，惟见袁庆云在其处，问文子诚住处，言即在对过。出至部，六时还。夜，至长安街刮脸后，出城访小琴，问伯楼病状，言少差，数语即出。

一种提倡实业之法，公家私家皆可为之，但须资本耳。先由学堂入手，预备营业经理及高等工艺之人，次办工艺局预备一般工匠，再办小规模之工厂，即用此等人任事。逐渐扩大，至有利益之后，可即转移于人而更办应提倡之工厂。最先宜调查何等工厂宜办，次须规画完全合体，始终而筹画之，再著手于学堂。此中即宜分科进行，务求办工厂之时，事事皆能应手，然后事业乃有把握。此事若用日人为顾问，可以抵制欧货。用欧人为顾问，可以抵制日货。

三月三日（正月廿一） 早九时起，一时同马兰君出至新世界，入看韩秉谦所演幻戏，复至杂耍处听八角鼓及对口相声、双簧等，六时同返。夜，济舟、伯坚来坐。

眉注

星期

三月四日（正月廿二） 早九时起，十时访菱生，十二时到部。三时胡性芝君来访，四时半性芝往见总长始别。六时还寓。

三月五日（正月廿三） 早八时半起，十时访澍园，十一时返，写致良丞信未毕。十二时半到部，编约开自开商埠表，六时还。夜，抄写一册。

三月六日（正月廿四） 早八时半起，十时出访胡性芝于西河沿宴宾旅馆，云已赴津。遂至劝业场宝华楼购红宝石金约指一枚，价二十元，因太旧，属其磨新，约后日来取，遂出雇车还寓。十二时半到部，编约开自开商埠表，六时还。夜，清点良丞苏路证券、书臣苏路股票及息折，预备寄沪。书臣股票原由良丞寄汉，近始由汉寄京。

三月七日（正月廿五） 早九时起，写致蔡衡武于沪上之信，以良丞证券、书臣股票讬代收款也。其数如下：

良丞证券三张：（一）一千元；（二）六百七十五元；（三）十元。共一千六百八十五元，已取过四期。

书臣股票六张：（一）一百股；（二）一百股；（三）二十股；（四）二十股；（五）十股；（六）八十七股。每股五元，共三百三十七股，合一千六百八十五元。又息折六张。

封好后至长安街邮政局，由双挂号将券股寄去。于其处遇助臣，向借邮片三角一分。助臣先行，余亦还。十二时半到部，编约开自开商埠表，六时还。郭妈辞去。夜，西林自严宅来电话，言福田已至京，约明日午前访余。

午间，济舟以电话来言，黄老伯母约马兰君至其家，知白夫人亦将至云，马兰君答以愿往。夜间返，言老伯母生日也。致衡武信，言取得之款汇回黔省。

三月八日（正月廿六）　早八时起，九时福田来坐，交还水晶名章一枚。十二时半到部，制商埠表，六时还。夜，清检抽屉内零星物件。

三月九日（正月廿七）　早八时起，十二时半至豆芽菜胡同访西林，取回赴津车钱中票五元，古物陈列所入门券中票一元。出到部，制商埠表，六时还。夜，西林来坐。

三月十日（正月廿八）　早八时起，写致良丞信，告以寄苏路股票证券赴沪托衡武事。午后酣睡三小时。夜至澄华入浴，至大栅栏买脚气药水。

眉注

星期

三月十一日（正月廿九）　早九时起，制艺人表，十二时半到部，六时还。夜，清点报上小说，制艺人表。

三月十二日（正月三十）　早八时起，写致衡武信，发冯妈工钱自昨日起，每元中票三元三元昨日已支一元。十二时半到部，制商埠表，六时还。夜，清点报上小说，制艺人表。

三月十三日（二月初一）　早八时起，马兰君往马道圈去。十二时半到部，制商埠表。五时半至严宅，晤常聘臣，并取回紫檀木架一枚，六时还。夜，接良丞信，澍园来坐。

三月十四日（二月初二）　早八时半起，十时澍园来坐，十二时半到部，五时半还。夜，访澍园还，制艺人表。

三月十五日（二月初三）　早九时起，接衡武信，言寄去证券及股票皆收到。与曹君闲谈，曹君，同寓，名树德，字艺甫，苏州人。曹君言苏州稻香村卖点心，生春阳卖南货，采芝斋卖糖食，陆稿荐卖烧腊，今在北京者惟陆稿荐仍卖腊肉，前三者所卖几混为一色。问北京市上设一稻香村铺面，需资本若干，曰不过三四千元，但有一好门面则他物皆可拉欠，其利甚厚。北京之为是者，多龟鸨一流人，盖拥资稍厚者，亦自觉操业之不雅，故欲渐次移向商贾一方面来也，肆中所用工匠皆苏州人，故他省人欲设是肆殊不易下手。问苏州城内不许人力车通行，殊感不便，近日有无改良？曰近日藤轿大行，价甚廉。问青阳地将永远不能发达耶？曰不能发达，其地在盘门外，苏人素有清凉地之目，谓其荒寂也。问苏省铜锡器以何处为佳？曰浙江嘉兴者最佳，在沪杭路线附近。竹器则以嘉定者为佳，嘉定去上海不过五六十里，沪宁车须过南翔，即嘉定地。南翔市面颇盛，嘉定所有皆可于是求之云。十一时西林来坐，交来德兴成所制商品陈列所徽章一面，托交福田也。十二时半到部，制商埠表，六时还。夜，访玉臣。

眉注

衡武回信

三月十六日（二月初四） 早八时起，九时半访澍园，澍园将赴天津。出访西林于严宅，取赴天津车钱中票五元。还至单牌楼，以四元换得现洋两元，补来铜子三十六枚。还寓，托杨宗伯到部请假。二时出，至前门青云阁遇西林，又至劝业场，八时半附火车至天津。十二时始到新车站，雇人力车赴陈列所，唤起赵升开所长室，宿其中，被褥虽洁，然颇凉。盖至廊房即遇大风，至此时未息也。赵升为燃壁角小火炉，暖气未出，余已入寐。

三月十七日（二月初五） 早八时半起，至陈列所共福田谈博物院事。李冠山君亦至，令人搬出旧瓷多件，属为审定，且编制说明书。中有黄秀伯、孙伯恒藏器，有西山出土器。六年农商部西山试验场掘地，发见明时某宫监墓中有金银铜玉及瓷器诸物，呈送本部，由博物院请领作陈列品。又市上所购陶瓢一具，质甚坚实，体薄而式甚古拙，柄上有“李梅造”三字，类六朝人书。向李君索取目录，俟至都时作之。共李君至楼上检点李道衡出品之前清铜币证明说明书上之误。十一时共李君出，至北大关十锦楼，约华石甫君来同饭，一时始毕。同石甫至英租界吴家大院访沈君，津人也，曾宦于晋，任解州时得出土之瓷器数件：一为明宣德白瓷压手盌，一为馒心圆足扁戋，皆有划花由釉汁影出淡绿色之纹；一为定窑花瓣盘，一为绿郎窑花瓶，又定窑笔洗一，则在晋所购者也。又龙泉暖盌一，宣德瓷器及郎绿瓶。沈君坚谓为五代时物，亦不暇与之辩，但告石甫各器皆佳，当由石甫与之商量寄陈博物院，且可随时售去。出附电车至东北城角，与石甫别，下车雇人力车至事务局。福田约至陈列所楼上下游览一周，商権变更商别诸事。四时至新车栈，五时半车始开行，八时半始至京。下车，先访人于十条胡同，十时还寓。

眉注

馒心圆足扁戗，见《陶说》中之陶冶图说之十四。

三月十八日（二月初六） 早八时半起，十一时孙月卿来访。十二时半到部，拟咨陆军部稿，四时还。

三月十九日（二月初七） 早八时半起，十时出至中国银行，取四年内国公债之息。至大栅栏屈臣氏药房买贡邦药水一瓶，价二元五角。至青云阁买泡菜，还寓。十二时半到部，制商埠表，六时还。

眉注

贡药，屈臣氏者佳。

三月二十日（二月初八） 早八时半起，十时出至东城访人不遇，还已十一时半矣。十二时半到部，制商埠表，六时还。

今日马兰君往访黄伯母，又欲访闵夫人及方夫人，黄伯母云已赴津，往依其姊氏矣。

三月二十一日（二月初九） 早八时半起，接衡武信，言良、书两记苏路本息共收得现洋一千二百馀元，钞票七百九十馀元，股票暂存沪上，现洋汇回黔省。问钞票如何处置？其细数如下：

计开良记：

交来一千元证券一张外加十五期息洋□□□□，共合洋一千一百三十六元三角三分三厘；交来六百七十五元证券一张，外加十五期息洋□□□□，共合洋七百八十五元二角五分；交来一十元证券一张，外加十五期息洋□□□□，共合洋一十一元六角三分三厘。

右三笔共合股洋一千九百六十元零二角一分六厘。

查本人已由一期取至四期，共取过洋四百六十五元零六分。

品除实交来股洋一千四百九十五元一角五分六厘。

今由五期至七期，共取来现洋三百七十六元三角一分六厘。

又由八期至十期，共取来北京钞票三百九十九元九角零八厘。

右二笔共合股洋七百七十六元二角二分四厘。

除取之外，实存股票洋七百一十八元九角三分二厘。

计开书记：交来股票六张，共合股洋一千六百八十五元，外加十五期息洋□□□□，共合股洋一千九百六十元零二角一分五厘。

今由一期至七期共取来现洋八百四十一元三角七分五厘。

又由八期至十期，共取来北京钞票三百九十九元九角零八厘。

右二笔共合洋一千二百四十一元二角八分三厘。

品除实洋七百一十八元九角三分二厘。

以上合计共现洋一千二百一十七元六角九分一厘。

北京钞票七百九十九元八角一分六厘。

未到期之股洋一千四百三十七元八角六分四厘。

以上照衡武开来原单录下，其原单拟迟日寄黔。

十二时半到部，仍制约开自开商埠表，六时出至严宅，以商埠表付袁庆云照抄。还寓，马兰君尚未归，往东城访孙伊人夫人也。问冯妈，言觅孙不得，自向天乐园听戏去矣。七时始还。夜，制治铜名家表。

眉注

此数由余经手，见四年旅行日记中。

六月十日钞寄书臣汉口。

三月二十二日（二月初十）　早八时起，写致衡武信，请将现款汇黔，京票寄京。写致良丞信，将衡武信及账单一同附寄，并言请衡武将京票寄京，目前市价五八折，若七年公债发行，或可提至七折、八折云。十二时半到部，制约开自开商埠图，五时半还。夜，为陈列所作徽章稿本，又选铜币。

三月二十三日（二月十一）　早八时半起，写致衡武信，讬将京钞换成整票，由保险信封寄京。十二时半至严宅，以陈列所徽章稿交西林寄津。到部，制约开自开商埠图，五时还。夜，制治银、治锡两名家表。

三月二十四日（二月十二） 早八时起，小雨，气候甚佳，制治金、冶铁、治珐琅三名家表。午后三时访孙伊人，五时半还。夜，阅《艺术家征略》。

眉注

星

三月二十五日（二月十三） 早八时起，昨日之雨连绵不断，至夜始息，而大风彻晓，今日虽晴，而天气颇寒，浅水处已有冰矣。报载清廷命令换穿银筩，颇觉可笑。十二时半到部，制约开自开商埠图，六时还。夜，至长安街刮脸。

三月二十六日（二月十四） 早八时起，十二时半至严宅，取回商埠表。到部，拟丹凤火柴公司批，六时还寓。夜，誊艺人表，接森玟信，立时作答。是日领薪水，一半是现洋，各五十二元五角也。

三月二十七日（二月十五） 早八时起，十二时半到部，制商埠图，六时还。夜，制艺人表。

三月二十八日（二月十六） 早八时起，十二时半到部，制商埠图，六时还寓。

三月二十九日（二月十七） 早八时起，十时莘老来访，以上株岭铁矿公司章程属拟，十二时半到部，六时还。夜，制艺人表。

三月三十日（二月十八） 早八时起，十二时半到部，托铸臣①向矿政司乞得各种矿务条例，略加翻阅，预备为莘老拟章程也，六时还寓。夜制艺人表，接澍园信。

三月三十一日（二月十九） 早七时半起，午后一时半同马兰君至新世界，君往观变戏法，余至各处游观。屋顶花园尚未完工，西望西山见绝顶上尚有雪，光明烛天末，近日天气骤寒，西北山皆有雪也。遇张莲仙，言明九亦在此中。三

校记

①铸臣，又作“助臣”“柱臣”。

时同马兰君各处游观，遇黎勉亭抱小婴伴其夫人同游。又遇陈扶黄，旋别去。同马兰君坐茶社。四时马兰君往听大鼓，余出至宾燕华楼购夹鞋，价一元七角。至瑞蚨祥购雪花一大盒，价八角五分。至前门雇车还寓，马兰君以六时还。夜，制艺人表。

眉注

星

四月

四月一日（二月二十） 早七时半起，接恒甫[①]双挂号信，并北京中交钞票七百九十九元八角一分。十二时半到部，制商埠图，六时还。夜，制艺人表，写致森玟信。

四月二日（二月廿一） 早七时半起，十时写致佩逸信，十二时半到部，制商埠图，六时还寓。助臣来坐，夜至澄华入浴。

四月三日（二月廿二） 早七时半起，出城访菱生，与商榷商会办事细则及商工改进事务处、商工业调查处等简章。十一时还，至利远斋买泡菜两斤，又醃肉一斤，肉每斤四十文也。还寓，十二时半到部，商埠图以上商埠表及图皆表明约开自开两种者昨已绘完，今日略加整理，与表合为一册交科长处，六时返寓。

四月四日（二月廿三） 早七时半起，九时出城访莑老，十时还，微雨，发致衡武信。十二时半到部，为莑老拟章程，故先取矿业条例细阅一过，六时还寓。夜制艺人表。

四月五日（二月廿四） 早七时半起，九时出城访助臣，留饭，十二时还。天阴欲雨，不欲出户，在寓制艺人表。

校记

①恒甫，又作“衡武”“恒五”，皆蔡岳字。

眉注

是日植树节，放假一日。

四月六日（二月廿五）　早八时起，十二时半到部，助臣介绍与吴少蘧相见。吴君在北京多讲求金石，同在阅书室中坐时顷而出。五时半出至严宅，取回旧茶盌一具，还寓。夜制艺人表，接森玟信，即时答之。

今日天气甚阴冷，疑远处有雪也。

四月七日（二月廿六）　早八时起，十时至长安街刮脸，十一时半出城，至桃李园赴部中同事招宴，助臣亦在，而多工商司之人。主人为关均笙、廖绶卿、李景韩、廖季舟、俞毓吴、林醒楼、葛仲勋七人。到未久，即先入座。壁间有姜颖生仿石谷临刘松年山水一幅，精力弥满，气均亦厚。桃李园为广东馆，仍用广东风味，而较精洁。一时出，今日万勉之招宴其家，助臣亦将往，因托助臣代为辞谢。东访孙伊人不遇，至青云阁劝业场，复至海王村公园，向神州国光社购《神州大观》第八、第十、第十一各一册，价四元五角。至商务印书馆访孙伯恒，以十元购《元曲选》，预约券一白纸，七月可出书。出雇车还寓，马兰君与锺太太游白塔寺去，余一人看《大观》集中各品甚乐。

眉注

星

四月八日（二月廿七）　本日为国会纪念日，放假一日。午后，马兰君与锺、方两太太游新世界去，余往东城访济舟、伯坚不遇，黄老伯母出而接待，坐少顷辞出，雇车至劝业场，经第一楼青云阁，复雇车至海王村公园。一肆悬旧琴十馀张，揭签玻璃窗上，言能刻竹器，往问有旧日竹雕器否？言未有。是主人张姓有客陈姓能抚琴，坐聆一曲，声甚清远。主人能制箫，用玉屏法，为言平箫背孔不甚协律，陈言亦然。主人父故能制平箫，主人能嗣其业，有旧玉屏箫，口已裂矣。主人父所制者尚存一支，雕刻较玉屏者为胜。有旧阳羡砂壶一，式如覆盂，底径约四寸，绝精雅，行书二十馀字，不记其词，刻近口处周园石某二字篆文小印在壶底，柄之下端又有小方印，左一字为洪，右者未能辨。石某为山阴朱坚之字，砂胎锡壶是其首创，诸家记载不言其制砂壶也。此壶式既精雅，澄泥亦绝细，其盖吻合，不能移动，惜底有裂痕。主人方有所事，余遂行，且谢陈客，其一曲余所请也。至中华书局访支山不遇，购美人与虎之画片一张，价三十二铜子。还寓，夜看艺人传，接良丞信。

四月九日（二月廿八） 早八时起，写昨日日记，菱生来坐，十二时半到部，六时还。夜，写致王季迪信。季迪令铜仁，徐劭钦欲为其侄求官费至日本留学，讬助臣来言，讬向季迪介绍也。徐生名世渊。

四月十日（二月廿九） 早八时起，九时出，入头条胡同西单，出二条胡同，入武功卫，出石虎胡同，为觅宅也，且借以探查附近地理。逾街入给孤寺胡同，经菜邦胡同、白庙胡同西头而还。济舟来坐时顷去，与约星期日午后同出南城游观。十二时半到部，致福田信，并发致季迪信，六时还。夜看《陶说》。

四月十一日（三月初一） 早八时起，至手帕胡同内大德公寓看房，不甚惬意。至宣内通俗读书处取看小说《犹龙录》，十一时返。十二时半到部，四时徐劭钦至部中来访，与助臣同往接待，六时还。夜看《陶说》。

四月十二日（三月初二） 早八时起，九时出，至通俗图看《犹龙录》，十一时还，写致良丞信。十二时至严宅访西林不遇，到部，六时还。七时西林来坐，交来四月份征稿费三十元，写收条付西林，并以在美洲所买自行甲虫玩具交西林觅人仿制，八时去，余看《陶说》。

四月十三日（三月初三） 早八时起，大风不能出，看《陶说》。十二时半到部，拟外交部咨陶化公司电，六时还，夜看《陶说》。十一时半将就眠，闻茶房言外间失火，启楼窗观之，似在前门左近，火光甚雄，至柜上问之，言顷以电问人，言在劝业场，而群贤旅馆亦同时被焚，不知孰先孰后。劝业场长葛仲勋也，司事孙丽生也，中又有安厚斋宝华楼之南柜在焉，颇为悬念。遂出雇车，至前门西单车站前下车，见群贤前门牌坊及劝业场后身牌坊窗牖洞然，其后火光如霞，尚有馀柱未扑灭，小火焰如明星之的烁，而狂焰燎天已在东首，人言天宝银楼正被焚也。复步行至大街东路对廊房头条视之，见火势为墙所阻，尚未延及南面，微有西北风，飞炭成阵，向东南方面坠。其时观者甚众，颇觉严静，巡警密布，有立者，有巡行者，亦有骑而巡视者，又有空马十馀溜行于市，度军官者也。地上有水龙皮带数处，低处有水或泻或流，步行宜慎。其时前门已无电灯，全藉火光照耀，水会中人则持有小灯笼。天宝窗户前时有火舌舐出，而对面则有激水数条与之对抗，俄顷火势亦衰。遂返行，雇车还寓已一时，眠甚不稳。

四月十四日（三月初四） 早九时起，十时以电话问厚斋于北柜，厚斋来应，谓金货及珠宝皆已救出云。余返室易衣而出，雇车至护国寺访厚斋，问昨夜云何？厚斋言其时尚在城外，闻警往赴，已不得入，闻火势甚急，向来金珠等器临睡时皆检入皮包，置铁柜中，彼时仓卒启铁柜挈出，其他银器在橱架中者一件未动，论分量亦在一二千两。问账簿抱出耶？曰亦未问北柜，想尚有底子曰底帐，固有之订账欠账皆失。问火从何处起？曰其时肆人已睡，闻声起视，云见火在三层楼上过道处。问孙丽生现在何处？曰不知，现方觅葛仲勋，亦尚未见，余银器约二千两，虽毁而原质尚在，拟迟日再往掘取，倩仲勋命人看守，不令闲人妄向翻索。厚斋又言福源宝未被毁，新者未建，旧者已撤，至货物则早已移去。群贤、天宝则皆为汇源银号之产业，受损最巨。余坐半小时而还。十二时铸臣来访，一时济舟、伯坚亦至，二时同出，出前门入珠宝市，流水潺然，自瓦砾堆中漏出者也，不知昨夜所灌入者耶，抑自来水龙头烧断所致。出前门，见劝业场后门牌坊之尖顶已失，至前门，见墙壁峭然，岩立可畏，尚有皮管横道中，水一缕自管身喷出，洒于方丈之内，观者皆不能立足。余辈因墙高而薄，无支持之具，恐或遘险，乃南行出大栅栏煤市街，至新世界，坐二层茶肆中，纵谈甚乐。复向各处游观，六时始出，邀诸君至益华蜀菜馆晚饭，不得座，返向醉月轩，在桃李园之南邻，同为新构云南馆也。四人之食费二元八角八分，菜皆不佳。出时已近八时，助臣别去，与两君步行出西珠市口，南至天桥而返。至前门桥上与两君分手，雇车还寓，倦甚。

眉注

星

四月十五日（三月初五） 早九时起，澍园来访，言昨夜晚车至也。十时至长安街刮脸，十二时半到部，拟致外交部司函稿，助臣约至渔牧司内与吴少蘧相见，观其所藏之金文拓片，有绝佳者。六时还寓，夜写昨日日记。

四月十六日（三月初六） 早七时起，八时往访澍园，言已出向助臣许，复雇车出城往访助臣，亦已他出。问周澍园来否？言未来，遂出。仍雇车返，经顺治门月城下车，购绿色水口瓶一，价铜子十五枚。二时到部，续制免税各商号表，原为王觉民制，余亦参同。六时还寓。夜，至澄华入浴。

四月十七日（三月初七） 早八时起，十二时半到部，六时还。夜，西林来坐，言前次征稿费收条与报告信寄放劝业场被焚，因重写一纸交西林去。

四月十八日（三月初八） 早八时起，九时往访步溟，坐两刻许出，至图书分馆取近日《东方》《进步》两杂志及《小说月报》看之。十一时出，过宣武门，见巡警二十馀人押解放火人犯一名游街示众。该犯名冯宝珍，年十二三岁，南横街鸿林公司之学徒，不知因何事纵火，由公司主人送区，著青布长衫，两臂反缚，其眉目有阴猛之气，颇肖岑三当年气宇，游行时毫无畏葸，但有愤郁，将来亦非安静人也。返寓，十二时半到部，续制免税各商号表。六时出至严宅，访西林。还寓，夜看《陶说》。

四月十九日（三月初九） 早八时起，福田来坐，赠本溪湖煤铁公司章程一册，九时半去。菱生来坐，十时半去。十二时半到部，三时厚斋过访，言农商部委充选举事务局农商课调查员，向问如何办法。余为访关均生、黎免斋诸人，皆未来。厚斋示珐琅面金表，言曩自市上购得珐琅面，讬人寄向欧洲配表。珐琅面径约寸五，一少妇抱小儿调之，优美精致，令人叹绝，小儿之目长仅厘四分之一，眼帘为褐色一线，中有黑睛，眼角有蓝色，须极目力始能见之。与厚斋论明清以来工艺家，为言近方编工艺名家表，厚斋约明日午前过访云，坐三刻许别去。步溟自印铸局以电话来，言与沈小庄约五时访余于公寓。四时还寓，五时半步溟、小庄同至。小庄，扬州人，能在象牙上刻极细之字，刻印亦佳，亦能刻竹。与论中国雕刻及嘉定竹人，小庄固言光绪时丹阳赵竹宾及杨州金寿山彝皆刻竹名手，北京朱竹梅云刻扇骨亦有名，刻铜墨盒者，现时同古堂之张越臣，惜不解书画，陈师曾之书画能刻之不失毫厘云。夜，看《陶说》毕。

光绪丙午，良丞至都引见，曾识小庄，讬刻象牙扇骨及牙印，亦代余刻有两印。昨晤步溟偶言之，步溟言与小庄同在印铸局，故今日来访，小庄见面尚问良丞也。

四月二十日（三月初十） 早八时起，为搴老拟铁矿公司章程。十时厚斋来坐，借《艺术家征略》去。十二时半，同马兰君出，雇车至三贝子花园。先至动物园，虎已死去，狮则仅馀一头，且盲一目。豹亦仅馀一头，象亦羸瘦不堪。出动物园北向至豳风堂，坐时顷西行，经花屋观赏良久。至动物标本室，庚戌年所见诸动物大半来此。至畅观楼又坐刻许，时已近六时矣。至鬯春堂后始东行而还。天气晴和，香风四袭，数十年来无此乐也，至寓已七时矣。夜，看《景德镇陶录》。

园中花木正开者为丁香、海棠、苹果、榆叶梅、碧桃等，桃杏已开过矣。丁香之白者亦尚未开，玻璃栅中草花开者不多，露地亦多栽草花，花畦作种种形式，颇可观。一处为圆丘，如笠，斜度极小，而种花之陇层环而上，甚可观也。园中老树不多，开办时所栽亦已长成，以柳树为最多。东洋房往观者少，室中亦未整理，岸上植有日本种樱花，皆甚小，花方正开。

夜眠甚酣，梦游十三陵，同人怂恿题诗，不能成句，乃率书数语。曰："卧子诗曰'东来烽火连三辅，北望寒云满十陵'，自当时观之，诚不知其祸乱之何所至，极今则此一段公案已了结矣。然变象之来方未有已，我国之人其更有解决此问题之能力否乎？"变象之来，指今日之外患也。惜不甚醒豁，然在梦中时固以为瞭然也。梦因一，日前晤菱生，曾劝游十三陵；二，卧子此两句诗余常诵之；三，日间谒烈士墓，颇欲作诗，构思未就。

四月二十一日（三月十一） 早七时起，九时访步溟，少坐出。步至琉璃厂向清秘阁取代侄女所刻两小象牙印，价二元一角八分。至海王村公园神州国光社购《美术丛书》后第三、第六集各一套。第三者有日人奥玄宝所著《茗壶图录》，第六者有许守白所著《饮流斋说瓷》。守白农商部佥事，六年辞职者也。两集共一元六角。返至同古堂看陈师曾、姚茫甫所书画之墨盒而张越臣所刻者，茫甫字尚佳，陈氏所画无一是处。有吴观岱所画，仅存拓片，多可观者。返寓已十一时半，二时半出，雇人力车至杨梅竹斜街，访沈小庄不遇，留片而出。至青云阁楼上剪发，至晋和祥用加非、点心，并赠俄国牙粉。出遇曾少轩及瑞州人何君，邀至少轩友人德少卿处少坐。五时半辞少轩先行，至瑞蚨祥购金珀烟嘴二，价各二元八，又生发油一，檀香胰一，玻璃酒锺二，白标布三丈，洋纱帐一，共十七元九角二分。雇车还寓，夜看《瓷说》及《茗壶图录》。

至海王村公园时，曾向某古玩店看宜兴壶数件，朱石某者之外，有杨彭年制者，有友兰制者。杨制甚整秀，友兰制者不见佳。

四月二十二日（三月十二）　早八时起，拟铁矿章程。十二时半到部，查土布免税各案。助臣来访，言笏香已还，自云曾欠良丞百金，拟迟日奉还云。六时还寓，夜读《饮流斋说瓷》。

四月二十三日（三月十三）　早七时起，拟铁矿章程，九时至街上买丁香花未得，十二时半到部，查土布免税各案，六时还。柱臣以电话约至瑞记晚饭，在座者为黄序鹓、张东屿、张荫南、何仲书。东屿，助臣内兄。荫南，笏香令兄也。八时散，同助臣、仲书浪游，十时始还。

四月二十四日（三月十四）　早八时起，十二时至严宅访西林不遇，至部查土布免税各案，六时还。夜写铁矿章程。

四月二十五日（三月十五）　早八时起，九时福田来访，西林来访，持直隶实业厅延充咨议公事来。西林先去，十时同福田出至中央公园，丁香盛开，牡丹亦放，至阅书处取看《神州国光集》十六至二十。十二时至上林春午饭，一时同出公园后门，入西华门至武英殿古物陈列所，物品稍有更动者，既又至文华殿陈列所，字画亦有更动。出已五时，至太和门外西庑茶座上用茶点，六时始出。

今日储蓄票开彩，马兰君往观。

四月二十六日（三月十六）　早八时起，写萍乡铁矿公司章程毕，十二时到部，以章程托助臣转交贺君莑老令侄，渔牧司录事转交莑老。三时往领薪水，仍为一半现洋。五时半返寓，八时至观音寺造胰公司，与慈约议巴拿马赛会报告编辑事。福田、菱生皆在坐，周支山亦来，十时始散。余至瑞蚨祥取洋纱帐。

四月二十七日（三月十七）　早八时起，九时至琉璃厂向商务印书馆买《中国工艺沿革史略》，价三角二分，至有正书局买钱叔美杜画册一，价一元二角。又至某书店买《寂园陶雅》未得，遇明久、幹夫、长卿，同至师范学堂看运动会，十一时出返寓。十二时半到部，查免税各案，继续王觉民所编之表，六时还。夜至澄华入浴，遇邓先生。

四月二十八日（三月十八） 早八时起，九时出，往虎坊桥湖广会馆，步溟此日为其尊翁开吊也。菱生先在，曾少轩继至，少坐而出，遇伯坚，立谈数语而别。至屈臣氏药房购大瓶贡邦药水一瓶，价三元七角五分。至前门信昌药房购阿斯比林一大瓶，计十二两，价八元五角，为良丞购也。还寓，十二时半同马兰君出，雇车至三贝子花园。往时都入东厢转北道往，取南道回。今日乃入西厢取南道往，转北道回，迎面景象皆昔向所未睹，耳目一新，春色满园，令人目迷。至畅观楼，因参事厅宴客，故未得入。至来远楼用茶，又至豳风堂用点心，六时始出，夜看《饮流斋说瓷》。

眉注

星

四月二十九（三月十九） 早八时起，斗南来访，赠经石峪墨拓二套。菱生来坐，借中票二十元去。接良丞信，言前寄恒甫信及账单已收到。十二时半到部，查免税各案，六时还。夜看《说瓷》。

四月三十日（三月二十） 天雨颇凉，早九时起，十二时半到部，查免税各案，六时还，步民①来坐，夜看《说瓷》。

五月

五月一日（三月廿一） 早八时起，院中柳絮如雪，天晴稍暖。九时同马兰君出，至瑞蚨祥购实地纱各纺绸衣料，价十三元八角五分。十一时还，十二时半到部，续制免税商号表，六时还。至严宅取回煨瓷青花小观音尊一枚，云蝠茶船一只，还寓。

五月二日（三月廿二） 早八时起，九时至公园，十时入图书室，阅《神州②国光集》十一至十五。十一时还寓，十二时半到部，续制免税商号表。助臣代笏香交来还良丞之款一百五十元，余写收条，讬助臣转交。六时还寓，夜看

校记

①步民，又作“步溟”。

②神州，原作“国州”，据前文改。

《说瓷》。

眉注

笏香还良丞之款

五月三日（三月廿三） 早七时起，写致良丞信。九时访笏香不遇，至宣外图书馆看近日《东方杂志》《小说月报》《进步杂志》，十一时还。十二时半到部，六时还。

五月四日（三月廿四） 早七时起，八时访菱生，坐时顷，取回旧存恽南田《寒岩积雪图》，前菱生借中票二十元，今日亦还。步行至宣武门大街，雇车还。十二时半到部，五时半还。六时至大李纱帽胡同，醒春居与张正成、杭星镇、包电轮、许世芬、陆香岩、张如玉、汪东屏、李光崙、唐晋卿、杨宗伯、陈扶黄、魏怀、张自培诸君，公请慈约、淮生及陈蔗青、关均笙、廖寿卿、李景韩、林醒楼、廖季舟、俞毓吾、葛仲勋诸君，慈约、蔗青、毓吾三人皆不来，慈约在津，蔗青将赴津，毓吾腹疾也。主人中林、李皆以病未到；宗伯亦病，则扶病而至。八时过始散，余与汪、许两君至大栅栏购物毕，各分手还。

五月五日（三月廿五） 早七时起，八时出，至琉璃厂孙公园会文堂访何厚甫，不遇。至文德堂看书，主人韩姓，何之徒也，亦不在肆。看古香斋《九经》，非原装，索价百二十元。出至海王村公园内各肆一看，又至清秘阁购墨汁及丝绵。还寓，澍园来坐。十二时同马兰君出，至新世界看西人跳舞，六时同还。夜八时出，至澄华入浴。

五月六日（三月廿六） 早八时起，十二时半到部，六时还。

五月七日（三月廿七） 早八时起，作博物馆瓷器说明书，十二时半到部，六时还。

五月八日（三月廿八） 早八时起，九时出，雇车至西华拟看古物陈列所，闻减价期已过，乃不果入。至公园游行一周，至春明馆用茶，至照像馆照四寸片像一张，价一元付清，约一星期后取像。十时至图书阅览室，看有正书局所印名画集及商务馆所印天台、雁宕风景片，天者仅有一集，石梁片尚未印出，即雁宕亦无天池片，皆属缺典。十一时还，十二时到部，五时半出。博物院瓷器说明书已毕，持稿送交西林寄津。少坐还寓，夜看《说瓷》。

五月九日（三月廿九） 早八时起，九时出，至茶食胡同图书馆取看程哲《陶器说》。十时出，在路北牛乳店用牛乳一盏，步行出大街看地摊上荒货，有郎窑绿之半截小瓶，因其无用，未向问价。至利远斋购泡菜二斤，还寓。十二时半到部，六时还。

五月十日（四月初一） 早八时起，菱生来坐，十二时出，访陈淮生，延坐陈师傅花厅。旧字画十馀件，有宣统帝所作字。坐刻许出，到部，天雨，六时还，凉甚。

五月十一日（四月初二） 早八时起，阴雨，看《陶录》，十二时半到部，拟批上海华纯制造厂稿，六时同助臣至新建胡同徐宅赴劭钦之召。劭钦住农事试验场，此尚之所住也。宅虽旧而甚雅洁，兼之花木。徐氏自明嘉靖由江西徙铜仁，科第颇盛，代有闻人。劭钦出其上代手泽，诗字多可观者。是日在坐为湖北周子和，他皆同乡。卢湘竹自乙未分手后二十馀年，今始相见，须发如银，问年已六十八矣。孙俊之与尚之同院住，文氏弟兄一为濡川之子，一式如之子也。阴雨自昨日向暮至此时未辍，道路泥泞。散席后又坐少顷，命仆人雇车不得，借周君车先回，已九时半。又看《说陶》数页，十二时就眠。

五月十二日（四日初三） 早七时起，九时至红庙严宅，与福田、菱生会议报告事，西林交来五月份征稿费三十元。十一时返寓，二时同马兰君出至北海。昨于报上见有北海开放之文，此时见白塔上颇有游人，乃至门前，则言并未卖票，但得外交部票即可入门。乃东行至御河旁，雇车入中央公园，遇助臣与其太夫人及其夫人、子女，并携有女仆，乃彼此介绍相见，同至园内各处游观。至四时助臣与家人先去，余与马兰君至五时始出还寓。在园中时，向亚惟一买藤椅一张，价二元八角，早已送到周椒青寓三十七号。六时往访之，共谈少顷始出，往视杨宗伯病。夜看《陶录》。

五月十三日（四月初四） 早七时起，十二时半到部，访包电轮，为杨宗伯讬代续假五日及学堂请假一日。三时向科长请假二日，还三时半。袁庆云来，同至东车站，福田、西林、菱生陆续至，同附车至天津，八时始至，住赛会事务局。

五月十四日（四月初五） 早七时起，往检存箱，取出《唐贤三昧集》及像框、铅勺、烟斗等物。关于赛会各种文字，昨日携至天津者存福田室内。检点毕，至公园一看，九时同福田、菱生至实业厅，十时慈约始至，共至公邸议报告编辑事。余充主任，此外为编译员多人，房舍定公邸楼下北东西房共九间，名称为“直隶赴美赛会编辑处”，所编辑者为“直隶赴美赛会丛编”。手续分五期：一清理时期，二印刷物翻译目录提要时期，三翻译时期，四编纂时期，五印刷时期。一时开饭，三时散。余返赛会局少憩，四时取行李赴新车站，五时半始开车，八时半始到京，抵寓已九时过矣。

眉注

赛会编译事决议

五月十五日（四月初六） 早八时起，十时往视杨宗伯，病已愈，尚须休养数日。一时同马兰君出，雇车至北海，缴外交部券而入。过石桥，入寺门，历殿三重，再上砖级八十一而至白塔之下。白塔不可入，其前有石台登之，正见中海古木蓊蔚，南海已不可睹，南临大内，历历可数，东望景山及寿皇殿，其间林木亦盛，但自宫墙外观之不能见也。最远则见自来水塔。西望万屋鳞鳞，特别者为参谋部模范团及天主堂各处。模范团屋宇雄丽，屋顶皆灰青色，不知铁耶瓦耶。中海总统府屋顶翠碧居多，间以红阑，绚丽之极。大内则皆黄琉璃瓦，似甚坚固。石台上复有小阁，墙上皆以有佛像之釉砖砌成，数之凡四百馀像，阁中供佛像，状甚猛恶，首及手足皆有，多数足下踏人及诸鸟兽像，尚工致。惟墙上画像目缝多为釉封，似初生猫儿未开眼者然，殊可唤也。其他殿中佛像多残损者，且有移换者。下至山半西，得楼台数处，磴道修洁，松柏苍秀。于其处少憩，遂自西道下山，沿西岸北行。北岸为清漪堂，东西各有曲廊二十一间，正对万佛楼诸处，隔水相望，势甚开拓。循东岸南行而还，仍至石桥。今日游人颇多，此时尚有来者。既出，雇车至中央公园，入图书室少坐，出至药圃看花红药，有深红、胭脂红两色方盛开，淡红者亦初开，白药尚含苞未吐。至春明馆茶座，余往像馆取像，作工潦草之至。五时同出，马兰君往周宅，余还寓。夜，澍园来坐。

五月十六日（四月初七） 早八时始起，写昨日日记。十二时半到部，续制免税商号表，五时半出，至严宅访西林。六时还，腰痛。

五月十七日（四月初八） 早八时起，腰痛。十二时半到部，续制免税商号表，六时还。

五月十八日（四月初九） 早八时起，病未愈。十二时半到部，续制免税商号表，六时还。

五月十九日（四月初十） 早八时起，至长安街剪发。午后，制清瓷款识表。

眉注

星

五月二十日（四月十一） 早八时起，腰痛未愈，告假一日。午后，制清瓷款识表。

五月二十一日（四月十二） 早八时起，十二时半到部，六时还。

五月二十二日（四月十三） 早八时起，十二时半到部，今日值班，七时还。向暮，澍园、伯坚来坐，澍园将有湘东之行也。夜，制瓷釉表。

眉注

值班

五月二十三日（四月十四） 早八时起，九时济舟来坐，十一时助臣来坐，十二时半到部，六时还。伯朋来坐，乞安司比林两剂去。夜，制瓷釉表。

五月二十四日（四月十五） 早八时起，全克卿来访，言十二日到京，此行为视其少君来也，现住西河沿燕台旅馆。问去岁受惊耶？言秋冬之交扶柩回籍，过弓坪被刦，至常德道路不通，乃将柩寄德山浙江义园云。十二时半到部，六时返。夜，制瓷釉表。同寓有老翁中风，居人惊疑，以为遇邪。其人有弟有子有孙皆同寓，并招其女来视。女有仆人忽昏迷，作谵语若曰二姑娘云云。然命送回，而老翁病渐愈，群更惊奇不已，谓鬼已附某仆去也。接良丞信、书臣书。

五月二十五日（四月十六） 早八时起，十二时到部，今日领薪水，现洋钞票各半。天雨，五时半即还。

眉注

接锺汉生致澍园信

五月二十六日（四月十七） 早八时起，至长安街刮脸。十二时半，同马兰君出，至瑞蚨祥购湖绉夹袴、野鸡葛裙、线袜、丝袜、花露、烟嘴、洋布等，共去价洋十八元零。又为澍园购女洋伞，价三元七角，比去年少七角也。出，同至珠宝市花汉冲购桂花头油半斤，价铜子四十八。马兰君先回，余往西河沿燕台旅馆访全克卿，不遇，留片出。雇车至厂甸购书未成，雇车还。头微闷，服清快丸十五粒。夜看《说瓷》。

五月二十七日（四月十八） 早八时起，十二时半到部，六时还，夜制瓷器表。

五月二十八日（四月十九） 早八时，衡武来访。九时访济舟，济舟留饭。十二时同出，至路南为澍园相宅毕，别济舟，到部。六时出，以所作寄赠天津博物馆之贵州照片说明书至红庙，交西林託转寄天津，还寓。夜制瓷器表。

五月二十九日（四月二十） 早七时起，八时访澍园，九时出城，至肉市五洲宾馆访澍园，云已移二龙坑小口袋胡同黄宅，余念实周宅也。出至瑞蚨祥订制伦敦衫一件，价十六元五角。又买香水一瓶，价二元二角，还寓。十二时半到部，接浦口商埠七年春季支出概算，六时还。携回向周镇安借得之《校碑随录》方药雨若，还取《张通妻陶》及《司马景和妻志》考之，尚皆旧刻。是日，交房钱中票四十元。夜制瓷器表。

五月三十日（四月廿一） 早八时，雷长卿来访，同出至方壶斋鸣九寓所，恒甫、幹夫已先在，黄耀臣亦至，十二时还。二时到部，六时还。夜抄巴谱瓷器名。

五月三十一日（四月廿二） 早至二龙坑小口袋胡同访幹夫、恒甫，恒甫他出，与幹夫谈时顷还。十二时到部，病不能支，三时还寓。

六月

六月一日（四月廿三） 早八时起，病未出门。午后六时，济舟来坐。七时至韩家潭通商号，赴幹夫之招，在座者为恒武、鸣久、长卿、黄尧臣、陈维藩、张铁光、邓明阶、曹兴薪、姚茫父。九时散，至前门市药。

六月二日（四月廿四） 早八时半起，十时季英来坐。十二时半到部，六时还。夜制瓷器表。

六月三日（四月廿五） 早八时起，九时访明久，入城访季英，遇铁公。十一时还，一时到部，六时还。

六月四日（四月廿六） 早八时起，九时往访季英不遇，还。十二时半到部，六时还。

六月五日（四月廿七） 早八时起，九时半出，至瑞蚨祥取伦敦纱长衫，又至前门买药还。十二时半到部，六时还。接良丞信。

六月六日（四月廿八） 早八时起，助臣来坐，十二时半到部，写致良丞信，六时还。夜，制瓷器表。

六月七日（四月廿九） 早八时起，写假单邮寄科长，请代请假两日，出至药肆购药，是日仍制瓷器表。

六月八日（四月三十） 早八时起，十时至长安街剪发，是日仍制瓷器表。

六月九日（五月初一） 早七时起，午后马兰君往访漆老太太去，钱福臣来访，辞以病未见。夜，接森玟信，言书臣已到汉口。

眉注

星

六月十日（五月初二） 早七时起，九时写假单邮寄科长，请代请假三日。助臣来坐，午后写致书臣信，并将衡武经手苏路领款账单照录寄去，衡武原单寄黔，录底在三月二十一日记。并写致森玟信。衡武经收现洋八百四十一元馀，中交票三百九十九元馀，其未到期之七百一十八元馀，将证券存衡武处请代收。

眉注

寄书臣信并苏款事

一八、五、八抄寄璧侄，止于此

六月十一日（五月初三） 早七时起，九时出，至药肆购药，费中票六元。午后写致福田信，倪子文来坐，以现洋八十元存余处。写致铸臣信。

六月十二日（五月初四） 早七时起，十一时助臣来坐。夜，接森玟信。同马兰君至医院。

六月十三日（五月初五） 早七时起，八时至医院住院，每日三元。十一时马兰君来看，即往访锺太太游北海去湖南水灾开放。夜，马兰君来看。

眉注

今日端阳

六月十四日（五月初六） 在医院，六时即起，午后马兰君来看。夜，马兰君来看，因病良已，遂出院。自明日起挂一月诊视号，每日往看，交医生十元，计住院两日六元，挂号二元，下馀二元存院。

六月十五日（五月初七） 早七时起[①]，八时赴医院诊治，后取回药二种，计一元八角。还，袁庆云来坐。午后四时，兆西林来坐，交来陈列所六月份征稿费三一元。五日接良丞信，言以三十元还二毛，在京所用三毛之数，今日自良丞存款竻香还款中取出。

六月十六日（五月初八） 早七时起，八时赴医院。午后五时伯朋来坐，赠五元作药资。夜，制康熙瓷表。

眉注

星

六月十七日（五月初九） 早七时起，八时赴医院。十二时助臣来坐，言部中已改早班，七时往十二时还云。制康熙瓷表。夜接森玟信。

六月十八日（五月初十） 早七时起，八时赴医院，午后制康熙瓷表。

六月十九日（五月十一） 早七时起，八时赴医院。还，幹夫来坐，交到衡武致刘如周信稿。午后制康熙瓷表，助臣来坐。

六月二十日（五月十二） 早七时起，八时赴医院。还，助臣来坐，以五十元讬助臣汇汉口交森玟收，此良丞之款，付森玟购物者。是日制瓷器表。

眉注

汇汉五十元

六月二十一日（五月十三） 早七时起，八时赴医院。还，制瓷器表。

六月二十二日（五月十四） 早七时起，到部。自旧历端午后改早衙门，每日七时往，十二时半散也。还寓，仍制瓷器表，写致森玟信。

校记

①“起”字原稿脱，据文义补。

六月二十三日（五月十五） 早七时起，八时赴医院。还，制瓷器表。

眉注

星

六月二十四日（五月十六） 早七时起，七时半到部，十二时半还。午后制瓷器表。

六月二十五日（五月十七） 早七时起，七时半到部，拟致怡大洋行信稿，十二时半还，发致森玟信。

六月二十六日（五月十八） 早七时起，七时半到部，十二时半还，发致澍园信。夜制瓷器表。

六月二十七日（五月十九） 早七时起，七时半赴部，昨日讬汪东屏先生代取俸银，今日交还。与陆香岩同值班至四时半始行。

六月二十八日（五月二十） 早赴医院，仍住院，函向科长告假。马兰君来侍，助臣来坐。

眉注

复进医院

六月二十九日（五月廿一） 早六时起，马兰君携汇南方之款来。午后西林来看。

六月三十日（五月廿二） 早六时起，西林来看，言同仁医院之房间二元一间者尚可坐。午后，马兰君来看、助臣来看，以汇南方之款讬助臣代换代汇。

眉注

星

七月

七月一日（五月廿三） 早六时起，十一时马兰君来看。写信向科长请假。

七月二日（五月廿四） 早六时起，十一时马兰君来坐。午后，助臣来坐，言昨日将汇南之款换出，汇良丞者现洋六十元劳香还良之款，交票一百元苏路股款，交票换六零一，合六十元零一角，合之现洋共一百二十元零一角。但至中国银行则言贵州汇兑不通，故尚未汇。汇书臣者中票一百元换六零三，合六十元零三角；交票三百元换六零二，合一百八十元零六角。两合二百四十元零九角，汇汉口大董家巷同信和栈，交书臣二百四十元，汇费二元四角，将九角零数作汇费之外，添去一元五角，当将四单交余。仍托其将良臣之一百二十元由邮政局寄黔。时已四时，助臣起去，五时步溟来坐。

眉注

汇汉寄书臣二百四十元。回信见下十六日

劳香还良款共二百五十元。五月二日

买安斯必林八元

寄六零六及福漆烟合。邮费一元

还余三十元

汇汉交玟购物，侄女奁具五十元。上月二十日

汇黔六十元。本日

寄安斯必林费一元。十月二十五日

七月三日（五月廿五） 早六时起，九时写信托绎琴筹六十元。马兰君来看。

七月四日（五月廿六） 早六时起，八时助臣来，言昨日已将良臣之一百一十三元由邮局汇黔，外汇兑及补水费六元七角八分，共计一百一十九元七角八分，由双挂号寄去。马兰君来看，向暮大雨。夜，绎琴来坐，赠现洋一百元。接森玟信，五十元已收到。

眉注

汇黔百二十元

七月五日（五月廿七） 早七时起，午后马兰君来看，写致书臣信。

七月六日（五月廿八） 早七时起，午后马兰君来看，写致良臣信。

七月七日（五月廿九） 早七时起，午后马兰君来看，六时交医院现洋三十元，十日内费用也。复畀下人一元，看护妇一元前已由马兰君畀一元。九时出院还公寓。

眉注

星期

七月八日（六月初一） 早六时起，七时仍赴医院，还至长安街剪发，尔后至华园入浴，济舟至园来访，同还公寓。

七月九日（六月初二） 早六时起，八时到部，十二时半还，三时至长安街邮局汇三十元付森玟。夜写致森玟信。

眉注

汇汉三十元

七月十日（六月初三） 早六时起，八时到部，十二时半还。二时伯坚来坐。五时至华园入浴。

七月十一日（六月初四） 早六时起，八时到部，审查领事报告，十二时半还。

七月十二日（六月初五） 早六时起，今日共和纪念复辟后，放假一日。午后三时坚与其令妹蕴其寿珣、执其寿璧来坐，借英文书八册去，内有谦本地理及绿皮教科等。八时同马兰君出，至新世界，十一时还。

七月十三日（六月初六） 早六时起，七时半到部，审查领事报告，十二时还。午后二时出，至临记洋行购十四开五号金表一枚，价二十一元五角。至信昌洋行购药。至瑞蚨祥购铁线纱马褂一，价六元七角。至宾宴华楼购缎鞋一双，价一元六角。还寓。

七月十四日（六月初七） 早八时起，午后三时至临记洋行，出至天桥茶社一看，雇车还寓。还，接森玟信。夜同马兰君至公园，甚凉，十时即还。

眉注

星期

七月十五日（六月初八） 早六时半起，七时到部，领事报告审查表成，交司长处，十二时还。午后二时访周鸣久，遇邓鸣皆①在坐。三时出，至琉璃厂看书，在海王村某号见四明徐氏刻小本《文选》，字体类汲古阁，尚佳，惜非初印，昇二元未售。至中华书局访周支山，少坐而出。至松华斋看姜颖生画，小横幅，不甚佳。还寓，夜大雨。

七月十六日（六月初九） 早六时半起，七时半到部，十二时还。午后二时访张绎琴于石碑胡同后坑，出访廖寿卿科长不遇，至望园坐一时许还。闻有吴画山来拜，并有李祥祯介绍信，言吴为鼎山之弟，猴场人，沅州中学校毕业生，拟进京师大学，托余照料。祥祯与鼎山商务上同伙也。夜接书臣信，言二百四十元已收到。

眉注

汇汉二百四十元之回信

七月十七日（六月初十） 早七时起，八时到部，吴画山访余部中，言毕业凭照于火车站上失，往大学报名言须理由书云。十二时还，二时半出，至西河沿五斗斋同义栈访吴画山不遇，以致陈公鲁廷纪之介绍片及余名片留柜房托转交。介绍书，仅云吴欲进预科如何手续，请详细告知也。出至宾宴华楼坐一时许，至青云阁一看。至琉璃厂海王村公园看旧瓷，有雍正仿均釉梅瓶，蓝色中间隐红丝，底有篆文雕款四字，罩以芝麻酱釉，索四十元。又盆连一枚，深蓝色中泛深红点，未问价。仿胭脂水大口美人肩瓶，底有“雍正年制”四字，西湖色堆料，款新制也。市人谓道光时仿，彼不知彼时并此不能也。釉色尚干净，但不甚匀。

校记

①鸣皆，又作“明阶”“鸣阶”，邓汉祥字。

又鼓形花插一枚，无款。还寓已五时过矣。

七月十八日（六月十一） 早七时起，八时到部，覆内务部浦口商埠会文、会印、署名咨稿，十二时还。二时访周鸣九、颂九，遇蹇桓驹、雷长卿两君。四时出，至公园游行一周，在来今雨轩庭外树下茶座坐三小时，用番菜不佳。于其处复遇颂九。八时还寓，接良丞信。

七月十九日（六月十二） 早七时起，八时到部，十二时还。午后四时至长安街华园入浴。还，倪松寿来坐，取去现洋十五元原存八十元，留饭，添烩蟹肉、炸八块鸡、炒腰片、火腿白菜各一器，向暮始去。八时半大雨，北城有雹。

七月二十日（六月十三） 早七时起，八时到部，十二时还。午后二时出，至长安街刮脸，出城至观音寺晋和祥大餐，间用冰忌凌及点心。至时则斋修理新买之表，价五十铜子，约五日往取，出票宇字八十一号。至前门购药，天将雨，遂雇车还。

七月二十一日（六月十四） 早七时起，八时往新建胡同访徐少卿。还，闻王觉民、毛俊可来拜。午后二时同马兰君出，至公园看同仁堂所寄存之金鱼，凡二百数十盆，大者连尾长七八寸。盆分木制、陶制两种。陶制者质类细砖，形如大盌而浅，口径三尺许，深一尺四五寸，寂园《陶雅》所谓长和鱼盆与鱼相得者也；木制者口径五尺，底稍敛。执役其处者凡数人。然珍品尝易毙，有身具红黑点者四枚，价七十元，数日间已毁其二矣。池荷盛开，间以菱叶。同至柏斯馨座上，各用冰忌凌一器。又至北林下，御河上红莲亦盛开，同坐草亭中看之。五时游人渐集，六时同用点心而行，归寓已七时矣。

眉注

星期

长和窑在长辛店

七月二十二日（六月十五） 早七时起，天雨。八时半至部，十二时半还寓。

七月二十三日（六月十六） 早七时起，八时半到部，写税务案目，十二时还寓。二时出，至市上购墨一锭，还寓，写雍正瓷器考。

七月二十四日（六月十七） 早七时起，八时半到部，拟咨税务处三友实业社毛巾完正免重稿，十二时还寓。三时清写康熙瓷考，汇成一卷。夜雨。

七月二十五日（六月十八） 早七时起，八时半到部，写税务案目，十二时还寓。三时出，至观音寺时则斋取表，修理费铜币五十枚。至宾宴华楼小坐，出至澄华入浴，还寓已五时。

七月二十六日（六月十九） 早六时半起，八时到部，拟咨税务处当票贴用印花稿。十二时半发薪水，仍现洋五成，领薪后即还寓。三时出，至长安街刮脸。至公园，入图书室看《神州国光集》十六至二十册。五时至柏斯馨用冰忌凌一器。南行经春明馆，遇鸣九、幹夫，少坐，幹夫以蔡恒五信及刘如周覆信见示，六时先出。

七月二十七日（六月二十） 早七时起，八时到部，拟咨财政内谘浦口商埠支出计算书稿，十二时半还寓。二时同马兰君出，至隆福寺游行一周，在牛乳店用酪，在摊上购菖蒲实二枝，同出雇车至黄济舟处①。早间马兰君在周宅闻杨执其言黄伯母病，故往视也。黄伯母命仆人往接济舟回，言伯坚已他去，马兰君与于太太、方太太、闵太太三人及杨执其在上房，余与济舟、知白令弟在客厅。饭后始同马兰君回。夜，步溟来坐。

七月二十八日（六月廿一） 早七时起，八时出，至附近闲步，在市上换钱，还寓。午后二时，同马兰君出，至东安市场茶楼雅坐，坐一时许出，雇车出朝阳门，至荷花香茶社。荷花极盛，兼产菱角，茶社为一大院，西屋五楹，南北厢各三楹，东为舞台，舞台三面尚有馀地，坐客已满，有杂耍及各种戏剧。地尚幽爽，而社会太龌龊，与马兰君入坐约一时许即出。过渡雇车至中央公园，坐北林中用点心后，至七时过始还。夜热甚，不能成寐。

校记

①“处”字原无，据文义补。

眉注

星期

七月二十九日（六月廿二） 早八时始起，昨夜热甚，至四时始得入眠，故晏起也。九时到部，十二时还寓。写致福田信。

七月三十日（六月廿三） 早七时起，九时到部，十时大雨，二时始霁。余与陆香岩值班，三时同出还寓。写雍正瓷器表。

眉注

汉生生日午前八时二十分

七月三十一日（六月廿四） 早七时起，九时到部。昨日科长属清理各商家存案之货样、商标等，因命听差将各物搬至二科。余往视存物处，乃一旧式木柜，分上下及底三层。上层一门，下层及底共一门。问有无锁钥？曰无。还至二科清点各品，科长属张自培写目录。又有化妆各品，则由汪东屏并目录交出，科长命听差萧永焜经管，余呼之来按单点清，交萧持去，并将新购锁钥二具付之。十二时还寓，二时出，至古物陈列所考究瓷器。四时出至公园柏斯馨坐上少息，用冰忌凌一器。五时出，还寓。

八月

八月一日（六月廿五） 早七时起，八时至豆芽菜胡同，旋到部，就昨日商家货样单查其到部之年月，十二时半还。二时倪松寿来取十五元去，余亦出至头发胡同访贺凤笙，不识其所寓门牌，屡问皆不是。至小市见摊上有仿郎窑红花瓶数件，色气皆佳，但坯质甚粗，万历底开片亦颇肖，忆在南洋劝业场时所仿者尚不及此，此十年间想进步矣。又霁红笔筒一，颇似旧物，亦嫌坯质太粗。返至长安街刮脸，还寓。五时复至小市欲买霁红笔简，至则已收市矣。遂出头发胡同，步行还寓。夜，接森玟信，言七月三十日午前八点钟举一子。

八月二日（六月廿六） 早七时起，八时访福田，九时到部，查各商家货样卷。天雨，十二时冒雨还。四时，菱生来坐。夜，写雍正瓷考。

八月三日（六月廿七） 早七时起，八时到部，拟咨内务部稿及查各商家货样卷。天雨，自昨夜至今未止，十二时冒雨还。午后，写雍正瓷考，写致森玟信，新诞一孙取名汉生。

八月四日（六月廿八） 未明时大雨，旋霁。午后二时，至浸水河访贺奉老不遇，至小寓一看还寓。三时，同马兰君出，至东安市场玉泉茶社中雅座上用茶，六时出，雇车还寓，夜读太白诗。

眉注

星期

八月五日（六月廿九） 七时起，八时半到部，编货样及商标单，十二时还。饭后访何寿春君。寿春，矿政司技士，现寓邻室。四时出，至长安街入浴及剪发，至浸水河访贺奉老。遇邓皋生，皋生先行，余与奉老谈至七时还。

八月六日（六月三十） 七时起，八时至豆芽菜胡同，西林言慈约尚在宣化未还。余亦到部，拟批三友实业社毛巾完正免重稿，十二时还。二时出至小市，以三十铜子购得旧霁红笔筒一，瓷质颇粗，然釉色尚活润。还寓，写雍正瓷器考。六时，同马兰君出，至香厂东方饭店用大餐，室与器具皆甚华焕。晚餐每份一元五，外用车厘饯三杯，杯三角，连加一小账，共四元二角九分。出已八时，同至新世界，马兰君往观日本魔术，余至各处闲看，终往看戏。十一时同马兰君出，还寓。

八月七日（七月初一） 早七时起，八时到豆芽菜胡同，闻慈约仍未到，遂赴部。天气郁热，空气中水蒸气甚重，恐尚有雨。十二时出，还寓。二时出，雇车至东安市场，至德昌号正遇遇春及幼卿皆在号，与论旧瓷。遇春言，近日宝石红为日人所仿，其色绝肖，且用江西坯加釉，其细坯者颇不易辨，古董行中人亦有被欺者。又言雍正仿均原不值钱，近亦声价陡增，原仅数十元者，近亦千数百元矣。新近某肆卖一盘，价一千元，二年前仅十数元购之耳。幼卿取釉里红器与观，一玉壶春瓶，高七寸许，康熙六字蓝款，蓝色鲜润，瓶颈有凸起螭龙一条。上傅釉里红，薄色绝类豇豆红之釉，瓶口已裂。遇春言，今只值百馀元，果不损者，千元以上矣。又苹果尊一，康熙客货釉里红，画三兽，釉色纯厚，中含绿片，瓷质稍粗而无款。少坐出，在市场各处游观，购南洋兄弟公司广告美人画一张，价三十枚。出至覆公府口利喊洋行一看，有云石雕像数座，罗马产品，他国所不能仿者也。雇车还寓，写数日来日记。

八月八日（七月初二）　早七时起，八时到部，为调查事往晤邢冕之于矿政司，拟批商会联合会稿当票用印花事，十二时还寓。二时出，至廊房二条一带看古玩，经宾宴华楼至青云阁，步行至琉璃厂，入海王村公园一看，布置已毕，席棚之下颇可纳凉。闻张子培言，夜间颇胜也。访孙伯恒于商务印书馆，不遇，问《元曲选》，言已出版，尚未寄京。出雇车还寓，夜写雍正瓷考。

八月九日（七月初三）　早七时起，八时至豆芽菜胡同访慈约，言甫出，问何时到，言昨日午后五时也。到部，以存案货样、商标清单交科长，十二时出。仍至豆芽菜胡同，言慈约尚未回，还寓。二时出，至海王村公园坐两刻许，至杨梅竹斜街雅观斋购保赤散十包。至观音寺购檀香皂及白缎带，至前门雇车还寓。写致森玟信，并寄保赤散去。夜看杜诗。

八月十日（七月初四）　早七时起，八时至豆芽菜胡同访慈约，共谈此行至宣化调查所得各事。九时到部，拟咨复浦口商埠局稿，十二时还寓。三时出，入西华门，至古物陈列所看旧瓷器。五时出，至公园柏斯馨坐，用鹹点心二枚，六时还寓。夜看杜诗。

八月十一日（七月初五）　早七时雨，龙泉孤儿院本以上星期开彩，因雨改至今日，不图至此时复雨。起后写昨日日记。午后访贺奉老不遇，访鸣九，适绎琴亦在座，谈一小时许出。雇车至小市地摊，卖旧瓷者颇多，无佳者。出至大街路西，有旧货店，往看旧瓷甚，多半皆残毁。出雇车还寓，看杜诗。昨看古物陈列所，见陈品有新加入者，象牙笔筒雕镂颇工，惜磨治处尚未能十分光莹。

眉注

星

八月十二日（七月初六）　早七时起，闻部中有电话来，言今日因国会开会，放假一日。八时至长安街华园入浴及刮脸，既毕欲出，因大总统将莅国会，遮断交通。适对过有小胡同，园人指示余言，由彼可达旧刑部街也。门前警官数人，视余无言，余乃入小胡同，出头条胡同还寓。午后二时出，至公园图书室看《神州国光集》，四时至柏斯馨用冰忌淩及点心，又购点心四枚出，归寓。

八月十三日（七月初七）　七时起，八时到部，清查注册工商预备分类，十二时还寓。写雍正瓷考。四时半出，至公园董事会，实业调查会之第一次会也。此会由陈淮生发起，到者为邢冕之、黄润书、张公权中国银行副总裁及淮生，未到者为张新吾。决议先分地调查，由上海、汉口及东三省著手，上海讬施伯安调查，汉口讬谌湛溪暂任。五时半散会还寓。

八月十四日（七月初八）　早六时起，七时半到部，汇上海公司工厂表。以高丽笺一张讬助臣转讬林剑秋作书。寿卿言寂园叟姓陈，名浏，字亮伯，而未知其住处，余因讬助臣向吴少蘧打听。十二时还寓，倪松寿来，言将往上海入交通学堂，因取存款五十元去。二时看韦苏州诗，至五时始毕。

眉注

取三毕

八月十五日（七月初九）　早六时起，七时半到豆芽菜胡同，检出书帖令见风日。八时半到部，仍汇上海公司工厂表，十二时还寓。二时半出至小市，见古玩摊甚多，见有抹红瓶及抹红夹彩瓶，色皆可观。未携资，故未问价。出至公园，入图书室取观去年《小说时报》，中有上海名妓捉迷藏之写真片，并皆佳妙，中以素云为最美。看译本欧洲小说数篇。五时由图书室至柏斯馨，用冰忌淩一器而行。路旁有监狱工艺品陈卖，因买八行一盒，信封五十枚，价共四十五铜子。至门有少妇及西女各一，卖《救世军报》，少妇以一纸索购，以二铜子购之。出至寓已六时，夜写瓷考。

八月十六日（七月初十）　早七时起，八时至豆芽菜胡同检书，与西林约午后同至城东北角俄国教堂，调查其所营实业。八时半到部，仍写上海公司工厂表。十二时出，至豆芽菜胡同午饭。遇张星六，慈约之友，寄寓慈约处，现在司法讲习处任教者也。今日热甚，不能同往，西林亦不能往，乃改期。遂出，雇车还寓。三时出，至小市覆看抹红瓶，色较寻常者为鲜。又抹红夹彩者二枚，色较暗而釉质甚细，坯质亦细而薄，里作淡绿色，乾隆以后窑也，画工在粗细之间，惟嫌界限不甚齐整。又有三彩大盌，余见其底内双圈颇匀整，取视之，见坯质亦细，但双圈内又作小方形物，此为近作之证。绿地花纹中黄色颇粗，紫色尤非驴非马，遂置之。旋出还寓，写日记。

八月十七日（七月十一） 早七时起，八时至豆芽菜胡同，收检书帖，盛之箱中。九时到部，仍写上海公司工厂表，十二时还寓。二时出，至长安街入浴刮脸。还，看高常侍诗。

八月十八日（七月十二） 早七时起，八时出至市上闲步一周还。午后二时出，访贺凤笙不遇，过小市一看，还寓，济舟来坐。夜看岑嘉州诗。

眉注

星期

八月十九日（七月十三） 早七时起，八时到部，写上海公司工厂表毕。鲁叔龙过访，托为其令弟出结考学堂事，十二时还寓。二时出至公园，还已四时。夜写乾隆瓷考。

八月二十日（七月十四） 早七时起，八时到部，写存案货样商标目录，十二时还。午后二时，鸣久来坐。四时至公园，为实业调查会第二次会，五时还寓。夜写乾隆瓷考。

八月二十一日（七月十五） 早七时起，八时到部，写存案货样商标目录毕，付萧永焜写一份。淮生交来上海商名录及调查报考作调查参考，十二时还。二时出至小市一看。出城至琉璃厂海王村公园，遇吴少蘧，前托助臣转问少蘧访陈亮伯住址，言在丰盛胡同中间路北。此时相遇，少蘧为言陈原在外交部，后放福建盐道，因购浦口地皮损其赀，故所藏亦多卖去云。又向问姜颖生住址，言在梁家园惜字会馆之西云。少蘧约至某古玩店看青石研，不佳，还少坐。余先行还寓，写致澍园信及覆鲁叔龙信。夜写乾隆瓷器考。

古玩店有土定花插，釉质细润而不甚白，且似疏浮，面不甚平，有不匀之细纹开片及淡肉红色或较黑之渍痕。

八月二十二日（七月十六） 早七时起，八时到部，看民国元年各省调查表，十二时还。二时出至小市一看，出城访鸣久、步民皆不遇，还，写乾隆瓷考，夜同。

八月二十三日（七月十七） 早七时半起，八时至豆芽菜胡同访西林。出到部，十二时出至豆芽胡同，取回蜜蜂一罐，前日讬西林向俄国教堂购得者也。还寓。二时半出，至陈列所访菱生及杨喆儒、王槐卿皆不遇，还至小市购得青花开片鼻烟壶一，一面画渔樵读三人聚谈，一面画耕者杖锄而立，用笔高简而神采奕然，当是康熙时物，又购得桦木根笔筒一枚。前者六十铜子，后者七十也。还寓眠一小时，夜写乾隆瓷考。

八月二十四日（七月十八） 早七时起，八时到部，写上海纺织机、面、榨油各工厂目录，交淮生调查会中所用，将以寄上海讬施伯安调查者也。十二时还寓，写致森玟信。将与马兰君往北海，二时天雨，遂不果往，写乾隆瓷考。夜同。

小市古玩摊颇多，旧瓷亦伙，佳者不过一二，见即被人购去，盖厂肆各家皆有人前往搜集，前所见抹彩两瓶及青花加紫之鼻烟壶皆仅一见。

八月二十五日（七月十九） 早七时起，八时至长安街理发店刮脸。报载此肆有人借电话通至总统府问一号内，问寻何人？曰冯华甫。问何事？曰汝冯华甫耶？曰然。曰明日见，遂挂机不语。府问电话局得之，巡警往命交人，言不能。遂拘肆主去，卒乃撤其电话云。余视电话机已撤去，亦未见肆主，知报言不误。午后二时，偕马兰君至北海，今日为山东水灾赈捐开会之第二日，每票中国票洋一元。余前在部中分得一张，此时又购一张，入门后以十钱购路线图一。过桥入永安寺，掣彩得布手巾一。上山至白塔下，人甚拥挤，由塔后东角门下至漪澜堂，循回廊设座，茶点皆精品。购船票二张，每张四十钱，同渡北岸，海中荷叶正盛，花亦盛开。天阴雨，故花皆不因阳光而敛。至五龙亭登岸，入亭中茶坐用茶。余独进阐福寺往看，大佛凡六面，前者较大，顶上作圆锥形，上有人面约百许，前两手大小与肢体相称，背有多手，小而且长，骈张大类两翼。前后十层，层五十只，合为五百只，左右合为一千只也。手中多持轮杵等物，多不具手，亦有断裂者。大手则左者持大伞，右手若有所拈甚物，已失。像为立势，高约四丈。两足共踏数十人，彩画工细绝伦。以殿三层罩之，楼皆回廊，绕行而观之，楼势翼然雄杰而优美，工程亦甚坚致，惜装饰处皆剥落矣。返至茶坐，绕亭皆荷花，对望琼岛，风景绝胜。去茶坐，同入浴兰轩。前后三院，形式配合得宜，极形清整，后院有大石山，两廊所砌为快雪堂帖石刻。同出过华藏界坊前，向镜清斋。天复小雨，清爽宜人，有盖亦不致湿衣，捐款二元入镜清斋。斋五楹，西两间为男宾优待室，壁有佳字画，有玻璃橱中置旧瓷，有康熙青花大印色盒及粉定大开片花瓶等。斋前砌方池，后为溪，上有亭，有山半壁，皆怪石垒之。山顶为长廊，廊西通楼五楹为最高处，东通室三楹，再东则转而南向。至溪之南，为室两楹，西连镜清斋之东室。南又有室三楹，西向，其前亦有池，直方池之东。方池西隔一墙又为小院，北有室两楹。西过小桥又入璧门，中为一院，又有室三楹，西向。凡此诸室皆各有名，曰焙茶、琴韵不等。昔人曰充其量必至一室命一名，此种浅衷狭量，实恶习惯也。出镜清斋，返而西，见书画助赈处有有贾璧云山水小条幅，尚不甚俗，价六元，余欲市之而苦无钱。入华藏界至最后佛楼之下，楼外壁皆釉砖所砌，黄碧斑斓，楼势雄杰，有印度建筑意味。入门甚暗，中空空然，仅东壁有梯两盘，出其西端之门，经丛薄中新辟之一径，南过九龙碑，实照墙也。横约八九丈，厚约七八尺，皆釉砖砌成，两面及两端皆花纹，面各九龙，飞行异势，紫黄蓝绿，各异其色，纹甚精细，砌合处尤精审，真钜制也。但在此处不知何用？西入浴兰轩中院，自大门出入阐福寺，共马兰君登楼看大佛像。出，马兰君憩于阶，余西至佛亭。面各五楹，四方各一牌坊，四角皆有亭。佛亭之北数十丈为万佛楼，楼三层，东西北三壁皆作山穴之状，中空六寸许，可容一佛，计楼下凡四千空，上两层稍低，应各三千空，皆无一像，不知何时失去？东西复壁有梯皆毁，不可登。楼前月台东为灯杆，西为御制诗之石碣，高约一丈四五尺。返，招马兰君共至茶棚进食。六时行，雇车不得，仍购船票乘舟返岛。廊上客坐皆空，循岛西而南至桥头，见有两人演棍，又有作狮子舞者，入寺东草树中，余等未之观。遂出，雇车还寓，夜写嘉庆瓷考。

八月二十六日（七月二十） 早七时起，八时到部，查东三省公司、工厂目录，十二时还寓。天雨，未出门。夜写道光瓷考。

八月二十七日（七月廿一） 早七时起，八时到部，写东三省公司、工厂目录，访助臣取回吴少渠[①]致陈希伯介绍信，十二时还寓。二时同马兰君至澍园宅，闰侄女言昨日尚接信。出访莑老，延坐南屋中，西壁供有佛像，北窗下设书案。少坐仍至北室，看黄釉暗龙之瓶，新制也，不甚精。莑老闻小市多古董[②]摊，邀往一看，无甚佳品，贾人纷纷延揽，其词可厌。不能久立，送莑老还，进食点少许而出。至琉璃厂有正书局为陆香岩购石印《圣教序》，价六角。至商务印书馆问《元曲选》，言尚未到，遂还。夜整理嘉道瓷考。

八月二十八日（七月廿二） 早七时起，八时到部，写东三省公司、工厂毕，交淮生。十时至丰盛胡同持少渠信访陈亮伯，其人甚豪迈，属有事不能久谈。辞出，仍还部中，十二时还寓。二时济舟以电话自水心亭来约，易衣而出，至其处已三时。茶座颇宽，三面皆浅水，种芰荷之属，殊有致。在坐有黄绍仪君，石其堂内弟，芾卿之族叔也。四时余约两君往游城南公园。园在先农坛内，古木阴翳，路径宽平，花草亦点缀不俗，深处亦有茶坐数处，游人甚少。一周而返，在近门树下小憩刻许同出。北望皆新林，时于疎处，见新世界楼阁，玲珑可喜。出先农坛门，循堤岸行至天桥，少仪自归去，余与济舟同至古物店中游览，有博雅斋制锡茶壶颇精雅，还价一元未售。仍同步行入煤市街亚洲旅馆访方培卿，约出便饭，培卿力辞出，济舟别去。余雇车至菜市口，向利远斋购泡菜二斤，仍雇车还寓。

八月二十九日（七月廿三） 早七时起，八时至豆芽菜胡同，西林交来八月份征稿费三十元。到部，十时命听差持《饮流斋说瓷》送陈亮翁处，昨日所借也，并附小简。时许持回《匋雅》《斗杯堂》各一部，回简并索借海上新翻刻之《匋雅》。十二时还寓，二时写致罗姨信，三时出至天桥各古物店一看。又至澄华入浴并刮脸及电气按摩。出至都门书局买《汉魏六朝百三家集选》[③]价七元，还寓已六时半。

八月三十日（七月廿四） 早七时起，八时到部，拟覆和兰公使函，十时以沪刻《匋雅》四册送陈亮伯许，十二时出至豆芽菜胡同访西林，交七月八月征稿

校记

①吴少渠，前作“吴少蘧”。

②古董，原作“古骨”，据文义改，下同。

③《汉魏六朝百三家集选》，后简称亦作“百三家选本”“百三家选”“百三选”。

费收条，还寓。二时出至小市一看，至方壶斋访明久不遇，至图书分馆看《小说月报》，六时出还寓。夜看《百三家选本》中隋炀帝文。

八月三十一日（七月廿五） 早七时起，八时到部，十二时还。四时出，至公园图书室看《东方杂志》，六时至柏斯馨用牛乳及点心，七时还寓。夜，至报子街电器店购灯泡，价五角五二十五，还寓看《百三家选本》中魏特进收文。

眉注

螺形点心名柯连达

九月

九月一日（七月廿六） 早七时起，九时出至琉璃厂访周支山不遇，至商务印书馆访孙伯恒，观所藏旧瓷器。伯恒稳练人，不肯出重资收买，然与古玩行商相习，故恒以少资得佳器。谈刻许出，并借史德匿藏品影本一册来看，还寓已十一时。午后二时，同马兰君至农事试验场，先看动物园，至停船处以四十铜子坐平台船一段，至豳风堂外登岸。在豳风堂坐一小时，用点心后复西行，莳花处甚繁丽，至畅观楼少息，循南路东还。至寓已七时，见徐劭卿送来农事试验场中玫瑰葡萄一包，又商务印书馆送来《元曲选》一包，计四十八册。夜看《元曲选》各图。

眉注

星期

九月二日（七月廿七） 早七时起。由今日起，以午后十二时半赴部。午前亦未出，看《百三家选》中卢武阳文。陈亮伯有简本。十二时半到部，六时还寓。夜看《百三家选》卢武阳文及《元曲选》《吴天塔》《灰阑记》。

九月三日（七月廿八） 早七时起，八时出访澍园，九时访鸣久，十时半还，十二时半到部。因明日选总统，人心浮动，同人皆无心办事。四时雨，六时亦晴，还寓。夜看《百三选》中卢武阳文及《元曲选》《盆儿鬼》。

致徐少卿谢赠玫瑰葡萄启葡萄俱玫瑰香，农事试验场产。

承赐玫瑰葡萄，奇香。海外迁地能良，紫艳秋初，登盘可荐。某愧无琼琚之报，欲蒙嘉惠之施，谨鸣谢忱，顺颂日祉。

陈亮伯还《匋雅》《说瓷》两书，《匋雅》首页有题志，《说瓷》款识篇有顶批十则，深致不然之意。

九月四日（七月廿九） 早七时起，今日两院选举总统，市上悬旗庆贺。闻柜上唐姓唤茶房向前，余问何事？唐言张掌柜上房挂旗触于电灯线上，昏迷不醒云。余洗面后出视，见张已移至东屋上，似已死去，良久始移院中，池田医生来言已无救。余出至市上，见满街国旗飞扬，汽车、马车叫声相续，因信步行至象坊桥一看而返。街上兵警林立，气象肃然。还寓少顷，闻张氏妇女哭声，寓客有赠赙考，余亦赠两元。十二时半到部，二时见《顺天时报》传单，则徐东海已以四百二十五票选出，出席者共四百三十六人也。是日与陆香岩值班，七时始还寓。夜看《百三选》中陈后主文及《元曲选》《看财奴》。

今日向暮，澍园来坐。

九月五日（八月初一） 早七时起，至市上一看，国旗尚悬，言今日选副总统也，还看《百三选》中徐孝穆文。十二时半到部，四时先出。至小市一看，出过阅报处，购《蚁之研究》一册，价大洋二角。还寓，夜看《百三选》中徐孝穆文。

今日因人数不足，不能投票。

九月六日（八月初二） 早七时起，看《百三选》中徐孝穆文。十二时半到部，检湖北公司工厂目录，六时还。夜看《百三选》中徐孝穆文。

九月七日（八月初三） 早七时起，看《百三选》中徐孝穆文。十时到豆芽菜胡同晤福田、菱生，十二时到部。晚饭，写湖北公司工厂目录，六时还。夜看《百三选》中徐孝穆文。

九月八日（八月初四） 早七时起，接森珣信，言与望都于七号昨日自汉口附早车动身。八时至长安街剪发，还寓看《百三选》中沈初明文。二时，看《百三选》中江总持文。五时半同马兰君出，至西车站在雅座中坐一时许，七时四十分车始到站，马兰君先挈望都回寓，余与森珣及其同伴赵伯馀并公寓茶房往检行李。出至税关，关役看一两件即放行，以行李交茶房，与两人先回，两人住四十九号。森珣交来各物如下：

石印《通鉴》《通鉴目录》《续通鉴》共六十册。留汉森玟处

思古斋《兰亭》《黄庭》残片合裱一卷、曹竹铭字横披、陈小圃字横披、《诒晋斋巾箱帖》四册。

王石谷山水册、申青可花卉四幅。

建瓷莲蓬吸盂、雍正青花寻梅烟壶、道光三兽烟壶、红料烟壶。

汉玉带饰、朱竹垞大耳砚、旧锦一小方。

鸡血石印三枚、田黄石印四枚、大寿山石印一枚、牙章一枚。

明建瓷印二枚、水晶椭圆印一枚。

良记鸡血石印一付、寿山石印三枚，讬刻。

伯远寄森寿[①]信及宝石四枚，紫英石、蓝宝石、蓝碧琥、猫儿眼。讬交松寿。

罗姨寄杨梅一罐。蜜制，四媳寄来金手钏系欲向宝华楼退回者。

森玟寄来广窑蓝均四方花瓶及可可肉饼干一盒。

又良丞赠府绸衣料一件、豆豉一包。

又伯远赠豆豉一包。

眉注

良信言寄来郭频伽所刻词印一枚未寄来

九月九日（八月初五） 早七时起，八时检点良丞寄来各物。十二时半到部，续制完免及免税表，又将续收货样商标交萧永焜，六时还寓。夜看《百三选》中梁武帝文。森珣来室，与谈良宅事。

九月十日（八月初六） 早七时起，看《百三选》中梁武帝文。十二时半到部，续制完税及免税表。六时同陆香岩出，至香厂澄华番菜馆晚饭，费二元九角一分。余复至理发室刮脸。八时同出，至其友人家[②]坐少坐，九时分手。余至观音寺购雪花及毛巾，还寓已九时，看梁武帝文。森珣感冒未愈，令服安司比林。

校记

①森寿，疑是后文“松寿”之误。

②“家”字原脱，据文义补。

九月十一日（八月初七） 早七时起，看《百三选》中梁武帝文，十二时半到部，检上海国货维持会代请□免厘之各商号，六时还。夜看《百三选》中之梁武帝文，夜接森玟信。

九月十二日（八日初八） 早七时起，看《百三选》中昭明文，九时访澍园不遇。十二时半到部，查免税各商号地址，六时还。夜看《百三选》中昭明文，写致森玟信，并写《元曲选》书面。

九日十三日（八日初九） 早七时起，访澍园，方病，少坐即还，看《百三选》中昭明文。十二时半到部，制江苏公司工厂目录，六时还。夜看《百三选》中梁简文文，接良丞信。

九月十四日（八月初十） 早七时起，看《百三选》中梁简文文。十二时半到部，制江苏公司工厂目录，六时还。夜看《百三选》中梁简文文。

九月十五日（八月十一） 早七时起，八时访澍园，九时还，看梁简文文。三时出至小市一看，访莑老，少顷济舟亦至。五时出，邀济舟至寓少坐。夜看梁简文文。

眉注

星期

九月十六日（八月十二） 早七时起，八时至头条胡同看学堂，拟令昌孙入学也，遇司事邓君言各班皆满，不能再收，遂还，看梁简文文。十二时半到部，制江苏公司工厂目录，六时还。夜看①简文文。

九月十七日（八月十三） 早七时起，看简文文，十时访澍园，数语而还。于途间遇胡述曾，言寓棉花上七条东头路北王宅。十二时半到部，制江苏公司工厂目录，六时还。向暮澍园来坐，以四十元见假。看简文文，刘节呈来坐，接森

校记

①“看”字原脱，据文义补。

玟信。

九月十八日（八月十四） 早七时起，看梁元帝文，十时访胡述曾于棉花胡同不遇，十二时半到部，制江苏公司工厂目录，六时还。夜，写旧日灯谜二十二条，致茀田天津信①。

今日菱生交来九月分征稿费。

九月十九日（八月十五） 早七时起，八时至察院胡同访刘节臣②不遇。访澍园，遇马良臣，须半白矣，与良臣不相见二十年矣。返寓。二时出，入西华门至武英殿看旧瓷，又至文华殿看字画，新添旧扇数十事，惟仇实父所画界画楼台最佳，边骨宽过一寸，于乌木上嵌象玉等物，制颇笨重，扇面佳书多，佳画少。又唐伯虎水村一卷精绝，亦新添者。四时出至公园小坐，用牛乳及加厘角，出已五时。夜，看陶隐居文。

武英殿中新添丝文竹帘两面，有丝光花文。作法先将花纹绘好，然后就其应需之色，用色丝缠竹条上合之即成。花纹竹用湘妃，竹条之宽不过半分，花纹皆作昇龙，多蓝白黄赭诸色，其妙在淡，殊有清华之致。所用丝亦甚细，附竹条上极薄，非细观不觉。

眉注

秋节放假一日

九月二十日（八月十六） 早七时起，看陶隐居文。十二时半到部，制江苏公司工厂目录毕，六时还。夜，清检《元曲选》目录，多有与卷端题名不合者。

九月二十一日（八月十七） 早七时起，九时同森珣及赵伯馀至大学堂，为森珣作保证人也。出至法科预科，伯馀往问入学事，复还大学附近觅公寓，无相当之房舍。余遂先还。十二时半到部，五时出至豆芽菜胡同，闻慈约尚未来，接茀田信，皆灯谜。出至半壁街觅国民学校不得，至红庙师范学校问附属国民学校有空额否，言无有，俟有缺时再为知会，辞出归寓。看《百三选》中丘希范文。

校记

①“信”字原脱，据文义补。

②“刘节臣”，前文作“刘节呈”。

九日二十二日（八月十八） 早七时起，八时半到豆芽菜胡同访慈约，匆匆数语即行，余少坐亦遂还，至寓看《百三选》中任彦昇文。二时出至观音寺宾宴华楼，助臣所约也，与济舟、百坚先在，澍园亦旋至。余至二层楼为良丞刻玛瑙方印一枚，朱文“寿红”两字，价一元一角。五时散，余亦还寓。夜看任彦昇文。

今日森珣与赵伯馀由长安公寓移银闸胡同某公寓，明日森珣将上课也。长安公寓房饭钱十一元二角五分，余代伯馀暂为担任五元六角二分。

眉注

星期

九月二十三日（八月十九） 早七时起，八时至豆芽菜胡同与慈约议分住上房三间、东厦二间、东厢三间，木器适宜分配。慈约有事他去，余与西林及袁君共议迁居事，十时还。十二时半到部，三时告假先出，至豆芽菜胡同访西林不遇，同袁君少谈而出。还寓换衣，仍出至小市一看。雇车出城，至宣武门大街各木肆购床及书架，皆不成，至开成豆食公司购豆酥、豆糕及腐干一包。还寓试之，豆酥极佳，豆糕仿鸡蛋糕及香蕉饼等式皆不弱，腐干亦市品之佳者。夜，看任彦昇文。

托刘惠农所写条幅今日交还，字仿兰台，殊奇险。

九月二十四日（八月二十） 早七时起，八时访慈约，言六时半已出。少坐，同西林至福田宅觅仆人陈义，至西四牌楼北双天和木厂看木器不成，余至护国寺访厚斋不遇，还复至双天和订做书架一对，榆木条椵木板茶漆，高五尺七寸，宽一尺一寸，长二尺七寸，四空下一空高一尺四寸，后及左右有板，前有门，价共八元，交订银二元。出步行至四牌楼，雇车还寓。十二时半到部，六时还。少坐，至清秘阁持丁象堃蛱蝶付与揭裱，又曾重伯字亦付裱。出雇车至瑞记，赴莑老之召，九时散。同济舟步行至大栅栏购手巾二块，价铜子三十五枚。至前门购暗锁二，共中票一元，合五角二分。与济舟分手，还寓。

在四牌楼北入学校成绩陈列处参观，购竹制小勺一，价三钱；竹制纸签一，价十钱；奔紫年二瓶，价各三钱，瓶塞以木心为之、疏缓不固，而督理学生者不思为之改良，不免养成苟且之习惯，可惜也。

九月二十五日（八月廿一） 早七时起，八时至豆芽菜胡同，闻慈约已行，还寓。十二时半到部，六时返。夜，看《百三选》中王左丞文。

九月二十六日（八月廿二） 早七时起，八时出，持史德匿藏品影本一册至琉璃厂商务印书馆还孙伯恒，少坐出。至杨梅竹斜街德兴玉藤器铺购藤Z床面二，又订作床凳四，共价八元，交订洋一元。出至骡马市大街作新号购茶漆榆木三屉书桌一，价七元；西式圈椅一，价五元，属送至豆芽菜胡同。出至长发栈购广东果仁饼，雇车还寓。十二时至豆芽菜胡同，以十二元交西林，俟作新送木器来时收下付价，又八元作撤炕之费。到部，六时还寓。夜，访澍园并持吴本《史记》往，澍园所借也。看《百三选》中刘孝标文。

刘氏《辨命论》中，居然有近代哲学思想，《易》曰“鼓万物而不与圣人同忧”及《天演论》之“物竞天择”，皆同此道。

今日发薪水，仍票现各半。

九月二十七日（八月廿三） 早七时起，八时半至豆芽菜胡同宅，少顷福田亦至，共说天津灯虎事，菱生亦至，十一时始散。十二时半到部，六时还。夜，检拾书物。

九月二十八日（八月廿四） 早七时起，八时出至骡马市大街各木厂购箱柜未成，至五金店购衣勾二，价各二角；漆布一码半，价一元二角。至利远斋购泡菜及笋干，还寓。十二时半出至四牌楼北双天和，持所购暗锁付之，且属作粗木匣一，内空高七寸，方三寸。出访福田，坐半小时出。到部，五时半出，至豆芽菜胡同宅看拆炕已毕，又买砖铺空处，共付与三元，讬袁寿臣代订糊纸工价。还寓，德兴玉送藤Z及床凳至宅，至寓取价，付与七元，又力钱三十枚。夜，检拾书物。

九月二十九日（八月廿五） 早七时起，九时出，昨与廖绶卿约以九时在松华斋相见，候之不至，以电话问之，则其家电话适断，遂出访孙伯恒，以所持仿宋本《仪礼》讬其代为鉴定，坐两刻许出。至骡马市大街德义顺木器店购箱柜一，价五元；小凳四，价三元二角。先付价并力钱二十枚，令即时送豆芽菜胡同七号。出至五金店购衣勾二，价各十一钱；洋钉二两，两二钱也。至王麻子购钉椎一，价二十钱。还寓，森珣在寓，取五元，留饭。午后二时，令马兰君领森珣及望孙公园去，余至豆芽菜胡同宅。糊工已得半，问价，云二百四十钱，讬袁寿丞再与议，东厢房糊纸工价以三元交收，讬西林转命孟全代买煤球一百斤，白泥炉一个，并问煤油价。德义顺木器已于午前送至，同西出至大街分手，雇车至新宅一看。还在木肆购小洗面架一，价六十钱。

眉注

星期

九月三十日（八月廿六） 早七时起，检点什物，十二时出至豆芽菜宅，西林交来福田所送贺仪中票十元。视上房已糊完，东厢尚未毕工，袁庆云言糊工八十钱。讬西林顾人打扫屋宇，余则到部。六时出至豆芽菜胡同宅，指示仆人将木器安好。还寓，夜检点什物。与公寓算帐，连前代应赵伯馀之五元六角二分五厘，共开去五十元，畀茶房二元。

十月

十月一日（八月廿七） 早七时起，与马兰君检点什物毕，交茶房运至前院，雇大车运之。十时余先行，少顷马兰君及望孙并李妪皆到。十一时运物车始到，付运费六十钱。开饭后，公寓茶房始将木器运来，付力钱百钱，惟杨茶房前送什物车来，又代搬运，另付四十钱。安置器物粗毕，倦甚。森珣来看，留晚饭。杨星六、袁庆云、兆西林三君送晚饭一桌。森珣取四元去。

今日圣诞日放假。

十月二日（八月廿八） 早七时起，安置器物。十二时半到部，六时还，仍安置器物。早起后精神颇弱，此时渐清爽矣。

十月三日（八月廿九） 早七时起，八时出，至宾宴华楼取所刻“寿红”两字印，至晋义永买瓜子一斤，价二十钱。至清秘阁取所裱丁象堃蚨蝶图及曾重伯字，出雇车还寓。十二时半到部，六时还。夜，写数日来日记。

今日写致良丞信，致森玟信，俱投石虎胡同西口外邮筒。

十月四日（八月三十） 早七时起，八时出，访澍园少坐，出城至茶食胡同图书分馆看书。十时出，至宣武门大街豆食公司购豆酥饼干等。至路西一木器铺代森珣购书架一坐，价一元五角，先交一元，开条令午后二时送银闸胡同集贤分寓，出雇车还寓。十二时半到部，六时还。夜，翻检古玩。

十月五日（九月初一） 早七时起，九时出，至茶食胡同图书室看书。十时出，至菜市口购素菜，雇车还寓。十二时半到部，五时出，至双天和看所订书架，言须八号始得，雇车还寓。

十月六日（九月初二） 早七时起，为人作寿诗。接洪江李焕廷电，言书臣九月一日身故，兄弟四人今日折一枝矣。午后济舟来坐，老七[①]与赵伯馀来访，旋去，绎琴来坐。鸣久来坐。绎琴最后去，留交十及十一两月学费共四十元。

眉注

星

十月七日（九月初三） 早七时起，为人作寿诗毕。十二时到部，五时出。至西四北大街双天和看所订书架，又购方凳二，价二元，还寓。

十月八日（九月初四） 早七时起，八时双天和送书架、木凳及小木匣来，匣合二十铜子，各价及力钱四十枚皆付清。午刻，克卿来坐，十二时半到部，六时还。夜出城，至澄华入浴并剪发，出至香厂购仁丹四包，花旗牌纸烟一盒，价一元八角合二百四十一铜子，还寓已十时一刻。

十月九日（九月初五） 早七时起，八时出至红庙师范学堂，为昌孙入学事也。晤溪姓，言有缺出时再为知会，因书地址与之。还寓，步民来坐，往托袁庆云命孟全往购煤球，此时所购为暑天所制成者，干燥易燃，且价稍廉，若至冬腊购之，则为新制矣。十二时半到部，拟批香港广益隆稿，与陆香岩值班，七时始归。闻煤球买得三千斤，共价十二元。夜，与西林及袁君共谈。

校记

①老七，乐森珣排行名。

一月十日（九月初六） 早七时起，八时出，至邮政局购纪念邮票不得，购寻常邮票一元，兼发致李焕章快信。出至东城，过天安门前，见游人渐集，今日本双十节，又徐大总统就任，各机关放假二三日不等，故市上甚热闹也。至北京公寓回看克卿，还时已十一时矣。午后，马兰君携昌孙出游，余一人坐室中，甚静，酣睡二时许。镇远张纯仁、潘逸凡、冯裕声来访，携有潘峻山信，其词夸诞不经可笑也。向暮，陈亮伯来回拜，意欲索取许著《说瓷》去，因其上有评语，恐或为许见也，告以余亦有所驳正处，以后秘不示人可也，亮伯亦意解。以蓝地白花印盒请其鉴定，言康熙仿成化有此种，此物为成化或清仿尚未能定，少坐去。夜点《匋雅》，将以寄良丞。

十月十一日（九月初七） 早七时起，八时出，访潘、冯、张三君于中京畿道，值其他出，留片而出。访澍园，少坐还寓。潘、冯、张又来访，并赠牙菜一包。午后作函致潘、冯、张三君，并璧还牙菜，令孟全送去。午后三时，蓤生来访，奉赠小鸡血昌化印一枚。夜点《匋疋》。

十月十二日（九月初八） 早七时起，点《匋雅》，十二时半到部，六时还。夜，写致陶树声信，陶不知何许人，来乞助资，前作函并附中票一元赠之，今日来函言未接信，故复作书谢之。

十月十三日（九月初九） 早七时起，午后二时，助臣、济舟、伯坚、澍园陆续来坐，留饭。夜接森玟信，即时作答。

伯坚借徐锴《说文系传》去八册。

眉注

星

十月十四日（九月初十） 早七时起，九时出，至察院胡同访刘尗尘，并晤其弟□□及许伯馨，伯馨亦同司主事也。十时出至浸水河访奉老①，方患感冒，劝其用西药鸡那。坐两刻出，带奉老仆人至西单牌楼福华大药房为购鸡那饼一瓶，大号者共二十五粒，价七角五分。还寓，接李祥祯信，报告书臣病重，其时

校记

①奉老，即系前后文之“莑老”。下同。莑老即贺国昌，字莑生。

未殁也，并言汇二百元至汉口赠森玟云，因在森玟信中加一笔云，此款若收到，可先还清常德蔡和亭之账。十二时半到部，以刘府寿屏讬助臣代书，六时还寓。请西林为汉昌讲算学。

昨日添菜钱八千，今日还厨子孟手。

十月十五日（九月十一） 早七时起，八时出，至清秘阁取为森珣所刻牙章，至商务印书馆访孙伯恒不遇，还寓。十二时半到部，拟咨税务处稿福隆公司请完正免重续期事，六时还。夜点《匋说》。

十月十六日（九月十二） 早七时起，八时出，持王画至清秘阁交车君，讬觅人收拾，并讬购煤球、炉铜架。至商务印书馆访孙伯恒不遇，还。十二时到部，汇天津公司工厂目录，六时还。

十月十七日（九月十三） 早七时起，八时持李仰亭人物横披及仿乾隆堆料燕支色双龙蘋果尊往访澍园，用以持赠。少坐同出，访贺莑笙，云尚未起，遂返身出，与澍园分手。余至长安街刮脸毕，还寓。十二时半到部，汇北京及直隶公司工厂目录，六时还。夜点《匋说》。

十月十八日（九月十四） 早七时起，访张星六，点《匋疋》。十二时半到部，六时还。夜看《匋雅》，颇寒，室内燃小炭火。

十月十九日（九月十五） 早七时起，借得张星六《心经六家注》看之，以宗泐者最为清爽。十二时半到部，三时告假先出，至浸水河访贺莑生，谈二刻出。至小市一看，出城至琉璃厂取雕刻物，至清秘阁取回存画。还寓，森珣亦至，留饭，取回九月份费馀款四元及十月份费十元去，森琳所存外套亦取去。夜在公事房共张星六谈文学事甚详，还点《匋雅》。

十月二十日（九月十六） 早七时起，午后三时，李道衡来坐，言陈列所会计陈彦卿及农事试验所皆因时症逝世。点《匋雅》毕，夜看《心经》及《百三选》中竟陵王文。

眉注

星期

十月二十一日（九月十七） 早七时起，有风，十二时半出至单牌楼买鸡那糖衣饼二十一粒，粒三铜子。出雇车到部，六时还。夜看《百三选》中竟陵王集，写致森玟及都门书局信。

十月二十二日（九月十八） 早七时起，接森玟信，言帮办事已发表，月可得百二十元，因汉口费用大，外助十元云。又书臣赠款二百元已收到，除还各账外，尚馀百元。九时寿卿来访，少坐，约同西林、寿卿同出，至王府仓街四十六号访王承宣之逸园看菊花。园为恺公府花园，王赁之作培养园，菊近万株，中多佳品。十二时始同出，寿卿到部去，余同西林回寓。一时到部，六时还寓。夜，西林来坐。

十月二十三日（九月十九） 早七时起，九时访陈扶黄新居，十时还。接良丞信，言书臣身后事。十二时半到部，六时还。夜，写致森玟信。

眉注

良信一书事

十月二十四日（九月二十） 早七时起，九时出至商务印书馆为昌孙购小学用书，价不足一元。访孙伯恒，以黄刻《仪礼》托买，为寿卿取《淳化帖》一部翻乾隆重订本，价五元一角六分。出至清秘阁取墨汁一瓶，还寓。十二时半到部，以《淳化帖》交寿卿。写致良丞信书事，六时还寓，遇蓌生，少谈即去。夜看《百三选》中竟陵王文。

眉注

覆良信一书事。

十月二十五日（九月廿一） 早七时起，九时森珣来取五元去十月份，以《匋雅》交令寄黔，以安司比林托西林交孟全，令持赴邮局双挂号寄良丞，寄费九角五分。十二时半到部，三时出至澄华入浴，五时出至菜市口购铁钳及剪，又购泡菜二斤。还寓，夜看《百三选》中竟陵王文。

脚注

五元学费十月

十月二十六日（九月廿二） 早七时起，看《百三选》中竟陵王文。十二时半到部，拟批上海商会稿阜民花边样本事，领薪水，仍搭现洋一半，六时还。西林交到天津征稿费三十元，以十元作赁房价，十元零四角作十月份火食费，共二十一元，前交过中票二十元，作十元零六角。俱交西林。夜读《金刚经》。

十月二十七日（九月廿三） 早七时起，看《百三选》中竟陵王文。十时澍园来坐，少顷，贺莑老来坐，留饭，自制素水角子。二时两君皆去，余午睡一时许起，看竟陵王文。森珣来看，留饭。夜读《金刚经》。

眉注

星

十月二十八日（九月廿四） 早七时起，看《百三选》中竟陵王文。十二时半到部，写致森玟信，拟批上海总商会税同二十六日，六时还。夜读《金刚经》。

十月二十九日（九月廿五） 早七时起，八时出，访张绎琴，云已赴东三省。访廖寿卿，艺菊百馀盆，中多奇种，十时还。十二时半到部，六时还。夜看《百三选》中王宁朔文。

十月三十日（九月廿六） 早七时起，九时出访明久，十时至观音寺豫康号修理瓷架时表，至前门购鸡毛帚及铜圈铁丝。还寓，挂书房幛幕。十二时半到部，六时还。夜读《金刚经》，看《百三选》中王宁朔文。

十月三十一日（九月廿七） 早七时起，九时出访菱生于陈列所，言未归。步行至宣外大街旧摊上，有明瓷中盌，细纹开片，上绘五彩博古，与购未成。有乾隆时诰轴多幅，所镶绫锦皆厚实，不似今日者之疏忽。又至旧书摊上购《佛尔雅》未得，雇车还寓。十二时半到部，拟启财政内务稿，六时还。夜读《金刚经》。

民国八年京津日记

册首杂记

梦语传：逐逐贞万遂柔议处处。不料议和之时，传至女贞他们三十万时柔等也，可议成。①

梦中语文法与醒时不甚异，惟用字处间有不同者耳，不意谭化人只辨红白黑，此亦梦中语也。

五月

五月十一日（己未四月十二） 早六时半起，七时赴车站，附七时半快车赴京。十时半到前门，至家已十一时。午后三时出，至琉璃厂清秘阁购冷金笺一张，分作两张。至海王村公园一看，还寓。

五月十二日（四月十三） 早八时起，至西林处遇福田。午后二时，同马兰君赴东安市场，先至牛乳肆饮牛乳，并购乳饽饽及乌他等。继至茶社楼上坐一小时许，出购芍药花一束还寓。夜以象管讬西林觅于啸轩刻字其上。

五月十三日（四月十四） 早六时起，七时同孟全出，赴东车站，附八时半车赴天津，遇孙丽生。十一时半至津，接良丞信。午后修正朱剑村《美东略记稿》，点校《东美调查日记》清过稿。晚饭后，至公园内一看。夜，蕴真来访，谈至十时始去。

五月十四日（四月十五） 早八时起，修正朱剑村《美东游记》稿。慈约至，同往观建德里宅，云将留作俱乐部用。同至图书馆楼上，开关于园林之各种书目。余先还，午后仍修正朱稿。八时至陈列所，福田甫自北京还，菱生亦还。十时还，仍修正朱稿，菱生来坐，十二时始就眠。

五月十五日（四月十六） 早七时起，修正剑村稿，王竹铭来，同往看建德里宅，云俱乐部中人未必惬意，不如作罢。竹铭前去，余还寓，命李富往近建德

校记
①原文如此，疑有讹夺。

里房租告电灯公司来算电账。午后菱生来坐，附四时半车还京。六时福田来访，同游公园。七时至陈列所晚饭，共罨州纵谈。九时还，仍修正朱稿两页。是日共修正二十页，盖已倍于往日之工作，手腕亦微痛。

五月十六日（四月十七） 早七时起，修正剑村稿毕。关清泉来取赛会事务局戳记去，为报销公事用也，仍交还。慈约在所，携剑村稿往交慈约，问萧季观事，云五月后照二角五分一千字算价。慈约将巡视大名一带，同福田送出，余亦还寓。午后看剑村《会场工程纪要》稿。福田因陈列所发薪水事，借印刷费一千元，计签二百元者一张，八百元者一张。五时访福田，九时返寓，仍看剑村稿，蕴真来谈。

眉注

星

五月十七日（四月十八） 早七时起。昨日李富雇人将建德里宅电灯线等撤下，前道衡讬于不用时收回，火炉上铁器亦命撤下。今日命李富用木箱盛好。看剑村《工程》稿，至花肆买改良玫瑰一盆，价大洋二角，铁丝草一盆，价三十铜币。周少溪来访，交来鼎彰所印珂罗板图画，较前者为胜，因与说定约十九日午后往与接洽。午后二时出，至新园就浴，至华楼用茶点。至利亚书局买《留东外史》五册，价二元。玻璃镇纸一条，价六角。至大仁堂买厚朴三钱，价九角。至大胡同民益工厂购山东草帽，价二元。还寓。访福田，夜九时还，仍看剑村工程稿，孙丽生来坐。

五月十八日（四月十九） 早七时起，蕴真来坐，天阴，时有小雨。看剑村《工程》稿毕，命李富还电料肆卸电灯，工价四角。午后三时同蕴真出，至华楼遇阮文光、冷寿之、何季之，坐一小时许，仍同蕴真出，至玉壶春茶楼用点心当饭。七时始出，蕴真南去，余至福华公司买手杖一，价二元四角。至大胡同买白糖一斤，还寓。复出访福田，九时始还，接良丞信。

眉注

星

五月十九日（四月二十） 早七时起，天雨。修正剑村《工程纪要》稿，福田来访，午饭始去。午后，仍修正《工程纪要》。七时访福田，在其处留饭，九时始还。

今日写致森玟信，又接森玟信。

五月二十日（四月廿一） 早七时起，修正剑村《工程》稿。午后，少溪及鼎彰店员来议印刷事未成，约明日午前再来。整理《美术馆参观记》插画，修正《工程》稿，夜访福田。

今日少溪还《美术参观记》稿及画谱。

五月二十一日（四月廿二） 早七时起，整理《美术馆参观记》插画名称。鼎彰店员以承揽字底稿来看，约明日至其肆面定。午后，萧季观支本月薪水。修正剑村《工程》稿，振伯交来壹百元支票一张，预备明日交鼎彰作定银也。又五十元支票一张，皆签名。六时访福田留饭，七时半同福田、翯州至公园内游观。夜写致绶卿信，讬在领收证上代签名。

眉注

签四

五月二十二日（四月廿三） 早七时起，修正剑村《工程纪要》稿。十一时同福田、少溪出，至鼎彰像馆访王润泉，议定合同底稿。旋出至玉壶春茶楼，福田约用点心也。一时始行，附电车至武斋下车，步行至惠罗公司一看。出至对过某洋行，云为卞述臣家营业，而买白面纱二码合五尺，价四元一角五分。行至特别区而回，坐皮车至武斋，仍附电车至四面钟下车。福田至广济堂购药，又至利亚书局购书。复至鼎彰，合同已写好，各执一分，当交定洋一百元，辞出雇皮车还。六时半至福田处同饭，七时同至公园内游观。还寓，仍修正剑村工程稿。

五月二十三日（四月廿四） 早八时起，修正剑村工程稿毕。至陈列所，以《美东调查日记》稿交张墨庄，讬觅看守生中人清稿，价每千字二角五分。午后整理《工程》稿，且定插图，又装订《大会参观日记》稿上卷及张、陶《教育调查》稿。接森璧信及寄来书三册。七时访福田，八时半还。点校清过《大会参观日记》稿中卷。

五月二十四日（四月廿五） 早八时起，点校清过《大会参观日记》中卷。鼎彰人来取画谱一册去，内须翻印者六张。午后二时，福田约至陈列所预备室选看延古斋物品，预备移赠保定博物院，至四时始毕，还寓。同蕴真出至华楼用点心，七时分手，余至南市内刮脸。至鼎彰议印刷事，附电车至大胡同买脚气药水一瓶，大洋二角，手巾一块，小洋二角。还，遇张振伯，以百元支票来签名，亦陈列所所借。夜写致良丞信、森璧信。蕴真来坐，去后检点什物，备明日早车赴京。

眉注

签五

五月二十五日（四月廿六） 早六时起，三十分到车站，七时二十分开车。至万庄，联车中一车毁其轴，乘客并入他车，留伤车于其处，始再开行，恰迟一站，至京已十一时。近为炸药案，车站上亦有军警督察处稽查，有人力车经其处，轮皮偶裂，作声轰然，寻常无人过问，此时则警察令停，将所属区及号数抄下，始令之去，亦可见稽查之严密矣。还寓后三时出，至琉璃厂有正书局买《新中国》杂志一册，价三角。至清秘阁取裱姜颖生画，车子超言有人愿买，可得二百元之价，告以需三百元，若一张者，或八十元亦可。还寓，困甚。

眉注

星期

五月二十六日（四月廿七） 早八时起，十时出访陈淮生司长不遇，留片而还。闻张秉恒来访。午后接森玟信。二时至部，闻薪水须明后日始能发给。晤助臣，三时还。

五月二十七日（四月廿八） 早八时起，九时同西林出，至掌扇胡同访于啸轩，云已病，其少君养澄接待。讬刻牙章，一为“稼泉校读”四字朱文，为良丞刻也，还刻上下款细字，计刻润八元，象印二元，当交订银五元，约六月十五日往取。还寓，森珣来，交来良丞信，以《说瓷》交森珣寄黔。三时至部，五时始领得薪水。还寓，夜以三十五元讬西林，本月屋价及火食等费也。

眉注

五月家用三十五元

五月二十八日（四月廿九） 早六时起，七时同孟全至东车站，附八时半车赴天津，十一时半至天津。午后三时出，至鼎彰告李君印刷事件。至玉壶春用点心，天热甚，四时半出，至晋和祥买旗牌烟一箱，价二元一角，中附有手绢一条，下材也。还寓，换衣后往访福田看报，九时半始还。

五月二十九日（五月初一） 早八时起，至陈列所，以修正《工程纪要》稿交张墨庄转觅李云舫清写，前二十三日交之《东美调查日记》已交唐荣芾清写。还寓，清理照片，于其中选出插画。午后选插画，辛农来自选其报告中插画，又为刘啸东选出牲畜部两张。六时至福田许，与福田、鬻州共饭。八时还，仍选插画。

五月三十日（五月初二） 早八时起，整理张、陶《报告》清稿，看剑村《交通馆参观记》。午后二时至实业厅，杨子若与谈萧季观事。还寓，修正剑村《交通参观记》，告季观以两月已满以后案字数记算事。六时访福田，饭后忽暴下三次。

五月三十一日（五月初三） 昨夜暴下，服仁丹，今日少差，仍服仁丹。接良丞一信，并寄来莫、郑字横幅一张，沈爱苍绫本字一张。午后，仍在照片中选出插画之片，写致森玟信。出至公园内各处游观。还，接蕴真信，付本月火食价五元。夜写致良丞信，检点什物，预备明日早车进京。畀李富、李清节赏共一元。

六月

六月一日（五月初四） 早六时起，七时至车站，二十分开车，十时半到京。绎琴赠鲥鱼一尾。

六月二日（五月初五） 今日旧历端阳节，内子自裹粽子甚佳，余以腹疾不敢used。森珣来视，以为良丞购茶果价三十元付之，计香片、葡萄干、蜜枣各十斤也，晚饭后去。取出紫绢刘石庵字屏六张，预备送绎琴。

六月三日（五月初六） 早六时起，七时同孟全至东车站，赴八时半车赴天津，十一时半到新站。午后修正剑村《交通调查记》稿，访辛农并交原稿，属觅人清写，价仍每千字二角五分。少溪来访，讬译插画上英文及补译仲素《教育调查记》稿中英文。夜访福田，天雨还寓。接良丞信，即时作复，并写致西林信及森珣信。

六月四日（五月初七） 早七时起，修正剑村《交通》稿，至艺圃内游观一周。午后少溪来访，交还所译各件，又持《纽约美术馆埃及玻璃考》去。检出《大会参观记》中各政府馆内区分图八张，预备付石印。六时至福田处，八时返，修正《交通》稿。

六月五日（五月初八） 早七时起，修正《交通馆调查记》稿，闻苐田病，往看。午后吴亚民来，交与各政府馆内区分图八张，属讬俞品三与石印家接洽。少溪还《玻璃考》。四时出至玉壶春小坐，用点心。五时出至旭街某肆买护谟气枕一枚，价二元。至东南城角，遇学生队自南开整队来。日租界有巡官一及中人巡警二，学生队向北行，每百数十人为一聚，有武装巡警二十馀人整队随其后而监视之。如此者不知其若干聚，电车为之阻滞不行。两旁观者亦多，每遇巷口或人多之处有演说者，学生队过则拍掌和之，再进则聚人愈众，学生队进行数步辄止，似前者又有阻碍。余凡两上电车皆不得进，至东门外雇人力车绕宫南出宫北下车过老铁桥，人已塞途，至大胡同学生演说者数起，喧声雷动。至新铁桥则方断绝交通，乃西行至河沿俟之，且视河工作何状。其处尤正对桥上，仅见兵警数人时有桥上往来，而桥南则聚人愈众。少顷似已通行，路人及学生并军警杂沓而过，余亦随往，尚有巡警张手阻余，余冲之迳过。视省长公署前军警云集，尚有马队，此种情形余出时已见之，初不知其为何事也。在东南城角所见为学生后队，至此始见前茅，最初为国旗一面，次为军乐，而裹以多数学生，杂以兵警，时行时止，路旁有演说者极为奋厉。余随行直至黄纬路口，始绕出学生队之前，呼人力车返寓。少息，福田约往夜饭。饭后，藹州来，言今日学生大集将往公署，当道知之，戒备甚严，故未得达，仅有女学生二百馀人至辕上有所请求，旋亦散去云。藹州盖未知学生已到河北也。在黄纬路口南，有兵队十许人横立，一生冒前责之曰："汝中国兵，今日乃监视我等，国亡之后汝辈为他人牛马，彼时悔之已晚。"言至此，余已行过，不知其下文如何。然藹州来言时，谓业已无事，兵警亦各归去云。八时返寓，仍修正《交通》稿。

六月六日（五月初九） 早七时起，修正《交通调查》稿。至陈列所託俞品三共石印人接洽，品三云已与接洽，每分五百二十张，内六十张，棉帘四百六十张，白毛边价二元云。还寓，森珣自北京来，时已十一时半，与之同出至元纬路一家春早饭，价六角。步行至东北城角，附蓝牌电车直至老车站，在站上一看。出附红牌电车还至老铁桥下车，至大胡同买天津地图，大者一张四角，小者一角。还寓，令开蕴真居室，命森珣暂寓。小定机械馆、教育馆插图，上题字。夜修正《交通》稿。

六月七日（五月初十） 早七时起，修正《交通调查》稿，写致良丞信。午后二时出，至新园入浴，费小洋六角。至玉壶春用八宝饭一盘。在东南城角雇人力车至地纬路口，在地摊上买得广橘绿印盒一，瓷颇粗，但尚齐整，价小洋四角耳。还寓，蕴真已返。接良丞信，夜定各插图上题字，看《新青年》。

六月八日（五月十一） 早八时起，修正《交通》稿。午后三时出，过东北城角，见学生甚多，观者亦夥，有黄牌电车自南来，一男子立轨道上阻之，于是车皆自此折回。余雇人力车至南市口后，复附电车至法界北利安用点心。至广隆泰买伦敦糕，附电车还四面钟，至广济堂买加撒达安司比林胃活等。步行至南市口，附电车至东北城角，步至大胡同买牙粉及白糖，雇车还寓。过桥见省长公署前学生云集，交通隔断，车绕入三马路出天纬路而至公园。夜，整理《大会参观日记》中卷清稿。

六月九日（五月十二） 早八时起，修正《交通》稿。午后点校《大会参观日记》中卷。夜，修正《交通》稿。

今日，天津学生界在公园开大会及联合讲演会，会者约数千人。

六月十日（五月十三） 早七时起，修正《交通》稿毕，少溪来坐，因以《交通》稿交少溪，託其补译英文。午后出，见已罢市，闻由学生邀求商会布告者，租界上亦有闭门者。至华楼用茶，至英界一看而还。天热甚，还寓，鼎彰送印片来看，其揽镜美人一张不佳，属其重照，又取画谱一册去，内须印者八张。

今日，李氏与陈氏同来，言以后李或无暇时，由陈氏来接洽云。夜，检点行李。

六月十一日（五月十四） 早五时起时，法政学堂火灾，学堂在公园西南角，立门前即望见火焰。六时半至车站，附七时二十分车赴京，十一时半到京。倦甚，是日未出。

六月十二日（五月十五） 早八时起，午后，以五元讬西林向于啸轩处取代良丞所刻象牙图章。二时同马兰君出，至城南游艺场看文明戏，不佳，至大鼓书处，凉爽可坐，用伦敦糕一碟。五时半出遇李道衡。出，马兰君雇车先还，余至廊房头条购亮漆皮鞋一双，价六元。至商务印书馆取《东方杂志》五期，还寓。

六月十三日（五月十六） 早六时起，七时同孟全赴车站，附八时半车赴津，十一时半到津。闻华新印刷局来言，鼎彰承印珂罗版由渠承办，因以电话请周少溪来问之，少溪言我辈仍与鼎彰交涉，无与华新事。二时，华新经理曾和声来，持样纸问明图之位置，且有题外之陈说，告以已共鼎彰订约，无可再言，但印刷上可共商量耳。原用一种细白羊纸，曾言此纸现买不出，请以铜版纸代，因留铜版纸俟考。曾去后，余访品三，请其鉴别。品三言铜版纸较白羊价昂，此尚可许。还寓，写数日来日记，看孙丙炎先先《机械馆调查记》一过。仰泉来访，言陈列所来借八百元。六时至陈列所访少溪不遇，至公事遇振伯，因向八百元支票上签字，陈列所所借也。又五十元支票上签字，则编辑处所用。夜丽生来坐，因法校被火，来命仆人戒备。丽生又言，法校有钱箱自馀烬中掘出，钥已失，遂毁之，则中所存钞票大半灰烬。因言此保俭箱最为误人，既不能御火，又笨重不易移出，北京劝业场被火后，掘出保险箱数十，其中所藏无一完者，宝华楼箱中所有珍珠，皆拈黄不可用云。

眉注

鼎彰盖专制版，而印刷则转顾华新

签六

六月十四日（五月十七） 早七时起，修正孙丙炎君《机械馆调查记》稿，华新曾和声[1]来问定用何纸？告以可用铜版纸，但价不能增。午后，以《机械馆》稿之已经修正者交季纯，令清写。余仍修正《机械》稿，四时出，市上已开市，计由十日罢市，十二日开市，十三日又罢市，今日又开云。至英界购食物，还至南市整容，至玉壶春用点心。五时返至大胡同买线汗衫一件，有损数处，价九角。

六月十五日（五月十八） 早七时起，天雨旋晴，至公园游观，清爽之气扑人眉宇。还寓，修正《机械馆》稿。今日星期，时晴时雨，不能出门。午后仍修正《机械》稿，森珣亦在寓清写。四时访福田，在其处看报，六时还。

眉注

星

六月十六日（五月十九） 早七时起，天色已霁，但尚微凉，修正《机械馆》稿。张墨庄交来清过之稿二份：一李云舫写《工程纪要》，计二万零三百五十四字；一唐荣芾写《东美调查日记》，计一万八千四百四十八字。午后二时，同周少溪出，森珣亦同往，至英界天津印书馆问中国旧瓷书，言已卖去。向买得日记册一，价六角。返至惠罗公司买瓷制鸡子杯一，价一角五。返至玉壶春，森珣往华园入浴，六时始返。少溪邀至萃元楼晚饭，出至鼎彰看样片未得，同附白牌电车至东北城角，别少溪下车，共森珣至估衣街游观。森珣购洋布汗衫及裤，价一元五角。返至北海楼一看，至大胡同购《小说月报》五期一册，又牛乳一罐，白糖半斤，雇人力车还寓。夜不成眠。

六月十七日（五月二十） 早八时起，修正《机械馆》稿，午后亦然。七时访福田，同出至公园散步。

今日，振伯送本月份征稿费三十元来，又持百元支票来签字，仍陈列所所借。

昨日命李富将所接收李道衡之电灯六具清出，交公园事务处。今日李富来言，已交李子峰点收矣。

眉注

签七

校记

①曾和声，前文作“曾和笙”。

六月十八日（五月廿一）　早八时起，修正《机械馆》稿，午后亦然。命李富收拾后面房间，预备森珣移住，开单向孙丽生处借木器。七时访福田，同在院内间谈，至暮移入室内，九时半还。修正《机械馆》稿毕。

六月十九日（五月廿二）　早八时起，头昏，拟休息一日。午后二时，同森珣出至英界一看，返至玉壶春用点心。六时还，七时至陈列所，慈约在坐，同出并福田和洲①至南北两艺圃，仍还陈列所谈至九时始去，余亦十时返寓。

六月二十日（五月廿三）　早八时起，仍不能作事。午后写致森璧信，吴亚民送所画石印图来看，明日付印。七时访福田，九时半还。

六月二十一日（五月廿四）　早八时起，有目疾。少溪送《交通馆》稿上半册来。十时访福田。午后一时出，至卢氏医院求视目疾，费八角。同至新园入浴并剪发，用冰忌凌一器，费七角五分。还至大胡同买白糖及燻鱼。七时访福田，同诸君至公园，黑尽始还。

早写致良丞信，处分家事，令罗姨及四媳分爨。

六月二十二日（五月廿五）　早八时起，午后二时同森珣出，乘人力车至官银号，沿东马路步行至华楼，遇阮文光，少坐复出，至法界广隆泰用红茶面包，并买叉烧肉还。八时，尚朴公约在公园茶座用茶。

过东马路时，买得袁世凯像之共和纪念币一元，又阎锡山之山西光复纪念章一枚。在旭街遇孙丙炎君，立谈数语。

眉注

星

六月二十三日（五月廿六）　早七时起，以旧衣一包托西林带京，写致慈约信，并森璧在美所习科目表附去。眼仍未愈，午后七时访福田，八时同至公园。

今日陈列所还借款二千元，改存中法，余凡签名两次。

校记

①和洲，前作“蔼洲”。

眉注

签八、九

六月二十四日（五月廿七） 早七时起，看朱剑村《国际工会》稿。吴亚民来取《日本报告》去，将以其中各馆平面图九张付石印。午后周少溪来坐，交还《交通》稿下半本。二时同森珣出至法界，余向广隆泰买点心及汽水杯。步行至武斋洋行，附电车返至南市下车，至华楼用茶。五时还至大胡同，雇人力车还寓。七时访福田，同至公园。

眉注

奶油卷一名柯林布

六月二十五日（五月廿八） 早七时起，附七时二十分车赴京，十二时至寓。午后七时同马兰君及昌孙至公园游观，九时还。

六月二十六日（五月廿九） 早八时起，十时本部至二十三日起改早衙门至部，闻薪奉须一星期始能发给，访助臣讬代领交马兰君。十二时还寓，一时助臣来访，留饭，三时去。午间热甚，未出。七时访澍园，遇马良丞，云住陈二安家。始闻助臣言，贺莘老之丧。

眉注

今西林交来于歗轩刻“稼泉校读”牙章及所胶木盒

六月二十七日（五月三十） 早八时起，十时出，至琉璃厂清华堂买仿豇豆红印盒，价一元。胭脂水小瓶，价四元。至青云阁购书未成，还寓。午后以三十五元交西林，讬交本月房租、火食、电灯费，孟全补助费等，室内月费十元亦交马兰君手。向暮澍园来访，坐食顷即去。写致李洛耆信，以冷金笺二条讬持祈周孝怀书。

六月二十八日（六月初一） 早六时起，七时同孟全赴东车站，附八时三十分车赴天津，十二时抵寓。五时吴亚民来访。七时访福田，同至公园，八时还寓，九时即眠。

六月二十九日（六月初二） 早八时起，写数日来日记。午后二时，同森珣出至新园入浴，费九角。出买药，时天欲雨，遂还。雨不甚大，气候则凉爽适宜。

今日买西洋花二小盆，价小洋四角。

眉注

星期

六月三十日（六月初三） 早八时起，补《大会参观日记》稿下卷中缺文。吴亚民交来石印各政府馆区分图八份，自旧柜中腾一柜贮之。午后整理清过各稿。振伯持五十元支票来签字。七时访福田，八时还。

眉注

签十

七月

七月一日（六月初四） 早八时起，修正《国际工会》稿。午刻访福田，天雨，二时始还。闻鼎彰送来图样五纸，视之不甚佳。修正《国际工会》稿毕，蕴真自北京来，寓室潮霉，令仆人为移后室，即森珣原住处。夜，看朱剑村《鸡城参观记》。

七月二日（六月初五） 早八时起，修正《鸡城参观记》稿，午后亦然。七时同森珣至公园，遇福田、朴公，共坐至九时始还，接森玟信。

七月三日（六月初六） 早八时起，复森玟信，修正刘啸东《巴博参观记》稿，与森珣参观陈列场。午后三时同森珣出，至法界北安利加非馆用冰忌凌，且购点心。至武斋购汗衫一，价一元八角。附电车返至大胡同买肉食及八行墨絮等，返寓少息。晚饭后同蕴真及森珣共至公园茶坐，尚朴公亦至，九时先还，仍修正参观记稿。

七月四日（六月初七） 早七时起，修正《巴博参观记》稿，以《国际工会》稿及《鸡城参观记》稿托张墨庄觅人代写。午后修正《巴博参观记》稿，李子封[1]来借蕴真原住小室堆油漆等具，许之。四时访振伯，取本月车费十元及蕴真本月薪金二十元还交蕴真。七时同森珣至公园灯亭下闲坐。暮后至音乐亭，还遇尚朴公，余用冰忌凌一器。九时还寓，与蕴真纵谈甚乐。

七月五日（六月初八） 早七时起，修正《巴博参观记》稿，午后亦然。张振伯来访，交来代买之印度英金币曰安那者，价七元六角。四时慈约来看印刷样本，七时同森珣至公园，遇姚子和，共谈，八时返寓。

七月六日（六月初九） 星期。早七时起，午后二时同森珣至新园入浴，四时还。至大胡同买小袜，价七角，又至稻香村买食物。晚饭后同蕴真及森珣至公园，八时还寓，同在花厅中坐谈。接森玟信，言老八已至鄂。夜热甚，十一时直至二三时始稍凉。

七月七日（六月初十） 早八时起，发森玟信，修正《巴博参观记》稿，午后亦然。七时同蕴真、森珣至公园游观，八时半还。

七月八日（六月十一） 早八时起，腹泻，修正《巴博参观记》稿，午后修正毕。亚民来，言照相石印价与铅印价皆已议定，以《美术馆参观记》清稿首页及末页付之，托交印书处印样张来看。腹泻，因夜间腹部受凉之故，取腹卷裹之即愈。接森玟信。

七月九日（六月十二） 早八时起，修正刘啸东《五日纪游》稿，午后亦然。蕴真以莫子偲、黎纯斋及胡文忠手简见赠，又赠贵州字牌一付，师母新自贵州带来者也。托孙丽生印刷稿纸五百张，七时访福田，九时始回。

七月十日（六月十三） 早八时起，修正《五日纪游》稿毕。午后二时同森珣出，附电车至武斋前下车，步行至德界德领事馆而返。至惠罗购减价皮鞋一

校记

①李子封，前作“李子峰”。

双，价六元五角。雇人力车至法界北利安用红茶及点心，费五角。森珣先回，余至广济堂购仁丹，至松本购痔药及胶水指套，至三不管购昌孙小袜二双，每双小洋二角。至其邻肆刮脸，雇人力车还寓。

七月十一日（六月十四）　早五时半起，六时半至车站，附七时二十分车赴京，十时半到京，至观音寺豫康取所修之金表，抵寓已十一时过矣。闻助臣已将薪水领来，交西林转交马兰君矣。午后收拾墨盒，开用在津所购亚贞墨盒，尚可用，而因天热变坏之故，气味甚臭。

七月十二日（六月十五）　早七时起，腹泻，服仁丹后渐止。午后二时，同马兰君、昌孙至十刹海游行一周始归茶座。余至北岸十号访汪子年君买邮票，汪君登报自称“万国邮票集成社”，有种种设备，今日往访不见标签，最后在饭庄东间壁第二家始得之，选得二十九张，价三元一角，遂返茶座，用莲子粥一器。五时还寓，天微雨，夜凉。今日，写致良丞信、森玟信。

七月十三日（六月十六）　早八时起，九时出访胡菱生于陈列所，不遇至琉璃厂清秘阁访车子超，云姜画已卖，都价二百二十元云，约二十五六日来取资。出遇伯坚，匆匆数语。至商务印书馆取第六期《东方杂志》，还寓。午后命孟全往东老胡同大学公寓取回森珣蚊帐，有柬与赵伯馀。孟全甫去，伯馀即挈帐来，坐少顷去。天甚凉爽，但恐有雨未出。夜二三时大雨。

七月十四日（六月十七）　早六时起，七时同孟全出，至东车站，附八时半车赴津，十时半到津。距津十里外即雾，以渐而浓，至津则小雨。闻昨夜大雨通宵也。午饭后同蕴真至公园游观一周，还寓休息一时许，至楼上检点物事。周少溪、张振伯来访，振伯持来五十元支票二张，一千二百元支票一张来签字，千二百元者，陈列所所之借者也。少溪还所译《会场平面图》及《加州馆平面图》。清理数日来日记。六时半访福田，云已至公园西餐馆，馆今日请实业各机关试菜也，即往西餐馆。九时始回，森璧寄来《乡居杂志》一册。

眉注

签十一

七月十五日（六月十八） 早七时起，整理会场及加州平面图，福田来坐。午后四时出，至新园入浴，费六角。返至大胡同买糖及酱肉，至寓已七时。饭后至公园，遇孙丽生。

七月十六日（六月十九） 早七时起，改正《会场平面图》中名词，使与日记中一致，制会场调查表稿。写致鼎彰信，属抽出《揽镜美人》《雨中寒鸦》两幅不印。写致西林信，请向菱生处取回《游日参观日记》两种。写致森璧信。午后，福田来坐，仰泉来坐，收到陈列所征稿费三十元。今日艺圃换在新大门卖票，游戏部亦卖票。五时往各处游观。晚饭后，福田约至西餐馆用茶，八时半返。

眉注

森珣支机械馆稿清写费及翻译费十二元清写费占十元零五分

七月十七日（六月二十） 早五时半起，昨夜森珣接森琅信，言十六日在汉启行，将以十八日早七时至京，故森珣将往京照应也。呼森珣起，六时半同至车站，七时十分车已到站，视其上车始还。清理游东美时由金山至东美路线。午后福田来坐，三时大雨，五时半至西餐馆望雨景，约福田、罍洲西餐。八时大雨，冒雨还。九时雨亦止。

眉注

大雨时，雨衣上之水可流入靴筒内。若用洋装则裤管笼于靴筒之外，可免此敝。

七月十八日（六月廿一） 早七时起，雨亦止，但空气仍湿。制调查稿中插图表，又制《巴拿马观会丛编》目录，持往陈列所交吴亚民付印样张加入样本。访福田，少坐还。检查新购邮票，午后二时至实业厅访沈仲贤，支六月费十元，托检出交通馆平面图。返寓，福田来坐，晚饭后同至各处游观，旋返。八时至西餐馆楼上用红茶，九时返寓。

印书处作样本，觅泥色纸作书面不得，盖近日已多用洋纸矣。工业不发达，暗中消灭者不知几多工艺品也。

七月十九日（六月廿二） 早七时起，点校《大会参观日记》中卷，福田来坐。午后点校《日记》中卷，福田来坐，罍洲、仰泉亦至。饭后同福田至公园看荷光盛开，八时回，九时往看电影，有画片者、斗鸡者并佳。

七月二十日（六月廿三） 早七时起，八时福田来坐，九时点校《大会参观日记》中卷毕。午后二时福田来访，邀至艺圃茶座中用茶，四时先出，雇车至新园入浴，即在楼上用番菜及薄荷酒一杯。又至楼外楼乘凉，看意租界楼阁绵亘，形式多用正方，颇近我国旧建筑，斜阳映之，俨如图画。七时半下，甫至梯口，即觉热气浊然。附电车至售品所买竹黄纸煤插一个，所中尚有山东陷银丝木器及扬州平彫漆器、陷白螺木器等。还寓，九时往看电影，遇李雨龙同坐。

七月二十一日（六月廿四） 早七时起，点校《大会参观日记》下卷。出至日界购药还寓，季纯已还，言京中连日大雨，且太热，又无事可做，故速返。云老八现寓东安公寓，在东安门外。午后福田来坐、罍洲来坐，仍点校《参观日记》。六时福田来坐，约至西餐馆晚饭。电影场中镜头被人盗去，电影主人刘子锐往租界觅新镜头来，不甚合式，故夜间未收票价。

七月二十二日（六月廿五） 早七时起，点校《参观日记》下卷，福田来坐。午后访福田还，写致廖科长信，讬在领收证上签名，仍点校《日记》下卷。七时同森珣至西餐馆晚饭，九时至场中看电影，十一时散。

七月二十三日（六月廿六） 早七时起，点校《参观日记》下卷毕，选取刘啸东《参观日记》插画。午后四时出，至法界北安利加非馆用红茶及点心，云祁门红茶也。返至日界换北京中国票三十元，至大胡同买肉食及白糖。还寓，剑村来坐，六时半约剑村至西餐馆晚饭，共至电影场同坐，八时散。九时往看电影，片甚下劣，十时还。

七月二十四日（六月廿七） 早七时起，八时往访福田。访辛农不遇，出访剑村于诚实里，坐时顷还。午后，厚斋来坐，言以昨日至津，讬拟国货维持会章及发起书。四时剑村来坐，以美国印建筑学书假观。夜检点行李。

七月二十五日（六月廿八） 早五时半起，六时半至车站，七时三十分始开车，十一时至北京东站。先赴清秘阁访车子超。至家已十二时，森琅已至，带来栽绒毯一条及森玟夫妇像片，又伯远所赠茅台酒一瓶及森玟讬寄之饼干、大麦等。困甚，卧息竟日。

眉注

向菱生处取回《游日日记》

蕴真款二十六日交即济舟

七月二十六日（六月廿九） 早八时起，十时到部，送林志可份子一元二角五分，由科长代垫，即时奉还。闻科长将移居，合同送礼，每人二元，尚未送去云。访助臣，云薪俸不知何日始能发下，因仍讬助臣代领。十二时还寓，午后三时助臣先来，写一扇赠余。六时，济舟、伯坚、澍元先后到，森琅亦至，并邀袁寿臣、兆西林入座，九时始散，时尚有雨。

眉注

特产独流醋、沧洲冬菜

七月二十七日（七月初一） 早八时起，天雨。午后二时访绎琴，取回森珣八月份学费，并借得《灵子教授录》东文四册，又《老人健康法》一册。还寓，四时森琅来。夜九时，行以旧日在美所购之皮靴一双赠之，时天方雨也。

眉注

星期

七月二十八日（七月初二） 早八时起，十时至清秘阁，取回卖字之价三十三元，还寓。午后二时出至清秘阁，持良丞牙章讬觅沈小庄刻字，共八元。又购旧纸一张裁两条，讬觅樊樊山写字，价各四元。又以《孟孝琚碑》付裱，共长七尺。出雇车至中央公园，与马兰君会于春明馆。余至有正书局购《画征录》二册，价五角。五时半还寓，闻森琅来，留煨瓷印色盒一个，已破矣。夜，检点行李。

七月二十九日（七月初三） 早六时起，七时同孟全至东车站，八时半开车，十一时半至天津新站。返寓后困甚，少息，二时至陈列所访余品三、吴亚民，至陈列场买胰子一块。还寓，辛农来访，交来各稿。辛农去后，交森珣清算各人清写费，鼎彰李姓来。夜写致马兰君信，装订各稿。至公园访福田不得，至西餐馆用冰忌凌。

七月三十日（七月初四） 早八时起，写致良丞信、致森玟信，装订各稿。午后二时出，至广隆泰买扇，至新园入浴。五时出，天欲雨，亟附电车还，至东北城角雇人力车，雨已落点。至大经路，大雨倾盆而至，命车夫拉至门前下车，畀以大洋二角。

午前十时，至严宅访慈约不遇，还至售品处，买山东柳条丝绸六尺，价二角七分，袴料也。

夜，陈隺洲来坐，共看建筑各图及油画印片。

七月三十一日（七月初五） 早八时起，整理辛农各稿，十时大雨。午后仍整理各稿，写致光叔信，命李富持丝绸付成衣店作袴。七时至陈列所访福田，八时还。夜，电影园请往看电影短片，为安南人出殡、救伤队用之阿拉石卡曳橇狗破获敌探三则，长片为真假之马克司，皆可观。

眉注

马克司为法国著名电影艺员

八月

八月一日（七月初六） 早八时起，整理辛农各稿毕，其中有须重写者。萧季观交来慈约之《东美游记》稿。午后看《东美游记》稿，命李富往买袴腰布及白糖。七时访福田，八时还。

八月二日（七月初七） 早八时起，看《东美游记》稿，因中文杂入英文事，柬慈约议之。画《东美调查记》中往来路线图。午后得慈约回信，仍用英文，拟注于中文之旁。画《东美游记》中路线图。李富取回山东绸之袴，缝工小洋三角。

八月三日（七月初八） 早七时起，代厚斋拟《国货维持会暂行章程》。午后二时半出，至新园入浴，四时半返。五时慈约至处看清过各稿，福田亦至，七时共饭，罍洲亦在坐。

八月四日（七月初九） 早七时起，拟《国货维持会暂行章程》，看《东美游记》稿。午后三时出，至法界乌利文买播喊手表一枚，价十八元。至玉壶春用点心，有恶少数人在其处讲茶，似为逛界事，其中一人颇有激烈态。还寓，七时访福田，同在院中乘凉。

八月五日（七月初十） 早七时起，看《东美游记》稿，分作两册，下半册为未定稿。午后二时至陈列所，遇俞品三，讬告印刷局速将样本装订，又讬小溪催鼎彰。还寓，公园事务所所购藤椅颇佳，价仅二元八角，与森珣各购一张。八时，福田约往陈列所，议请蕴真让宿舍事。

午后七时，振伯持伍拾元支票来签字。

眉注

问栽绒工厂价，言八十度者每方一元。

签十二

八月六日（七月十一） 早七时起，发致慈约信，内附参观调查各稿表外，附《东美游记》稿下半册。吴亚民来，交来印刷局所装样本，八裁者杭帘、官堆各一，六裁者亦然，共四册，取前次所画会场平面图及加州馆平面图去。少溪来访，言鼎新将不久交货。午后二时同森珣出，乘人力车至售品所，看所收集各省之货。附黄牌车至平安电影前下车，雇人力车至英界电灯房前街松寿里旁深箭道内，访卞述臣，云与其夫人上北戴河去。在其客室中少坐出，雇车至广隆泰用红茶及面包，又购细编葵扇一柄，五角，香蕉饼干半磅，二角五分。附电车至大胡同购《小说月报》第六册，又购食物还寓。

今日，实业三机关在客厅内开会，至七时始散。福田、朴公来同饭，共至森珣室内坐谈。热甚，至西餐馆用汽水，返至院前乘凉。刘子锐来，邀往看电影，皆欧战片，十一时还。

眉注

山东博山玻璃丝器

仿古瓷器
嵌银丝木器
烟台大小丝绸
扬州平雕漆器
宜兴陶器
福建漆器

八月七日（七月十二） 早八时起，整理印刷样本及制各稿页数表。十一时至实业厅，在第一科少坐，访慈约于邸舍，交印刷样本及页数表，借得中国政府馆及各馆陈列照片一册，各馆平面图八张。在一科时，仲贤闻余将以十一日赴京，讬带农商部京钞十五元。此时闻慈约将以午后赴京，因取钞信交慈约，云至京命西林送部。还一科，以京钞事告仲贤，还寓已一时。午后，实业三机关仍在会议室开会。五时剑村来坐，六时延至西餐馆晚餐，七时半出至电影场坐刻许。夜，在室外乘凉。

八月八日（七月十三） 早七时起，十一时至工业试验所访郭际昌，因在所内购牛皮小提箱一，价九元五角。际昌赠本所报告四册。午后三时，取交通馆平面图至陈列所交吴亚民，讬付北洋印刷局缩印。至陈列预备室，看大昌和所制藤桌及草绳制椅等。出北安利用冰忌凌及点心。至日界玉山号购藤提包盛食物用者一，价一元，附电车还。三机关仍在会议室开会，福田来坐。夜九时即眠。

眉注

山西若闭门自治，可为塞尔维亚、保加利亚等国。就今日时势言，不能以晋汉为比，但能以无海口之巴尔干诸国为比。当研究保、塞诸国所以立国及自备军用品之道，应专员调查之。

八月九日（七月十四） 早七时起，八时福田来坐，拟《北京国货维持会宣言书》。午后，福田命人送来药水四筒，讬带北京，筒上有日本商标。日来外边还谣传日人四处置毒，带此旅行大有危险，因命李富送还福田。其实此药乃预防虎列拉症之防毒剂也，但一般人难以理喻，应以不带为宜。接厚斋及济舟信。夜，福田来坐。

八月十日（七月十五） 早七时起，清写《北京国货维持会宣言书》。午后二时至新园入浴，五时还。至大胡同买沙丁鱼一小盒，价二角四分。夜，福田来坐，检点物事，预备明晨赴京。

八月十一日（七月十六） 早六时起，六时半至车站，七时二十分开车，十时至京，西林来接，以孙丽生讬带之纸张交西林，并讬向前门买迭辛消毒药。余至琉璃厂清秘阁，取代良丞觅沈小庄所刻牙章及樊云门所书字条。又购小铜墨合及笔套，将以寄黔者也。还寓甫十一时过，午后三时厚斋来访，还《艺术家征略》两册，取《宣言书》及《章程》去。余所购手表拨针处不甚灵，厚斋携去讬人收拾。此次薪俸由廖科长遣人送来。

八月十二日（七月十七） 早七时起，看报，写日记。午后二时，访廖受卿于礼路胡同即驴肉胡同三十九号，新移居也。三时还，四时同马兰君出，至公园往看司法部监狱制品陈列所，棉织、栽绒中颇多佳品，向购冷布帘一条，价五角。至御河沿少坐，至柏斯馨用点心。出买花三束，又手巾一条，线袜二对，还寓已六时。夜热甚。

八月十三日（七月十八） 早七时起，十时至部，还汪先生代垫送廖科长移居公份二元，尚补回铜币十馀枚。访漆助臣，少谈归寓，热甚，不敢出门。森琅来言将移寓，以电话觅助臣，问棉花七条贵州馆尚有屋否？言韩伯秋家眷及廖苇帆遗族居其中，恐无馀屋云。告森琅可约同学自向附近觅之。

八月十四日（七月十九） 早六时起，七时带手箧及福田家讬带秋被，与孟全至车站，八时半开车，十一时半至天津新站，赵升来接。

自京寓动身时，以一元交西林，还迭辛消毒药价四角五分，其馀讬买救急散也。

午后补写日记，福田来坐，夜至西餐馆用冰忌凌，遇杨子若及还，向李康侯处取还画图器。

八月十五日（七月二十） 早七时起，清点各稿，预备午后开会。命李富持画图器送交吴亚民。午后四时开会，由慈约先生邀集到者，福田、际昌、辛农、墨庄、信臣及娄鲁青，临时又邀仲贤。七时至西餐馆晚饭。朱剑村后至，饭后在楼西同看电影。

八月十六日（七月廿一） 早七时起，写日记，并清理昨日会事。振伯交来本月陈列所征稿费三十元，又编辑处车费十元，持五十元支票来签字，并言昨日由陈列所还来一千二百元，已存入中法银行，前后计存入三千二百零一元一角，零数息钱也。鼎彰人来，因其迟不交货，拟与毁约。告以两层办法：一不废约，则货不如式者必不收，且须订期交货；一废约，则前印坏之十分可收，但价不能全发。李氏去后，余往陈列所觅少溪不得，还寓以电话觅之于造胰公司不得，因以电话觅沈仲贤索回报告草目。午后，少溪自造胰公司来电话，因告以与鼎彰交涉之事。二时半同森珣出，至北马路邮政局汇洪江款不成，寄包裹一于黔省，费一小时始成。时已四时，同至英租界雇人力车至陶园，在戏座听戏。七时在江南问柳饭庄晚饭，味劣而价昂，费一元四角，反不如大餐之可用。九时出雇人力车至平安电影门前，力资十枚，附黄牌电车还。

眉注

签十三

八月十七日（七月廿二） 早七时起，福田来坐，菱生自北京来。午后三时出，至新园入浴，四时半出。至北安利用点心还，福田邀至陈列所晚饭。

眉注

星期

八月十八日（七月廿三） 早八时起，鼎彰王掌柜来访，言愿仍践前约，且约午后写色字来，定期交货。写致慈约信。午后拟《与会志略》目录稿。少溪来坐，菱生来坐，六时鼎彰王掌柜来坐，持图样来，言定两期内交此十二份。

八月十九日（七月廿四） 早八时起，清《与会志略》目录，菱生来坐，约至西餐馆午饭，赵升来取送史康老寿礼份金五元一角去。午刻同森珣陪菱生至西餐馆，饭后同还。午后三时出，至北马路邮政局汇十元，寄洪江海光叔作堂妹玉贞奁仪，交本号讬李焕章转交十元外，又汇水三毛双挂号回执等，共约五角。至东马路小摊上购淡青色俗名天青螺纹小水盂一，价二毛，附电车至北安利用加非。还寓，福田约在陈列所院中便饭，八时半还，九时即眠。

眉注

此月格外用款：

手表十八元

皮提包九元五

汇洪十元五

送礼二元、五元、一元，共八元。

以此四笔共四十六元，为大宗。

八月二十日（七月廿五） 早九时起，看森璧各种报告稿。午后，命李富送《与会志略》于严宅，并打听冰糖胡卢家丁少爷事。丁居大火巷，固富家子，喜食冰糖胡卢，所制甚精。庚子之乱，家中落，遂以粥冰糖胡卢为业，其亲戚故旧多劝之谋事，不屑也。所与市者皆故家，有矜其穷者多与以资，辄怒而掷还之。所市有限，足敷日用而已。昨日在陈列所闻之于王仰泉，故今日命李富访之。还言已遇其人，言暑天不能制云。三时，至陈列所访福田少坐，与福田、菱生同还。

八月二十一日（七月廿六） 早八时起，闻菱生已附早车去京。看森璧稿及张墨庄稿。午后，至陈列所访福田，至公事房看吴亚民绘图。至陈列场售品处购细币一张，云山东制，价三角八分。至艺圃一看，还寓写致森玟信。

八月二十二日（七月廿七） 早八时起，致慈约信，命李富送往，取回目录稿，并问写字人事。取《机械馆》稿交森珣添注英文。接森玟信，又接良丞寄来印刷物一包，皆关于贵州铁路及借款各事者。

八月二十三日（七月廿八） 早八时起，添注会场平面图上各字。午后，拟政府馆建筑图案，至陈列所。夜，往观电影《太阳党》片，颇有奇致。

八月二十四日（七月廿九） 早八时起，写致森玟信，拟政府馆建筑图案。午后三时出，至北安利用加非点心，并购点心一盒。至市上购绒像框一个，价二角五。至新园入浴，并理发。夜，检点行李，备明晨与森珣赴京。尚朴公约至光明社看电影，辞。

八月二十五日（闰七月初一） 早五时半起，呼森珣起，检点行李，六时半带李富同至车站，七时二十分开车，十时半到京。森琅来接，渠弟兄向大学去，余还豆芽菜胡同，四时森珣、森琅来。夜，十时即眠。

八月二十六日（闰七月初二） 早九时起，十时到部，薪水仍未得发。晤助臣，交到贺宅讣文，订三十一日领帖。助臣约明日午后七时在同和居晚饭。十一时半还寓，午后二时出，至前门大街访邓子甫、邓子安两君皆不遇，至观音寺街豫康号修理手表。至宾宴华楼用茶，至汪正大购红茶四两。至清秘阁取前次所裱《孟孝琚碑》，又以莫子偲、郑子尹所书《争坐位帖跋》付裱两条幅，又购陈师曾山水条幅一，价五元，至商务印书馆取第七期《东方杂志》。还寓，马兰君自东安市场返，购回粉红千叶晚香玉一束。

八月二十七日（闰七月初三） 早八时起，邓子安来访。午后三时绎琴来访，四时助臣来访，绎琴至六时去，七时助臣约至同和居，澍园及夏用卿先后至，肴馔尚佳，九时始散。

八月二十八日（闰七月初四） 早八时起，拟挽贺莘生联语：

清风两袖，东还危邦，坐失救生佛；

弥陀一声，西去净土，能容命世才。

午后，以本月费用三十五元交西林，讬发房租种种。福田来约余及西林至中央公园、至监狱品陈列所一看，至茶座上坐，雨。福田、西林三时去，余至有正书局购《新中国[①]》四期一册，至春明馆座上看之，且观雨景。五时绎琴始至，共俟助臣不来，同至常美斋晚饭，菜甚佳。与绎琴纵谈，步行出公园，直至新华门前，始雇车各返。

挽贺公联语讬绎琴转交助臣，请代购纸联书送。

八月二十九日（闰七月初五） 早六时起，写致助臣信，仍为挽联事。六时半同孟全赴车站，至则七时，尚未卖票，先至车上选座，命孟全往，买票。八时半始开行，十一时半到津。张振伯来访，以二百元、一百元支票各一纸来索签

校记

①新中国，原作“中新国”，而五月二十五日日记作“新中国”，据改。

名，前者陈列所所借，后者编辑处所支也。

眉注

签十四

八月三十日（闰七月初六） 早七时起，填《大会参观记》各小图数目字。午后二时，至陈列所访俞品三，讬向北洋问铅印事。在吴亚民处，取回照像石印各馆平面图样张七张。返寓命李富送铅印样本二册八裁者交品三，为与北洋印刷局议价之用。李富还，送来《直隶第一次实业调查录》二部，陈列所所赠者也。取平面图样张中之文艺馆图改填数目字。

萧季观午间来访，为言下月归实业厅办事事。

午前送誊印征集材料目录二十份于仲贤，请分致同人。

八月三十一日（闰七月初七） 早八时起，填写美术、教育、制造、矿冶、食品、园艺六馆石印平面图样张上数目字。午后二时出，至新园入浴并刮脸，遇王仰泉，蒙其代开各费。四时出，至大胡同商务印书馆购《小说月报》七号一册，至稻香村购食物。还寓，剑村来坐。

今日，赵信臣交来日记一册。

眉注

星期

九月

九月一日（闰七月初八） 早八时起，制会场各馆各种平面图张数表，并在各馆平面图上记出中国陈列区地位。午后二时，至陈列所访俞品三，以文艺馆图讬付北洋照缩石印，以机械馆图讬付吴亚民照画，以填过数目字之各图石印样张七张讬付吴亚民照填，外午前所制张数表一纸，以便清检。至王仰泉室，借《东方杂志》第八期。还寓少坐，四时出至大胡同富兴号配小表上玻面，有据约明日往取，价四角。至南市玉壶春用点心，至市上买胃活。还寓，看《东方杂志》。振伯来访，持百元支票来签字，亦陈列所所借。夜，拟《会场政府馆建筑图案》。

眉注
签十五

九月二日（闰七月初九） 早八时起，看《会场工程纪要》稿，午后仍看《工程》稿。吴亚民来，交到农业、交通两馆平面图石印样张。四时出，至大胡同取所修之表，至书肆买《戊午杂志》二册，价八角。至世广甡买布鞋一双，价一元一角。至稻香村买白糖。还寓，看杂志。

九月三日（闰七月初十） 早八时起，看《工程纪要》稿，支九月份车费十元，还上月饭钱五元，还藤椅钱二元七角。又在良丞存款中取四元代还森珣上月饭钱二元七角，还藤椅价，两藤椅价共五元六角。命李富送交李子峰，请其代还该肆。午后二时，至陈列所访吴亚民，交与新填数目字之交通馆、农业馆石印平面图样张各一纸。至陈列场售品处买小刀一柄，小儿玩具、玻璃镇纸一枚，至公园一观还寓。夜，剑村来坐。

九月四日（闰七月十一） 早八时起，点校辛农《加省博览会参观记》稿及《见闻随笔》稿。午后清点各稿及室内书物，亚民持北洋所估铅印单来。五时至图书馆看《进步杂志》，七时至艺圃听崑曲刻许还。夜，看电影。

九月五日（闰七月十二） 早八时起，九时吴鸿初君来访，订明早来写字，命李富送清过之辛农各稿及原稿交辛农，请复加校正，并注英文于旁。整理剑村《工程师会》稿。午后整理孙丙炎《机械馆》稿，至图书馆看书，六时半福田约往夜饭。接良丞信并照片。

九月六日（闰七月十三） 早八时起，九时吴鸿初君即来，以《美东游记》稿托写，余整理各稿。午间赴童汉侠及左先生之约，陈列所诸人皆在坐，颇欢惬两君即西餐馆主人。还寓，颇有醉意，隐椅至四时始醒。七时至陈列所，慈约在坐，共议改《北京国货维持会章程》及订吴鸿初笔资。十时往看电影，还已十一时。因看《太阳党》片，神经颇激动，暂不就眠，点校吴鸿初所写稿四页。

今日预支陈列所征稿费三十元。

九日七日（闰七月十四） 早八时起，命李富送《预会志略目录》誊写本于慈约，送《机械调查记》抄稿二册及原稿于孙丙炎。午后计算印刷事宜，《巴拿马观会丛编》印五百部，每部二十册，合一千页，连各图加上，共需三千五百元，每部合价七元，但皆从宽算计，或不及此数亦未可知。六时访福田，在其处晚饭，八时还寓，睡一觉复起写日记。

今日，阴雨竟日。

九月八日（闰七月十五） 早七时起，整理各稿。午后二时访俞品三，以北洋印刷单托之，请其再合实价。出东马路买邮票五十分。至新园入浴及整容。至北安利用点心及红茶，并购月饼两枚。又至广隆泰购月饼两枚，返至药肆购綠毵司丁一百粒，价七角。至华信购铝锅五角，美人头胰二角五，坤袜二、五角，毛巾一角五，共一元四角。还寓，晚饭后访福田。夜，慈约来所，共谈维持会事，八时往看电影。

眉注

铝，津人呼曰钢种

九月九日（闰七月十六） 早七时起，写致蕴真信及良丞信。命李富送《戊午杂志》二册于福田。鼎彰送珂罗版印片来，计十种，每种五百二十张，其中两种张数不足，来人言回去再查。访福田，王仰泉在坐，余问借王焕廷事，两人议未决。余还寓，午后写致森玟信。

九月十日（闰七月十七） 早七时起，检点《大会参观日记》稿，预备交王焕亭补写。午后焕亭来告以稿中写补改写诸处及点收鼎彰印片等事。七时至大马路理发，还看电影，凉甚。

眉注

带日格纸来津，托人抄诗稿

九月十一日（闰七月十八） 早六时起，又半时赴车站，七时二十分开车，十时半到北京。还寓，三时珣、琅先后至。夜访澍元，遇韦成之，云在《多闻日报》。还时西林亦自天津至，为带来《直隶调查报告》一大册。寄良丞瓷器一盒，黄皮鞋一对。

眉注

颜脸同义，音亦相近，或脸为颜之误

“翙”字恐是“末”之误

九月十二日（闰七月十九） 早八时起，十时出至前门购物，至大栅栏访安厚斋不遇，还至观音寺取表，至琉璃厂清秘阁取所裱莫、郑字幅二条。还寓，五时同马兰君至中央公园南部游观，装饰纯用中国式。六时至长美斋晚饭，用脆皮鱼、宫保鸡、牛肉沫、鸡绒豆花，连酒饭茶共一元七角三分。

九月十三日（闰七月二十） 早九时起，写连日日记，闻慈约将以今夜至京。竟日阴雨未出门，但检点字画，并预备寄良丞包裹，内为日本霁红小瓶、仿宝石红小水盂，仿豇豆红蘋青印色盒及老七所买药物两瓶。夜寒。

九月十四日（闰七月廿一） 晓凉甚，本拟早快车赴天津，现改晚快车。晤慈约，约晚饭于泰丰楼。午后二时，同马兰君及昌孙至新世界，七时半出至泰丰。慈约及季约、支山及陆伯鸿、陆叔成已在坐，续到者安厚斋、胡菱生、胡适之。入坐后，赵竺垣丙麟亦至。此公得名在十馀年前，今始四十四岁。九时散，出至廊房头条绣货庄楚宝看绣屏，一尺宽、四尺长者索价三十二元不带装潢，未与价。至前门雇洋车回，至寓已十时过矣。

眉注

星

九月十五日（闰七月廿二） 早八时起，九时赴慈约室中一谈。午后二时至大栅栏修手表，至西珠市口内国货维持会，今日开会也。慈约、菱生已先在，余至家庭工艺品陈列处一看，皆玩具。厚斋亦至，三时开会。会长慈约演说，副会长厚斋报告一切，关翼之演说，厚斋仍推余演说，厚斋又报告捐款事。于是茶话、照像，散时已五时矣。同慈约至大栅栏宝华楼，余购金制小徽章一枚价七元，将寄赠谢氏外孙者，又以猫儿眼粒付镶戒指，于其处遇周少文。

眉注

南开对校员讲演实业

成何关系

□□关系
调查关系
城中府署附近百川居酱油

九月十六日（闰七月廿三） 早六时起，七时同马兰君至东车站，马兰君送余上车始返。八时半车开，十一时半到天津。西林讬带农商部统计表二册，命李富送福田处。接良丞信，中有森珣信。又接森珣信，又需款购书，因在良丞存款中取五元票一纸，并良丞信由快信寄京。接光叔信，言信及添箱礼十元皆收到。午后四时出，至新园入浴及整容。至北安利买椰子月饼二，返至大胡同买食物，还寓已六时。饭后访福田，取回《市政通告》三册，皆去年者。返访蕴真，蕴真交到师母所赐干刺梨一包。返，写数日来日记。

九月十七日（闰七月廿四） 早八时起，写致慈约论国货维持会通信事件第一信。午后访福田。张绎琴来访，因其少君病，携至津觅精神病院刘君术以灵指术治之也，福田为告刘君居址甚详。绎琴出，余与同行，至票房前始登车去。还寓，发慈约信。吴亚民与北洋刘君来议铅印事，去后余拟对教习演说稿慈约讬拟。六时至陈列所，福田约往同开饭也。八时还，蕴真来谈，十时半始去，写日记。

眉注

绎琴新移家后牛肉湾新昌路十一号

九月十八日（闰七月廿五） 早八时起，写致良丞信，又拟《国货维持会推广销路进行方法》稿。午后访福田，出至陈列所售品处购信封五十枚，价二角。三时出，访绎琴于法租界中国旅馆。四时同出，至南市玉壶春茶楼雅坐用点心。六时出，同至市上游观，十时绎琴归去，余在华信买手巾六张，价八角。至大胡同商务印书馆买八月份《小说月报》一册。

九月十九日（闰七月廿六） 早八时起，蕴真来坐。午后校《大会参观日记》，亚民与北洋印刷局刘金生来议定印刷事，约明日交来揽单，且发稿。剑村来坐，振伯来坐。六时至陈列所晚饭，七时还，仍校《大会参观日记》。夜，剑村来访。

绎琴以电话来告今日返京。

九月二十日（闰七月廿七）　早八时起，校《交通馆》稿，午后仍校《交通馆》稿。鸿初支银元十元五角二分馀，振伯未来，余代垫十元。接森璧信，附有约翰宝牙瑞典人之神怪画印片二幅，似是仙女也。六时北洋刘金生送铅印揽单来，交与《美术馆参观记》稿一册。

九月二十一日（闰七月廿八）　早八时起，蕴真来坐，十一时访福田。午后三时半出，至北安利用点心，至新园入浴，至大纶缝必基呢夹衫一，价十五元五角，交定价十元。返至大胡同买肉，还寓。夜，访蕴真一谈。

今日接到森珣寄来上海泼克三册及《贵州少年报》一卷。

眉注

星

九月二十二日（闰七月廿九）　早八时起，点校《东美游记》抄稿。福田来访，邀至西餐馆午饭，饭后至陈列所一坐。午后接森璧寄来《乾报》及《科学杂志》各一册，《乾报》中有森璧译稿。晚饭后访福田，翯洲亦在坐。午间颇热，向暮大风。

九月二十三日（闰七月三十）　早八时起，整理辛农各稿，午后亦然。实业厅沈仲贤托带皮包、皮夹各一件，至京交农商部，某商人存案物也。夜，蕴真来谈。

九月二十四日（八月初一）　早八时起，于工艺馆、机械馆平面图上加符号，并整理各稿。午后三时出，至海大道某肆剪发，至其肆购介壳扣八付，至某肆购食品，五时至大纶取夹衣，补去五元六角。返寓，福田约至陈列所晚饭。接到森璧寄来《墨西哥古文明》一册。还寓，剑村来坐，蕴真来坐，慈约在陈列所约往一谈，同剑村往坐，十时始还。

今日，尚耀西来借《巴拿马观会丛编》样本去毛边纸。

眉注

松竹斋裱画寄津

九月二十五日（八月初二）　早六时起，时半至车站，七时二十分开车，十时半至前门，至寓已十一时。倦甚，得休息甚适。午后二时，森珣、森琅先后至，晚饭后去。森琅以四十元存余处。

九月二十六日（八月初三） 早八时起，九时以实业厅呈农商部文及皮包、皮夹等交西林。九时同西林出，至琉璃厂松华斋为慈约取所裱字联，仅得杨拜苏者一副，又以徐南州两联付裱。出至清秘阁取矾过冰雪宣二张，每张一角五分。出至国货维持会，未有人来告，听差言誊写版宣言书上脱一字，铅印时须改正。出至大栅栏宝华楼取所包猫儿眼约指，价四元；金耳坠一副，价二元一角。又以红宝石请嵌上，亦宝华楼所包而脱落者也。出至豫康号取手表，遂还寓。午后二时到部，闻薪水须下星期始能发出。三时还寓。

九月二十七日（八月初四） 早八时起，十时以本月用费三十五元讬西林发付，接森玟信。午后二时，同马兰君带昌孙出至大栅栏宝华楼，以昨日所取金耳坠付与修理，又取环形者一付。出，马兰君携昌孙赴新世界，余至维持会访厚斋不遇，至商会访之亦未遇，至新世界往观小手之男女二人，女子不乐见于颜色，有所追而为此，情殊可闵。又大蟒二条，各长丈八九尺，腰粗处径约六七寸，又黑熊一头，猴三头，灰鹤一只，观者人费铜元十枚。至三层楼台树根形陶器处买笔筒一，价二角五分，制作者为昌平县苏家坨广兴陶器工厂工匠赵伯良，品格不下于杨制，而价乃遥逊。至梨花大鼓处听山东女子之唱。五时至加非馆用红茶点心，至楼顶旷览一周，六时下至院内用茶。天小雨，催马兰君同还。夜，西林来，言以良丞像片讬傅书之画水彩像，价十元。

九月二十八日（八月初五） 早六时半起，七时同孟全赴东车站，八时半开车，十一时半到津。收到森璧自美寄来画稿一卷。午后三时，同蕴真出至玉壶春茶楼，蕴真他去，六时始还。用饭后，同至昇平馆看杂耍，九时半还。

九月二十九日（八月初六） 早八时起，命李富持杨拜苏字联送严宅，并附上慈约柬。至西餐馆购细瓷茶杯十枚，价二元。又瓷碗二枚，价四角八分。属焕廷电催北洋及鼎彰印刷。午后，命李富送农商部收照交沈仲贤，并支本月津贴。四时至陈列所购黑骨扣二十粒，合铜子六枚。夜八时出，至北安利用红茶点心，至理发店刮脸，至稻香村购糖。其处有多人团聚，问之旁人，云有西人被一醉人攫其帽去，巡警二人聚议于途故尔。步行至下天仙，始附电车还，时已九时半，整理各稿。

九月三十日（八月初七） 早八时起，校辛农三馆调查稿，午后亦然，鼎彰人送样片来看。夜，蕴真来坐。

十月

十月一日（八月初八） 早八时起，校辛农各稿及啸东牲畜稿，午后亦然。北洋刘景云来议印珂罗版事。夜，蕴真来坐。

十月二日（八月初九） 早八时起，命李富送《美东游记》稿于严宅。校啸东《参观日记》稿，午后亦然。夜，嚣州来坐，蕴真来坐。

十月三日（八月初十） 早八时起，嚣州命人送公园照片四张来，校张、陶《教育调查》稿，命李富送三稿于剑村，连原稿共六册，请其过目，并其行间注上英文。午后仍校教育稿。夜访福田，还访蕴真。

今日午后，紫峰送还电灯器具价洋十九元。

十月四日（八月十一） 早八时起，校点郭际昌《调查报告》。接森玟、森琅信，立时作答。午后访福田，至陈列所售品处还欠一元，至西餐馆还瓷器价洋二元四角八分。还，仍点校际昌稿。

十月五日（八月十二） 早八时起，点校际昌《调查报告》稿。午后二时出，至新园入浴。出至法界稻香村买食物，至北安利用红茶点心，购月饼，云已卖完。还至大公报馆取名片，至华信购牙粉，至玉壶春晚饭，出至振兴奎买小孩线袜，还已八时。夜，看《庸言报》。

眉注

星

十月六日（八月十三） 早八时起，点校际昌《调查报告》稿毕，付焕廷改正数处，向陈列所借彩色画片三张。相思地、幽居、印第安陶工。午后，写致森璧信。振伯持五百元及一千二百元支票各一张来签字，公园事务所所借者也，所借计两千元，尚有三百元由陈列所欠项下拨付，故未签票。夜访福田，谈公园借款事。返，蕴真来坐。

眉注

签十六

十月七日（八月十四） 早八时起，十时出，至市上购物还。午后二时访福田，四时同李富至车站，因携有蟹两斤，故须李富同往也。四时四十五分开车，八时到京。

十月八日（八月十五） 早八时起，九时出至清秘阁还账二十元，又代还良丞账十二元，樊字四元，沈印八元。以榛柃木笔筒讬车子超粘底。至商务印书馆。取九月《东方杂志》，至大栅栏宝华楼修理红宝石约指及耳坠，至前门雇车还寓。森珣来访，同午饭。午后森琅亦来，付与操衣费十四元，良丞存款中所取者也。以所写森璧信付森珣，令写信封寄美。午后二时，同森珣、森琅出，入西华楼门至古物陈列所参观，至太和门欲观三殿不得入，言内务部借作文官考试场云。至茶座用茶，五时还寓。森珣归去，森琅同至寓用饭。

今日中秋，天气晴和，月色甚明，佳节也。

眉注

此数两清

十月九日（八月十六） 早八时起，十时出，至后牛肉湾访张绎琴，谈一小时还。午后二时，同马兰君及昌孙至东安市场，买玻璃水沿罈一，价五角，葡萄一斤。至茶楼雅座小憩，马兰君率昌孙赴中央公园去，余以五时还寓。

十月十日（八月十七） 早八时起，九时澍园来访，言将觅宅迁居，因以同出。至锦什坊街之东西南三方觅之，皆不合，十一时与澍园分手各还。午后二时，与西林同出至亚东制版所，三时铜版所人言不能制。出同至海王村公园中傅书之画室看画像，出与西林分手，余至清秘阁取笔筒，已粘好。至麻线胡同多闻报馆回看韦少荃不遇，留片而行。至西砖胡同访助臣，谈半小时出。至顺治门内小市一看，为良丞买得仿古月轩烟壶一枚，价二元。还寓，对门旗人某家放焰口，笛声嘹亮甚可听，然余为之半夕不成眠。

十月十一日（八月十八） 早六时半起，七时带孟全赴车站，八时半开车，十一时半至天津。午后命李富往换钱。夜访福田。

十月十二日（八月十九） 早大风，八时半起，蕴真来坐，陈列所饭团来取饭钱五元去。午后二时半出，至新园入浴并刮脸。至北安利用茶点，至华信购女卫生中衣二、价三元二角，毛袜一、价六角五分，烟嘴一、价一元五角。至估衣街瑞林祥制线被一，价八元六角七分，交定洋一元，还寓已六时半。夜，访福田。

眉注

星

十月十三日（八月廿） 早八时起，清理编辑事务。十时，持教育稿往陈列所，讬周少溪添注英文，访福田少谈。十一时，鼎彰李姓送来印片十张，来取底片十张去。午后，作《东美调查日记》中玉蜀黍及棉之陈列统系图及清理各印画底片，北洋人来取辛农三馆稿去。五时同福田出，至三不管华安番菜馆晚饭。七时同出，至日界鸿宾楼一带，步行至东北城角，福田雇车先回，余至大胡同购食品，至商务印书馆购九月《小说月报》及名信片而返。

十月十四日（八月廿一） 早八时起，清写玉蜀黍及棉之陈列统系图，福田来坐。午后访福田，至售品处购名信片。振伯送七十八元支票来签字。

眉注

签十七

十月十五日（八月廿二） 早八时起，校《大会参观日记》，北洋送美术稿下半册来校，鼎彰人来取印价一百元，有收据交张振伯。写致良丞信。五时，命李富往瑞林祥取绵被。福田约至陈列所用饭，共谈至八时始还寓，往访蕴珍①。

校记

①蕴珍，前文皆作“蕴真”。

十月十六日（八月廿三） 早八时起，九时福田来坐。午后，绍西来访，交还教育稿。振伯来访，以鼎彰百元收据交付之。袁寿臣自北京来，带来小菜一罐。夜访福田不遇，共嚣州谈时顷还。蕴真来坐，郑君来坐。

十月十七日（八月廿四） 早八时起，抄辑《预会志略》材料。午后访福田，还仍抄辑《预会志略》材料，命李富包裹绵被及旧卧单，中有马兰君衣物及森璧画稿，仍命李富送陈列所，讬福田带京，福田将以明日返京也。四时，振伯送本月征稿费及车费来。

十月十八日（八月廿五） 早七时起，整理《工程纪要》稿。午后，访福田，还仍抄辑《预会志略》材料。夜，蕴真来坐。

十月十九日（八月廿六） 早八时起，抄辑《预会志略》材料，蕴真来坐。午后三时出，至新园入浴，出华安晚饭，费八角六分，小费在外。过振兴奎，买丝袜，价大洋五角。至北海楼一看，至后院买水果。出至北马路、东马路一带看煤炉，至大胡同德华馨买暖鞋一双，价二元五角。其三元二角者乃夹革底，底下不露麻线者也。还寓，蕴真来坐。

眉注

星

十月二十日（八月廿七） 早八时起，接良丞信，抄辑《预会志略》材料。午后校《工程纪要》。

于商品陈列所之外，更应设一本省特产寄售所，如独流醋则应另辟一柜，内列玻璃瓶所盛之醋，上标年岁及价值。柜上一处为详细之说明书及各处分售处，或往独流之路程等。

在此间搜集各种工业上图案，预备他年赛会出品之用。

眉注

此种特产寄售所须经费充分，不惜销耗。

册末杂记

主张新体诗诸人皆不知美感为何物，彼以规律为美则误，此如女子模型，纵极妍媚，终不能引人爱慕。

常乐我净之常与长生之长不同，然其求永久不灭之意则一，世主之求长生，以其乐也。未有乞丐而求长生者，求死之不暇，尚何生之足念。佛之求常则为智慧，以佛之智慧而经一度生死，即归消灭，诚大可惜。此求常之念，之所以来也。

由佛之说，地球虽毁而灵魂终不毁，盖灵魂自无明来，无明自法界来，法界者乃包罗如地球等至无量数者也。

尽其在我者而已，凡事皆可以此语解释之。

保定秀水胡同廿一号。

灰鼠袍面马褂面外套并皮领、棉鞋、棉被、线毛毯。

册首杂记

李道衡，北京前门外西珠市口教谕营廿二号中一通信社。

树皮匋题字：白鹿贞松；青牛文梓；三河徙植；九畹移根；节竖山连；纹横水蹙；将雏集凤；比翼巢鸦；唳鹤吟猿。

不露文章世已惊；未辞剪伐；不露文章；闭户著书多岁月；种松都作老龙鳞。

半翕半辟行人票，自教水曲自坐轿。

十月二十一日（八月廿八） 早八时起，编《预会志略》稿，接森玟信。午后三时访郭际昌，请于调查稿上补译及注英文。际昌出赵南星先生遗稿共观，先生亦高邑人也。际昌言先生子孙近皆业农，书刻于康熙时，板仍在，靳不许人印刷，近以朽败，悉斥为薪，里人惜之，拟合资为之铅印云，又铁如意，今仍在藏家中云。出，步行至华新工厂附近游观，雇人力车还寓。夜至陈列所，慈约方共诸人审查手工展览会物品。还，蕴真来坐。

眉注

画家所服膺者：李营丘《寒林》；沈石田 武英；唐伯虎 武英；王烟客仿吴《夏木垂阴》；王元熙；仿巨《溪山深秀》、陆壑《峦林》，不胜记。王石谷；王麓台；王蓬心；恽南田不胜记；蒋南沙；仇十州《蛟龙起蛰》；戴醇士《九峰草堂》；陆天游《丹台春晓》；大李将军 武英

十月二十二日（八月廿九） 早八时起，接森珣信，言游美事，立时作答。午后，抄辑《预会志略》材料，校《大会参观日记》稿，复良丞信。夜，复森玟

信。蕴真来坐，去后访福田。还，接森璧信。

眉注

王叔明 萧移

吴墨井

董东山

一月二十三日（八月三十） 早八时起，编《预会志略》稿。午后，编《预会志略》稿，向编辑处费用中取得零用洋五元。夜访福田，还，校《大会参观日记》毕。

今日购煤炉一，托袁寿臣带京。

十月二十四日（九月初一） 早八时起，九时出，至法界刮脸，至稻香村购燻鱼还。陈列所交来托寄西林信一封，外银元四十元。午后访福田还，检点行李，四时带李富至新车站，遇周支山，四时三刻开车，八时至北京前门，抵家已八时半。以陈列信及四十元交西林。

十月二十五日（九月初二） 早八时起，午后森琅来寓，三时出至清秘阁买拱花八行笺四盒，价每盒五角五分，又铜笔套四枚，墨一锭，将以寄森璧者也。还，森珣来寓，六时助臣过访，留饭。森琅支十五元去。

眉注

琅支十五元

十月二十六日（九月初三） 早八时起，慈约以昨日至，相见于公事房，议国货维持会事。九时，访廖寿卿不遇，访安厚斋于护国寺肆，电话请至公用库宅。有兆君先在坐，共厚斋谈维持会事，厚斋托带一函交慈约，以珊瑚壶盖托磨治。还寓，袁寿臣自天津带来煤炉，幸未有损。午后二时，同马兰君及昌孙出，先至廊房头条天宝，马兰君买金饰二件，同至新世界，余购广兴工厂树根式陶制小水仙盒一，价小洋四角。三时半，余先出至宾宴华楼印痕楼代直隶手工品展览会买水晶印二枚、玛瑙印四枚，价四元八角。出至青云阁茶座，与助臣、澍园会合。五时同出，至琉璃厂宝晋斋，助臣为余购小楷兼毫四枝，价八角八分，遇杨伯坚。助臣约至瑞记晚饭，八时始散。

眉注

此时金价二十四元

十月二十七日（九月初四） 早八时起，午后二时到部，三时出至海王村公园傅书三处看良丞像不似，拟迟日领森琅往视之。至翰墨园往观广兴工厂树根陶器，货品较高，而价较新世界者为昂。还寓，向西林处取得印，价四元八角。夜，以家用三十五元托西林交付各处。

眉注

湖北天然椅案 宜昌 郧阳

十月二十八日（九月初五） 早六时半起，七时同孟全出至东车站，八时半开车，十一时半到天津新车站。一时出访福田，同至手工展览会游观一周。还寓，写数日来日记。夜访福田，遇慈约，共谈至八时。还，填《石晶玛瑙图章出品目录》，命李富送交福田处，接良丞信。

十月二十九日（九月初六） 早八时起，九时访福田，取关清泉所拟《预会志略》材料，至手工展览会参观。午后，看《预会志略》材料。夜，访福田还，编《预会志略》第二编。

眉注

贵州

楠木器 老核桃木器 樟木器 黄杨木器 阴沉木器杉阴沉、杨阴沉 红砂石雕海角坊 白绵石雕安顺府学 革器贵阳、大定 丝正安 绸同 山丝 府绸 竹编器 竹雕玉屏 青石雕黎平 雄精 朱砂矿 炭酸铜矿 朱砂床 大石棉 水银 锑 铝 铅 铁 煤 铜丝块

印刷 纸平远翁贵

新法制 药材 厚朴

十月三十日（九月初七） 早八时起，九时编《预会志略》，请王焕廷清点文件，预备查卷。以电话问沈仲贤所担任之稿，云所得无多，午后交来。以电话约北洋刘景云来取画版。午刻访福田，议请关心泉夜间帮忙。还，刘景云来，以《会场全图》铜版付之，印五百二十份。仍编《预会志略》稿。夜访福田，还仍

编《预会志略》稿，蕴真来坐。

十月三十一日（九月初八） 早八时起，九时编《预会志略》稿，鼎彰周来送样张二来看。取《大会参观日记》下卷及《东美调查日记》中插画底片九张付之。周言此后渠号将自印，不交华新代印矣。午后访福田，还，编《预会志略》稿。夜访福田，遇慈约、道衡。还，关心泉始来代翻文件，搜寻《预会志略》材料。剑村来坐，蕴真来坐。

十一月

十一月一日（九月初九） 早八时起，九时福田来坐。十时编《预会志略》，命李富送信严宅及至孙丙炎处取稿。午后，访福田还，编《预会志略》。夜访福田还，编《预会志略》，吴亚民始来加夜工绘图。

十一月二日（九月初十） 早八时起，九时编《预会志略》稿，福田来坐。午后访福田，出至手工展览会参观。三时出，至新园入浴，出至松记晚饭，至北安利用加非，至下天仙祥记买女毛袜，价六毛，胰子一盒，价四角。至三不管某肆买美人头胰子，价二毛；小孩线袜二，价四角。至申春阳买沙糖半斤及点心。还至东南城角久大公司买盐二包，每包铜子二枚。还寓，蕴真来坐，夜不成眠。

眉注

星期

十一月三日（九月十一） 早八日起，九时福田来坐，十时编《预会志略》。午后访福田，还编《预会志略》。夜访福田，慈约在座，同回忆在美洲会场事，收集资料。还，剑村来坐。

眉注

麝香　牛黄　照片山林、风景、建筑、雕刻、塑像　牛革制过者　棓子　蓝靛　漆　艾粉　樟脑　鸡枞菌　盐酸　道菜　水盐菜　皮箱　镇远锡器　干果子梅、核桃、风栗、木瓜、刺梨　谷豆等　杨梅酒　刺梨酒沙子哨　茅台酒　棉花　茶叶

十一月四日（九月十二） 早八时起，九时编《预会志略》。午后访福田，出至手工展览会购保定学堂线画一张，价八十铜子。还，编《预会志略》。夜访福田还，编《预会志略》。福田来坐，蕴真来坐。

十一月五日（九月十三） 早八时起，九时编《预会志略》，十一时辛农来访，以在美时事务见告。午后访福田还，编《预会志略》。振伯来访，送陈列所本月津贴三十元及编辑处车费十元来。夜访福田，七时出至实业厅向仲贤支津贴十元十月份。实业厅开工周年纪念会，同入会场，十一时始散。

十一月六日（九月十四） 早编《预会志略》，福田来坐。午后访福田还，编《志略》。接良丞信，中有仁宇律诗二首。夜访福田还，编《志略》，蕴真来坐。

眉注

赵孟頫 赵雍 赵大年 赵令穰

十一月七日（九月十五） 早八时起，九时编《志略》，福田来坐。午后访福田还，编《志略》。夜访福田还，编《志略》，接良丞信，寄来勒省旃字横幅，赵绍平、陈鉴逸字斗方各一幅，蕴真来坐。

十一月八日（九月十六） 早七时半起，有霜，闻浅水处有冰。九时编《预会志略》。午后访福田还，编《预会志略》时福田来访，约蔼州、朴公诸公来寓，四人同饭。九时始散，仍编《志略》，十一时就眠。今日四时后始用煤球炉，仍嫌稍早。

十一月九日（九月十七） 早八时起，编《志略》。午后二时出，至华园入浴，五时返。夜访福田还，编《志略》。九时，菱生到陈列所，慈约亦至，邀往共谈编辑事。

眉注

星

十一月十日（九月十八） 早八时起，编《志略》第二编毕，福田、菱生来坐。午后检点事物，四时同李富至车站，四时三刻开车，八时至北京。天雨，孟全来接。

眉注

查画人名 一夏 二印 三幽

十一月十一日（九月十九） 早九时起，午后二时至清秘阁，以勒省旃横幅及陈鋆逸、赵绍平斗方付裱。至宝华楼，以金镯换制新者，又以鹿道木手杖一支托镶银件，良丞托办者也。至前门信昌，为良丞买酸素治疗器，价二十五元。还，森珣、森琅来访，晚饭后始去。

酸素治疗器，即一种电器，可以治痼疾。

眉注

文徵明衡山 文彭三桥 文伯仁五峰 文嘉体承

十一月十二日（九月二十） 早八时起，十一时菱生来坐。午后马兰君出，为昌孙买绵絮，并买来粗布，为良丞包装电器，以便付侄辈交邮。

十一月十三日（九月廿一） 早八时起，十时访菱生。午后，作函致宝华楼，请以银镶木杖交侄辈手。

眉注

黄均 榖原 黄鼎 尊古 黄慎[1] 瘿瓢 黄易 小松

十一月十四日（九月廿二） 早六时起，七时同孟全出至东车站，八时半开车，一一时十五分至天津。午后，点校王焕亭所清《预会志略》稿。夜访福田还，蕴真来坐，福田来坐，至十时二十分始去，写日记。

十一月十五日（九月廿三） 早八时起，写致良丞信及森玟信。午后，至陈列所，遇慈约少谈还。鼎彰人送样张来看，补《预会志略》稿。夜访福田还，补

校记

①“慎”字原缺，据文义查补。

《预会志略》稿。

十一月十六日（九月廿四） 早八时起，补《预会志略》稿，十一时厚斋来访，十二时去。午后三时出，至新园入浴，至法界买点心，至玉壶春晚饭。玉壶春新添菜饭，价廉而味美。返至邮局，购邮票一百分。至商务印书馆，购《小说月报》十期及拜年信片。

眉注

星

十一月十七日（九月廿五） 早八时起，编《预会志略》。午后，访福田不遇还，编《预会志略》。夜访福田还，编《预会志略》。

十一月十八日（九月廿六） 早八时起，昨日夜寒风竟夜，已结冰矣。闻农事试验场室外温度计已在华氏冰点下七度矣。编《预会志略》。午后访福田，其病已愈，在王仰泉室中共谈。还，编《预会志略》。夜访福田还，编《预会志略》。

十一月十九日（九月廿七） 早八时起，竟日编《预会志略》。午后及夜间访福田二次，尚朴公交来井陉小梅瓶二个，一铁锈红釉，一蟹壳青釉，价各一角一分。又瓷牛模型一，瓷鹿模型一，价各一角五分。

十一月二十日（九月廿八） 早八时起，竟日编《预会志略》。午后福田来坐。夜往访福田还，复出至估衣街达仁堂购牙宣膏一包，价大洋九分。至同庆帽店购绒帽一，价一元五角。

眉注

钱维城 钱穀 钱杜叔美

十一月二十一日（九月廿九） 早八时起，牙痛，编《预会志略》。午后，蕴灵、蕴真来坐，福田来坐，去后余仍编《预会志略》。夜，福田、嶲州、朴公来坐，九时去。今日牙痛，竟日余仍写出千馀字。

眉注

李师训 李昭道 李公麟 李伯时 李成营丘 李唐希古

十一月二十二日（十月初一） 早八时起，编《预会志略》，牙痛未减。午后访福田，以名章交赵升，令往实业厅取津贴十元来。又以清好之《预会志略》稿二册一《大会缘起》、一《本省预会》讬福田寄京。还，编《预会志略》。

一一月二十三日（十月初二） 早八时起，编《预会志略》。午后二时出，至新园入浴，客稀故座中亦不觉暖。五时出，至附近鞋店，购暖鞋一双还。

十一月二十四日（十月初三） 早八时起，编《预会志略》。午后二时至车站，附慢车赴京，七时始至。

十一月二十五日（十月初四） 早九时起，午后二时出，至商务印书馆取《东方杂志》，至清秘阁取所裱勒字、陈字，其赵字须重裱未取。至鸿记购祁门红茶半斤，价八十铜币。还，森珣、森琅先后至，以商务印书馆所印拜年片付森珣，令寄森璧。又树皮形陶器，令寄黔。

十一月二十六日（十月初五） 午后二时到部，遇助臣，言今夜约会于瑞记，为济舟送行。还，慈约夫人在座，候慈约未回，闻已赴南横街乃去。夜赴瑞记。返，与慈约谈陈列所事。

十一月二十七日（十月初六） 早八时起，午后三时同孟全出，赴车站，遇周伯伊少谈，伯伊赴通州去。四时三刻车赴京，同座有日本人服中国装，伪云古姓，天津英美烟草公司中人云。八时至天津，赵升来接，令持具先回，赴鸿云楼夜饭。

十一月二十八日（十月初七） 早八时起，编《预会志略》，福田来坐。午刻访福田返，清理旧稿。夜，福田、翯州、朴公来坐。

十一月二十九日（十月初八） 早八时起，福田来坐，写致森玟、森璧信。

午后二时访福田，还编《预会志略》。夜，福田、朴公来坐。

十一月三十日（十月初九） 早八时起，福田来坐。午后二时访福田，至新园入浴，至法界购食物，至日界购酱菜。至华信购椭圆镜一，价二元五角；毛巾二，价三角。还寓。

眉注

星

十二月

十二月一日（十月初十） 早八时起，编《预会志略》。午后访福田，闻已赴京，遇罍州。还，编《预会志略》。

十二月二日（十月十一） 早八时起，编《预会志略》竟日。张振伯来，持明日向中法取二百元之支票来签字。

眉注

签

十二月三日（十月十二） 早八时起，竟日编《预会志略》。鸿初来，取抄费四元七角三分去。余支本月车费十元，还十月及十一月饭账。

十二月四日（十月十三） 早八时起，竟日编《预会志略》。夜，罍州来坐。

十二月五日（十月十四） 早八时起，编《预会志略》。午后济舟来访，云石其已故，将赴上海为之经理丧事，旋去。四时访济舟于复昌栈，同至玉壶春用饭，费一元。七时返寓，济舟来坐，八时始去。

十二月六日（十月十五） 早八时起，编《预会志略》。午间，接森玟信。夜访罍州。

十二月七日（十月十六） 早八时起，编《预会志略》。十二时出，至玉壶春赴翯州约，饭后同经特别第二区，至意租界大马路、二马路，入俄租界三马路看各处居宅之建筑。至万国桥别翯州，附电车至新园入浴，五时出。至玉壶春晚饭，六时出。还寓，接兰儿信。

眉注

星

玉壶春主人李范五

十二月八日（十月十七） 早八时起，编《预会志略》竟日，仅午后往访翯州一次。

十二月九日（十月十八） 早八时起，编《预会志略》。午后访翯洲还，三时出，至南市刮脸，至玉壶春用点心。五时出至市上购大氅之扣二枚，价各六铜子。附电车至北大关下，入估衣街购散拿土井一瓶，至街口雇人力车回。

十二月十日（十月十九） 午后二时赴新车站，三时开车，六时半到京。

十二月十一日（十月二十） 竟日在家休息，森珣、森琅来访。

十二月十二日（十月廿一） 午后二时出，至大栅栏永昌号买獭领，价三元。至某肆买灯芯，至清秘阁取所裱赵绍平字斗方。

十二月十三日（十月廿二） 午后二时出，至灯市口买草图纸，编辑处所用也。至东安市场买麻姑爪，至覆公府邮务局取汉上寄来包裹还。夜，邀寿臣至书房共谈。

十二月十四日（十月廿三） 午后二时出，至宝华楼取烟壶盖未得，至宾宴华楼刮脸，至商务印书馆取十一期《东方杂志》。

十二月十五日（十月廿四） 午后二时，同马兰君及昌孙至游艺园，五时半还。

十二月十六日（十月廿五） 午后二时，慈约至寓，往与谈少顷。六时助臣来访，留饭，七时同访澍园。

十二月十七日（十月廿六） 午后二时，至前门还，至小市。

十二月十八日（十月廿七） 午后二时，同马兰君、昌孙至护国寺还，至马路旁地摊上买得满文名词书四册，价仅十枚。

十二月十九日（十月廿八） 午后二时，至前门还，至小市。

十二月二十日（十月廿九） 午后一时，同西林至东车站，张星六亦至，余与星六赴津，六时十分至新车站。

眉注

琅取二十元

十二月二十一日（十月三十） 早八时起，蕴真来坐。午后访福田，三时出，至新园入浴，出至玉壶春用饭，至商务印书馆购《小说月报》第十一期，六时还。

眉注

星

十二月二十二日（十一月初一） 早八时起，编《预会志略》。午后访福田还，编《预会志略》。夜访福田。

十二月二十三日（十一月初二 冬至） 早八时起，编《预会志略》。午后访福田还，编《预会志略》。夜，福田、躩州、朴公、蕴真来坐，蕴真与福田共弈。

十二月二十四日（十一月初三） 早八时起，编《预会志略》。午后访福田还，编《预会志略》，命李富往陈列所支征稿费三十元。夜，福田、躩州、朴公来坐，九时去，以法文历史图画讬朴公翻译。十时严台生及屠坤华来坐。

眉注

法文历史图画

十二月二十五日（十一月初四） 早八时起，编《预会志略》。午后访福田还，编《预会志略》。命李富送《志略》第四章《大会情形》清稿与慈约。四时，同福田往访屠坤华。夜，福田、朴公、鬵州来坐，蕴真来坐。

十二月二十六日（十一月初五） 早八时起，编《预会志略》。午后访福田还，命李富往实业厅取津贴十元，编《预会志略》。风雪，气候颇寒。夜，蕴真来坐。

十二月二十七日（十一月初六） 早八时起，编《预会志略》毕。午后二时出至新园入浴，遇尚朴公。五时出，至玉壶春，复遇朴公，约用点心。六时出，至球房视朴公檠球。出至东南城角电器店，购新式电毬二枚，又旧式者一枚，共一元九角。

十二月二十八日（十一月初七） 早七时起，八时至陈列所，三刻同福田至车站，九时三十分开车，十二时三十分至京。森珣来寓。

十二月二十九日（十一月初八） 早八时起，午后二时出，至部。还，森琅来寓，自良丞款中取十元去，云购棉裤及寄回饼干也。

十二月三十日（十一月初九） 早八时起，午后二时出，至大栅栏，以木惹克小佩件付宝华楼镶金，至商务印书馆购玩具儿童之变象一枚，至清秘阁取拜年名片百张。

十二月三十一日（十一月初十） 早八时起，午后二时访绎琴。还至长安街理发，至桂香村购酒一瓶。还寓，西林来访，交到王仰泉信及委充陈列所所长令。

民国九年京津日记

一月

一月一日（己未十一月十一） 早八时起，十时出，至陈司长宅、廖科长宅，投帖而行，经宫门口而还。午后，厚斋来坐。夜，火食等三十五元交西林。

一月二日（十一月十二） 早八时起，十时绎琴来访，十一时同绎琴出访助臣。十二时同出，至广和居午饭，三时反，发致慈约信。

一月三日（十一月十三） 早八时起，午后森珣来寓。

一月四日（十一月十四） 早八时起，午后至澄华入浴。夜五时，前门外有虚惊。

一月五日（十一月十五） 早九时起，午后森琅来寓，同马兰君、昌孙四人共至白塔寺庙会还。森珣来寓，交来良丞所寄之大玛瑙烟壶，至水晶所磨之凹灵视，以寄常孙之墨盒、笔筒至寄良丞之仿古月轩烟壶交森琅寄黔。

一月六日（十一月十六） 午后三时出，至大栅栏宝华楼取所包木惹克表坠，至新世界。六时至瑞记赴助臣之招，同席者为于子和、熊子涤、李洛耆、夏用清、何仲春、万勉之、韦少荃、张绎琴及汤君。

一月七日（十一月十七） 早，熊子涤来访。午后，访李洛耆于西直门内三官庙。出至护国寺，又访厚斋不遇，还。

一月八日（十一月十八） 早八时起，十时至礼路胡同访廖寿卿。午后二时出，至劝业场访胡霖生、林志清，至青云阁买墨，至菜市口买火炉不成，还。

一月九日（十一月十九） 早九时起，二时访安厚斋于后公用库，福田、菱生、丽生皆在座。

一月十日（十一月二十） 作画，为厚斋。

一月十一日（十一月廿一） 午后三时，至国货维持会会议。

一月十二日（十一月廿二） 韦少荃来访。午后森珣、森琅来寓，森琅取十元去良眼镜。

一月十三日（十一月廿三） 为良作画。

一月十四日（十一月廿四） 作画。午后二时出，至小市买洋画及明信片，访韦少荃于麻线胡同宣外，至澄华入浴，六时至福兴居赴厚斋之招。

一月十五日（十一月廿五） 作画。

一月十六日（十一月廿六） 午后三时，同孟全至东车站，福田亦旋至，同赴天津。四时四十五分开行，八时至新站，陈列所诸人来接，余以行李交赵升，自至鸿云楼晚饭。返寓，仰泉来坐。

一月十七日（十一月廿七） 早八时起，十时出访慈约于宅。出至日界买腿带一双三角，胰子一块六角五，海虎绒女帽一顶三元四角五分。至晋和祥买烟，返至大胡同买名信片及点心糖食，至元纬路一家春早饭。还寓，福田来坐，石斧、少熙来坐，振伯命人送车费来。夜访福田。

一月十八日（十一月廿八） 早八时起，看诗。午后二时出，至大胡同修表。至新园入浴，至玉壶春用晚饭。至法界稻香村买熏鱼及点心，六时还寓。作画，福田来坐，蕴真来坐。今日收到良丞寄来火腿三罐。

眉注

星

一月十九日（十一月廿九） 早八时起，午后二时，同尚卜公[1]至法租界、英租界还，至玉壶春晚饭，至商务印书馆买《小说月报》。

一月二十日（十一月三十） 早八时起，午后清点印刷事件。

一月二十一日（十二月初一 大寒） 早八时起，整理《预会志略》稿。

一月二十二日（十二月初二） 早八时起，整理《预会志略》稿。午后四时，振伯持三百元支票来签字。五时，福田约至玉壶春晚饭，卜公亦在座。七时，出至鼎彰看图画印刷处。

眉注

签

一月二十三日（十二月初三） 早八时起，整理《预会志略》稿。午后三时，鼎彰李掌柜来寓，取《预会志略》插图底稿去。计美会场中国陈列照片一册，直隶赛品照片四册。四时，振伯交来鼎彰印图价银二百三十一元六角。

一月二十四日（十二月初四） 早八时起，整理《预会志略》稿，午后亦然。鼎彰李姓来取二百三十一元六角去。接谢赓梅侄婿信。

眉注

交鼎彰价银

一月二十五日（十二月初五）

一月二十六日（十二月初六） 午后六时，至畅宾楼赴慈公之招，厚斋、仰泉、福田在座。

一月二十七日（十二月初七） 午后六时，约福田、卜公至玉壶春晚饭。

校记

①尚卜公，前文俱作“尚朴公”。

一月二十八日（十二月初八） 振伯命人送来陈列所征稿费三十元，以鼎彰二百三十元六角之收据交振伯。

一月二十九日（十二月初九） 鼎彰李氏来取姜颖生山水玻片去，并以农业等馆之照片九张付印。午后一时半，至新车站附时二时半小快车赴京。车头有损，至丰台换完好者，故至十一时始到，至永定门又压毙一人。其人自丰台开车时，附车外铁条上，将至永定门时坠下，故及于祸。

一月三十日（十二月初十） 森琅来访。

一月三十一日（十二月十一） 到部，廖绶卿问卷目，出访助臣。

二月

二月一日（十二月十二） 午后二时出，至清秘阁取六吉矾宣及寻常矾宣各一张。至青云阁赴助臣之招，澍园亦至，于子和未至，以诗选抄本交澍园。

二月二日（十二月十三） 午后二时到部，以卷目交廖绶卿。

二月三日（十二月十四） 午后三时，同孟全至东车站，附四时半之车返津，八时至津。

二月四日（十二月十五）

二月五日（十二月十六）

二月六日（十二月十七） 午后四时，至新园入浴，六时至玉壶春赴福田之招，卜公亦在坐。

二月七日（十二月十八）

二月八日（十二月十九）

二月九日（十二月二十） 振伯持五百元支票来签字。收到良丞寄来鸡纵菌一包。

二月十日（十二月廿一） 属振伯交印刷局四百元。接良丞、森璧、森玟信。

二月十一日（十二月廿二） 午后二时，福田代领实业厅上月津贴十元。四时出市物。

二月十二日（十二月廿三） 收到良丞寄来犀角小酒杯一枚。午后五时，约福田、卜公、蕴真至玉壶春晚饭。

二月十三日（十二月廿四）

眉注

编辑处支津贴二十元，自开办日起，十三日福田传言

二月十四日（十二月廿五） 午后二时半至实业厅，五时出，至鸿云楼晚饭，还至陈列所，还寓。振伯送本月三十元来，又编辑处二十元，又持一千元支票来签字，陈列所所借者也。六时出，至新园入浴。还发编辑处及陈列所节赏，每处二元。取朱《东美游记》原稿及刘《五日纪游》改稿封好，命李富明朝送慈约处。

眉注

编辑稿

二月十五日（十二月廿六） 同福田附九点半车赴北京。

二月十六日（十二月廿七） 为国货维持会事，厚斋、福田、菱生来会于豆芽胡同寓，共订调查审查细则。

二月十七日（十二月廿八） 森珣、森琅来看，以烧泥树根花盆架与森珣。三时半出，至观音寺街取表，至青云阁购仿雍正均釉大瓶一，价二元。至清秘阁还账，至商务印书馆取《东方杂志》，至有正书局购《名画集》一至十，又戴三卷合册，石谷《太白观泉》、吴墨井《归棹图》、王叔明《青卞隐居图》，共十五元二角。

二月十八日（十二月廿九） 为国货维持会事，厚斋、福田、菱生来会于豆芽胡同，共议进行事宜，约二十五日阴历正月六日再会于维持会。

二月十九日（十三月三十） 阴历除夕 午后至单牌楼理发、买点心，并至市场一看。午前往访澍园于鞍匠营十四号。

眉注

画明月葊

二月二十日（庚申正月初一） 阴历庚申元旦 午后，森珣、森琅来看，同至西华门购票入览三殿及文华殿，皆看过。

二月二十一日（正月初二） 午后，往看国立医校所开标本展览会在后孙公园，往游厂甸，购得榇柃木一尺高大笔筒一，价一元五角，用插卷轴。

二月二十二日（正月初三） 午后，约助臣、澍园晚饭。

眉注

画重安风

二月二十三日（正月初四）

二月二十四日（正月初五） 午后二时出，至厂甸土地庙内看书摊画棚。至陈列所看工艺品，至火神庙看玉器、字画。至大街看旧器及字画，姜颖生画扇面四，各八元，未与价。至清秘阁取纸及绢。

二月二十五日（正月初六）

眉注

画金凤山图

二月二十六日（正月初七） 午后二时，厚斋、福田、菱生约会于余寓，议维持会事。

二月二十七日（正月初八） 午后三时，带孟全至车站，附四时十五分车赴津，八时到津。

二月二十八日（正月初九） 早写致良丞、森璧、森玟信。午后二时，至新华入浴。五时，至玉壶春晚饭，还至商务印书馆购《东方》二册、《小说月报》一册、《名人书画》第九集一册。

二月二十九日（正月初十） 早九时半，同福田赴严宅访慈公。还，福田约至玉壶春晚饭。还至久大购盐一瓶，还寓。

三月

三月一日（正月十一） 早八时起，清理编辑目录。午后清理《志略》稿，三时同卜公出，至英界还。至法界札拉治加非馆用茶出，约卜公至玉壶春晚饭。

眉注

河巴会发奖时提议之出品联合会

三月二日（正月十二） 早八时起，清理《志略》稿。午后，校朱剑村《交通馆记》。复森珣购胰皂信。

三月三日（正月十三） 校剑村《万国工程师会纪要》《鸡城参观记》，郭季苍[①]《调查报告》。

三月四日（正月十四） 校孙丙炎《机械馆调查报告》。午后三时出，至北安利用加非，至稻香村购食品，至售品所购挂面、食品还。

三月五日（正月十五） 午后，蕴真来坐。今日为庚申元夜，花炮之声四彻。

三月六日（正月十六） 午后，至新园入浴还，至玉壶春晚饭。

三月七日（正月十七） 午后，至市上市物，至玉壶春晚饭。

三月八日（正月十八） 午后五时，慈约约至实业厅议所长事。

三月九日（正月十九） 早写信致慈约信，二时半赴京。七时至前门车站，遇雨，人力车行良久始至。

三月十日（正月二十） 早访绎琴，谈天津就事事。午后二时到部，交送关先生母丧份金一元，又汪先生侄丧份金一元。还，接福田[②]信，夜接慈约信，皆言以技术员资格就任事。

三月十一日（正月廿一） 早，马兰峪高姓送木瘿器来看，为选购数件。写致福田信及慈约信。午后出城，至清秘阁，以木瘿、笔筒二讬配口底。森珣、森琅来装箱，晚饭始去，以木瘿笔筒一枚畀森琅。

眉注

以小笔筒一枚讬西林赠福田

校记

①郭季苍，前作“郭际昌”。

②福田，原作“良田”，据前后文改。

三月十二日（正月廿二） 早，高姓送木瘿器来，为选购数种，尚不惬意，与之同往寓选择。其寓所在东城帅府园西口路北第一大门内，名曰锅伙，锅伙者小商家之公寓也。选购十馀枚，同还寓。连昨日所购共费十三元弱，又有为陈列所代购者，计十七枚，价十元零六角。甲号二，每一元；乙号三，每八角；丙号三，每七角；丁号二，每六角；戊号二，每五角；己号四，每四角；庚号一，每三角。夜作画，以代购瘿筒付袁寿臣装箱。

三月十三日（正月廿三） 早六时起，七时带孟全至东车站，八时半开车，十二时到。赵升、李富来接，以行李付之，余至鸿云楼午饭。还寓，饭后王仰泉来坐，以木瘿器交出品课，还来价十元零六角，共仰泉、福田议公园及图画研究会事。

三月十四日（正月廿四） 早至陈列所售品部看陈列，至公园筹画建屋事。还，筹画售品部之陈列分类法。午后三时出，至新园入浴，至玉壶春用饭，至商务印书馆购《生物之世界》及宋刻留真笺。夜，清点图画印刷。

三月十五日（正月廿五） 早写信致慈约，辞所长职。至陈列所，为售品处计画陈列分类事。午后二时至陈列所，会议公园事。夜，卜公来坐。

三月十六日（正月廿六） 早至陈列场。

眉注

画玉屏对岸

三月十七日（正月廿七） 早至陈列场。午后查直隶地图，仰泉来坐。

眉注

画仝上

三月十八日（正月廿八） 早至陈列场。午后告李紫峰移树，返查直隶地图。六时至鸿云楼晚饭。夜，剑村来坐。

眉注

画仝上

三月十九日（正月廿九） 早至陈列场。午后告李紫峰移树，查直隶各河流域。

眉注

画金凤山

三月二十日（二月初一） 午后二时，持灰鼠皮袍付大纶换袍面，至新园入浴，至玉壶春午饭，至商务印书馆购书。

眉注

周仝镳

三月二十一日（二月初二） 午后三时，至实业厅团拜，六时散，至鸿云楼晚饭。

今日团拜，同人之家属咸在。

三月二十二日（二月初三） 早九时，同苇田往严宅，不遇出，福田约至玉壶春午饭。

眉注

美国旧金山香瓜名 坎脱裸窟

三月二十三日（二月初四） 午后至大纶取灰鼠袍未得。

三月二十四日（二月初五） 午后，至南市刮脸，至大纶取回灰鼠袍。

三月二十五日（二月初六） 早附九时半早快车进京。午后同马兰君出，至观音寺大纶染灰鼠袍面及旧袍面，至宾宴华楼文华，马兰君补牙，价五元五角，至清秘阁取回讬镶口底笔筒。

三月二十六日（二月初七） 早访助臣，午刻助臣约至瑞记午饭，少荃亦在坐。还，作画未竟，部役送本月薪水来，扣去六日之数。

眉注

调津之文廿四日发下，所以扣去六日。

三月二十七日（二月初八） 早廖寿卿来访，以纸索画。午后到部，以案目各稿交寿卿，四时还。同马兰君带昌孙出，至文华取所补之牙。出，余至清秘阁购红铜墨盒，至松古购铜尺、楠木三角规、墨及丝绵等，至有正购二十号《名人画册》一。

三月二十八日（二月初九） 早孟琨生来坐，十时出访廖绶卿，遇程伊士，嘉兴程振鹭之族人也。借得姜颖生山水一幅，此画非姜手笔，然章法甚佳，将摹留一底。午后二时，出至琉璃厂访孙伯恒，议三色版事，遇汤幼安。步行至青云阁，赴助臣之约，四时澍园亦至，六时同出。助臣约至瑞记晚饭，又有王、张两君。

三月二十九日（二月初十） 早六时起，七时带孟全至车站，八时半开车。与安翰如遇，同坐。有关君退安，北京人，住护国寺街，前在云南服官，历任南安州知州及东川府、楚雄府，颇悉西南事。亦知邹寅臣事，谓其受杨伯纯之累。杨，蜀人，白井提举，邹所委任者也，时邹在盐务局云。午后，同仰泉至公园一看。

眉注

今日以木瘿筒付立兴成换紫檀口底

三月三十日（二月十一） 早补写数日来日记，写致良丞信。作天津向外交通图。午后三时出，至新园入浴剪发，至玉壶春晚饭。还，至售品处购挂面。东北城角胡同内失火，市上人声鼎沸。

交鼎彰慈约照片。

三月三十一日（二月十二） 早，考直隶通水路各县，午后亦然。六时至黄纬路一枝来晚饭，在三马路一带闲步。还，在示朴廛看古物。

四月

四月一日（二月十三） 早福田赴京，余托来时为带灰鼠袍来。接到技术员委任状。午后二时，王仰泉来访，同至公园看所改工程。

四月二日（二月十四） 早至严宅，为范老祝寿不得见。天雨初霁，泥泞难行，出至玉壶春早饭。至鼎彰看像片，取得三张，又福田三张。至商务即书馆买《东方杂志》第五册。夜，作画生纸。

四月三日（二月十五） 早十一时至实业厅，与慈约谈实业及美术各事，借来史、梁二公像片。午后访王仰泉。夜邓子甫来坐，作画。

眉注

领二、三月车钱及津贴及实业厅津贴

四月四日（二月十六） 早访邓子甫，值其将出，立谈数语而别，至池上看膃肭兽。访尚卜公，看所译《法国画史》。午后二时出，持史、梁二公像片付鼎彰制珂罗版。至新园入浴，至华安用番菜，附白牌车至北海楼前下车，至对过胡同觅屈臣氏购药未获，至大胡同购玉版宣还。夜，作画。

四月五日（二月十七） 早指示园丁改花畦中小路。午后，附二时半小慢车赴京，头颇闷，七时至京还寓，亦愈。检出画九幅，讬西林交苐田带津借与慈约。又以楠木底树瘿挂笔筒，命孟全持送苐田。夜服阿司比林。

画九幅：《东坡》《飞云岩》《云顶关东》《云顶关西》《老君关》《金凤山》《大风洞》《玉屏北岸》《姊妹山》。

四月六日（二月十八） 病未愈。午后二时同马兰君至东城覆公府邮局，取杭州寄来衣裙未得。

四月七日（二月十九） 病未愈。午前出城，至琉璃厂有正书局购《名画集》第十九册一，至商务印书馆访孙伯恒不遇，以《陶人图》及《夏娃之女图》

讬制三色版，与账房赵姓接洽，图底二张及样张一皆交赵。至大栅栏同仁堂购万应锭及痧药，至前门五洲大药房购大鸡纳饼一，价二元二角五分百粒，至信昌购清快丸未得。至华泰购一百四十力之五十枝电泡一，价五角。还寓，夜接天津信，预备明早赴津。

四月八日（二月二十） 病未愈。附八时半快车赴津，车上有常州女子以通车回里，乞助之移站及加购快车票，许之。十二时到寓。

四月九日（二月廿一） 病差可。

四月十日（二月廿二） 病仍未愈，十时至东马路卢氏医院就诊，返至商务印书馆购《小说月报》第三册。是日服卢氏药，甚平静，夜亦得眠。

眉注

三色版事七

四月十一日（二月廿三） 早八时起，仍服卢氏药。

四月十二日（二月廿四） 早八时起，病已愈，但尚静养。午后，写致森璧信。

四月十三日（二月廿五） 早八时起，天气微凉。午后二时，至邮政局交信，买邮票。至广济堂买乳酸钙，至新园入浴，至华信买丝袜、丝巾、毛巾、香水，至丸二买樟脑，至稻香村买麻糖，至玉壶春晚饭。

四月十四日（二月廿六） 早八时起，蕴真来坐。十时出，至广济堂买炭酸阿美尼亚及石膏。还至大胡同买毡帽一，价二元八角。

四月十五日（二月廿七） 午后三时，至陈列所会议，支本月薪水百二十元。

四月十六日（二月廿八） 早附九时半快车赴京，十二时到。在家将息半日，讬寿臣以电问各医院房价。

四月十七日（二月廿九） 早，将息。午后四时同马兰君、昌孙出，至劝业场一观，至廊房头条胡同购缎鞋一双，价一元六角五分。马兰君携昌孙至鸿记购衣料，为余换夜腰袍面用。余至琉璃厂商务印书馆与赵姓接洽三色版事。至城南医院视病，医仅畀感冒药，谓鼻腔内有病宜割，但目下方发炎，不便用术，仅畀解炎药膏。

眉注

三色版事十七

四月十八日（二月三十） 早八时起，午后二时出，至新华入浴及刮脸。至中法公园，与马兰君及昌孙共至茶坐，五时始出。夜，为赵伯良作笔筒、帽筒上字。

四月十九日（三月初一） 早七时起，十时同马兰君至东单二条川田医院，看病室不洁。至三条日华同仁医院，闻耳鼻专科医生未来，遂出。同马兰君至山本照相。至池田医院，有真木医士为洗鼻及发药一包。还寓，午后二时复出，至日华同仁医院，由耳鼻专科森信行诊视，言须割治，但医生方病，不能施手术，因发药一盒，遂出。至东安市场牛乳店用牛乳及点心，游览一周出，还寓。

四月二十日（三月初二） 早八时起。午后二时出，至劝业场，遇吴季芝，同至玉壶春茶座小憩。三时半出，至东车站，附四时三刻之快车赴天津，八时至津。在鸿云楼遇邓次甫，同饭而出。

四月二十一日（三月初三） 早八时起，写致澍园及森玟信。午后二时出，至日界小松崎牙医院拔牙一枚，又断过碎牙二枚，共费四元，用蒙药尚得法，故不甚痛。还至商务印书馆购东方笺六册。

四月二十二日（三月初四） 早七时起，午后至陈列所会议。还，张振伯命人送来百五十元，交鼎彰款也。

午前鼎彰李君来，以德国油色料交之持去。

夜，作画。

四月二十三日（三月初五） 早七时起，拟《美术研究会章程》。午后至尹远峰处补牙，计牙七枚，交定银五元。夜，作画。

四月二十四日（三月初六） 早七时起，写致良丞信，与焕廷校《机械馆》稿。午后，发寄良信并附《飞云岩》《大风洞》画图各一幅，《江左三大家诗画》一册，命李富往取立兴成镶口底之木瘿卷筒来。二时访仰泉还，查北京物品。夜，作画。

午前，鼎彰命徒弟来取一百五十元去，有收条，午后以收条交与仰泉，并讬告振伯，请代查编辑账。

写信与良丞，约至阳历七月起，良丞在黔交余家用二十元，余在京交老八学费二十元。

眉注

晚饭三十七文

四月二十五日（三月初七） 早八时起，午后二时出，至估衣街茶店口针市街一看，附电车至新园入浴，遇仰泉，蒙代付浴资。出至日房买樟脑，至洋货店买白玉霜。至鼎彰访王少泉及李君，皆不遇。至玉壶春晚饭，北至南马路，附电车至售品处一看。返至北海楼买得参糖一块，价三角三分。至古玩店，见有仿哥窑笔洗一俗名朗窑绿，问价，索十元，未与价，出雇车还寓。夜，作画。

眉注

午饭十六文 家用规定 鼎彰款一百五十元

四月二十六日（三月初八） 早八时起，查北京物产。午后二时出，至尹远峰牙医处配牙，以沙碾磨，齿酸彻齿心，良久始毕。至北马路会芳花庄买铁丝草二小盆，每盆一角。其处令箭荷花方盛开，小者仅价一元，花已开两朵。返寓，至茶社晚饭。夜作画。

眉注

午十六文 今日收到实业厅津贴十元 晚二十九文

四月二十七日（三月初九） 早八时起，至公园看海豹，至陈列所售品处购花盆坐一，价八分；购方宜兴砂壶一，价六角五分。还，查北京物产，午后亦然。命李富往买汪正大红茶一斤，东露居酱油二斤。六时至茶社晚饭，夜作画。

眉注

午十六文 晚二十六文

四月二十八日（三月初十） 早八时起，查北京物品，午后亦然。四时出，至英界屈臣氏买药，至商务印书馆买第七号《东方杂志》。夜作画。

四月二十九日（三月十一） 早八时起，查北京物产，午后亦然。四时至陈列所，同诸君至公园照像，至茶楼上开茶话会，夜作画。今日收到编辑处三十元。车费十，津贴二十。

四月三十日（三月十二） 早七时起，查北京物产，午后亦然。午后出至鼎彰交与瀑布印片，以德国颜料换得德国像二枚。还寓，六时蕴真同卜公来访，约至茶社晚饭，福田亦来共谈，八时始散。

五月

五月一日（三月十三） 早六时起，附七时二十分车赴京，十时二十分到京。困甚，未出门。森珣、森琅来访，以树皮陶笔筒与森琅，又木瘿卷筒、笔筒各一令讬靳荣禄带回黔省赠良丞。

五月二日（三月十四） 早八时起，十时访澍园，十一时还。午后二时，同马兰君、昌孙往游三贝子花园，七时始还。

五月三日（三月十五） 早八时起，以姜画命孟全送还廖寿卿处。午后二时出，至清秘阁取小石研一方，至商务印书馆访孙伯恒不遇。遇朱君，问前印三色版，云尚未回话。至劝业场还，六时助臣来访，谈至八时始去。

五月四日（三月十六） 早八时起，访绎琴，遇笏香，共谈，十一时还。

五月五日（三月十七） 早六时起，七时同孟全赴车站，附八时三十分车赴津。十一时半到津，李富来接，以行李付之，至鸿云楼午饭。还，命李富将冷布一卷送交邓子甫，书一册送交周少西，皆西林所讬者也。写数日来日记。

眉注

三色版事三

五月六日（三月十八） 早七时起，写致良丞信、森玟信，蕴真来坐。午后三时，至鼎彰查所印各片，至北安利用茶点，至日肆购蚊烟灶盒。

五月七日（三月十九） 早七时起，午后二时出，至尹运峰处试镶套牙。至鼎彰，以慈约像及签字之吴鲁渥斯底片交赵姓，属转交张姓付印。至北安利用点心，至稻香村买食物，附电车还。夜作画，十时即眠。

眉注

今日命李富持木瘿高卷筒付徐老换口底，并小者一枚作样。

五月八日（三月二十） 早八时起。午后二时至陈列所会议，四时至公园规画林间平屋造法。六时至茶社晚饭，夜作画。

五月九日（三月廿一） 早八时起，画相见坡东山毕。午后二时出，至尹远峰处试牙毕，至新园入浴。至大罗天看广东金钗铎女角戏，小旦黄小凤尚佳，作派亦幽静可爱，惟小生不佳，武丑尤劣。戏毕，至园内各处一览，有金丝熊大如小牛，举动亦敏捷，毛长至五六寸，有白黄黑三色。园中茶坐尚未开，方在修理工程中。出至北安利用茶点，至松记用鱼生粥，七时还。

五月十日（三月廿二） 早八时起，午后二时出，至尹远峰处将牙镶好，当付价洋叁拾元正。至大胡同购书未成，购糖及点心还。至陈列所售品处购线织钱袋一枚，质料丝棉各半，色极绚丽，云为军人所为。夜作画。

五月十一日（三月廿三） 早八时起，十时济舟自上海来，十二时邀至茶楼午饭，二时去，将向轮船取行李，附火车向北京也。去年行时，同志议助路费，盖济舟之南行为石其身后事也，余助五元，此时始交。又助石其家用每月五元，余亦将五月份者交济舟，托汇齐转寄。

是日收到编辑处五月份津贴二十元。

五月十二日（三月廿四） 早七时起。

五月十三日（三月廿五） 早八时起，午后二时，至陈列所会议，五时半始散。

五月十四日（三月廿六） 早七时起，查北京物产毕。午后查天津物产，命李富至永德福取木瓔卷筒，仅将样子取回。鼎彰送底片来签字，又送余照片五张来。夜，朱剑村来坐。

五月十五日（三月廿七） 早七时起，九时出，至华园入浴并用饭，至商务印书馆购《东方杂志》第八册、《小说月报》第四册。午后，至陈列所会议，收到本月份薪俸。

五月十六日（三月廿八） 早六时起，又三刻同李富赴车站，附七时二十分之车赴京。十时半至前门车站，雇人力车至琉璃厂有正书局，问减价事，言惟天津减价，雇人力车还。森珣、森琅来看，留饭。森琅支下月学费六元去，借旧茶几一、小兀凳一，又以小瓶芍药与森琅。

五月十七日（三月廿九） 早八时起，十时访绎琴。午后，同马兰君至东安市场买洋布及食物。

五月十八日（四月初一） 早八时起，十时访廖寿清。午后绎琴来访，夜助臣来访，闻绎琴在粮食调查会得一事，月八十元。

眉注

以纸托助臣书乐生《报燕王书》。以像片赠助臣。

三色版事 十九

五月十九日（四月初二） 早八时起，九时出，访孙伯恒于商务印书馆，问三色铜版图画事。见其底单，云共四十五元，其中制版二十四元，印及纸二十一元也。出至清秘阁购鳝鱼黄画轴一付，价五角。午后，同马兰君及昌孙至城南游艺园，六时始还。

五月二十日（四月初三） 早六时起，七时同孟全至东车站，附八时半车赴津，十一时半到天津。午后三时出，至有正书局购《名画集》十一、十二、十五、十六、十八各一册，明画集锦一册，董画一册。至鼎彰看印片，至杂货店购丝袜一，孩袜二。还寓，夜剑村来坐。今日命李富自永德福取回木瓔卷筒，又购酱浊二瓶，卤虾瓜一罐。

眉注

见李营邱《寒林图》，始知南田笔法全出于此。

五月二十一日（四月初四） 早八时起，写连日日记，查天津物产，午后同。

五月二十二日（四月初五） 早七时起，查天津物产。午后，以衣包一个、酱油两瓶、《名画集》五册、《名画》二册、小瓶二枚、罐头宣威一枚、森珣草席一床，讬袁寿臣寄京，闻寿臣将以星期一早车往也。鼎彰送三人像底片来看，此片屡易不得，当为之剪下安好付之去。三时至陈列所会议。夜，尚卜公来坐。

五月二十三日（四月初六） 早七时起，查天津物产。午后三时出，至有正书局购王烟客画、石涛画各一册，元宝游戏一册。至新园入浴，至北安利晚饭，至稻香村购食物还。

眉注

英界大昌和有土鲮鱼卖

五月二十四日（四月初七） 早八时起，查直隶物产，午后亦然。六时至鸿云楼晚饭。夜，卜公来坐，子甫来坐，蕴真来坐。

五月二十五日（四月初八） 早八时起，查直隶物产，写致森玟信，午后查直隶物产。六时出，至有正书局购王奉常画一册、《名画》第十七集一、龚半千画片一、《松壶画忆》一、《国朝名画集锦册》一，共三元二角一分。还，夜读画甚适。

眉注

《佛学小辞典》 琉璃厂龙文阁 遏云阁曲谱

五月二十六日（四月初九） 早七时起，查直隶水产，午后亦然。五时出，至鼎彰看印像片，返至有正书局购王孟端画卷册一、《竹窗随笔》一。夜作画，十时眠。

今日命李富往实业厅取十元。

五月二十七日（四月初十） 早七时起，查直隶水产，午后亦然。

五月二十八日（四月十一） 早七时起，腹泻，午后稍愈。夜作画。

五月二十九日（四月十二） 早八时起，腹泻。午刻小雨，酉刻渐大。

五月三十日（四月十三） 早八时起，昨夜雨至巳刻始息。午后三时出，至新园入浴并用大餐。还，夜作画。

五月三十一日（四月十四） 早八时起，查直隶物产，写致良丞信。午后二时出，至东马路邮政局交寄黔照片二张，至英界屈臣氏购药，至法界广东商店购土林鱼一斤，价三角；至广隆泰购伦敦糕半斤，还。七时至鸿云楼晚饭。

眉注

送样本与慈约 美参 会参日记 东调 会工程 万国工程师 三馆

六月

六月一日（四月十五） 早五时半起，六时半同李富至车站，赴七时二十分车赴京，十一时至家。午后二时，森琅、森珣先后来，森珣有清华校所制皮鞋一，合用，以五元五角购之。以彭城镇小瓷瓶赐森珣，又以《中国剧》付之，令寄良丞，森琅支六月份学费去。前支六元，此补十四元。晚饭后去。

今日菱生来访，借十元去，后以三日还来。

六月二日（四月十六） 早八时起，午后二时出，至劝业场一看，至大栅栏买丝烟，至琉璃厂清秘阁买金笺小联一付，价三元。至有正书局买十四期《名画集》一册，价一元五之九扣。返寓，作贺李直士结婚喜联。

六月三日（四月十七） 早八时起，清理有正所印《名画》。午后二时，徐丽生来访，云将至易县调查丝业。六时，助臣来访，留写贺联，留饭，夜八时去，未几大雨，不知已到家否？

六月四日（四月十八） 早八时起，命孟全送李直士贺联去，菱生送还十元。午后三时一刻，同孟全至东车站，附四时三刻车赴津，八时到津。

六月五日（四月十九） 早八时起，写数日来日记，夜作画。

六月六日（四月二十） 早八时起，作画。午后三时出，至有正书局购《名画》第十四集未得。至新园入浴。六时至法界番菜馆夜饭，还至鼎彰，告以印三人像须挑正。至大胡同商务印书馆购《小说月报》及《东方杂志》共三册。

六月七日（四月廿一） 早八时起，病。

六月八日（四月廿二） 早八时起，拟《答辩书》。夜作画，取六月份车费及津贴。

六月九日（四月廿三） 早八时起，拟《答辩书》。

六月十日（四月廿四） 早赴回春医院，十时还。

六月十一日（四月廿五） 早八时起，九时赴回春医院，十时还。

六月十二日（四月廿六） 早八时起，赴回春医院，十时还。午后五时，陈列所会议。

午前过有正时买得玻璃板印南田临郭河阳《待渡图》条幅一，价一元一角。

六月十三日（四月廿七） 早八时起，九时就医。夜，剑村来访。

六月十四日（四月廿八） 早八时起，九时就医。午后王仰泉来访，言京寓须退赁事。

六月十五日（四月廿九） 早八时起，九时就医。

六月十六日（五月初一） 早八时起，九时就医，午后讬人看屋。

六月十七日（五月初二） 早八时起，九时出，至中西馆看房间，至西窑洼看小学校。午后附四时四十五分快车赴京。

六月十八日（五月初三） 早八时起，九时出访助臣，云赴西馆，至西馆遇之于伯钊室。少坐出，至琉璃厂有正书局买《名画》第二十二集，还。午刻二十分，彩云见于中天，奇丽不可多见。

六月十九日（五月初四） 午后至文华殿古物陈列所看旧画。出东华门至东安市场一看，市场以上星期被焚，所存不及三分之一，购细剪绒一束。返寓，以刘惺民陶器价三元讬西林转交。

六月二十日（五月初五） 今日端节，午前九时出，访澍园于安匠营，不遇，还。午后五时[1]，森珣来见，晚饭后去。

校记

①“时”原脱，据文义补。

六月二十一日（五月初六） 检点物事，十二时澍园来访，赠《瓶斋诗集》一部。二时后，乐山来访，已六十矣，云住新馆。三时，同孟全赴车栈，附四时三刻车赴津。

六月二十二日（五月初七） 早八时起，同李富往省议会看屋，共十六间，有天棚，索价三十五元，不佳。午后出至法租界，历看长发、佛照楼、乐利、德义楼诸旅馆，乐利与长发屋皆不佳，德义楼太贵，佛照楼有两间通连者尚佳，供二人及一小孩一女仆，饭食与价每月五十元，似有允意。

六月二十三日（五月初八） 早八时起，九时出，至大经路、地纬路口看大安旅馆房间。楼上三间，供四人饭，索七十元，与五十元不允。至福星看，临街楼三间，过道一间，不供饭食，索四十元，与三十元不允。至蓬莱旅馆看上房三间，不佳。夜至公园看电影，遇剑村，托问庆馀里宅。

六月二十四日（五月初九） 午后，共王仰泉拟《陈列所改组章程》，夜至陈列所同慈约、仰泉、福田诸人共议，又至公园相度地面置电影场。

六月二十五日（五月初十） 王仰泉来，共议陈列所改组事。午后六时，接助臣信，言荐伯恒为派美经济调查员，向问履历，即时作答，并函森珣往访。

六月二十六日（五月十一） 早移寓事务局后院，午后至新园入浴，至北安利用点心。还，仰泉来坐。夜，卜公来坐。

六月二十七日（五月十二） 早七时起，昨夜失眠。午后四时，同李富至新车站，附四时五十分车赴京，车中甚挤。

六月二十八日（五月十三） 早八时起，往象坊桥看屋，不佳，访绎琴。还，午后检点箱箧。

六月二十九日（五月十四） 早，至南横街访后乐山，至西砖胡同访助臣。

午后森珣来访，云森琅方至西山看屋。

六月三十日（五月十五） 早八时起，九时至西单二条看屋，不佳。至铜器店买皮箱，锁门。午后森琅来看，取七月份学费二十元去。中有十元为良丞股票款，十元为余所垫，后取下月二日琅存款贴还。

七月

七月一日（五月十六） 早八时起，检点书箱。夜，助臣来访。

七月二日（五月十七） 早七时起，八时访澍园。午后出，至澄华入浴，至加非馆用冰忌林，不佳，至劝业场，遇孙丽生，还。森珣、森琅来看，晚饭始去，森琅交存八十元。

七月三日（五月十八） 今日为三次共和纪念日。森珣来看，言接黔信报琳侄病殁事。午后访后乐山于南横街贵州馆，助臣已先在，余至他室视森琅，助臣约余与乐山至陶然亭，八时始还。

七月四日（五月十九） 早八时起，九时半至东车站，与袁寿臣同往接福田。至劝业场遇菱生还，至聚贤堂大同公寓看屋，皆不合用。午后检点箱篓，接良丞、森玟信。夜，写致理堂及森玟信。

七月五日（五月二十） 早八时起，检点行李，菱生在外还公事房坐。午后检取：

大红皮箱一书物；白皮箱一书物；黄皮箱一外套；皮箱一书物；皮挑箱三书物；大皮提包一洋服；小皮提包一书物；帆布提包一字画；大木箱一书物；衣物柳条箱一；皮枕箱一；帽盒一；铜火炉二；冰桶一；炭箱一；炭一篓。

用大车拉往长安公寓，赁楼上三十七号东厢贮之，马兰君前往交代。写致王仰泉信，向暮往访澍园，遇马良丞。

今日大雨。

以森璧履历交助臣，托转致俞先生。

眉注

寄长安公寓箱物单

七月六日（五月廿一） 早七时起，往访澍园，又访福田。午后三时半出至东车站，至青云阁刮脸。至中央公园，往加非馆用点心。至滑冰场看滑冰，遇马兰君及昌孙，同至后面、东面一游，至坛门前买柳条提包一，价三十五铜子。马兰君携昌孙还，余至长美轩赴助臣之约，遇唐劲庵，少坐他去。同席者为澍园、陈乙白、张大来，共五人。九时还。

七月七日（五月廿二） 早七时起，九时助臣来坐，言将下汉口。助臣去后，写致森玟信，令取五十元还助臣，且代招呼一切。电天津陈列所，言余午后四时五十分车赴津，请派人来接。午后二时三刻，令孟全雇车四辆带衣箱二口、书物箱二口，同孟全赴东车站附四时五十分车赴津。乘客拥挤不堪，八时到津。饭后，闻慈约在陈列所，往谈，慈约属携呈文稿来改正。同子甫至公园电影处一看。

眉注

助臣住南城西砖胡同南头路西十三号

七月八日（五月廿三） 早七时起，九时改呈文稿。午后，令李富持呈稿送王仰泉。检点带来衣物。四时出，至北安利用点心，至市上购手绢、线袜、散拿土井、纸烟、食物等。还寓，八时福田自北京来，共谈时局。

七月九日（五月廿四） 早八时起，写致麐生信。午后二时出，持衣箱二只赴日租界天顺当押，得六十元，衣数有单在夹册内，至北安利用点心，还。午后，仰泉来坐。夜，蕴真、卜公来坐。

七月十日（五月廿五） 早八时起，十时出，至鼎彰，又至英界一游，十一时至新园入浴并午饭，二时还。夜，卜公来坐。

册末杂记

热气管 热水管 自来水 秽水管

电灯 电扇 电炉 电话 电铃

地毯

洋式用器 几案 坐卧具 帘幕

黄公望 钱婆留 吴越王名

京货可外行者：文武服装，西装小件；树皮匋器；张景明好，赵伯良价贱。木瘿；景泰蓝器贱者；铜器墨盒、笔套；玩具；食品果脯、干果、磨姑等；首饰；旧古玩。

邵亭先生此书作于庚申，适为□□先生初度之年，两先生皆于贵州文教至有关系者也。又六十一年嘉藻在天津，遂持此卷为□□先生寿。民国九年□月□日贵州□□□识。

大凌河东岸山 四川道中飞瀑 黄陵庙 飞云岩 东坡 施秉县 玉屏北岸 大风洞 老君关 金凤山 相见坡 镇雄关 云顶关 新安石林 鸡头山

成

辰溪县 隐居己

辰溪县 沅州天生桥 穿崖 穿石 老鸦坡 松林山寺 张果老崖 明月奔 白龙崖 壶头 姊妹山 柳林垞

陈淮先生 柳林垞 府园姊妹山 沅老鸦坡

古之所谓地行仙者，皆以肉体飞升者也。只能来往于此世界，若欲往来他世界，仍须借重于精神。

高 住北京东城帅府园西头路北第一大门锅伙

赵伯良有摊在新世界二层楼上奇花驿花铺对过

永德福 改德兴隆在南门外迤西路南

民国十一年日记

十一月

十一月一日（壬戌九月十三） 天气渐暖，午后五时至汉口大智门车站，彭晴川住迎江宾馆，孟如波以行李寄谢赓梅处，余与马兰君住汉口大旅馆，困甚。赓梅来看。是夜，孟如波附飞鸿船赴常德。

十一月二日（九月十四） 早八时起，十时与馆人算帐，共付六元二角。移寓福昌旅馆三十八号。午后二时出，访陈履唐[①]于黄陂街八贤里咸庆号津市邦，取回良丞汇来二百元中之五十元，还寓。四时同马兰君至新市场，六时在普海春番菜馆晚饭，饭每份一元，菜尚好，九时同返。

眉注

三十八号日二元

十一月三日（九月十五） 早八时起，十时出，至后湖马路中央公司购手表一，价七元。至商务印书馆购《商业名录》一册，价七角三分。午后，女仆萧妹来见马兰君。萧本朱氏女仆，随之至沪。朱夫人，森琳侄妇之妹也。闻马兰君返黔，自沪遣之至汉，交来路费七十元，托马兰君挈之同返，亦住福昌旅馆。午后理堂来回看，交来黔款一百五十元。五时，同马兰君至新市场，见四官殿火灾虽息，烟尚亘霄，天渐暮，馀光独炽。六时同在场内用中餐，八时马兰君往大舞台仍在新市场内看新戏，演严瑞生谋杀小莲英事。余在场内盘旋少顷即出，至怡园北面一带游览。还寓，至赓梅处遇花选丞[②]，森琳侄妇弟也。

闻八时绎琴来访，其时余亦正至交通旅馆五十八号访绎琴未遇也，十时绎琴来访。

眉注

选丞名金聘

十一月四日（九月十六） 早八时起，十时至中央公司购七元者手表一只，五元者一只，五元者将以畀□□□也。午后至花楼大街购物，三时返。同馆人以

校记

①陈履唐，又作“陈礼堂”“陈理堂”。

②选丞，又作“选臣”。

行李雇车至德界二码头候粤汉公司小轮，五时始至，附轮渡江至于家棚车站，乘午后通车向长沙。六时始开行，经武昌通湘门、于家湾至鲇鱼套。八时自鲇鱼套开行。此日为阴历九月十六日，月色大明。

十一月五日（九月十七） 午前八时，车至长沙小吴门车站，此站亦称东站。雇车至长沙饭店小西门内娘娘庙街，住二十四号，每日一元六角五分。十时出至坡子街访达顺钱店不得，云已歇业。访饶树云，在谦和钱店，遂至谦和访之。树云甚欢迎，以电灯公司股票息折托其取息，树云付店伙往取，而约余出至其戚傅芝生家参观寿堂，芝生太夫人七十寿日也。昨日已举行，今日酬客，树云欲留余在其处听戏，余辞。遂仍同出至树云住宅，为湖南式建筑，有整齐严肃之致。少坐，仍出至谦和午饭。时利息已取回，因受二、三、四、五、六五年纸币跌价之损失，故仅得三百七十九元迄十年。饭后在树云休息室看报，遂坐睡二小时，精力稍复。四时辞出，至饭店。五时晚饭，六时树云命店伙来寓，送余上车，遂与馆人清算，共费三元。与店伙至小吴门车站，七时半车始至，登车后以一元酬店伙遣回，且托其致谢树云。八时车行，是夜月色仍皎洁。

眉注

长沙大旅馆，天乐居、大吉祥

十一月六日（九月十八） 午后九时，车至武昌鲇鱼套，下车者十之七八。余因自鲇鱼套赴汉口租界过远遂仍行，经余家湾至通湘门，门南即洪山，林木苍蔚，宝塔巍然其中。再行过小东门，其内即为蛇山，再行至余家棚车站下车，赴码头附小船，费铜子二十枚。至德界二码头，雇人力车还寓，时已十二时矣。午饭后，睡二小时。夜以十六元交赓梅，托购戴生昌船官舱。于其处晤陈理堂。还，花选丞来访，二侄妇之弟也，在懋业银行作事。九时出，至后马路刮脸。

十一月七日（九月十九） 早八时起，十时至对过懋业银行访花选丞，以汉票四百六十元托其换京票。午后二时，带女仆萧妹先至戴生昌轮船码头马王庙码头上彩云轮船之拖船，当占一号官舱，尚称合用。今日天雨，还时无车可雇，鞋袜皆湿，急至履新购漆皮鞋一双，价五元，换下湿鞋。三时同马兰君下船，一号官舱马兰君带萧氏女仆同住，隔壁为二号，赓梅与白君同住。前为房舱，中有彭晴川与张君。四时赓梅始至，与议七、八、十一三侄在京成服事。昨日见二侄妇寄其弟选臣信云，八月廿四日乐亲母去世，指二弟妇也。五时还寓，饭后睡一小时。九时出，至日本租界还，至玉美生加非馆用牛乳一杯及点心。

自船上归时，至华胜买粗呢外套一件，价二十九元。又在某茶肆购毛袜一双，价四角。

十一月八日（九月二十） 早八时起，与馆人算账，共住六日，费十五元，而小账加一，其外又有茶资二元，几二十元矣。九时同馆人赴大智门车站，十一时始上车，下者争下，上者争上，其竞争之烈，直如性命相搏，余若非馆人直不能上矣。车上遇路警郭某，自言旧为袁项城卫队，道项城家事颇晰，言彰德袁宅现有卫队一营驻花园内，而派人赴宅站岗，袁墓上则驻两棚。又言冯军计一师七混成旅，此番北上须五十联车，现仅开过十四联车。余等所附车在南段无问题，在北段恐不免因交让之故少羁时日耳。

十一月九日（九月廿一） 车至荥泽而天明，至黄河南岸，见土山壁立处开有门户甚多，问之郭警，云此民居也，余所居即如是云。郭荥泽人，即下车去。其处家屋有在地平如寻常式者，而穴山为之者亦不少。门前亦有辟作庭院，围以院墙者，式样甚多。时秋老木落，触目皆黄土之色。过河至潞王坟车站，京汉路二千四百二十六里，此为其中点。潞王坟在路西山麓，四方墙院二座，绕以林木，表以台门，在北者妃，南者王也。明代王墓至今保存者亦不多见，度其子孙尚在也。

黄河南岸车站附近所见穴居及寻常民居，郭云韩凤楼即此处人，其家即在大路侧过一新建厅房，郭云即韩宅也。韩字五峰，云南军界上人。

眉注

黄河桥长约六里

土室图见后护页

名本

以书名大书

以次列举各名刻，但宋元明清各自为端

十一月十日（九月廿二） 自昨日以来，因与运兵车相让，时有停滞。十一时始至长辛店，见附近新建西式屋颇多。十二时至西车站，行李单简，迳雇人力

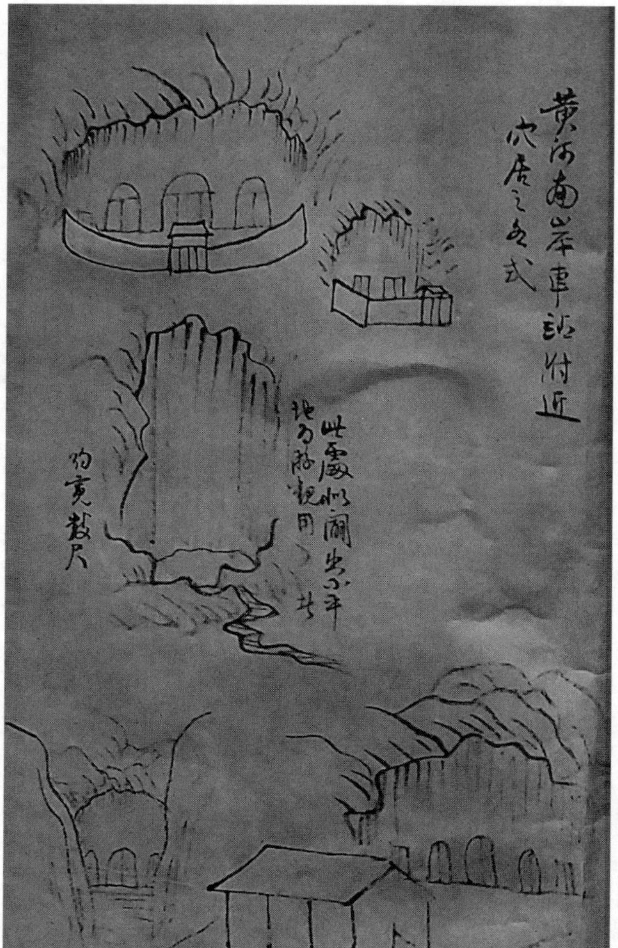

图1　黄河南岸车站附近穴居之各式

车还寓。夜约助臣来共谈。

十一月十一日（九月廿三） 早八时起，写连日日记。午后检点衣物，三时森珣、森琅、森玮皆来访，共议居丧事，决议用北京学生普通办法。森琅带来在容光王人照像，甚佳。晚饭后始散。

十一月十二日（九月廿四） 早八时起，检点书物。午后一时，剑村来访，剑村现在鲁案善后处办事。五时济舟来访，晚饭后去。

十一月十三日（九月廿五） 早八时起，检点书物。午后三时至柜上结账，补去十六元馀，退还东屋一间。出至长安街理发，至大通拍卖行一看，至稻香村购食物。夜看《瓶庐诗集》。

《瓶庐集》有《题王蓉洲宋搨麻姑坛帖》诗，此帖今在阿丹处，有何子贞泥金书评语及“狡狯变化”四字。

又有房山大石窝伐石诗，其处名六间房，暇当考之。《房山志》此石即宫殿所用之白云石也。

十一月十四日（九月廿六） 早八时起，午后令馆人将东屋腾出交还柜上，室中什物除归入居室者外，以一份觅地安放，一份寄存林太太处。

存林太太处者：网篮一，内皆厨房中用器，又木盆一、瓦盆二。

觅地安放者计：梓木椅二余物、圆椅一、大绳椅一、冰桶一、铜火炉二内一为余物、小凳三、樟①木炕桌一、大洋式箱一内为瓷器及杂物并帖数册、大皮箱二、铁皮箱一皆空。

十一月十五日（九月廿七） 早八时起，午后写致王仰泉信，至柜上交十一月十四至十二月十三之房饭费，共三十二元八角七分。夜访方仲贤。

仲贤言湖北天然几之原料为黄荆兜子，宜昌一带皆有，此种工艺不殊②郧阳。

校记

①樟，原作“彰”，据文义改。

②殊，原作“特”，据文义改。

十一月十六日（九月廿八） 早八时起，午后二时访慈约于豆芽菜胡同，不遇。遇寿臣，谈少顷。出至兵马司访福田，还寓已四时。

十一月十七日（九月廿九） 早八时起，十时写致饶树云信。午后一时，助臣与亮东来访，并携所寄存两皮包来。助臣先行，亮东谈食顷去。三时出至贵州学校访洪炯文、黄蕴真，皆不遇；至高陞店访张烈先、周鸣九，亦不遇。至大栅栏各洋货店购呢外套，皆劣货或旧货，稍可用者价即奇昂。余在汉口所购价二十九元者，在此须四十五元。出东口遇陈乙白，立谈少顷，为言购呢外套之法。分手至前门大街买鸡毛帚二，雇车还寓。夜看相如《子虚赋》，余芹生来访，谈一小时馀始去。

十一月十八日（九月三十） 早八时起，写致良丞信。午后一时，蕴真来访，三时洪炯文来访。四时出至同森泰定制毛绒外套一件，价四十元，付定洋十元。夜读《子虚赋》。

十一月十九日（十月初一） 早八时起，写致良丞信。午后二时出，至琉璃厂神州国光社买《砂壶集拓》《朱竹垞自写文稿》《郭频伽印存》各一册，值其减价，共合洋二元八角。至会文堂何厚甫处向购得《群经宫室图》一部，价一元八角。取回古香斋《古文渊鉴》一册。至一得阁购墨汁一瓶，丝绵一张。还寓，五时明九来访，夜看《上林赋》。

十一月二十日（十月初二） 早八时起，十时写致森玟信。午后二时出，至同森泰试外套，约星期五往取。夜看《上林赋》。

十一月二十一日（十月初三） 早八时起，十时出至后孙公园国立医学校诊疗所诊鼻绒病，约后日星期四午后二时往施手术。十二时还，午后写致森玟信，读《子虚赋》。五时森琅来访，闻余往治鼻病，言后日施手术时当往照应，并还来橡绸外套，赠手制云南式辣子酱，晚饭去。夜看萧伯英所著《不通之戏考》，看《上林赋》。

十一月二十二日（十月初四） 早八时起，十一时陈乙白来访，十一时约至绒线胡同口庆协成午饭，一时还。三时至长安街剃脸，至市上购东昌纸及食品。夜，余芹生来坐。

十一月二十三日（十月初五） 早八时起，昨夜大雪，此时犹未止。十时读《子虚赋》。午后二时出，至后孙公园国立医学校诊疗所治鼻绒，森琅亦在其处照应，割尚未净，约明日午前再往，三时还。竟日雪，夜十时温度在冰点下四度。

十一月二十四日（十月初六） 早八时起，十时出至医学校复诊。昨日未割净之鼻绒，今日以剪铰去之，还已十二时。昨日大雪竟日，今日有风，午后二时温度在冰点下五度二十八度。读《子虚赋》，看《羽猎赋》。夜十一时，室外温度在冰点下十七度十五度。

十一月二十五日（十月初七） 早八时起，寒甚。十时出，至医学校复诊，云已痊可。午后二时出，至同森泰取外套未得，到市上购食物还。夜，剑村来谈。

十一月二十六日（十月初八） 早八时起，天气转和。午后读《子虚赋》。五时森珣、森玮来访，六时森琅亦来，晚饭去。夜看《射雉赋》。

眉注

星

十一月二十七日（十月初九） 早八时起，接饶树云自长沙来信。午后二时出，至同森泰取外套，补去三十元。至澄华入浴，还寓。接森璧来信，言就实业行政委员会会长事。夜，读《上林赋》，看《射雉赋》。

十一月二十八日（十月初十） 早八时起，十时写致森璧信。午后三时出至长安街剃脸，至琉璃厂访何厚甫不遇，至德文斋书肆看书，有古香斋《春明梦馀录》，但为黄纸者，因开单令再觅数种。出至来薰阁购得黄刻巾箱本陈告泊注

《礼记》，价二元。还寓，夜看《高唐赋》，读《子虚赋》《上林赋》。

十一月二十九日（十月十一） 早八时起，读《子虚赋》《文赋》。午后三时出，至南横街贵州学校访森琅不遇。访蕴真，同出至劝业场屋顶茶座，五时下至场内摊上买小刀，价四角。还寓，夜看《神女赋》。森琅命人来取椅子一，因以《农商部法规》四册交其持回寄黔。

十一月三十日（十月十二） 早八时起，午后写致李焕章洪江信，读《子虚赋》《文赋》。蕴真来访，晚饭后去。夜看《群经宫室图》。

十二月

十二月一日（十月十三） 早八时起，看《群经宫室图》。午后，写致赓梅信，并至市上购物。夜读《文赋》，看《群经宫室图》。

十二月二日（十月十四） 早八时起，写致和亭信。午后二时出，访周鸣九于高陞栈不遇。至西河沿萧山会馆回看陈乙白，遇于季祥，坐食顷出。还寓，陆郑岩来访。夜看《群经宫室图》。

十二月三日（十月十五） 早八时起，看《宫室图》。午后三时济舟来访，四时森珣、森玮来看，以气压表赠森珣，两人旋去，留济舟晚饭。夜看《招魂》。

十二月四日（十月十六） 早八时起，十时出，访菱生于双栅栏不遇，还。午后看《招魂》，收辑建筑材料。夜，助臣来坐。

十二月五日（十月十七） 早八时起，十时至长安街刮脸，至菜厂胡同访前农商部总长卢信公，谈时顷还寓。午后接赓梅自桃源来信，陈乙白来访。何厚甫来访，留旧刻带图之《六合内外琐言》一部，索价四元。夜，钱吉人来访，谈哈拉滨商务事甚悉。

十二月六日（十月十八） 早八时起，十时写致赓梅信代表事。午刻，写致济舟信。二时出，至琉璃厂会文堂，还《六合内外琐言》。至商务印书馆买《东方杂志》第十九号。

巾箱本宋元人注五经四书，以怡邸本为最精，亦政堂天都黄氏本次之，恕堂本又次之，余所买《礼记》为亦政堂本，厚甫处有恕堂本之《诗经》《左传》《礼记》，来薰阁所有亦恕堂本，但为黄纸而天地较长，印亦稍早，为《诗》《书》《礼记》《四书》共四套。

厚甫言前十数年忽出怡本《四书集注》数十部，其初每部数元，后则涨至十数元，今久不见矣。五经四书求同时印者甚少，大率皆配成者也。

夜看《文选注》，收辑建筑学材料，看《群经宫室图》。

十二月七日（十月十九） 早八时起，十时访助臣于西砖，郑文虎亦旋至。文虎，苏龛先生侄也，亦能书。着助臣所购亦政堂《礼记》，较余所有者印尚在后，且有补刻处。助臣留饭，午后一时始出，至西馆访雷荫春，二时出至菜市口看旧书，无合者。还寓，夜收辑建筑学材料。

十二月八日（十月二十） 早九时起，写致安厚斋信，言朱亮东事。午后往市上买胃活及仁丹，还，看《甘泉赋》。夜看《群经宫室图》。

十二月九日（十月廿一） 早八时起，作《观会丛编》序。午后助臣来访，属画铜墨盒，铜盖将以付张越臣刻之。午后三时出，至东安市场，过德昌号，见遇春在座，入访之。向幼卿去世后遗几子，云二子五女，长子已十四云。肆中所陈物，其中精品似不如往昔之多，云前年回禄损失甚大也。瓷鼻烟壶一对，釉里青红绘升龙，云为红色，其中有转绿者，色之腴润非言语所可形容云，价一千二百元。郎窑红盘一枚，已破碎，用药粘合，底为绿色，云亦曰苹果青也。案上青花盘一，款题成化，明瓷之细润自有不可及处。少坐出，至北头牛乳店用牛乳，至市摊上购食物，出至炭行购炭五十斤。还寓，夜收辑建筑学材料，看《群经宫室图》。

十二月十日（十月廿二） 早八时起，午后看《西都赋》《西京赋》。夜收辑建筑学材料，接森玟信。

眉注

星

十二月十一日（十月廿三） 早八时起，午后济舟来访，三时去。四时出，至晚报馆买《留东外史续编》，价二元。返至长安街剪发，至如春晚饭，夜看小说。

眉注

《留东外史》著者为陈冷僧，现在晚报馆。

十二月十二日（十月廿四） 早八时起，午后二时出，至琉璃厂问小本五经四书，有怡邸本五经四书，但为太师帘朱笔涂点殆遍，方置水中漂之云，尚有污迹也，观其刻工亦不甚齐整。有古香斋本，印尚早，但为黄纸者。古香斋尚有《春明梦馀录》，亦为黄纸者云。有开化纸《西厢》，视之则太师帘也。此肆每指太师帘为开化，可见其言殊不可信。出至清秘阁购小蔗段印色盒，只剩一枚，不佳未购。出至大栅栏用点心，至武学书局索得书目一册。至劝业场访安厚斋，云往天津，盖此时有省议会方开会也。还寓，夜看《外史》。

十二月十三日（十月廿五） 早八时起，十时至豆芽菜胡同访严慈约，交所拟《观会丛编》序。十二时还寓，作王氏挽联。兆西林来访，并还来存隆和号刻丝各种纹样四张，云隆和如式制出纸烟盒数枚，皆卖去矣，价每枚二元五。夜，助臣来访，云农商部甄录表已发，余尚留一名云。是夜，看《外史》毕。

十二月十四日（十月廿六） 早八时起，昨夜小雪，此时犹未止。午刻，助臣来访，后半日颇凉。夜十一时，室外温度二十六度冰点下六度。

十二月十五日（十月廿七） 早八时起，天霁，但甚凉。午后二时厚斋来访，借辟雍及招庙两琉璃坊照片去。三时出至武学书局购书五种，价二元零六分。至澄华入浴，六时还寓。夜收集建筑学资料，看《群经宫室图》。

今日预交房膳费三十二元九角六分。

十二月十六日（十月廿八） 早八时起，午后二时出，至台基厂天津印字馆，则已关门。至哈通照像馆觅建筑明信片，无新出者。至琉璃厂某肆，见有黄刻《书经》黄纸初印本，甚精，后有篆文木记，索价三元，惜不甚洁净，未与价。出至翰文斋，见有黄刻“四书”，白纸印，不甚精，后亦有木记，惜配有恕堂刻者两本。出至某肆购石印《古文辞类纂》并续，价二元七角。至会文堂访何厚甫不遇，出至一得阁购墨汁一瓶。还寓，读《古文》，夜看《陆军营制饷章》。

厚甫处见古香斋苏诗有注，黄纸初印，惜已坏，且不全。

十二月十七日（十月廿九） 早八时起，十时至豆芽菜胡同访剑村，云尚未来。还寓，午后一时福田来访，二时去。看《陆军营制饷章》。

眉注

星

十二月十八日（十一月初一） 早八时起，读《古文辞》。十一时森珣来访，言十五侄尚未来，前误听张小泉之言也。送来北大纪念会入场券一张。午后二时出，至长安街刮脸，至北河沿北京大学第三院观纪念会，其美术部及陈列部皆无足观者。至安徽豆腐店用点心，至历史部先观档案部，即在内阁档房所收得之档案。观古物部有旧书、墨拓、古铜器等，收整部《太平御览》鲍刻，逐条裁开，各案所引原书分别粘册，此法甚善，可查出若干已佚之书。《太平御览》尚有明聚珍板者一部，又有明补之宋元刻《二十一史》一部。古物拓片尚有埃及物。四时出至东安市场一看，雇车还寓。夜读《古文辞》，看《陆军制略》。

十二月十九日（十一月初二） 早八时起，十时出访助臣于西砖，不遇，仍还。朔风凛冽，北行甚苦。午后二时复出，至琉璃厂西段一带问袖珍本“六经”皆未得，至海王村公园各书肆问之亦未得。至某古玩肆原修琴处看紫檀根卷筒，索三十五元，与十元不应。又看小鸡章，索二十五元，与十元亦不应。至照像馆买某塔照片一，价四角五分，又定印戒台寺者两张，约明日往取。出至路南某杂院内某书肆，看稽古楼“十三经”，刻既不精，卷帙亦不少，不如购石印《十三经注疏》尚称合用也。出至会文堂访何厚甫，不遇，至廊房头条武学书局购《军事常识》及《经理实务编》各一部。至劝业场玉楼春用点心，出雇车还寓。夜慈约来访，去后看《军事常识》。

十二月二十日（十一月初三） 早八时起，十时出访助臣，留午饭。还已一时，看《军事常识》及读《古文》。

十二月二十一日（十一月初四） 早八时起，十时助臣来访，同出访吴佩芝于宫门口西三条，吴文勤曾孙也，农商部办事员，家多藏书，因是亦以卖书为业。本日所看为原刻《五礼通考》，白纸者、黄纸者各一；鲍刻本《太平御览》，纸与印皆不佳。所谓佳者多明本，但并非精刻，且如《汉隽》等书，虽旧刻，亦无用之物也。佩芝言，清初精刻价值亦大，即阮刻“十三经”初印本，今亦值八十元云。现在外省买书来京或在本京人家购出，但能直接卖与用主，无不获利者。琉璃厂书店以文德资本最厚，约二三十万，所以获此多金，以与董康、傅增湘相比而卖书与袁克文也，值四五百者先与两人中之一人议定，由之向袁揄扬，则可得价千元，但对之亦须有报酬，因此两人所利亦不薄。近年买书者不在文人而在武夫，如张勋、张作霖、曹锟弟兄皆喜购书，且肯出大价。余观佩芝所蓄各种明本，亦只能卖与外行人耳。文人中如李思浩、张弧亦喜购，从不还价，故卖者多获利，但其家人回扣亦甚大，总以二成为率。佩芝之购入则凭拉縴人，此种人古玩店伙为多，报酬亦须两成，渠辈尚可向卖者索谢也。十二时同助臣出，还至单牌楼四如春午饭。午后看《军事常识》，夜看《军事常识》毕。

十二月二十二日（十一月初五） 早八时起，午后二时，慈约命人来取杨某文稿去。看应[①]译《战略学》。夜，看《绎史》。

十二月二十三日（十一月初六） 早八时起，写上成烟书。午后福田来访，二时去。夜看应译《战略学》。

十二月二十四日（十一月初七） 早八时起，十时助臣来访，同出至四如春早饭。雇车至国学，气候颇寒，至时已足指僵痛。先至大成门外看新石鼓及张得天所写石鼓歌碑，复至西侧门入至大成门内看老石鼓，相隔几一丈，又为玻璃所

校记

①应：日本近代军事理论家应雄图。

罩，但见顽石十块而已。门内有列戟两架，架十二枝，至今始见戟门之制。门外则左鼓右钟，鼓平悬于四柱之架，面径四尺馀。钟不甚大，为明正统年铸。门外广庭列碑亭四，甚巍峨，其内石碑尤为宏丽，屃赑高可隐人，雕琢皆工。内庭则列碑亭十二，其宏丽皆相等。正殿七间，两庑各十八间，皆整洁，不似他处之残破。自西北角出，望见启圣、复圣屋顶皆绿瓦，不似大成殿及门之用黄瓦也。至国子监，先看彝伦堂，堂七间，有康熙写《大学》首章，字特玮丽，旁为乾隆各碑。出观两庑，庑三堂，堂十二间，共六十间，石经之碑满其中。中为辟雍，内有宝座，其上御椅则运至午门上博物馆矣。辟雍上覆黄瓦，基为白石，绕池内外阑干及四面之桥皆同石基，已有松陷处建筑尚未动，但栋宇亦显枯老之象。池中久已无水，云龙头内亦堵塞矣。南为琉璃坊，与香山昭庙者同一玮丽。彝伦堂规模虽大，但材料不甚巨。绳愆、博士两厅则材料较大，而内容甚小。出步行至成贤街西口，雇车至南少街竹竿巷访黄济舟、杨伯坚，济舟留饭。二时始四人同出至东安市场东安楼内茶座，五时始散。还寓，夜看《战略学》。

国学即元旧学，明时重建。至大成门及殿之易黄瓦则清乾隆时事也。即辟雍亦乾隆时始建。辟，璧也，雍，壅也，言雍水之圆如璧也。

十二月二十五日（十一月初八） 早八时起，写上成烟书。午后二时出，至琉璃厂购书不成，至海王村公园取所订戒台寺照片两张，价九角。步行至青云阁，至门框儿胡同购酱牛肉一斤。雇车还寓，夜看《战略学》。

十二月二十六日（十一月初九） 早八时起，十时朱亮东来访，谈珐琅工艺甚畅，一时始去。至四如春用午饭，炒面甚柔软，其味之佳在北京当占第一位。午后二时半出，至台基厂天津印字馆，则已因冬至①休息。至崇文门内义利洋行，亦关门，其处有铝制开水壶，异日当来购之。北行至单牌楼向某肆购蜜供半斤，雇车还寓。夜，助臣来访，看《战略学》毕。

十二月二十七日（十一月初十） 早九时起。五时助臣来访，六时同助臣至四如春晚饭。还看《文选·鲁灵光殿赋》，收辑建筑学材料。

校记

①冬至，原作“咚至”，盖笔误。本年冬至在十二月二十二日，当是此节歇业数日也。

十二月二十八日（十一月十一） 早九时起，十时出，雇车向德胜门内大七条胡同访万勉之，至新街口遇之。勉之言将往保定，匆匆数言而别。至三官庙往访李洛耆，谈少顷出。至高庙访钱桐轩、王亚公，十二时还，至长安街四如春午饭。午后二时出，至琉璃厂访何厚甫，以《礼记》补页交其补入。出至廊房头条武学书局买书数种，价一元九角六分。至劝业场茶座用点心，四时还。夜看《鲁灵光殿赋》。

在厚甫处抄得保赤散之原方如左：

硃砂五钱；九转南星五钱；神麯七钱五分；巴豆霜三钱将油去净。

共为极细末，每服二三厘，白滚水少加白糖送下，至多不过五厘。未满百日小孩一二厘即可，年过六岁可不必用，因能服汤药也，但患痘疹时忌服。

厚甫言，白罗纹纸，都人亦称开化纸，怡府刻“六经”用此纸。

厚甫处残本古香斋《苏诗》施注蜡笺面，其绢签与余《古文渊鉴》者同，所写之字亦同，其式甚俗，余所有《古文》已去其签矣。古文面为磁青绢。厚甫言殿版尚有织成锦面者，中央团龙，四外角花极精丽，皆乾隆时物。德友《梦馀录》为淡黄云绫面。

厚甫处有大板《太平广记》，嘉靖时刻，尚少七十馀卷。

世德堂《庄子》索价四十元。雅雨堂《韩诗》索十六元。

厚甫言《太平御览》明刻有两种，其一聚珍本也。

眉注

杨梅竹斜街薛氏雅观斋保赤散为北京名产

十二月二十九日（十一月十二） 早八时起，午后二时出，至台基厂天津印字馆买森玟所译《汉口贸易论》，言无有。至崇内义利洋行德人营业买铝制小开水壶一，价四元，小刀一柄，价三角。至法国面包房买点心，雇在还寓。夜看《鲁灵光殿赋》，收辑建筑学材料。

午后一时张烈先来访。

眉注

大者八元

十二月三十日（十一月十三） 早八时起，午后二时出，至西珠市口华清池入浴。四时出，至天桥往看旧货店，反至劝业场购辣子酱，至长安街四如春晚饭。夜看何平叔《景福殿赋》，并收辑建筑学材料。

十二月三十一日（十一月十四） 早八时起，十时出访助臣。朔风凛冽，尘起污人。助臣留共午饭，饭后李洛耆、孙履夫亦至。二时先出还寓，在室中移置器具。夜看《景福殿赋》，收辑建筑学材料。

昨日午后，收到谢赓梅信，云十二月十六日至洪江，二十一日由洪江启行向贵州。接和亭回信，言聚康事。

民国十二年日记

一月

一月一日（癸亥十一月十五） 早八时起，天寒甚。九时亮东来访，谈工艺事甚浃，以所制木片上银地之照像存余处，预备绍介。午刻同至四如春午饭，仍还寓。二时亮东别去，四时出至长安街刮脸，至同茂增买纸，至稻香村买点心，还寓。夜，看左思《蜀吴都赋》[①]，收辑建筑上材料。

午后八时，室外温度冰点下十四度在八十度上。

眉注

癸亥

一月二日（十一月十六） 早八时起，寒甚，外室水壶中水皆冻。午后二时万勉之来访，谈时顷去。由电话与厚斋约后日在余寓与亮东见面，写致亮东信。夜看《魏都赋》，收集建筑学材料。

一月三日（十一月十七） 早八时起，十时王仰泉来访。午后二时胡林生来访，三时命馆人送食器到助臣处乞豆豉肉。夜看《战术学》。

一月四日（十一月十八） 早八时起，十时出，至豆芽菜胡同遇张颉云，以慈约稿交之照誊，十二时还。一时亮东来访，三时济舟来访，四时厚斋来访。亮东与厚斋谈工艺事甚畅，五时约厚斋便饭，力辞，遂先去。与亮东、济舟同至宣南春晚饭，费三元，仍同两君还，谈至十时始去。

一月五日（十一月十九） 早八时起，午后一时助臣来访，交来外套价十元，以豆豉肉一器见赠。三时蕴真来访，五时去。夜看《战术学》。

一月六日（十一月二十） 早八时起，午后二时出，至商务印书馆购订《小说世界》一年，价二元。至劝业茶座用点心，晤孙丽生，返至清秘阁购小蓝瓷蔗段印色盒一枚。至中华书局购红墨水一瓶，还寓。夜，森珣、森玮来访，令森珣

校记

① 《蜀吴都赋》，是左思《蜀都赋》《吴都赋》之合书。

打听美国博物院某君姓氏。

眉注

余在来见仲由及敬之时，亦有此失，既见之后，知自己之不足，故稍得有进步，以至于今亮工谋作工事，所交出之样本，可作如是观矣。

一月七日（十一月廿一） 早八时起，看《战术学》，接森璧信。

一月八日（十一月廿二） 早八时起，午后二时出，至长安街理发，至西华门购券入至古物陈列所门前购明信片三张，出东华门至东安市场内东安茶楼坐时许，用点心，出至书摊上购《东方杂志》二十号者一册。又至南纸店购德国印画片马队战一张，出还寓。夜看《战术学》，看《东方》。

一月九日（十一月廿三） 早九时起，午后二时出，至商务印书馆订十二年《东方杂志》《小说月报》各一份，共价六元三角六分送长安公寓；又购天然硃一盒，价一角五分。至会文斋购《易笺》一部，价八元。见许梿所刻《刑部成案》及《洗冤录》甚精。出至青云阁茶座用点心，四时半还。夜看《战术学》。

今日接良丞信，言借梓木林茔地事。

一月十日（十一月廿四） 早八时起，九时讬柜上发贵阳电致良丞，电文如下："梓茔地不可用，信详。"

写致良丞信，亦言茔地事。午后，写致太太、四媳、三妹信，其中亦言茔地事。看《战术学》，暮助臣来访，留饭，以明游刻《柳集》讬交吴佩芝代卖。夜看《战术学》。

一月十一日（十一月廿五） 早八时起，十时写致森璧信、赓梅信，看《战术学》。五时森琅来访，晚饭八时始去。

一月十二日（十一月廿六） 早八时起，九时拍电洪江李焕章，属将余寄赓梅信退回。午后二时出，至高陞店访明久、莲仙皆不遇，至会文堂访何厚甫不遇，看所有《南巡盛典》《名胜》力较石印者佳，可惜腐坏过多。至廊房头条武学书局购《军语》等，至稻香村购食物，至劝业场通过至西河沿，雇车还寓。夜看《战术学》。

一月十三日（十一月廿七） 早八时起，十时《国会法制汇编》封寄赓梅贵阳。午后，写致赓梅信、良丞信附万勉之所托事，接李焕章信。二时出，至澄华入浴，五时还。森珣在坐，留晚饭去。

眉注

良丞信附保赤散方

一月十四日（十一月廿八） 早八时起，昨夜雪，今日天气微寒。午后二时，出访助臣于西砖胡同，云往青云阁，遂至青云阁，相见于雅座中，李洛耆在座。洛耆先行，五时同助臣出至琉璃厂东门文光堂，买黄刻蔡沈《书经集传》一部，价一元五角。至宝晋斋少坐，至商务印书馆买信封，至厂西门鸿宝阁看书，主人云有黄刻“六经”，因托其代觅。出，助臣约至其家晚饭。以饭豆汤煮豆腐，味极厚，大有肉味；又猪肉煮山药，味亦清腴。返已七时。

眉注

故乡以酸菜煮饭豆，味较此逊

一月十五日（十一月廿九） 早八时起，读《书经》“旅①獒”“金縢”两篇。十一时出至长安街刮脸，至游艺园味根园赴张烈先之约，在坐为穆守先、江务兹、邢勉之、袁礼卿、丁吉甫、黄幹夫、洪絅文，一时散。出至琉璃厂会文斋取回所整理之《礼记集说》及所购《四铜鼓斋论话集刻》及《易笺》。还寓，读《书经》“西伯戡黎”“微子之命”两篇。

厚甫处古香斋《苏诗》已配全，但上半部印太晚，不相称。古香斋十种，以此种刻字最细，若非白纸初印，将不能用。

厚甫言明刻大板《太平广记》凡三种，一嘉靖时谈氏本，即此次傅沅叔所购者，价二百元；一许世昌刻本；一聚珍板本。

厚甫言傅沅叔在宣统时始购书，不甚知价，购钱牧斋《全唐诗》稿本，索三百元，只畀二百元，为厂商以二百六十元购去，卖与奉天邓方叔，获价千六百元。傅

校记

①旅，原作“族”，查改。

大悔，从此细心研究，每与厂商谈，辄以小册子记之，今日居然大行家矣。

又言袁海观购得宋刻《苏诗》，前有赵文敏所画东坡像者，珍为至宝，其家失火被焚，袁大懊丧，从此遂不购书。

又言曾见明刻《三辅黄图》带有图，因托其代觅。厚甫言自少年时一见，今数十年矣。

一月十六日（十一月三十） 早八时起，十一时交柜上本月房饭等费，并托汇上海商务印书馆购书费三元。午后二时出，至琉璃厂鸿宝阁看书，至会文斋访何厚甫，以吴佩芝《五礼通考》与观。至厂东门文光堂看书，至青云阁茶座用点心，四时半还寓。夜读《书经》“盘庚”。

至商务印书馆购中华地理模型图一方，价二元八角，约明日送寓。

一月十七日（十二月初一） 早八时起，写致厚斋信，读《书经》“盘庚”。

一月十八日（十二月初二） 早八时起，午后厚斋来访，托交亮东银器坯二件。一美人头，一小圆盒。六时半出，赴雷荫春之招于西馆，荫春交来十元，洋服衣价也，席间梅子来亦至。

今日读《书经》“夏书”“商书”。

一月十九日（十二月初三） 早八时起，午后助臣来访，携吴佩芝《五礼通考》去。二时出，至小市觅旧书不得。市中新添旧货店数家，皆西人室中旧家具拍卖而来者，书铺则有改为木器铺者。还寓，五时蕴真来访，留饭。夜读《书经》。

一月二十日（十二月初四） 早九时起，张颉云送《东美调查录》稿来看。午后二时出，至高陞店访张烈先不遇，至贵州学校访亮东，以厚斋托试验之银器二件交亮东，谈工艺事时顷始出。至南新华街，向书肆问黄刻“五经”皆无有。某肆有李刻《红楼梦》，惜非初印。至会文斋访何厚甫不遇，见叶氏书目蔚然大观，其中兼有新刻及石印、铅印等。还寓，接兆西林介绍郑乐泉信。

《三辅黄图》带秦汉图记本，万历壬寅陕西布政使司刻。

《洞云图志》六卷宋邓牧；《云间第宅志》一卷明王濮艺海珠尘本。

一月二十一日（十二月初五） 早八时起，午后三时森珣来访，四时济舟来访。五时森琅来访，晚饭后去。寒甚。

眉注

星

一月二十二日（十二月初六） 早八时起，午后二时出，至琉璃厂商务印书馆取《小说世界》二三期，并购《历代地理沿革图》童世亨一册，价一元三角五分。至劝业场购袜二双，价五角。还寓，夜钱吉人来访，助臣来访，十二时始散。

一月二十三日（十二月初七） 早八时起，天气仍寒。夜助臣来访，共谈至十时。

向暮，温度在冰点下三度。

一月二十四日（十二月初八） 早八时起，午后二时出，至兵马司访李福田。还至市上，买名人牌纸烟二十五盒，价一元。

一月二十五日（十二月初九） 早八时起，十时至柜上，托赵掌柜向林太太取回马兰君之中国实业银行储蓄票，林太太已代交过十一月、十二月两份六元矣。午后一时杨伯坚来访，五时始去，赠与名人牌烟四盒，劝其作学问须稍从容，勿太猛进以伤脑力。夜读《尚书》。

一月二十六日（十二月初十） 早八时起，午后二时出，至小沙土园何厚甫处还书价十二元，又买《书林清话》一部，价三元；《长安图志》一部，价二元四，仍存何处；以《古文》一册托订。出至澄华入浴，出至大栅栏老德记买拜挪珍补益粉一瓶，价一元七角五分。至鸿记买红茶半斤，价四角。至劝业场出西河沿雇车还寓。至同茂增买小蓝瓷印色盒，价四角。还寓，夜读《尚书》。

一月二十七日（十二月十一） 早八时起，尽日读《书经》。

一月二十八日（十二月十二） 早八时起，午后一时出长安街刮脸，至小沙河土园何厚甫处取回《书林清话》及讬订《古文》。至青云阁雅座，二时助臣至，四时济舟、伯坚先后至，五时散，同助臣步行至瑞记饭馆晚饭，七时散。还寓，看《书林清话》。

眉注

今日接到万勉之寄来两条，即时作书致伯恒侄，将条寄去，并复勉之信

一月二十九日（十二月十三） 早九时起，读《书经》“唐书”“虞书”。午后二时出，至小沙土园访厚甫不遇，以《大会参观日记》《美东调查日记》各一部留赠，并取回长安图及志。至厂东门文光堂买《八铭塾钞》一，价一角五分。至大栅栏用点心，出劝业场，雇车还寓。夜看《书林清话》，又读《书经》“虞书”。

一月三十日（十二月十四） 早九时起，读《书经》“大禹谟”。午后二时出，至琉璃厂商务印书馆改正订书期号数。至大栅栏买点心，通过劝业场至西河沿，雇车至宣内小市一看。还寓，夜看《书林清话》。

一月三十一日（十二月十五） 早九时起，读《书》“皋陶谟”。至柜还代买书银六角五分，讬还林太太代垫储蓄银六元，讬交一月份储畜三元。午后接森玟自南宁汇来三百元之信，接到上海商务印书馆寄来书报，在午门照片上色。夜助臣来访，济舟来访，云伯坚神经上有异状，共筹救助之法。

二月

二月一日（十二月十六） 早九时起，读《书经》“益稷”篇。午后二时出，至邮总局取款，云印章不合，须另刻。出至琉璃厂龙云阁刻印。至会文斋访何厚甫不遇，店员以厚甫所赠黄再同之画一幅为两小幅合裱者，并取回讬装之《金石录》。出至淳菁阁看字画，此肆为金巩伯诸人所设，掌柜为张研农，本金店行中人。出至清秘阁，遇车子超一谈。出雇车还寓，看《群经宫室图考》。夜看《东方杂志》。

二月二日（十二月十七） 早九时起，十时亮东来访，交珐琅器数件讬转致厚斋者。去后，读《书经》“皋陶谟”“益稷”两篇。午后看《书经》“召诰”篇，看《群经宫室图考》。夜看《小说月报》，写致李焕章洪江信、森玟南宁信。

二月三日（十二月十八） 早九时起，十时读《书经》“盘庚”篇。午后为伯坚事写致济舟信。二时出至何厚甫处，取《观古堂书目》一部，至龙云斋取所刻印章，至邮务总局取由南宁汇来三百元。还寓，读《书经》“洛诰”。夜看《群经宫室图考》，又看《小说月报》，接福田诗函。

二月四日（十二月十九） 早八时起，十时读《书经》“盘庚”篇。午后二时厚斋来访，讬编辑广告书事，亮东珐琅样本厚斋持去，又以银烟盒两扇及照像种板一枚讬交亮东。森珣代写致丸善买《宝石论》之书函，亦交厚斋。接菱生信，约明日午后六时宣南春晚饭，为陆维舟也，并讬转约济舟。厚斋去后，蕴真来访，借书七册去。写致济舟信，看《书经》“洛诰”，夜看《群经宫室图》，济舟来访，言伯坚病势颇剧，现在德医院云。

眉注

借书：蕴真借《留东外史续》及《东方杂志》十九、二十两册去。

二月五日（十二月二十） 早八时起，读《书经》“盘庚”。午后二时看《书经》“大诰”，四时出至长安街理发。还寓，看《群经宫室图》。森琅来视，交来良丞诗四首。六时半出，至宣南春赴菱生之招，同席为陆维周、周伯伊、黄季舟、严季冲，十时散。约济舟至寓，谈至十二时始别。

二月六日（十二月廿一） 早八时起，读《书经》“盘庚”。午后二时，读《书经》“牧誓”“大诰”。黄齐生来访，商务印书馆寄来《东方杂志》四册。夜看《群经宫室图》，并看《东方杂志》。

二月七日（十二月廿二） 早八时起，十时读《书经》“盘庚”，为厚斋筹画广告册之编辑。午后看《书经》“多士”篇。夜看《群经宫室图》及《小说月报》。

二月八日（十二月廿三） 早九时起，十时读《书经》“盘庚”。午后厚斋来访，交来广告册底本。三时读《书经》“牧誓”“大诰”“召诰”“多士”诸篇。夜看《群经宫室图》，收到商务印书馆寄来十二年《小说月报》一号。

二月九日（十二月廿四） 早九时起，读《书经》“大诰”。十二时赴慈约之招，三时还，借来日本高岛北海实写之《支那百景》一册。还寓，读《书经》。亮东电话来告，助臣丁内艰。五时出，访助臣，六时访亮东，交厚斋所交银烟盒盖，少坐出。还寓，夜看《群经宫室图考》。

眉注

《支那百景》发行所为东京市本乡区汤岛切通坂町二十五番地画报社，电话下谷二四八三番。

二月十日（十二月廿五） 早八时半起，读《书经》“大诰”。午后二时出，至漆宅烧纸。至会文斋还旧欠十元，至商务印书馆取《小说世界》四、五册，购《华山风景片》一册。还寓，鸣九来访，看《群经宫室图考》。

眉注

鸣九住屯绢胡同东口四十四号

二月十一日（十二月廿六） 早八时起，十时读《书经》“召诰”。午后看《群经宫室图》毕，为厚斋安排广告题词。五时森琅来访。

二月十二日（十二月廿七） 早九时起，十时读《书经》“召诰”。袁寿臣来访，交来天津津贴六十元十月，午后厚斋来访。三时出至掌扇胡同头品香入浴，原三角，自旧历十二月廿六日起加二角，迄除夕止。出已五时，至大栅栏买①点心，至劝业场买虎珀烟嘴，价六角。厚斋言现有西洋珀料至京，京工如式制成，故价大贱，在昔须二元馀也。还寓已六时，夜读《书经》“多方”，看《小说月报》。

今日交柜上以后一月房膳等费三十二元馀。

校记

①买，原作“卖”，据文义改。

二月十三日（十二月廿八） 早八时半起，十时[①]出，至半壁街访黄齐生不遇，至屯[②]绢胡同四十四号访鸣九不遇，还至舍饭寺遇明九，同行至市场购物，余先还。午后二时读《书经》“洛诰”，鸣九来访。去后森珣、森琅、森玮来访。

二月十四日（十二月廿九） 早八时半起，十时读《书经》“洛诰”。午后二时看《书经》“康诰”。夜出至市上购食品及药物，还寓读《书经》。

二月十五日（十二月三十） 早八时半起，十时读《书经》“洛诰”。午后二时出，至长安街理发，至东安市场一看，至东安楼茶座用点心，出步行至覆公府远东加非馆购点心一打，价四角五分。雇车还寓，见鸣九约柬，五时访鸣久留饭，同席者为陆维舟。八时还，读《书经》。

眉注

除夕

二月十六日（正月初一） 早八时起，读《书经》“洛诰”，写致鸣久信。午后二时出，访胡菱生不遇，雇车出城，至厂甸入陈列所，遇赵伯良之父，少谈而出。南新华街两旁尚未摆商，在画棚以二十钱购《朝考卷》二本，一为镇远褚仲元，一为山东昌乐阎兆枟。四书题为“今有璞玉于此玉雕琢之”，诗题为“修竹引清风”得“清”字，不知何代何年也。以其为历史博物馆需用品，故购之。遇谭步民，云住宣武门大街蜀华四川素菜店。雇车至西博访助臣，亮东在座，与谈厚斋接洽情形，助臣留饭，晚七时始出。还寓，读《书经》，颇倦。

眉注

元日

二月十七日（正月初二） 早八时起，十时读《书经》“多士”等，写致慈约信。午后二时出至厂甸，先往学堂看美术展览会油画，郑褧裳、陈师曾、王梦白三人像皆有神。《日暮途远图》一驴夫牵行落照中，人及驴尚可，但背影不

校记

①时，原作“月”，据文义改。

②屯，原作“纯”，据前文改。

佳。《戏虎图》口衔死鹭，虎竟究是死或是游戏，尚说不定，虎之毛皮着色用笔乃极肖。水墨画《长恨歌图》四小幅，一“春宵若短日高起”，闹房中静穆情形及杨妃乍醒坐起之状态皆甚肖，但室内装饰有今样及西式在内；一“玉楼宴罢醉和春”，楼上下灯烛辉煌，人影幢幢，宝眷数人各有灯笼引行；一“回头①一笑百媚生”，不甚精彩，李三郎像颇陋；一“可怜光彩生门户”，虢国府在高阶之上，两大石狮耸立阶上，门外执戟者数行，虢国披鹤氅乘马，后随十馀人。画者为李毅士，驴与虎则郑褧裳也。有日本博文堂所印董北苑《群峰霁雪图》，有香光题字及陈眉公跋。出往看旧书、旧字画、古器，无一佳者。既见一仿哥灰蓝色四方高式花盆，似是清初物，问价索十八元，未与价。还寓，看《书经》“梓材”。

二月十八日（正月初三） 早八时半起，十时读《书经》“多士”。午后二时出，至厂甸仍入美术展览会看画。出至土地庙内遇何厚甫，至旧书古董处一看。至小沙土园访何厚甫，买得罗振玉汇刻书目，价三元；叶刻《疑雨集》，价一元二角，又抄本《易》《书》《诗经》凡六册，未定价。出雇车还寓，夜读《书经》，又看《疑雨集》。

二月十九日（正月初四） 早八时半起，十时读《书经》“多士”，朱亮东来访，午后去，余看《书经》“酒诰”。

二月二十日（正月初五） 早八时起，十时读《书经》“多士”。午后一时出，至长安街刮脸，出前门至琉璃厂，见火神庙已开，入观之。古玩摊上象牙雕颇多，亦较前为精，有人像、仙人像及耶稣像等，有带环境之人像如画图然，范以木篋，有在庭院中者、室中者，亦有在野外者，着色古旧，不知新制或旧器。玛瑙雕及琢器亦较往年为多，玉器亦不少。往看旧书、旧字画，无合用者。往富晋斋购石印《楝亭十二种》一部而出，还寓。夜读《书经》。

二月二十一日（正月初六） 早八时半起，读《书经》“多方”，朱亮东来访，少坐去。午后出，至厂甸土地庙看旧书，至火神庙买得化石一块，价六元；

校记

①头，他本作“眸”。

又买明《宋史》一部，价一元。访何厚甫，出至青云阁访朱方亭少谈，以化石架寄其处。至茶座用茶，六时始出，至瑞记赴明九之招，贵州同乡多在座，八时始散。

二月二十二日（正月初七） 早八时起，十时读《书经》“多方”，黄齐生来访。午后出至四如春午饭毕，至西砖胡同访漆季光，闻前日始至京。在助臣处晤亮东及洛耆，三时返寓，借助臣《仪礼图》来。返寓读《书经》，夜看《明宫史》。

二月二十三日（正月初八） 早八时起，十时读《书经》“多方”。午后二时出，至琉璃厂甸路旁摊上买得吴挚甫写《尚书》一册，价一元五角。又一摊上买得旧刻《疑雨集》二册，价一元五角。还寓，夜读《书经》，看《明宫史》。

二月二十四日（正月初九） 早八时起，十时读《书经》“多方”。午后二时出，至厂甸各处一看，访何厚斋，还账八元。《续汇刻书目》四元，《疑雨集》一元二角，抄《易》《书》《诗》二元八角。出至火神庙一看，出至大栅栏小肆用点心，雇车还寓。冷甚，至寓已四时半，森琅来访。五时森珣、森玮来访。六时同出，至四如春晚饭，还寓共谈。七时漆季光来访，九时去。读《书经》。

今日午后一时温度至冰点下七度。

二月二十五日（正月初十） 早八时半起，十时读《书经》“康诰”。午后厚斋来访，以朱石君名号寿山名印两方见示，方二寸弱，又一印大亦相等，云共索价四一元。以翠玉约指面七枚见示，云索二千元，还一千元未卖。二时半同出至清秘阁，厚斋买俞瘦石山水四幅，同出访孙伯恒于商务印书馆不遇，出，同至火神庙看玉器、玛瑙器、水晶器、象牙器等，又往看字画，四时分手。余至南新华街一看，雇车还寓。冷甚，下车时体为之僵。夜读《书经》，看《明宫史》。

夜十一时温度在冰点下九度。

眉注

星

二月二十六日（正月十一） 早八时半起，昨日冒寒小病，写家信由快信寄去。午后读《书经》“康诰”，看《明宫史》。夜同。

二月二十七日（正月十二） 早八时半起，十时读《书经》“康诰”。午后三时出至劝业场，以三页虫化石讬宝华楼店员转讬玉器行截断，遇孙丽生少谈而出。至琉璃厂火神庙入观，出至公园内觅宝笈堂不得，至厂西门述古堂购《唐两京城坊考》一部，价二元，“畿辅丛书”本也。雇车还寓，接森璧信。夜读《书经》，看《明宫史》。

二月二十八日（正月十三） 早八时起，十时读《书经》“康诰”。午后看《明宫史》毕。蕴真及洪锦文来访，写致森璧及赓梅信。

三月

三月一日（正月十四） 早八时起，十时看《战术学》，交储蓄银行三元。午后二时出至琉璃厂维古山房，买康刻《古文辞类纂》一部，价十八元。至宝笈堂买《疑雨集》新编一部，价一元二角。至火神庙内某肆买但氏原刻《聊斋》一部，价四元五角。又在某摊看古香斋《春明梦馀录》一部，开化纸者，索百二十元，与五十元不售。其人言陶南泉专收开化纸书，曾卖一批与徐世章，价三万元云，其中有《图书集成》《二十一史》《十三经》种种也。出至会文斋访何厚甫不遇，以《古文》讬其店员吕君收拾，其处有毛边纸康刻《七十家赋》与《骈体文钞》，皆精。出至青云阁理发，遇王勉之，邀至茶座用点心，六时出还寓。夜看《战术学》。

三月二日（正月十五） 早八时起，十时看《战术学》。午后二时，王勉之及杨静谷来访，杨邛水县人，来京试学者，少坐同出，至厂甸共游，旋至劝业场雅座用点心，五时分手。余至小沙土园访何厚甫，向购康刻《骈体文钞》，索十五元，与八元不售。厚甫言陶南泉之书并未卖，为是言以示之非[①]富有而已。六时出，至瑞记赴助臣之招，助臣居丧不能出，彼此互相照应。七时散，同济舟往访助臣，八时始出。还寓，看《战术学》。

校记

①非，疑为“其”之笔误。

三月三日（正月十六） 早八时起，十时读《书经》“酒诰”，鸣九来访，午后看《战术学》。竟日未出。

三月四日（正月十七） 早八时起，九时半出，赴漆宅助点主之礼，大宾为傅雨农，陪者洪晴舫也。午后一时返，读《书经》“酒诰”。五时出，至华园入浴，七时还。夜看《战术学》。

三月五日（正月十八） 早八时起，十时读《书经》“酒诰”。午后看《战术学》，接家信。

三月六日（正月十九） 早八时起，十时读《书经》“酒诰”。午后一时出，访王冕之①于沙滩大德公寓不遇，留片而出。至护国寺访厚斋不遇，雇车还寓。时方三时，看《战术学》。夜看《书林清话》。

三月七日（正月二十） 早八时起，九时出访慈约于豆芽菜胡同，交还钞件，十一时还，午后看《战术学》。

三月八日（正月廿一） 早八时起，大风，出访慈约于豆芽菜胡同，十一时还。午后看《战术学》。夜八时，拍电贵阳讬孟如波转交马兰君，价三元四角，畀茶房车钱两角。

三月九日（正月廿二） 早八时起，十时作挽联。午后二时出，至长安街理发，至琉璃厂东门文光堂看书，至各肆购案刻《九经》非原刻二十行本，非翻刻十四行本，为观成堂书肆刻，每半页十三行，音在顶上格外，但仿宋板体字刻尚精。前在火神庙所见者即此刻，但彼为初印，今日凡见十馀部，以翰文斋者稍早，索价二十六元，畀十元不售。至武学书局购《局地战图示》一册，价八角。至直隶书局购得开化纸印忠恕堂巾箱本《四书》一部，顶上照本文用满文细书，首尾完整精工，惜太旧敝，似在手中把握数十寒暑者，想亦满洲绩学读书人所

校记

①王冕之，前文作“王勉之”。

用，以六元得之，不特爱其书，亦敬其人也。至一得阁购墨汁一两，牙签一枝。至会文斋访何厚甫不遇，遇李君，共谈，渠言案刻《九经》初印者，亦不过十六元云。至清秘阁购挽联一，价一元，讬人代书，价六角六分。至商务印书馆取《小说世界》六、七、八三册。还寓，夜读《书经》，看小说，接森玟信。

眉注

荣录堂者索七元五。

渠辈皆以十三行者为翻本，其实已翻过数次矣。

三月十日（正月廿三） 早八时起，十时写致森玟信。昨日信云二月十一日举第二孙女，来请命名，因用“静仪”二字。午后写致蔡衡武信，讬将所存苏路股票到期之款换成公债，并未到期之股票一并由邮局寄余京师，或讬周颂九带来亦可。夜看《书林清话》。

三月十一日（正月廿四） 早八时起，十时森玮来谒，少坐去。午后写致马兰君信，仍写致孟如波讬转交。夜看《书林清话》。今日午前大雪，午后霁，天阴冷。

眉注

苏股

三月十二日（正月廿五） 早八时起，十时读《书经》“多方”。午后二时出琉璃厂清秘阁看过挽联，即讬其送漆府。至会文斋访何厚甫，携《两般秋雨庵随笔》来还价四元。至直隶书局看书，取书目而出。至鸿宝阁看书，还寓。夜看《书林清话》。

三月十三日（正月廿六） 早八时起，十时出，至新街口正觉寺访陆香岩。十一时访安厚斋，谈亮东事，十二时还寓。午后二时出至清秘阁买通行纸，至直隶书局看书不成，至文光堂出，至大栅栏用点心，至劝业场宝华楼取讬锯之三叶虫标本石，在某摊买琥珀烟嘴二，价共一元。还寓，读《书经》“多士”。夜看《书林清话》。

眉注

翰林斋在鸿文斋后院。直隶书局掌柜姓宋。

三月十四日（正月廿七） 早八时起，十时访鸣九不遇，还，读《书经》“洛诰”。午后二时，至助臣宅，今日开吊，来者一百馀人。七时还寓，看《书林清话》。

三月十五日（正月廿八） 早八时起，九时半出，赴漆宅送殡，南出西砖胡同南口至南横街，东至香厂，北至至大街，西行经菜市口，又西南入教子胡同，至法源寺前街，东行至法源寺。时已一时，主人备有素席，席散至灵前行礼，与济舟出后门至砖胡同，还寓已二时。读《书经》“召诰”。夜看《书林清话》。

三月十六日（正月廿九） 早八时起，九时读《书经》“康诰”。午后汇《巴拿马赛会报告》目录，读《书经》“酒诰”，鸣九来访。四时致黔澍园电。夜看《书林清话》。

三月十七（二月初一） 早八时起，十一时蕴真来访。午后一时出访明久，少坐出，至小沙土园会文堂，闻何厚甫已返衡水，须五月后始来，与李君谈书业事。案道光间时刻《洛阳伽蓝记》，前有朱紫桂序者刻不佳，然书颇有用，问云十二元。又一部无朱序，云八元，未与价。又董绶金用石印翻明如隐堂本一部，亦索十二元。此等书之价值皆昂贵异常，直不能买。出雇车还寓，读《书经》“大诰”“金縢”，夜看《书林清话》。

三月十八日（二月初二） 早八时起，读《书经》，十时助臣及旦中来回拜，少坐而去。十二时出，至瑞记赴助臣之招，二时始还。五时七、八两侄来看。夜看《书林清话》。

三月十九日（二月初三） 早八时起，读《书经》，十时出，至双栅栏访胡林生不遇，还。午后看《书林清话》，五时鸣久来访。夜看《书林清话》。

三月二十日（二月初四） 早八时起，十时隆福寺聚珍堂店员于君持旧书数种来看，古香斋开化纸《春明梦馀录》即镜古斋物，持以与余之《古文渊鉴》相较，则印略后，纸较粗，色亦较晦，而瓷青绢书面、淡黄绢包角、白绢书签、签上作字、丝线双订皆相同，乃至宽处长处亦莫不同，可见殿板书工作之谨严，盖以两书之纸相较，必不同时，而装订之工作则毫无出入若此。又开化纸《初学记》一部，纸较《梦馀录》尤劣，书亦残损，以较余所藏本则板片约短半分许，不知系翻本或多年板缩也。《梦馀录》虽原装，然较余《古文》亦觉潮损，姑留看数日再议价。书二十四册，持来者两册也。余所需书录成一单交于持去。于言江西省长张其锽极好买书，见即不肯放出，亦不争价，但付款极费事，去年年底欠各书坊十六万元，结果还书者有之，延至今日尚未还清者有之。又言陶文泉前数日与一人往买书，毫无目的，但在单上选其价在二元以内者尽数购去，共数百元，其中绝无佳者，此种买书法真不可解。又言西交民巷某银行存宋刻《十三经》一部，索三万元，至今年馀，尚未卖出云。午后读《尚书》，看《书林清话》。夜看《书林清话》，至长安街刮脸。

三月二十一日（二月初五） 早八时起，十时写致鸣九信。午后二时出，访助臣不遇，访洪锦文，谈时顷出，至劝业场访孙丽生，五时还寓。夜看《书林清话》。

三月二十二日（二月初六） 早八时起，九时助臣来访。午后二时，厚斋来访，抄旧稿。夜看《书林清话》。

午前聚珍于氏持旧书来看，《咸淳临安志》与价二十元，河南新刻《东京梦华录》及《如梦录》与价二元，带图《六合内外琐言》与价三元，云迟日回话。《春明梦馀录》与价六十元，亦云候回话，其两册交其带回。尚有数种皆不佳。古香斋《六经》，仿案刻《九经》，粗本《耳食录》《文章游戏》等。

眉注

恒甫寄来苏股汇款三月二十号寄来应在二十三、四、五三日中收到，以四月一日交森珣及琅玮两侄

三月二十三日（二月初七） 早八时起，十时至豆芽菜胡同访慈约，还所借日本人画册并所定《观会丛编目录》。十一时同邓鲁清出，鲁清至公寓看房也，十二时同至四如春午饭。还寓，鲁清至四时半去，余写致朱亮东信，报告厚斋回信。夜七时出访助臣不遇，至贵州学校看森琅，九时还。

三月二十四日（二月初八） 早八时起，十时作文，十一时聚珍于君来，《临安志》及《琐言》《梦华录》等皆许卖，但《琐言》末册已朽，遂与《梦华录》皆不用，仅以二十元购《咸淳临安志》。午后二时出，至上斜街二庙访张笏香，觅之不得，还。至小市看旧书，有段锦谷《信徵集》，是书十六册，为十六集，仅存前八集，遂未与价。四时还，写致桐轩信，夜看《书林清话》。

三月二十五日（二月初九） 早八时起，十时作文。午后二时，至长安街刮脸，至华楼入浴，还寓已四时，读《书经》。夜清稿，十一时济舟来访。

三月二十六日（二月初十） 早八时起，十时明久、长卿来访，助臣来访，明久、长卿旋去，同助臣至四如春午饭。返寓，桐轩来访，二时去，助臣三时去，读《书经》。

眉注

长卿住大田公寓

三月二十七日（二月十一） 早八时起，天雨，为厚斋编纪念册。聚珍于君持书来，怡邸刻《白香词谱》尚无错误，但不精工，且无词韵。又王刻《红楼梦》与价六元不售。于言其肆有《游艺录》钞本四十册，皆论星象，图居其半，图书馆曾与价二百金未卖，现无人过问云。午后五时，至法源寺赴助臣之招，七时还。夜读《书经》，抄诗稿。

眉注

据台序则原刻在南中

三月二十八日（二月十二） 早八时起，九时出，访长卿于二龙坑大田公寓，十时还寓，读《书经》。午后二时出，至会文斋，李君他出，惟吕君在，《古文》已装好，因再托做两布套。其年刻《陆宣公集》亦整理完全，函以楠本匣，云须百元始卖也。出至文光堂看案刻《九经》，不佳。有《周易述》一部，抱经堂刻初印本，问《咸淳临安志》之价，云十几元，其板尚在。前几年尚有来者问《景定建康志》，则云其价较昂，因板已无存，极不易觅云。出至清云阁富晋书局看《燕寝怡情》，不佳。至大栅栏用点心，至劝业场一看，雇车还寓。读《唐诗》，夜抄诗稿。

三月二十九日（二月十三）　早八时起，九时聚珍于君来，言适至屯绢胡同谒明久卖书，不得见而还，以游刻《柳集》二册时之讬卖。十时半出访笏香，十一时半还。午后为厚斋编纪念册，读《书经》。夜抄诗稿，写致衡武信。

三月三十日（二月十四）　早八时起，读《书经》，福田少君来访，交来福田近作诗十馀首。午后邓鲁卿偕李瑶卿来访，李君江苏人，住西四牌楼。去后读《书经》，看《咸淳临安志》。向暮，助臣来访。夜抄诗稿。

三月三十一日（二月十五）　早八时起，读《书经》。聚珍于来，持《红楼梦》来，共二十四册，价八元，中一叶已坏，令持回拾夺。午后福田来访，夜抄诗稿。

中国韵文，其字之多少必有一定，诗词无论矣。至里巷弹词，亦复如是。余意中国之单音字实为此事之要件，盖用此种字以作此种文甚便也。观儿童歌曲不由笔底出者，便不受此限制可见。

册末杂记

失去三宝，则将死矣。一资财，二体力，三脑力，三者皆以宝物喻之，此可为小说题。失去资财不足畏，尚有体力、脑力可以谋生也。失去体力尚不足畏，独有脑力亦可以设法也。至并脑力失去则真束手矣。小说题危险。仲子与素兰。

地方经验之证书。在北京以木斗烧炭火不易烧，在南方则人人能烧之，因为南方烧之者多而且久，故所有困难皆经有法消除也。困难者如炭之性质，空气之冷热，荐灰之宜否，引火之处，所燃炭之堆架法皆是也。

宫女如花满春殿，只今惟有鹧鸪飞。越王勾践破吴归，壮士还家尽锦衣。

册首文杂记

乐资《春秋后传》在汉学堂丛书中，甘泉黄氏刻。乐雷发诗似在《江湖小集》中。

此后之生活可想而知矣。如何困难吾不惧，所惧者精神上之痛苦，无术以疗之耳。其痛苦可别之为四，一愁，一羡，一怒，一悔。此四者心理无益而有害，但能将此四者剋住，令天君泰然，无论如何境遇皆能从容过去，则虽拮据，亦不足虑。

从今当从事此种之修养。看陶诗，想高尚之事业。

四月

四月一日（二月十六） 早八时起，九时邻室潘辅臣来访，十时读《书经》。午后二时济舟来访，三侄来访，晚饭后去，以衡甫在沪由浙江兴业银行汇来苏路股款未有信来，不知何记，已有信往问一百一十五元四角三分之解条及收条，交森珣迟日往取。九时抄诗稿，读《书经》。

四月二日（二月十七） 早七时起，九时回看邻室潘辅臣，十时读《书经》，十一时邓鲁卿来访，十二时约至四如春午饭，返寓少坐，一时去。今日觅森玟所抄诗稿不得，夜抄诗。

四月三日（二月十八） 早八时起，十时读《书经》，午后聚珍于君持《红楼梦》修整之一本来，以旧本《聊斋》付之，讬其修理。于言现有开化纸《佩文韵府》及《渊鉴类函》各一部，索一千元。又言书业中有封书之例，或自外省办来大宗旧书，及本城有大批旧书出卖者，先知会各书坊定期在文昌会馆即小沙土园何厚甫所住院内封卖，届时陈书院内，各用纸条写明号数及有无残损，各书坊店员往看，各用纸写明某号畀价若干，交与主人，旁人概不得见，四时以后当众启观，侭价多者卖与之，既开之后，买者卖者皆不得后悔，亦不许加价，故卖者常有折本之事。其有非书业中人亦可往买，但不知行市，还价往往过多或过少耳。有某商年过六十，目力不足，所贩来之书亦在会馆封卖，仅拆三号所失及半，其人大愤，不肯再拆，其事为向来所不许，然众因其年长，不忍与较，其事遂已。今年又封，众知其成本原高，怜其失败，故与多价，如广板《佩文韵府》不过值四十元，而某误为殿本，成本即合五十馀元，于是有人以五十五元得之。又直隶书局宋掌柜去年自山西购得一批来，成本四千元，在会馆封卖，得利二千元。又言《佩文韵府》广板白纸者值四十元，殿板黄纸者亦不过六十元云。又言近时业旧书者多，往年隆福寺不过二家，近则十一二家矣。又言小市卖烂书者本非书业中人，多由赶晓市偶收得残破之书卖后获利，于是放胆收之，久遂成为烂书铺。其晓市在德胜门外，多由打鼓或盗窃而来云。午后二时出，至长安街理发，出至琉璃厂中华书局访周支山谈印书事，余劝其提议将太学石经翻成读本。支山属余写信与渠，以便提议，且言现议印宋本《十三经注疏》，即存在某银行者，价仍三万元。问是合本或系未合本，答言未知。盖北宋本注与疏各为一本，至南宋初始合刻也。出至商务印书馆取《小说》，人多不得前。至会文斋访李君，取所修整之康刻《古文》。出至厂东门文光堂晤其掌柜，言向谓《咸淳临安志》值十二三元者误，今始知其价十七八元云。出至大栅栏用点心，雇车还寓。夜抄诗稿。

眉注

去年腊月在会馆封书者，其人董姓，自山西来。

四月四日（二月十九） 早八时起，十时读《书经》。午后二时抄诗稿，看《竹窗随笔》。夜抄诗稿。

四月五日（二月二十） 早八时起，十时读《书经》，午间蕴真来访，午后抄诗，看《竹窗随笔》。夜抄诗稿。

四月六日（二月廿一） 早八时起，十时读《书经》，午后抄诗稿，夜同。

四月七日（二月廿二） 早八时起，九时访潘辅臣一谈，十时读《书经》。十二时聚珍于君来，向购《酌中志馀》一部，湖北巾箱丛书本，价二元，交与十元，八元为《红楼梦》价，二元为《酌中志馀》价，但《酌中志馀》尚须下次携来，今日携来者不肯拆卖。其实此丛书不全，仅剩十馀种，市人乃伪写封面，名曰“合肥李氏丛书”，又伪写一目录，两纸皆以薄棉纸套之，以揜其作伪之迹，经余道破，乃曰尚有一单本者，迟日携来也。以附满文之朱注《四书》付之装饰，前所装饰之《聊斋志异》今日亦携来，尚得法也。午后二时，济舟来访，鸣九来访，接上海群明社来信及苏路股票四张，公债票一百元，不知其为谁记也。抄诗稿，夜助臣来访。

眉注

苏股

四月八日（二月廿三） 早八时起，九时读《书经》，十时厚斋来访，取回纪念册，十一时半同出，至二龙坑义丰商行，余购笔盒二、胰子一，价七角。出至四如春午饭，饭后厚斋别去，午后抄诗稿。二时出至小沙土园会文斋，持《书林清话》讬其整理。至文光堂一看，返至商务印书馆取《小说世界》，迄十三期，还寓。夜助臣来访，云午间偕笏香来访，共谈至十时别去。抄诗稿毕。

四月九日（二月廿四） 早八时起，九时助臣来访，十时别去。余亦出访鸣九于屯绢胡同，烈先、维舟在座，十一时还寓。午后周俊清来访，夜检点书物。

四月十日（二月廿五） 早七时起，九时读《书经》，十一时检点书箱。午后二时出，至西方一带觅公寓不得，天热汗出，还至华园入浴，费四角。夜检书物。

眉注

安华房好无电灯

四月十一日（二月廿六） 早七时起，九时读《书经》，十一时出至西方一带觅公寓，无相当者。还寓，聚珍于君来，交来整理之《四书集注》及《酌中志馀》，以《文选》十二册付之，命往整理。姚子和来访。

四月十二日（二月廿七） 早八时起，读《书经》，十一时出至西方一带公寓，大益最阔大而最贵，通源有上房，东间尚佳，索六元，不敷余用。万金有两间，索十元，惜光线太暗。还寓，午后森琅来，言大侄女有自洪江来信，云以三月十日同赓梅出省，行时前一日往约马兰君，言来不及。森琅借橡皮外套去，言将赴青岛也。四时出，至皮才胡同内女高师附属中学附近看公寓，乃无有。还读《书经》，夜看《酌中志馀》。

四月十三日（二月廿八） 早八时起，牙痛，精神亦不舒适，似冒寒然。十时出，以所借助臣《地图》《仪礼图》《文范》往还助臣，至则言已上衙门去，因以各书交其夫人，并余所讬觅人定价之《家庙碑》一册及余手写诗稿并素纸一册讬人代抄者，亦交漆夫人而还。午后未出，夜服安司比林始愈。

四月十四日（二月廿九） 早八时起，十时写致周支山信，读《书经》。午后二时出，至小沙土园会文堂以《两般秋雨菴随笔》还李掌柜。至文光堂，其掌柜言文华堂得开化纸《四书》一部。出至大栅栏买洋烛，至前门买点心。还寓，夜读《书经》。

四月十五日（二月三十） 早八时起，十时写致王勉之信，读《书经》。午后二时习字，读《书经》“君奭”。夜作工。

四月十六日（三月初一） 早八时起，九时出，至医校附院治病，云十时始卖票，遂出访助臣于法源寺，少谈，闻杨伯坚于昨日病故寺中。预备开会，商家货摊皆已订好。出雇车至单牌楼，向药房购薄荷锭一，价三角，还寓。午后二时聚珍于君来，送还所装《文选》。计共修整三书，一《聊斋志异》，一忠恕堂本《四书》，一《文选》，皆配套，共三元，付清。于持有《闺秀诗选》，与价四元，云俟问掌柜再回话。于云前岁收得宋本《汉书》二册，后得价一百元云。留余处之《三辅黄图》，仍命持去。读《书经》“君奭”，习字。夜看《酌中志馀》，并作工。

眉注

王少亭住教子胡同

四月十七日（三月初二） 早八时起，读《书经》“君奭”，杨女士来访不见，写致明久信。是日小雨，午后二时写字，读《书经》，写致杨女士信。夜读书作工。

四月十八日（三月初三） 早八时起，读《书经》“君奭”，商务印书馆送来《小说月报》。午后二时，济舟来访，去后余出至戴月轩买三紫七羊一，价四角。至得月楼买下等墨汁一，价一角五分。至清秘阁买宣纸四张，至中华书局访支山支遇。还寓，看《小说月报》。六时助臣来访，邀至四如春晚饭，出助臣别去，余还寓。

四月十九日（三月初四） 早八时起，读《书经》，接上海群明社信，即时作覆。十一时出，至西砖胡同[①]访助臣，且以布帐讬助臣付裁缝，助臣留午饭，且以傅雨农所写刻之红铜墨盒见赠。傅君戊戌年贵州学使，此墨盒为红铜制，傅君蝇头细书《乐毅论》，无一懈笔，令人叹绝。二时还寓，闻明久来访，三时读《书经》，习字。夜看吴写《尚书》，看《东方杂志》。

四月二十日（三月初五） 早八时起，读《书经》“君奭”。十一时出，访明久于屯绢胡同，留饭。一时还，二时写致良丞信，习字。

四月二十一日（三月初六） 早七时起，读《书经》“君奭”。十时出，至后孙公园专门医学校附院看病，十二时还，至四如春午饭，还寓。二时聚珍于送来《闺阁诗钞》，价四元；《闺秀词》小檀栾室十六册，惜为竹纸者，未与价；榜纸《日下旧闻考》，与价四十元未允卖；戈顺卿载《宋七家词选》，尚佳，亦未与价。以《艺术征略》及《群经宫室图》付装。四时习字，接森玟信，并寄来眼镜。夜看《闺阁诗钞》。

于言有开化纸数百张若八裁，索每张三角，亦太可笑。

四月二十二日（三月初七） 早八时起，十时出，至观音寺精益眼镜公司为森玟购吒力克眼镜一付，片价十一元三角，金架十三元二角，交订银十元，又存眼镜一付作样。该肆对于顾客皆有记载，以姓分类，乐姓仅十数人，故一翻即得。出至某市买爱国布袍料二件，每件一丈四尺，价共四元二角。至门框儿胡同某肆购毡帽一，价三元五角。至琉璃厂清秘阁购通行一百张、笔四枝、宣纸二张，还寓。午后二时至中央公园看美术展览会美术学校教员作品，有李子毅《杨妃出浴》大油画，描写“侍儿扶起娇无力”二句神理，但杨身段太小，与侍儿相比，直是十四五女孩，肤色红黄不称，“凝脂”二字貌亦不美，且神情抑郁沮丧，尤不称“新承恩泽”四字。此君颇有笔力，但匠心独运处尚无把握。陈师曾有《红茶花》油画，尚可见其笔力，但离去宣纸及烟墨已无风趣可言。王梦白有一幅，齐白石、方子易各有数幅，此外皆学生作品，皆未成熟。出至柏斯馨用冰忌凌一器，并购加厘角六枝而出。至市上购油纸，还寓，将通行及爱国布用油纸包裹后，以三角付茶房买来洋布五尺，以二尺五寸作包裹外皮。夜读《书经》

校记

①西砖胡同，原作“石砖胡同”，据前文改。

“君爽”，看《闺阁诗钞》。

昨日午前至医专学校，见大门右壁有学生会布告，云开除教员某某，其首一名即为汤尔和，是真怪现象矣。

四月二十三日（三月初八） 早八时起，读《书经》。午后写字，看《闺阁诗》。夜检书物，寻出《道因碑》，连日写字，苦无笔力，拟学之。

眉注

是日寄南宁爱国布

四月二十四日（三月初九） 早八时起，读《书经》，十时出至后公用库访厚斋，十二时还。午后写字，临《道因碑》，夜看《闺阁诗钞》。

四月二十五日（三月初十） 早七时起，读《书经》，十一时聚珍于君来，持来所整理之《艺人征略》[①]及《群经宫室图考》，以《闺阁诗钞》价四元及整书价四角畀之去，又以《宸垣识略》及《七十家赋钞》付之再装。午后二时出，至观音寺精益公司为森玟取眼镜，补去十四元五角，并取所存银镜。出至小沙土园会文斋一谈，出至商务印书馆访孙伯恒，出至柜上取《小说世界》，出至清秘阁购宣纸四张，出至中华书局访支山不遇。还寓，夜看《闺阁诗》，读《书经》。

四月二十六日（三月十一） 早七时起，读《书经》“立政”。十时至大田公寓访雷长卿，并看公寓房，十二时还。至毓明斋买点心，还寓。午后二时读《书经》，三时出至西草厂原田医院视疾，费二元七角，仍胁下作痛也。还寓，夜看《闺阁诗钞》。

眉注

云信已写

四月二十七日（三月十二） 早七时起，九时读《书经》“立政”。午后自二十九号房移至间壁三十七号房，又租小房半间，每月三元，用以作库，杂置衣物，因收检什物，安置器具，颇困。夜助臣来访，云已接澍园信。

校记

①《艺人征略》，前作《艺术征略》，当系李无放《中国艺术家征略》之省称。

眉注

寄南宁眼镜

四月二十八日（三月十三） 早七时起，八时读《书经》“立政”，九时出至长安街理发，至西草厂原田医院换药，费一元九角。还，闻助臣送来布帐及澍园信。午后畀柜上房饭钱共二十三元六角迄下月十二日，写字，临《道因碑》。夜困甚，八时即酣眠。

四月二十九日（三月十四） 早七时起，九时读《书经》“立政”。午后二时习字，四时森珣、森琅来访。夜读《书经》及看《闺阁诗钞》，济舟来访。

眉注

星

四月三十日（三月十五） 早七时起，九时读《书经》“立政”，十时出至原田医院换药，费一元二角。还至毓美斋[①]买点心，并订藤萝饼三匣，每匣二十枚，每枚二钱铜子八分每斤八枚。还寓，午后毓美送藤萝饼来，即时命茶房分送明久、长卿、烈先三处。三时出，至法源寺看佛诞纪念会，以一元购徽章而入陈列室，佛像、佛经之外，亦有字画、古瓷、铜尊，借品有内府物，有私家藏品，有绝精者。五时始出还寓，看《闺阁诗钞》。夜读《书经》

五月

五月一日（三月十六） 早七时起，九时读《书经》“立政”，午后看《闺阁诗钞》，四时习字。夜助臣来访，写致森玟信。

五月二日（三月十七） 早八时起，九时读《书经》“立政”，接小波信。午后二时出，持《龙门十二品》至琉璃厂敦古谊重装，并以《家庙碑》与观，云为明揚。出至商务印书馆取《小说世界》，问文库半价券，云尚未出。至大栅栏

校记

①毓美斋，前文作“毓明斋”。

用点心，至劝业场，出西河沿还寓。夜读《书经》，看《闺阁诗钞》。

眉注

李言鲍刻《广记》从未见过

五月三日（三月十八） 早七时起，九时读《书经》，写家信。午后福田来访，挂帐，检点衣物。夜明久来访，看《闺阁诗钞》。

五月四日（三月十九） 早七时起，九时读《书经》，午后二时出至前门购药。夜读《书经》，看《闺阁诗钞》。

五月五日（三月二十） 早七时起，九时读《书经》，午后福田来访。夜看《闺阁诗钞》，十时济舟来访。今日接森琏信。会文送《书话》来。

五月六日（三月廿一） 早七时起，九时读《书经》，十一时写致李焕章信，午后习字。夜看《书林清话》。

五月七日（三月廿二） 早七时起，九时读《书经》，十时习字。午后福田来访，蕴真来访，四时出至长安街入浴刮脸。夜看《书林清话》，读《书经》。

五月八日（三月廿三） 早八时起，十时习字。十二时聚珍于君来，向购杨惺吾《水经注图》，与价六元，开化纸每张一角，云再来回话。其号近来将张香涛书买去，约八十箱，价尚未定，中有三朝宋元明补板《玉海》一，鲍刻《太平广记》一与《御览》等，大白纸印，索九十元。书太多，尚未清出。午后二时出，至中华实业银行储蓄部为马兰君登收据。至观音寺街洋货店买手卷，至小沙土园会文斋访李君，谈时顷出。至商务印书馆取《小说世界》，至清秘阁以张季直付裱。肆人云，据粤人云粤中书家以曾刚父第一，罗瘿公第二云。还寓，邓鲁青来访，夜读《书经》。

今日接马兰君信。

五月九日（三月廿四） 七时起，读《书经》，九时习字，十一时济舟来取所借木器等去。午后二时出，至清秘阁取册页十二张，至会文斋一谈，至一得阁购墨汁二瓶，至文光堂一谈，至大栅栏购点心。还寓，夜看《书林清话》，读《书经》，写家信。

存济舟处器具：

方桌一张余达甫物；椅子三张余物；铜火炉一个；失一足，余物。三屉桌一张；长方凳二个一已坏；转心椅一个；水桶一个；铜火炉一个；床de子一张连凳二条；坑桌一张。以上皆寄存

绳靠椅一座；瓷罗汉像一个；木瘿笔筒一；小瓶一。以上奉赠

五月十日（三月廿五） 早七时起，九时读《书经》，十时习字。十一时聚珍于持《水经注图》及开化纸来，即将价付其带去。

五月十一日（三月廿六） 午后十二时出，至安市场，雇车至竹竿巷访济舟，蕴真在座。时顷蕴真先行，余至三时始与济舟同出，雇车至隆福寺聚珍堂看书，书虽多，皆与余所需者不合。还寓，夜读《书经》，看《书林清话》。

娱园刻《山中白云词》等绝精。

五月十二日（三月廿七） 早八时起，十时出访明久，遇黄幹夫与陆维周，谈法律事件，明久留午饭始还。午后习字，夜看《书林清话》，写致森琏信，谢赓梅信。

五月十三日（三月廿八） 早七时起，十时出。至西砖胡同访助臣不遇，至琉璃厂清秘阁购宣纸十张，价八角。至有正书局购《董美人志》一册，《楹联》三册，共一元零八分。还寓，午后森琅来取苏股所换之公债票一百元去，云可卖六十元也，合之前次百一十五元及森玮在沪所取之一百四十五元，共三百二十元，为良记、书记之共数，各合一百六十元。除此之外，仅存证券十五期四张而已。森琅去后，习字，夜读《书经》，看《书林清话》。

今日交公寓五月、六月间房饭费。

眉注

苏股

五月十四日（三月廿九）　早八时起，九时习字，十一时半助臣来访。午后二时出，至长安街刮脸，至中央观晋振书画古物展览会。陈弢庵所藏《苏斋图题跋》有乐莲裳题字。宝沈庵所藏《高宗御容春原阅骏图卷》，虽供奉画，御容极有神彩。金锡侯所藏《世宗御容赐茶图》，面大仅如箸，若曾经见御容者，一见即识。袁珏生所藏《麓台山水》扇面十，皆精品。出至售品处购宝沈庵四字联一，价三元；陈弢庵字联一，价十元。还寓，读《书经》，夜看《书林清话》毕。

五月十五日（三月三十）　早八时起，九时习字。聚珍于君来，与议定娱园刻三种词价四元，莫藏《直斋目》价五元，并以明拓《家庙》下册交与讬其代卖，价一百二十元。午后二时出，至东交民巷奥公使馆看美术展览会，以金氏画法研究会为主，附以方子易诸作，陈师曾亦有一幅，会中以吴熙曾、姜孝先两人作品最多。吴有《溪山无尽图》长卷，颇见笔力。四时还寓，读《书经》。夜腰痛，至市上购兜安氏补肾丸一瓶，价一元四角。

画法研究会会展，金城字巩伯，会中有时名者为李上达、韩心寿、秦裕、吴熙曾、徐浩、马晋、姜集孝先、陈宏铎诸人。吴山水学石谷，颇得形式。姜、陈笔下较有活气。李浊秦粗，徐俗韩庸，马喜仿郎世宁，要亦俗笔，但诸人在会中用功皆甚勤，作品皆努力为之，较之美专学生成绩为高，此学会之益也。金巩伯自身尤为猛进，有刘子完花卉各幅用重笔色，为之前此未见。有李氏梅花六幅，长达一丈，宽约五尺，笔力与之相称，亦奇作也。贺履之亦有山水长卷，用笔爽健，北京画山水能自由挥洒者惟此君与陈师曾及溥伒而已。

眉注

余所重之字：陈弢葊、宝沈庵、袁寒云、梁卓如、曾重伯、沈涛园、郑书城、张季直、康长素、罗瘿公、曾刚父、姚茫父。

五月十六日（四月初一）　早八时起，十时读《书经》“文侯”，午后习字，夜考建筑。

五月十七日（四月初二）　早八时起，十时读《书经》“费誓”，午间福田来访。二时出，至中央公园看晋振展览会。五时出，至长安街用牛乳。夜读《书经》。

晋振展览会售品部中，陈弢庵字联十馀副，每副价十元，皆已卖去。宝沈葊者又添出数副，宣纸者价本不大，小冷金笺者则需十一元。袁玨生小联仅三元，罗瘿公小条幅仅一元五，亦未卖去。罗振玉所题跋之金文拓片团扇十馀柄，皆无一存，信乎有目共赏也。新添姜颖生画册十二开、扇面十张，皆精品，每种价六百元。

陈列处字画、碑帖、古玩皆有之，且多即卖品。画有文衡山《九歌图》及全文；文嘉山水两幅，一幅写石出倒听枫叶下橹摇背插菊花开诗意，画极古逸，题字尤佳，写《道因碑》当以此君为最精矣；王耕南犨山水一幅，虽不及石谷之精卓，而犹在杨子和之上。旧瓷有元均淡青如宋官窑大盘，郎窑大碗，明建笔筒，雍正均釉水仙盆，皆佳。郎窑内外皆红，颇类余盌，但为苹果青底，不如余之檀香底，此康熙器，余盌明器也。雕刻有檀香观音像、寿山石罗汉像，亦佳。有元均印色盒，径三寸馀，厚重可用，但合口处似有损。有豇豆红太白尊，但釉不纯净。青精石插屏，高约八九寸，宽约一尺一二寸，上刻牧牛图，贴以金，批价千二百元。

今日陈列品皆厂肆物，始终不如收藏家者之精。

五月十八日（四月初三） 早八时起，九时读《书经》“秦誓”，午刻济舟来访。二时出，至中央公园看晋振展览会。旧瓷有明仿哥蟾形水盛，甚古雅，价三十五元；元均笔洗一，七寸盘一，虽无紫斑而淡蓝之色莹润异常，真不愧雨过天青之目，想柴窑之所具亦不过如此。洗价十一元，盘价十元，亦不觉贵，但两器裂纹皆太深，是其同病。画有王石谷《溪山无尽》手卷，极沉郁深厚之致。出至售品处，以二元四角购姚茫父隶书条幅，以一元二角购罗瘿公联一，可谓贱值，盖振会只有一日，故捐品皆八折也。五时出，至长安街用牛乳。夜读汉赋、《书经》。

袁玨生小联甚秀润，价仅一元六角而无人向购，识者不易得也。侗将军字颇有功力而无甚风趣。天津书家徐东海、严范生、赵幼梅、华璧臣皆有字联，闻罗振玉拓片扇十柄，第一日即售罄，

五月十九日（四月初四） 早七时起，九时读《书经》，写小字。午后二时出，访助臣于西砖胡同不遇，遇雷荫春少谈。还寓，七时出，至瑞记赴雷荫春之召，十时始还。

五月二十日（四月初五） 早七时起，八时出，至法源寺送漆老伯母之殡。西出教子胡同，又西北出西便门，殡行后遂还。午刻，聚珍于来，送来莫氏所藏《直斋书录解题》及娱园所刻《姜白石诗词》《山中白云词》《纳兰词》，又携来书数种，皆无足观。云鲍刻仍为《御览》，前误言《广记》，又云现有明棉纸《太平广记》，索二百数十元。午后二时，森琅来访，云取去公债票一百元，换得六十元。三时同出，至西四帝王庙看阿博洛学会第二届艺术作品展览会。此庙现为中华教育改进会，屋宇整洁，老树尤多奇致。展览会设西庑。五时始出，同步行牌楼南牛乳店用牛乳，还寓。夜济舟来访，取椅垫三个去，并借四元。

艺术会作家为王月芝、王子云、李毅士、吴新吾、夏伯鸣、郭志云、陈启民、钱铸九八人，共一百二十二件。余于西画素无所知，所取者大率画境之美耳，于艺术之美则不解也。即有一知半解，亦不过近视觉其下笔之精当，远视喜其色彩之融和而已。王月芝《镜台》《星期日》《病后》三者皆女像。

王子云之《祈》为元旦前门关庙之上香者，《帝王庙》为庙庭风景，《望君入》为天安门前风景，两幅皆绝佳。天安门前因原来色彩之天然，故尤觉精彩。红白两色与蔚蓝之天，金黄之瓦之色相衬，又为日西斜时，藉其阴影，更觉玲珑可爱。

又《北京之风》亦佳，尘土滃然，俨如烟雾，其中往来杂沓，不知何事如许忙也。

李毅士之《无题》，为盆花少女。夏伯鸣《肖像》，声光炯然。《牡丹》一幅、《白塔》一幅皆佳。《枯竹》一幅，北京冬季之小竹一丛。《窗下》一幅则为水彩画。

吴新吾之《南屏暮云》一幅，山光水色，上映天空之云，景色奇丽。《宣武门》一幅，自门外北望城内大街，城门下人影幢幢，看熟不觉可，其实亦为一种壮美。《健》一幅为裸体男子，骨架肌肉皆极发达，且能相称，然不知者恒讥其头过小，不知因其四肢之壮，此其所以为健也。

陈启民之《诵经》一幅，为雍和宫诵经时景。《喇嘛》一幅为老活佛，旁侍小僧。《碧云寺塔下》一幅，为金刚宝座前石牌坊，在苍翠交横之内。《破堞残阳》一幅，为紫禁城西北角楼，但堞并不破，破者楼顶之瓦也。《春消息》一幅，晴氛作鸡卵色，映于黄土枯树之上，景色绝佳。

钱铸九为民众艺术，其所写为穷苦力作之景像。《大森里夜景》一幅，灯火辉煌，则反衬也。

眉注

两书共九元

苏股

五月二十一日（四月初六） 早七时起，九时读《书经》，十时看《纳兰词》，午后习字。夜看《纳兰词》，接森玟信。

五月二十二日（四月初七） 早七时起，九时读《书经》“顾命”。十时出访鸣九，在其处午饭还。午后看《纳兰词》，黄蕴真及钱桐轩来访，夜看《白石诗集》，写字。

五月二十三日（四月初八） 早七时起，九时读《书经》“康王之诰”，十时看《纳兰词》。午后访潘辅臣。聚珍于来，所持书无佳者。午后二时出，至清秘阁取所裱张季直字，至淳菁阁裱陈师傅字，至文光堂看书，至门框胡同购草帽，价三元。至劝业场一看，还寓困甚。

五月二十四日（四月初九） 早七时起，九时读《书经》“顾命”及“康王诰”，午后习字，看《纳兰词》，夜读《书经》。

五月二十五日（四月初十） 早七时起，九时读《书经》“顾命”“康王之诰”。十时出至豆芽菜胡同，旋至兵马司访福田，十一时回寓。一时福田来访，三时习字。夜看《纳兰词》《白石诗》，接家信。

五月二十六日（四月十一） 早七时起，九时读《书经》“顾命”“康王之诰”，看《姜白石词》，午后二时习字。夜看《姜白石词》，读《书经》。

五月二十七日（四月十二） 早七时起，九时出至长安街理发，十一时归。午后三时出至琉璃厂敦古谊问所裱帖，尚未得。看武梁祠，乃新搨者，索十六元。向购《瘗鹤铭》对联一副，价一元二角。至来薰阁购恕堂刻《宋元人注六经》中之《书经》《诗经》《春秋》《四书》，价四元。至青云阁购袜套二付，至宾宴华楼一看，出后门雇车还寓。邓子安来访，去后看《白石歌曲》。夜习字，看《白石歌曲》。今日接家信。

五月二十八日（四月十三） 早七时起，九时读《书经》。十时出访助臣，以《直斋书录题解》赠之，助臣留饭，午后返。三时习字，六时助臣来访。夜读《书经》，看《白石歌曲》毕。今日接森玟信。

五月二十九日（四月十四） 早七时起，九时读《书经》“顾命”及“诰”。十时出，访邓子安。午后二时习字，潘辅臣来访，向问浙江省城城内情形。夜看张玉田《词源》。

五月三十日（四月十五） 早七时起，九时读《书经》“顾命”“康王之诰”。聚珍于君来，向购《白香词笺》，价一元五角。午后习字，看《山中白云词》。

今日付五月份储蓄三元。

眉注

或问如今结婚者何其多也？答曰以前女子只嫁一次，如今可以嫁无数次，则结婚之事守得不多。曰然则安得如许寡妇？曰寡妇再嫁无可议者，此则为轻于离婚者言也。

五月三十一日（四月十六） 早七时起，九时读《书经》“吕刑”。午后二时习字，四时森琅来，五时蕴真来访，同出至琉璃厂，余向敦古谊取所裱《龙门》二册，计十七开，合十五元五角，又楠木夹板二付，三元二角，连前所购《瘗鹤铭》集联，共十四元九角，付清。出至商务馆取《小说世界》，购《杭州图》及《西湖指南》各一，价六角七分五。出与蕴真别，余至会文斋少坐，至文光堂一看还寓，夜看《白香词笺》。

六月

六月一日（四月十七） 早七时起，九时访鸣九。十时出访幹夫不遇，接赓梅信。午后习字，读《书经》“吕刑”，夜看《白香词笺》。

六月二日（四月十八） 早七时起，九时读《书经》“吕刑”。午后二时习字，四时考杭州宋时地名街市。夜读《书经》，接赓梅信。

六月三日（四月十九） 早七时起，九时读《书经》“吕刑”。午后二时出，至公园看监狱出品展览会，至图书室看《吴郡图经续》，李笠翁《一家言》。夜读《书经》，考杭州宋时地名桥道。

六月四日（四月二十） 早七时起，九时读《书经》“吕刑”。午后二时习字，五时看《山中白云词》。夜考宋临安地名。

六月五日（四月廿一） 早七时起，九时读《书经》“吕刑”，考宋临安地名。午后二时习字，三时出至琉璃厂一得阁购墨汁、青云阁购洋紫印色，返至淳菁阁取所裱陈弢莽字联，价一元八角。还寓，五时幹夫来访。夜读《书经》，看《山中白云词》。

六月六日（四月廿二） 早七时起，九时读《书经》“吕刑”，十时乔小渠来访。一时小渠往访福田，二时复来，余约与同出至中央公园，先看社稷坛各制度，次至白斯馨用冰可可，次至水树，遂出。同至游艺园，坐杂耍场天棚下。六时半同至味根园晚饭，饭后在水心亭坐，达暮同出，至劝业场买地图，至西河沿高陞店，小渠取近年所作诗与观。九时，余还寓。

六日七日（四月廿三） 早八时起，十时读《书经》“吕刑”，午后习字。六时助臣来访，少坐同至四如春晚饭，仍邀至寓，谈至八时始去。余看《山中白云词》。

六月八日（四月廿四） 早七时起，九时读《书经》“吕刑”，午后二时习字。四时出，至华园入浴，至二合轩用牛乳。夜看《山中白云词》。

六月九日（四月廿五） 早八时起，十时读《书经》“吕刑”，写致王植之信，午后二时习字，五时看《山中白云词》。夜读《书经》，看《小说月报》。

六月十日（四月廿六） 早七时起。九时出，至西砖访助臣，少顷，万勉之亦至，共在助臣处午饭，一时还。三时习字，读《书经》“吕刑”，看《山中白云词》。

眉注

星

六月十一日（四月廿七） 早八时起，九时读《书经》“吕刑”。午后二时出，至长安街刮脸，至琉璃厂中华书局买《楹联》第三辑一册，价一元五角九折五，以式古堂《书画谱》预约券托支山代卖。出至清秘阁取宣纸十张、冷金纸一张，至商务印书馆取《小说》，至劝业场一看。至西河沿高陞店访小渠，云移南横街，遂还寓。看《山中白云词》，夜同，又读《书经》。

六月十二日（四月廿八） 早八时起，九时出，至南横街贵州馆访小渠。十一时同访助臣不遇，至骡马市大街宾宴春午饭，十二时散，还寓。三时看《山中白云词》，夜读《书经》“吕刑”。

六月十三日（四月廿九） 早八时起，九时访鸣久，谈少顷还。午后二时习字，读《书经》“吕刑”，夜看《山中白云词》。接次媳信，云马兰君及女儿以四月初四日阴历自黔启行，同伴有商务印书馆黔庄毛经理家眷及三江中国银行行长汤君家眷，有兵队保护云。

眉注

今日黎总统赴津，北京市面安静如故

六月十四日（五月初一） 早七时起，九时写致陈履唐信，十一时谭步溟来访。午后二时写致蔡和亭信，四时森琅来视。夜看《山中白云词》，读《书经》“吕刑”。

六月十五日（五月初二）　早七时起，九时出访鸣久、幹夫皆不遇。还寓，写致鸣九信，午后二时习字，五时看《山中白云词》。夜读《书经》，看《白香词》。

六月十六日（五月初三）　早七时起，八时出至长安街剪发，还。写致袁寒云信，乞书。午后二时出至团城，以四角购票入观，南望中海，正见万善殿、水云榭等处。观玉瓮，水苍玉所琢，围丈五六尺，就其天然形式琢成缽状，承以白石雕座，覆以石柱之亭。其装潢不得法，一瓮既有雕纹承座，不应再有纹以分其美；二四石柱逼近瓮边，使人不得尽观；三位置过高，使人不得见其里面。至承光殿看白玉佛，非白玉也，白云石耳，雕琢工颇精，磨治莹洁，肤皆白色，发黑色，袈裟贴金，袈裟之缘饰以杂色宝石，电光映之，致为奇丽，左右两室陈清室古物铜器，有商周器，宋器已悉，为碧玉辟邪炉、白玉匜等，皆大件。殿东有老松名曰碧阴侯，横枝皆承以柱。出，以二角购票入北海，循琼岛东面至漪澜堂，用冰忌凌一器，附舟至五龙亭上岸。见浴兰轩门外挂有松坡图书馆牌子，北海各屋以浴兰轩为最精雅，静心斋不及也。至华藏界寺内一看，返至阐福寺，尚存山门及天王殿及两旁厢楼，其后面大佛殿则已被焚。出至隆祥亭上临水茶座用茶，观役人捞取水草。时游人尚未盛，云须五六时后始盛，夜间或至十二时也。五时附舟返漪澜堂，循岛西岸行，登庆霄楼，下山遂出还寓。夜森琅来访，以五元及写致袁寒云信付之发沪，九时读《书经》“吕刑”，看《山中白云词》及《绎史》。

六月十七日（五月初四）　早八时起，九时看《山中白云词》，十一时鸣久来访，午后二时习字。五时出，至东安市场一看，六时至东四前拐棒胡同赴周俊卿之招，在座如小渠、俊卿、同宣、斗南、子畲皆旧日师范学堂同学也。八时席散，同助臣出访季舟不遇，同至东安市场一看。出，各雇车还寓，倦甚即眠，仅十时也。

六月十八日（五月初五）　早八时起，看《山中白云词》毕，畀馆人节赏一元。十时访比邻陈君幼钧，因以知熊知白寓所。十一时至贵州西馆，赴雷荫春之招，助臣同在，一时还寓。四时会文斋来取装钉价一元八角去。夜读《书经》，看《词谱笺》。

眉注

阴历端午节

六月十九日（五月初六） 早八时起，看《诗经》，陈幼钧君来访。二时习字，四时小渠来访，森琅同来，云游北海及团城也，六时去。夜看《诗经》。

今日热甚。接根梅信。

六月二十日（五月初七） 早八时起，看《诗经》。午后习字，三时吉人来访。六时助臣来访，交来《柳集》二册，并借与《海录文选》第一册，写家信一号。夜读《书经》，看《词谱笺》。收到明久信。

六月二十一日（五月初八） 早七时起，九时出访明久不遇，访熊知白于手帕胡同二十号，谈半小时还寓。午后习字，夜读《书经》，看《词谱笺》。

六月二十二日（五月初九） 早八时起，十时访明久，少谈出。访幹夫，立谈数语[①]而出，值其出门也。还寓，看《诗经》，午后习字，四时董亨渠与小渠来访。与亨渠别二十年矣，今在经济调查局云。夜读《书经》，看《词谱笺》。

六月二十三日（五月初十） 早八时起，十时出，访助臣，十一时访小渠，助臣亦至，十二时小渠邀至宾宴春午饭。饭毕助臣还，余与小渠往由天坛，时午后一时。三时至天桥水心亭茶座，五时余先回寓，看《诗经》。夜读《书经》，看《词谱笺》。

六月二十四日（五月十一） 早八时起，十时出，访亨渠不遇，还。看《诗经》。午后一时补写《文选》红脱板。二时习字，夜读《书经》，看《词谱笺》。

六月二十五日（五月十二） 早八时起，九时读《诗经》。十时接马兰君自

校记

①“语”字原脱，据文义补。

汉来电，云以二十四日自汉上晚车赴京。午后陈幼钧君来言，以二十六号相浓遂以二时腾出，当命茶房打扫裱糊。四时出至头条胡同洗清池入浴，费四十铜子。出至长安街用次牛乳一杯，至隆和购物品，还寓。俟二十六号房扫净后往布置器具。夜至市上购物，还读《书经》。

陈幼钧君厚意可感，令弟稺钧亦青年好学，可羡也。

六月二十六日（五月十三） 早八时起，九时读《诗经》。午后三时蕴真来访，适接金泽民电，讬转金太太。三时三刻出，至西车站接马兰君及女儿令芬，四时四十分始到，琅侄亦至。令芬别十一年矣，余去乡时始三岁也。马兰君带仆人老陈及仆妇萧妹，同伴有汤太太、金太太，同往长安公寓，余与汤太太夫弟汤西亭君招呼行李过关，付老陈及馆人大尹，遂先回寓。

六月二十七日（五月十四） 早八时起，竟日为检点物事颇忙。

六月二十八日（五月十五） 早八时起，十时福田来访。午后二时出，至清秘阁金兰儿刻印及九宫格及葆效先范本，至商务印书馆买教科书等。夜读《书经》，闻金泽民至，往访之。泽民，次卿之侄、紫卿之孙也。

眉注

实菴，紫卿之内弟。乐少述，紫卿之侄，出继姑父乐次卿。次卿、少卿，紫卿子侄。

六月二十九日（五月十六） 早八时起，九时为兰儿写范本，写致谢赓梅信。午后写范本，森珣、森琅来访，晚饭后去。夜读《书经》。

六月三十日（五月十七） 早八时起，午后二时为兰儿写范本，写致曾省三亲家信及四媳信。夜读《书经》，鸣久来访。

今日由马兰君还仆妇萧妹洋元四十二元，又还仆人老陈洋元五十元。内四十元为此行代价，十元为两月工资。

眉注

女高小

孙惠卿

七月

七月一日（五月十八） 早八时起，九时写致良丞信，致森玟南宁信。午后二时出，持明瓷瓶及均釉瓶及建瓷盂、紫砂壶至劝业场，讬宝华楼代存。至琉璃厂商务印书馆购兰儿习英文用纸笔，至清秘阁购跳格竹纸笔等，取回兰儿牙章，又代周季康刻牙印三枚。还寓，读《书经》，为兰儿写范本。

脚注

早写字。午后公园。

七月二日（五月十九） 早八时起，九时出访明久、幹夫皆不遇，还寓。午后二时出，至琉璃厂傅仲伍清秘阁对过李玉田院内处为曾省三亲家画像，三十六寸着色，价十六元，交定五元。仲伍，书三之侄也。出至清秘阁购墨盒一枚，待画八种，尺压条二枚。还寓，为兰儿写范本，夜读《书经》。

眉注

本日至中国银行取十一年息，七厘。

脚注

早写小字，午后写英文。

七月三日（五月二十） 早八时起，九时交柜上房饭，补二十元五角六分，为兰儿写范本。午后三时，同马兰君、兰儿往游万牲园。兰儿甚注意动物园。至豳风堂临水坐两小时，用点心后同往西段入看温室及动物标本室。又购票入畅观楼，南至三座，出门至寓已八时矣。

脚注

早写字，午后，万牲园。

七月四日（五月廿一） 早八时起，十时为兰儿写范本。午后菱生来访，二时出至傅仲伍处，至清秘阁购小楷仿本二种，取回小墨盒。还寓，写致赓梅信。夜读《书经》，看《词谱笺》，济舟来访。

脚注

早写字，午后访雷、漆。

七月五日（五月廿二） 早八时起，十时习字，十一时鸣九来访，同出至小六部口访牟贡三，谈少顷出。午后二时，同马兰君、兰儿出，至东安市场入牛乳店用食品。出，马兰君、兰儿往访黄伯母，余还寓。夜读《书经》，看《词谱笺》。

脚注

早写字，午后访黄老太太。

七月六日（五月廿三） 早八时起，十时出，访亨渠于经济调查局，十一时出访林生①于双栅栏。午后三时，至头条洗清池入浴。还习字，夜读《书经》，看《词谱笺》。

脚注

早写字，午后十刹海。

七日七日（五月廿四） 早八时起，九时出，访周鸣久，遇丁吉甫，十一时返寓。午后二时，同兰儿出至琉璃厂中华书局购高小算学及理科教科书，至商务书馆购国文、修身、地理、历史教科书各为一二册，皆在黔省复旦女学时所习也。返寓，看《词谱笺》，夜读《书经》《诗经》，看《词谱笺》。

今日汤太太托老陈赴津。

脚注

早写字，午后买书，游艺园。

七月八日（五月廿五） 早八时起，九时写致和亭信，十时福田来访。午后看《词谱笺》，夜读《书经》。

脚注

早写字

七月九日（五月廿六） 早八时起，九时出，访助臣不遇，还《文选》第一册。至南横街访小渠不遇，在森琅室中少坐。出至中国银行取四年公债十元。还寓，午后习字，读《书经》，夜看《词谱笺》。

校记

①林生，前作“菱生”。

脚注

早写字，午后邢宅，白塔寺。

七月十日（五月廿七） 早八时起，访亨渠、林生皆不遇。午后助臣来访。亮东来访，云方为日馆通译，经济少裕，去后余习字。夜读《书经》，济舟来访。今日老陈返京。

脚注

早写字，午后温算、国文。

七月十一日（五月廿八） 早八时起，午后二时习字。四时出，至清秘阁换刻牙章及小墨盒上字。至傅仲伍处看画像，五时半还。甫至寓，大雨。夜读《书经》。

七月十二日（五月廿九） 早八时起，十时写致树云长沙信。午后二时习字。向暮访福田，问姚子和事。还，读《书经》。

脚注

温地理

七月十三日（五月三十） 早七时起，十时出访小渠，遇斗南，留饭。饭后遇亮东、企尧诸君，一时还。三时同马兰君及兰儿出，至劝业场，马兰君购坤鞋四、玩具一，将以寄黔也。在玉楼春雅座内少坐，六时半还。夜读《书经》。

脚注

温历史

七月十四日（六月初一） 早七时起，八时文光楼[①]学徒来取书，以石印《九朝东华录》六十册、汲古阁《南史》十册、《五代史》四册、《大定府志》二十册及《广东通志》首八册付之去。十时出，访安厚斋于公用库，十二时还。午后，交柜上七月份房饭银四十九元。二时写字，四时森珣、森玮来访。夜读《书经》。

校记

①文光楼，前文作“文光堂”。

眉注

交柜房饭钱

脚注

温理科

七月十五日（六月初二） 早七时起，九时出，至大田公寓视雷长卿病。午后习字，六时赴济舟之招，小雨，九时始出还寓。

脚注

温修身

七月十六日（六月初三） 早七时起，九时写致谢赓梅信，午后二时习字，五时读《书经》。竟日雨。

脚注

温国文

七月十七日（六月初四） 早七时起，九时以《大会参观日记》及《东美调查日记》赠董亨渠，命老陈送往。午后二时习字，夜读《书经》。竟日雨。

脚注

温地理

七月十八日（六月初五） 早八时起，十时习字。午后二时出，至琉璃厂清秘阁以所画墨盒交刻，取回刻字小墨盒。至商务印书馆取《小说世界》。至一得阁购墨汁。至傅仲伍处取曾省三亲家像未得。至文光堂看书，云《大定府志》可卖四元，《东华录》可卖六元，《南史》《五代史》不能定。雇车至劝业场，为常孙买皮鞋，价三元五角，至楼下买琥珀烟嘴大小各一，价八角。五角、三角。至大栅栏雇车还寓。五时，王勉之及杨静谷来访，勉之托购宅事。夜读《书经》，接济舟信。

脚注

温理科

七月十九日（六月初六） 早八时起，午后二时出至劝业场，以皮鞋还福记，另做较长者一双，加二角。出至观音寺购闽烟，至珠宝寺购桂油，还寓。四时复出，访王勉之、杨静谷于飞鸣公寓，不遇，还。朱剑村来访，夜读《书经》。

七月二十日（六月初七） 早八时起，十时至象坊桥飞鸣公寓，访王勉之、杨静谷，谈时顷出。还寓，为勉之写致卞儆成信，讬在英租界购住宅，写致小渠信。午后，森珣、森琅来访，助臣来访，四时习字，夜读《书经》。

七月二十一日（六月初八） 早八时起，十时命老陈往森琅处取回外套。十一时小渠来访，留饭，二时去。三时习字，福田来访。夜读《书经》，接长沙饶树云信。

七月二十二日（六月初九） 早八时起，写信。十时出，往访朱剑村于豆芽菜胡同，十一时还，至西斜横街口遇福田。还寓，午后二时习字，四时出至琉璃厂取回墨盒、周印各物。至观音寺购洗衣皂，至劝业场问福记换鞋，云须后日下午。还寓，夜读《书经》，潘辅臣来访。

七月二十三日（六月初十） 早六时起，十时福田来访，去后写致饶树云信，以双挂号寄电灯公司息折两扣去。午后，福田令堂以兰儿补功课事来访，三时济舟来访。

七月二十四日（六月十一） 早六时起，李小姐为兰儿补功课，今日始上学也。午后习字，读《书经》。竟日热甚。

七月二十五日（六月十二） 早六时起，十时出，至劝业场福记取小孩皮鞋，至琉璃厂傅仲武[①]处取曾亲家像，补去十一元。至清秘阁购纸十张。还寓，午后写字，夜读《书经》。

七月二十六日（六月十三） 早六时起，十时出，访鸣久不遇。访王勉之，

校记

①傅仲武，前文作“傅仲伍”“傅仲五”。

云还天津。还寓，整理印色计五盒。午后二时写字，七时鸣久来访，暮访福田，教令郎写草字。夜读《书经》。

脚注

邢老太太及两小姐来访，约令芬游艺园

七月二十七日（六月十四） 早七时起，昨夜感冒，服石膏。午后习字，竟日未出。热甚。接森璧信。

七月二十八日（六月十五） 早八时起，李小姐侄女以令弟习字之石印帖及格纸来乞书范本。接王勉之信，即时作覆，并重录寄卞君信。午后习字，读《书经》。热甚。

七月二十九日（六月十六） 早七时起，八时写草字范本，森珣来访。午后习字，夜读《书经》。

以黄石一片交森珣寄赠地质调查所。

眉注

星

七月三十日（六月十七） 早七时起，九时出访明久，云已赴津。还，午后习字，杨静谷来访。夜读《书经》。

七日三十一日（六月十八） 早七时起，九时写致森璧信。午后交储蓄票三元，习字。五时出至隆和购物，至长安街理发。夜读《书经》，接长沙饶树云信。

八月

八月一日（六月十九） 早七时起，九时出往小六部口五号访牟贡三不遇，访董亨渠于经济调查局，谈时顷出。还寓，午后四时写字，夜读《书经》。今日包装寄黔各物。

八月二日（六月二十） 早七时起，九时写草书范本。午后二时习字，五时出至商务印书馆取《小说世界》，至宝丰购参须二合，价每六角，为周季康购也，至清秘阁取宣纸十张，还寓。接卞俶成信，王勉之信。夜读《书经》。

眉注

思妻以致失神也。“思夫人自乱于威仪”《顾命》求谜面

八月三日（六月廿一） 早七时起，九时写草书范本。午后二时，以木箱一只，内为寄家中各物及为周季康所刻印，又洋铁筒一个，内为曾省三亲家像，讬馆人唐君交邮局寄黔。木箱内物值二十五元，邮税三元二角，洋铁筒者值十六元，邮税八角。五时习字，森玮与赵伯馀君来访，各索字一幅去。写寄王勉之信，济舟来访。夜读《书经》。

八月四日（六月廿二） 早七时起，以字一幅命老陈持赠小渠。九时出，访助臣及小渠，皆不遇。十一时森琅来访，午刻小渠来访，三时习字。八时出至南横衔访小渠，云已赴西车站，因至车站，同至车上谈时顷先还。今日长沙汇款信皮始到。

八月五日（六月廿三） 早七时起，八时访王君一谈，九时写致周季康信内付刻印账单、曾亲家信及家信内有三日所寄各物细数。午后三时出访助臣不遇，至南横街访森琅亦不遇。还寓，夜习字。

八月六日（六月廿四） 早七时起，九时以长沙汇款信皮及收条讬柜上唐君往中国银行代取。前日始到，星期六不能取，昨日星期亦不能取。福田来访。十一时出访菱生不遇。还寓，觅余芹生君共谈。午后二时习字，四时助臣来访。夜读《书经》。今日热甚。

八月七日（六月廿五） 早七时起，十时福田来访，写致森琅信、森玟信、饶树云信言收到汇款事。午后为汤太太收到一百元，即时交清。三时习字，同院有战争事，败兴而止。夜写草字范本，整理旧像夹。

八月八日（六月廿六） 早七时起，十时福田来访。午后习字，森琅及赵伯馀来访。夜读《书经》。

八月九日（六月廿七） 早七时起，十时福田来访，森琅来访，共福田谈医药事，午饭后去。二时习字，夜读《尚书》。

八月十日（六月廿八） 早七时起，九时写致小渠武昌信，十一时写草字范本。午后二时习字，四时济舟来访，为漆张事。夜写致斗南信。

八月十一日（六月廿九） 早七时起，九时写致斗南信，午后三时习字。夜读《书经》，看《东方杂志》。

八月十二日（七月初一） 早七时起，九时写致贡三信，午后二时习字。夜读《书经》，写草字范本。

八月十三日（七月初二） 早七时起，十时森琅来访，助臣来访。午后二时习字，四时出至清秘阁买宣纸及大笔，至商务印书馆买书，至一得阁买墨汁，还。夜读《书经》。

八月十四日（七月初三） 早七时起，九时写致王勉之信。森琅来访，约至北大二院西餐食午饭，因携女儿令芬同往。先至第二斋森珣处候森玮至，同至第二院餐室，一时席散[①]出。三时半森玮将赴上海考商科大学，故有此会。四时习字，夜读《书经》。

八月十五日（七月初四） 早七时起，十时步溟来访，借恕堂刻《诗经》去，并约至西车站食堂大餐，一时始还。四时习字，夜读《书经》。

八月十六日（七月初五） 早七时起，发致王勉之信。午后三时习字，济舟

校记

①“散”原脱，据文义补。

来访，夜读《书经》。

八月十七日（七月初六） 早七时起，九时习字，午后一时助臣来访。二时出，以《广东志》所残卷目交文光堂，至前门一看还。夜读《书经》。

八月十八日（七月初七） 早七时起，九时习字。午后二时出，至洗清池入浴，至大同理发。夜读《书经》。

八月十九日（七月初八） 早六时起，七时送兰儿至东铁匠胡同女高师附属小学考高三年插班。八时点入，讬李小姐招呼，余先还。十时出至豆芽菜胡同访袁寿臣，同至武定旧胡同看慈约新买宅，仍还。至豆芽菜胡同遇卞俶臣，少坐。还寓，午后二时习字，出接森玟信，并汇来百元。

八月二十日（七月初九） 早七时起，九时习字，午后三时习字，夜读《书经》。

八月二十一日（七月初十） 早八时起，九时习字。午后二时出，至前门内邮局取森玟汇来百元，还寓。四时至石付马后宅十五号回看胡述曾，不遇。还寓习字，夜为李生看字画课。

八月二十二日（七月十一） 早七时起，九时习字，午后二时至市上购物，四时习字，六时胡述曾来访，安厚斋来访。夜访福田，读《书经》。

八月二十三日（七月十二） 早七时起，九时出，至辟才胡同女中，出至学务局。出至培华女校。还寓，午后二时习字，四时曾少轩来访，同至中央公园一坐，六时还。夜读《书经》。

八月二十四日（七月十三） 早七时起，九时出至西四马市务本女校访曾少轩不遇，出至西安市场一看，至二龙坑丁字街女小学一看，至辟才胡同辟才女小学一看，取章程一份还。午后二时出至商务印书馆购《科学大纲》，预约券不成，取《小说世界》两册。至一得阁购墨汁，至大栅栏购象皮膏。还寓，夜读《书经》。

八月二十五日（七月十四） 早七时起，九时写致森玟信，习字。午后二时出访眂臣，还。四时习字，夜读《书经》。

脚注

天水与扬州

八月二十六日（七月十五） 早七时起，九时习字，午后二时习字，夜读《书经》。同寓林太太偶剥淡菜得小真珠六枚，有一粒光色甚佳，始知药肆所市细真珠不尽蚌产也。

八月二十七日（七月十六） 早七时起，九时习字，午后二时出，至长安街理发。至帝王庙看中华职业教育展览会，遇周支山，云经拓仿文缩本昔震华有之。夜读《书经》。

八月二十八日（七月十七） 早七时起，十时出，至培华女校为兰儿报名，交费二元。午后至琉璃厂有正书局购《道因碑》一册，价五角。至戴月轩购提笔一枝，价一元七角。至文光堂与议配《广东通志》四册，价四元，整理全书价二元。还寓，夜剪《道因碑》。接小渠信，问鉴别事。

八月二十九日（七月十八） 早七时起，九时剪《道因碑》，访王君，借得旧报一包作习字用。午后二时济舟来访，蕴真来访，夜剪《道因碑》。

八月三十日（七月十九） 早七时起，福田来访，交来《夏小正研究》稿子一包。八时半送兰儿往培华女校应考，余则往访胡述曾，承赠玛瑙，一枚有苔藻纹，一枚有窍如螺，一枚有三角形之空处可作像龛。述曾所藏甚夥，一印章长二寸许，方五分许，艳紫色极佳，两枚各大如鸡子，中含有水，一枚作笔筒，其窍乃天然者也，此外无甚佳者。辞出，仍至培华一看。还寓，兰儿不久亦还。午后二时，邮局将前寄贵阳包裹退回，云湖南有战事不得过。此两件原交费四，元与交涉未得要领。五时始来电话，言可加一元许改由云南绕道寄黔云。夜选《道因碑》字。

交邮曾省三亲家画像一件，盛以洋铁筒，筒已折坏，不堪用，幸像尚可重裱，改用竹筒，明日再寄。

述曾云阳原产玛瑙，元时曾设玛瑙巡检，采取一空，今所有者不过剩馀而已，故佳者不易得，大件亦未见过，琢工甚粗，仅能作烟嘴及鼻烟壶，壶仅能作坯，挖膛须至京师为之。

八月三十一日（七月二十） 早七时起，九时选《道因碑》字至十二时，午后二时习字，四时出至商务印书馆购儿童用书数种，至清秘阁购笔。还寓，接到万勉之所赠葡萄。寄黔物加一元五角再寄。

九月

九月一日（七月廿一） 早七时起，九时写致万勉之信，选《道因碑》字。午后二时出，至精益公司为玟儿购克罗克复光眼镜一付，价二十三元五角，交三元。还寓，四时习字，夜读《书经》。

九月二日（七月廿二） 早七时起，九时选《道因碑》字，午后三时习字，菱生来坐，夜读《书经》。

九月三日（七月廿三） 早七时起，九时出，访福田不遇，访厚斋谈时顷出，至三官庙访李洛耆、何仲书皆不遇。还寓，午后习字，夜读《书经》。

九月四日（七月廿四） 早七时起，九时以栽绒地毯令叶茶房送厚斋处，请代卖去原价五十馀元。写致明久信，附寄福田《夏小正新解》稿。午后习字，夜读《书经》。

九月五日（七月廿五） 早七时起，阴雨。午后二时习字，四时出，至商务印书馆购儿童用书，至精益公司为森玟取眼镜，补十八元五角。还寓，夜读

《书经》。

九月六日（七月廿六） 早七时起，写致卢总长信。十时森琅来访，午后二时带兰儿出，至劝业场购皮鞋不成，至北海华购得一双，价三元四角。至容光照四寸像一，价一元，付四角。还寓，夜读《书经》。

九月七日（七月廿七） 早七时起，八时半兰儿赴培华女校开学式，十时福田来坐。夜读《书经》《诗经》。

九月八日（七月廿八） 早七时起，九时选《道因碑》字。十时菱生、伯伊来访，持旧画三幅托观，皆仿本，又册页八开，则包钧所作剪纸画也。包为嘉道时扬州人，剪画有名于时，见《画林新咏》。两君少坐去，伯伊并借《艺术征略》一册去。午后三时习字，检点书物，夜读《书经》《诗经》。

九月九日（七月廿九） 早七时起，十时潘辅臣来坐，午后搬房间。

九月十日（七月三十） 早七时起，九时检点什物，退还一间，仍用小间月三元者。午后交九月至十月十日房饭费四十元。

九月十一日（八月初一） 早七时起，九时出，至豆芽菜胡同访袁寿臣，少坐还。午后二时出至清秘阁购压圈，至文光堂取回《东华录》价五元、《大定府志》价四元、《四铜鼓斋》价二元。至宝晋斋购写字册，至某肆购《女子白话尺读》。还寓，夜读《诗》《书》。

眉注

寄南宁眼镜　新新世界重张，色相庄严，声容并茂。常新神明，特起光景。

九月十二日（八月初二） 早七时起，九时写致森琅信。十时出访助臣，留饭，午刻出至恩隆买香片茶，至廊房头条容光取兰儿照相，补去六角。还寓，五时姚子和来访，交来代卖皮箱价六元，即以二元赠之。习字，夜读《诗》《书》。

九月十三日（八月初三） 早七时起，九时在像上着色，午后钱同宣来访，夜读《诗》《书》。

九月十四日（八月初四） 早八时起，十时访菱生，十一时还。午后二时，命馆人大尹雇排子车人力大车至宏庙豆芽菜胡同严宅取回前寄之铁床一，架圆桌一，方桌一，柳圈椅四，衣架一，藤椅一，箱架三，竹帘一，其大靠椅之二人椅一尚存严宅。因将各件移入寓室，并扫除室中尘垢，至暮始息。夜读《诗》《书》。

眉注

余达父寄物

衣架在林太太处

九月十五日（八月初五） 早八时起，九时在像上着色，十一时周伯伊来访，取回存画三幅去。午后三时，同马兰君及兰儿至中央公园茶座。[①]及其夫人子布侄女为熊恭人之表妹，四十年前余至镇远小试时见之，时仅八岁，今儿孙满堂矣。七时同马兰君及兰儿在长美轩晚饭，饭毕余还寓，马兰君、兰儿至游艺园去。

九月十六日（八月初六） 早八时起，十时选《道因碑》字，午后三时习字，五时读《书经》，夜助臣来访。

九月十七日（八月初七） 早八时起，九时在照片上着色。午后二时森琅来视，以所着色之良丞像片付之寄黔。四时写字，夜读《诗》《书》。

以《预会志略》二册付森琅转赠某君华侨。

眉注

云南宣腿、普茶及他货物在骡马市、梁家园南口斜对过，在宾宴春东间壁。

东交民巷六国饭店东图书公司有《北京美术》，价四十元。

九月十八日（八月初八） 早八时起，九时在照片上着色。午后二时蕴真来

校记

①此处似有缺文。

访，匹时去。夜读《诗》《书》。

九月十九日（八月初九） 早八时起，十时习字，选《道因碑》字，午后二时在《汉宫秋月图》照片上着色。夜读《书经》。

九月二十日（八月初十） 早八时起，十时习字，接明久信。午后二时在《秋月图》上着色，三时同马兰君及兰儿出，至东安市场，又至东安楼雅座用茶点，五时还寓。夜读《诗》《书》。

九月二十一日（八月十一） 早八时起，十时写致明久信、福田信，午后在《秋月图》上着色，夜读《诗》《书》。

九月二十二日（八月十二） 早八时起，十时习字，午后在《秋月图》上着色毕，夜读《诗》《书》。

九月二十三日（八月十三） 早八时起，在照片上着色，午后至长安街刮脸，夜读《诗》《书》。

九月二十四日（八月十四） 早八时起，在照片上着色。午后福田来坐，在照片上着色。夜读《诗》《书》。今日接四媳信，并长孙所写字。

九月二十五日（八月十五） 早八时起，照片上着色。午后二时助臣来访，还旧欠十元。三时同马兰君及兰儿出，往游北海，六时始出。夜读《诗》《书》。

九月二十六日（八月十六） 早八时起，在照片上着色，午后四时森珣、森琅来访，夜饭后去。

脚注

萧赴沪

九月二十七日（八月十七）　早八时起，九时在照片上着色，午后同。夜读《书》《诗》。

九月二十八日（八月十八）　早八时起，九时习字，午后在照片上着色，交储蓄会本月储款三元。四时出，至清秘阁取笔纸及画碟，至商务取《小说》并购书，六时还寓。夜接小渠信，即时作答。

九月二十九（八月十九）　早八时起，九时习字，午后二时习画。四时出，回看吴少峰于大益公寓，不遇，还至滨来香买点心。还寓，看《小说》，夜读《书》《诗》。

九月三十日（八月二十）　早八时起，十时习字，函约福田令郎明日午前十时来习画。午后二时吴少峰来访，在照片上着色。夜六时至菜市口湘江春赴胡述曾之招，在坐为陈伯耿、姚茫父诸人。

册末杂记

戟耳

出戟

出戟时多见之瓶颈或花插上。在花插上者，四面上下皆有之。

纸椎瓶

出戟纸椎瓶

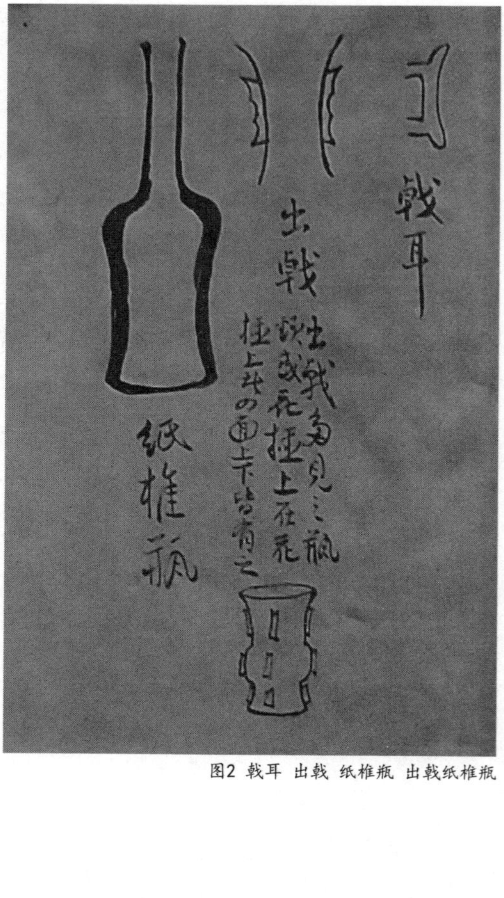

图2 戟耳 出戟 纸椎瓶 出戟纸椎瓶

民国十三年日记

册首杂记

顺天十月卅一日（一）

北京善商东方转运洋行电东四三九三、一八六三，东交台吉厂四号华经理金君。

辟才西头路北跨车胡同五号

谷濛关在贵定，旧有句曰“惊心最是尘劳里，风助漫天过谷濛”。此山之景，雨中尤奇。然雨盛则不可见，故推而举之于雨云之上，以此山自处之高，尚非假借也。

东长安街路北平安电影西首逸信洋行，安眠药、阿特林德药。

东堂子胡同礼和洋行、西堂子胡同兴华公司皆德货，理化光学。

灯市口华北协和华语学校图书馆。关于中国美术、瓷画。

十月

十月一日（甲子九月初三） 早习字，午后一时到局，交审查书稿十七件。五时还，夜临《醴泉铭》。

眉注

甲子

十月二日（九月初四） 早习字，午后一时到局，五时还，夜习字。

十月三日（九月初五） 早习字，午后一时到局，夜习字。

眉注

汉口英租界新昌里四十三号，《新郑出土古器图志》总发行所。《新郑出土古器图志》三册

十月四日（九月初六） 早习字，午后一时到局，夜到长安街刮脸。

十月五日（九月初七） 早九时访明久，十时访慈约未遇。午后二时，至西华门以五角购水灾票，往游历史博物馆，看信阳汉器及钜鹿宋器。

十月六日（九月初八） 早九时，福田来访，以《山海经》见假。午后一时到局，五时还。夜写字，甘凤章来访。

十月七日（九月初九） 早八时李子俄来访。九时访明久，同往马声桥看屋，又至丁字街看王姓屋，甚大，又至二龙路看屋。午后一时到局，五时还。

十月八日（九月初十） 早九时福田来访，十时出访甘凤章。午后一时到局，五时还。森珣来，持俞端甫托写字去。夜作字。

十月九日（九月十一） 早九时出，访鸣九，十时访刘德兴于东太平街不遇。午后一时到局，五时还。夜临《醴泉铭》。

十月十日（九月十二） 午后二时出，至琉璃厂商务馆取杂志，至劝业场理发，并购明信片册及活动纸。夜森玮来为兰儿补英文功课。

十月十一日（九月十三） 午前作画，午后一时到局，五时还。

十月十二日（九月十四） 早十时出，访助臣不遇，以所借吴评《七子》上函送还。至琉璃厂商务馆购《诗经》，访周支山不遇，还寓。午后三时森琅来访，四时季舟来访。五时森珣来，持华贞信来取前马兰君在途中向谢赓梅所借之三十馀元。六时季舟来访，夜读《孟子》，写字。

十月十三日（九月十五） 早九时作画，午后一时到局，五时还。夜读《孟子》，写字。

十月十四日（九月十六） 早九时作画，午后一时到局，五时还。夜森玮来为兰儿补英文，十时写字。

十月十五日（九月十七） 早九时作画，午后一时到局，五时还。夜读《孟子》，写字，济舟来访。

十月十六日（九月十八） 早九时出访助臣，谈时顷出，至菜市口旧书摊看书，还寓。午后一时到局，五时还。接小渠信，寄来三十元。万冕之约便饭，未往。夜助臣来访，读《孟文》，写字。

眉注

自己生活自己了，我不希望老来指着子孙养我，更反对养儿防老的话。然则父母对于养育儿不应该白尽义务吗？我亦承认此恩应报，但不是养父母便可说报，应该照我当年养育儿子的情形去养育他的儿子，那便是报父母的恩了。养育儿子只是还债，并不是放债，我自父母处借来还之于我子也。

十月十七日（九月十九） 早九时作画，午后一时到局，五时还。夜读《孟子》，写字。

十月十八日（九月二十） 早九时作相见坡南山图毕，为甘凤章作也。为程子范作挽罗瘿公联：

横舍旧谈经，曾慕春风陪几席；

浮生今悟道，长留佳句满江湖。

午后一时到局，二时还。夜读《孟子》，写字。

十月十九日（九月廿一） 早至长安街理发，午后二时出，至清秘阁持相见坡西面图付装，购笔墨。至劝业场购毛袜。至屋顶茶社用茶，还寓。夜看《中国美术》。

眉注

北京大学第三院国学门研究所

陈万里

云冈石窟照片揭片

十月二十二星三至二十四

十月二十日（九月廿二） 早画扇，午后一时到局，五时还。夜读《孟子》，写字。

十月二十一日（九月廿三） 早画扇，甘凤章所托也。午后一时到局，五时还，夜读《孟子》，看《中国美术》。

前日补缺事，闻议商标局组织条例在未通过两院以前暂行取销云云，于是补缺案亦随之取消。今日部中发表原来部员仍回部，余亦在其内。

十月二十二日（九月廿四） 早九时出访鸣九，出访济舟不遇还，谒见黄伯母，济舟新移家屯绢胡同十二号也。返过义丰商行，入购德国画片及像框及日本画片等，还寓。午后一时到局，接到兼局员通知书，五时还。夜读《孟子》，写字，看《中国美术》。

十月二十三日（九月廿五） 早七时起，九时至柜上闻单牌楼有冯使布告，往观之，则停战讲和文告也。遂住屯绢胡同访鸣九，同谈此事，出访济舟，谈数语出。至巡捕厅胡同访甘太太为说此事，属其留杨金谷在寓看家。出，仍访鸣九，与议女儿请假事。出至丁字街三十六小学晤校长郭君，为语布告事，为兰儿请假半日，遂率兰儿及方家小姑娘回，郭校长亦放学半日。午后一时到局，同人皆纷纷议政变事，三时回寓。夜心神不定，不能作事。

十月二十四日（九月廿六） 早九时出，访鸣九，出访甘太太，为言外边情状，回局。午后一时到局，四时返寓。济舟来访。

十月二十五日（九月廿七） 早九时出，至武定侯访严慈约，晤冯先生，云慈约去津未回。看严宅修整工程已完，云修费约五千馀元云。返至义丰买德国古画明信片。午后一时到局，领津贴二十元，四时还。夜写字。

十月二十六日（九月廿八） 早九时出访鸣九不遇，访李景韩局长不遇，遇孙藕孙谈少顷出。午后二时，甘太太约马兰君与余同往德裕祥号、其祥号，购灰鼠皮筒及羊皮筒。五时鸣九来访。

十月二十七日（九月廿九） 早阅报，云吴子玉已到天津。九时出访孙藕孙于首善公寓不遇，至琉璃厂商务馆取杂志，购《日本画之报告》及《干材之养成》两书。至劝业场购琥珀烟嘴三，价一元。午后一时到局，四时还。

十月二十八日（十月初一） 早读《孟子》，至长安街刮脸还。森珣来见，以马兰君还黔时途间所借谢庚梅零款三十四元交收，令转交华贞侄女，因前由森珣交来侄女信索取此款也。助臣来访。午后一时到局，四时还，六时助臣来访。

十月二十九（十月初二） 早读《孟子》，看《东方杂志》。十二时杨金谷来访，云甘太太已移居大益公寓，约二三时送还木器。一时到局，四时到部写收条，五时还。六时森琅来访，夜写字。

十月三十日（十月初三） 早九时在市口西单看南行兵队，计六营，有马炮工辎等，大约混成旅也，向宣武门而行，至十一时始过毕。午后一时到局，见分科令已发表，余分公报科。三时到部，领得九月分五成五计十六元五角，五时还寓。济舟来访，夜检装皮衣箱。

十月三十一日（十月初四） 午后一时到局，三时还，检旧稿箱。夜八时森玮来访。今日接根梅信。

十一月

十一月一日（十月初五） 早十时访鸣九不遇，往东交民巷东方转运公司问寄问箱子价目，云大者八元。出至东单雇车还寓，午后一时到局，四时还。夜检装书箱。

十一月二日（十月初六） 早十时访鸣久，谈时顷出。午后二时出，至琉璃厂清秘阁取所裱画及所寄存青田黄石印。至商务印书馆购《法国文学研究》一。至廊房头条购绒鞋及口琴。夜看《法国文学》。

十一月三日（十月初七） 早十时出访王司长不遇，还。午后二时到局，三时还。

十一日四日（十月初八） 午后一时到局，旋到部。是日有移宫事件。

十一月五日（十月初九） 午后一时到局，旋到部。

十一月六日（十月初十） 早九时访鸣九不遇，访慈约亦不遇，还。十一时森珣来视，午刻鸣九来访，一时到局，旋到部。

十一月七日（十月十一） 早九时出访助臣不遇，访雷荫春视疾。出至恩隆店以一元购香片茶百包还。午后一时到局，旋到部。访助臣，五时还。

十一月八日（十月十二） 早九时访助臣，午后一时到局，旋到部，五时还。六时助臣来访，托以森琅事。

十一月九日（十月十三） 早九时出，访张烈先于跨车胡同五号。出访鸣九，立谈数语而出。午后二时出，至琉璃厂访周支山问津事。夜济舟来访，写字，接凤章电。

十一月十日（十月十四） 早九时出，至麻线胡同访董亨渠不遇，午后一时到局，请假六日。还，覆凤章信，夜读《庄子》。

眉注

董住麻线胡同二十七号

十一月十一日（十月十五） 病，服阿尔灵，二服。读《庄子》。

十一月十二日（十月十六） 病，服散拿吐瑾，读《庄子》。

十一月十三日（十月十七） 病，服散拿吐瑾，读《庄子》。

十一月十四日（十月十八） 病稍愈，十时出，访董亨渠于绒线胡同东头路北之麻绒胡同二十七号。午后读《庄子》。

十一月十五日（十月十九） 早十时出访鸣久不遇，访助臣，谈少顷出。至商务印书馆取杂志未得，还寓。接到《小说月报》。

十一月十六日（十月二十） 早十时访鸣久不遇，访慈约，遇陈幼安，谈少顷出。午后至长安街刮脸，至同茂增取册子，六时出。赴赵小山之招，与黄君同至鲜鱼口抄手胡同鸿庆楼，七时散，同至胡同中一游，十时还寓。鸿庆楼同席尚有张华堂大兴公寓管事、王松年长安旧管事、严少轩当铺管事。

眉注

星

十一月十七日（十月廿一） 早十时出，至美专看心琴画会，中有李有行、陈宗向、刘开渠三君出品。李之《生趣》《残》《秋山农舍》《萧条秀色》《柳岸青山》，陈之《墙外的光》《初晴》《曝日》《国子监》《雍和宫》，刘之《市场》《明暗》《静物》皆佳。女士孙诵昭亦往观，孙画家也。十一时半还，十二时陈幼安来访。午后一时到局，旋到部，访助臣一谈，四时还。接严生仁泽信，夜作字。

眉注

尚有厉南溪、孙宗煌诸人作品。厉长于静物、风景，以《古桥》一幅最佳。

陈住护国寺欧阳胡同四号

十一月十八日（十月廿二） 早十时，为商标局补签审查书。李子俄来。午后一时到局，旋到部，仍还局补签审查书。五时还，闻雷荫春来访。

十一月十九日（十月廿三） 早十时出，访助臣，谈少顷出。午后一时到部，旋到局，三时还。看《庄子》，夜习字。

十一月二十日（十月廿四） 早九时访鸣九，共谈澍园事，路金波方在坐。午后一时到局，旋到部，四时还。看《庄子》，夜习字。

十一月二十一日（十月廿五） 午后一时到局，又兼异议研究委员会办事员，因至会到差，出到部。三时还，作画。六时助臣来访，留饭，十时济舟来访。

十一月二十二日（十月廿六） 早十时出，访景韩局长不遇，访鸣久，谈时顷还。午后一时到局，旋到部，支六月份三成，四时还。看《庄子》，夜写字。

十一月二十三日（十月廿七） 午后一时森琅来，云京绥铁路局延充帮督员，月六十元。三时出访黎勉亭于平安里，少谈而出。访陈幼安于护国寺藕芽胡同四号，少谈而出。还寓已五时，夜看《庄子》，写字。

眉注

星

黎勉亭住十号

十一月二十四日（十月廿八） 早十时访助臣不遇，至琉璃厂中华书局购画片及书，至清秘阁取旧色纸，至商务印书馆取杂志，还寓。午后一时到部，旋到局，三时还，读《庄子》。

十一月二十五日（十月廿九） 早十时出，访澍园于金台旅馆，午饭而还。午后一时助臣来访，二时到局，旋到部，三时还。夜作字。

十一月二十六日（十月三十） 早十时出，访澍园于金台旅馆，还寓。午后一时到局，三时还。作画，读《庄子》。夜张莲仙来访，作字。

十一月二十七日（十一月初一） 早十时访鸣九，午刻森珣来访，云方为瑞典人安迪生译《郑州出土古物图考》作英文云。一时到局。

十一月二十八日（十一月初二） 早陈幼安来访。午刻森珣来访，持有美人著之《中国玉考》，中有彩色插图精绝。行时借《词源》去。一时到局，五时还。接森玟信，云冢妇产一女，产后大病。夜写致森玟信，女孙取名静珠。

十一月二十九日（十一月初三） 早发致森玟信，午刻助臣来访，一时到局，五时还。

十一月三十日（十一月初四） 午后二时出，访澍园于金台旅馆，云已移东城堂子胡同五族饭店。至劝业场买小画片。至门框儿胡同买牛髓粉。至清秘阁买六吉宣，还寓。夜甘太太来访，写致凤章信，济舟来访。

十二月

十二月一日（十一月初五） 早十时访鸣九不遇，午刻森珣来访，临行取美人所著《中国玉考》去。一时到局无事，但作字，五时还。夜读《庄子》。

十二月二日（十一月初六） 早十时作画，明久来访。午后一时到局，三时还，作画。夜读《庄子》，写字。

十二月三日（十一月初七） 午刻森珣来访，借《中国美术》去。午后一时到局，三时到部，并访助臣，四时还。

十二月四日（十一月初八） 早十时出，到商务馆购书不得，至劝业场购卫生衣两件，价四元。午后一时到局，四时还。夜森琅来视。

十二月五日（十一月初九） 午刻森珣来视，韦少荃来访，三时作画，读《庄子》。夜步民来访。

眉注

少荃改名见凡

十二月六日（十一月初十） 早十时长利送盆炭百斤来，价五元。午刻森珣来，一时到局，四时至部，访助臣。五时同至东安市场，在酒楼上约澍园来会，六时澍园、少荃、王君皆至。助臣作主，七时同至澍园五族公寓畅谈，十时始还。

十二月七日（十一月十一） 午后作画，接小渠信并诗稿求序。

十二月八日（十一月十二） 早撤去夏布帐子，换用床围，顺便扫除顶壁。

午后一时到局，四时还。夜，步民来访。

十二月九日（十一月十三） 早读《庄子》，答小渠信。十时至长安街刮脸，午后一时到局，四时还。夜作字。

十二月十日（十一月十四） 早出城，至劝业场，又至清秘阁取六吉宣四张，午后一时到局，四时还。夜助臣来访，八时出访澍园于五族公寓，十时还。月色大明。

十二月十一日（十一月十五） 早作画，午后一时到局，四时还，读《庄子》，夜作字。

十二月十二日（十一月十六） 早作画，午刻接森玟信，云冢妇于十一月二十五日巳时病殁。阅信之后，心绪恶劣，因写信到局，托程子范请假两日。森珣来视，夜写致森玟信。

十二月十三日（十一月十七） 早写致澍园信，午后作画，王又宣来访。

眉注

名振麟　又宣　冢妇　五弟京寓旧鼓楼大街增和公寓

十二月十四日（十一月十八） 早九时出，访助臣留饭。午后一时还，三时作画。夜明九来访。

十二月十五日（十一月十九） 午后一时到局，五时还，夜作字。

十二月十六日（十一月二十） 早作画，午后一时到局，夜访澍园不遇，与少泉谈少顷还。

十二月十七日（十一月廿一） 早作画，午后一时到局，夜写致澍园信。

十二月十八日（十一月廿二） 昨日电车公司行开幕礼，今日售票，因自西单上车至新街口下车，访安厚斋于公用库，还已十二时。午后森珣来访，一时出到局，五时还。邱石冥来访未见，交来凌植之征画纸。夜济舟来访。

眉注

澍园移东四七条各省代表招待所

十二月十九日（十一月廿三） 早作画云顶关，午后一时到局，五时还，森琅来访。夜写字。

十二月二十日（十一月廿四） 午后到局，黎勉亭为携农商部十一月三成薪水来，六时还。夜七时，澍园自东四七条来电，约往有事，至则京绥路局送来之调查员公文也，十时还寓。

十二月二十一日（十一月廿五） 九时出，至长安街刮脸，十时附电车至四牌楼换人力车，至二条访宋局长，不遇，留片而出。午后二时，同马兰君携兰儿出，至劝业场玉楼春雅坐用茶点，同至屋顶照像馆照像，交定银一元，并购金少梅、金暎箫照片一张价四角，同出至前门附电车还。夜写致森玟信。

十二月二十二日（十一月廿六） 早九时出至中华书局购贺年片，至清秘阁购笔，至商务印书馆取杂志并购贺年片，至小器作配镜框背板，还寓。午后作画银杏之神，夜写字。

眉注

宜考“雅”字之各种义意。雅颂之雅；故虽悲而不雅之雅；近世所谓风雅之雅；雅俗之雅。

十二月二十三日（十一月廿七） 早十时改严仁泽画。午后一时到局，三时访宋局长于宫门口二条，不遇，还。至京绥局候良久始得见，四时还局，五时还。夜写字。

十二月二十四日（十一月廿八） 早作画，午刻到局，仍出访宋局长于宫门口寓，仍不遇。访慈约于武定侯，值彭翰丞亦在坐。翰丞先去，与慈约少谈，并至内院一看。出仍还局，五时还寓。夜森珣来访，去后写致慈约信，讬请讬蔡廷幹为玟儿设法调京事，并附玟儿履历。

十二月二十五日（十一月廿九） 早命人送信与慈约，还则带来《直隶观会从编》一部。午后作画，夜写字。

十二月二十六日（十二月初一） 早十时作画，午后一时到局，领本月津贴二十元，五时还。夜写字，伯伊来访。

十二月二十七日（十二月初二） 早十时出至商务馆取杂志，至小器作取所配像框，更以木瘿笔筒付其修治，还。午后一时到局，五时还。夜闻东城电车已通，八时附车至前门换东城车，至东四七条招待所访澍园，十一时还。

十二月二十八日（十二月初三） 早九时出，访鸣久，十二时还。午刻李子俄来，以福田意赠酱肉半斤，绝佳。午后三时出，至劝业场取像片，并购中山像一张。至商务馆取杂志，又订明年《小说月报》及《儿童世界》各一份。五时还，夜写字。

十二月二十九日（十二月初四） 早十时出访张烈先于跨车胡同，不遇，以所赠画交家人持上，遂访福田，谈时顷还。午后一时到局，五时还，夜作字。

十二月三十日（十二月初五） 雨雪。早十时出，至长安街理发。午后一时出访张烈先谈，少顷出，到局。三时出至京绥路局，至总务处晤长沙饶□□君，以所填履历讬其交编译处，晤浙江项季虔君少谈。饶君命人引至员司办事处，有课长江仲虞君相见，少坐出，遇方仲贤于客厅，后出到局。五时出到部，六时还寓。夜写字。

眉注

江住北沟沿抄手胡同外路西二三三号

十二月三十一日（十二月初六） 早十时画《灵峰归隐图》，为素园作也。午后一时到局，二时到部，领十一月份薪五成。出至京绥路局，遇赵惠清、刘中甫、石履平、王宇荪，谈少顷出，访陈乙白于机务科不遇，出还寓。夜写字。

民国十四年日记

一月

一月一日（甲子十二月初七） 早九时出，谒王司长、李局长、宋局长，皆留片出而还。午后扫除东屋，发拜年片。济舟来访，云杨明修亦在京绥路局。

一月二日（十二月初八） 早十时作画，午后出至商务馆订《东方杂志》并取杂志，至大门框儿胡同购点心，还寓。夜写字。

一月三日（十二月初九） 早十时作画，午后亦作画。接森玟信，夜覆森玟信并写字。

一月四日（十二月初十） 早十时作画。午后二时，同马兰君及兰儿出，附电车至前门转东城车至北新桥，入雍和宫游览。四时出，雇车至大兴公寓灯草胡同西口南路东，马兰君访林太太，余往东四七条访澍园。遇少荃及王君，五时澍园亦到，六时晚饭，七时出。仍至大兴与马兰君及兰儿出至灯市口上电车，至前门候良久，始附电车至西单牌楼还寓。

一月五日（十二月十一） 早九时出访鸣久，遇牟贡三。十一时访慈约于武定侯胡同不遇，以所赠画交孟全而出。午后一时到局，二时团拜，三时到部团拜。四时还寓，夜作字。

一月六日（十二月十二） 早九时作画，午后一时亨渠来访。去后余亦到局，五时还。夜作字。为彭翰臣作挽安陆李绍芬馥廷：

捧檄忆珂乡，一时人望尊遗老；

攖鳞悲往事，万里休官有直臣。

眉注

广州潮音正街二十八号陈兴隆陈俊秋。梧州、南宁皆有连络

一月七日（十二月十三） 早九时出，至逸信洋行买阿特灵二瓶返寓，连旧有之一瓶封寄南宁玟儿。午后一时到局，五时返。七时至头条入浴，至长安街刮

脸，十时还寓。森琅来看，以所写诗一纸交其寄黔，并借后妃照片去。

一月八日（十二月十四） 早作画，午后到局。

一月九日（十二月十五） 早九时访慈约，还作画，午后到局。

一月十日（十二月十六） 早九时访鸣久出，访济舟，十一时半还寓。午后一时到局，三时还，作画。夜八时访素园，持所写诗赠之。

一月十一日（十二月十七） 早九时作画，十一时品三来访，以蔡复慈约信见示。午后二时出，至清秘阁以所作《灵峰归隐园》付装，米色绫框，价一元八角。至商务印书馆取杂志并买花笺①一盒，价三角五分。夜访周伯伊。

眉注

灵峰归隐图

路冷山空浩劫馀，归来秋士有茅庐。十年成败云烟逝，如对青林读道书。

笏香住下斜街五十一号，在西头路南。

一月十二日（十二月十八） 早九时出，访鸣久，十时访张笏香，托转请卫听涛渤为森玟调京事向总税司安格联进言。笏香许为转托邓君言之邓君为季垂大令曾任贵竹少君，但余未见过。在笏香处遇梅渭秋，余十岁时同窗也，今别四十七年，彼此皆鬓毛苍矣，余庚子年访田子丰《山水册》，在笏香处借回一看。遂还寓。十二时赴慈约之招，二时半到局，闻廖科长相觅，遂至部，检出所著《商埠图表》，仍还局，五时还寓。

一月十三日（十二月十九） 早十时作画，午后一时到局。四时还，作画。

一月十四日（十二月二十） 早十时作画，午后一时凤章来访，昨日始达京也。二时到局，四时还，作画。夜回看凤章不遇。

校记

①花笺，原作“花签”，据文义改。

一月十五日（十二月廿一） 早十时出，访彭翰丞于辟才六条七号，还寓。午后一时到局，三时到部，四时还。夜接森玟信，即时作覆。十二时凤章来访。

一月十六日（十二月廿二） 早九时发森玟信，午后一时到局，三时至部，领十一月薪二成，四时还。

一月十七日（十二月廿三） 早九时出，访凤章，遇唐士行。十时出，雇汽车访素园于东四七条，十二时还。一时到局，三时还，致凤章函，与家人室内扫除。

眉注

猚硁叟

一月十八日（十二月廿四） 午后一时素园来访，二时凤章来访，留饭始去。夜至大同理发，十一时季舟来访。

一月十九日（十二月廿五） 早九时出，访明久，遇符经甫及季舟。午后一时到局，四时还，仍出至琉璃厂商务馆取书未得，至小器作取木瓔卷筒，至清秘阁取所裱画未得。还寓，夜七时出，至市上购棕揽皂、毛巾、去油渍药、油及脂麻糖。

一月二十日（十二月廿六） 早九时出访助臣，十时至晨报馆购六年纪念及《三希真迹》，出至菜市口恩隆德购香片茶一斤，价一元。还寓，午后一时到局，四时还。

一月二十一日（十二月廿七） 早九时作画，午后一时到局，三时到部，旋返局，四时还寓。后出至头条入浴，五时还。森琅来视，晚饭。夜凤章来访，方购书以样本讬看，中有余去年卖去之《毛诗稽古编》、缪仿《太白集》等，少坐去。十一时命人来取书去。

眉注

《毛诗》索三十五元，《李集》索百二十元。

一月二十二日（十二月廿八） 早十时出，访笏香不遇。午后一时到局，领津贴二十元。王培莘在病假中，代送俸款，因并视疾，仍还。发节赏二元。四时到部领十二月薪俸，五时还寓。夜七时出，至清秘阁还债二十元，取所裱《灵峰归隐图》；至小沙土园报馆购副刊一册，并订报一月，款皆付清。出前门附东城电车至东四七条招待所访素园。十时出，仍附电车还寓，至时已十一时矣。

一月二十三日（十二月廿九） 午刻至长安街理发，午后二时至局，借得两月津贴计六十元。宋念菴以颜《勤礼》一册见假，四时还寓。

一月二十四日（乙丑正月初一） 早十一时，森珣、森玮来。午刻凤章来访。二时韦少泉来访，三时同出，至厂甸一周，五时还寓。

眉注

乙丑元旦

一月二十五日（正月初二） 早十一时助臣来访，午后一时潘辅臣来访，赵伯渔、袁□□、朱念菴来访，念菴即住二十九号。二时出至西华门购票入览武英殿，新添赵文敏、董宗伯、张得天诸人写经及宋刻《刘宾客集》及元刻元《文类》等，陈瓷器处有小多宝格，作海棠式文竹所制，精雅绝伦，上置种种小珍玩，无一不可人意。至门前购张丙森画一张及极乐世界缂丝一张，价共六角。至三殿一看，在茶坐用红茶，洋点，价二角，还寓。

一月二十六日（正月初三） 午后一时倪松寿来访，云已派在交部联运科任事，少顷去。二时同马兰君、兰儿出，至西华门购券入，过太和门前，至文华殿购券入观。蒙古包设殿前甬道上，外为白毡，黄绫覆顶尖及作周围之檐门，结黄绫之彩，庐内之顶中为圆幅，外周裁为八幅，皆黄地红龙之织锦，周壁亦然。地上则为五色，佛花亦用织锦，后半以织锦作幔，状如间壁隔出，庐径四分之一，如暖阁形，中置小炕，炕后壁上及幔壁之额及两旁皆以白绫作画及字。字为于敏中，画为董邦达也。左右两壁各挂缂丝成行之佛像，前置紫檀香几及景太蓝火炉，鹿角之椅及马扎子亦陈其中。殿中添陈帝王像，元诸帝多戴耳环及饰额发者。左厢亦添礼器图，此非美术画也，与初开时之用意不同矣。四时出，同至城南游艺园，在集雅园用番菜，不佳。七时先出还寓。

一月二十七日（正月初四） 早十时访朱子安，十一时森琅来。午后一时济舟来访，二时乔□□来访，小渠之大少君也。二时同兰儿出，至厂甸一看，四时还寓。

一月二十八日（正月初五） 早十一时明久来访，午后一时到局，三时出。至厂甸看旧书，购得重刻《耳食录》一部，价一元，五时还寓。

一月二十九日（正月初六） 早七时起，大雪，写致森玟信。午后一时到局，四时到部，五时还寓。读《庄子》，夜写字。

一月三十日（正月初七） 早十时作画，午后一时到局，四时还。夜至市上刮脸，九时写字。

一月三十一日（正月初八） 午后一时出，至樱桃斜街贵州老馆平远今称织金[①]。朱子安厚锟与山西安邑李仪彭女士结婚，托余证婚也。马兰君携兰儿续至。四时始成礼，同马兰君、兰儿还寓。

二月

二月一日（正月初九） 早十时出访周明久、周绍文、杨谷曼，皆不遇。午后二时，同甘凤章至琉璃厂、火神庙看古玩，新作大件套料及玛瑙、水晶、紫英石、青精石、绿松石诸器颇多，尤以玛瑙器触目皆是。四时至茶座少憩，与凤章分手，至马路各摊一看，还寓。

二月二日（正月初十） 早十时作画，午后二时到局，三时至北大购书，尚未开门，至第二斋访人亦未遇，还局。五时还寓，夜作字。

二月三日（正月十一） 早十时作画，午后一时到局，四时出。至火神庙，

校记

①织金，原作“紫金”，误。

至厂甸，至小沙土园会文晤李掌柜，闻何厚甫已故去，年六十八岁。夜作字。

二月四日（正月十二） 早十时作画，午后一时到局，二时还。同马兰君及兰儿至火神庙，至厂甸，四时还。五时甘凤章与石书林来访，夜少泉来访，作字。

二月五日（正月十三） 早十时作画，午后二时凤章及素园来访，同出至琉璃厂清秘阁。素园购宝沈安对三副、樊云门三副、花笺二十盒。出至清华斋购洪宪瓷器未成，至厂甸马路一看，四时分手，余还寓。夜作字，接伯恒侄信。

二月六日（正月十四） 早十时出，至丁字街小学堂交学费，出访明久，出至小市一看，还寓。午后二时到局，四时还，夜写字。

二月七日（正月十五） 早十时作画，午后二时到局，三时出。至厂甸觅旧书皆未得，四时还。

二月八日（正月十六） 早十时出，附电车至东四七条访澍园，以游刻《柳集》赠之，并赠在美时照像。三时出附电车至前门，赴青云阁一看，至商务印书馆为兰儿购课本，至中华访周支山，遇陶孟和，五时出还寓。

《诗画舫》一书在明时为《唐诗画谱》，共八册，原刻甚大，清末日本人用铜板缩印，仍用旧名。而吴人用石板缩印，改名“诗画舫”亦在此时。昨日余在厂甸曾在原刻及铜板本向购未成。

二月九日（正月十七） 早写复周季康信，午后一时到局，四时还。写复谢根梅信，夜写字。

二月十日（正月十八） 早十时作画，午后一时到局，二时出。访石书林于王府仓胡同六号，书林购自琉璃窑户赵雨田者也。三时仍还局，五时还。夜韦少泉来访，蕴真来访。

二月十一日（正月十九） 早十时作画，午后一时到局，四时还。六时到忠信堂，赴商标局同仁公请局长、科长之宴会。

二月十二日（正月二十） 早十时作画，午后一时到局，闻已放假，遂出。访福田，出还寓。仍出附电车访澍园，五时还。

二月十三日（正月廿一） 午后一时到局，五时还。森琅来访，借《耳食录》去。

二月十四日（正月廿二） 早十时作画，午后一时到局，五时还。夜改画课，济舟来访。

二月十五日（正月廿三） 早十时作画，十二时赴西车站，赴李景韩局长，夏、杨两会办之招也。二时出，至廊房头条购果盘架不成，至青云阁购广告画两张，价五角，还寓。五时彭建平来访，六时赴明九之招，澍园亦在坐，新识者为黎伯颜。

眉注

星

二月十六日（正月廿四） 早十时作画，午后一时到局，五时还。夜改画课。

二月十七日（正月廿五） 早十时改画课，午后二时到局，四时还。夜改画课。

二月十八日（正月廿六） 小病，就尚志医院就诊。还，写信送局请假三日。午后二时王培莘来访，四时严宅取画课卷。

二月十九日（正月廿七） 十时赴医院，午后三时出。至琉璃厂淳菁阁问袁寒云字，至京报馆购副刊第二。

二月二十日（正月廿八） 十时赴医院，午后二时出，附电车往东四七条访澍园，闻已赴奉天，与少泉谈二小时出。至东安市场用点心，至一五一购假象牙像框一，价一元，还寓。夜助臣来访，凤章来访。

眉注

赠澍园蓝瓷盘、墨白套料烟壶。

二月二十一日（正月廿九） 早十时赴医院，午后一时到局，四时出至市场南刮脸。还寓，检书。

二月二十二日（正月三十） 早十时赴医院，午后二时作画。

眉注

星

二月二十三日（二月初一） 早十时赴医院，午后一时至东四七条访澍园，遇王崇素，同至隆福寺购书不得，分手还寓，作画。夜韦少泉来访，赠与画一幅并讬写字。

二月二十四日（二月初二） 早十时赴医院，午后一时到局，三时至京绥局借支去年十二月薪俸，仍还局。夜济舟来访。

二月二十五日（二月初三） 早十时赴医院，午后一时到局，三时到部，支一月份薪水六成。还寓作画，夜写字。

二月二十六日（二月初四） 早十时赴医院，返作画。午后一时到局，支本月津贴，五时还寓。夜七时出，至琉璃厂清秘阁持为王植之所作画付装，并购笔二枝，还寓。

二月二十七日（二月初五） 早十时出访黎伯颜不遇，访陈幼安于中和煤矿公司，谈时顷出。午后李子俄来，借与《田子丰画册》，属照仿一过。一时还局，五时还，夜写字。

二月二十八日（二月初六） 早十时为福田恤金事访张笏香不遇，访梅渭秋托其转托笏香，与渭秋谈时顷出。午后一时到局，五时还，夜写字。

三月

三月一日（二月初七） 早十时出，访明久。午后一时访凤章不遇，三时出至洗清池入浴，五时至华英刮面。夜写字，过《书经》。

眉注

星

三月二日（二月初八） 午后一时到局，五时还，夜写字。

三月三日（二月初九） 早写致厚斋信、森玟信。午后一时到局，五时还。夜济舟来坐，凤章来坐，谈黔实业厅事。

三月四日（二月初十） 早九时至琉璃厂中华书局购订《小朋友》半年，买《历史统系图》一张。至清秘阁裱《统系图》，购印色一盒，价三元五角。至商务印书馆买象皮纸信封五十个，至淳菁阁取袁寒云字，补去三元六角，至清秘阁裱袁字，取所裱赠王植之画，还寓。午后一时到局，五时还。仍出至清秘阁购四色纸一张，至商务印书馆买《缅甸一瞥》一册，明信片六张。六时至瑞记，赴斗南招饮，八时还。

三月五日（二月十一） 早九时半出，附电车至东城访澍园，遇万勉之。午后一时附电车还西城，到局，五时还。夜写字。

三月六日（二月十二） 早九时出，访[1]助臣于西砖胡同，不遇，还。至菜市口赴恩隆号购香片茶百包，价一元，还寓。午后一时到局，五时还。夜写字。

校记

①访，原作“遇”，据文义改。

三月七日（二月十三） 早九时出，访明久，遇济舟，十一时还寓，助臣来访，留午饭去。一时到局，五时还。六时至六部口香满园，赴甘凤章之招。

三日八日（二月十四） 早十一时出，至瑞记赴主人覃瑞廷之招，一时返寓。三时出至东四七条招待所访素园，以明宣德青花盘龙瓷圆盒及德国错金黑钢裁纸刀并所画《老君关图》赠之[①]，又马兰君赠周小姐嵌阿卜小戒指一枚。是日，在素园处晚饭，助臣亦在坐。夜九时同出，附电车至前门与助臣分手，还寓。

三月九日（二月十五） 十时出，至市上刮脸。午刻傅觉民约至撷英饭馆午餐，未往。一时到局，三时出至东车站送素园行，遇简孟平、刘德舆。候素园不至，车开后赴东四七条招待所访素园，仍未来，遇王崇素，云素园须至张家口一行。五时馀素园始返，同用晚饭后，素园赴西直门车站，余谈时顷始还。

三月十日（二月十六） 午后一时到局，五时还，夜写字。

三月十一日（二月十七） 早十时至东四七条招待所，闻素园尚未回。午饭后谈一时许出，附电车至局，五时还寓。夜写字。

三月十二日（二月十八） 早十时作画，午刻兰儿自学校返，云孙中山逝世，学务局令各校停课。午后一时出，至东四七条探素园，则已启行，遂至铁狮子胡同中山行馆一看。返，至东车站送行，素园不及行，惟王崇素、韦少荃先行，还。夜写字。

今日至清秘阁取回所裱《历代统系图》及袁寒云字，又购原书纸一刀。

夜间森琅来，以四色纸字屏四张令寄良丞，又两张自用。

三月十三日（二月十九） 午后一时到局，四时还，夜写字。

校记

①“赠之”原无，据文义补。

三月十四日（二月二十） 午后一时到局，三时至京绥路局，谒调查主任戴少木，乃还商标局，四时还寓。

眉注

戴住前细瓦厂井胡同二号

三月十五日（二月廿一） 午后二时出，至劝业场宝华楼访厚斋不遇，至牛乳店牛髓粉不得，至青云阁富晋书局购得仿制雷峰塔宝箧印经一卷，价二角五分，又杂志数种，四时还寓。夜分《道因碑》字。

三月十六日（二月廿二） 早十时出，访徐丽生于校场小六条，同出至宣外大街分手。至上斜街访笏香不遇，遇梅味秋，问福田卹金事。还，见笏香名片。午后一时到局，四时还，夜分字。

三月十七日（二月廿三） 午后一时到局，五时还。森珣来访，托觅片，为瑞人安迪生代觅也。夜分字。

三月十八日（二月廿四） 早十时出，附电车至新街口访厚斋。出访陆香岩，十二时还寓。午后一时到局，五时始还。夜分字，森珣来。今日托厚斋觅玉片。

三月十九日（二月廿五） 早十时作画，午后一时到局，三时至京绥路局借支一月份薪水五十元，仍还商标局，六时半始还，还柜上费用。

三月二十日（二月廿六） 早十时作画，午后一时到局，六时半还。夜分《道因碑》字，凤章来访。

三月二十一日（二月廿七） 早作挽中山联，午后一时出访凤章，遇李仲公。二时到局，四时访助臣于部，同至客室谈少顷，还寓。夜分字。

三月二十二日（二月廿八） 早十时作画，午后二时到公园看杨令茀画，至中山礼堂行礼，赞礼者陈扶黄也。出西苑遇张镜生、黎勉亭。出遇马兰君、兰儿及甘太太往游，因告以行礼处，遂出还寓。夜分字，凤章来访。

挽中山联：

改造五千年历史国家，与世界争驱，坐言起行，天命无权让人力；

提高四百兆同胞人格，应潮流直上，前仆后继，匹夫有责在国民。

眉注

星

三月二十三日（二月廿九） 早十时访鸣九。午后一时到局，四时还。六时出，至王府仓胡同赴石书林之招，九时还寓。

三月二十四日（三月初一） 早十时出，至中央公园观中山开吊之各挽联，十二时还寓。午后一时到局，出至地质调查所参观，仍返局。五时到部访助臣，出至大益公寓访凤章。夜八时至市上理发，还，写字。

三月二十五日（三月初二） 早十时作画，午后一时到局，六时还寓，夜写字。

三月二十六日（三月初三） 早十时出，至公园看中山开吊，遇鸣九，十二时返寓。一时到局，领本月津贴。

挽中山联：

任圣如伊尹而不事时王，石破天惊，新民旧国空三古；

精诚似武乡而更多同志，夜寒星落，望祭哀思遍五洲。

三时到部，领二月份四成，一月份三成，五时还寓。夜写字，接森玟信。

三月二十七日（三月初四） 早十一时同马兰君至公园，以挽联交中山治丧处。随众行礼，得瞻仰遗体，觉面上犹有血色。至柏斯馨用牛乳，过长美轩雅座，见有挽中山联悬门上。

拚将老骨销王气；指葬钟山

死不甘心作帝羓。指保存遗体

以中国人眼光看此事，自应有如是观念。至水榭看四川国民党人追悼会，出附电车至西单，马兰君下车，余至辟才胡同下车到局。六时还寓，写字。

三月二十八日（三月初五） 早十时作画，午后一时到局，六时还，夜写字。

三月二十九日（三月初六） 午后三时至劝业场，遇赵伯良，向购陶炉一，价四角。至书肆购《国学季刊》一，价六角，画片二，价一角，至宾宴华楼青云阁还。

三月三十日（三月初七） 早十时作画，午后一时到局，四时还。同兰儿至游艺园，出至琉璃厂有正书局买石印《张迁碑》一册，价二角七分。夜写字。

三月三十一日（三月初八） 早十时作画，午后一时到局，六时还，夜写字。

四月

四月一日（三月初九） 早十时作画，济舟来访，西林来访。午后一时到局，六时还。夜写字。

四月二日（三月初十） 早十时早饭，十一时出，至市上看中山出殡。西单牌楼一带观众云屯，市肆楼窗、屋顶上皆聚有多人，学生队甚多，校旗飘扬，迤逦数里，北大花圈队尤为庄严。四川国民党所上大花圈径约一丈，以八人畀之。大花圈后即为马车，上置中山大像，后为灵柩，载以汽车，黑布幕之。柩车前后皆由童子手牵巨棒，绕作椭圆形，国民党中重要人皆在车之前后。余随车至商标局，到局时方十二时三刻也。五时还寓，夜写字。

四月三日（三月十一） 早十时作画，午后一时到局，五时还。夜简孟平来访，新由西安馆店移至公寓八号也。写字毕，往回看。

四月四日（三月十二） 午后一时到局，六时还。七时甘凤章来访简孟平，约余往谈，商量共送蔡叔曧追悼会挽联。

蔡叔曧追悼会

有主义方有精神，三年岭外征诛，相将就义真若渴；

为国民非为将帅，十载黔中豪杰，如此捐躯始是忠。

四月五日（三月十三） 早写挽联，午后二时作画。四时出，至京报馆购中山出殡照片，至清秘阁购屏笔一枝，价六角，夜写字。

眉注

星

四月六日（三月十四） 早十时蕴真来访，午后厚斋来访，送还雍正仿均瓶及紫砂茶壶、建瓷茶盃。二时严仁泽来，为临董画一幅，俾观用笔。五时画《水流云在图》毕，将以赠廖绶卿也。夜出至市上刮脸。

眉注

今日放假

四月七日（三月十五） 早十时出，访廖绶卿，交所画《水流云在图》，此画讬余盖四五年矣。十一时出，访石书麟，观所藏豇豆红太白尊，尚无绿点。又康熙均釉石榴尊，紫蓝相间，色较宋均者稍浅薄，而艳丽则过之，釉上乃能有此色，真令人为之叹绝，惜底被磨去，可惜也。还寓，午后一时到局，六时还。夜写字，济舟来访。

四月八日（三月十六） 今日放假。早十时助臣来访，同至八号访简孟平。厚斋命人送还豆彩大瓶。午后森琅来看，还来《耳食录》，借《小说月报》去。三时同兰儿往中天电影看《不堪回首》，片中人所讲演片也，素芸表情最佳，悲惨处余不觉为之坠泪。六时还，夜写字，森珣来看。

四月九日（三月十七） 早作画，午后一时到局，六时还，夜写字。

剪报上《清室点查报告》，接森玟信。

太炎挽中山联：

孙郎定天下，三分当魏国，萌芽江表，未能忘袭许；

南国是吾家，故物怨灵修，浩荡武关，何事入盟来。

四月十日（三月十八） 早十时出，访明久不遇还。午后一时到局，六时还。夜写字。

四月十一日（三月十九） 早十时作画，十一时到局，四时还，作画，夜写字。

四月十二日（三月二十） 早十时作画，午后一时同马兰君及兰儿至神武门购券每人一元入故宫参观。入贞顺门向西至延晖阁澄瑞亭、千秋亭、养性斋，过鹿囿至钦安殿，入坤宁门过坤宁宫之西暖殿至坤宁宫，过交泰殿，由隆德门侧小门至弘德殿入乾清宫。过懋勤殿、南过批本处、月华门奏事处，东过南书房、乾清门、上书房，转北过御药房、日精门、自鸣钟、端凝殿、御茶房，转西入昭仁殿院中。北过景和门至坤宁之东暖殿，北出坤宁门，东至绛雪轩，北过万春亭、摛藻堂，经御景亭假山下，仍出贞顺门、神武门。

延晖阁、绛雪轩皆照常陈设，古香古色，全由书卷之气蕴酿而成，东方美术之极致也。延晖阁中一间当屏门处，以画漆屏风六扇代之，镶于两楹之间，其用心甚当。

澄瑞、千秋、万春三亭皆佛堂，而澄瑞陈列特丰富。澄瑞正当池上，池中有鲫鱼。

养性斋为东向之楼七间，左右厢各三间，室颇狭小而布置极精雅，但器具皆欧制及日本制，临窗小案蒙以漆布，案中嵌长方锡盘，养鱼十馀头，皆干死盘中矣。

摛藻堂中杂置景泰蓝器具甚夥。

钦安殿中祀玄武之神，陈设丰富且悉精整。

乾清宫中三间为暖阁及宝座，东西六间杂置器物，颇似仓库。昭仁殿中皆书，即所谓天禄琳琅也。弘德殿中有楼，有宝座在楼上，似是神龛。懋勤、端凝两殿皆为两厢之平房，与御茶房、批本处等一律，上书房、南书房等亦然，盖皆就两厢各室中随意指定者也。然日精、景和等四门皆较厢房为高大。

交泰殿两窗已破坏，仅用木板随意钉之，甚不美观，屋内藻井则雕镂极精，且满贴以金，北东西三面皆置玺柜。

最可怪者莫过于坤宁宫也。宫本九间，而中一间仅有窗而无门，门在东首第四即中三间之左间也，北墙下有大灶，其长占一间之宽，上嵌巨铁锅三，悉与地平，灶前掘地为坎，以便进薪，承尘花纹悉皆熏黑。此中三间之左一间也。其中右二间则置巨大木床数具，他无所有。馀六间皆不得见，闻东首二三两间为大婚时结婚之洞房云。中三间之设置，盖祭堂子之所，此满人风俗，非汉官威仪也。北京宫殿原朱明故物，此宫受侮特深，可慨也已。东暖殿中略有陈设，东间北首中为格炕，两旁为更衣房，楠木装饰，精雅可爱，似原来皇后住处也。西暖殿不可见。东西配殿亦为两厢平房，与懋勤等殿同，基化、永祥、龙光等六门皆小如胡同。

昭仁、弘德、东西暖殿其出入口皆不得法，四殿东西墙外有低处，盖以木板，悉已朽败污秽。而坤宁宫后檐下乃至围以木板作厕所用，如此庄严轮奂之旁而苟且如此，我国人整理力之缺乏实可惊也。

四月十三日（三月廿一）　早十时出，访彭翰丞于平安里，并交还托画之山水一幅。还，乔孟渊来访，托介绍于甘凤章。午后一时到局，六时还。夜粘《拔萃帖》，凤章来访。

四月十四日（三月廿二）　早十时出访明久，谈少顷出，访幼安于中和煤矿公司不遇。午后一时到局，五时还。乔孟渊来访，夜写字，接森玟寄款信。

四月十五日（三月廿三）　早十一时至市上理发，午后一时到局，六时还。夜整理《拔萃帖》。

四月十六日（三月廿四）　早十时作画，以款信托赵晓山往取。午后一时到局，六时还。夜整理《拔萃帖》。

四月十七日（三月廿五）　早十时出，以《相见坡图》二张并所编《道因碑》分部字帖交清秘阁代裱。午后一时到局，六时还。夜整理《拔萃帖》，森珣来，云将以明日同瑞典人安迪生往张家口去。今日款取来，还柜上五十元，又内款十三元，馀卅七元。

四月十八日（三月廿六）　午后一时到局，夜写字。

四月十九日（三月廿七） 早十时出，至市上浴堂洗澡。午后二时出，至前门外劝业场购物，又至天宝金店购物。两处皆见西藏男妇数人，有妆饰华丽者而污浊特甚，面色苍黑，颇似贵州苗人。至琉璃厂东门，以石印《张迁碑》交文光堂讬加衬纸。至云和墨盒铺购寿字香盒一，价二元八角，腰圆墨盒四，每四角。至小沙土园某肆购画册一，价一元二角。中有王右丞画，用笔颇似卢鸿《草堂图》，可宝也。还寓，夜临《张黑女碑》。

附夹页严仁泽来函

太夫子大人函丈：

久违尘教，时切下怀。月前接奉删改画稿，不胜感佩。泽日来仍习该稿，临谱之外，复以所习旧件相参正，未知较前进步未也。但泽现练习系用元书纸，虽便于练习，纸质不甚坚，故稿纸每悞撕破，能否更易较坚者？仁泽曾用竹纸试绘，但是纸不易著墨，敬祈赐示为盼。肃此谨禀。恭请

钧安

严仁泽谨禀　三月廿八日

册首杂记

东坡　飞云　相见坡　云顶关　牟珠洞　黄陵庙　白龙崖　明月莽　柳林坨　界石　双女庙　新安石

（画题）山暂萦回水脉分，渺渺烟波接九凝，昔寻李愿向盘谷

湘江斑竹枝　山颜日高古，人行明镜中。

笠泽茫茫

太乌山高三百里

云里帝城双凤阙，雨中春树万人家。写唐人诗意，假设身在曲江也。

夫差坐莲宫，巨浪摇不醒。浪与莲不相容，应以海上珊瑚礁之情形解释之，以图明之。

《镜花缘》中唐闺臣、阴若花在泣红亭所见风景

仙山楼阁　大瀑布

四月二十日（三月廿八） 早十时作画，午后一时到局，六时还。夜凤章过访。

眉注

乙丑

四月二十一日（三月廿九） 早九时出访明久。出，访幼安。午后一时到局，六时还。六时同孟平至平安里贵州督办驻京办公处，赴凤章之招，八时还。

四月二十二日（三月三十） 早十时访明久不遇，还，作画。午后一时到局，二时还。三时凤章来访，共论黔事，四时去后作画。夜临《张黑女碑》。

四月二十三日（四月初一） 早十时出，访助臣，代良丞致赠品罐头二，遇韩白秋，同留助臣处午饭。还寓，明久来访，一时半到局，六时还。夜森珣来访。

四月二十四日（四月初二） 早十时作文，午后一时到局，五时还。夜凤章来访，去后作文。

四月二十五日（四月初三） 早十时明久来访，午后一时访凤章不遇，交文稿二则出。到局领本月薪水，五时还寓。

四月二十六日（四月初四） 早十一时出至市上刮脸。午后一时出，至神武门会合商标局同人，以半价购票参观故宫，各处钉有木牌，一目了然。四时始出还寓，助臣来坐。夜临《张黑女碑》。

四月二十七日（四月初五） 早十时出，至琉璃厂文光堂取重装《张迁碑》，至清秘阁取所裱《相见坡图》二张，《道因碑》集字帖一本，又购墨合二个。至中华书局购《吕半隐画册》一册，价一元，还寓。午后一时到局，六时还，助臣来访。夜临《张黑女碑》。

四月二十八日（四月初六） 早十时作画，午后一时到局，四时至京绥局，六时还寓。夜临《张黑女碑》。

四月二十九日（四月初七） 早十时作画，午后一时到局，四时到部，领薪水五成三十元，还寓。夜临《张黑女碑》。

四月三十日（四月初八） 早十时作画，午后一时到局，四时还。凤章及靳宗岳来访，同在孟平房中坐。夜作文。

五月

五月一日（四月初九） 早十时出访明久不遇，访凤章，少坐还。午后一时到局，四时出，到京绥局领二三两月薪水，共一百元。访陈乙白于机要科，谈少顷出，还寓。夜临《张黑女碑》。

京绥铁路局原为明季田贵妃外家邸第，园中半幅精舍尚指为陈圆圆妆楼也。

五月二日（四月初十） 早十时作画，午后一时到局，六时还。夜写字，读《庄子》。今日交柜上本月房饭费四十八元。发致光叔信，致李焕章信。

五月三日（四月十一） 早十时作画，午后三时出，至商务印书馆买《近代诗抄》一部，《寐叟题跋》一部，《学生词典》一部，共价十元零四角。还寓，看《诗抄》，夜写致鹤亭信，临《张黑女》。

五月四日（四月十二） 早十时出，访明久，还作画。午后一时到局，六时还，闻凤章在孟平许往与谈，七时助臣来访，夜薛勋石来来，临《张黑女》。

五月五日（四月十三） 早十时写致森玟信，作画。午后一时到局，五时还，接良丞信并像一张，夜临《张黑女》。

五月六日（四月十四） 早十时出，访明久，并回拜薛勋石，张莲仙在坐，旋路金波亦至，黄济舟亦至，明久留早饭。午刻还寓，一时到局，六时还。夜临《张黑女》，济舟来访。

五月七日（四月十五） 早九时出，至东交民巷美国照像馆及哈同照像馆买明信片，至东单牌楼雇车还。过天安门见巡警颇多，且有消防队多人。午后一时到局，六时还。夜临《张黑女》。

五月八日（四月十六） 早十时作画，午后一时到局，六时还，夜临《张黑女》。

五月九日（四月十七） 早十时作画。午后一时到局，四时还，五时蕴真来访。夜临《张黑女》。

眉注

蕴真方在京绥路下花园煤矿公司管文牍

五月十日（四月十八） 早十时出，至公园看画展览，则邵逸轩一人所为也。至社稷坛看胡笠僧开吊，还。午后二时，同马兰君、兰儿至长安照像馆照像，计四寸三片，六寸一片，用优待券六折，共合二元七角，交订银一元。于其处遇黄石夫。还，看《近代诗抄》，晚饭用葡萄酒一盃，八时睡去，至十一时始醒。

五月十一日（四月十九） 早十时作画，午后一时到局，六时还。看《近代诗选》，夜临《张黑女》。

五月十二日（四月二十） 早十时出，至廊房头条同生照像馆为兰儿取像片，至青云阁富晋书局购王仲初仿宋元《山水册》，价十三元；《画中九友集》册，价十四元五角。俱八折，共二十二元。还寓，午后一时到局，六时还。看《近代诗选》，夜同。

五月十三日（四月廿一） 早十时作画，午后一时到局，六时还，夜写字。

五月十四日（四月廿二） 早十时出，至琉璃厂有正书局减价购《名画集》二三至二六四册，傅青主、包安吴草书，秦汉金文八种，盂鼎、毛公鼎铭文拓片放大本各一册，六折，共合四元六角五分。午后一时到局，六时还。夜临《张黑女》。

五月十五日（四月廿三） 早十时出，访明久不遇，还寓。午后一时到局，六时还。夜临《张黑女》。

五月十六日（四月廿四） 早十时作画，午后一时到局，六时还。夜临《张黑女》。

五月十七日（四月廿五） 早十时作画，午后作画，夜临《张黑女》。

五月十八日（四月廿六） 早十时作画，李子俄来。午后一时到局，三时出，至中央公园看画学研究会展览会。五时还寓，六时助臣来访，夜临《张黑女》。

五月十九日（四月廿七） 早福田来访，午后一时到局，五时还，夜济舟来访，去后临《张黑女》。

五月二十日（四月廿八） 早十时出，至一五一公司购养鱼玻缸一个，价一元三角。返，接森玟[①]信，午后一时到局，四时还寓。作画，六时到至市上剪发，夜临《张黑女》。

五月二十一日（四月廿九） 早十时作画，十一时明久来访。午后一时到局，四时还。作画，薛勋石来辞行，并同至简孟平室小坐。夜九时出，持所画山水一幅往访勋石，即以持赠，少坐而出。还寓，临《张黑女》。

五月二十二日（闰四月初一） 早十时出，至有正书局购《史晨》《乙瑛》各一册，价共五角一分。午后一时到局，五时还寓，作画。夜临《张黑女》。

五月二十三日（闰四月初二） 早十时作画，午后一时到局，五时还。六时作画，夜至中天电影看《恩爱冤家》及《红绿眼镜》，十二时还。

五月二十四日（闰四月初三） 早十时起。午后一时森琅及姚孟年来访，孟年在日本习商业银行已毕业，现在安田银行实习。四时出，至琉璃厂有正书局购

校记

①玟，原作“玻”，据文义改。

清十一朝帝像，价四角五分原一元二角。夜临《张黑女》。

眉注

星

五月二十五日（闰四月初四） 早十时，以长沙电灯公司股票二张一千元并息折由双挂号寄长沙樊西巷五十七号德和盐号饶树云，请代取十三、十四两年息金汇京。午后一时到局，六时还，倪松寿来访，以尊祖克斋先生所藏东坡行书手卷讬为鉴定，其物不甚可信，后有赵吴兴跋尤劣。夜牙痛，终夜不得睡。

眉注

电股号数乐采记：优先股柏字第一号七百元，又柏字第三三一号三百元，取过十二年份息金。

五月二十六日（闰四月初五） 早九时半出，至象坊桥震旦医院觅朝鲜人江君诊视牙病。午后一时到局，领本月津贴，五时还寓。夜牙痛略减。

五月二十七日（闰四月初六） 早九时半至震旦诊牙，约明日拔去。还，森珣来视，云所讬安迪生瑞典人代觅瑞人约翰宝牙之画，安云约汉其弟子，画有逸才，深喜吾辈之能识此画，约至国后寄赠云。午后一时到局，四时到部，还寓。夜济舟来访，牙痛未减①。

眉注

拔一枚，补两枚，价二十四元

五月二十八日（闰四月初七） 早九时半至震旦拔牙，尚不觉痛，但颐微肿。午刻电商标局请假一日，三时厚斋来访，以白青两色玉数块见赠，前讬安迪生瑞人代觅者也。

五月二十九日（五日初八） 早八时出，访明久，九时半至震旦诊牙，还寓。森珣来，言接黔信，云良丞为四房十六侄事自广东街回宅，在门前跌伤足，幸得西女医治之，已半痛云。以厚斋所觅得之石片交森珣持去。午后一时到局，

校记

①减，原作“见”，据文义改。

五时还，作画。夜临《张黑女》。

五月三十日（闰四月初九） 早十时出，至震旦诊牙。出，访明久，以玟儿事讬之，时厚斋亦在坐。十一时半还，午后一时到局，三时到部，领薪水五成。六时还寓，接玟儿信，作画，七时彭建平来访。夜，市上刮脸。

五月三十一日（闰四月初十） 早十时出，至震旦诊牙，交医费十九元前交五元。午后二时出，至中央公园看图书展览会，有《永乐大典》《四库》书及《敦煌石室抄本》书，法人所翻印之《敦煌石室唐人五彩佛像》绝精丽。出至来今雨轩用冰忌凌一器，出还寓。五时作画，夜临《张黑女》。

六月

六月一日（闰四月十一） 早九时半出，至震旦诊牙，遇符经武①。出至琉璃厂清秘阁裱赠安迪生瑞典人山水画，至有正书局购何藏《张黑女》一，价六角原一元。午后一时到局，六时还，作画并作文。夜临《张黑女》。

六月二日（闰四月十二） 早十时至震旦诊牙，午后一时到局，五时还，作画。夜临《张黑女》。

六月三日（闰四月十三） 早十时至震旦诊牙，午后一时到局，五时还，夜临《张黑女》并作文。

六月四日（闰四月十四） 早十时出，至京绥铁路局领四月份薪水五十元。还寓，还柜上六月房饭费，接光叔信及李焕章寄来《洪江日报》一张，闻三弟媳凶耗，凉怛不已。午后一时到局，六时还，夜临《张黑女》。

眉注

为惜曚昽影，黄昏不点灯。

校记

①符经武，前作“符经甫”。

六月五日（闰四月十五） 早十时作画。午后一时到局，三时还，接树云信并电灯股票折子，利银则随后汇来。出至震旦补牙，出至松华斋购七紫三羊二枝。至清秘阁以寒云字幅属截短一尺，袁锡老折扇面、黄再同团扇属合裱一幅，订写陈听水直条一幅，价十二元。出至劝业场购蚊子盘香、棕榄香皂各一，出附电车还寓。夜临《张黑女》。

六月六日（闰四月十六） 早十时作画，午后一时到局，三时还，至头条入浴还。接李焕章信，亦报三弟媳事。夜誊文稿。

六月七日（闰四月十七） 早十时，彭翰臣来访。十二时森珣交来森琨信述构祸事，又老五致珣信，因与珣痛论此事之来因后果，属致信老五，令其谨慎发言，不得妄动。午后三时出访廖寿卿，五时出至井楼胡同访戴锡棠。夜出至市上刮脸，临《董美人》。

六月八日（闰四月十八） 早九时，写致李焕章信及森琨兄弟信，由快信去。午后一时到局，二时同翰丞出，往西城保安寺街西头湘西梅寓访湖南梅师长植根，不遇。出，往屯绢胡同访明久，不遇。还局，为翰丞起稿作致梅师长信，请其电洪江唐营长保护乐刘氏遗族及遗产。六时还寓，夜写致光叔信，讬其照看森琨兄弟，并为涧澄弟两子起名森瑾、森瑜。

眉注

梅植根馨，湖南汉寿人，前清协统，民国元年师长，现将军府将军，赵炎午、唐生智皆其旧部。

夹页文

植公将军大鉴：到京未久，俗务倥偬，未遑晋谒，罪甚罪甚。正拟趋候，适农部同事乐君有事乞援，相率踵府，又值公出未遇。事缘乐君籍隶贵州，有居孀弟妇刘氏携妾及两幼子寄居洪江，历有年所。此次湘军收复洪江，有向与挟嫌之人因其系属客籍，薄有财产，蓄意陷害，捏故向湘军诬告，驻洪之唐营长不察情实，猝然捕去戕毙，遗妾及两幼子惊惶万状。乐君在京闻信，乃乞援于湘人。弟与蔗兄均与乐君多年挚友，素稔其家风良善，行为谨慎。刘氏年老孀居，阖家皆属妇孺，旅洪既久，又有财产，何至有作奸犯科之事，其为诬陷，不问可知。我公民国元勋，湘省耆旧，对于军界，一言九鼎，乞推天地好生之仁，代电洪江军界，对于乐氏遗族遗产曲予保全，俾无辜妇孺不致再遭横祸，用肃寸缄，为之先容。乐君明日午前当再踵府面陈，届时祈赐接见，俾尽其词，并代电前途，令妇孺得以保全，则感激之忱，不特乐君一人已也。肃此祗请勋安 □□□拜恳

十四年六月八日闰四月十八讬彭翰臣信讬梅植根馨将军代拟信稿

六月九日（闰四月十九） 早九时出访明久，讬觅湖南代表致电赵炎午。十一时往访湖南梅植根，讬致电洪江事，乃翰丞信尚未送到，少谈而出。长沙款已到，讬柜上往取。午后一时到局，以四角命听差送梅信，六时还。夜临《董美人》。

六月十日（闰四月二十） 早九时出，访明久，以洪祸开一节略写手折上，并代拟致赵炎午电稿。明久自作一信，讬湖南雷时若转讬赵之代表萧立臣堃致电长沙。黄瑶臣在坐，共谈黔灾事。十一时访梅植根，不得见，还。森玮来，言讬伊文思买英文《建筑学纲要》已到，尚须补三元往取，因付与三元。午后一时到局，写致梅植根信，附电稿，请签名发还。大雷雨，四时还寓。接明久交来萧堃署名电稿，命茶房送致梅信，发致光叔信。梅植根命人送来签名电洪稿，以一元畀来人去。晚饭后，讬柜命人往拍长沙及洪江电。夜临《董美人》。

长沙电八十一字，费十元六角九分二厘。洪江电三十字，费三元九角六分。又附收赈款各二角。电局清单已寄洪

眉注

翰丞致植公信，闻已转长沙赵省长。

夹页文一

湖南赵省长钧鉴：省军收回洪江，有黔籍孀妇乐刘氏为人诬陷，被省军戕毙，遗妾徐氏及两幼子惊惶万状，旅京黔友群请代恳钧座申雪，并迅电洪江唐营长对于乐刘氏遗族及遗产加以保全，馀函详。萧堃 六月十日

湖南洪江唐营长及驻洪诸军公鉴：乐刘氏既死，其遗族遗产请予保全为盼。梅馨 六月十日 原签名稿另存

夹页文二

六月十日致梅植根信

植公将军大鉴：昨晨晋谒，幸睹光仪，感谢感谢。彭翰翁奉函闻已入览。事关生命财产，呼吸万变，我公慈悲，已许援救，非由电往不能济急，谨拟电稿呈览，请赐斧正，并请签名发还，以便拍发。倘能因此得庆生全，将阖家感戴，永无穷期。

六月十一日（闰四月廿一） 早九时访明久不遇，至象坊桥震旦医院治牙。出至小市购得《信徵集》半部，儿时所看，甚欲复读，且以其中富地方意味也，价一元。还寓，午后一时到局，四时还，写谢梅植根签电信。夜临《董美人》。

夹页文

六月十一日致梅植根信谢

植公将军大鉴：昨呈电稿，幸蒙签名，奉到后即时送局拍发，度一二日间当可到达洪市。又闻我公另有信达长沙，若长沙另有电往，则形势当更改观。舍下住洪过六十年，有田园庐墓，亦与湘人无异，不意此时适兹意外，非我公援手，恐尚有不堪设想者。谨奉赤心，用申谢款。

六日十二日（闰四月廿二） 早九时出，至清秘阁取所修理袁寒云直条，所裱赠安迪生画幅，又还账二十元，还寓。午后一时到局，五时还。写致焕章信，内附长洪电费单及电稿。夜临《董美人》。

六月十三日（闰四月廿三） 早九时发致焕章信，至柜上遇战邻晴，谈及清季各省谘议局议员同年事，战君黑省副议长也。整理数日来日记。午后一时到局，四时还。五时至前门劝业场购蚊香，至青云阁购《裸体美之研究》一册，价一元零五分，至一得阁购墨汁。还寓，写致森玟信。夜临《董美人》。

眉注

十日所发致赵电，昨日赵回萧电，云已电洪江刘旅长查照办理。今日明久将电交来。

夹页文

赵省长复萧代表电

十日电悉，已遵饬驻洪江刘旅长查照办理矣，特闻。赵恒惕文。原电存

六月十四日（闰四月廿四） 早九时出访明久，十一时还。午后二时同马兰君、兰儿同至神武门，以五角购票入清宫游览，六时始出。夜临《董美人》。

本日清宫除中路外，添放重华宫两院。东院漱芳斋前为戏台。西院重华宫其东厢为葆中殿，一曰古香斋，西厢曰浴德殿，一曰抑斋宫，前一进为崇德殿，一曰乐善堂。又漱芳斋之东室，一曰随安室。

漱芳斋前大铜缸二，苍碧古秀，似较金色者更为美观。

乾清门已开放，但不能出门，保和殿后身及景运、隆宗二门皆可见。门前金狮二，金缸八，金色如新。保和殿后即明崇祯时常御之平台。

漱芳斋重华宫为近时老瑨妃所居，室中东壁为博古架，古玩填溢，俨如宝库。漱芳、重华皆用五色彩画，蟠枝花地用灰蓝，花梗填金，自顶至基皆然。漱芳院中有戏台，彩画亦同他处，彩画专在横材上如梁栋等，此则立柱皆然也。

上书房陈唐宋以来墨迹二十件，画惟卢鸿《草堂图》及赵文敏《鹊华秋色图》，余皆字，其中以怀素《自叙》及孙过庭《书谱》 最令人注目。

眉注

弘德殿旁彩凤门侧之室，即明奉圣夫人直房，魏忠贤与魏朝因争宠客氏而互询之处，即在乾清宫东暖阁，当时皇帝居所也。

六月十五日（闰四月廿五） 早九时半出访明久不遇，访烈先，谈刻许出，还寓。午后一时到局，四时出。闻郑王府已售与中国大学作校址，价十七万元，因即往观。其院宇之阔大，殊出意料之外，西花园亦深邃。还寓倦甚，夜临《董美人》，写日记。

宫殿如太和三殿、乾清三宫及文华、武英等殿，窗棂上所用六出花格，王府皆不得用。郑府正厅及上房所用者皆三跳格也，别院则皆用纵横相错者。窗格当以贵州汉文者为最精美合用，六出者太笨且妨光线，至三跳格贵州惟乡僻尚用之，否则庖湢或下房耳。

眉注

门前广场纵横各三十丈，院内亦然，上房七间，中一间阔一丈六尺五，

两方者一丈三尺五，连廊深三丈，梁空处二丈四尺。

坤宁宫窗格已大部份为三跳格。

三跳格图；相错图

图3 跳格图和相错图

六月十六日（闰四月廿六） 早九时至中央公园，还，写致良丞信。午后一时到局，四时还，写致良丞信。夜森珣、森玮来，森玮交来英文《建筑学纲要》，以赠安特生山水画一幅交森珣持去。

六月十七日（闰四月廿七） 早抄旧稿，取中国银行十三年份息金七十元，全数还旧账。午后一时到局，五时还。夜森珣来，临《董美人》。

六月十八日（闰四月廿八） 早九时写致贵阳森瑶侄四房十二信，致洪江光叔及涧弟信。午后一时至珣侄地质图书馆寓室一看，返到局，六时还。七时助臣过访，留饭，夜临《董美人》。

六月十九日（闰四月廿九） 早十时作画，午后一时到局，六时还，作画。夜临《董美人》。

六月二十日（闰四月三十） 早十时作画，午后一时到局，复还。二时同马兰君及兰儿往游北海，登琼岛之巅，自东下，循东岸北行，过状元境，又过画舫斋，两处结构皆佳。状元境登山，画舫斋临水也。斋东为古柯，庭有老槐最奇秀。至蚕坛一次较一次残损，途中见榆柳叶上生小瘿如嫩果，破之中有小黑点，度虫子也。至五龙亭入茶座，看种种之演艺。至步头欲登船，见人太多，恐有不测，仍由原路步行而回。至闸口遇慈约，出已六时半。还寓，尚未困，夜临《董美人》。

永安寺山门前石狮头皆向内，不知何故。

眉注

蚕坛中老桑数十株，恐北京之桑未有再老于此者也。

六月二十一日（五月初一） 早九时半至神武门购票入观故宫。漱芳斋西室罩格甚富丽。至上书房观所陈各书画，褚河南楷书《倪宽传赞》墨迹最精采，孙过庭《书谱》似已失神。有陆某所临赵文敏《桃源图》，自右手起群山绵亘，山下桃林夹涧，约二尺许始至山口，穿山约尺许始至山内，田园局面颇深阔，不似他人之仅似一村落也。郎世宁所画《猛士赴敌图》，皆西北用兵时将士之实写，甚有精彩。十一时半出，森珣来，留饭去。午后一时寥寿卿来访，三时出至市上刮脸，至亚北用寇寇冰吉林，并购点心。还寓作画，夜持画还孟平，闻已接彭汉章电请出席参政院。九时临《董美人》

眉注

宋人《抚琴图》，人像颇有神气，但左手按徽不得法，似以掌覆弦上而指直向徽矣。

六月二十二日（五月初二） 早九时出，访韩伯秋于棉花上七条之贵州新馆。出至清秘阁取所裱扇面及陈弢庵所写小条，至劝业场购蚊烟二盒，还寓。午后一时到局，三时到部，闻明日可发薪水，五时到铁路局取五月份薪水五十元。还寓，夜临《董美人》。

六月二十三日（五月初三） 早九时出访明久，十时还寓，作画。午后一时到局，五时到部，领薪水六十元。还寓，夜临《董美人》。

六月二十四日（五月初四） 早十时出，至头条入浴。午后一时到局，领本月薪水三十元，又借三十元。五时至京绥局支二十五元，仍还局，六时还寓。夜临《董美人》。

六月二十五日（五月初五） 早十时出，至市上一看，购花二枝，还寓。午后二时作画，三时同马兰君及兰儿赴公园，至董事会看陈小江所绘《极乐图》十幅，赎印本一册。至柏斯馨茶坐用柠檬汁及冰忌林，五时出还寓。夜临《董美人》。

眉注

今日端午节

市民天安门大会

六月二十六日（五月初六）　早十时出，至琉璃厂购书，至劝业场，至前门附电车还寓。午后一时到局，五时还。夜济舟来访，临《董美人》。

六月二十七日（五月初七）　早十时出，附电车至前门换人力车，至青云阁购书未成，至琉璃厂购书亦未成，还寓。午后一时到局，五时还，夜写字。

六月二十八日（五月初八）　早十时作画，午后二时至东安市场，四时还。夜临《董美人》。

眉注

星

六月二十九日（五月初九）　早十时出，至青云阁购《镜花缘》二册，《太平野史》一册。午后一时到局，四时到部，六时还。至简孟平寓室，遇甘凤章自汉口还。夜临《董美人》。

六月三十日（五月初十）　早十时出，至中华书局购《京绥风景册》。午后一时到局，四时到部，领六月份半薪，六时还。夜森珣来访，以译稿求正。

今日本市因广东沙面案，挂半旗示哀。

七月

七月一日（五月十一）　早写致森玟信，午后一时到局，六时还。访甘凤章不遇，至英华刮脸。夜临《董美人》。

七月二日（五月十二）　早九时出，附电车至前门，入劝业场购猛兽明信片及片夹二。至容光购像范，至前青厂访张子琦不遇，至凤翔馆访王伯直及王幼明，看幼明所藏旧铜敦，还寓。午后一时到局，六时还。夜森琅来访，临《董美人》。

眉注

西交民巷京师公立第一女子中学校初中试验：短篇作文百字，国文测验七十以上，四则分数比例，利息，英语造句，英文测验，博物生思大意，中国史地大意，口试心理测验，体格检查。试期八月十、十一，覆十五日。报名期七.廿五至八.八。像及姓名、籍贯、住址、何级、毕业证。费一元。录取三日内保证并缴费。初中学费十元，杂二元，讲义一元，体育一元。

七月三日（五月十三） 早十时出至医专视森琅。出至西砖胡同访铸臣，十一时同出，助臣约至四如春午饭，并简约部中同事刘显卿及简孟平，两君皆住长安公寓也。一时席散返寓，四时作画，夜写日记。

七月四日（五月十四） 早十时作画，午后一时到局，六时还。夜临《董美人》。

七月五日（五月十五） 早十时作画，午后森珣来访，夜临《董美人》。十一时，凤章来访，送来王督办顾问聘书。

眉注

星

七月六日（五月十六） 早七时半到局，午后一时还寓。三时至恒丽缝纱马褂，价九元一分半，交定银五元。还，作画，夜临《董美人》。接森玟信。

七月七日（五月十七） 早八时到局，午后作画，夜临《董美人》。

七月八日（五月十八） 早八时到局，午后作楷书。夜临《董美人》，写玟信。

七月九日（五月十九） 早八时到局，九时访明久，谈半小时，仍还局，午后还寓。接幺叔及涧弟及琨侄由洪来信。三时至长安馆印像片，交订洋一元，还寓。

册末杂记

作一种小说，以猫作人言，自述其境遇

举例，某月某日，余沿藤树而上，至一大窗，蒙以稀布如网，又于网上开一小门，仍悬以稀布之帘，其所以如是布置，亦因其便于吾辈之出入也。室中人皆甚伟大，但亦有余同辈一人，见余欢跃，以鼻嗅余面，余亦不禁嗅之以鼻，彼此甚相投契，相期良久，室中人亦顾余等而笑。余等亦稍倦，相将卧于窗台上，台面蒙以深绿色之漆布，凉滑可喜。余始略观室中陈设，见器具皆甚大，非余等所能适用，窗台上列文具甚多，一大玻璃缸高约六尺，大亦如之，内面满生细苔。

七月十日（五月二十） 早八时到局，十一时出访明九，十二时还寓。午后二时访凤章不遇，至英华理发，四时写字。夜临《董美人》。

七月十一日（五月廿一） 早八时到局，十二时还寓，甘凤章来访。午后助臣来访，王俭良来访，写字。六时出至游艺园，与马兰君及兰儿至集雅园共用大菜，八时出。还寓，临《董美人》。

七月十二日（五月廿二） 早九时访明久，午后三时出。至恒丽号订制毕几夹袍一件，礼服呢马褂一件，价三十六元，交定洋二十元，约月底往取。至隆和购物，至英华购药，还寓。写致涧澄弟信，夜临《董美人》。

七月十三日（五月廿三） 早八时到局，十时到部，访助臣，托交新贵州学会捐款，十二时还寓。午后二时出，至西交民巷公立第一女中校索阅招考章程，至大栅栏屈臣氏买脚气药水，至青云阁购书，雇车还寓。写致王植之信，谢派出席财政委员会事。向暮至长安取像片，夜临《董美人》。

七月十四日（五月廿四） 早八时到局，午后二时写《心经》未成，遂作画。夜临《董美人》，写致森玟信。

七月十五日（五月廿五） 早八时到局，腹泻，十时遂先回。

七月十六日（五月廿六） 早十时至尚志医院，访力舒东求诊。还，请同人向局中告假三日。

七月十七日（五月廿七） 早十时访力舒东求医。午后凤章来访，持王植之电见示，云已电中央请余出席财政委员会云。四时助臣来访，借与余《贵州财政报告》及《民国五年全国预算》各一册。下半日病稍好。

七月十八日（五月廿八） 早仍服昨日药，午后胡桐生来访，谢以病。热甚，更向柜上订二十二号，每日六元，此房凉爽，借以少安。

七月十九日（五月廿九） 早十时访力医，午后森琅来，六时济舟来访。午后即在二十二号坐卧，较凉。

七月二十日（五月三十） 今日仍服力医药，午后复小渠信。时小渠方任贵阳知事。

七月二十一日（六月初一） 仍服力药，十时访胡桐生于大益公寓，闻春间桂生在黔楚之间遇盗，月馀始出云。

七月二十二日（六月初二） 早十时访福田，谈时顷还，翰丞来视疾。竟日小雨。

七月二十三日（六月初三） 早四时大雨，直至午后四时始渐止。前日温度九十四，今日八十。接森玟信，云滇军去邕。

七月二十四日（六月初四） 早九时到局，十一时还。收到森玟由汇丰汇来百元之汇信，讬柜上唐君往取不能得。感冒，竟日养息。夜访孟平。

七月二十五日（六月初五） 早八时到局，十二时还。接植之重庆电，讬催明久出席宪政起草会议。感冒仍未愈，三时作画。夜森珣来访，以十元付令代订美国《亚细亚报》一年，自八月起。

眉注

洋饼干，帕米亨达利乃司。

七月二十六日（六月初六） 早九时出，访明久。十时出，访济舟出，还寓。

七月二十七日（六月初七） 早八时到局，十二时还。午后三时作画，夜访刘显卿，以汇丰百元票托其往取，邀至余室共谈时顷。

七月二十八日（六月初八） 早八时到局，九时到部，领本月薪。其时杨总长昌伯到部。十一时还寓，三时厚斋来访。

七月二十九日（六月初九） 早八时到局，十二时还寓。午后写致森玟信，作画。

七月三十日（六月初十） 早八时到局，十二时还。午后四时至市上入浴剪发。

七月三十一日（六月十一） 早八时到局，十二时还。午后写致李焕章信，四时至西拴马桩史康侯宅，与旧日天津实业厅同人公祭史公，六时随同送库至绒线胡同西口外大街上，遂还。

八月

八月一日（六月十二） 早八时到局，十二时还，午后四时明久来访。

八月二日（六月十三） 早九时读《尚书》，午后五时助臣来访，去后访简孟平。

八月三日（六月十四） 早八时到局，十二时还。接良丞信，寄来昔人所写信数张。午后三时出访明久，出至琉璃厂中华书局购《战棋》及《十字谱》，至劝业场购蜜腊烟咀、蚊子盘香、女袜，出后门还寓。夜看《贵州财政说明书》。

八月四日（六月十五） 早八时到局，十二时还。午后二时看《贵州财政》，为厚斋修改说明书。覆良丞信，讬觅《民国五年贵州财政说明书》及分期进行表寄京。余恨锢、郑子玉来访，夜凤章来访。

眉注

余君，伯远妹丈。

八月五日（六月十六） 早八时到局，十二时还。午后至京绥局领七月份上半月薪水二十五元，看《陆军战史》，简孟平来访。夜接赓梅信。

八月六日（六月十七） 早八时到局，十一时出，回看周少恒不遇，仍还局，十二时还寓。午后出，回看余恨锢。还，接洪江寄来像片二张，又接焕章信。森珣来，交与宝沈安联，令寄良丞。

眉注

周少恒住中宽街二号

八月七日（六月十八） 早八时到局，十一时出访凤章，十二时还。写致赓梅信，夜写致海叔信、涧弟信，并附像片，写致焕章信。往财政委员会报到。

眉注

闻有美国冰忌林粉，试觅之。

中上海福禄寿粉

故宫物品检查报告

八月八日（六月十九） 早八时到局，十一时出访凤章不遇，还寓。午后写致王植之督办信。夜访孟平。

八月九日（六月二十） 早八时起，九时访鸣九不遇，还。发王植之信。十一时访凤章，还，发致谢赓梅信及王植之信。午后检点存信。

八月十日（六月廿一） 早七时送兰儿至西交民巷公立第一女中应考。八时到局，十二时还。午后二时助臣来访，言第二筹赈会事，福田来访。三时半至女中接兰儿回，至尚志医院视疾，力谓兰儿之疾须休学一学期。还，写致涧澄信。

夜访孟平，遇胡云村。

八月十一日（六月廿二） 早八时到局，十二时还。午后二时访明久，三时还。第二筹赈会邀往，未到。夜作字。

八月十二日（六月廿三） 早八时到局，十时出访福田。出，到部访助臣。出，至屯绢胡同访明久。还寓，午后三时作画。夜写字。

八月十三日（六月廿四） 早八时到局，十一时出到部，访助臣。至屯绢胡同访明久不遇，还。午后三时作画。夜写字。

八月十四日（六月廿五） 早八时到局，十一时出访凤章，十二时还寓，接涧澄弟信。午后二时作画，写致森玟信。夜写字。

八月十五日（六月廿六） 早大雨，八时到局，十二时还寓。闻李洛耆及李荀来访，荀粤军叶举代表也。午后五时出，至市上理发，夜赴明久之招。

八月十六日（六月廿七） 午后森琅来看，乞画一幅去。夜检出字画三幅，添款寄洪江光叔、涧弟及焕章。

八月十七日（六月廿八） 早八时到局，十一时出访凤章，谈少顷出还寓。午后访潘辅臣，其长女公子有病，向余商医药事，彼此语言不相晓，辅臣杭人也。还寓室，作简致辅臣论医疗事并荐医。六时出，至东单喜鹊胡同五号赴财政委员会之宴会，会长梁燕生及副会长畅卿招待，黄膺伯闻有疾在西山，八时始散。是日凤章约饭，未赴。

八月十八日（六月廿九） 早八时到局，向彭翰丞假二十元，十二时还寓。午后二时，以三幅字、联一副寄洪江，字、联托涧弟转杨子俊妹丈。

八月十九日（七月初一） 早八时到局，十二时还。午后三时，写致杨子俊信。潘補臣来访，仍为医疗事。夜凤章来访，以所题袁锡臣丈手卷还凤章，植之物也。与凤章论贵州兵队情形，凤章托为周氏作墓志。

八月二十日（七月初二） 早八时到局，十二时还。刘显卿代取汇丰百元交来。午后二时出，至琉璃厂淳菁阁持沈爱苍所书乐毅报燕王书横披付裱，又购梁卓如字联一副，价六元四角。至观音寺精益眼镜公司为玟儿配眼镜，付定银十元。至前门附电车至长安街，向长安像馆取像，价一元。还寓，夜写致吴鼎勋信。

八月二十一日（七月初三） 早八时到局，十一时出访明久不遇，还寓。闻陈筑山来访，午后发涧弟信，内杨子俊、吴鼎勋信托转，寄像片托交焕章。三时作画，夜写字。

八月二十二日（七月初四） 早八时到局，十一时出，访陈筑山于砖塔胡同五十六号，谈少顷出，访明久不遇，还寓。午后二时助臣来访，三时作画。六时至六部口香满园赴周季贞之招，在坐皆同乡各代表。参政主人及甘凤章、简孟平，宪法明久及筑山，军事傅觉民、冯崧生，财政余也。

八月二十三日（七月初五） 早十一时访凤章，午后抄信稿并作意见书，六时至忠信堂，赴胡云村、简孟平、周少恒之招，八时还。

八月二十四日（七月初六） 早八时到局，十一时出访凤章，孟平、季贞在坐，以信稿并意见书交凤章而出。午后二时出至观音寺西口精益眼镜公司取森玟眼镜，补去十二元一角，至造胰公司购彩色大小毛巾各一，至青云阁购静宜园图未成。还寓，检书报，夜同。今日在局还翰丞借款二十元。

八月二十五日（七月初七） 早八时到局，十一时到部，十二时还寓。午后杨金谷来访，托写扇面。周少衡命人送来良丞托带之料烟壶二枚、寿山石章一、小鸡血石章二。厚斋来访，托写序文，以藕粉底红套雕鱼形烟壶、鸽子血料烟壶各一枚请其代卖。四时作画，夜八时访凤章不遇，云十一时将上汽车赴汉口。还寓，九时写字。

眉注

画题：

径路绝，风云通。

八月二十六日（七月初八） 早八时到局，十一时出，访明久论黔事，十二时还。午后一时至京绥局取七月下半月薪水，四时写致凤章信，济舟来访。夜潘瑞珍女学生托兰儿来言，祈向一中校作保，许之，以名章付之去。写字。

八月二十七日（七月初九） 早八时到局，十时出访明久。遇邓寿乔，四川人，财政委员会中办事员也，还寓。午后一时访邓明阶。潘瑞珍女士来还名章，并代兰儿取回投考像片。四时发致凤章信。

八月二十八日（七月初十） 早八时到局，十一时到部，访助臣，至屯绢胡同访周明久，还寓。午后二时出，至大栅栏瑞蚨祥订制毕几单衫及马褂各一件，价二十六元□角，交订银十元正。出至青云阁书肆买《静宜园图》一张，价二角五，又画片两张。至琉璃厂淳菁阁取所裱沈爱苍书《乐生报燕王书》。还寓，夜写字。

八月二十九日（七月十一） 早八时到局，十二时还。午后一时助臣来访，交来财政参考书二册。杨金谷来访，明久来访。三时出，至神武门卖说明书处买《故宫物品点查报告》六册，价三元一角。还，发致森玟信。

八月三十日（七月十二） 早检点财政材料，检点书物。午后二时，同马兰君、兰儿至北海。由漪澜堂乘舟至五龙亭，在茶座坐一小时。出北门至十刹海，天欲雨，未上茶座，至卖艺处一看，中有猿猴、豪猪、孔雀、巨蟒、鳄鱼等。自十刹海出，上电车至太平仓换车时方雨，幸车恰到，故未沾湿。至西单牌楼下车还寓。夜森珣来。

八月三十一日（七月十三） 早八时到局，十二时还。午后三时，至单牌楼东亚公司购活动手册，价二元五角。至泰明洋行购酱油及紫菜，还寓。六时，马兰君及兰儿至北海，余以八时往入北门，与家人坐海北岸，灯月交晖，空水相映，致足观也。乘舟至漪澜堂，有纸扎盂兰会在戏台上，后为枉死城之门，刘氏由两鬼卒牵出，佛像在左，目连在右，纸工颇精，但表情不甚合。出承光门，雇车还寓。

九月

九月一日（七月十四） 早八时到局，十二时还。午后三时出，至澄华入浴，至正阳商场咖啡处用茶点，并购物事二件出，至附近一看，雇车还寓。

九月二日（七月十五） 早八时到局，十时至瑞蚨祥取所订毕几单衫褂，补去洋十六元五角四分，十一时至京绥局取八月上半月薪水二十五元。六时同马兰君、兰儿至北海公园，七时在海岸用晚饭。是夜水面放灯，游人极众，天宇澄清，月色更为明瞭，中元节得此诚幸遇也。十时即行，沿东岸出承光门，步行至西安门内始得车。

九月三日（七月十六） 早接乔小渠信，云贵州办国民代表会议，选举绎琴为选举事务局局长。八时到局，十时出访明久。十一时访杨畅卿于松树胡同，不遇，还。午后三时作画。夜写字。

眉注

宣内夜市三、六、九，太平桥夜市二、五、八。

九月四日（七月十七） 早八时到局，十二时还。午后一时森琅来，为觅宅事。三时作画。

九月五日（七月十八） 早八时至局，十二时还，午后三时作画。

九月六日（七月十九） 早八时森琅来。九时出，至市上刮脸。十时同兰儿至尚志医院，并买月票。午后三时出，附电车至鼓楼钟看市场，闻尚未开放。雇车至北海入画舫斋看良久，至状元境茶座用点心，遇韩伯秋、王禹铭，同谈，五时还。夜接涧澄弟信。

眉注

禹铭名鼎彝

九日七日（七月二十） 早七时半，万勉之来访，赠葡萄一笼。八时到局，十二时还。午后二时助臣来访，三时发致森玟信。夜写致涧澄弟信。

九月八日（七月廿一） 早八时到局，十二时还。午后发致涧澄弟信。三时出，至商务馆购《财政学总论》《中国关税问题》《史地杂志》各一册。至中华书局购订《小朋友》半份。还寓，厚斋来访。夜写字。

九月九日（七月廿二） 早八时到局，十二时还。午后三时出，访梁燕生会长于东城大佛寺后身三十六号，未遇，还。至糖房胡同八号访黄膺伯副会长，亦不遇。至小市一看，还寓。夜写致小渠信。

九月十日（七月廿三） 早八时到局，十二时还。午后三时，写致小渠信及绎琴信。潘辅臣长女病殁，往吊之，并赙十元。

九月十一日（七月廿四） 早八时到局，十时出访明久，遇周季贞、万勉之。十一时至大益公寓，为凤章写致参政院信，还寓。午后一时，杨金谷来访，写挽联。夜写字。

九月十二日（七月廿五） 早八时到局，十时出至市上刮脸，十一时访周季贞于智义伯胡同。午后一时助臣来访。二时出至神武门，购票入观清宫西路，四时还。助臣来访，云于府姻事已许可，因讬其问名，且云余处须候南宁回电。夜写字，潘辅臣来访。

九月十三日（七月廿六） 早八时出，访助臣。还，十时同兰儿至尚志医院。午后二时，同马兰君、兰儿到神武门购票，入观西路，四时半还寓。

今日午后拍电致森玟，计三十字。于已许婚，汝意电复，能否赶八九月携三孙来京，并复。彩。元

九月十四日（七月廿七） 早八时到局，十二时还。午后接森琏信。六时至崇内喜鹊胡同五号，赴张斌吾财委事务长之招，在坐皆委员也。

九月十五日（七月廿八） 早八时到局，一时始还，午后写致森琏信。夜八时半访明久，遇唐举皋，出至太平桥夜市一看。还寓，接森玟信。

九月十六日（七月廿九） 早八时写信，十一时到财政委员会南海丰泽园内访事务长张宾吾①君，并取旅费二百元。十二时还，午后一时到局，二时出访简孟平于丰盛胡同，谈少顷仍还局，六时还寓。夜森琅来。

眉注

南小街安成胡同四号。闻此一带皆卢子嘉产业。

九月十七日（七月三十） 早八时起，写信。午后一时到局，收到部薪三十元，六时还。接洪江信，黔省倪伯远寄来十二年分《财政说明书》四册。接森玟电，赞成婚议，写致张宾吾信。

九日十八日（八月初一） 早八时写致森玟信，十时访明久不遇，访幹夫亦不遇，以俞毓如托转讬画山水之扇交应门之老妪，还寓。午后一时到局，五时还。

九月十九日（八月初二） 早八时起，九时出，访明久不遇。还寓，写致涧澄信。午后一时到局，六时还。夜八时访明久，还至西单牌楼夜市上一看。

九月二十日（八月初三） 早九时至市上理发。午后三时至北海公园，上庆霄楼，下经水精域甘露殿、琳光殿用茶点，出看古玩店。上山，攀援岩石，经亩鉴室而下，沿山西而出，至门购金刚塑像照片一张，还寓。六时至市购帕勒讬一

校记

①张宾吾，前文作“张斌吾”。

瓶，价二元二角。至稻香村购味精、陈皮、梅、火腿，还寓。

九月二十一日（八月初四） 早九时出看助臣病，并议于氏婚事及保留当事意志事，十一时还寓。午后一时访明久，二时到局，六时还，遇金次卿邀至四如春晚饭。还寓，共谈至八时始去。

九月二十二日（八月初五） 早九时写致涧澄信，午后一时到局，六时还，夜作字。

九月二十三日（八月初六） 早九时起信稿，十时同兰儿至尚志医院。十一时至王司长宅拜寿，十二时赴邓鸣阶之招，在座为刘幹臣、王伯群、周明久、李仲恭，冯崧生、郭润生午民、双子成。三时散，到局，六时还。夜，至夜市一看。

夹页文

刘幹臣，兴义人，与刘如周、袁鼎卿上代皆有旧。据言刘如周前欲杀袁，其隙嫌实积自上代。当咸同年间黔乱方盛之时，袁之祖父凡四弟兄，由一至四曾劫张宝清之驮子两店二十四驮，张诉之刘统之，刘令袁①还其驮子即所驮之货物，而酌留其骡若干，袁不听，张控之黔，又控之滇，四袁卒伏法，刘有力焉。故袁鼎卿今日之畔刘，实非一朝一夕之故。鼎卿②之父原号开泰，今亦改为幹臣，其妻杨氏，杨与刘、袁皆有瓜葛。

何二麻子，何厚光之父，厚光小名腊狗。

朱伯瑜遗属无效，其妾仰药死，而家中人以殉夫讣。

九月二十四日（八月初七） 早九时出，至肉市东昇楼访金次卿，云已他出，遂到劝业场购绒鞋线袜及画片等，至门框儿胡同用牛乳，至青云阁一看，雇车还寓。午后一时到局，六时还。写挽夏用清联，助臣来访，夜写致凤章信。

挽夏用清同年联

南服陨文星，木天旧羡凌云笔；

校记

①袁，原作“张”，据前后文改。

②鼎卿，原脱“卿”，据前后文补。

西方求圣果，净土应存结愿香。

九月二十五日（八月初八） 早九时金次卿来访，十时访明久，请为老八证婚。午后一时到局，四时返寓，取图书仍出，至财委会取徽章。暮助臣来访，为段宏森事讬介绍于植之。段君，同乡毋伯平内弟也。

夜电森玟南宁，文曰：“病如何？若重速请假，尽室赴沪并电京，余来接。”

夹页文

段宏森，贵阳人，湖南陆军小学毕业，前湖南督军署特派蒙古军事调查员，陆军第四师第□团步一营留守，学术兼优，教练打靶是其特长。

九月二十六日（八月初九） 早九时写致凤章信，午后一时到局，领本月薪水。四时出，至京绥局一看，还寓。夜写致洪市林南森商会坐办、顾汉民贵州旅洪同乡维持会会长、杨少秋、刘南阶、林吉初两人贵州馆首、吴鼎勋、李焕亭诸君信，谢其因三房事件出而维持也。

九月二十七日（八月初十） 早十时同兰儿至尚志医院，十一时始还。午后二时致洪江信始写毕，由快信寄去。

九月二十八日（八月十一） 早十一时致琏侄信稿始毕，午后一时到局，三时至京绥局一看，仍还局。

九月二十九日（八月十二） 早十时森琅命医校校役魏真来取借去木器，十一时铭久来访。午后一时到局，三时出至猪毛厂看森琅新宅，仍返局，六时还。在画幅上署次卿款，八时出至肉市东升楼访次卿不遇，留画而出。至前门一看，至珠市西附电车返至宣内看夜市，还。

九月三十日（八月十三） 早大雨，午后二时出，至财政委员会访事务长张宾吾君，少谈而出。到局，六时还。夜接森玟信。

册末杂记

刘如周在黔时设立公娼，此实有贵州以来破天荒之举动也。主之者为营业性质，闻钱青甫、牟惠庵诸耆老皆有股份，其可诧如此。妓所居曰寮，其数十有九。仲翚自黔来，诵其谐作两首：

一九寮中妓，人人有自由。但须能吊膀，便可望姘头。菜馆条常碰，桑园局可偷。沿街唱京调，跑上聚丰楼。

妓女虽云陋，嫖徒实更糟。只销花半块，便可逛全寮。京调开腔错，流言信口叨。天天会靴子，从不起风潮。

余曰“沿街唱京调，跑上聚丰楼”十字可圈。

民国十五年日记

四月

四月一日（丙寅二月十九） 早九时半出，至汇昌大楼中法储蓄会交本年一、二、三、四四个月汇金二十四元，由四月起改填余名。出至国务院，四时出至财政委员会中之裁厘处，六时还寓。夜八时森琤来，九时凤章来访。

四月二日（二月二十） 早九时半出，至国务院。午后三时出，至劝业场购烟嘴二枚，价一元二角。又至小沙土园汇文斋购《文章游戏》一部，价二元。又至清秘阁，遇凤章，少谈同出，余还寓。五时安厚斋来访，云有宅在新街口北蒋养胡同，约余往看，余嫌其过远，厚斋少坐而去。夜七时济舟来访。

四月三日（二月廿一） 早九时二十分出，至报子街访田丹佛，在客坐中。十时出至国务院，闻奉天飞机又掷炸弹，光明殿、旃檀寺、景山后皆有之。午后接各方电话，始知北海、团城、南城、草厂胡同、延王庙街等处皆有之。六时半还寓。

四月四日（二月廿二） 早十时出，至琉璃厂清秘阁买笔墨、高丽纸、海棉。至观音寺张一元买六安菊花茶十朵，又为舒明阿买香片茶三斤，每斤二元四角。又至劝业场买名信片册子一册、牛角刮舌子二十棵，还寓。午后二时访邢冕之，少坐而还。三时看《关税说帖》，六时至市上买画报，夜看《关税说帖》。

四月五日（二月廿三） 早九时半出，至长安街邮政局储金，云今日放假，遂至国务院，过天安门，见飞机在南盘旋。至国务院，闻仆人云，据警厅报告，飞机又掷四炸弹，一枚在香厂云。今日植树节，各机关皆放假，余至十一时半还寓。午后三时检点森玟书物，整理汉昌弟兄居室。五时森玥、森玮来。

四月六日（二月廿四） 早九时吴文伯来访，未见。又半时至邮政局储金，不收上海票。遂出至国务院，吴文伯又来相见，七时还寓。夜八时至市上刮脸。

四月七日（二月廿五） 早十时出至国务院，六时始散。同铭九至东安市场，在咖啡馆用咖啡。七时至大陆饭店赴周镜清之招，九时散还寓。

四月八日（二月廿六） 早十时检点衣物，十二时森珝、森琅来。午后三时至财政委员会，已改期明日，遂出至澄华入浴，五时还寓。夜八时助臣来访，济舟来访。

今日小常支洋十元。

四月九日（二月廿七） 早九时三刻出至国务院。三时出至财政委员会，为英公使《关税说帖》事作函致杨畅卿会长，同乡袁礼卿亦来会，与论《说帖》事。五时半还寓。

四月十日（二月廿八） 早九时出访铭久不遇，至机织卫访符经武及刘守愚，取回讬在天津汇丰银行代取之款一百一十二元。出又访铭九，始悉今日政变事。十二时还寓，济舟来访。午后三时至市上一看，还寓。凤章来访，五时森珣来，夜七时杨金谷、周季凡来访，八时至市上买晚报。

四月十一日（二月廿九） 早十时出，至机织卫访金华盛君灼三，助臣已先在，与灼三谈关税事时顷，遂先出。至北千章胡同访双子澄不遇，遂还。途遇万元甫，各在车上问答数语，还寓。午后三时出，至清秘阁持炕屏八张，又砖文四张付装，又购笔四枝，还寓。

昨夜机关枪、大炮之声彻夜，在西南角一带，余至三时始入眠。

早助臣来访，为关税事，先访盛君，余乃继往。

眉注

灼三名俊，财部佥事。

四月十二（三月初一） 早九时以电话问铭久，议定若须到国务院时须彼此商量好再去。十一时步溟来访，午后二时出，至长安街邮政局为马兰君存二百元，在南宁换金手镯之款也。至猪毛厂森琅宅取药二瓶还，至太安侯、南魏儿、石老娘、受璧、报子等胡同看房，皆未遇。至兵马司猪尾巴胡同看房二十一间，索六十元，云须至同泰木厂商量。又至辟才胡同一、二、三、四、五各条看房，亦未遇。又至丁字街看房，有房不佳，遂还寓。

今早九时，有飞机在空中经过，闻炸弹两响，其声甚大。市人言此弹之爆发必在宣武门内，后闻化石桥二十一小学校被炸。看晚报，今日飞机在各处掷弹甚多，炸死六人，受伤者十馀人。

四月十三日（三月初二） 午后二时济舟来访，三时出，至小市各古董摊上一看，返至单牌市上刮脸，购食物。夜写族人生平录。

四月十四日（三月初三） 早十时出访福田，出至猪尾巴胡同看房。出，至甘石桥同泰木厂议房价不成，还寓。午后一时到局，四时到部，访助臣，并至二科谈良久，五时还寓。

四月十五（三月初四） 早十时出访安厚斋，十一时还。午后一时到局，因国奉战争事，人心多感不安，三时即散。在寓室检点书物，四时往访凤章不遇，遇杨金谷，谈数语而返。夜七时至市上购帕刺讬而一瓶，红墨水一瓶。

四月十六日（三月初五） 早十时至手帕胡同看房，其房甚佳，但已有人订去。至商会联合会访王文典，不遇。午后二时至商标局，三时还。夜七时凤章来访。

四月十七日（三月初六） 早九时，因昨夜国务院通知今日办公，故以电话往问铭久，铭久已出门。少顷，南池子邓宅又有电话约至国务院，十时赴国务院，午后四时散值。同铭久、振玉、紫封、紫澄往游北海，自后门入，经蚕坛、画舫斋、濠濮间至漪澜堂茶座用点心。六时甘凤章、鲁赞侯亦来，余与振玉、紫封、紫澄四人先行，出北海前门还寓。

四月十八日（三月初七） 午刻出，入中央公园，至来今雨轩赴周振玉之招，在坐铭阶、铭久、紫封、梦兰、紫澄，三时始散。至社稷坛，后看胡笠僧铜像，尚未启封，至西路一看，出公园还寓。五时助臣来访。

四月十九日（三月初八） 早十时出至商标局，又至国务院。午后一时出，过小狳坊胡同往看十八号房，嫌其与人共大门，遂还寓。收拾印刷画片。七时济舟来访。

四月二十日（三月初九） 早十时出，至石碑胡同文昌阁及半壁街前所胡同西口看房，皆不合式。至中法储蓄会以森玟储蓄票改填余名交柜上，约明日送公寓。至国务院西门，不开，自东门入，将旧稿检点携回，讬田丹佛写字作临别纪念，午饭后还寓。四时出至琉璃厂清秘阁取回付装之小屏三堂，以乾黄小印三颗讬觅沈筱庄代刻。出至劝业场一看，还寓。夜接森璧信，森珣来，济舟亦来访。

四月二十一日（三月初十） 早，命车夫送信与森珣，附森璧信并钞票十元，属用作路费，请假三日，往天津接森璧，因璧病在天津共立医院也。少顷，魏幼安来访，言周季斌[①]与彭仲文对调，周为省长，彭为会办也。周已以十六日入省，云已不久亦将归，遂取回前所交来厘金表去。十一时出，至旧刑部街西头西报子街看房，皆不遇，遂返。午后三时出至王爷佛堂看房，上房五间，东西厢各二间，甚合余式，惜已被人租去。至高华里亦被人租去。遂至十八、半截一带觅之，过北千章访双子澄，经甫在座。过北半壁街访陆香岩，香岩将他徙，其宅亦佳，价四十元，但闻房主人将售房，遂出。至丰盛胡同访简孟平，少坐而出。至兵马司，过地质图书馆，往觅森珣不遇，出，雇车还寓。接涧弟自洪江来信，夜检点书物。

今日午后，中法储蓄会送森玟储蓄券来，已改填余名。

四月二十二日（三月十一） 早十时访魏幼安于太平湖饭店，承以重庆雕竹笔筒相赠。午后二时出，至南沈篦子胡同及后泥窪相宅，皆不合式。至商标局，四时还寓。五时出访凤章于口袋胡同，观姚茫父写作之寿屏。

今日车夫小常支银八元。

十一时接璧侄电话，云已到京，住西河沿公义客栈，属其夜间勿出，明日再见。

四月二十三日（三月十二） 早十一时出，至旧刑部街、报子街看房，皆不遇。午后一时，森珣、森玮与森璧来寓。二时到局，四时还寓。五时助臣来访。

校记

①季斌，当作“建斌”，周西成字。

自局还寓时，至旧刑部街中间连看两宅，一太贵，一太小。又路南唐淑香所住洋房亦腾出，但太显露，故未往问。

四月二十四日（三月十三） 早检点寄南宁赠品，何司经税务司处赠日本制乌银纸烟盒一个，又由马兰君赠其夫人丝袜四双、丝巾二张、纱巾绣角者一打。赠舒惺园君者白铜寿字香盒一个、琥珀烟咀一个、普洱茶一团。又香片茶三斤、牛角刮舌二十个，则舒君交钱托买者也。午后二时到局，四时出至头发胡同臭水河相宅，皆不合式，又至横二条石虎胡同觅之，亦不合式。遂至皮库胡同东口外刮脸。出，又至皮库胡同捨饭寺、白庙胡同等处觅之，仍不合式，还寓。六时至香满园赴鸣久之招，在坐者皆同乡及秘书同事数人，八时半返。

四月二十五日（三月十四） 午后三时至市上修表，又至桂香村购食物。还寓作字，济舟来坐。

眉注

星

四月二十六日（三月十五） 早接涧澄来信，十时出至西四北北帽胡同九号访周振玉，其宅虽小，楚楚有致，云购价二千馀元也。午后二时到局，领本月薪水，写致舒惺园信。四时出，至头发胡同及其西马路一带觅宅，皆不合式，还寓。

四月二十七日（三月十六） 早十时出，至口袋胡同相宅，云已租去。至大将坊胡同看庄姓七号宅，北房五间，东西厢六间，以二十二元租定，交定洋拾元，遂出还寓。午后一时到局，三时到部，填临时收据，访助臣，出至大将坊租宅再看，见东邻大宅亦出租，往看颇佳，予价四十元，言非四十五元不赁，遂还至商标局，托周绍文往问，还寓。八时绍文来电话，云四十五元之价只能少一二元云。九时双子澄来访，云汪志刚在官产处，有官产之房待沽，其价可较普通者为廉，因约明日午前至子澄宅访郭润民，同往相之。润民，午民之兄，亦在官产处也。

四月二十八日（三月十七） 早十时出访铭久，遇张烈先。出，访郭润民于清理官产处，遇胡景三，少谈而出。访厚斋于公用库，十一时还寓。午后一时到局，三时到部，领三月份一成半薪俸。四时出，至大将坊胡同看房，与房东议修补事，还寓。

四月二十九日（三月十八） 早九时兴源木厂刘长林来，十时出至大将坊宅，指示刘木工、土工等，遂还寓。魏幼安来访，交来贵州财政厅长李小谷所填厘税调查表，系七、八、九三年收数，又小谷致幼安函及黔厅致委员会电。幼庵将南归，讬以表函交本会，少坐去。午后一时到局，写致委员会信。四时出至华兴电器行，属函电灯公司索电表。至丰泰五金公司购油毡一卷，洋铁瓦楞片二张，属明日午前送至公寓，遂还寓。五时查民国十五年来余之生活表。

四月三十日（三月十九） 早十时丰泰送油毡及瓦铁来，当付价洋拾元零七角去。出至太平桥访济舟，出至太平湖饭店访魏幼安，以所画《大风洞图》赠别，还寓。午后一时到局，四时出，至新租宅看工程，交租折。铺保为隆盛昌干果店。还寓，马兰君带兰儿及诸孙往看新租宅，余在寓写致涧澄信。夜至修表店取手表，至理发店刮脸。还，编民国以来余之生活表。

今日交柜上四月份房饭钱六十二元馀。

五月

五月一日（三月二十） 早十时出，至大将坊租宅看工程。至兵马司访福田，出至口袋胡同访凤章，谈沈鸿英军阑入贵州事甚悉，还寓。午后一时到局，三时同王培莘至大将坊胡同租宅，命小常雇棚铺掌柜来，讬培莘与之议糊棚事，议定价洋十九元，先交五元，二号着手，四号完工。培莘还局，余还寓。写致涧澄弟信，石书麐来访，讬改寿诗并写字。森玮来取英文杂志去。

五月二日（三月廿一） 早十时至骡马市大街买木器，凡看十馀家，仅在德义顺购得九屉书案一张，价十八元。还寓，午后二时到大将坊租宅看工程，三时还。头痛，服石膏，申筱侯来访。

眉注

和顺者价较他家为昂。

五月三日（三月廿二） 早九时夏葆常来访。郭润民来访，言官产处房产事。中法储蓄银行来取本月份六元去。出至中国银行取存款二百元，还寓。午后一时到司，二时至大将坊租宅看工程。庄宅人来，前交定洋十元，今日交五十六元，合成六十六元之数，折上但写房茶四十四元，打扫二十二元，闻亦为主人所得，两家仆人皆未分润也。棚匠又支二元，命小常以电话唤华兴行人来估工，定明日安线。出至华兴行问各种电料价值，还寓。命小常往购玻璃二片，价共一元一角。又命至济舟处取回木器，余亦出至西单南路西某木肆定方桌一张，价六元五角，交定洋一元。至公义成藤竹店购藤绷二套有凳，价共七元，交定洋二元，约明日午前十时往取。寄南宁关何司经税务司及其夫人之物，今日始交去，其寄舒惺园者因其木箱较大，邮局今日尚不肯收也。小常返言，黄宅借品取回转心椅一、椅三、冰桶一、炕几一，已运入租宅。六时济舟来访，云借品尚有在他人处者，迟日可往取也。

眉注

七日午后取

寄物目录见四月二十四日

五月四日（三月廿三） 早十时出，至华兴电行，其人云因线不就手，定明日往安。至租宅，前命小常至济舟处取方桌，此时亦至。新华棚店来取糊棚费馀款十元，付之去。院中有瓦匠，云庄宅雇来补西厢屋顶者也。还寓，写致财委信。午后一时同小常出。至公义成取床绷，补去五元，令小常连玻璃水缸运往租宅。二时到局，写与张文宣共送林次长太翁七旬双寿贺联。三时出，至租宅，小常所雇看屋人李姓亦来。还寓，令小常往森琅处取木器，令公寓老叶持寄南宁海关舒惺园各物交邮政局。出至骡马市德义顺购玻璃书柜一个，价十一元；方桌二张，价十一元；书桌二张，价七元；茶几二个，价三元六角；方凳一对，价三元；长方凳一对，价二元。外力钱一元二角，共三十八元八角，即时付清，订本日送往，遂还寓。小常言森琅处木器约明月往取，命至租宅接收德义顺木器，小常借五元去。饭后至租宅，七时后木器始送到，木匠今日毕工，定作各物亦交到，约明早送清单来。

眉注

付报钱二元三角二

寄物目录见四月二十四日

六月二十八日收到回据

五月五日（三月廿四） 早九时出，至租宅指示安设电灯，命小常购[1]厚薄板片各一块、椅垫四件、石灰一百斤，将以石灰令东室干燥也。慈约来访，言海外贸易公司事，因以森琅名条请其托孙子文维持地位。午后一时到局，三时到租宅，陆香岩来看。还寓少息，至宣内大街木器铺买面盆架二个，各四角。还寓，四时到部，晤冕之，为言海外贸易公司事。到科内少坐，仍出至租宅，见电工已毕，庄仲奇来宅，向言厢内尚欠二门板，庄许补上。出至路西席箔店购席一领，以补东套间地，价二元。至隆和购面盆二，价各四角五分；手巾二条，各一角五；茶盃二套，各三角五；痰盂铜者一对，各一元三。还寓，夜写致南宁何税务司信，十时以电话托厚斋催电灯公司接火。

小常所买旧板二片，价一元四角；椅垫四个，二元三角；石灰一百斤，七角。

森琅前借各木器并字联及横披，已由小常今晨取回。

眉注

仲奇行二，其兄名铁珊。

五月六日（三月廿五） 早七时起，腾出书架中有损坏处，须移至租宅修理也。九时出，至武定侯胡同访慈约，至王府仓回看石书霖不遇。至租宅，见木工已至，须修整者为转心椅一、靠椅三，书架折损处又安设庋板架也。出附电车至公用库访厚斋，托代催电灯公司接火。出附电车至羊肉胡同访冯公度不遇，还至华兴选定灯泡。还寓，午后一时到局，写信致冯公度。至租宅命小常送冯信去，余在宅命老李布置木器。马兰君命人送两水缸来，一大一小，安置讫，付木工价洋一元八角，老李洋一元，命小常往买泔水桶。还寓检点书物，六时小常来寓，云铺地席已送租宅，遂付本日购物各价令去，并畀以片命明晨至济舟处取各存物。

马兰君买瓦缸二，价共五元。洋瓷旧痰盂二，价三元。又厨房器具等未计数。

命小常购泔水桶乃去一元，洋铁壶去五十铜子。

六时电灯公司命华兴店员持契约来填写各款，并取电表押款二十元及报接火费二元去。

校记

①“购”字原脱，据文义及下文补。

眉注

此木工由小常雇来者，非刘长林。

五月七日（三月廿六） 早九时发何司德、舒惺园南宁信，刘长林来报账三十二元馀，先付与二十元，约十一日至租宅付清。华兴店员持账单来，以三十二元付清，外界酒钱三十吊。小常又来支五元，连前共长支十元矣。十时至租宅，旋还寓。午后一时到局，三时出至租宅，旋出。至席箔店还席价二元。至小市购箱架三，价一元三角。至木肆取定制方桌，补价五元五角。还寓，夜检点零碎物件。

五月八日（三月廿七） 早九时命寓仆老谢持皮衣一箱至两和当，仅畀价四十元。至顺治门外大街宝丰当，畀价一百元。计千尖旧式大褂一件，大毛袍褂一身，狐腿袍褂一身，灰鼠袍褂一身，又坎肩一件，珍珠毛袍褂一身，共十件，外驼绒袍一件，连铁箱留当内。还寓，慈约命人送来见借之木网篮，仍检点零物。十一时至华兴催其接电灯火。午后余居室内，零物皆检点毕，计六大网蓝，并诸皮箱。午后一时雇大排子车运往大将坊宅，余与兰儿及汉昌随往布置各器物，凡两小时而毕。四时兰儿及汉昌还公寓去，八时汉昌复来与余留宿宅内。

五月九日（三月廿八） 七时起，九时命昌孙还公寓去，公司人来接火。十时命小常自小馆叫菜饭来寓，森琅来视。十一时还公寓，检点零件，共得七大网篮。十二时命小常雇大排子车三辆，木器箱篮全数运去，惟玻璃匮由弯勃负去，兰儿带关妈先行，余亦随行至租宅，布置两小时而毕。华兴工人来安总电门保险丝，四时马兰君带诸孙亦至。闻公寓账开去二十二元，赏钱二元。命小常往买小号绷子床，价三元三角。今日甚忙，不及煮饭，仍自小饭馆叫晚饭。七时以一元开发老李去，小常亦令其明日不必来，其长用之数约八九元，即所以酬其移家时奔走之劳也。

今日买煤球一百斤，米值一元。

五月十日（三月廿九） 早十时出访福田。还，刘长林持代作五尺来属作上房门杠及西套间门闩。午后一时到局。还，小常来索保单，付之去，并以慈约借与之木网篮托其代还。森珣交来《亚细亚》杂志。五时王培莘、王伯直、程奉舆来访。

五月十一日（三月三十） 早十时刘长林来安门杠、门闩。老李来种花秧，畀以小衣裤一身去。向送水人包水，每月一元八角，每日水须足用。至十六派出所言定每月土车路灯、泔水桶捐项共一元。午后一时到局，二时还。至九龙及万盛东购米，皆无。至胡同口外煤肆购煤球三百斤，价每百斤二十吊，并托向和聚永买米半包，价八无六角。夜凤章来访。

眉注

自初九日起即阴历二十八

每包米五百五十五斤

五月十二日（四月初一） 早六时起，七时代石书麟写寿诗。十时出至护国寺兴源木厂访刘长林，同至西廊下看买房，共十四间，其屋太旧，未问价。至前帽儿胡同看七号房，共十三间，又三半间，地不及两亩，索价三千五百元，约数日后邀人来看再议。还寓宅，小病，服石膏、清凉剂。午后一时到局，三时还。五时助臣来访。

五月十三日（四月初二） 早十时写致中法储蓄会及中国实业银行储蓄部两信，告以移居。十一时慈约来访，言中日绘画展览会事，以《老君关图》托慈约持去赴赛。午后一时到局，三时还。今日仍服石膏及清凉剂。

五月十四日（四月初三） 早十时出，访万勉之于大七条胡同，十一时还。午后一时到局，感冒加重，还寓。服阿斯比林小丸，写移家以来数日日记。

五月十五日（四月初四） 早十时刘长林来，因与约明日午前九、十时间与勉之在木厂会斋事，刘更约往看公用库宅，旋去。又半时，余出至皮库胡同口外理发。至南纸店购原书纸。还寓，发致财政委员会及商务印书馆报移居信。午后一时到局，三时还。

五月十六日（四月初五） 早九时半出，与万冕之相见，同刘掌柜及房缔人往看前帽儿胡同六号宅，今日复眼似不如头次所见之佳，遂辞出。更往前公用库看第四号房，闻有人订好。冕之别去，余与刘掌柜至百花深处电车站，予价一千八百元，附电车还寓。十一时三刻往武定侯胡同，赴严慈约之招，在坐有日本画家边渡晨亩及使馆参赞岩村成允，国人为金巩伯、黄幹夫、邓拙园诸人，皆画家也。各作小幅为纪念。三时还寓，见凤章命人送来盆花八盆，璧侄在座。去后石书麟来访，去后困甚。感冒已愈，今日劳扰，似又翻病也。

五月十七日（四月初六） 早九时福田来访，十一时半始去。午后一时到局，三时还寓，病尚未愈，在家养息。

五月十八日（四月初七） 早十一时济舟来访，午后一时到局，三时还寓。复商务印书馆信。今日病小愈。

五月十九日（四月初八） 早九时始起，午后一时到局，三时还，夜八时森玙来。

五月二十日（四月初九） 早八时起，病虽愈，但尚衰弱。午后一时到局，三时还寓。

五月二十一日（四月初十） 早七时半起，午后一时到局，三时还寓。六时半至口外购煤三百斤，价每百斤二十吊。

五月二十二日（四月十一） 午后一时到局，三时至凤章寓，代植之写贺张月笙娶媳联，石书麟在坐，五时还寓。

五月二十三日（四月十二） 午后三时方中贤来访，四时出至单牌楼市上刮脸，至南纸店、干果店、西药房购物，又至华兴购二十五烛光电灯泡二枚，还寓。

五月二十四日（四月十三） 早十时出，至琉璃厂商务印书馆购初等国文教科书。至清秘阁取托沈小庄所刻图章，出，途遇森琅，少谈数语而别，还寓。午后一时到局，三时还。五时半至口袋胡同赴凤章之招，九时还寓。

五月二十五日（四月十四） 因雨，竟日未出。

五月二十六日（四月十五） 早十时出，至猪毛厂看伯恒侄，十一时半还寓。午后一时到局，领本月薪，三时还寓。

五月二十七日（四月十六） 早十时出访鸣久。午后一时到局，三时还寓。

五月二十八日（四月十七） 早八时，写致邓铭阶信。午后一时到局，三时出，至单牌楼南纸店购物，还寓。闻艾一清来访，六时助臣来访，森琅亦来，夜森玮来。

五月二十九日（四月十八） 午后一时到局，三时还寓。六时至中央公园水榭，赴艾一情[①]之招。在座有日本人清宫宗亲，二十年前旧友也，同乡为周铭久、姚茫甫、黄幹夫、符经武、符矩臣、毛子龙、许少南、刘守愚诸人，九时始散。今日购米一包，价十六元五角。

五月三十日（四月十九） 早八时起，十时清宫宗亲来访，艾一情亦至，共谈中日文化事。清宫将以明日还旅顺，本日事忙，不及周旋，以旧日所画《云顶关图》赠之，又以《飞云崖图》赠一情，十一时半别去。午后三时命关妈往购煤球三百斤，价六十吊。

眉注

六十吊为六百铜元，时每元换铜元三百四十枚。

五月三十一日（四月二十） 午后一时到局，四时还寓。

校记

①艾一情，前后文又作“艾一清”“艾一琴”。

六月

六月一日（四月廿一） 早十时出访铭久，铭久新有弄璋之喜，以钱刻诒晋斋巾箱帖及青田石图章作贺礼，适铭久他出，乃交其仆人而还。午后一时到局，四时还。五时出，至单牌楼刮脸，又至菜市口利远斋购物，还寓。

六月二日（四月廿二） 早九时半出，访艾一清于小猪圈，不遇，还。取存款折至中国银行支二百元，还寓。午后一时到局，为程舆奉[①]写折扇，四时还寓。

六月三日（四月廿三） 早十时森璧来，十一时中法人来邱姓取储蓄款六元去。午后一时到局，三时到部，清丁吉甫开药方，四时还寓。

今日服吉甫方，似较清爽。

六月四日（四月廿四） 早十时赵子明来访，介绍房绛。十一时出，至小麻线胡同顺承王府后身看房。大门在路南，东院北房三间甚好，南方三间卑陋且过旧，西院北房三间，大而陈旧，地基且不用石，问价在二千七百元上下。出至其东间壁访程舆奉不遇，留片而出。过丰盛胡同，见简孟平方移家，闻移往报子胡同东头云，还寓。午后一时到局，闻张体道言今日曾过访。四时还寓。

六月五日（四月廿五） 早仍服吉甫药，病已愈八九矣，大约明日可不再服。十一时电公司来收电费三元六角二分去。午后一时张体道来访，又半时同出，至商标局。今日办铃木批稿，精力尚未恢复，四时还寓。七时森珣来。

六月六日（四月廿六） 早十时出，访艾一情于小猪圈，又访明久于屯绢胡同，还寓。热甚，在家静养。

六月七日（四月廿七） 早十时出，至市上购物不成。午后一时到局，办通知天厨味精厂稿。三时出至财政委员会，六时还寓。

校记

①程舆奉，前作“程奉舆”。

今日购煤三百斤，价六十吊。

六月八日（四月廿八） 早十时出，至大街路西王姓洋铁店订作冰桶，洋铁里，价一元五角。又购洋铁澡盆[①]一，价一元七角。带其店伙来取旧冰桶去，约明日午后交货云。午后一时到局，三时还。六时水车役来支本月份水价，要求加二角，未之许。

六月九日（四月廿九日） 早十时出，访明久不遇，访福田，谈时顷还寓。午后一时到局，三时出至单牌楼换铜子。还寓，加水车上水价为二元，付与本月份二元。王姓洋铁店送冰桶及浴盆来，付价三元二角之外，又畀一角。夜小雨，气候较凉。

六月十日（五月初一） 早七时半起，天雨颇凉，十时接艾一情信。午后一时到局，付瑞午节赏二元，五时还寓。写致艾一情信，请代订补功课事。是日小雨竟日。

六月十一日（五月初二） 早十时出，访明久不遇而还。午后一时到局，四时出至香厂澄华入浴。五时出至商务而书馆购昌孙课本，至清秘阁看账并购纸。还寓，至顺治门即遇雨，幸不甚大。

六月十二日（五月初三） 早十时至西单购物并天冬草二盆，价铜子五十枚，还寓。午后一时到局，三时到部，领三月份五成薪三十八元馀，还寓。

眉注

时魏

六月十三日（五月初四） 早十时出访艾一情，十一时还。森珣、森玮来，送所照北海风景片六张甚佳，留午饭而去。午后三时出至东安市场，入某加非馆用蔻蔻冰忌淩及点心。出至摊上为芳、仪两孙购小团扇各一。至花市购蓬莱竹一

校记

①盆，据文义及后文改。

盆，还寓。

六月十四日（五月初五） 今日为旧历端午节。午刻，马兰君治具，命昌孙辈在住室中为森玟夫妇供饭。午后二时，马兰君带兰儿及诸孙往游艺园，余独处甚静，半日酣卧，数年来无此适也。

六月十五日（五月初六） 早十时出至琉璃厂商务印书馆，为昌孙买教科书，又买《日本小史》一册。至有正书局买《中国图案》一册，还寓。午后一时到局，四时还。七时刘建屏来为昌孙补功课，九时始去。

六月十六日（五月初七日） 早十时出，至凤翔馆访王伯直，闻赴民国大学去。至商务印书馆购语文教授书，至有正书局购开皇本《兰亭序》，还寓。午后一时到局，办三井洋林和靖商标异议案摘要，五时还寓。

今日为预防计，买米一包，价十六元四角，面一包，价四元。

六月十七日（五月初八） 早授汉生国文课。午后一时到局，办三井异议案毕，五时还寓。写汉生仿字并考国文课。

六月十八日（五月初九） 早写汉生仿字，鸣久来访。午后一时到局，四时出至东交民巷日本公使馆日本贵妇人所设北京难民救济慈善市，购得盆景柏一株，价二元。还寓，考汉生国文课。

今日还旧欠三十元。

六月十九日（五月初十） 早十时出，至菜市口利远斋购江米酒二斤、太和豆豉半斤。还寓，考汉生国文课。午后一时到局，办高德洋行老美人、彗星两商标异议案，五时还寓。

六月二十日（五月十一） 天阴雨，午后二时，临褚河南《倪宽赞》。是日在家养息。

六月二十一日（五月十二） 早晴，十时考汉生国文课。午后一时到局，续办德高洋行案。四时出，至皮库胡同东口外刮脸，至亚北加非馆用冰忌凌点心，在市上购《星期画报》一张。还寓，夜改汉昌日记文。

六月二十二日（五月十三） 早十时出，为汉昌至商务印书馆购教科书，并购近日《小说世界》六册。午后一时到局，四时还寓。六时半出至香满园，赴铭久之招，弄璋后之弥月宴也。席间闻黄瑶臣言，慈约长商标局已通过阁议。九时散，还寓。接慈约信，遂携商标局职员录及商标法至武定侯访慈约，王培莘在坐，少顷，朱杏庄亦至，十一时半还。

六月二十三日（五月十四） 早十时出，至中央公园看扇面书画展览会，以姚茫父者为最佳，袁玨生画意境尚好而笔墨拙滞，萧厔泉[1]、胡佩衡、萧谦中虽极力支撑而溪径太熟，始终脱不开平凡二字，十一时半还。午后接森琨侄自宝庆来电，此时叶唐之战，宝庆正当来往之冲，阅电后全无办法。一时到局，仍办德高洋行商标案，四时还寓。命赵妈往购煤三百斤。夜九时半出，访慈约不遇，留信而还。

六月二十四日（五月十五） 早十一时森璧来寓，谈贵州工赈及世界劳工问题，午饭后去。一时到局，二时半慈约局长履新，四时回寓。

六月二十五日（五月十六） 早十时接森琨自宝庆来信。十一时森琅来访，言将赴宜昌，因与议三房事。午后一时到局，仍办德高洋行案，三时森璧来局，与见于客室，仍议三房事。森璧以四时去，五时还寓。

六月二十六日（五月十七） 早十时出访铭久不遇，至能仁寺十号访王培莘，屋三间又二小间，甚合用。十一时半出还寓。午后一时到局，仍办德高洋行商标案，六时始还。

校记

①萧厔泉，原作“萧屋泉”，误，查改。

六月二十七日（五月十八） 早九时半出访铭久，遇丁吉甫，吉甫先行，余亦旋出还寓。午后二时出至长安街邮政局，拍电宝庆致森琨，文曰“湖南宝庆狮子街大成公司转乐森琨：电悉，速赴长沙求樊西巷五十七号饶树云设法赴汉，至德安里二号求甘凤章或万佐卿，暂住汉口。彩”，共五十三字，费六元九角九分六厘。出至西单牌楼亚北号用冰忌凌，又至滨来香购点心还寓。夜写致树云长沙信，并乇转交森琨之信。

六月二十八日（五月十九） 早九时半出，至甘石桥邮支交长沙双号信，至西单南纸店印名片，至屯绢胡同访铭久，少谈而出，还寓。午后一时到局，仍办德高洋行案，王次长湘来局视查。五时出，至甘石桥邮支交致凤章汉口信，还寓。七时助臣来访，留同晚饭，八时始归去。余酣卧一时许。

眉注

寄南宁何诗经税务司及舒惺园两君包裹今日始得回据

六月二十九日（五月二十） 早写杨楠轩挽联。午后一时到局，仍办德高洋行案，四时还寓。

六月三十日（五月廿一） 早十时接森琨自宝庆来信，即时作覆，并写致凤章信，将森琨信寄去。午后一时出，至甘石桥邮局交快信。还至局，仍办德高洋行案，五时还寓。七时慈约来访，约余任会计科长事。又半时森珣来，夜接宝庆某妾人来信。

七月

七月一日（五月廿二） 早八时至商标局，仍至审议科。十二时，余会计科长之令始发表，余亦返寓。午后三时出，至单牌楼购物及理发，四时还寓。五时交七月份房钱二十二元，购煤三百斤，价铜子六百枚。六时至慈约宅，新委总务处长周伯伊及会计徐丽生、庶务沈少庭并王培莘皆在坐，晚饭后共考虑局事。

七月二日（五月廿三） 早六时起，八时到局，至会计科就职。九时至局长室见局长及两会办，科中公事颇繁，幸得丽生先来，少庭亦先见过。接收事，慈约并派培莘会同办理。午刻在局午饭，五时始归。接涧澄信。

七月三日（五月廿四） 早八时起，今日为共和再造纪念，各机关皆放假，余因接收事仍到科与伯伊、培莘、少庭共同商议。到局已九时半，在局午饭，二时始还，酣睡半日始起。

七月四日（五月廿五） 早八时起，十时临开皇本《兰亭序》。午后二时，石书麟来访，中法来取储蓄款六元去。

七月五日（五月廿六） 早六时半起，八时到局，在局午饭，二时还寓。四时至武定侯胡同局长宅共议会计事件，伯伊、丽生、培莘皆在坐。八时始还，困甚。今日始服散拿吐瑾。

七月六日（五月廿七） 早六时半起，八时到局，一时还寓。自四日起气候甚热，午后庭院日光不直射处已一百零三度，今日尤甚。三时，临开皇本《兰亭》一页。

七月七日（五月廿八） 早六时半起，八时到局，一时还寓。三时至武定侯胡同访①局长，伯伊、培莘、丽生、少庭皆在坐，六时始还寓。

七月八日（五月廿九） 早六时半起，八时到局，为修缮编查科房舍事，属庶务往唤刘长林明日来估工，一时还寓。六时凤章来访。午后临开皇本《兰亭》一页。

七月九日（五月三十） 早六时半起，八时到局，本科添录事一员，即孙丽生。丽生曾在本部主事上任事，近又在疯人院办事，今来局就录事事，亦为生计所迫也。午后一时还寓。四时为王培莘拟编查股职务单，五时助臣来访。三时临

校记
①“访”字原脱，据文义补。

开皇本《兰亭》一页。

昨日森珣来访，借《东方杂志》六册去。

七月十日（六月初一） 早六时起，八时到局，午后一时还寓。三时倪松寿来访，五时写赠牟贡三嫁女贺联。

上半日大雨，今日甚为凉爽。

七月十一日（六月初二） 早七时半起，九时半出访明久及李镜涵局长，皆不遇，仍还寓。午后三时璧、珣、玮三侄来访，五时去。竟日看《东方杂志》及《月报》小说。

七月十二日（六月初三） 早六时半起，八时到局，十二时返寓。午后三时半出至中国银行，则已闭门。闻暑天办公，午后仅二至三一时间也。雇车还寓。七时大雨，有雹。

七月十三日（六月初四） 早六时半起，八时到局，向赵剑尘乞得在美国所调查之《特许局组织及设备概况》一册，十二时还寓。午后二时出，至中国银行取一百元，还至西单牌楼刮面，并至亚北加非馆用点心、冰忌淩。还寓为三时四十分，四时临褚《倪宽赞》。

七月十四日（六月初五） 早六时半起，八时到局，十二时还寓。竟日阴雨，三时临褚《倪宽赞》，夜接树云信。

七月十五日（六月初六） 早六时半起，八时到局，在局开饭，一时还寓。天虽晴而甚凉。夜接润澄信，临《倪宽赞》。

七月十六日（六月初七） 早六时半起，八时到局，制本科簿记系统表。在局开饭，一时还寓。夜森珣来。

七月十七日（六月初八） 早六时起，八时到局，十二时返寓。六时抄本科预算于日记簿，临《倪宽赞》。

七月十八日（六月初九） 早六时半起，九时出访明久，遇和甫同年，相别二十八年矣。出访孙藕荪于南太常寺不遇，交还代书扇面。至口袋胡同访凤章，季贞同年在坐，少谈而还。午后三时临开皇《兰亭》。

七月十九日（六月初十） 早六时起，八时到局，抄取各簿目录及事项，午刻在局用饭，一时还寓。昨夜西邻放焰口，笙歌彻夜，余亦彻夜不眠，还寓困甚，酣眠二时许。

七月二十日（六月十一） 早六时半起，八时到局，九时大风雨，十时在局午饭，一时还寓。四时临《倪宽赞》。

七月二十一日（六月十二） 早六时半起，八时到局，十一时在局午饭，一时还寓。三时出至皮库胡同东口外南边理发，至亚北加非馆用冰忌凌及点心，至报子街东口同茂增买仿纸一刀，雇车还寓。夜八时大风，雷雨雹。

七月二十二日（六月十三） 早六时半起，八时到局，十一时在局午饭，一时返寓。三时森珣带《亚细亚》杂志来，凤章来访。夜临《倪宽赞》。

七月二十三日（六月十四） 早六时半起，八时到局，十一时在局午饭，一时还寓。三时出至长安街华园入浴，出至亚北加非店用冰忌凌及点心，至市场购点心还寓。

眉注

今日在部领三月份薪三成五，计二十七元零九分五

七月二十四日（六月十五） 早六时半起，八时到局，十二时半还寓。楼启仁来访，三时徐丽生来访。

七月二十五日（六月十六） 早六时半起，九时出，访鸣九不遇，与和甫同

年谈时顷出，至口袋胡同访甘凤章，还寓。午后二时程舆奉来访，五时兆西林来访，六时临开皇本《兰亭》。夜读《金刚经》。

眉注

星

七月二十六日（六月十七） 早六时半起，八时到局。十时兼代档案科科长之令始发表，遂往档案科就职。十二时在局午饭。今日有北京图书馆中人袁守和将来科参观，与伯伊任招待事。二时袁君来局，三时局长亦来参观，毕已四时馀，五时还寓。

七月二十七日（六月十八） 早六时起，八时到局。是日，郭德衣亦到档案科。十二时在科午饭，二时还寓。

七月二十八日（六月十九） 早六时起，八时到局，十二时在局午饭，午后二时还寓。三时临《道因碑》一纸。

七月二十九日（六月二十） 早六时半起，八时到局。是日领津贴五十元，十二时在局午饭，一时还寓。三时临《倪宽赞》，热甚，欲出不能。

七月三十日（六月廿一） 早六时半起，八时到局。十一时在局午饭，一时还寓。三时临开皇本《兰亭》一张，五时出至西单大街理发店刮脸，至忠兴厚购墨汁一瓶，至街东花市看花，外来花颇多。还寓，夜颇热。

七月三十一日（六月廿二） 早六时半起，八时到局，十一时午饭，一时还寓。三时森琅来，云自汉口归来才二日也。四时临智永《千文》草书一纸。

八月

八月一日（六月廿三） 早七时起，午至三时出，至琉璃厂商务印书馆购《挪威瑞典一瞥》《印度小史》各一册，至清秘阁取扇一柄，价四角，至有正书局购褚书《枯树赋》一册，还至西单大街亚北加非店用冰忌凌及点心，还寓。夜向《孟孝琚碑》搨幅上过录赵藩题跋。

八月二日（六月廿四） 早六时半起，八时到局。闻会计科余晓恬、档案科龚道曾皆被裁，计共裁十人，又减薪八人。十二时在局午饭，二时还寓。三时为凤章画扇。

八月三日（六月廿五） 早六时半起，八时到局，十时在局用点心，一时回寓。闻鸣九来访，五时接李焕章自洪江来信，云被劫及家人被伤事。

眉注

今日付七日份《画报》钱四十八文

八月四日（六月廿六） 早六时半起，八时到局，午后一时还寓。二时仍到局，五时还寓。六时郭德依①来访，夜访明久。

八月五日（六月廿七） 早六时半起，八时到局，十二时还寓。午后二时出，至王府仓石书麟家道喜，其长女公子于归也。女婿张氏，云南张铁卿之子，原为书麟内侄，入赘于此。余至时方行礼，明久先至，亦未得入，但在客厅帘内遥观，成礼后始入，赞礼为助臣，宾客不多，余少坐遂还。至兵马司访福田，谈食顷还寓。六时临开皇本《兰亭序》数行，夜过录《孟孝琚碑》赵跋于拓幅上。

八月六日（六月廿八） 早六时半起，八时到局。十时至部，领四月份二成薪水十六元，仍还局，十二时还寓午饭。二时到局，四时还寓。夜伯伊来访，谈森璧事。龚道曾来访，并以草书四幅相赠。

八月七日（六月廿九） 早六时半起，八时到局，一时还寓午饭。二时到局，四时还寓。森璧来寓，以所临《道因碑》《倪宽赞》《智永千字文》《开皇兰亭》四幅畀之，并借《东方杂志》去。夜过录《孟孝琚碑》跋文于搨幅上。

校记

①郭德依，前作“郭德衣”。

八月八日（七月初一） 早七时起，九时出，访艾一情于小猪圈，少坐还寓。午后二时出，至西单大街刮脸，至同茂增购原书纸还寓。四时过录《孟孝琚碑》跋文于揭幅上毕，前为赵藩跋，后为黄雁骨跋也。

八月九日（七日初二） 早六时半起，八时到局，十二时还寓。夜在《孟孝琚碑》揭幅上端写黄膺释文。

八月十日（七月初三） 早六时半起，八时到局，十二时还寓。二时到局，四时还寓。七时整理庭前花木，看新到《东方杂志》。

今日午前七时龚道曾来访。

八月十一日（七月初四） 早六时半起，八时到局，十二时还寓。二时到局，三时出至琉璃厂清秘阁，以小鸡血石章一对托觅沈小庄代刻，又取小楷兼毫、七紫三羊各二枝还寓。

八月十二日（七月初五） 早六时半起，八时到局，十二时还寓，一时半助臣来访。二时到局，三时出至兵马司访福田，谈时顷出还寓。夜森珣来视，并送《亚细亚画报》来。

八月十三日（七月初六） 早六时半起，八时到局，十二时还寓。二时到局，三时还寓。皮箱中书已受潮湿，翻出晒之。向暮，厚斋来访。

八月十四日（七月初七） 早六时半起，八时到局，十二时还寓。二时到局，四时还寓。六时作会计科每日报告单表式。

八月十五日（七月初八） 早七时半起，十时出至琉璃厂清秘阁购七紫三羊笔一枝，至中华书局购汉昌、汉生所用教科书，价八角。还至西单牌楼中英药房购帕勒脱一瓶，价二元，至桂香村购点心还寓。午后三时森璧、森玮来，森璧以文稿来，正以北京调查志交森玮，命翻出各统计图。五时济舟来访。夜作会计科每日报告单表式。

八月十六日（七月初九） 早六时半起，八时到局，拟请临时费稿，十二时还寓。午后二时出，至中国银行取存款一百元还寓。

八月十七日（七月初十） 早六时半起，八时到局，十二时还寓。二时出至长安街邮政局代马兰君及兰儿取储蓄利银共十六元二角九分，还至西单牌楼肆上理发，至滨来香用冰忌淩点心，四时还寓。夜画局中徽章图案。

八月十八日（七月十一） 早六时半起，八时到局，十二时半同周伯伊来寓，留伯伊午饭。二时同至绒线胡同夏爽夫会办家拜寿，不得见而还。六时至西车站食堂赴张冀生之招。

八月十九日（七月十二） 早六时半起，八时到局，十二时还寓。午后三时晒书，夜看新到《东方杂志》。

八月二十日（七月十三） 早六时半起，八时到局，十二时还寓。二时到局，四时还。七时至武定侯严宅赴慈约之招，十一时始还。伯伊同来，谈至十二时始去。

八月二十一日（七月十四） 早六时半起，八时到局，王甫臣到差，十二时还寓。马兰君带兰儿及两孙游北海，余与两孙女在宅整理花蔓，读《庄子》，临《倪宽赞》。

八月二十二日（七月十五） 早七时起，竟日未出。午后七时王甫臣来访，热甚，辞以他出。

八月二十三日（七月十六） 早六时半起，八时到局，十二时还。午后二时到局，三时出至西单市上刮脸，至亚北用冰忌淩、点心，至华英购象皮膏还寓。夜邢勉之来访，讬为慈约言朱俊事。

八月二十四日（七月十七） 早六时半起，八时到局。今日局令余调编查股主任，王甫臣接会计科长事，郭德依接档案科事。略为摒挡，预备明日交待。十二时还寓，午后三时，兰儿为昌孙投考黎明中学事往访徐贞英小姐，因其弟在黎明也，遂由徐介绍在黎明报名。仓卒无照片，在合像中裁下汉昌一像持去，约明日午前八时考试，七时半须即往候。五时命汉昌往长安照像。痔疮又发，服槐角二次。

八月二十五日（七月十八） 早六时半起，八时到局，档案科事交郭德依，会计科事交王甫臣，十二时还寓。夜森珣、森琅先后来视。

八月二十六日（七月十九） 早六时半起，牵牛花盛开，以助课费十五元交汉昌转呈刘建屏。八时到局，到编查股就职，十二时还寓。森璧来访，二时始去。命汉昌往长安取像片送黎明中学，换回裁下者一枚。夜至西单夜市一看，至英华药房购沙礼仙酸即水杨酸软膏一盒，价五角。

八月二十七日（七月二十） 早六时半起，八时到局，十时往见局长，议编查事，十二时还。午后三时查家用账，夜临《倪宽赞》。

八月二十八日（七月廿一） 早六时半起，八时到局，十二时还。秋阳甚烈，取书一箱晒之。四时半森璧来。

八月二十九日（七月廿二） 小病，七时半始起。今日星期，竟日未出。午后晒书，理书箱。

八月三十日（七月廿三） 小病，六时半起，八时到局，十二时还。午后三时，复龚道曾信。夜写致艾一情信，接贵阳森璧电。

八月三十一日（七月廿四） 病小愈，六时半起，八时到局，十二时还。午后三时程舆奉来访，讬写扇面。夜龚道曾来访。

九月

九月一日（七月廿五） 早六时半起，八时到局。天阴，颇寒。领到八月份薪水五十元，十时还寓。感冒已愈，尚服鸡那。脚气亦愈，但须搽药，惟痔与口疮未全愈，且甚衰弱，竟日养息。午后三时，为凤章写挽张藩之太夫人联。

九月二日（七月廿六） 早六时起，八时到局，九时出访明久，十时还局。十二时还寓，程铜士来访。

九月三日（七月廿七） 早六时半起，八时到局，十一时还寓。午后一时出，至琉璃厂清秘阁取回沈小庄所刻印及赵声伯残屏三条。至宝丰购洋参一两，价一元。还寓，夜临褚河南《枯树赋》。

九月四日（七月廿八） 早六时半起，八时到局，十一时还寓。午后三时临《枯树赋》，夜森珣来。

九月五日（七月廿九） 星期，阴雨。早七时起，十一时森珣为送硼酸甘油来，治口疮者也。午后三时临赵吴兴《永安僧堂记》，四时接森琨自湘潭来信。

九月六日（七月三十） 早七时起，十时写致长沙饶树云信、湘潭森琨信，属持饶信至长沙时往访，又写信托李让谷代请病假三日。午后七时有王姓者来访，不知何人，未接见。

眉注

党军取汉阳

九月七日（八月初一） 早七时起，十时出访明久不遇，访济舟，谈时顷出还寓。午后一时李让丞[①]来访，三时临开皇《兰亭》。夜同。

午后三时到部，领四月二成薪水十六元。

校记

①李让丞，或即前文“李让谷”。

眉注

党军取武昌、汉口。

九月八日（八月初二） 早七时半起，十时出访明久，临行时季贞亦至。出至单牌楼购内痔药、鸡毛帚、日记本、算学簿等还寓。午后三时临《枯树赋》，四时出，至前门下电车，入劝业场大栅栏，在观音寺购物还寓。夜临《枯树赋》。

九月九日（八月初三） 早六时半起，八时到局，十二时还寓。二时伯伊来访，培莘来访。夜八时森珣来，云将往江西调查地质，借商务印书馆所印《庐山风景册》去。

九月十日（八月初四） 早六时半起，八时至武定侯胡同访严局长，谈改组事及璧垕在电车上遇伤事。九时到局，十二时还寓。午后三时至猪毛厂宅视璧侄，则已将愈，云今日已上局矣。夜临《枯树赋》。

九月十一日（八月初五） 早六时半起，八时到局，十一时还。午后一时昌孙、生孙往宏庙师大附小考试。三时琅侄来，云十一时半侄妇举一子，来请名，为取名汉光。四时出，至杨梅竹斜街东昇平入浴。五时至有正书局购石印褚《雁塔圣教》及开皇《兰亭》，又珂罗版赵书《心经》各一，至西单英美药房购果子盐一瓶，价一元七角五分。夜临《雁塔圣教》。

眉注

“冷清清地”，可作书斋名。或用作联“冷清清地几间屋，冷冰冰地一个人”，额曰“冷得有趣”。

九月十二日（八月初六） 星期，未出门。午后珣侄来借橡绸外套去，云一两日内将南下。三时临开皇《兰亭》。

九月十三日（八月初七） 早六时半起，七时昌孙及生孙至宏庙北师附小上学，昌孙入特五班，生孙入初二级，共交去学费、用器费十五元一角。八时到局，十二时还寓。午后两孙上学，复持书费三元去。三时临开皇《兰亭》。夜电灯有阻碍，始用保险石油灯。

九月十四日（八月初八） 早六时起，八时到局，十二时还寓。璧侄来，并请写挽联。午后三时临《兰亭》，五时出，至西单北市上理发，至忠兴厚购宣纸及格纸，在市摊上购书两册还寓。夜督生孙功课。

九月十五日（八月初九） 早六时起，八时到局，十二时还寓。午后三时临《兰亭》，严仁泽来访，为送《老君关图》来，少谈而去。仍临《兰亭》。

九月十六日（八月初十） 早六时起，八时到局，十二时还寓。三时临《兰亭》，五时变更室内陈列。夜督汉昌、汉生字课。

九月十七日（八月十一） 早六时半起，八时到局，十二时还寓。午后为璧侄写赠张姓挽联，七时助臣来访，夜督汉生字课。

九月十八日（八日十二） 早六时半起，八时接舒惺园自南宁来信，通知森玟名下去年所应得之赔偿金事。旋到局，十二时还寓。午二后时临《兰亭》，四时出至清秘阁取笔六支、笔套六个。还至西单牌楼隆和成买炷香三袋。还寓，夜临《兰亭》，督汉生字课及汉昌画地图。

九月十九日（八月十三） 早七时起，十时助臣来访，同出至小猪圈艾一情家奉访不遇，至水大院同访福田，谈少顷同出。至十八半截访张译琴不遇，同往中央公园，入长美轩客座，并以电话约韩伯秋来午饭。二时辞两君先还家，四时写字，并督汉生写小字。夜写致舒惺园及何诗经南宁信。

九月二十日（八月十四） 早六时半起，八时到局，十二时返寓。午后写致舒惺园及何司经南宁信成，三时至局，领八月份欠薪三十元。出至甘石桥邮局，用双号发南宁两信，遂还寓。四时到部，领四月份薪六成、五月二成，共六十四元还寓。

九月二十一日（八月十五） 早七时半起，十时至琉璃厂有正买开皇《兰亭》，至中华买二孙教科书，至商务买盒子色及钢笔头，还寓。午后三时出，至北海入览，在漪澜堂少坐，上船渡至五龙亭，入仿膳茶座用点心，出沿东岸步行而出。还寓，夜察昌孙功课。

九月二十二日（八月十六） 早六时半起，八时到局，十二时还寓。午后二时分编开皇《兰亭》字，五时出至琉璃厂一得阁购墨汁，至商务印书馆购教科书还寓。夜贴《兰亭》字。

九月二十三日（八月十七） 早六时半起，八时到局，在局午饭，一时半还寓。

午后二时贴《兰亭》字毕，为兰儿写仿本。

午前在局以十九元交杜印臣，讬买红煤一吨。

九月二十四日（八月十八） 早六时半起，八时到局，在局午饭。一时本股移至编译科，遂还寓。六时铭久来访，言将以明日南下，讬招呼家事十一月。夜九时出访铭久送行，不遇。

九月二十五日（八月十九） 早六时半起，八时到局，十时出至皮库胡同口外肆上刮脸，仍还局。十二时还寓，三时临《兰亭》。

九月二十六日（八月二十） 早七时起。今日星期天，大风，竟日未出，督汉生功课，仅午后三时临《兰亭》百馀字。

九月二十七日（八月廿一） 早六时半起，八时到局，九时至单牌楼购物还寓。十时复到局，午刻在局午[1]饭，一时还寓。三时出至中国银行取存款二百元，至实业银行交九月份储蓄款三元，还寓。五时临《兰亭》，夜八时临《兰亭》。

今日汉生冒寒头痛，先令服安司比林，后以鸡那继之。佣赵发病，昏不知人，以通关散试其鼻不应，继之以卧龙丹，始得嚏，再令服仁丹二十粒始醒。初

校记

①午，原作“晚”，据前后文改。

发时，马兰君至成衣店借电话唤其母氏，十一时始来，以夜深未回去。

九月二十八日（八月廿二） 早六时半起，八时到局，午刻在局午饭，一时还寓。夜临《兰亭》，接森琨信。

九月二十九日（八月廿三） 早六时起，八时到局，午刻在局午饭，一时还寓。接龚道曾信，二时写致森琨信，四时督汉生功课，六时临《兰亭》，写致凤章信。

九月三十日（八月廿四） 早六时半起，八时到局。改组之事昨日已发表，余仍在编查处办事。九时出至邮局交致长沙森琨信，遂还寓。一时仍到局，晤新编查处长周伯伊，议本处组织事。二时出，至单牌楼购信笺两百张、十六支电泡二个、门弹簧一个，脂麻糖一包，还寓。作贺严伯符新婚联。厚斋来访，约明日至受璧胡同看房，旋别去。五时督汉生功课。

八时龚道曾来访，所讬事余已谢绝。

十月

十月一日（八月廿五） 早六时起，七时半顾致尧、陶歆甫来访，讬为致尧设法回局事。八时到局，与伯伊议编查处组织事，仍未有眉目，遂还。写严伯符贺联。十一时复到局，闻明日四处长、五科长、一会长、两主任将会议新组织事。以贺联交伯伊，因与伯伊同送也。还寓，午后二时出，在缸瓦市站候电车，遇赵质夫，立谈良久，始附电车至公用库访安厚斋。同至南魏儿胡同西口外沟西看屋，共十六间不佳，厚斋别去，余至护国寺访刘长林不遇，还寓，四时督汉生功课，夜八时亦然，九时临《兰亭》。

十月二日（八月廿六） 早六时半起，八时到局，十一时还寓。午后督汉生功课，四时出至琉璃厂商务印书馆买《少年自然科学》丛书二编及《埃及希腊罗马小史》，价一元三角五分。还寓，夜督汉生功课。

十月三日（八月廿七） 早七时起，九时伯伊来访，十时始去。督汉生功课。午后二时督汉生功课，四时出至单牌楼刮脸，还寓。夜临《兰亭》。

十月四日（八月廿八） 早七时起，九时出至宝盛赎取所当皮衣，原当一百元，利息五月共十五元，交款后云皮衣已在使馆界保险，遂挂号而回，临《兰亭》。午后二时仍至宝盛取回皮衣，还寓。三时璧侄、琅侄来看，五时出至皮库胡同东口外购旧杂志四册，价四角。还寓，临《兰亭》。

十月五日（八月廿九） 早七时起，八时到局，十二时还。午后一时华丰人来安洋炉，共付费九元一角。三时变更室内陈列。夜临《兰亭》。

三十一号炉电镀价三元八角，器铁烟筒每二角五分，白斗并句铲一元。

十月六日（八月三十） 早七时起，八时到局，十时还。能仁寺广来煤厂掌柜王姓来，向订煤球二千斤，价六元三角。午后送一千斤来，馀一千斤送批折来，当交与十二元六角。督汉生功课，临《兰亭》。五时广来送煤并批折来。

十月七日（九月初一） 早六时半起，八时到局，十二时还寓。午后二时出，至中国银行支一百元，至青云阁购《陆宣公集》《随园尺牍》《要籍读法》各一，价共一元二角。至琉璃厂李玉田购紫毫大笔一枝，价五元。至清秘阁取冷金笺二张，还寓。四时督汉生功课，夜看《宣公奏议》及《要籍读法》，接南宁海关公会信。

十月八日（九月初二） 早七时半起，八时到局。十时出至西长安街电局发南宁公会电，请在恤款中留二百本作基本金，去价四元四角，还寓。十二时至广来煤厂。午后二时到局，领九月份薪金一部分之十五元。还寓，广来送煤球三百斤来，督汉生功课，看《宣公奏议》及《要籍读法》。

册末杂记：

我所著之书名曰“调查录”，对于种种人生加以调查，即我之生活，亦是调查生活。所遇环境无论其如何富贵，如何贫贱枯窘，一切以调查眼光对之，故无往而不自得。

实业调查录　建筑调查录　古物调查录　娼妓调查录

应发明改良法者　钢笔筒大小　木材之整片用者加宽，应较加长为价昂。

预备养鸡猪者等法，为将来还黔生活计。调查作小桥法，为将来水磨河上木桥计。

《辍耕录》二十八卷于阗玉佛一则 考团城玉佛时可作衬语。

在北方造宅时于适当处作小室，备电炉，为酷寒时半夜起来万一之用。

十月九日（九月初三）　早六时半起，八时到局，十时出至西单市上理发，仍还局，十二时还寓。午后二时督汉生功课，二时半临《兰亭》。夜看《陆宣公集》。

十月十日（九月初四）　早七时起，九时督汉生功课。午后二时济舟来访。白姓安厚斋所荐房纤来，约明日午前九时半至石老娘胡同看房。三时巡警来取捐钱去，四时临《兰亭》。

十月十一日（九月初五）　早七时半起，九时督汉生功课。十时同白姓出，至受璧胡同看房子，在中间路北，房屋虽旧而整浩，屋虽少而馀地尚宽，但嫌地势较街路低二尺许耳，索五千元，未与价而出还寓。午后二时，督汉生功课。三时出至琉璃厂清秘阁，持前所取冷金笺四尺屏付之，属画乌丝，更购千秋光墨一挺八种，尺样铜锁纸二条。出至直隶书局购扫叶石印《玉台新咏》，价九角五分，出还寓。五时写屏，临《兰亭》。

十月十二日（九月初六）　早六时半起，八时到局，十二时还。午后二时督汉生功课，四时临《兰亭》。夜看《陆宣公集》。

十月十三日（九月初七）　早六时半起，八时到局，十一时还。午后二时督汉生功课，四时临《兰亭》。夜看《陆宣公集》。

十月十四日（九月初八）　早六时半起，八时到局，十一时还寓。午后三时督汉生功课，临褚书《倪宽赞》。夜临《倪宽赞》。

十月十五日（九月初九） 早六时半起，八时到局，九时至武定侯胡同访慈约，十时仍还局，十二时还寓。午后二时临《倪宽赞》，四时督汉生功课。夜临《兰亭》。

十月十六日（九月初十） 早七时起，八时到局，十时出至琉璃厂清秘阁取画乌丝之冷金屏，又购煮捶宣十张，裁成屏幅二十条。出至有正书局购《名画集》二十六、二十七各一册，价六折，合一元九角。还寓大风，道上对面人不相见。午后二时督汉生功课，临《倪宽赞》。夜临《枯树赋》。

眉注

二十六重

十月十七月（九月十一） 今日星期，竟日大风。午前后督汉生功课，二时在屏幅上临《兰亭》。夜临《兰亭》小字。

十月十八日（九月十二） 早六时半起，八时到局。十时还，为周伯伊写贺联。十二时到局，领九月份十五元。还寓，在附近买煤球炉一个，价一元二角。一时璧侄来访。二时伯伊来访，临行暂借五元去，并携贺联去。四时临《兰亭》小字。夜临《十三行》。

十月十九日（九月十三） 早七时起，八时半到局，十时出至西单市上刮脸。还至英子胡同口上买劈柴，言定每百斤价一元六角，交定洋一元，约后日送货。午后小病，四时出至能仁寺广来煤厂，为甘太太订煤球三千斤，价六元四，约明日午后送往。出至水大院访福田，少谈还寓。夜在小条幅上临《黄庭经》。

十月二十日（九月十四） 早七时起，八时半到局，十时出至口袋胡同访杨金谷，并往晤甘太太言买煤事，与金谷少谈而出，还寓。午后临《黄庭经》，督汉生功课。四时至广来煤厂订煤球二千斤，价六元四角，共十二元八角交齐，并属约明日将前存煤球七百斤交齐。还寓，夜临《黄庭经》。

眉注

今日中国实业银行来取储款三元去

十月二十一日（九月十五） 早七时起，八时半到局，十二时还寓。午后二时临《黄庭经》。伯伊来访，借打字机去。五时督汉生功课。夜临《黄庭经》。

今日广来煤厂送煤七百斤来。

十月二十二日（九月十六） 早七时半起，九时到局，十一时还寓。午后二时到局，又半时还寓。柴厂送劈柴来，不佳，以后不再向此厂购柴矣。昨夜失眠，困甚。夜临《黄庭经》。

今日电灯公司来取电费五元零七分去。

十月二十三日（九月十七） 早七时半起，八时半到局，旋还，临《黄庭经》。午后二时督汉生功课，临《黄庭经》。森琅来视，言将调至南口医院。夜临《黄庭经》。

今日龚道曾寄赠家集一册来。

十月二十四日（九月十八） 早七时半起，十时督汉生功课。午后二时督汉生功课，三时临《黄庭经》。夜临《黄庭经》小屏毕。

眉注

小屏六条，计六日而毕。

十月二十五日（九月十九） 早七时起，八时到局，十二时还。午后二时临《黄庭经》，四时到部，访助臣不遇，还寓。夜临《乐毅论》。

午刻覆森琨长沙信。

十月二十六日（九月二十） 早七时起，八时半到局。十二时还寓，接南宁舒惺园来信。午后在炕屏上临《黄庭经》。四时森玥来访，还来《亚细亚画报》三册，赠庐山风景照片四张，数日前自庐山来也。并交来三房一万一千元之存折一扣，盖谢根梅及森琏所汇来京交余代三房经管者也。根梅与李焕章各借三房款七千元，森琏借八千元，共二万二千元，于今年四月期满，此时由森琏自上海汇来此数，交森玥带来。森玥至京向浙江兴业银行前门内户部街大新路取银时，恐钜款在身或有疏虞，故而即时存入该行，此时乃将存折交来。该折用森玥名，编十五之一〇二号。遂与森玥议明日余至该行改用余名存入，暂时仍存短期，息四厘。

此数之外，另有八千八百元之存折一扣，因森琏交折时将折夹及其馀之空页撤去，故此时不能取款，须俟森琏在沪与该行交涉清楚始能取款。留森玙晚饭去，森玙并写好取款单，以便余明日往取。其八千八百元之存折，亦暂存余处。

十月二十七日（九月廿一） 早七时起，八时半到局，十时出至户部街大新路浙江兴业银行取三房之一万一千元，用乐彩澄之名仍存该行，编号为十五之一〇三号。出至中国银行取一百元，还寓。午后二时到局，与伯伊谈时许同出，还寓。督汉生功课，临《黄庭经》。夜同。

十月二十八日（九月廿二） 早七时起，八时半到局，十时出访伯伊于长安街，取回打字机。午后二时临《黄庭经》，四时出至琉璃厂，向商务印书馆购褚、冯所临《兰亭》，梁任公所临《兰亭》及《唐诗三百首》各一，又购开方纸十三张，还寓。森琅来视，借《便览》三册去。六时半至至武定侯胡同赴慈约之招，在坐皆局中同事，九时始还。

十月二十九日（九月廿三） 早七时半起，八时半到局，十一时还。午后森玙来视。五时助臣来访，索所临《黄庭经》小条幅去。夜临《黄庭经》，看《东方杂志》。

十月三十日（九月廿四） 早七时起，八时半到局，十时还。接金仲羣成都来信，晔夫来访，议本部清理旧案事。十二时到局，领九月份六成薪金五十元，还寓。三时督汉生功课，临《黄庭经》，夜同。

十月三十一日（九月廿五） 星期。早七时起，整理室内及院内。午后二时临《黄庭经》，夜森玙、森玮来，森玙交来上海浙江兴业银行八千八百元存折之馀页及折夹来。

十一月

十一月一日（九月廿六） 早七时起，八时半到部，十二时还寓。午后三时出至尚志医院视眼疾，为脱拉宏初起，力医用钳将病挤去，并用绷布掩护外，给绿色药水一瓶，又因去年注射后未曾验血，故托取血清验之，共费洋四元五角。出即还寓。

十一月二日（九月廿七） 早七时起，八时半到局。十时出，至皮库胡同口外理发，出至铁器铺购铁器，还寓。午后二时出，至琉璃厂中华书局为汉昌购教科书，价四角五分。至商务印书馆购教科书，价九角八分，又购《穆天子传》一册，价一角八分，还寓。

十一月三日（九月廿八） 早七时起，八时半到局，十二时还。午后二时出至琉璃厂中华书局，为汉昌购教科书，还寓。

十一月四日（九月廿九） 早七时起，八时半到局，编文字商标，十二时还寓。午后二时出，至农商部街华兴公寓视璧侄，不遇。至部访助臣，谈少顷还。夜临《黄庭经》。

十一月五日（十月初一） 早七时起，八时半到局，编文字商标，十一时半还。一时半复到局，三时还。临《黄庭经》，夜同。

十一月六日（十月初二） 早七时起，八时半到局，编文字商标，十二时还。午后三时临《黄庭经》，四时伯伊及唐君来访，唐君先去，伯伊与余议局事及跨车胡同典宅事。夜小病。

十一月七日（十月初三） 早七时起，九时出至华兴公寓看璧侄。午后临《黄庭经》，夜同。

十一月九日（十月初五） 早七时起，八时半到局，编文字商标，十二时还。午后三时作十字图案，夜同。

十一月十日（十月初六） 早七时起，八时半到局，清理公报，十二时还。

午后编贺联，五时森珣来。夜作十字图案。

十一月十一日（十月初七） 早七时起，八时半到局，清理英文公报，十二时还。午后写贺联，又为森珣编贺联。五时森珣送贺联来，夜作十字图案。

十一月十二日（十月初八） 早七时起，今日为和平纪念，放假。午后六时至煤市桥泰丰楼，今日商标局同人公请局长。七时入席，八时半散。至门框胡同购牛髓粉，至劝业场刮脸，出至前门附电车还。

十一月十三日（十月初九） 早七时起，八时半到局，清理商标公报残本，遂清出十四类商标汇编一册，十二时还。午后三时访助臣，夜临《黄庭经》。今日命局役送张寅安贺联去。

十一月十四日（十月初十） 午后二时出，持旧藏周东邨人物小幅至清秘阁付装，至樱桃斜街贵州老馆，今日张复初之七少君寅安与于仲老之十三小姐令文结婚，请余证婚，马兰君及兰儿亦往观礼，森璧、森珣、森琅夫妇及森玮亦皆到，余家到者凡八人。三时行礼，五时入席，六时半散席，遂还寓。

十一月十五日（十月十一） 早七时起，八时半到局，清理商标公报零页，预备作公报类编，十二时还。午后三时出，至琉璃厂清秘阁配八尺镇纸之一，又购花鸟者一对，返至西单牌楼向忠兴厚购八尺挽联，价四角；又高丽纸二张，价共四十四铜子。至市上购矮菊一株，还寓。夜接涧澄弟洪江信，即时作覆。

十一月十六日（十月十二） 早七时起，八时半到局，清理商标公报零页，十二时还。午后二时到局，借领十月份薪水二十元，还寓。

十一月十七日（十月十三） 早七时起，八时半到局，清理商标公报零页，十二时还。午后三时伯伊来访，还旧欠五元。张寅安、于令文来谢步，森珣同来。五时半出至中央公园，赴庄若骐之招，将以二十日与宋良仲之小姐结婚，约余为证婚人，今日乃请执事诸人也。六时半入席，八时席散。出，与倪子文及森玮共坐电车还寓。

十一月十八日（十月十四） 早七时起，八时半到局，清理商标公报零页毕，十二时还寓。午后二时临《黄庭经》，四时出至清秘阁，以西藏佛像一尊属作玻罩及木盒，订刻象牙名章一颗，购珊瑚笺联一付，还寓。

十一月十九日（十月十五） 早七时起，八时半到局，检查商标公报零页，按期分编，以备编商标公报类编也。十二时还寓，二时复往。午前编成一期至四期，此时编成五期，三时还寓。四时临《黄庭经》，夜同。接森琨长沙信。

十一月二十日（十月十六） 早七时起，八时半到局，查取商标公报零页，按期分编，计成六、七、八三期，十二时还。午后二时出，至皮库胡同西口外刮脸，至花市购小菊三株，还寓。写贺联及挽联。夜锺遇明来见，畀以一元去，临《黄庭经》。

十一月二十一日（十月十七） 早七时半起，十时森珣来取贺联去。午后二时，庄府以汽车来，与马兰君及兰儿共乘至樱桃斜街贵州老馆。庄宋结婚原订三时，四时半新人始到，先照像，五时始结婚，六时入席，七时即散。同马兰君及兰儿出，雇车还寓。

今日午后覆三姨娘长沙信。

十一月二十二日（十月十八） 早七时起，八时半到局，查取商标公报零页，成九、十两期，与杨自容共订赵剑臣所译《美国商标法规》，将以付印。十二时还。午后二时临《黄庭经》，夜拟致总税务司书，为领森玟赔款事。

十一月二十三日（十月十九） 早七时起，八时半到局，查取商标公报零页，成十一期。访黄觉因，讬将上总税司信翻成英文，值其方观旧画，为焦秉贞所绘《南巡图》，高近二尺，长约二丈，工细绝伦，云前途索五千元。《南巡图》大概不止一种，觉英[①]云尚有四幅者，此则一幅者也。宁寿宫所陈列者二十馀幅，但不如是之工细。十二时还寓。午后二时临《黄庭经》，三时出至虎坊桥某帽店购大头菜及小帽，共价七角八分。至高陞店访吕玉香不遇，至清秘阁取回八尺镇纸及所裱周东邨画，至西单牌楼购洋铁煤油壶及勺漏等，还寓。夜临《黄庭经》。

十一月二十四日（十月二十） 早七时起，八时半到局，十二时还寓。午后三时取拟赠铸臣之周东邨画，题诗其上：

幽居市外得清闲，林影蔬香静掩关。

馀地仍留三百尺，将来起阁望西山。

余与铸城同寓京师十五年，铸城始就城西北隅买屋十馀间，在西涯之西，为一亩宫之儒，爰取旧藏周东邨水流花放图，题小诗其上以为赠，祝其安居之后益增其读书之兴趣，将作小楼以挹朝爽，铸城有是言，余更乐观其成也。

十一月二十五日（十月廿一） 早七时起，大风。八时半到局，十二时还。过铁器肆，购二号煤球炉一，价一元。午后二时张寅安来访，送来结婚照片三张，未坐而去。五时检点旧印，夜作十字布上圆形线。

十一月二十六日（十月廿二） 早七时起，八时半到局，十一时以所拟致安格联信[②]託黄觉英译成英文，十二时还。二时到局值班，并借领十月份薪水二十元。前已借过二十元，尚馀四十元。还寓，以二十元付马兰君买米去，四时写致杨子俊妹夫信。夜作十字圆形线。

致安格联信系请领森玟在南宁时滇桂兵乱受损之赔款。

十一月二十七日（十月廿三） 早七时起，八时半到局，十二时还。午后二时到部，访铸城不遇。夜作十字圆形线。

十一月二十八日（十月廿四） 早七时半起，九时半出访助臣于大七条，持

校记

①觉英，前文作“觉因”。

②“信”字原脱，据文义补。

周东邨图赠之，十一时还。今日病。

十一月二十九日（十月廿五） 早七时半起，八时半到局。十一时黄觉英交来代译之英文信稿，遂持往求吴君打清，十二时还寓。今日病仍未愈。午后二时至市上刮脸，至清秘阁取回付与装潢之西藏佛像及牙章、铜镇纸。

十一月三十日（十月廿六） 早七时半起，九时到局，十二时访吴君取回代打致安格联之信，由邮政寄去，十二时还寓。

今日病愈，但尚服药。

九时微雪，二时止。

昨日写致长沙杨妹夫子俊信，今日写致饶树云信。

十二月

十二月一日（十月廿七） 早七时半起，九时到局。十一时交所拟索引表说明于局长室，十二时至第二科领十月份薪水洋四十元，还寓。午后付本月房钱二十二元，清六月以来家用账。

今日大风，故午后未出门。

十二月二日（十月廿八） 早七时半起，九时至局。十时出，至浙江兴业银行取书记存款二百元，将以借与铭久作家用者。铭久与余从未通财，前因三房事讬其转讬湖南友人电赵恒惕保护遗族，其效力甚伟，故此时通融二百元在势不能不许。又至中国实业银行换取九月份储款收据，又至中国银行提二百元，一百元作十二月家用，一百元将汇寄广西南宁捐入海关公会，作拜山会会费基本金。出，还商标局，十二时还寓。午后五时助臣来访。

眉注

夜十一时，室外南檐下温度华氏二十二度，下于冰点十度。

十二月三日（十月廿九） 早七时半起，九时到局，十二时还。午后二时临《黄庭经》，四时助臣来访，议借款事。五时部中同事崔君来访，为送部中所发五月份薪水五厘计四元来。夜森玙来借打字机去，并将所藏璊斑汉玉付之，请所中章洪钊君鉴定。仍临《黄庭经》，接铭久重庆来信。

今日午后三时，马兰君往屯绢胡同四号往访铭久夫人，并送与作家用之二百元去。

今日森玙来时，并还前借去之橡绸外套及《北京社会》一册来。

十二月四日（十月三十） 早七时起，九时到局，十二时还。午后临《黄庭经》。夜覆铭久信。

眉注

早室外南檐下温度华氏十八，下于冰点十四度。

十二月五日（十一月初一） 今日星期，小病。午后临《黄庭经》数行。

十二月六日（十一月初二） 早雪，七时半起，八时半到局。十时至中国银行取存款五百元还局，十二时半还寓。午后三时写致关蓬洲信，预备明日汇款南宁交收。四时临《黄庭经》，五时半助臣来，借去五百元，以新置新街口北大七条胡同十号之宅作抵，抵押品计三张一白契，即卖主李荣宽所写者，一官契即买契，右翼税务公署所发者，号数为二千六百八十四。一房地转移凭单，为市政公所所发，号数为三三四七六，月息五厘，订十六年十月以前还清。余与助臣通财本不应有息，但余款实存银行每月五厘，助臣不愿余之受损，故仍照行也。留助臣晚饭去。夜写致舒惺园信。大风暴冷，余室幸洋炉宿火，故尚不觉也。

眉注

或谓临济之死，由于所谓宛丘生者，此后恐再夺。

漆款

十二月七日（十一月初三） 早七时起，风少息，室外南檐下温度在华氏表十四度，下于冰点十八度。雪后大风而寒，此与民国五年同，彼时亦在夜间曾冻伤巡警七十馀人也。八时半到局，十时出，至甘石桥邮政分局汇寄南宁大洋一百元交关蓬洲收，又舒惺园一函亦由挂号寄去。风仍未息，虽不甚大而甚冷劲，逆风而行，呼吸为之堵塞，仍还局，十二时还寓。

南宁海关同人立有海关公会，会中又设有拜山会，醵有资金，为同人中殁葬南宁者作扫墓之用，玟儿夫妇墓在南宁，故余捐百元入会。交关蓬洲收者，因关君为海关公会司账员也。汇寄时，同时亦有信与舒君惺园。

午后三时，写两日来日记，夜临《黄庭经》。

眉注

夜十时，室外华氏八度，在冰点下二十四度。

十二月八日（十一月初四） 早七时起，八时半到局，十二时还。午后一时，接总税务司回信，持信往觅森璧于华兴公寓，不遇，又至局觅黄觉因亦不遇，遂还。三时临《黄庭经》。

十二月九日（十一月初五） 早七时起，八时半到局，十二时还。二时半森珣来，因瑞典考古家安特生托其搜集中国古代建筑车服等书来向余探问门径也。午后三时出，至西单牌楼头条洗清池入浴，四时至和兰加非馆用点心及可可一杯，四时半至皮库胡同口外理发，五时还寓。夜作字。

十二月十日（十一月初六） 早七时起，八时半到局，十二时还。午后二时到局，至注册处访伯伊，谈少顷还寓。四时伯伊来访，谈时顷去。夜临《黄庭经》。

十二月十一日（十一月初七） 早七时半起，八时半到局，十二时还。夜临《黄庭经》。

十二月十二日（十一月初八） 星期。早八时起，午后周伯伊来访，森璧亦来。夜临《倪宽传赞》。

十二月十三日（十一月初九） 早七时起，八时半到局，十二时还。午后二时森珣来。

十二月十四日（十一月初十） 早七时起，八时半到局，十二时还。午后临《兰亭》，夜同。

十二月十五日（十一月十一） 早七时起，八时半到局，十二时还。午后二时出，至琉璃厂清秘阁刻“待柏堂”小印，至商务印书馆买盖钉及订《东方杂志》《小说月报》《少年》三种，至中华书局为汉昌购算术教科书第五册。雇车还至西单牌楼，至义源斋修整法蓝手表，价三角，至烟铺购美丽牌香烟四盒，还寓。伯尹来访，夜临《枯树赋》。

眉注

《东方》三元，《小说》一元八角，《少年》九角。

十二月十六日（十一月十二） 早八时起，九时到局，十二时还。午后三时临《枯树赋》。夜检点年来所写字。

十二月十七日（十一月十三） 早七时半起，八时半到局，十二时还。午后二时森珣来，持来旧陶一片，圆径尺许，中有方形，刻行书曰“太白曰诗曰绝句”云云，模糊不能尽识，末题“庆历九年”，下款曰“司马文公”，不悉何物。云安特生所得，属其考究者。夜临《兰亭》。

十二月十八日（十一月十四） 早七时半起，八时半到局，十二时还。午后二时王喜莘来访，持旧画属审视，盖俗工所为也。夜临《兰亭》。

眉注

付十一月份电洋五元三角一分

十二月十九日（十一月十五） 早八时半起，午后一时出至大七条访助臣，二时还。三时出至清秘阁取九紫一羊、七紫三羊各一枝，高丽发笺四张，还寓。

十二月二十日（十一月十六） 早八时起，九时到局，十二时还。午后临《兰亭叙》。

十二月二十一日（十一月十七） 早八时起，北屋南檐下温度华氏十七度在冰点下十五度。九时到局，十二时还寓。午后三时临《兰亭》，夜读《书谱》，其文晦涩杂乱，读不终卷。

美术家头脑多昏乱，以孙虔礼之学书观之，不知其人如何清俊，而其文乃若此。反之有科学家头脑者，美术上之能力则甚薄弱。就当代能书者观之，惟梁任公头脑差清醒耳，然于科学则甚浅。最糊涂者莫过于康南海，故其书法亦横绝一时焉。

眉注

观此等文，始知昌黎“文起八代之衰”，实非过誉。虽模山范水，未能独创，但其确立文章之骨干，使一篇之内脉络分明，无意不达，实为中国文字之一大进步也。

今日冬至，放假一日。

“八代之衰”，“衰”字即指此等昏乱之处。盖自两司马以来，即未能免也。

韩文为实用文字，非美术文字。

十二月二十二日（十一月十八） 早八时起，北屋南檐下温度在华氏十度，下于冰点二十二度，想当四五点钟时更在其下也。午后三时临《兰亭叙》。

十二月二十三日（十一月十九） 早八时起，温度在华氏十一度。九时到局，十二时返寓，任浩吾来访。三时出，至皮库胡同口外理发，至药肆购石膏。末至泰来永煤厂订硬煤五百斤，价每百斤八角二分，明早送宅。至烟肆购皮烟袋一枚作钱袋用，价二角五分，还寓。

午后森珣来问带钩见于经传之始，举《国语》“鲍叔荐管仲”篇中语告之。

十二月二十四日（十一月二十） 早八时起，温度室外在华氏十七度。九时到局，十二时还寓。午后二时到局值班，四时还寓。六时出，至取灯胡同同兴堂赴赵剑丞、王仲山之招，在坐有张星六、赵□□及璧侄诸人。九时出，至前门附电车还寓。

十二月二十五日（十一月廿一） 早八时起，扫除室内。午后三时出，至琉璃厂某肆购月份牌二，价共五角，又拜年片，价共六角。还至甘石桥，购劈柴一百斤，价一元六角。还寓。

眉注

今日放假

十二月二十六日（十一月廿二） 早八时起，困甚。在家养息，昼寝四次皆甚酣适。

眉注

星期

十二月二十七日（十一月廿三） 早八时起，九时到局，十二时还。午后扫除客座及室内。夜临《兰亭》。

十二月二十八日（十一月廿四） 早八时起，九时到局，十二时还。一时至上斜街张笏香宅，为梅味秋点主。味秋为余幼时同学，去年见之于笏香处，不虞其病殁于此也。二时还，夜临《兰亭》。

十二月二十九日（十一月廿五） 早八时起，九时到局，十二时还寓。午后一时出，至长安街邮政局为马兰君支取存款一百元，至单牌楼取所修手表。至亚北加非店进牛乳一杯，购陈皮梅一盒，价一角五分，乳油四两，价三角。至甘石桥邮政局购半分邮票二十份。还寓，洒扫室内。夜临《兰亭》。

十二月三十日（十一月廿六） 早八时起，九时到局，十二时还寓。夜背临《兰亭叙》。

十二月三十一日（十一月廿七） 早八时起，九时到局。十时出。至西单市楼上理发，至毓美斋、桂香村、和兰买点心，至华英买散拿土井一瓶，至忠兴厚买拜年片，又在市摊购钱钳一，共费五元。还寓，午后二时到局值班，四时始回。六时助臣来访，交来十二月至明年六月共七个月之利银十七元五角，付有收条。助臣甚忙，少坐即去。七时到局，领十一月份薪水八十元。夜清洁室内器具。

眉注

漆款二

民国十六年日记

一月

一月一日（丙寅十一月廿八） 早八时起，午后清理家用数，夜补写日记。

一月二日（十一月廿九） 早八时起，午后二时出，至琉璃厂商务印书馆购蓝墨水一瓶，又订《儿童世界》一年，价一元五角。还至西单购拜年片二十张，还寓。

一月三日（十一月三十） 早九时起，午后三时在照片上着色。夜临《枯树赋》及智永《千字文》。

一月四日（十二月初一） 早九时起，十一时森琅来。午后一时森珣来，三时在照片上着色。夜临《兰亭》。

一月五日（十二月初二） 早八时起，十时到局，十一时团拜毕照像，十二时还寓。二时森琅来。夜临《兰亭》。

一月六日（十二月初三） 早八时起，九时到局，十二时还。午后二时在照片上着色。夜临《兰亭》。

五日、六日大雪。

一月七日（十二月初四） 早八时起，九时到局，十二时还。午后一时到局，三时半还。五时伯伊来访，借五元去。夜临《兰亭》，又以所临《兰亭》屏题子俊妹夫款，预备寄赠。

今日天气骤暖，雪皆融，午后有风。

一月八日（十二月初五） 早八时起，室外温度在华氏二十二度。九时到局，十二时还寓。午后三时森珣来，送来《博物馆丛刊》两册。

今晨八时凤章夫人来，言小婢春香逃去，已属巡警代访。

一月九日（十二月初六） 早八时起，十时出，至晨报馆买七周纪念册一，价八角。还寓，广来煤厂主人来，向订煤球二千斤，价共十二元八角，即时付去。午后三时森璧来，留晚饭，七时去。

一月十日（十二月初七） 早八时起，九时到局，十二时还。午后三时出，至琉璃厂清秘阁取虎皮宣、煮捶宣各一张，笔三枝，丝絮二张，还寓。夜临《兰亭》。

一月十一日（十二月初八） 早八时起，九时到局，十时告假还寓。头痛，服安司必林。

一月十二日（十二月初九） 早八时起，是日服鸡那四次。雪。

一月十三日（十二月初十） 同昨日。是日请假三日。大雪，厚三寸。

一月十四日（十二月十一） 同昨日。雪未止，已厚五寸。

一月十五日（十二月十二） 雪已止，但未化。早八时起，九时到局，十二时还寓。

一月十六日（十二月十三） 雪。十时室外华氏十九度。

一月十七日（十二月十四） 风寒甚。八时起，九时到局，十一时还。

一月十八日（十二月十五） 雪后风寒甚。八时起，九时到局，十一时还。十二时助臣来访。午后二时森珣来，以周养庵所藏周秦陶器之拓片请观，大率不可究诘之物。二时出，至中国取一百五十元，以一百元还马兰君，仍代存西长安街邮政局，又代兰儿存入六十元十五年一年内储蓄。夜助臣来访，还借款五十元，写有收条。

午后大吹雪，夜头痛，全身发冷，服安司必林二次，夜半后始稍瘉。

一月十九日（十二月十六） 早九时起，病稍愈，仍服安司必林。夜接森琨信。今日起请假三日。

一月二十日（十二月十七） 早九时起，仍服安司必林。夜十二时，室外温度华氏十二度，在冰点下二十度。

一月二十一日（十二月十八） 早九时起，仍服安司必林，午后得汗，身体始舒。

一月二十二日（十二月十九） 早九时起，服石膏，至夜计四次。气候仍在华氏冰点下十五六度。

一月二十三日（十二月二十） 早九时起，至夜服石膏三次，因咳嗽又服帕勒脱三次。午后，森琅来。

眉注

星期

一月二十四日（十二月廿一） 早九时起，至夜服散拿土井三次，帕勒脱二次。午后写喜联，夜写致森琨信，夜眠不稳。

一月二十五日（十二月廿二） 早八时起，九时到局，领局薪十二月份十五元，部薪三成五计二十八元。十二时还寓。午后张寅安来访，还来旧借书三册。森璧交来伯远信。

一月二十六日（十二月廿三） 早八时起，九时到局，十二时还寓。午后三时写致长沙杨子俊妹丈信。写致毛子龙信，内附倪伯远复余信托交牟府。

一月二十七日（十二月廿四） 早八时起，九时到局，十二时还。午后三时写致涓澄信，致铸臣信。

一月二十八日（十二月廿五） 早八时起，九时到局，十二时还。午后寄杨子俊藏金笺行书中堂一张、白宣屏一付。三时出至西单头条入浴，五时还。

一月二十九日（十二月廿六） 早八时起，九时到局，十二时半还。午后二时大扫除室内，五时铸臣来访。

一月三十日（十二月廿七日） 早八时起，午刻璧、珣、琅、玮诸侄偕来，留早饭去。璧侄赠黄杨雕半瓦文盒一枚。午后三时出，至清秘阁还账五十元，至一得阁买墨汁一瓶，价五角，还寓。

眉注

阴历丙寅年十二月廿七日

一月三十一日（十二月廿八） 早八时起，九时到局，十二时还。午后二时出至护国寺庙会购物，四时还。夜至西单牌楼购物。

二月

二月一日（十二月廿九） 早八时起，九时到局，十时出至西单市上购物，十一时还寓。午后二时到局，领十二月份薪水三十七元五角，又部薪二十四元，即时付局赏四元。夜命汉昌兄弟姊妹设位祀其父母于西室，汉昌兄弟住房也。是夜，团聚颇乐。

眉注

阴历丙寅除夕

二月二日（丁卯正月初一） 放假三日。早八时半起，昨夜鞭炮声彻晓不绝，不能成寐，今日颇困。午后二时，马兰君带兰儿及汉昌、汉生、静宜并阿华往游厂甸，静芳因足上冻瘃不能往。余在家静养，颇不思出。三时，廖迪谦来访，未延见去，后有函来言智利华产展览事。

眉注

阴历丁卯元旦

二月三日（正月初二） 家人皆出游，余竟日未出。

二月四日（正月初三） 午后至厂甸一看，天寒亟还。夜接涧澄洪江信、铭久贵阳信。

二月五日（正月初四） 早八时起，九时至西单大街一看，商店俱未开门，仍还。夜覆铭久信。

二月六日（正月初五） 早八时起，天气颇寒，竟日未出。午后写致焕章信。

二月七日（正月初六） 早八时起，九时到局，天气甚寒。在局接到毛子龙回信、税务司回信，领到部发薪水二成十六元，十二时还寓。午后三时临《黄庭经》。夜写致涧澄信。

二月八日（正月初七） 早八时起，九时到局，十二时还。午后三时出，至西单市上刮脸，寒甚，即还。夜临《黄庭经》。

二月九日（正月初八） 早八时起，九时雇马车一部，价四小时共一元六角，赏钱四角。十时出，至景山西小石作二号访黄觉因，请其导至总税务司领取玟男兵灾卹款，少坐同出。至东交民巷台吉厂总税务司公署，同觉君谒见代理总司易纨士，觉君先与交涉商标挂号款项事，继谈余领款事。易君乃招秘书某君至，导余等至秘书室领得现款一、一六三四，收据上由余签名，又由觉君签名保证，遂同出，径赴商标局，余还寓。午后二时出，持一千元至中国银行存入原馀七零零馀，今加为一七零零馀，并将签名作废，改用堂章。出至琉璃厂火神庙往看古玩珠玉各市，寒甚，还。至西单市上入亚北加非馆用可可及黄油酥，至桂香村购白糖一斤，还寓。

图4 易纨士

眉注

时安格联已解职

二月十日（正月初九） 早八时起，九时到局，十二时还。夜临《黄庭经》。

二月十一日（正月初十） 早八时起，九时到局，十时出至浙江兴业银行取五零零零元，至中国存入，还寓已十一时半。午后一时到局值班，今日杨总长、王次长到局视察，至编查科已二时矣，去后同人亦散归。夜临《黄庭》。

二月十二日（正月十一） 今日为南北统一纪念日，放假。八时起，十时同兰儿至粉子胡同华兴公司看璧侄，少坐出还寓。广来人送煤五百斤来，向订二千斤，价仍六元四角，共十二元八角，交来人持去。午后二时出，持所书临《兰亭》三幅至琉璃厂，交清秘阁装裱。至商务印书馆购画片四张，还寓。夜看小说。

二月十三日（正月十二） 早八时起，夜临《黄庭经》。

二月十四日（正月十三） 早八时起，九时到局，十二时还。午后三时临《黄庭经》。

二月十五日（正月十四） 早八时起，九时到局，十二时还。午后小病。

二月十六日（正月十五） 早八时起，九时到局，十二时还。午后二时出，至厂甸及火神庙一看，四时还。

二月十七日（正月十六） 早八时起，九时到局，十二时还。午后五时助臣来访。夜临《黄庭经》。

二月十八日（正月十七） 早八时起，九时到局，十一时出至西单市上买眼药还寓。午后一时至局，二时出至西单市上刮脸。至路摊上购《北洋画报》，以其中有陈师曾所画北京风俗画印片也，共得六张，尚未全。至菜市内购点心，还寓。夜临《黄庭》。

今朝两孙至红庙学堂，云已换主任，改二十一日开学。

二月十九日（正月十八） 早八时起，九时到局，十二时还。午后二时出，至琉璃厂清秘阁取回所裱临《兰亭》三幅，取大小狼毫各一枝。至厂甸路西古玩摊买旧宣纸一张，帘纹有寿星像，价四角。还至西单牌楼亚北加非馆用点心，并购食品还寓。夜临《黄庭》。

二月二十日（正月十九） 早八时起，十时出，访倪子文于堂子胡同永大饭店，为倪牟姻事也，并晤其弟仲文，少坐出。访毛子龙于屯绢胡同不遇，留片而出。午后璧、珣、玮三侄来寓，共议三房存款事。

二月二十一日（正月二十） 早八时起，九时至局，十二时还。午后二时璧、珣两侄来，同出至天安门入历史博物馆参观。此馆现未开放，因珣侄与馆员裘君相识，故蒙招待，因周君导观。周君北大学生，于国学颇有研究。至五时始看毕辞出，出阙右门至西华门外，两侄南去，余雇车还寓。夜卧时忽觉感冒，亟服安司比林，至天明始得汗。

今日昌孙交去学费共九元，汉生交去三元。

二月二十二日（正月廿一） 病，请假三日，服安司比林。午后吕玉湘来访，未请见。

二月二十三日（正月廿二） 服安司比林。

二月二十四日（正月廿三） 服鸡那饼，每二枚。午后五时助臣来访。

二月二十五日（正月廿四） 天明得汗，病似已瘉，但身体疲乏，不思饮食，遂静养，亦不服药。

同乡恳亲会知单来，辞以病。

二月二十六日（正月廿五） 同上日，未服药。

二月二十七日（正月廿六） 早，倪子文来。是服阿斯芬丸，泻两次。

二月二十八日（正月廿七） 服矿泉水，泻一次，似无可泻者，但食欲仍未复，身体亦不甚适。

三月

三月一日（正月廿八） 十时出，至尚志医院就诊，力医谓病未愈而胃已伤，畀健胃药，仍用鸡那坐药，日一次。又谓肺下部略充血，用外搽药膏。在其处遇张展云。还，用力医药，甚安静。

三月二日（正月廿九） 午前十二时洪卓珊来访，未请见。卓珊为送局薪十八元馀来，马兰君往招待。是日仍用力医药，稍愈。午后翻皮包内旧字画颇劳，夜又热燥。

三月三日（正月三十） 早八时起，九时到局，十一时还。午后二时出，至西单市上理发，至长安邮局为马兰君及兰儿取存款利息。还，病有翻象，幸用鸡那坐药，至夜九时始平。

眉注

星日兰儿至大将坊胡同西口外一工艺学校报名，学机器刺绣及绘画，预定三个月。兰儿至今日上学。

三月四日（二月初一） 早八时起，九时到局。至档案科访金挺生托视病，云风热未尽，为定清解剂。十时还，午后服金方。

三月五日（二月初二） 早八时起，九时到局，十一时还。仍服金方，病似轻松，但有嗽。

三月六日（二月初三） 午后森琅来，与论病，云似无病，但须购检温计试之，无热者可服补剂。是日仍服鸡那小剂。

三月七日（二月初四） 早八时起，九时至局，十一时还。是日服鸡那稍大剂。午后二时出，至中国银行取二零零元，还至西单市上购寒暑针，价一元二角；散拿土井，价二元七角。又至滨来香购面包。夜检温仍九十九度，但似稍轻。

三月八日（二月初五） 早六时得汗，八时起，九时出至隔壁房主处畀房租。到局，十一时还。检温仅九十八度，遂服散拿土井。三时仍九十八度四厘，又服散拿土井一次，六时为九十八度八厘，七时半遂改服鸡那。夜清家用数。十一时检温度又退为九十八，仍服鸡那。

三月九日（二月初六） 早八时起，九时到局，十一时还。午前温度皆低，服散拿土井二次。午后二时出，至清秘阁持所画《金凤山》《飞云岩》《云顶关》各图付裱，并持沈爱苍书《报燕王书》属修补污处，又为兰儿购画色矾纸。出至古光阁访周希丁，以曝书亭大耳砚托其将铭文拓下十纸，并托移刻砚匣盖上。希丁与余皆江西金溪人，以刻印起家，善毡拓之技，且能全搨，所拓散盘甚多，云须五十元一套，一铭文一全拓也，单要铭文者半价可得。少坐而出还寓。四时检温度已九十八度六厘，遂服鸡那。十时、十二时皆仅九十八度。

三月十日（二月初七） 早八时起，九时到局，十一时还。竟日养息，但以检温计试温度，并无聊则翻看《生春红》消遣。

眉注

十日温度：午前十一时九十七度六厘；二时二厘；三时四厘，试后用点心；四时六厘，服鸡那；五时八厘；六时二厘，试后晚饭；七时半四厘；八时一厘

三月十一日（二月初八） 早七时半起，九时到局，十一时还。竟日养息，但以检温计试温，并看《生春红》消遣。夜写致森琏信。

眉注

十一日温度：午前十一时九十七度六厘，十一时午饭；午后一时九十八度

二厘；二时三厘，服鸡那；三时九十八度，试后用点心；四时四厘；四时半六厘；五时二厘；六时晚饭；七时六厘；七时半二厘；九时九十七度八厘

三月十二日（二月初九） 早七时半起，九时到局，十一时还。竟日养息，兼检本温。

眉注

十二日：午前九时九十七度六厘；十一时九十七度六，午饭；十二时九十八；十二时半九十八度四厘，服鸡那；一时同上；二时九十八度；三时二厘；四时六厘；五时二厘；六时晚饭；六时半九十九度三厘；七时九十八度二厘；八时同上；九时一厘；十时九十七度六

三月十三日（二月初十） 早七时起，大雪至夜始住，月出照之，甚为清旷。是日仍未出，但以检温计试温度。午后三时写致森琨长沙信。

眉注

十三日：午前九时九十六度六，早点；十时九十八度二厘；十一时九十八度，午饭；十二时九十八度八厘；一时九十七度七厘；二时同上，服鸡那；三时九十七度九厘，中点；三时半九十八度三厘；四时九十八度；五时九十八度，六时晚饭；七时九十八度八厘；八时半九十八度

三月十四日（二月十一） 早七时起，九时腹泻，遂未赴局。竟日养息，未出。

三月十五日（二月十二） 早七时起，九时到局，十一时还。竟日养息，病亦痛，鸡那停服，日间服散拿土井三次，夜服洋参二分。写致毛子龙信。

三月十六日（二月十三） 早七时起，九时到局，十一时还。竟日养息。午后三时毛子龙来访，议倪牟姻事。

三月十七日（二月十四） 早七时起，九时到局，十一时返寓。天气骤暖，竟日未出。午后写致宗叔信。

三月十八日（二月十五） 早七时起，九时到局，十一时返寓。

三月十九日（二月十六） 早七时起，九时到局，十一时返寓。午后二时出至皮库东口外市上刮脸，至西单南口买《北洋画报》七张，至英美药房买补肾丸及兜安氏药膏，至忠兴厚买纸及笔洗，遂还寓。五时助臣来访，夜临《黄庭经》。

三月二十日（二月十七） 早八时起，九时写毕致孙忠叔信。午后二时出，至清秘阁取所裱画三幅及修理之沈字一幅，又以旧藏之恽画、王画付与重装。出至商务印书馆购《一瞥》三部，至古光阁取刻铭之大耳研及拓片十张，付与刻价二元，拓价一元，遂还寓。四时济舟来坐。

三月二十一日（二月十八） 早八时，以写致宗叔信，由邮送猪毛厂琅宅。九时到局，十二时还。午后二时拓取大理石画上镌题。三时森琅来，云京绥局大裁人，但医员未被裁。

三月二十二日（二月十九） 早八时起，九时到局，十一时还。午后二时拓取石画上镌题，今日用绒较易显出。

三月二十三日（二月二十） 早八时起，九时到局，持所临《兰亭》小幅已裱交局号房，令送黄觉因宅，并付力钱二角，十一时还寓。午后二时出，至小猪圈访艾一琴①，至水大院访李茀田，还寓。

三月二十四日（二月廿一） 早八时起，九时到局，以大耳研铭拓片二纸一纸赠朱芹生，一纸讬其转赠某君，乞取金石拓片。十二时还寓，午后二时森玮来，夜临《黄庭经》高丽纸小屏四幅上。

三月二十五日（二月廿二） 早八时起，九时到局，十一时还。午后一时黄觉因来访，二时临《黄庭经》同上日。

校记

①艾一琴，前作“艾一清”“艾一情”。

三月二十六日（二月廿三） 早八时起，九时到局，十一时还。午后二时出，至西单头条入浴出，至市上买《北洋画报》两张，至亚北用牛乳点心，并购点心还寓。夜临《黄庭经》。

三月二十七日（二月廿四） 早八时起，十时出，至琉璃厂清秘阁买笔二枝及兰儿所需花青轻胶及制粉。午后临《黄庭经》。森珣、森玮来。

三月二十八日（二月廿五） 早八时起，九时到局，十二时还。午后二时临《黄庭经》，夜同。

三月二十九日（二月廿六） 早八时起，九时到局，十一时还。午后二时出，携大理石至琉璃厂某刻字铺，属其将铭文拓下十纸，价一元。还至清秘阁取笔二枝、花青一合、铝粉一包、旧色宣纸一张。至中华书局购《美丽之蝴蝶》一册。

今日由局委任兼充编查处第三股主任。

三月三十日（二月廿七） 早八时起，九时到局，十二时还。午后二时临《黄庭经》，夜同，发笺屏毕。

三月三十一日（二月廿八） 早八时起，九时到局，十一时还。午后二时出，至琉璃厂某肆取回大理石及拓片十张，付价一元。至清秘阁以所藏名人信札及各种拓片共十三开付裱册页，遂还。至长安街尚志医院看目疾，还寓。左眼被蒙上，甚觉不适。夜伯恒谈商标风潮事。

四月

四月一日（二月廿九） 早八时起，九时到局，十时出至尚志医院视目疾，昨日费一元二角，今日费八角，还寓。午后二时，至商标局领一月份半月四十五元，四时读《金刚经》。夜十时助臣来访，还借款三十元。九时森珣还来旧玉一块，并赠德国小瓷器一件。

四月二日（三月初一） 早八时起，九时到局，十时出至尚志医院视目疾，还寓。午后读《金刚经》。夜八时森玮来，还来英文《建筑学》一本，《诗经》四册。

四月三日（三月初二） 早八时起，十时出，至尚志医院视目疾。午后三时读《金刚经》。

四月四日（三月初三） 早八时起，九时到局。十时至尚志医院视目疾，至西单市上购《画报》，还寓。午后三时读《全刚经》，五时石书林[①]来访。

四月五日（三月初四） 早八时起，九时到局，十时至医院视目疾，还寓。午后四时读《金刚经》。

四月六日（三月初五） 今日植树节放假。十时至医院视疾，还至单牌楼肆上买《画报》，至同懋增买画图纸汉昌用一大张，还寓。午后四时读《金刚经》。

四月七日（三月初六） 早八时起，九时到局，十时至医院视疾。还至单牌楼同懋增买铅笔两孙用二打、明信片二张，价四角。

午后三时清理剪报杂片，读《黄庭经》。

今日领一月份半月薪四十五元。

四月八日（三月初七） 早八时起。今日为国会纪念，故放假一日。午后二时读《黄庭经》，夜作画。

四月九日（三月初八） 早八时起，九时到局，十二时还。午后二时至西单北市上理发，至路旁购《画报》，还寓。读《黄庭经》，夜作画。

校记

①石书林，前又作“石书麟”。

四月十日（三月初九） 早八时起，十时出，至琉璃厂商务印书馆购刺绣教科书，《编物图说》及《十字谱》二册，至清秘阁取所装恽、王画及集锦册页并纸等，还寓。午后三时读《黄庭经》，六时出至王府仓赴石书林之招，在坐有吕玉湘、杨兴甫及助臣诸人，十时始散。

四月十一日（三月初十） 早七时起，九时到局，十一时还。午后二时出，至中华书局购汉昌用《新式标点符号使用法》及红蓝铅笔，共一角八分。至清秘阁取珊瑚笺一对、铜笔套四个，还寓。五时读《黄庭经》。夜修灶，价二元六角，赏钱二角。

眉注

始服补尔多寿

四月十二日（三月十一） 早七时起，九时到局，十一时还。午后二时出，至中国银行取一百五十元，还读《黄庭经》。

四月十三日（三月十二） 早七时起，九时到局，十一时还。午后二时出，至东安市场游览，购棕榄皂一盒，价六角。出至一五一公司楼上用茶点，并购点心，价七角。出还寓。

四月十四日（三月十三） 早七时起，九时到局，十一时还。午后二时读《黄庭经》。

四月十五日（三月十四） 早七时起，八时到局，十一时还。午后二时森珣来，云订十七日与森玮同动身回黔，还来《安徒生童话》英文一册，又赠历史博物馆刊物三期一册。三时读《黄庭经》，夜写字。

四月十六日（三月十五） 早七时半起，八时到局，十一时还。午后二时，森珣、森玮来告行。去年十月二十六日森珣交来书记存款一万一千元，此时始写收据与之。今收到森琏侄交来书臣三房存款现洋一万一千元正。民国十五年十月二十六日彩澄收据。其森琏名之八千八百元存折则交森珣，两人辞去。以森玟所遗美国时表赠森玮作赴邕纪念，以橡皮绸西式外套赠森珣，又旧临《兰亭》《黄庭》《倪宽赞》《枯树赋》高丽发笺屏四张及《姊妹山图》横披一幅寄赠良丞，又淳化宣上临《黄庭》及高丽笺上临《倪宽赞》各一幅分赠两人。四时助臣来访，打听疯人院长谁氏，告以为林仲衡。助臣云陈子高少君在清华肄业，近罹狂疾甚厉，其亲戚助臣亦其一共议暂送至疯人院，俟其家属之来视云。五时森琅来视。夜十时至地质调查所图书馆看森珣，时森玮已移来同住，以便明日一同动身。时张寅安亦在其处，少坐而出。月色甚明。

四月十七日（三月十六） 早七时起，十时出，至琉璃厂有正书局购放大《黄庭经》及《道因碑》各一册，价七角。至商务印书馆购《倪宽赞》一册，价八分。还寓，午后三时读《黄庭经》并作字，夜作字。

四月十八日（三月十七） 早八时起，九时到局，十一时还。午后二时出，附电车至王府井大街换洋车，至精一茶点部，至楼上用中点，下楼购洋点。天热欲雨，遂还。夜写字。

四月十九日（三月十八） 早七时起，九时到局，十一时还。午后二时写字。

脚注

菜钱八角

四月二十日（三月十九） 早七时起，九时到局，借领二月份薪水一成，十一时还寓。午后二时倪子文来访，三时写字。

脚注

木工四角　撤炉二角　〇物二元　鞋二元　昌带一角

四月二十一日（三月二十） 早七时起，九时到局，十一时还寓。午后二时助臣来访，云其夫人于昨夜去世，约余迟日为书主云。三时出至西单市上刮脸，至恒丽购白缎五尺，兰儿绣材也，价五元九角。至桂香村购点心，价一元二角。还寓。

脚注

白缎□元　点心□元　汉生冒章一角　漆宅烧纸一元四角　绣线一角　换钱□

四月二十二日（三月廿一） 早七时起，九时到局，十一时还寓。午后三时写字。夜写字。

四月二十三日（三月廿二） 早八时起，九时到局，十一时还。午后一时出，持程孟阳、张得天两山水扇面付清秘阁重装，并以钱叔宝山水扇面作样，又购古铜冷金笺一张作张画底子，其馀携回。至李玉田笔店购狼毫寸楷两支，价二元。至商务馆购《莫泊三短篇小说》三册，价一元六角五分；《俄罗斯一瞥》一册、《苏俄》一册，价五角八分。还寓，夜写字，读《黄庭经》。

脚注

笔钱二元　书钱□元

四月二十四日（三月廿三） 今日星期。早七时起，十时同兰儿出，附电车至新街口大七条漆宅。助臣夫人身故，今日家祭，亦带开吊，并约余书主也。送奠仪十元。十二时兰儿先返，旋即入席，一时半书主，二时半还寓。看《莫泊三小说》。

脚注

奠十元　汉昌运动会饭钱一角。

四月二十五日（三日廿四） 早七时起，九时到局，十一时还。午后一时，马兰君带兰儿及三孙往游万生园，惟宜①孙以小病未去，计费三元五角。五时付中实储蓄三元。夜接森珣由沪来电。

脚注

游费三元五角　中实三元。

四月二十六日（三月廿五） 早七时起，九时到局，十一时还。午后三时，浙江兴业行员送收条来，读《黄庭经》。夜写字。

脚注

布钱一元　烟钱一元　点心钱三角。

校记

①宜，疑为“昌”之误。

四月二十七日（三月廿六） 早七时起，九时到局，十一时还。午后二时出，至新大路浙江兴业银行取森玗由沪汇来书臣存款八千元，即森琏及谢根梅、李焕章三人借款中之一部分，前代书记收过一万一千元，此时又收此数。仍存入兴业原折。出至长安街电报局发致森玗上海电，文曰“上海三洋泾桥共和旅馆乐季纯，书记汇款八千收到。彩”去电费三元三角九分。还至西单市上购《燕语》及《画报》，还寓。

眉注

浙兴15／103楠赠，彩澄十五、十、二七。

脚注

电费□元

四月二十八日（三月廿七） 早八时起，九时至局，十一时还。午后二时读《黄庭经》，三时助臣来访，夜写字。

脚注

线工打□元　染袍面八角　粗纸二角　赵支二元　又预支二元　送赵礼二元

四月二十九日（三月廿八） 早八时起，九时到局，十一时还。夜写字。

眉注

借账：补贤丸、臭虫药、象皮膏、樟脑丸二元；水钱二元；鞋钱二元六角；送甘宅礼二元；学费六元

四月三十日（三日廿九） 早八时起，九时到局，十一时还。午后二时写字，四时出至西单头条入浴，至市上买《画报》，还寓。夜写字。

五月

五月一日（四月初一） 早八时起，十时出，至武定侯胡同访慈约不遇，至水大院访福田，十一时半还。午后二时写字，森琅来，五时半至西单市上刮脸。六时至骡马市大街通商饭馆赴赵剑臣之招，八时席散还寓。

脚注

刘妈□元　换一元

五月二日（四月初二） 早八时起，九时到局，十一时半还寓。大风。午后二时检书箱，夜写字。

脚注

报钱□ 换钱一元

五月三日（四月初三） 早八时起，九时到局，十一时半还。午后写字。

脚注

中法□

五月四日（四月初四） 早八时起，九时到局，领二月份薪九元，十一时半还。午后二时检书，夜写字，看林选谯东父子文。

脚注

房廿二元月费二元

五月五日（四月初五） 早七时起，九时到局，十一时还。午后二时写字，四时检书，夜同。

五月六日（四月初六） 早七时起，九时到局，十一时还。午后二时写字，四时检书，夜同。

今日交两孙学费六元加费之一半。

五月七日（四月初七） 早七时起，九时到局，十一时半还寓。午后二时出，至清秘阁取回所装扇面二张及样子一张，又购清水贡宣二张。还至西单市上购《画报》及《燕语》还寓。

五月八日（四月初八） 星期。十时森璧来，命查森玟所遗英、法文书书名，注名汉字，留午饭去。午后二时森琅来，持来森琏信，云三房款已交森琨母子四千元，外七千写借字云，四时检书。夜看《耳食录》，接森琨信。

五月九日（四月初九） 早七时起，九时到局，十一时半还。午后一时覆森琨信，催其速回洪江，照应产业。三时临《黄庭经》发笺屏上，五时检书。夜看《咸淳临安志》。

五月十日（四月初十） 早七时起，九时到局，十一时半还寓。午后二时出，至中国银行取款，即还寓。四时检书，夜考南宋京城。

五月十一日（四月十一） 早七时起，九时到局，十一时半还。午后二时出，至皮库胡同东口外市上理发，至书摊上约其夜间至寓，至西单口上购《画报》，还寓。夜九时书摊人来，以看过之杂志及他书等卖与之，价十元。十时画南宋宫城图。

五月十二日（四月十二） 早七时半起，八时昨卖书人来取书去，九时到局，十一时半还。午后二时至宣内小市一看，小书店等较前稍清整，游人甚稀，地摊全无空地，尽为木器肆所据。返至西单市上购薄洋纸及点心还寓。夜画南宋宫城图。

五月十三日（四月十三） 早七时起，九时到局，十一时半还。午后助臣来访。

脚注

捐一元

五月十四日（四月十四） 小病，早七时起，九时到局。徐劭卿来访，十一时还。午后二时写字。

五月十五日（四月十五） 早八时起，午后一时同家人出，至长安街长安馆照像，计八寸一张全照，兰儿照四寸全身一张，汉昌、汉生共照四寸一张，汉昌又照四寸半身一张，交订银一元。出，同马兰君带儿辈赴中央公园去，余还寓。夜画南宋宫城图。

脚注

像订一元　游园二元二角　可可精一角五分　牛乳三分　换一元　正电灯一角五分

五月十六日（四月十六） 早七时起，九时到局，十一时半还寓。午后一时半出，至中南银行为甘太太取四百元，至麦加利银行取二百元，代汇至纽约米西根建筑学校交王天敏收。小雨，出雇车还寓，甘太太因天雨微凉已还家去。夜画南宋宫城图。

五月十七日（四月十七） 早七时起，九时到局，十一时半还寓。午后二时，马兰君出访甘太太，交还昨日代取之二百元及美金九十元零五角汇票。余在寓室写字。夜画南宋宫城图。

五月十八日（四月十八） 早七时起，九时到局，十一时半还。午后二时写字。夜画南宋宫城图。

五月十九日（四月十九） 早七时起，九时到局，十一时还。午后一时兆西林来访，谈半时去。三时半至菜市口为昌孙买学堂木工器具等，共一元二角五分。还至西单市场购《北洋画报》，还寓，写字。夜画南宋宫城图。

脚注

木工具一元二角五分

五月二十日（四月二十） 早七时起，九时到局，十一时还。午后二时出，访兆西林于福田宅，并以二元讬在天津买宣统张园照片一张，《北洋画报》四十一期至五十三期，又五十五、五十八期各一张，谈时顷出。至单牌楼市上刮脸，买原书纸并《北洋画报》《上海画报》，《上海画报》印刷甚糢糊，近已改良，几与北洋相等。还寓，夜写字，并画南宋京城图。

脚注

纸二角　雪花一元

五月二十一日（四月廿一） 早七时起，九时到局，十一时半还寓。午后二时出至前门外劝业场一看，至大栅栏雇车至琉璃厂商务印书馆，又至有正书局购二十八集《名画集》。出雇车至西单牌楼加非馆用冰忌凌，出在摊上购点心，还寓。夜写字。

脚注

《名画集》一元四角五分　茶一元

五月二十二日（四月廿二）　早七时起，十时出长安街取照片未得，至拍卖行一看，还至西单市上买《画报》还寓。午后二时写字，夜画南宋京城图。

脚注

烟一元　布二元

五月二十三日（四月廿三）　早七时起，九时到局，十一时半还。午后二时写字，四时助臣来访，还借款二十元，写有收据。夜画南宋京城图。

五月二十四日（四月廿四）　早七时起，九时到局，十一时出，至长安街取像，补去三元，还寓。午后一时福田及西林来访，三时始去。夜画南宋京城图。

脚注

取像三元　米面二十元零五角

五月二十五日（四月廿五）　早八时起，九时到局，十一时半还寓。午后二时出，至琉璃厂有正书局买《汉画》一部二册，价一元四角四分。至清秘阁取煮捶宣二张、仿明宣二张，还至西单市上买《北洋画报》，还寓。

今日领二月份局薪二成十八元。

脚注

《汉画》一元四角四分

五月二十六日（四月廿六）　早七时起，九时到局，十一时半还。午后二时写《黄庭经》发笺屏毕。在照片上着色，夜画南宋宫城图。

脚注

实业三元

五月二十七日（四月廿七）　早七时起，九时到局，十一时半还。午后二时写《倪宽赞》发笺屏，在照片上着色。夜画南宋宫城图。

脚注

水二元

五月二十八日（四月廿八） 早七时起，九时到局，十一时半还。午后二时在照片上着色，夜看《辍耕录》内陈随应南度行宫记十八卷。

眉注

3-131 0006424 北京永增合通记银号

五月二十九日（四月廿九） 早八时起，十时看《辍耕录》。午后二时出，至北海入漪澜堂坐时许，用冰忌淩一器。附船至北岸，步行向东南至春雨林，入内一览，在古柯庭小坐，出循东岸至陟山门，遇任志清及吴□□，立谈数语遂出，附车还寓。

脚注

游费八角 赛船二角

五月三十日（四月三十） 早七时起，九时到局，十一时半还。午后二时在发笺上临《倪宽赞》。夜画南宋宫城图。

脚注

刘二元二角 赵二元四角 上鞋二元二角

五月三十一日（五月初一） 早七时起，九时到局，十一时半还。午后二时出至长安街取像，至西单市上买鞋、《画报》、河南绵纸，理发。至滨来香加非馆用冰忌淩一器，还寓。夜写《倪赞》发笺屏，看《续通鉴》。

脚注

换钱二元 像□角 鞋一元四角 纸一元水一角 发一角三分

六月

六月一日（五月初二） 早七时起，九时到局，十一时半还寓。午后二时出，至正金银行问存款事，至浙江兴业银行支款六千元，复往正金则已闭门，遂出东交民巷东口雇车至东单，附电车还寓。夜看《续通鉴》。

六月二日（五月初三） 早七时半起，十时出，至正金银行存入六千元待柏，十二时始还。午后二时出，至中国取百六十元，还至单牌楼入荷兰加非馆用冰忌淩，至华盛隆买草帽及毛刷，还寓。夜写《倪宽赞》。

脚注

草帽□元　刷五角　冰一角　房钱□元　报钱□元

六月三日（五月初四） 早七时起，九时到局，十一时半还。午后二时出赴农商部，途遇璧侄，同至编辑处，访助臣少坐而出。璧侄同至寓，三时半去。

脚注

帘钱一元　菜三十元　费一十元　马五元　节费四元　袜钱一元一　换钱二元　烟钱一元　费二元　衣料三元　中法一元　松华二角

六月四日（五月初五） 早七时起，今日旧历端阳，令昌孙兄弟为森玟夫妇设祭。午后在各照片上敷色。

脚注

节赏二元　□费共二元

六月五日（五月初六） 早七时起，十时出，至华兴公寓视森璧，十一时还寓。午后二时在照片上敷色，夜清理家用账，又看《通鉴》。

脚注

买药十元　花露一元二　成衣八角　兰学费四元五角　赏钱一元

六月六日（五月初七） 早七时起，九时到局，十一时三刻还。午后助臣来访，五衬在画片上着色。夜看《通鉴》。

今日领二月份薪水八成，局欠薪二成。

六月七日（五月初八） 早七时起，九时到局，十一时半还。午后二时出，至东交民巷台吉厂天津印字馆买《建筑美术》杂志一册，价一元五角。还至长安街长安像馆重印两孙照片，付定洋五角。至单牌楼亚北加非馆用点心，价三角。还寓，接森玙至汉口来信。夜复森玙信。

六月八日（五月初九） 早七时起，九时到局，十一时还寓。午后二时，取唐伯虎《震泽烟树》照片图印片、文衡山《古木寒泉图》印片，于其上加色。

六月九日（五月初十） 早七时起，九时到局，十一时还寓。午后二时出，至前外观音寺精益配眼镜，价二十六元，交订洋五元。出至青云阁一看，至琉璃厂中华书局为生孙买《葡萄仙子》《月明之夜》两书，价共三角。至西单牌楼加非馆用点心，价三角。还寓。

六月十日（五月十一） 早七时起，九时到局，十一时半还寓。午后一时半出，至中南银行为甘宅取款。天气甚热，出至前门附电车至西单牌楼，赴荷兰加非馆用冰忌凌，还寓。夜看《续通鉴》。

脚注

报钱二角

六月十一日（五月十二） 早七时起，九时到局，十一时半还寓。午后三时出，至头条胡同入浴，至长安像馆取二孙像片，补去五角。至正味食堂用冰忌凌，至市上刮脸。还寓，在画片上着色

脚注

洗三角 刮一角 冰一角 取像五角 席子□元 仁丹五角 皮酒四角 糖四角

六月十二日（五月十三） 早八时起，午后二时出，至观音寺精益眼镜公司取所配眼镜，补去二十一元。出至某药房购香晶一枚，价五角五分，又仁丹二包，价各一角。至青云阁一看，雇车至商务印书馆，催所订《小说月报》，出雇车至西单牌楼，入亚北加非馆用加非。还寓，璧侄、琅侄在寓。

脚注

丝糕二角 棕叶一角五 眼镜二十一元 香五角五 仁丹二角 冰一角

六月十三日（五月十四） 早七时起，九时到局，十一时半还寓。午后二时出，至北京饭店购《美术装饰》杂志，云已无有，俟到时再送至寓。出至东安市场一看，丹桂商场已恢复，较前尤华整。出至南门内加非馆用点心、冰忌凌。出

至一五一公司购椰子点心，雇车还寓。夜临《枯树赋》。

脚注

冰二角　点心二角

六月十四日（五月十五）　早七时起，九时到局，十一时半还寓。午后三时助臣来访，夜临《枯树赋》。

脚注

线□元

六月十五日（五月十六）　早七时起，九时到局，十一时半还寓。午后三时在照片上敷色。

脚注

电□元

册首杂记

拟致书宝沉盦，劝其收拾满洲之文献未同化前及已同化后分两部，不必斤斤于已失之皇统及已废之皇帝，盖皇统皇帝皆暂时的，而文化则永久的也。文化在则种族长在，文化亡则种族亦真亡矣。埃及亡已数千年，近代又因欧人之研究而复活，佢极不完全矣。

前曾劝安顺卿收拾苗族之文献文字即历史等。

重庆：重笨行李可交麻乡约包运最好，箱子不入城，以免出入检查，交麻乡约迳寄南岸。

六月十六日（五月十七）　早七时半起，九时到局，十一时半还。午后二时出，至前外信昌药房购乳酸钙未得，至青云阁富晋书局购《观堂集林》，价十元。至商务印书馆购《土耳其一瞥》《养猪法》《销货法》《水彩画》《水彩谱》各一部，共二元二角。至中华书局购乐嗣炳《国语四种》，价一元五角。还至西单市上入亚北加非店用冰忌凌，价一角，还寓。

眉注

中人求生观念较欧人为重，其原因在于家族观念太重，寻常所问我死时一家人如何得了等语，即可找证明。

六月十七日　星期五，五月十八。早七时起，九时到局，十时局长约往议注册处处长事辞之，十一时半还寓。午后三时在画片上敷色。

六月十八日　星期六，五月十九。早七时起，九时到局，十一时半还，行时往领三月份薪一成。午后二时，在照片上敷色，四时程舆奉来访。夜看《观堂集林》。

眉注

局九元

六月十九日　星期，五月二十。早七时起，九时看《观堂集林》，午后二时在照片上敷色。夜看《观堂集林》。

脚注

洗衣及布帐一元

六月二十日　星期一，五日二十一。早七时起，九时到局，十一时半还寓。午后三时看《观堂集林》。七时出，至皮库胡同口外刮脸，至市上购物，还寓。

脚注

联六角　纸一角五　点心二角

六月二十一日　星期二，五月二十二。早七时起，九时到局，十一时半至会计科领三月份薪水二成，还寓。午后二时在照片上敷色。

眉注

局十八元

六月二十二日　星期三，五月二十三。早七时起，九时到局，十一时半还寓。午后二时伯伊来访，四时程舆奉来访，去后在照片上敷色。夜看《观堂集林》。

眉注

共和民主之程度，应以开明专制养成之。有英而没有美，有拿破仑之专制，而没有今日法兰西之富强。

脚注

烟钱一元

六月二十三日　星期四，五月二十四。早七时起，九时到局，十一时半还寓。午后二时蕴真来访，三时在画片上着色，夜看《观堂集林》。

六日二十四日　星期五，五月二十五日。早七时起，九时到局，十一时半还。午后二时助臣来访，去后在画片上加色，夜看《观堂集林》。

眉注

南北建筑之不同，其原因在于地质之不同，北方多黄土，不能任重，建筑不能过高，故横阔以取势；南方多石，寻常人家皆用楼矣。

脚注

米面二十元

六月二十五日　星期六，五月二十六。早七时起，九时到局，十时还。午刻出至中央公园，赴助臣之招。座在长美轩，同席为石书林、张杏晴、潘佑臣弟兄，三时散。至监狱出品陈列所一看，至大慈商店一看，出至观音寺购香晶，至琉璃厂清秘阁取两孙牙章，至有正书局看廉价各品，无可买者。还至西单市上，入亚北加非店用冰忌凌，并买点心还寓。

脚注

香晶一元七角五分　点心二角　赵妈二元　实业三元　鞋钱二元五角　鞋钱二元五角　点心五角

六月二十六日　星期，五月二十七。早七时起，午后二时森琅、森璧先后来，三时在画片上敷色。

脚注

游园一元五角

六月二十七日　星期一，五月二十八。早七时起，九时到局，十时出，至西单市上理发，买《画报》及白糖、点心。午后二时在画片上敷色。

眉注

新式笔架

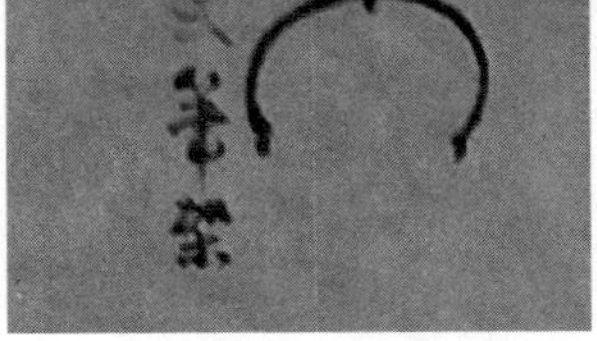
图5　新式笔架

脚注

水钱二元　点心三角二　换钱一元　画报一角　理发一角三

六月二十八日　星期二，五月二十九。早七时起，九时到局，十一时还寓。午后二时在画片上敷色，夜读《尚书》。

脚注

英文《美术》杂志，价一元九角。

六月二十九日　星期三，六月初一日。早七时起，九时到局，十一时半还寓。午后二时在画片上敷色。

眉注

力攻易而守难，故力相等则破坏者胜，而保守者终败。然俟其力尽，则保守者又占势力矣。微波喜稳，人少立待其定，故应变只有此一法。

六月三十日　星期四，六月初二日。早七时起，九时到局，十一时还寓。午后二时程舆奉来访，讬写扇去。三时在画片上敷色。

七月

七月一日　星期五，六月初三日。早七时起，九时到局，十一时还寓。午后二时清理旧日画片。

脚注

订煤二千斤，十二元。　冰一元一角，还欠九角。

七月二日　星期六，六月初四日。早七时起，九时到局。十时出，至大新路浙江兴业取四千元，因森琏信云拨交森琅也。还寓已十二时，午后检点旧有画片，选出印刷分明而画有神采者二十张，备出游时随身之用。

眉注

此款本森琏之款，由珣自上海汇京，暂存余处。

脚注

换钱一元　中法六元　报钱一元二

七月三日　星期，六月初五日。早七时起，十时森璧来，十一时森琅来取二千元去，有收条。午后检点碎稿。夜接森琏自沪来电，文曰“请电汇申六千，交北山西路实安里五衖公合长收。侄琏支”。

眉注

孔子登东山小鲁，登泰山小天下，非孔子能小之也。东山，泰山小之也。尝疑孔子下应有“曰”字。

脚注

房捐七角　换钱一元

七月四日　星期一，六月初六日。早七时起，九时出，至浙江兴银行汇申六千，由其中扣去汇水洋四十八元，电费洋四元，共由申交五千九百四十八元，并将余前存款息洋二百六十元零六角取回。出至琉璃厂清秘阁取回光裕牙章，又买小蓝瓷印色合一枚。午后检点碎稿。两日来热甚，午后室外达百零三度。向暮雨，稍觉凉爽。

脚注

暑学报名费，昌一△[①]三元，生一△[②]二元

七月五日　星期二，六月初七日。早七时起，九时出到局。十时出，至西单头条入浴，十一时半还。午后二时兴业人来，言汇申交琏侄之款，顷得申电，谓地址不符，因此请往面谈云。即往该行，始知“公合长”，“合”字误“和”字，因属更正，且属觅保取银，遂还。至西单皮库口外整容，见内有女子剪发，前此来未尝见也。至滨来香用冰忌凌，还寓。

眉注

紫禁城门南曰午门，北曰神武，东曰东华，西曰西华，其穹门皆内圆外方，不知何所取义。

校记

①②△，“△”疑“期”的代号。

脚注

房钱二十元三角　衣料五元　浴三角　冰一角三分　发八分

七月六日　星期三，六月初八日。早七时起，九时到局，今日新局长张景璧到任。十二时始还。午后二时，至浙江兴业银行，因该行沪号二次来电，言沪北山西路有德安里无实安里，有六合长，亦无乐叔慎其人。午前该行又来知会，故又往与接洽，属其将款暂存沪上，俟问明再交。还，往东城一五一公司看廉价货，无可买者。至楼上用冰忌凌、点心，费二角五分。至东安市场购得小书，价一角，又饰花，价一角。出，雇车至南口附三路电车还寓。夜接森琏信，言汇申事，琏尚在汉，汇款讬北山西路德安里五衖公合长谢少华代收云。

脚注

付家用四十五元　点心二角五　小书一角　花纸一角

七月七日　星期四，六月初九日。早七时起，八时到局，以各稿交处长赵剑尘祖贻，言明辞职事，遂出还寓。午后二时出，至华兴公寓视森璧，且与议汇申之款交谢绍华事。出雇车至琉璃厂商务印书馆购《妇女杂志》二、三期各一册，至海王村铸新馆订印端午桥所藏古铜斯禁照片二张，共一元二角，交订详一元。又购袁耀画照片一张，价洋八角。还寓，夜接舒惺园信，检旧稿。

脚注

斯禁片二张，订洋一元。　袁耀片一，价洋八角。　妇女志二，价洋四角

七月八日　星期五，六月初十日。早七时起，十时出至琉璃厂清秘阁，持古尺铜压纸一支，属配其一。至商务印书馆购《色彩学纲要》，价四角五分。至武学书局购《军语》一册，价二角。至西河沿雇车至浙江兴业，属将汇申六千改交谢绍华，还寓。午后二时出，持兴业汇单往换，至则云已送余宅，亟返待之。少顷兴业人来，送来交谢汇单，以交慎汇单还之，并补去来往电报费八元三角六分。

脚注

《色彩学》价洋四角五分　《军语》价洋二角　保肾丸一元四角　点心六角　电费□元

七月九日　星期六，六月十一日。早七时起，九时在照片上着色，午后二时

同。三时出至铸新取斯禁照片，补去六角。又购仇画《文姬归汉图》照片一张，价八角。还，至清秘阁持小欧《泉君碑》付装，碑文四十六行，裱作联屏四条，中两条各十二行，边两条各十一行，碑头一张则裱为斗方式。出雇车还，至西单市上购《北洋画报》纪念号二张，不佳。至和兰加非馆用冰忌凌，还寓。

脚注

刘二元二　赵二元　斯禁片数六角　仇画片八角　画报八分　点心一角　月费二元　换钱一元　烟一元　洗衣皂一元

七月十日　星期六，六月十二日。早七时起，检点旧稿。午后二时在照片上着色。夜检点旧稿。

眉注

暑午而洞开窗户，晴夜而避就树阴，以为可以得凉，不知适得其反也。中人举动之无脑筋，于此可见一斑

脚注

捐一元

七月十一日　星期一，六月十三。早七时起，天雨，在宅检点旧稿。

七月十二日　星期二，六月十四。早七时起，十时王仲珊来访，问辞职手续事。午后二时由局送来辞职照准之通知，三时在照片上着色，并检点旧日所写所画各稿。

七月十三日　星期三，六月十五。早七时起，十时检点书物。午后二时整理所写各字幅，四时王培莘来访。夜在日记上剪下《片想录》。

七月十四日　星期四，六月十六日。早七时起，十时检点书物。午后二时出，至皮库胡同口外理发，至桂香村亚北购点心，还寓。夜在日记上剪下《片想录》。

脚注

理发一角三　点心六角

七月十五日 星期五，六月十七日。早八时起，写致舒惺园信。午后二时检点书物。夜自日记上剪取《片想录》。

脚注

昌格纸二角　游园八角

七月十六日 星期六，六月十八日。早七时起，十时写致小渠信。午后二时出，至农部一看，三时在画片上着色。五时剪《片想录》，夜同。

眉注

金陵八大家：高岑、胡慥、樊圻、叶欣、施霖、王杬、谢成、龚贤。《画征录》作高岑、樊圻、邹喆、吴宏、叶欣、胡造、谢荪、龚贤

七月十七日 星期，六月十九日。早七时起，十时出，回看王培莘，少坐，出访福田，谈时顷出。还寓，森琅在宅，少顷森璧亦至，留午饭去。三时附电车至王府井大街南口，雇人力车至东安市场，购《妇女杂志》第一期不得，购得麻姑爪二枚，价一角，小像框价八角，用冰忌凌一角。至北门内稻香春购橘子浆一小瓶，价一元六角，又购猪蹄，价一角五分，出雇人力车至电车站，附三路电车还寓。

七月十八日 星期一，六月二十日。早七时半起，午后二时出，至海王村铸新问仇十洲《楼阁》画片，云未觅得。至商务印书馆购《妇女杂志》二册，《小说月报》一册，《图案画》六册，共一元六角。还至西单市上，入亚北用冰可可。还寓，李小姐在兰儿室，昨访福田讬转属小姐代打听艺专事，福田即函属小姐于艺专宿舍，故来访也。因兰儿欲进艺专，向打听内容，李小姐订明日持章程来议。

七月十九日 星期二，六月二十一日。早七时半起，午后二时剪《片想录》，热甚。

七月二十日 星期三，六月二十二日。早七时半起，昨夜大雨，今日仍未退凉。午后二时复雨，五时李小姐旭英为兰儿欲进艺专事复来，六时去。夜剪《片想录》。

眉注

钩甲青可花册

七月二十一日 星期四，六月二十三日。早七时半起，午后二时助臣来访，谈时顷去。四时程舆奉来访，仍托书扇，即时代书持去，夜剪《片想录》。

舆奉言吉林本地人谓人参曰棒椎，产参之处有采参人临时逆旅，人呼曰棒椎营。参有多种，山参亦有劣者，种参亦有佳者。前清皇室原住吉林，入关后遇令节犹从吉林风俗，用其土物，故吉林有采办贡品之机关，人参、东珠之外，有种种鱼类。古俗每逢年节辄植双松于门前及堂前，先在山中选高丈馀之树而枝叶齐整者，自根上锯下，植时插入土中尺馀，频浇以水，使冰而固，过节后即弃去。皇室亦用此俗，每冬运松百馀对，经三十馀日之长途而至京师。

又除夕有烧松塔之俗，松塔运京者亦数十车，松塔即松实也。长者至尺许，堆高六七尺而烧之，火作绿色。

年节植松之俗，日本亦有之，度高句丽之旧习也。

眉注

楷字之学，以南北朝为储蓄时代，唐为应用时代，宋明为发挥时代，发挥则尽，故清代又反而求之北魏与金石。

性急之人，有病极容易延长或至加重，以其不听医言也。

七月二十二日 星期五，六月二十四日。早七时半起，午后二日出，至直隶书局购扫叶《聊斋》一部，价二元五角六分。至清秘阁取回所裱小欧《泉志》联屏并额字一张。热甚，还寓。夜剪《片想录》。

七月二十三日 星期六，六月二十五日。早七时起，二时写字，夜剪《片想录》。

脚注

赵氏

七月二十四日 星期，六月二十六日。早七时起，热甚，不能作事，夜亦不能睡。午后二时寒暑计一百零二度，三时零四度，空气又湿。

眉注

报上言百零十度

脚注

米□元□　面□元□　刘小姐捐一元　保肾丸一元四

七月二十五日　星期一，六月二十七日。早七时起，热甚。午后检所有清人画片，夜同。

眉注

报上言百十二度。

扬子云《青州牧箴》末曰“敢告执矩”。今所传武梁祠画像上尚有是种图

脚注

西瓜一元五角　实业三元　换钱一元

七月二十六日　星期二，六月二十八日。早八时起，热甚，竟日无事。

七月二十七日　星期三，六月二十九日。早八时起，热甚，午后五时稍有风，人渐清爽。

七月二十八日　星期四，六月三十日。早凉，七时半起，九时巡警来查户口。十时出，至皮库东口外市上刮脸，至琉璃厂商务印书馆购《小说月报》第一号，至楼上访孙伯恒，访问购买《散盘》拓片事，云历史博物馆有卖，每套五十元，若馆中人则可以半价买拓片，而无全拓。出，还寓。发致王冕之美洲信。夜接凤章信，九时检清代画片。

午后雨凉。

脚注

师大附中昌报名二元　车钱一角六分

七月二十九　星期五，七月一日。早八时起，午后写致廿太縠信。

七月三十日　星期六，七月二日。早八时起，十时出，至业兴换取汇款收条。还至西长安街，为昌孙映像片，至西单市上买《北洋画报》。还寓，午后一时森璧来。夜剪《片想录》。小病。

脚注

昌车钱一角六分　换钱一元　杂志一元六　伞钱一元一　点心钱九角　烟钱一元　画报二角　换钱一元　像订钱一角六分

七月三十一日　星期，七月三日。早八时起，服鸡那小剂。午后剪《片想录》，夜同。

脚注

布钱一元六角　象皮纸四角　换钱一元

八月

八月一日　星期一，七月四日。早七时起，服鸡那及帕勒脱。是日太白昼见。

眉注

各报馆出版书《晨报》《益世报》

东安市场铜塔照片

脚注

报钱一元二角　冰钱一元一角

八月二日　星期二，七月五日。早七明起，仍照昨日服药，午后剪《片想录》。夜检画片。

八月三日　星期三，七月六日。早八时起，停鸡那，仍服帕勒脱。午后检各种印片。

脚注

发家用四十五元

八月四日　星期四，七月七日。早七时半起，十时出，至武定侯胡同访慈约，闻已赴天津，访王祜辰，谈少顷出，还寓。午后三时助臣来访，夜检点画片。

脚注

中法二元

八月五日　星期五，七月八日。早八时起，十时出，至长安街邮局为马兰君取息，为兰儿存款。还至长安照像馆为昌孙取像，补去八角五分。至西单市上买《北洋画报》，还寓。午后一时森璧来。

脚注

月费二元　存八二元五分　像八角五分

八月六日　星期六，七月九日。早八时起，十时出至西单市上理发，十一时至宣外大街晨报馆买《非厂漫墨》，云尚未付印，遂买本日报一份，还寓。午后，小病。

八月七日　星期，七月十日。早八时起，午后森琅及妇携侄孙汉光来见，值马兰君带兰儿及汉昌兄弟姊妹往游北海，故两人坐时顷去。森琅持森琏信来取谢绍华收条去。

脚注

换一元　游园费五元

八月八日　星期一，七月十一日。早八时起，十时同兰儿出，附电车至王府井大街同生美术照像馆，兰儿照四寸像一张，全用灯光，明暗度数可以随意支配，且姿势亦调和得宜，付定一元，约明日往看。出，仍附电车还寓。午后清检旧稿。夜凉。

脚注

刘二元六角　像定一元　水夫病助二角五分　牙刷牙粉价一元

八月九日　星期二，七月十二日。早八时起，十时出，附电车至王府巷大街同生像馆看像样，购像色一册，价一元二角。还至西单市上购《北洋画报》，还寓。午后二时助臣来访，还旧欠四十元。助臣去后，在像片着色。夜颇凉。

八月十日　星期三，七月十三日。早八时起，十时出，至能仁寺访王培莘，少坐还寓。午后一时助臣来访，以所书扇见惠，所书为欧阳公《艺文志叙》及荆公《书义序》，未坐定即去。三时在像片上着色。

眉注

清宫藏宋某后像，面上脂粉划出轮廓，与今戏场脸谱相似，恐脸谱之起源即在宋时

脚注

保肾丸一元四角　阿路芬丸一元五角　散拿土井二元七角　点心四角

八月十一日　星期四，七月十四日。早八时起，十时出至武定侯胡同访慈约，托以昌孙考事，谈数分钟出。至水大院访福田，谈刻许还寓。

八月十二日　星期五，七月十五日。早八时起，十时出访慈约于武定侯，访廿太太，又访石书林于王府仓。十一时还寓，热甚。

脚注

借饭钱二元　电影一元

八月十三日　星期六，七月十六日。早八时起，午后三时写字。夜璧侄来，半夜微雨。

脚注

电灯五十元七角

八月十四日　星期，七月十七日。早八时起，十时写致森琨信。午后在画片上着色，夜检旧画片。今日颇凉。

八月十五日　星期一，七月十八日。早八时起，午后三时出至皮库胡同东口外理发，附电车至王府井站下车，至同生照像馆取像，补去一元五角。至东安市场入丹桂商场，在艺文商行购照片三张，价三角。至北门内稻香村购橘子汁一瓶，价一元六角。至洋货店购棕榄皂一合，价六角。出雇车至电车站，附五路车返至西单牌楼购《北洋画报》二张，价八分。雇车还寓。今日昌孙至师大附中考初一。

脚注

像一元五角　照片三角　橘一元六角　皂六角

八月十六日　星期二，七月十九日。早八时起，午后二时在照片上着色，天雨。夜临《黄庭经》。

八月十七日　星期三，七月二十日。早八时起，午后二时出，至商务印书馆购《中国绘画史》，价九角，《小说月报》价一角五分。至清秘阁以郑苏戡、严幼林书条屏作样，以赵声伯、林长民所书配作四条，属为添裱，并将所配古今尺度纹之铜镇纸二条取回。还至西单市上购《北洋画报》，还寓。

脚注

绘史九角　说报一角五　布钱九元　茶一元　烟一元　换钱一元

八月十八日　星期四，七月二十一日。早八时起，午后三时王培莘来访，四时临《道因碑》。

脚注

米面钱二十元　换钱一元　上款完

八月十九日　星期五，七月二十二日。早八时起，十时出至中国银行汇款往南。午后森琅来视，三时写字。

脚注

布钱九元　捐一元

八月二十日　星期六，七月二十三日。早八时起，十时出访慈约，十一时访程舆奉，还寓。午后二时出至长安街访周伯伊不遇，至震旦医院访朝鲜人姜尚云，请其拔掉病牙一枚，费三元，药钱挂号在内。还至西单市购《画报》，还寓。

脚注

牙三元　布二元

八月二十一日 星期，七月二十四日。早八时起，十一时森璧来。午后二时出，至香厂看先农市场，至前门大街五洲大药房买安脑药阿特灵一瓶，价一元二角五分。凡拉蒙一瓶，价二元。出附电车还寓。

今日，师大附中考取新生揭晓，昌孙取中预备，明日复试。

脚注

药钱三元二角五分　换一元钱

八月二十二日 星期一，七月二十五日。早六时半大雨顷盆，八时昌孙冒雨往师大复试。昨夜服阿特灵一丸，今日甚安静，但甚疲倦。

眉注

在大街街上见有因求雨而送匾者，行列凡数百人，皆市人也。于此得三怪现像：一、因得雨而送匾；二、行列步行极缓，且正当电车轨道上，于是来往之电车皆停，人群之后停电车凡十馀辆；三、行列中有数人手持西瓜片啖之，辄摇摆而行，似甚得意。

八月二十三日 星期二，七月二十六日。缺水。早八时起，午后二时检唐五代宋元画片。夜接森琏信，即时作覆。

八月二十四日 星期三，七月二十七日。早八时起，十时写致王伯群信，为植之事也。午刻访助臣于实业部，谈数语而出。午后五时助臣来访。是日竟日雨，室外温度六十九度。

脚注

布钱三元　邮票二角

八月二十五日 星期四，七月二十八日。早八时起，午后二时以红色牵牛花置水中，压取花汁染宣纸上，色甚娇艳，因染四纸备写字用。又染丝绸上，色亦美观，但不禁洗耳。

脚注

换钱一元　水钱二元

八月二十六日 星期五，七月二十九日。早八时起，十时出，至西单市上刮脸。午后二时同汉昌至华兴公寓访森璧，同出至琉璃厂师范大学附中填愿书，交学费并购图书，事毕而出。余至厂市购书未成，还寓。夜写字。

脚注

学费二十元　杂费五元二角　书钱二元六角　实业三元

八月二十七日　星期六，八月初一日。早八时起，十一时半助臣来访。午后二时出，附电车至前门入西河沿，始知劝业场被焚，但该商场为铁骨洋灰所构成，故骨架未毁，但将木材装饰烧去耳。如中层窗已尽毁，而上层者则玻璃犹未动，其明证也。因绕至廊房头条，见吴彩霞绣货庄亦未毁，大概其中商家犹有幸免者也。至青云阁佩文斋买《刑事采证学》一册，价一元二角。出至大栅栏鞋店买绒鞋一双，价二元。出前门大街附电车还寓。

脚注

汉昌操衣订钱二元　书一元二　鞋二元

八月二十八日　星期日，八月初二日。早八时起，十时出访慈约于武定侯胡同，云已赴津。至王府仓往慰甘太太，看凤章来书，少坐出，雇车还寓。午后三时临《道因碑》，夜看《绘画史》。

脚注

换钱一元

八月二十九日　星期一，八月初三日。早八时起，午后二时写致甘太毅信。今日交汉生红庙北师附小初三学费八元，印刷费一元。

脚注

学费九元　代垫房捐七角

八月三十日　星期二，八月初四日。早八时起，十时出，至报子街、旧刑部街、武功街、西单头条二条等处看房，返至头条西口外市上购《画报》，还寓。午后助臣来访，四时写字。

脚注

邮票二角　换钱一元

八月三十一日　星期三，八月初五日。早八时起，十时写致叶誉甫[1]信，论征求象传事。

脚注

冰钱一元五角　报钱一元二角

九月

九月一日　星期四，八月初六日。早八时起，午后二时森琅来，四时临《道因碑》。

脚注

八月房钱二十一元三角　二十九日代垫房捐七角　生日费三元　手表带一角　棉花四角　汉生书六角　汉昌地图一元五角四又三角板及米答尺五角　半月车钱一元

九月二日　星期五，八月初七日。早八时起，十时写致姚孟年信，附十元纸币托其转托日人向东京代卖《日本帝国美术略史》一部。午后三时作画，夜接叶誉甫回信。

《日本美术史略》系东京市京桥区南锡町一丁目二番地隆文馆卖。

眉注

牛法三元　螃蟹二元　美术史十元

九月三日　星期六，八月初八日。早八时起，十一时作画。午后二时出至西单北市上理发，至南纸店买纸笔、印色等，价共一元三角。又至南口买《画报》。还寓，写字。

脚注

一元三角

九月四日　星期，八月初九日。早八时起，十时作画，接姚孟年信。午后二时写字，五时助臣来访。夜招扶兰儿预备绣件。

校记

①誉甫，当作“誉虎”，叶恭绰字。

脚注

绣材七元五角　汉昌童子军衣七元五角　菜钱十元　月费十元又二元　点心五元

九月五日　星期一，八月初十日。早八时起，十时出，访慈约，遇徐丽生，十一时还。午后写字，夜写致明九为于岳生求事信，接小渠来信。

脚注

绣学费十六元五角

九月六日　星期二，八月十一日。早八时起，十时写致姚孟年信。午后写字，夜同。

脚注

点心一元

九月七日　星期三，八月十二日。早八时起，十时出至中国取款，以二百借与甘太太。午后由马兰君送去，三时写字，暮至西单市上购点心。夜写字。

脚注

换钱一元　还干果店九角六分　电四十五元九角　酱肉四角　药三元　烟一元

九月八日　星期四，八月十三日。早八时起，十时出至清秘，以乌丝纸样一张，属照裁出画好十五纸，又购李鼎和紫毫一枝[①]，至李玉田购紫毫一枝，价一元四角。返寓，午后二时在小屏上临《道因碑》，五时助臣来访，夜写字。

脚注

换钱一元　笔一元四角　刘妈二元二角　米面十九元四角五分　节赏二元　节上水果点心二元　补肾丸二元

九月九日　星期五，八月十四日。早八时起，午后二时临《道因碑》，五时助臣来访即去。夜写字。

校记

①枝，原作“张”，据文义改。

九月十日 星期六，八日十五日。早八时起，十时临《道因碑》。午后二时出，至直隶书局购《廿二史札记》，价二元四角。至青云阁佩文斋购《海上花》及《楹联名迹》，价共二元五角。还寓，看《札记》。夜临《道因碑》。

脚注

换钱一元　购药六角　书四元九角　节一元六角　绣像钱四角

九月十一日 星期，八月十六日。早八时起，九时璧侄来。十时出访柯凤荪于太仆寺街，不遇，留片而出。午后二时临《道因碑》。夜同。

眉注

古者礼不下庶人，刑不上大夫。而孔子曰“道之以政，齐之以刑，民免而无耻。道之以德，齐之以礼，有耻且格”，可见古之治国显然分两阶级，德礼以约束贵族，政刑以约束平民，而孔子之言是欲以约束贵族者普及于平民。此实中国民族平等之始，嗣后遂循此理论而进，以底于①成而终成此平等之功者。

脚注

电影一元二角

九月十二日 星期一，八月十七日。早八时起，十时至青云阁佩文斋，因前日所赅之《海上花》有数错误，向换一部。出至清秘阁取所裱屏二张及所订乌丝小屏十五张，还寓。午后看《廿二史札记》。夜临《道因碑》。森琅来，以所画帐箑交还，并赠临书三条。

脚注

换钱一元

九月十三日 星期二，八月十八日。早八时起，十时出访柯凤荪，谈刻许，蒙以所刻诗集见赠，云较铅印本有出入，且较佳也。凤老言《新元史》铅印者太恶劣，直不堪用，大板者固好，但订价八十馀元太贵，寻常读书人不能得，此由于徐之居奇，本人无板权，不能负责。又言清史已成，现正校刻，故馆长之职本人亦未就，且此书亦不佳，但赵次珊亦自知之，故名曰“清史稿”云。辞出还

校记

①于，原作“以”，以贵阳方言“于”与“以”音同而误，因改。

寓。午后临《道因碑》，夜同。

眉注

秦始皇也，盖贵族以制废于始皇一统之后，此后中国遂无阶级矣。

老庄之反对政治，度亦因政治上有此不平等之待遇①故也。然因此而遂废及德礼则不可。孔子之言，乃以德礼济政刑之穷，遂成中国治国之原则，以迄于今，二千馀年矣。

脚注

九月菜钱十元　昌简便英文字帖二角

九月十四日　星期三，八月十九日。早八时起，午后二时临《道因碑》，夜同。森琅定明日启行赴天津，以所写徐又铮词寄赠澍园。

脚注

送袁亲太茶叶等，二元。

九月十五日　星期四，八月二十日。早八时起，十时出至红庙访余子勤，云已移居屯绢胡同三十六号砺园，遂访之于砺园，始知园为丁文诚公别墅，屋十五六间，花木颇盛。双子澄令兄协丞居其中，子勤因与双约伴回黔，故移来暂居也。与子勤谈时顷出。至辟才、红庙一带相宅，无合式者，还寓。午后二时临《道因碑》。六时饭后出，北至四牌楼，东至西安，循皇城垣外南行，又西入本胡同还寓。夜临《道因碑》。

在辟才时途遇陈淮生，立谈少顷而别，云住迺子府九号。

脚注

点心、胃活、高丽纸、甘油二瓶、蜜水共三元　汉昌车钱一元

九月十六日　星期五，八月二十一日。早八时起，十时出至西单北市刮脸。至皮库胡同三十六号访王亚公，遇钱桐轩之侄定兴，谈少顷出。至市上买《画报》，还寓。午后二时临《道因碑》，暮七时出，步行至市上觅得藤工，约明日午前至寓修理藤器。仍至西单牌楼同茂增买铅笔、书签等，值夜市游览一过，雇人力车还寓。

校记

①待遇，原作“殆遇”，盖以音同而误，据文义改。

脚注

铅笔、书签共三角五分　绣线钱二元九角五分

九月十七日　星期六，八月二十二日。早八时起，十时临《道因碑》。午后二时临《道因碑》。三时出至清秘阁取乌丝纸未得，至淳菁阁购冷金笺二张，价八角。还，过西单北市上唤藤器店人，遂还寓。六时藤器店人来取藤椅、柳枝藤椅各二把去，约后日即可整好，价共二元。夜在冷金笺上临《道因碑》。

脚注

土车一元　鞋底五角　纸八角

九月十八日　星期，八月二十三日。早八时起，十时森琅来。午后一时李小姐来坐，言艺专事。二时出至迺子府十二号访陈淮生，遇王一斋，坐少顷，一斋先去，余以纸托淮生作字，淮生赠所藏"事族"敦盖及"师显"敦盖铭文拓片各一纸，又宋元嘉砖文拓片一低。余又托其代购《散盘》拓片一纸，辞出。至东安市场入牛乳店用大麦粥及牛乳各一杯，出雇人力车至王府井南口，附三路电车还寓。夜临《道因碑》。

脚注

牛乳一角

九月十九日　星期一，八月二十四日。早八时起，十时在冷金笺上画乌丝。午后二时临《道因碑》，夜仍画乌丝。

九月二十日　星期二，八月二十五日。早八时起，写致明久信。午后二时临《道因碑》。

脚注

藤椅修理费二元

九月二十一日　星期三，八月二十六日。早八时起，午后三时临《道因碑》，夜同。

脚注

鞋底钱一元五角　点心五角

九月二十二日　星期四，八月二十七日。早八时起，午后三时临《道因碑》，夜同。

九月二十三日　星期五，八月二十八日。早七时起，午后二时出至中国取一百出，至琉璃厂清秘阁取所存乌丝格，还寓。四时写致陈淮生信，附赠魏砖文二纸，大耳研拓片一纸。

脚注

菜钱十元　线钱二元　水钱二元　换钱一元

九月二十四日　星期六，八月二十九日。早七时起，写致助臣信。午后四时写上柯凤老书。夜临《道因碑》。

脚注

助汪李妈之弟一元　被里面及衣裹布料共六元　复染衣料共一元八角　菜、点心一元二角

九月二十五日　星期，八月三十日。早八时起，十时写致柯凤荪信。午后二时程舆奉来访。四时森璧来，云患利，并借五元去。夜临《道因碑》，十时济州少君小哥来云，森琅于二十三日早车赴津，有木器及零物托黄府照料，昨夜被盗，失去旧鞋、桌布等，拟将木器搬回，多者寄存余处云。余许之，少坐去。

九月二十六日　星期一，九月一日。早八时起，九时钱景超桐轩侄来访，谈贵州林业计画甚畅。接淮生回信，并交回託写直条及见赠之“牧师父”敦盖铭文拓片。又接姚孟年信，云《日本帝国美术略史》已买，价十八元云。十一时持上柯凤老书及奉赠之《预会志略》二册出，至太仆寺柯宅，交门房而还。午后二时出，至琉璃厂清秘阁订购煮捶宣、乌丝小屏三堂，购冬紫毫笔一支，又以淮生所赠“事族”“师显”“牧师父”三敦盖铭文拓片，交其裱为尺页两开，并以鹿定兴手札所裱尺页一开留作式样。还至西单牌楼口上买《北洋画报》，至一大换钱，至滨来香用石榴水及黄油酥，至华英理发，还寓。

黄府已将森琅所留木器送来，计：活边小圆桌一张，三抽屉书桌一张，方桌一张已裂，茶几一个，厨房用旧条桌一张、椅一把，旧铁纱柜一个，藤摇篮一个，藤孩车一个。

六时助臣来访，夜招呼儿辈扫除室内。

脚注

兰儿艺校徽章六角，底线四角　实业三元　被面一元　绣鞋面一元五角八月份房捐七角

九月二十七日　星期二，九月初二日。早八时起，午后三时临《道因碑》，夜同。

脚注

赵妈一元

九月二十八日　星期三，九月初三日。早八时起，十时写凤章信。午后二时临《道因碑》。

脚注

邮票八角

九月二十九　星期四，九月初四日。早七时起，十时写致姚孟年天津信。午后二时临《道因碑》，夜同。

九日三十日　星期五，九月初五日。早七时起，十时写致淮生信。午刻广来煤厂掌柜来，向订煤球二千斤，价五元八角，即时付清。午后二时临《道因碑》，夜同。

脚注

果子露、布、黄油共一元

煤十一元六角，汉昌十月份饭钱四元、车钱两元。

十月

十月一日　星期六，九月初六日。早七时起，十时写致孙伯恒信。十一时璧侄来看，且还来五元。午后二时临《道因碑》，夜同。

脚注

报钱一元二角　交房钱廿二元

十月二日 星期，九月初七日。早七时起，午后三时临《道因碑》，夜同。

脚注

代垫九月房捐七角 帕勒脱二元二角 点心八角 米面钱十九元六角五分

十月三日 星期一，九月初八日。早八时起，写致乔小渠信，接姚孟年信。午后三时临编字《道因碑》。

脚注

中法六元

十月四日 星期二，九月初九日。早八时起，午后三时临《道因碑》。接孙伯恒回信，赠金石拓片三种，骨文七种，龟甲文一种，石经一种，玉文一种。

眉注

三金文：一中敦，一陈侯鼎原陈簠斋藏，一周姜敦。

十月五日 星期三，九月初十日。早八时起，午后二时出，至西单入浴、刮脸，买《画报》，至滨来香买点心，共费一元。夜临《道因碑》。

脚注

用一元 艺校捐钱五角

十月六日 星期四，九月十一日。早八时起，十时出，至中国银行取一百还寓。午后二时出至清秘阁，取高丽笺一张，又以谢文节公卜封研拓本交其揭裱，改为横披，以高丽笺方尺镶其后，取回乌丝煮捶宣一小屏三堂。出至商务印书馆访孙伯恒，谢其拓片之赠，并问三金文片为何器。值其有客在坐，遂先出。至有正书局一看，还寓。夜临《道因碑》。

眉注

女工花纹可以访瓷彩为之，如以蓝线绣出轮廓，而以朱红、嫩绿、嫩黄、浅紫等填满，即俨然豆彩，即其一也。又可仿景泰蓝，如以金线盘出轮廓，而以各色填满之，亦一法也。

脚注

换钱一元 交月费十元

十月七日 星期五，九月十二日。早八时起，十时写致孙伯恒信。午后二时临《道因碑》，夜同。

脚注

交菜钱三十元 点心钱五元 月费十、十一两月份共四元 《珠绣谱》一元

十月八日 星期六，九月十三日。早八时起，午后为兰儿修改绣谱，夜临《道因碑》。接孙伯恒信，并送来托写直条。

脚注

散拿吐井二元七角 酱肉二角

十月九日 星期，九月十四日。早八时起，十一时森璧来，午后二时临《道因碑》，五时王亚公来访。

十月十日 星期一，九月十五日。早八时起，午后三时临《道因碑》，夜同。

脚注

电影一元

十月十一日 星期二，九月十六日。早八时起，凉甚。午后二时临《道因碑》，六时助臣来访，还来六十元。夜临《道因碑》。

脚注

电灯五十元七角 甘宅礼三元 绵鞋料五元

十月十二日 星期三，九月十七日。早八时起，寒，室外已退至四十四度。十时临《道因碑》，午后二时作画，夜临《道因碑》。接姚孟年复信。

脚注

推钱一元

十月十三日 星期四，九月十八日。早八时起，作邓府挽联。寒，始用煤球小炉。接孙伯恒回信，午后二时作画，夜临《道因碑》。

十月十四日 星期五，九月十九日。早八时起，午后二时出，至商务印书馆购《染色术》一册，价二角五分。至清秘阁取回所裱金文拓片尺页两开并样一开，谢文节桥亭卜卦砚拓片横披一张，绢挽联一付，玉版宣十张。还至西单市上购毡鞋一双、毛袜一双，共三元四角。还寓，夜临《道因碑》。

脚注

书二角五分　汉生校服四元　布、点心共一元　鞋袜三元四角

十月十五日 星期六，九月二十日。早八时起，写唁邓明阶外艰信。午后二时写送邓府挽联，四时作画。夜临《道因碑》，看《观堂集林》。

十月十六日 星期，九月二十一日。早八时起，午后看《观堂集林》，夜临《道因碑》。

十月十七日 星期一，九月二十二日。早八时起，十时出，至甘石桥邮局交致邓明阶信及挽联。至皮库胡同访王亚公及陈公谅不遇，出至景元买茶叶，至路东理发，至南纸店买玻璃纸，至西单口上买《画报》，还寓。午后二时作图案画，看《观堂集林》，夜临《道因碑》。

脚注

邮票一角　茶叶一元

十月十八日 星期二，九月二十三日。早八时起，十时出，访慈约于武定侯宅不遇，至王府仓访杨金谷，谈少顷还寓。午后二时作图案画，夜临《道因碑》。

十月十九日 星期三，九月二十四日。早八时起，十时李子俄来，赠余以仿田子丰山水册八开，原本为余早年所画者，尚未携来。十一时出，至东长安街逸信洋行买阿特灵二瓶、乳酸钙一磅还寓。午后二时作图案画，夜临《道因碑》。

脚注

阿特灵二元四角　钙二元　生孙冒章一角

十月二十日 星期四，九月二十五日。早八时起，十时出至琉璃厂中华书局访周支山不遇，以华石斧奠仪二元交中局代收，出至戴月轩购大小狼毫笔各一支，价三元七角。至青云阁富晋书局购《殷契类纂》，索十八元原十六元，未与购。出雇车还寓，午后二时作图案画，看《东方杂志》。夜临《道因碑》。

脚注

昌孙童子军冒肩章一角　棉花三角　珠三角　线一角

十月二十一日 星期五，九月二十六日。早八时起，十时[①]往华兴公寓视璧侄还，看《东方杂志》。午后二时杨金谷来访，以上海报所登植之夫人请昭雪呈文见示，坐时顷去。三时看《东方杂志》，夜看《观堂集林》。

脚注

昌孙蓝领带童子军附团长价六角

十月二十二日 星期六，九月二十七日。早八时起，十时出，访郭德依，见其夫人，云德依已赴湖南云，少坐出。访福田，十一时半还寓。午后三时写字，夜看古文。

脚注

还欠二元　烟一元　皂一元

十月二十三日 星期，九月二十八日。早八时起，午后三时出，至能仁寺广来煤厂购煤。夜临《道因碑》，看古文。

脚注

水钱二元

十月二十四日 星期一，九月二十九日。早八时起，十时出，至琉璃厂有正书局赅北宋本《圣教序》二册，至清秘阁取六尺煮捶宣二张，元字笔四支。至青云阁赅《文学周刊》"王国维号"不得。还寓，午后二时广来煤厂掌柜来，交与十二元四角，订煤二千斤。倪炯声来坐，谈少顷去。夜读古文。

眉注

校记

①时，原作"日"，据文义改。

中人误认旋风中之水柱为龙，亦有误认为虹者。盖水柱有时亦能具七色也，故南方有虹吸水之说，日人亦谓吸水之曲管为虹吸

脚注

帖一元一角

十月二十五日　星期二，十月初一日。早八时起，十时出访福田，以石印北宋本《圣教序》及开皇本《兰亭序》，并手临《兰亭》赠其少君子俄旭菁。出至武定侯访慈约不遇，还。午后二时出，至东安市场购《文学周刊》未得，以二角购得广顺但云湖致其婿剑泉手札一通二张、诗两张，字学赵十三跋，甚幼稚，诗尤薄弱。还，王培莘来坐。夜倪炯声来坐，假以五元去。九时看古文。

脚注

实业三元　点心四角　字二角

十月二十六日　星期三，十月初二日。早八时起，十时看古文，午后同。夜临《道因碑》，看古文。

十月二十七日　星期四，十月初三日。早八时起，十时看古文。午后同蕴真来访。夜临《道因碑》，看古文。

眉注

曾文《鉴湖图》“夫千岁之湖”一段

十月二十八日　星期五，十月初四日。早八时起，十时出访福田，赠与阿特灵安脑药一瓶，十一时还寓。午后作画，夜临《道因碑》，看古文。

十月二十九日　星期六，十月初五日。早八时起，午后二时作画，夜写字。

脚注

赵妈辞去五元

十月三十日　星期，十月初六日。早八时起，午后二时临《道因碑》，作画。夜写字。

十月三十一日　星期一，十月初七日。早八时起，十时助臣来访，还一百五十。午后二时临《道因碑》，夜同。今日甘太太还。

脚注

米钱二十元　肉钱一元

十一月

十一月一日　星期二，十月初八日。早八时起，十时出，访慈约于武定侯胡同，蒙赠天津博物院所刻王襄著《簠室殷栔徵文》一部，十一时半还寓。璧侄在坐，留午饭去。午后二时出，至长安街邮政局存入二百，还至单牌楼买纸、药、画报，用点心、理发。还寓，看古文。夜临《道因碑》。

脚注

生孙手工绒线五角六分　臭虫药二角　药二角　点心理发二角

十一月二日　星期三，十月初九日。早八时起，十时交房租二十二元，十一时森璧来，午后二时写屏一条，看古文。夜临《道因碑》。

脚注

房租二十一元三角，馀七角以房捐抵　中法六元

十一月三日　星期四，十月初十日。早八时起，十时看古文。午后收回讬姚孟年购书钱十元，二时写挽联，看古文。夜临《道因碑》。张体道事。

十一月四日　星期五，十月十一日。早八时起，十时出访森璧，十一时还寓。午后二时至实业部访助臣，以谢研拓本横披讬转刘惠龙题志。还寓，看古文，夜临《道因碑》。

脚注

点心钱五元　补助十元　月费十元　菜钱三十元　还欠五元

十一月五日　星期六，十月十二日。早八时起，十时临《道因碑》。午后二时出，至西河沿义成店内金城西药庄购药。还寓写字。夜写字，森璧来。

脚注

药钱十一元

十一月六日　星期，十月十三日。早八时起，写致铸臣信。十时访福田，赠以凡拉蒙一小瓶及所写小诗屏四条。十一时半还寓，午后二时写屏条一幅。夜在小屏上临《道因碑》。

脚注

烟钱一元　修理打字机二元五角　自来水笔用墨水五角　捐钱一元

十一月七日　星期一，十一月十三日。早八时起，十时写屏条一幅。午后二时慈约来访，共议国务院设图书室事，三时去。看古文。夜临《道因碑》，看古文。

脚注

昌孙饭食四元，车钱二元　烟钱二元

十一月八日　星期二，十月十四日。早八时起，十一时写屏条一幅。午后二时作图案，为国务院图书室拟书目，看古文。夜临《道因碑》。

脚注

生孙纪念会饭钱一角

十一月九日　星期三，十月十五日。早八时起，十时出至武定侯访慈约，出至水大院访福田，十一时半还寓。午后二时写屏条一幅，三时出访助臣于实业部，四时还寓，看古文。夜临《道因碑》。

脚注

房捐七角　绣缎二元六角　换钱二元　昌英文书习字帖三角

十一月十日　星期四，十月十六日。早八时起，十一时写屏条。午后二时出至青云阁购书未成，至清秘阁取煮捶宣三张六尺，至西单牌楼买《画报》、买点心，至滨来香用牛乳、点心，还寓。夜临《道因碑》小屏，看古文。

脚注

刘妈二元二　洋纱一元二　生孙理发一角

十一月十一日 星期五，十月十七日。早寒，九时起，午后看古文，陈公鲁、王亚公来访。夜临《道因碑》。

脚注

电费五元五角五

十一月十二日 星期六，十月十八日。早九时起，午后二时写屏条一幅，看古文，夜临《道因碑》。午前助臣来访。

脚注

补刘妈三角

十一月十三日 星期日，十月十九日。早九时起，午后二时写字，作图案画。夜临《道因碑》，看古文。

十一月十四日 星期一，十月二十日。早九时起，十时半出访璧侄，以兰儿所绣落花蝴蝶像隔及点过《姜白石集》赠之，十一时半还。午后二时写字，六时助臣来访，留晚饭去。夜临《道因碑》，看古文。

脚注

被囊布三元

十一月十五日 星期二，十月二十一日。早九时起，十时半出，访陈公鲁、王亚公于皮库胡同。出至单牌楼购物，至甘石桥购《民国史略》。还寓，午后二时写字，看古文。夜临《道因碑》，看古文。

脚注

《民史》四角五分　点心一角五

十一月十六日 星期三，十月二十二日。早九时起，十时写字，看古文。午后看古文，作图案画。夜临《道因碑》，看古文。

十一月十七日 星期四，十月二十三日。早九时起，十时写字。午后二时作图案画．夜写字，看古文。

十一月十八日 星期五，十月二十四日。早九时起，十一时出，至西单市上刮脸、取耳，购宣纸信笺、铅笔等，至甘石桥书店购旧帖附二片，价一元六角，还寓。午后二时王亚公来访，三时写字，六时助臣来访。夜作图案画，看古文。

脚注

绣材一元　点心四角　孩袜六角　纸笔五角　刮脸一角五分　帖附一元六角　纸四角

十一月十九日 星期六，十月二十五日。早九时起，十时半出访万勉之不遇，访助臣，同午饭。一时同出，步行至新街口，附电车还缸瓦市始分手还寓。闻森璧曾来，午后二时作图案画。夜看古文。

十一月二十日（十月廿六） 星期，十月二十六日。早九时起，十一时写字，午后二时作图案画，看古文。夜同。

脚注

昌理发一角

十一月二十一日 星期一，十月二十七日。早九时起，十时写字，十一时勉之来访，午后二时作图案画，看古文。夜同。

脚注

冷金笺三角五分　点心钱一元　线钱六角五分

十一月二十二日 星期二，十月二十八日。早九时起，十一时写字，午后二时出，至清秘阁取所订乌丝小屏三堂，又购玉版宣十张、墨一块。还作图案画，夜看古文。接凤章信。

脚注

换钱一元

十一月二十三日 星期三，十月二十九日。早九时起，十一时出，往看森侄①。午后二时写字，看古文。夜写字，看古文。

校记

①森侄，两字之间缺一字。其时在京之侄子有森珣、森琅、森玮、所看当是其中之一。

脚注

劈柴钱一元四角　赏送礼钱二角

十一月二十四日　星期四，十一月初一日。早九时起，十时购入硬煤一千二百斤，每百斤七角六分，共价八元九角二分内除口袋三十斤，畀酒钱一角八分。午后小病，三时马兰君带生孙至尚志医院视疾。夜看古文。

脚注

煤九元一角　医药一元七角

十一月二十五日　星期五，十一月初二日。早九时起，十一时看古文。午后三时马兰君及兰儿带生孙至尚志医院视疾，费一元。又至长安街邮局取一百元，余在寓作图案画。夜看古文。

脚注

医药一元　换钱一元

十一月二十六日　星期六，十一月初三日。早九时起，小病。午后二时作图案画。夜看古文。

今日买米面共十九元。

脚注

米面十九元

十一月二十七日　星期，十一月初四日。早九时起，寒甚，雇人安火炉，计添用烟筒十四段，每段二角三分，共合三元二角二分，又手续费二角，酒钱二角。午后二时作图案画。夜看古文。

眉注

应创设建筑画，亦如山水画之独立，不需人物点缀

脚注

火炉三元六角二分　昌孙饭食费三元五角

十一月二十八日　星期一，十一月初五日。早九时起，午后二时出，至西单头条入浴，至加非店用点心、牛乳，并购点心。还寓，看古文，夜同。

脚注

昌孙车钱三元五分

十一月二十九日　星期二，十一月初六日。早九时起，十一时森璧来。午后二时写字，四时看古文。夜八时写字，十时看古文。

眉注

王君取打字机去

脚注

中储三元　点心、浴共一元

十一月三十日　星期三，十一月初七日。早九时起，午后二时写字，看古文。某肆送保肾丸一打来，价十二元六角，即时付去。夜写字。

脚注

保肾丸十二元六角　买点心四角

十二月

十二月一日　星期四，十一月初八日。早九时起，小病，但看古文。

脚注

报钱一元二　月费二元

十二月二日　星期五，十一月初九日。早九时起，小病，但看古文。

十二月三日　星期六，十一月初十日。早九时起，病未痛，但看古文。买鸡那饼七十粒，价一元；安司比林一合，又饼二合，价一元。将小号英文打字机卖去，得七十五元。

眉注

七十元收条

脚注

房钱二十元零六角，扣六月、十一月两个月房捐一元四角　药二元　中法

储六元

十二月四日　星期，十一月十一日。早九时起，十一时森璧来，十二时去。病仍未痛，但看古文。

眉注

商务：宋应星《天工开物》、杨朝英《朝野新声太平乐府》四部丛刊本

脚注

十二月份菜钱三十元　月费十元　点心五元　点心三角

十二月五日　星期一，十一月十二日。早八时起，病仍未愈，但服凉开水，解病颇有效。午后二时写字，四时看古文，夜同。

今日以三十元付汉昌买日本狮马牌骑车一架，补回一角。

眉注

北方妇女冬日用装棉之胸衣，名曰主腰。杨朝英所选《阳春白雪》中马东篱《落梅风》有曰“瞒不过主腰胸带”，则元时已有此语。

脚注

线钱一角

十二月六日　星期二，十一月十三日。早八时起，病仍未痛，仍服凉开水。午后二时写字，看古文，夜同。

脚注

棉花五角五　骑车皮手套一元九角　点心五角五分

十二月七日　星期三，十一月十四日。早八时起，午后二时写字，夜同，又看《读书》杂志。

脚注

昌孙买骑车警铃八角六分

十二月八日　星期四，十一月十五日。早八时起，午后二时写字，四时看古文，夜同。

十二月九日 星期五，十一月十六日。早八时起，十时看古文。午后二时出至皮库胡同口外理发，出雇车至琉璃厂清秘阁，以集锦册页付裱，计装好者十五开，付装者九开。出至商务印书馆购《太平乐府》不得。雇车还至单牌楼买《画报》四张，至滨来香用点心、牛乳，至华昌买电灯泡，至南纸店买矾粉帘油纸簧夹等，还寓。六时助臣来访，夜写字。

眉注

生孙收条

脚注

头绳钱一元　针钱五角　报一角五分　纸及夹三角四分　理发一角三分电六元　捐一元　生孙学校煤钱一元　电灯泡八角　房捐七角

十二月十日 星期六，十一月十七日。早八时起，十时出访森璧，下午二时写字，六时助臣来访。夜写字。

眉注

秦之批评

司马、班、柳子厚：汉初士人多毁秦，而司马氏则曰秦取天下多暴，然世变异，成功大。班孟坚曰以诸侯十三兼并天下，兵马无所不加，制作政令，施于后王，盖得圣人之威。历史家之眼光毕竟不同也。至柳子厚，则曰秦之所以革之者，其为制，公之大者也。其情私也，私其一己之威也，私其尽臣畜于我也。然而公天下之端，自秦始。虽文人也，自有过人之识。

十二月十一日 星期，十一月十八日。早八时起，午后二时临怀仁《心经》，四时看古文。

脚注

绣材二元

十二月十二日 星期一，十一月十九日。早八时起，十时半出访森璧，又访福田。午后二时出，至正金汇存款至天津，共六千零八十一[①]。还至西单市上用点心，还寓。

校记

①六千零八十一，原书作“6081”。

十二月十三日 星期二，十一月二十日。早八时起，十时出，至中国银行汇存款至天津，计五千[①]。至东车站对表，并问午后快车。还寓，一时属马兰君至黄府打听姚孟年是否来京，并其在津住处。并至单牌楼买食物，三时还。又三十分带兰儿赴东车站，附午后特别快车赴津，兰儿至车内少坐，即命之回。四时二十五分开车，七时三十分到天津老站。至廊房即见雪，至天津雪方盛。附蓝牌电车至日租界旭街新旅社，住五十九号房，每日二元五角。叫牛乳一杯、火腿一盘，与带来面包同食。九时出观市面，至日租界北口入鼎章像馆访李掌柜，其肆有各种镀银像框，云本肆所定制，价较日制者为廉，少坐出。至某市买细皮票夹一，价三元二角。还寓，写家信。

眉注

付汇水十元。收上半年利息七十一元，除去汇水得六十元。

脚注

还马兰君十元　存家十元　票价二元四角　月食票　食品五角　皮夹三元二角

十二月十四日 星期三，十一月二十一日。早八时起，十时出，至英中街九号中华汇业银行访姚孟年，以书款六角讬以六千元存定期，一千元存往来，其零数八十一元取回。银行为今年所建筑，建筑费十三万元，装修费十五万元，材料犹未能十分认真对过。正金银行建筑费六十馀万元，表面皆石材也。十一时半还寓。午后二时出，至中国银行一问，附黄牌电车返至官银号，雇人力车至西窑窪中兴胡同十五号访西林，其小姐出见，年十六矣，现肄业女子师范初级第三年，人甚聪秀有礼仪，以十元赠西林，还寓。六时孟年来访，邀至福禄林晚饭，同步行过天祥市场，始至其处，在跳舞厅用番菜，俄国式食品也。乐师亦皆俄人，未有跳舞。八时饭毕，同出步行于市。孟年有翻译事赴大公报馆去，余至鞋肆购毡鞋一双，共八元，还寓。十时复出至法租界乐陶陶加非店用牛乳一杯，购可可糖四小盒，共用八角。还寓。

眉注

汇定字捌零柒号，往来零零七零九；中天字七六四二。取得利息八十一元。

脚注

早茶六角　午饭五角　赠人十元　畀白俄一元　鞋八元　点心八角

①五千，原书作“五000”。

十二月十五日　星期四，十一月二十二日。早八时起，十时出至中国银行，以书款五千元存入定期。至中街大丰洋行购义产干无花果二磅，每磅五角。还寓，西林在寓相候，以珠兰茶二盒送行，并还来旧托购《画报》及照片之款二元，又以其令爱之课稿见示，字迹清整，文理清畅，惜其非男子也西林无子。西林去后，至食堂用午饭。二时出，至下天仙带购物未得，仅以四角购得铅笔一枝还寓。三时与柜上结账，付去五元五角，外赏茶房五角，命雇人力车遂赴老车站，附三点四十五分特别快车赴京。迟至四时半始开车，七时半到北京前门，雇人力车还，八时始到寓，寒甚。

眉注

收回二元

脚注

午饭一元　铅笔四角　票钱二元五角

十二月十六日　星期五，十一月二十三日。早九时起，午后写两日来日记，写致姚孟年天津信，看古文，夜看古文，接铭九信。

脚注

还马兰君三元四角　点心六角　布钱一元三角

十二月十七日　星期六，十二月二十四日。早九时起，午后二时出，持所写小条幅二张至皮库胡同访王亚公、陈公谅，皆不遇，各赠一幅交佣妇持入，并属转告亚公告乡人送硬煤来。出至西单市上用牛乳、点心，买《北洋画报》，买矾杭连及玻璃笔头。还寓，看古文，夜同。并临怀仁集《心经》。

脚注

点心一角　报一角　纸笔二角

十二月十八日　星期，十一月二十五日。早九时起，广来煤厂人来，向订煤球二千斤，价五元七角，交与十二元去。午后二时临《心经》，并看古文，夜同。

脚注

存六角　煤十二元　骑车灯三元

十二月十九日　星期一，十一月二十六日。早九时起，十一时森璧来，午后临《心经》，看古文，夜同。

十二月二十日 星期二，十一月二十七日。早九时起，十时半出，持寄赠姚孟年字幅交甘石桥邮局寄天津。至单牌楼市上买点心、丝绵，还寓。午后二时临《心经》，五时王亚公来访。夜临《心经》，看古文。

脚注

还欠 车钱三角

十二月二十一日 星期三，十一月二十八日。早九时起，十时半临《心经》，十二时助臣来访。午后二时出，至琉璃厂清秘阁取煮捶宣四尺者二张，还至西单滨来香用牛乳、点心并买面，至桂香村买点心还寓。夜临《心经》，看古文。

脚注

米十一元八角 面三元八角

十二月二十二日 星期四，十一月二十九日。早九时起，午后二时出，至皮库胡同访王亚公不遇，以所写赠陈公鲁字条交佣妇持入。出至东口外刮脸，至报子街买毛线，还寓。

眉注

文法比较，如《史记》汉兴以来诸侯年表序与《五代史》职方考序，俱言地理上之分割，而用笔不同是也。

脚注

换钱一元 水钱二元 刮脸一角 毛线五角四分

十二月二十三日 星期五，十一月三十日。早九时起，午后二时临《心经》，看古文，夜同。

脚注

实业三元

十二月二十四日 星期六，十二月一日。早八时起，午后二时临《心经》，看古文，夜同。

十二月二十五日　星期日，十二月二日。早八时起，午后二时临《心经》，看古文，夜同。

脚注

一元

十二月二十六日　星期一，十二月三日。早八时起，十一时森璧来。午后二时临《心经》，夜同。

脚注

五元

十二月二十七日　星期二，十二月四日。早八时起，十一时写致王亚公信。午后二时临《心经》，看古文，夜同。

脚注

汉昌饭钱二元

十二月二十八日　星期三，十二月五日。早九时起，午后二时临《圣教序》，看古文，夜临《圣教序》。

脚注

醃肉五元

十二月二十九日　星期四，十二月六日。早九时起，午后二时出，至中国银行取利息九十七元二角五分，出至商务印书馆购何子贞《道因碑》及《黄庭经》各一，至清秘阁取所裱集锦帖，至西单市上同茂增购拜年片，至滨来香用牛乳及购点心，至桂香村购点心，还寓。夜临《圣教序》。

脚注

何字二元二角　名片二角　点心二角　点心一角五分

十二月三十日　星期五，十二月七日。早九时起，小病。十一时森璧来，云接黔信，森琅已抵省。午后三时临《圣教序》，夜看《古文辞类纂》，用朱圈点毕。此为康刻第二本，其第一本早年已赠良丞矣。

脚注

王元　硬煤九元二角

十二月三十一日　星期六，十二月八日。早九时起，午后二时至西单市上换钱，出买《画报》，至华泰隆买铝壶，至兰英斋买点心，至忠兴厚买拜年片及月份牌。还寓，夜临《圣教序》。

脚注

画报四角　壶二元　点心六角　片、牌三角五分

册末杂记

孔明以一蜀之力而屡撄强敌，论者感不知其命意之所在，于是有种种推测，不知皆非也。孔明之辅刘备，原以恢复汉室为志，其取益州，将以为根据地耳。既有根据地则安坐而食，何以对天下之士。其指曹操为汉贼，非藉口也，彼在汉代思想之下，实觉有改正之必要也，不然如孔明者以王佐之才，而仅仅助刘割据一方，亦大可不必矣。昔人谓孔明有儒者气象，正指此等处而言，此又自宋以后似久无人见到矣。

以孙中山例之，中山以两粤之力而不忘会师武汉，亦此志也。不然则盘踞两粤，厚自封殖，亦何以异于其他军阀哉。陈竟民[①]不知此理，故终与中山决裂。要之，一公一私之作用而已，亦即军阀与国民之分别而已。

中山而外，合肥亦有此志，但为吴佩孚所破坏，遂致一蹶不振，至吴之武力统一则妄谈也，岂有戴一曹锟而可以定今世之中国哉。

为点灯用之油，不必定限于石油也。石油固较其他之油为佳，然当石油太贵或缺乏之时，亦可以在植物油、动物油中设法改良。如贵州所用之菜油、茶油，若将其提炼干净，亦必较现时所用者为佳。即不为点灯用，而此等油亦应加以制炼也。不此之图，但见外人用石油即但知在石油上设法，亦徒见其思想之为人所宥耳。

粘，音连，黔人读为妍声而加均，惟食物之将腐而生粘诞时谓之发粘者，仍

校记

①陈竟民，疑是“陈炯明”之误。

读本音。

含羞草，知羞者叶，其花则不然也。今世谓花为小姐，叶为侍女，然小姐知羞而侍女多不知羞，如《西厢》羞人答答的与去来去来等是也。或曰有时亦正相反，如红娘唱《你个月明才上柳梢头》一曲是也。此则与含羞草性质正合。

余所见右丞画凡三幅，用笔完全不同，亦可怪也。《江干雪霁》一幅，似后世李营丘所自出，清代则钱叔美近之。《雪溪》一幅，极似董香光所称“天下第一”。董北苑画，某邸所藏山水长卷则与所传卢鸿《草堂十志图》甚相似，后世黄子久、文衡山似皆从此中学来。三幅皆有不可及之处，又皆具有一种五丁开山气象，实非后人所能伪造。但《雪溪》一幅或出于北苑之仿笔，亦未可知耳。

用自己笔法临古人之间架，能书者大抵如是。或有以此自诩者，则欺人之谈也。盖写字不外笔法、间架两方面，两方面同时并学，每感不能兼顾之劳，但顾一面则省事多矣，此实省力之法，与种种夸饰之词无关。

胡适之白话文学，在近代实为一种创造性，胡氏每自谓为文学革命则非矣。一白话文无论如何发达，而旧文学自在不能消灭，因旧文学自有其领域，非白话文所能代替，盖旧文学在国内原不普及，今白话文固普及，然其所普及者，旧文学以外之区域也。若言旧文学应用方面太狭，然旧文学本是一种专门学问，专用在古学方面，并非普通用品也。至于普通用品，中国原有旧日之通俗文。譬之衣料，中国原有者丝、麻，丝犹旧文学，麻则通俗文也，丝则太贵，麻不足御寒。今日之新文学则木棉也，木棉利用较麻为优，然富贵者自仍用丝，不能强也。若政府以强力行之，自又当别论矣。

好资质：何翰伯，学成而稿佚，由于不自收拾。匡绥甫，短命未竟。龚体仁，短命未竟。谢云谷、黄助庭，两人皆不好学，一无所成。金仲翚，著有《〈战国策〉考证》，文学则中辍。平少篁，三十后始学，晚年文字斐然。漆助臣，同。周澍园，早负文名，中岁奔走失学，晚年后理旧业。

理想：仿制各种动物之巢，放大若干倍，使人可以栖息游行其间。在北方可作极大之温室，植梅竹其间。作蓄蝶之极大铁丝笼，其中植物供蝶用者以铁道运之。

旗人之胡诌：一手抚着拘，一手抚着桃，因某桥怪状之石狮而起。

福田谓易字古文酷肖变色龙之象。此字本义当为是物，因其善变，故转为变易之义。

婢女之结果多半然惨，其实皆不幸之人耳。即富贵人家子女亦未尝无之诱掠，妓女亦然，此宜调查而统计之。

原动力是不规则的，然须有规则始能进步。

原生虫阿朱巴等是不规则的，然至于腔肠则有规则矣。循此规则而进步，以至于人。

原生虫为一个无核细胞，进而至于有核，是为有规则之始，盖有核始有中心点，有中而后有左右，有上下，有方位可分而后能得齐整与匀称，此所以为有规则之始。

革命事业之初起是无规则的，然果长此以往则必不能成功，即成功亦不能守，故革命未成功之前，必须为建设之预备，又非用单纯一种势力不能成功，若避专制之名，必无成功之望。不能受本党有法之专制者，将来必受敌党无法之专制。

一种势力应有一个中心点，势力细胞也，中心点核也。为统一之大障碍是地盘主义，吴佩孚因部下之地盘主义而失败，其他亦何莫不然。

创一新制，凡在大学或高等专门毕业者，其父母由国家廪给，终身不受者可折作爵位。

教育者，一种民族强盛之后，藉以完成其势力者也。一种文明发生之后，藉以整理其内容者也，非可藉以为强盛之原动力也。试观欧洲古今各国，先有势力与文玥乎，抑先有教育乎？但教育论既发达之后，近世新兴之国家有藉以促进其势力之实现者耳。若其国家并无强盛之原动力，而仅欲藉教育以为功，是直扰乱其国民之思想而已矣。然则强盛之原动力何在？曰在一二豪杰之士，有此一二人则可以号召多数人而创成一种新势力，由此势力以草创强固之政府，而教育在其时乃成为最急之务矣。

北音之碰，黔人读如旁，上声。

作为奇伎淫巧以悦妇人，古代以此言为攻击敌人之口实。其实世界上物质文明之进步，此亦是一种原因，与信仰、宗教同为艺术改良之原动力。

函天敏注意美国公家机关建筑之图案平面外观。

宜规定娱乐场所一律收费，其纯益以供救贫，经费不许他用。公园戏团等皆在内，此法虽取费而不悖于理。

规定街道两旁造屋，其檐最前滴水之高不能过街宽之数。若欲高过一寸则须退进一寸，高过一尺则须退后一尺，推而至于数尺数丈，亦准此理。

平台上四周阑楯，一面立大屏风，前为几案或榻之属，屏后往往有大树如梧桐之属，边隅杂置花石或盆景，此种居处常见之于唐宋以来诸画幅中，但今日几失传矣。

附录一　香雪堂诗

黄平乐嘉藻彩澄甫著

起戊子讫戊戌

登屏山戊子

石磴穿云入上方，重楼俯对潕江长。于今我亦知形胜，往岁谁教委虎狼。雨露年来应普遍，山川乱后总苍凉。榛芜一望无终极，独倚危阑感八荒。

星

长空月晦净于罗，的的星痕望转多。暗有寒光分宇宙，微从子夜辨山河。隔花一点时穿叶，映水千层欲乱波。无限秋风吹未定，朦胧莫教薄云过。

梦中得绝句庚寅

古树门前映碧流，年年此地驻兰舟。东风几度嗟行役，不信云英未上头。

早　起

早起寒深惊仆御，半钩残月挂纯清。霜华冷逼林魂醉，天气阴成卵色晴。但喜吟怀亲晓色，浑忘席帽倦孤征。晨晖尚被层寒揜，久任东方半角明。

过玉屏感赋辛卯

市远人稀草色衰，通侯府外柳枝垂。将军已旧勋名淡，赢得人呼没字碑。

闻苗女子歌

水急蜂鸣入耳新，嘤声一线起田塍。苗姬十五容光好，花底联歌许共听。

匏曳残声气若微，高来又逐彩云飞。等闲谁识曲中意，当是深山跳月回。

凤去吟寄王仲子壬辰

凤去丹山鹤不鸣，相望万里各凄清。追随俦侣真无路，爱惜毛衣倍有情。

兰蕙随风多自靡，蓬蒿得雨更繁生。回翔自念还飞去，旧有栖枝在洞庭。

沅中相左类参商，此后何时越太行。早向南荒藏羽翮，还从北地恋风霜。扶摇有路应千里，烟水怀人在一方。寄语京华交道贱，归期还愿订重阳。

怀人诗三首

久亲生芥蒂，久别还消尽。賸有苔芩念，绵绵如丝引。终日下书帷，把卷失聪敏。疑问每无从，相思剧难屏。吁嗟阶前月，何时照欢饮。秋试如可思，把臂乃真幸。忆与论读书，苦为家累紾。我初不谓然，今亦堕斯窘。遥遥岁月深，无成空勉黾。行当寄尺素，好自择修绠。谢子布

暇馀晤友生，抗论及唐虞。既得闻未闻，还似温旧书。我友忽高迈，经年感索居。拒户不一出，出还守故吾。偶然吐胸臆，辙复遇咎辜。诚怪世俗薄，亦是酬接疏。午慵抛卷起，散步来观鱼。心观乃在远，遥遥向北都。别来规劝少，锋铓渐难除。欲得金石言，庶以药我躯。王仲猷

久不见敬公，灵台长荆棘。衡岳千里外，想见渥丹色。南邦秀气钟，英彦盈都邑。定有友朋欢，壮志非默默。嗟我闭门坐，图书伴四壁。文艺或不殊，相愧器与识。自接深雄谈，复睹南游集。始向天地间，亲见蛟龙蛰。一别冬又夏，班荆猝难得。今我读古书，时或一相觌。傅敬之

晓　坐

雀声催早起，闲坐颇相宜。露叶留花瓣，匡墙扫竹枝。人间春梦觉，云外日光移。独有忘机客，晓风时与吹。

门虽嫌近市，到此亦幽偏。为爱清凉景，朝朝失晏眠。方池鱼炫尾，小树蝶成仙。物我皆天趣，何须更问禅。

杂　诗

月影流素纱，镫映成青色。小窗光易涵，俨与月相敌。在月本无心，徘徊殊自得。委照周八垠，更寻微隙入。揽衣下闲阶，疏星灿若滴。月下尚能明，清光岂易测。

咏 蜂

日暮蜂房远，花间宿两三。清晨犹抱叶，何处更分甘。露气千枝润，微香一院涵。前途须努力，花事渐难堪。

之 子

之子家深巷，默默如有怀。愁来心欲醉，见客礼容乖。饥寒未足道，郁结向谁开。萧艾升堂几，兰蕙没蒿莱。朝暮自开谢，拂拭亦无人。采撷更何有，已矣毕风亼。尚希一卷书，或冀不终沦。

昔日同门友，望望走相离。名誉岂相假，但惜少人知。归来展书坐，又是午炊时。商量得一饱，倚柱自吟诗。诗成谁相赏，焚却亦可悲。身后若不传，何以慰凄其。

游观音寺

古寺非依山，乃据山水曲。立看不敢正，水云眩双目。寺外何空明，寺中剧阴肃。回廊与虚殿，黮黕同一绿。僧寮聚西偏，东院静如谷。踏遍古时尘，雀声斗丛竹。寂寞庭阶下，碧荫百尺木。似闻十年前，世界拟金粟。时有雅檀越，临川桂氏馥。点缀尽幽深，零落尚不俗。我来徘徊久，四顾诚幽独。时遇壁间佛，苔文绣衣绿。相逢还作礼，欲荐无秋菊。却倚江上楼，俯听波上鹥。

杂 诗

阴阴六月雨，絺绤何常御。浓云漫太虚，拥失羲和驭。连朝未见日，深恐韶光去。凛烈凉风吹，长夏生秋虑。负手步阶庭，起坐无所据。登高望苍莽，不知愁来路。养心虽自谢，何事纷如絮。安得百尺楼，代我开积素。

南方气候偏，隆冬见绿杨。清商杳未来，一雨便生凉。老翁或被裘，庭花堕残妆。濛濛天亦湿，弥望水云乡。巡檐畏霑履，反身上虚堂。城东有佳友，欲往泥泞长。

我思四溟里，古岂无蛟龙。造物将失位，威柄假昆虫。所争在锥刀，跛浪炫其雄。坐令爰居风，遣虑到法宫。大海岂非界，乌岭岂不崇。闭门频相叩，万里与我通。吾欲厉锋铓，未知何以工。物色山林里，庶几通猿公。

高窗临赵帖，浮景物已沉。始犹初月光，继乃字难寻。感此岁华促，迅如晓与阴。有书不及览，有树不暇林。把酒欲销忧，绝饮何能斟。抚桐欲写心，又非焦尾琴。

有友在天末，龙蛰已将起。有友同在南，相隔尚千里。尘劳奚足悲，乃有穷愁子。井深汲难到，愧此渊沦水。源大不及杯，旁润犹尺咫。一餐难代谋，相见岂不耻。

窗外忽生寒，阴阴警读书。防疾起披衣，时复一踌躇。客从何方来，入门笑独居，谓我丹铅多，精进复何如。我学人皆笑，对客还枝梧。韬笔撿书卷，但言渐荒疏。

栽花花亦放，倚槛月或来。出门晤宾客，所见意辄乖。不如归守约，弦诵亦悠哉。剥啄有客至，尺素谁先施。谅无深秘语，持剪对客开。上言功名术，栖栖恐过时。劝以遵时步，莫用蠹鱼堆。感君青云里，不遽弃蒿莱。薄君相知浅，视我以不才。我欲遂畣书，惧成猜间媒。

庭间夹竹桃，花期过寒雨。连朝天气晦，含英不能吐。愁绝泪如珠，离披向廊庑。更有郁李花，倦甚随风舞。我如未开枝，结忧向谁语。无端触绪来，发奋笔如弩。老梅艳穷冬，佳菊曜秋圃。气候感其机，烂熳孰能阻。

我梦游碧山，金阙散群仙。楼处杜兰香，锦袂何蹁跹。弹筝对青鸟，妖艳激枯禅。群奴希青顾，舞蹈各呈妍。鹤翁顾我言，此辈非曰贤。竭来仙官醉，谁洗玉牒膻。侩儿炫机巧，花妖厕琼筵。不见赤松辈，下界但高眠。吁嗟升沉理，神仙尚难全。令我求仙心，对此亦茫然。

题义山诗后

悔度银河罪莫逃，一生花梦伴清寥。怜他绝代销魂泪，洒向门庿品不高。

听　雨壬辰

辛苦幽窗共晦明，有时凉静不闻声。几回欲往浑难住，赚得檐端雀噪晴。

微霁见月

升时初未见，乍见隐云端。檐溜明珠滴，云光淡墨寒。芒还争雨出，影似隔簾看。谁主阴晴界，姮娥亦自难。

乱　云

乱云无归处，将雨洒朝昏。随势蛟龙起，无边虎鼠屯。天宽如可揜，宇狭未容奔。暂放羲和出，阳光透一痕。

晓

灯焰知天晓，沉沉动纸窗。鸡声如梦起，早气袭衣凉。隐几搜馀话，搴簾卜艳阳。寂寥清绝景，花外暗闻香。

螺丝山癸巳

薰风拂面失春寒，缓步无妨处处看。正是踏青人未到，山前开遍紫罗幱。

咏物诗癸巳

莫误么麽薄小虫，纷纷毕竟处裈同。惟教少诵阿房赋，景略高谈在座中。

理　园

特留青草听鸣虫，养得秋声尺地中。一夜廉纤新雨歇，朝来蛱蝶在深丛。

苗　姬

鬟积天然布作冠，乌衣縩綷九花攒。胸前翠字长年锁，耳后银光径寸钿。借点溪山原有致，看同竹石也生怜。无端掩袖城边立，似与墙鸦斗羽翰。

老君关

十步一山路不平，高低盘曲小舆经。参天灌木撑阴色，注坂寒泉蹙怒声。绝巘人都防野兽，深林屋似聚山精。频来每叹穷幽险，辛苦湘人此用兵。

鸡爬坎

沿石成偏径，踏波度窄溪。岸凋枫有色，野瘦竹无枝。频俯低林过，坐看淑景移。乡音清可听，令我忆儿时。

七里冲

天然陷阱日无光，路转深溪一线长。十月风高枯草恶，连山都作虎皮黄。

初发旧州感赋

儿时多附姊，别后几人存。觌面生新爱，关心忆旧恩。掌珠方待字，庭玉亦成婚。共叹芳龄妹，荆榛合墓门。

无绪无端事，可悲可恨人。深心伤妇怨，多口畏人嗔。事变纷纭过，家艰涕泣陈。秋原埋骨处，新鬼哭风尘。

侄男方幼读，侄女亦笄年。宛宛知名分，依依见性天。贫教诸父惜，弱为早孤怜。留我原难住，浮家在楚边。

早发黄平

未就严霜雨未丝，寒威迸入晓风吹。金商肆虐无人问，反怪阳乌出驭迟。

施　秉

半城烟火半城田，城外尖峰欲刺天。鸡犬杳冥深巷隔，还疑深处有桃源。

施秉道中

风尖不许暂窥簾，道远惟催快著鞭。诸葛洞头云气涨，望城坡上雨丝添。野无贱粟怜民困，路有游兵警客眠。赭槲丹枫无远近，萧萧送到楚沅边。

舟中晓卧

卧听双桡发，不知路几程。舵回声细碎，滩近响分明。摇梦梨云幻，含温黍谷生。昨朝霜露下，回忆小舆行。

晓　雾

霜压船篷重，冷气寻隙入。披衣起临窗，江天晓雾湿。漠漠几千里，大地劳嘘吸。舟师寂无言，坐待晨曦出。

㵲江辞

大滩不覆船，小滩常补漏。咿哑五百里，六桨相节奏。出黔驾楚边，炎凉无异候。人与霜雾狎，船若石沙斗。有时临深渊，阴气袭阳昼。有时平江阔，爽气延朝秀。客中思虑烦，对此堪留句。似为看水来，终日篷窗就。

玉屏舟中

水平人意倦，滩近棹声停。直下篙能转，回流浪有经。鱼梆黄竹浦，沙鸟白芦汀。夷险终朝见，澄观得寓形。

夜　泊

船底微波响未阑，清光透隙客衾单。孤踪对月滩头宿，领取涛声入梦寒。

十九江干见月

金轮驾霞出，列星尽失色。万山千山低，天心高更黑。渐上终未圆，女娲缺西北。倒影亦何遥，翕翕半江艳。

龙溪早雾

五步平波亮似油，收光白日向空浮。依微竹彗无三色，淡墨人撑渡上舟。

晃州舟中

山如百补衲，覆披沙岸上。文罫青黄间，下有寒川漾。新茅四五家，荷锄人相望。枫林直以疎，薄午闻鸡唱。老牛浮鼻过，不畏鱼鳞浪。持作画图看，荒寒笔堪状。

楚　川

楚川殊太曲，一里一回艭。湍水才崩岸，石滩忽满江。沙长河势断，船过语声哤。几转山川异，人家又映窗。

长滩头

暝投滩上泊，岸势让江圆。遥对洲如珥，三分水作川。渊澄惊野烧，歌苦隔林烟。危坐无风露，低星落户前。

黔阳道中

晓起天无雾，篷窗坐卧恬。野平村聚散，滩险庙尊严。沙锐遥回角，石稜巧避尖。使舟殊胜马，但觉榜人阽。

暮泊西风塘

神巫赛鼓楚云愁，暮入桡声水不流。为报兵船前浦泊，山深月苦也行舟。

辰溪县

打桨辰溪路，城基怪石高。浴波帆有影，近市岸无毛。远见楼台出，寒闻燕雀嚣。楚兵真朴陋，荷蒉著征袍。

辰　州

十里依山屋似鳞，满城乔木乱阴晴。兵灾未罹人烟旧，邻郡初过客感新。千载华风虽变俗，五溪蛮语尚闻声。尤怜负戴劳巾帼，嗟尔须眉待哺人。此地有女子劳作以养其夫之俗。

暮泊丫角嵎

冷月遮云夜不明，梦魂犹似月中行。醒来一霎潇潇雨，卧听兵船报五更。

清浪滩

卅里锋鋩石阵开，长滩极望雪成堆。折舷败舵知多少，辛苦神鸦送喜来。

柳林垞

尺幅烟云十二峰，巫山小景落双瞳。冥濛雨到江天阔，未赋闲情亦梦中。

与仲猷论史同赋

炬映低篷夜不霜，连天江水雨茫茫。重将旧事荒唐说，共是尘劳未息场。

穿　石

乍被舟师唤客眠，朔风江上看顽仙。通天一窍图中识，梦到嫏嬛已十年。

入桃源境

桃源山尽处，时见小林邱。平野天加阔，长波岸若浮。风横愁日晚，船缓妒江流。暮色凭虚立，来帆遍一洲。

江　雪

江上晴开宇宙宽，微风遇雪不成寒。林坰极望含新意，独有江流未改观。

晓发大龙驿

青女商量夜雪成，朝来一白众矜平。林间土上同千里，终是山头色最明。

将至澧州

路上长隄冷渐微，隔林山色弄晴晖。盈盈占尽江南秀，怪得城中善扫眉。

早发顺林驿

枯草平泥地，役夫得意行。人从霜后健，天向雾中晴。小渡无心过，平梁带湿经。正是斜坡里，劳歌忽有声。

荆州渡江

两岸交难合，江来宇宙开。朔风几断渡，大地惚成雷。出峡论形胜，安澜祝俊才。凭舷千里思，暂付雪涛堆。

荆州道中

暖气烘原野，晴风散丽华。新衣三两队，土室几千家。地僻春联古，天长电线斜。物小知除岁，田塍噪鹊鸦。

除岁日

不须张宴明灯烛，但得晴暄便过年。客舍分笺还有友，浮名役我本非天。庭前儿女春镫戏，树外乡村爆竹烟。预想明朝霜雪下，北堂遥拜一潸然。

建阳驿元日甲午

异地逢元日，客怀淡晓风。浮踪资世泰，卜岁乐春融。箫鼓千村远，讴歌万里同。境随新节换，花向旧人红。礼饰衣冠里，儿童舞忭中。更闻恩诏下，遥拜九重宫。

荆门道中

田水粼粼尽日风，寒鸦失伴与人同。斜阳渐落遥天暮，还见荆山淡霭中。

卧病石桥驿

远道呻吟岂怨天，养身原自愧前贤。有心试炼风霜苦，无计能令蒲柳坚。土室馀温风逼户，银镫彻昼乐横烟。思量毕竟成伤毁，一度思家一惘然。

襄阳道中

晓雾初开黄尘起，白日暄天一万里。层峰叠嶂自西来，向我周旋若尺咫。山北渐远烟雾昏，参天乔木见远村。行人来往穿林下，暧暧人家一线屯。天影周回盖平陆，晴光极望迷双目。绝似烟雨到江南，米家墨气烘尺幅。

道中见汉江

断岸逶迤不种田，黄尘扑染浪中天。客心南下汉江水，客踪北上汉江船。群帆今夜泊何处，蝶翼对开排云翥。沧浪倘得贯析津，我亦愿乘长风去。回忆沅江泛月明，岸人行歌水上听。人生足底须尝遍，苦乐何妨一例经。

襄阳道中

尽日原田绿意融，持锄女伴髩花红。眼前忽忆名山岘，远见尘埋四五峰。

南阳道中

迟迟春日里，川上驾车行。旷野人鸦乱，遥村土树平。修逵留石记，驿骑走铃声。前路黄尘合，劳思不愿晴。

南阳谒武侯祠

轨道如绳扑软尘，小山庭院未逢春。襄江俎豆同遗爱，羽士衣冠失写真。一统难原庸主就，三分早向左军陈。荆州失后兵无路，枉抱孤忠出陇秦。

夜发南阳

朋辈相呼睡不成，兼程路远各关情。披衣叹息人都起，马动铃声一院清。轣禄轻雷送转蓬，千家暗度月痕中。冥神便有家山迹，不得真寻好梦浓。

忆　赠

能否将雏睡得成，知君远忆正营营。切休晓梦来寻我，恐遇车雷不任惊。

夜行十馀里天明得句

才上朝曦万影长，黄尘涌地铁轮忙。垂簾尚睹烟村树，揜面思薰画阁香。晓后形呈悲物我，东来九转惜阴阳。由来生世无穷感，反把昏蒙羡古荒。

叶县暮行时元夜前一日

月照黄尘若为清，冥濛树影百家横。繁镫映水人初聚，飞焰成花鸟不惊。路接城闉歌五里，梦回乡国数三更。仆夫揽辔还西笑，咫尺犹深恋土情。

早发叶县

十里穿林路，轻尘远渐函。民风犹左衽，车制忽张帆。野店梅花茗，村姬杏子衫。征程晴几日，又见朔风严。

石固驿是大禹巢由故里

驿骑波奔不可留，箕山终古淡烟浮。更寻颍水清尘梦，恐有人家在下游。
僻地曾高世外风，劳劳车马愧相逢。谁知颍水箕山外，但有遗民说禹功。

至新郑

马耳摇风隧道长，前车阻滞后车忙。尘腥乍合迷歧路，地户微开见一方。曲绕城闉溱洧浅，薄含烟霭枣梨苍。春初芍药谁家发，无限怀思过此乡。

早发郭店

子夜吹镫五夜张，开门已见仆僮忙。一庭白晓寒相映，不辨天光与月光。

发郑州

泥含宿润不飞尘，林外烟光媚早春。古戍鸦翻争雉堞，征车马倦数鸾铃。朝朝问俗衣袭敝，处处看山仆御新。报道勾芒初上柳，一枝谁赠远行人。

荥泽怀古

一龙自西至，一龙自东来。相遇荥成间，万里结风雷。疾电搜云雾，洪斗天为开。岂无相胜负，鳞爪坏成堆。浩气忽西旋，生才还死才。一龙披离去，卧倒心不衰。悠悠二千年，此地阳不回。尘土渍血腥，极望无蒿莱。惟见广武山，朔风动崔嵬。

渡　河

黄河天上泻，去复向天流。独往千山避，遥吞大野愁。鸿荒留浩魄，风浪狎扁舟。北望几无路，浮踪倦未休。

发亢村大风

河南春暖卸轻裘，河北北风荡林邱。虚空盘旋忽堕地，来声飒飒去飕飕。首尾无垠恣漭泱，若远若近溟渤长。千里前望势难穷，后者奔趋接洪响。起自沙漠泄中原，天似穹庐无处奔。带有冰海雪山气，郁勃散入千万村。大野寒光疎竹木，慴慄群马苦奔逐。声声迢递转雄浑，青女走避却滕六。车中有客笼双袖，南来衣帽新都旧。只恐吹平大行山，凝眸不畏石尤斗。

发卫辉府

日上西林赭色深，连山向背幻晴阴。号鸣旅雁呼群意，上下饥鹰觅哺心。大野风高观物变，征程舌敝笑诗淫。由来苦乐从人会，坐阅风沙直到今。

汤阴怀古

狼星不许帝星明，辛苦銮舆待北征。一滴红冰何处洒，可怜沈劲是忠臣。

岳庙过烈女祠

薄海呼冤上帝前，清商动地雾漫天。闺中痛抱金钱卜，阃内终传大厦颠。死向忠骸埋血泪，生教古井堕花钿。英雄儿女都成恨，铁铸诸奸亦枉然。

彰德府怀古

天子河南臣河北，赫赫当涂火无光。形势南吞几万里，奚惟咫尺压许昌。河山覇气忽衰暗，塞衢车马赴洛阳。天生怏犊邺宫踞，登高指顾更雄张。呜呼此地干戈窟，亘古不知几战场。瓦砾尚启奸人伺，况乃繁华号名邦。我今子夜穿城过，椭月高撑万栋长。铁轮惊叫鸡声起，一天晓色树木苍。大野坡坨无远近，但见土窟题兵房。铜雀疑塚都慌惚，朔风吹马渡浊漳。由来好色英雄事，不见阿瞒恋履香。风霾十载驱雷斗，终闻燕语间莺簧。英雄已逝昏庸出，刁斗无声管索忙。君不见无愁天子临漳宴，千秋有人惜高洋。

漳河怀古

跨渚连洲接四桥，平川水落太行高。河山不借英雄重，千古铜台草色凋。
铜雀曾将景运传，浊漳王气逼南天。英雄还借河山重，坐控神州又百年。

发磁州

十里三屯不见兵，双渠夹路柳枝晴。沙横大野车轮涩，市逼长风屋顶平。桴鼓声多思酷吏，巾帼胆怯笑儒生。南来一卷惟诗富，促驾终须浩荡行。

题卢生庙

驾鹤朝真向玉京，尘中世外等君臣。崑崙更有司仙籍，未必优游过此生。
处处沙鸥可订盟，芝田何事强人耕。我今亦有青山在，未肯疏闲但适情。
浮世生亡类暑寒，还将大造本非难。微躯必愿天同寿，亦自缠绵少达观。

过临洺关

絃牵四辔入关城，城外执戈解送迎。老树盘根题感应，丰坊踞地勒科名。人思大姓今安土，市腈荒基旧被兵。闻道红羊卅载上，疾风飘过万家平。

邢台怀古

万家烟火逼霜雪，宏衢深巷微飘屑。我车两辔直如弦，迎风迢递度轮铁。度尽重闉閦阓稀，大野雪上征人衣。平沙绵亘林垌互，如见张生旧指挥。盘旋空际初飞下，关山一角成偏覇。兵气北流距辽滦，彗光西指迫沣灞。渡河邙山一战雄，刘宗破败顷刻中。归来坐镇神州地，草泽争偃大王风。转眼恓惶龙子哭，天子北朝争快犊。犊子破车竟覆宗，邺祸还如襄国酷。吁嗟万古荒凉地，英雄一见安神器。本意北方压邺城，翻教竖子轻抛弃。更北凭高有蓟州，当时南控未相谋。即今积渐幽燕重，固我皇图千万秋。

内邱道遇雪

天似盖，树成围，风搅新雪历乱飞。不知是云还是雪，遥山远树尽霏微。风紧横飞少气力，作势低昂休不得。淅沥寒点渐无光，团花忽堕空濛色。天涯极望白相映，若倦若休时不竞。平沙寂寞路人稀，有客旷览双眸净。冻云高，万态平，白凤毶毶仰首鸣。一塘一里天欲暮，借问何如不夜城。

赵州道雪晴

睡眼忽惊起，叩帘风欲逼。积雪破晓光，满目新蓝色。九逵广以平，列杨望不板。周回远树低，倪迂烘淡墨。寒日渐高舂，千恣幻白黑。瑶草一宵发，相怜采不得。

驱车何迢递，辙痕界白玉。荒寒坐孤屯，炫耀荣枯木。烂银堆太行，层阴晦平陆。天气愁不明，仗此宝光烛。切念来何迟，村村谢滕六。玄面翳有人，持帚登平屋。

过真定府

滹沱水落抱城圆，不见谯门见树烟。入市双车随曲折，中城一镜弄清涟。人家影乱浮冰水，古道尘明丽日天。十里桑榆回首望，太行山在女墙边。

保定暮行

远见林梢若见城，穿林极望晚烟生。天低渐有燃灯处，路暗才开叱驭声。短景频催群动息，长庚西上万方平。箕星斗宿浑相笑，照我三更又一更。

保定怀古

当代黄金亦有台，何人更致望诸来。漫嗟一篑为山缓，已使百城破竹摧。惆怅燕南寻战迹，低回域内数雄才。频年海上曾多事，我欲黄金铸郭隗。

听　歌

开簾倦看髻花红，卧听三弦诉北风。一曲方残人起坐，不知春意属谁侬。

薄暮发安肃

五云光近马蹄忙，野店稍停更促装。无限蔷薇牵不住，斑骓一去月昏黄。

熙甫善甫崇教寺看牡丹

十日文酒厌歌吹，看花别寻崇教寺。芍药未放牡丹残，一庭竹树交苍翠。客僧延坐禅堂深，瓶尊暗具山林致。为翻花谱认花名，浅绿深红高位置。青狮翠蝶久无闻，玉楼金带或关瑞。云白都下号无双，迩来万口同矜贵。似道花残有歉心，更辟棂户探幽邃。别院招看古时藤，曲廊尚留碑上记。笑谢客僧慎周旋，有花无花等游戏。宣南无奈缁尘昏，偶思物外埋愁地。已得平分半日闲，何须更起名芳睡。花时但订明年春，再约名士来同醉。

吊长平公主墓乙未

异代蒙恩更可怜，东风柳泪泣寒烟。瑶台路近魂难到，碧海波深恨未填。血里河山空就国，花间茀翟遽迎天。蓝田一夜香销骨，始信周郎不是缘。无限兴衰话久停，天家往事独酸辛。青苹剑未飞红雨，白玉碑终吊绿萤。夜冷铜珰燐草碧，春归石马露苔青。五将谁奠秦娥墓，可叹红冰一样零。

无　题

映路花光晚炫晴，琼枝乍见更分明。簾开半面春无主，步动双环玉有声。绣幕清芬迷梦蝶，金钉彩蕊坠流莺。投怀不少东风热，未抵新知一顾荣。竟抛韶景付流霞，曲折银塘不断车。燕寝香酣才几日，鸳帷梦寤又谁家。玲珑骨好占花事，宛转窗休问月华。莫笑春风多冷暖，由来容易便天涯。

反前意二首

一笑花间玉雪陈，孽缘都认是良因。迎郎自献同心曲，避客还成背面颦。凤寄孤巢桑梓隔，莺啼短景柳梅新。蘋生絮化知何事，更有青鬟堕落身。

长成娇燕最堪怜，惯看鸳鸯道是仙。襟袖学成深浅泪，管弦催尽短长年。春深渐老青钱树，花谢难存紫玉烟。莫更琵琶江上泣，当时尚有白头缘。

早发都门感赋

误尔鸡窗旧业捐，宴歌文酒度华年。才醒旧梦旋成醉，未了前因更结缘。宛转莺喘无著地，凄凉骊唱奈何天。南台花事西山雪，只恨不曾到眼前。

插汉嶒崚指丽谯，缁尘敝尽小秦貂。一编久困愁知己，三策难陈愧圣朝。回首五云天漠漠，关心九夏路迢迢。悬知故里他年感，不侭莺花入梦遥。

别　意乙未

唤起朝眠倦眼开，穿衣还得暂徘徊。销魂最是啼声里，手握难分未忍催。

烦愁无奈艳阳前，到眼韶华尽可怜。云物蒨苍韦曲路，草沙晴丽析津船。

泛东海

极明无所见，但见水如盘。竭聪无所闻，但闻水声湍。追程千里与万里，孤鹢跋扈鱼龙徙。势摄东波尽后奔，漫云西去不同驶。来路依稀一线缠，下曳雪涛上曳烟。只愁前迈沧溟窄，便欲吹沫月轮天。回首天末挂赤日，澜光无畔明灭急。四顾凭虚百感来，天水不情共萧瑟。吁嗟乎，人生有才泪相随，疾趋休笑缓行迟。请君试看沧溟里，各有行船得岸时。

秣陵舟中与善甫别

晨风吹断梦，与子共天涯。尚有难归惧，能无小别嗟。山来生近翠，江远映低霞。独向芳城路，相看客感赊。

九 江

炫眼河山百战馀，昇平又见远人居。沧波几日楼台幻，细柳当年壁垒墟。儒士知兵劳战伐李续宾，枭雄有道困驱除粤匪林启荣。江天流览怀前事，似我庸庸愧读书。

客汉皋感赋

何事愁深不自知，灯前强坐恨更迟。人如雁鹜群分后，地是金银气盛时。绝俗终教随俗好，无言颇怪有言痴。相思更在天南北，此处平分转觉宜。

风波曲

无帆船低昂，有帆船倚侧。倚侧岂不险，轻进始有得。吁嗟风浪极天来，来劳去燕纷如织。几辈长空振六翮，几人狭路折双翼。我欲歌无渡，此险犹未极。风波尚在权要津，黄尘何事未休息。

自题留影时与个人同映

此事今生更有无，彻年荒宴笑狂奴。荼蘼放后香痕散，报尔天涯一剑孤。
同在欢场并可怜，清光一片欲成仙。相看转被阿侬妒，输与难分易合缘。

梦 醒

感旧怀思几日停，吹灯一梦到清冷。凉云枕上忽惊觉，入牖流光划落星。

沪旅苦热

尽日南薰扑面来，浮云天际共徘徊。炎阳果较长安近，榭曲廊深避不开。痛

欧祸也

赤帝司权问渺茫，横床梦到水云乡。秋纨枉是承恩顾，摇向风前不解凉。讥合肥也

晴窗晓映日曈昽，彻夜凉生片刻中。比似劳人更憔悴，向阳花是可怜虫。悯淮党也

与仲猷同映小影因题

湖海论心几辈同，与君踪迹尚飘蓬。三年逆旅文犹富，十载心期路复穷。旧侣天涯都作客，流光鬓上几成翁。相看莫恃华年在，白发苍颜指顾中。

太息新停在眼前，头颅如许肯安眠。谈兵我愧班超相，献策君犹贾傅年。悲慨文章湖海外，优游衣履石泉边。清时一纸飞鸿印，此后相看定惘然。

重返汉皋感赋

汉上重经再断肠，百来忧患更他乡。前瞻故里风波阔，回忆春明涕泪长。意外缘空劳梦寐，心头事已绝商量。炎风赤日尘嚣里，莫漫无聊惜寸光。

与仲猷登晴川阁

连日尘襟何处涤，晴川阁上雨初晴。云梦自古分南北，湘汉无因辨浊清。千里图经思旧绩胡文忠，十年规画问儒生南皮张制军。茫茫逝水苍山外，无限风浪感客情。

发汉皋感赋

槭槭晓风吹，黯黯行旌发。又隔一江水，魂梦难飞越。前无种花田，后少埋忧窟。久恋亦何为，衔山力已结。迟迟娇热退，凉秋动毛发。独向沅江行，相思听入骨。

沘江竹枝

碧水铺平翠作围，连天芳草鹭群飞。一枝古塔湾头见，数点明帆远处归。

明油艇子快于梭，映日波纹细似罗。水浅田家有田种，水深鱼户得鱼多。
木兰双桨向郎船，桃根桃叶总堪怜。阿孃早教凌波步，阿女能攒备嫁钱。

沅江县

碧浪沦漪杳无堤，人家鳞比湖光西。天际帆如秋扇大，天末树比船头低。
转舵还循湖滨去，出水垂杨千万树。芳草毵毵欲刺云，一声雁叫无觅处。

洞庭月

夜静凉风送橹行，平湖星堕水波明。千苍万翠都无色，惟有人月相对清。

竹鸡塘

远水明虚到曲塘，深宵系揽湿萤忙。不知何树野香发，散入鼻端梦也凉。
十步清游足往还，月明村路草花闲。人家睡尽无灯火，水气虫声闹一湾。

夜泊对月

月光散天末，映水成虚明。水心与天心，沉沉相照清。遥岸淡欲无，孤舟盘镜行。水纹惊不起，水气逼人生。渐闻村篱外，钲声已二更。未竟凉秋趣，更待斗牛横。

中元节感赋

家住楚沅滨，旧俗重中元。新衣侍家祭，追随奉酒尊。十年蓦浮名，尘土隔精魂。庭闱霜露感，旧梦寂无痕。照川惊野烧，烟火映林昏。麦饭彼何人，谁独非子孙。更有存亡泪，怆怀女弟昆。一年一杯酒，无由奠墓门。

月　夜

一曲江湾月正圆，明珠水镜共澄鲜。怜伊岸上垂纶客，揽尽清光不费钱。
清绝湖南几断肠，蟾光照影更悲凉。枫萧桂碧东坡句，低唱闲吟水一方。

远别离

远别何所适，薄言归故乡。高堂有老亲，兄弟亦相望。归去谒高堂，堂前见妻子。嗟彼同心人，悬意七千里。有书难为寄，莫定楚与黔。有泪难为弹，鸿鹗布堂簾。朝暮为谁容，忍怨在天末。翳我岂无情，未时终难达。相重在无忘，无忘异日期。已过洞庭去，长思徒自悲。

桃源道中

来时喜平旷，归去觉幽深。山川无更改，深浅随人心。东溟一破浪，北地两经春。南北江上山，到眼列家珍。湖海三年客，眼资不患贫。橐剑忽归来，沅江数翠鳞。朝指山坳发，暮泊野塘滨。曾是再来人，翻怪耳目新。远水动明湍，炊烟淡薄林。帆高斜阳在，惨绿半江阴。凉风岭际至，系揽辄披襟。未厌楚山曲，更听惊寒禽。

访桃花源

未见花开只见源，云中鸡犬尚成村。殷勤觅与山农话，恐是秦民旧子孙。
辛苦寻来好避秦，不知门外尚留津。渔郎一度何多事，更比桃花会引人。
时事还同避世年，痴心肯遽说归田。他年莫被秦人笑，道似无才也学仙。

舟中杂兴

丽日烘波水气浓，榜人停桨坐呼风。晴窗试检图经看，已在蛮溪雾雨中。
两载缁尘欲敝形，沧江一卧爱空舲。低昂随枕三十里，青是琉璃绿是屏。
低蓬镇日坐无聊，谩为时艰拭宝刀。正是春来无限恨，风翻书页又南朝。

清浪滩

未滩先见崖，凭崖数家村。鸡声叫云里，舟缆系石根。榜人忽敛态，客子共停喧。首滩初历险，前望银涛昏。噩噩蛟螭怒，齿齿熊貔蹲。十里未收声，一纤系惊魂。斜阳乱丛薄，江上暮烟屯。还向滩间宿，波声听吐吞。

舟中晓景

睡醒蓬窗暗，凄波赴舷语。凉风枕艒来，疑是簾纤雨。船身倚侧间，篙声忽代橹。㭰纷已历时，惊涛未停鼓。推窗一眺望，日射雪花舞。险绝未知名，但见横矼阻。

晓　起

日淡平川晓气清，棹歌凄听未分明。舟人但傍帆阴睡，数里流波滑有声。

转眼邮签到溆庐，客窗风日倦繙书。翻羡厨人消遣惯，看他江水煮江鱼。

暮泊辰溪大风雨

鼓轮江海庆安流，扬帆洞庭风送秋。辰溪夜泊洲头宿，狂飙卷水翻过洲。急雨如山打篷破，雷声更比雨声大。一声堕地万崖崩，胭脂染电漫天过。波光暂闪云昏黑，临窗半面窥难得。只恐沙柔铁锁轻，孤舟不受拽牵力。须臾风定霹雳降，人声雨声哄一江。烧灯更翻东坡集，时有新寒逗船窗。

晓　晴

难得秋江雨后晴，萧疏一夜浪花平。光风著野都成碧，嫩日涵空不肯明。帝子灵游山黯淡，天吴梦断水凄清。湿云作尽惺忪色，低向前川别有情。

息园小集四叠仲翚韵丙申

虚窗沉暮色，唧唧候虫催。暗蝠时惊牖，高萤欲上台。棋敲深竹度，酒晕晚凉开。共展阶前席，华灯见砌苔。

息园夜坐用仲翚体仁韵

夜明众宾散，寂坐少人催。析响沉深巷，茶烟上小台。枝摇昏蝶起，烛远暗萤开。怯向花阴步，长留一寸苔。

静中愁韵逼，虫语起庭喧。月露还同瓦，人秋但隔垣。年光悲运促，世事感云翻。老螾知人意，长吟向北轩。

题仲翚陈八与秦伶合映小照

春花陌巷斗车时，梦入吴生紫稼诗。攀袖偎怜同命鸟，植桃终作送风枝。清光半匣云郎瘦，淡影三生奉倩痴。一样销魂人不见，也应同病说相思。

感　事

孝标薄命惜中年，起视高堂雪上颠。输与姜家好夫妇，承欢一样北庭前。

便有同心敢代谋，茫茫无处可埋忧。辛勤觅得安全法，还被人呼薄倖流。

息园饯仲猷别和体仁韵

雨过间阶滑似油，争枝瓦雀竞啁啾。还怜竹树重开宴，怕对关山不上楼。旧梦难忘燕北路，殊方苦说海西头。青春赋到无家别，始信骊歌未是愁。

送仲猷之云南丙申

握手长亭一惨颜，天公相待竟何悭。书生已到穷愁日，不与抄书半刻闲。

落拓归来鬓欲丝，琴尊甫定又移枝。投边漫道英雄略，别有难言一段悲。

飞燕北劳惯索居，岂因暂别惜长途。惟怜史草须珍重，此是神州讬命书。

感　梦

一骑分明梦里痕，不逢桃叶见桃根。水精簾底轻欢笑，未敢同伊旧日恩。

似记分携未隔年，春风不见也狂颠。焉知已是魂销尽，少到梨花半刻缘。

小楼夜话有怀匡绥甫同仲翚用体仁韵

忽对秋清不自聊，怀人心绪卷残蕉。高楼酒醒三人在，大野云阴一雁遥。马足金台无限恨，虫声玉砌可怜宵。西风但解添萧瑟，一夜凄寒悴绿条。

秋阴和仲翚韵

雨霁游雪歇，凉生殊未休。阳乌更匿采，天地同一幽。寂处不成欢，无端动百忧。沉吟莫喻意，言上竹间楼。楼高万山静，迢递入层秋。村墟聚薄烟，鹰隼盘空游。飞腾由尔力，何事引长讴。声高无人和，同辈自相酬。感叹结中肠，莫更豁双眸。便极沧溟界，未是天尽头。劳生虽未半，前路惜阻修。浊酒何人致，为君进一瓯。

息园夜饮分韵得乐字

新秋爽气回，日光照人薄。我友联翩来，幽轩展笑乐。喧寂各任性，忘机少酢酢。清辩忽翻澜，微风亦动幙。窗阴渐沉沉，金波映铃铎。客醒主人醉，步待常仪作。斜影下屏山，暗势呈丘壑。光多借微云，星疏淡碧落。电惊宇澄清，鸟度天空廓。细径白花明，疏林夜蝠掠。斯时主人醒，对啸恣欢谑。席地得仰观，看山上虚阁。高歌何跌宕，时警安枝雀。虫声更可怜，凄凄似有讬。凉汗入衣裳，更钲响寂寞。客归闭门入，万态纷绰约。吁嗟月圆时，年得几回酌。隔岁又天涯，相望徒萧索。园卉尚馀花，亭竹初尽箨。即景税新诗，莫顾时人愕。

前题和赵伯廉韵

素月何亭亭，清光澄八表。反映碧虚穹，不碍微云绕。晨光忽夜烛，鹊声惊树杪。万态失青红，宇宙同一皎。委照密以周，不遗小园小。知否园中客，幽窗坐窈窕。地得辋川静，人比竹林少。酒德方颂刘，瑟讴或效赵。偶展如冰席，共藉如茵草。旷论不得羁，但觉天云眇。澜翻有时狂，四座同绝倒。不知月明中，清欢几人晓。归舟忆去年，江干对丛筿。蟾光一夕秋，势欲催人老。等是嫦娥影，偏令客心捣。乃知关塞鸿，不及归林鸟。还家幸得朋，清游今夜蚤。醉敞西轩卧，气含风露饱。夜柝已沉沉，藤花方袅袅。相邀尽馀欢，且驻头莫掉。

前题和韵答体仁

秋风萧飒来何速，我友秋思如酒浓。偶然树上饱秋色，愁心染尽青芙蓉。归去临池一倾泻，满纸苍茫十二峰。云烟奇变不可究，连天风雨青重重。怜我朝夕慁尘虑，赠我如鸣万壑松。便欲邯郸浪学步，愧对八珍献韭菘。我思文词首贵胆，杜老凭陵解荡胸。莫言割鸡诚小数，驯致便可希屠龙。神勇万灵同环伺，武库沉沉任选锋。鳞甲在腹风生腕，拟足泰岱未知慵。有时蹇钝亦失意，任是小蹶不扶筇。俯首天门不却步，终堪绝顶验秦封。便对溪山讬微响，风驱簷马成丁冬。声虽微茫有高意，凄卑自异阶下蛩。嗟我生实楚南鄙，呷呀满眼愁冬烘。十五乇踪始上国，如瞽芒芒万歧中。幸有良朋相从许，竭力扫除山溪蓬。目击灵境终难到，何异峄底企孤桐。我诚失学非友责，十年竟赖不迷踪。镌名会须心骨上，前有王谢后金龚。吁嗟王谢各相望，燕劳难计几时逢。金龚相对喜能狂，未把文字哭秋风。朝朝斗韵或赌酒，不计吾道西或东。尤戒信口谈时事，此是鹿洞恼人钟。

前题和韵答仲翚

白帝乘权秋天阴，肃风先中城北林。骚坛割据有金子，十里戈甲郁森森。邻疆衅起知何日，凭陵郊甸遽来侵。初犹偏旅东西驾，继乃潜师惊寇深。斯时求成终见拒，狼搜敝赋勉追寻。一月相守无胜败，一日再接或斩禽。大野扬尘数前却，君方凭轼我披襟。心知拗怒两不息，终恐兵气干横参。一介重与主兵约，止戈能武有旧箴。相逢愿作衣裳会，为去兜牟还冠簪。况当羽檄交驰日，疾风千里雨云沉。纷纷役候谁取怨，有时道路闻呻吟。怜彼颠苦亦应罢，合欢有酒愿同斟。我亦银河同洗甲，入蛰更学冬虫瘖。

前题和宋宾龙韵

良夜续佳会，空庭月似霜。疎枝交碎影，暗径转斜光。远梦生萧瑟，诗心接混茫。天涯何处极，但见暮云苍。

倚风醒薄醉，继晷作狂游。小暑犹含夏，孤清渐逼秋。虫声催露急，萤点入烟浮。不为宵凉散，蟾光侭足留。

秋怀次韵答体仁

怀人千里近，登临咫尺遥。无聊向秋色，儿女纷嘈嘈。宵来众星烂，促织喧藤梢。悽怆原无意，讬响殊自超。秋园抱烦心，相对遽息劳。不觉风露逼，但觉衣裾飘。今古悲秋士，百虑等一焦。似道金能杀，忧来因所遭。不知惧贫士，方能陋缊袍。人各异情性，境无真寂嚣。唧唧秋声里，几人髫凋毛。我亦差领会，采取润吟毫。安问忧与乐，一醉待明朝。

小雨和体仁韵

久雨令人弛，久晴令人醉。五夜吹微声，清寒入梦寐。晓起庭阶湿，自怯单罗袂。幽花媚墙阴，扶起连朝瘁。恍惚成新霁，恰是炎凉会。天公善调燮，不使偏荣悴。

和赵伯廉过访之作

重城俨千里，惆怅几日违。相思一命驾，骤雨还沾衣。解衣深院坐，冰纨徐自挥。翻得静中趣，颇觉多言非。小霁成新晴，竹树自因依。相对持尊酒，好待晚凉归。

羞靥花诗同仲翚体仁良丞作

花本小草，开淡红色，众蕊圆披而无瓣，叶如凤尾，着人手则垂，少时复起，土人名曰羞花，为加靥字，产沅滨。

几日幽香乍酿晴，淡绯初剪细绒轻。游人莫向花阑语，为恐娇魂不任惊。

一样墙阴露滴悬，秋棠恰是断肠天。还将暗壁低头意，共向西风学可怜。

次韵酧仲翚见过

主人无所能，言有看花癖。手植偏篱落，苍翠不容隙。风来碧玉翻，雨过红英积。交枝叠叶中，构此闲居宅。偶值秋云阴，呼僮理荒僻。芰繁撷其实，不羡禾三百。剥啄忽有客，相看是莫逆。几日期未来，花事随秋寂。扫径非无因，孤琴冀良觌。清谈偲可欢，莫叹岁将夕。

暮行至黔阳丁酉

映水星光不厌微，依人六桨自相催。暗中忽近荒城脚，无数流萤作线飞。

黄婉娘行

石上磨玉簪，玉簪焉得全。以彼坚贞力，顽石竟失坚。吁嗟黄氏子，薄命一时捐。功成不自惜，乘气登冥天。小娥千祀上，异迹同争妍。还真更娇小，朱颜十六年。丝鞶遘阳九，茌苒北堂前。虎豹踞名城，烽燧断春眠。梨花闭户深，藏娇九重渊。凌竞二七载，履霜幸不颠。日夕望官军，官军正著鞭。岂意犁庭日，哀祸中婵娟。一卒推刃来，全家罹重泉。忽见扫眉人，阑单不顾钱。牵挽出门去，又上秣陵船。坐看同舟女，举身赴清涟。俯首望清涟，残生岂愿延。私衷诚有待，逼处不嫌羶。老亲如我诏，鬼国暂周旋。不到欺贞日，莫把碧血溅。几日过鄂江，几日蹈湘廛。已惮强仇逼，匪党更新连。念少复仇日，但分鬼为缘。岂意复仇事，翻在肆筵边。一剑剸犀象，家怨竟释肩。一纸诉曲衷，哀亡更自怜。艳艳灯初发，皎皎月空悬。残生付裙带，自化火中莲。官府惊相告，行人聚如烟。共揖楼中蜕，同读座上笺。道是婉宜名，红绳小未牵。道是上元家，钟山映几筵。道是儒家子，兄弟共辉联。道是七字诗，诗尽意绵绵。还凭好事宣，序原过千言，征诗近百篇。何人按谱填，商声播管弦。何人董狐笔，辉辉大如椽。阐幽真胜烛，纪事拟为弦。道非命世作，未足表斯贤。我笑秉笔人，自信或伤专。或恐一卷书，反藉斯人传。

仲冬寒甚

凌冰似鹜满清池，雪压修竹无仰枝。寒甚转觉风力减，但闻铁马自相吹。

北上至洞庭感赋戊戌

不把相思过洞庭，年前剩话记归程。南来几借文心忏，北上还随梦境行。漠漠草沙朝雨细，沉沉灯火夜湖平。春痕到眼浑无赖，拾得杨花旧感生。

湖　口

水气连宵看不明，乱帆东指浊波横。扬扬莫羡来舟疾，一样蛟龙队里行。

湖　中

朔风舟不进，尽日绕湖边。远浪争排岸，群帆欲刺天。雨昏飞鸟没，野旷湿云连。何处巴陵道，牢愁水一煎。

夜泊陈起望

云揜长洲万鹢屯，湖波落后暂成村。茅檐黯淡恒新主，细草绵纤少宿根。屏翳莫舒游子屐，石尤翻息旅人魂。清寒一座闲灯火，纸帐吟肩倩孰温。

大　风

一夜悲风郁不平，高天寥阔断鸿惊。层云鼓角来千里，野水鱼龙乱五更。练勇全湖舟锁急，梦回孤枕舵牙鸣。明朝勿渡还愁绝，咫尺巴陵隔太清。

阻　风

尘敝源穷止辨才，船窗彻日口从杯。孤高莫禁危樯撼，溟涨愁看浊浪开。雨挟层阴呼鬼出，云昏极浦待龙回。东西一样劳风伯，但使南人滞水隈。

弼丞为言苗中吴女事感赋

女父诸生，兄孝廉，虽中朝衣冠，实苗族也。士族无论婚者，女亦不屑适庸竖，遂入道。

万古蛮荒雨露培，幽兰一朵出丛开。寰中自少鱼轩迎，岭上惟须鹤驾来。碧玉诗成留怨悱，灵风殿锁绝疑猜。纷纷莫辨芝泉种，幸免王郎玷上才。

陈起望阻风第四日

作计句留又一回，残衫破帽久摧隤。方嗟短景懵腾过，更觉凝寒积渐催。雨酿欲迟飞雪落，风高不扫乱云开。荒洲米炭全休问，检点惟须看绿醅。

阻风第五日雪

到晓稜稜绣被惊，开窗雪势与人争。轻抛素艳荣荒漠，倒烛寒光漾太清。十日云阴方酿就，一宵风怒却吹成。野湖依旧同株守，把卷衔杯便有情。

第六日夜见星

断岸丛桅夜寂寥，星精如炬自临宵。玄空暗过翻云墨，碎浪明同戴月潮。百里山痕迷罔两，一天风势剩调刁。连朝抑闷真如醉，乍见还成得宝谣。

湖上女

夏去秋来几日留，朔风不避避阳侯。但随阿母湖光里，碧草如苔未解愁。
耳有明珰鬓有花，荒洲作舍纸帘遮。一生但识湖光好，湖外繁华不是家。

夜发陈起望晓起

低敛团云拱太清，朝暾如火上窗横。湖波受照无真色，幻作琉璃万块明。
岚翠回看淡影浮，山前夜度木兰舟。倾帆欲堕还痴绝，一样争风下浊流。

泊鹿角港对岸

寂寞千舸欲断流，一宵东徙积沙头。天风似作轮台怒，浩浩黄云吹不休。
极望平荒斗脚垂，人家三两草椽卑。一钩新月浑如梦，记似南燕叱驭时。

湖中望岳阳

似暗不暗朝氛薄，欲明不明淡日烘。千里帆阴停极浦，几行雁字写微风。
沅波已散湘波合，玉润平铺不忍流。平到天涯浑莫辨，君山一段碧云浮。

双飞燕桡名

湖水晴烘碧玉翘，盈盈湘女弄纤腰。凌波漫泊双飞燕，输与春光两画桡。

登岳阳楼同仲翚体仁作

半日岳阳夕照红，登临恰对紫云东。天光尽散溟濛里，风势孤盘广漠中。浩浩波催陵谷变，茫茫感并古今同。少陵但见关山寇，何事凭轩泣路穷。

有风夜发巴陵

湖波过去江波新，短舵危樯尚此身。回飑怒催巴国晓，阵云遥接渚宫春。一宵断梦醒来远，百里荒程记不真。为报风姨好推浪，轻装未惮鼍龙邻。

顺　风

江风非爱客，舟子惯乘风。水疾争趋后，帆平直向东。云拖低岸白，日射远波红。望望螺山没，新堤到眼中。

江行二首

水满平渊一曲间，周回苍翠淡遥山。双帆自照伶俜影，疑是凌波步往还。

江风楚些两无声，淡霭初含宙合清。一线长江天水界，雁行飞近向人横。

轮　舟

极望长波忽对分，铁轮飞过雪纷纷。浓烟不肯随舟去，散入寥天作阵云。

江行二首

寒积天涯远送愁，中江柔橹羡夷犹。榜人忽道云头恶，拟选芦湾趸泊舟。

万树烟罗拥岸青，嘉鱼已过误疏棂。三年梦迹还如昨，记向江头测火星。

邓家口

向晚痴云唤不醒，淡烟还向对江停。渔舟冷泊无人迹，白鹭闲鸥聚一汀。

万 树

万树临江岸，当春梦未醒。雀随朝日噪，鸦逐暮烟停。稊小昏微绿，枝疏露远青。崩沙将到足，浪急不堪听。

将至京口

薄抹新氛二月时，懵腾春意晓风吹。江天映作凝脂色，怪得遥山善画眉。
绰约轻帆淡有阴，波程共指碧江浔。白横微映匡墙色，知是人家隐雾深。

芦林潭志别时姬人南旋，余往长沙。

朝氛薄映水濛濛，怅望双帆淡日红。可惜北风好天气，吹人南向各西东。
江头十日又无郎，千里云阴望故乡。各守篷窗听江水，湘沅一样断人肠。

湘上吟

如醉寒云映水来，沉阴千里雁群哀。林花自有冰霜气，不候东皇便早开。
丹枫落尽竹林鸣，照水孤芳万目惊。不许一枝先烂熳，九嶷风雨碧无情。

斑竹吟

草木无情感易深，潇湘斑竹尽成林。贾生空洒临江泪，滴滴难回绛灌心。
哀音千古怨丛兰，香草竹枝一例看。正则终随流水逝，由来血泪感人难。

湘江晓起

极望轻阴照不开，迎阳竹树斗徘徊。苍烟薄雾无终极，一曲凉波激箭来。
白鹭孤飞望杳然，九嶷络古黛痕连。清商忽作吹山势，远近帆云乱碧川。

湘上吟二

几日霜威动旅魂，朝来宿雾接云昏。号屏不愿人家暖，辛苦阳乌枉布恩。
愁绝孤帆蹇不前，荒江日影堕沙圆。倚窗坐看邻舟发，独对狂风浪拍天。

湘上吟三

冷意无端夜逼檠，几人沉睡得分明。子规不吝心头血，欲把三更客梦惊。
物候应知不竟阑，风高秀木转难安。梅花但愿阳回早，何惜春前一被残。

吊贾傅

一吊灵均恨未阑，空留血泪满书翰。文皇自为苍生重，但怨积薪果不安。
才调千秋挹采芬，伤心夜半接殷勤。得君如此成何事，谩说三闾未相君。
重叠骚歌继轨来，谁教楚客尽多才。湘流染得无穷泪，寸草尺波亦可哀。

二姊噩耗代哭

掌上连珠姊最先，十年飘寄楚沅边。那知三妹兰摧后，又逐轻尘向北阡。
麦饭年年累两亲，伤心旧地土坟新。娇儿撒手无留恋，独与同枝夜结邻。墓与八姊、十一妹墓近
六姊栖神又几时，弥留犹痛母来迟。黔山楚雨双标望，此后云车无见期。六姊葬黔省
未把浮名慰大家，凄凉有弟在天涯。授经还记儿时事，愁绝青灯一串花。

将去长沙

琴剑无端又此方，清徽屈贾旧相望。悲歌颇为先生发，不向祠楹爇瓣香。
小别重期未觉迟，湘江木落晚霜时。兼旬依旧浮踪去，似到长沙为作诗。

早　发

夹路桐茶土物殊，霜干行旋快平途。郊原草尽明如画，尽日车声唱角乌。
云积衡湘一望平，清沅天外远寒生。登舆便觉相思在，不为长沙有别情。

宁乡道中

小雨翻教冷势平，天云如醉照人行。烟消万竹明村出，水落千畴望日晴。野

店蔬香家酿味，小窗人艳织机声。沅湘兰芷都清绝，不但衡山一碧横。

前　题

万木凋伤酿雪时，羲和东望怨来迟。乍明还被雪遮却，暗草幽花尚未知。

道中感赋

天光云势雨沉吟，尽日寒林色转深。景短昏昏迷早暮，风高刻刻变晴阴。恩须后命穹苍意，忍待回春草木心。迢递关河愁岁晚，行人一念一沾襟。

益阳道中

严风过村舍，屋草逐飞蓬。结束自无力，飘摇莫怨风。
天意欲霏雪，木棉方上机。但须勤纺织，总有御冬衣。

前　题

江海归来尚有行，舟程未了又舆程。波涛习惯还生厌，爱听村筝野笛声。
白绕原田一道斜，朝朝日色冷霜华。拥裘三日寒晴里，望到武陵如望家。

龙阳道中

山深日色晒昏黄，草合崎岖一径长。渐远长沙清梦歇，苍松赤土似蛮方。

前　题

竹枝枫叶万人家，尽日征程转更赊。西望还愁迷左右，原田处处路三叉。

宿新兴渡

度水越阡路路通，山川都在异乡逢。眼前忽见沅江水，却忆衡云似梦中。
独去湘江未历时，沅波重见怅别离。孤帆今夜知何处，便在堤前也不知。

杂　诗

月影流素纱，灯映微青色。小窗光易涵，俨与月相敌。在月本无心，徘徊殊自得。委照周八垠，更寻微隙入。揽衣下庭阶，疏星燦若滴。月下尚能明，清光岂易测。

题阿寿姬人遗照戊申

花间舞袖轻抛撇，一岁良家过隙驹。半幅歌筵留影在，有人薄倖惜阿奴。
弦管声中幻迹陈，假真同是可怜人。飙轮一转随风逝，何处重寻色相身。
雷峰旧事说荒唐，个里青衿认化装。薄命惟应推果报，许仙原是负心郎。
浊世何年净土开，女儿身世尽堪哀。轮回好诉烟摩使，不得男身莫再来。

七月七日附火车出都庚戌

铁轨金轮首帝邦，龙蛇陆地气难降。追程不畏秋阳逼，绿柳如风吹过窗。
逐鹿昔曾万马驰，我来凝望日斜时。粘天广野如盘大，一线中分两半规。

金陵本事诗

两流谁与判苏扬，一样名花一样装。八月金陵好时节，尊前吴语口脂香。
十年一世渺前尘，入座清标尚照人。不是歌筵闲粉黛，语音清脆说维新。
生小析津擅遏云，年来高誉两江分。新声授受谁能会，幸有黔西旧使君。
乍堕风尘百不知，石城娇女可怜痴。客窗昼静无人笑，诵得阿爷口授诗。
听惯吴侬未觉奇，石城人语转情移。娇音字字都能识，道似同乡也不疑。
入座分明腻友猜，绮筵花笑酒瓶开。今朝作客须尊重，不是寻常应召来。
一曲吴歈酒半觞，笑看儿女斗芬芳。偶然相遇成相识，萍水原非选色场。
未失天真媚语难，髫年飘堕最堪叹。投怀一笑知何事，只当寻常儿戏看。
十二三女儿天真烂漫，硬派说是倡伎，从何说起？

湖上词八月二十八日游玄武湖作

湖中菱叶积重重，湖上斜阳绿上红。莫问南朝天子事，湖民都是水中农。

湖中荷叶与鸡头，湖上钟山偃蹇秋。好事匄公夸玉貌，多情衲子说铜钩。
轻雷隐隐袭蒹葭，湖外云烟走铁车。车载游人来看会，船装荷叶自还家。

后湖上词九月十四日与孙仲子游玄武湖有作也

一天云锦半湖明，荷叶萧疏水镜清。望见鸡鸣山上寺，楼窗高出石头城。
渐近湖心荷叶多，轻舟采叶小于梭。一年生计在湖水，男子辛勤不唱歌。
映水连山不见边，湖中游徼似神仙。一花一叶皆秋税，只有湖光不要钱。

游莫愁湖

暖风晴护绿云稠，我遇良辰亦感秋。列戟尚留平寇垒，悬旌遥识去淮舟。功名胜国楼空在，粉黛卢家水不流。如听叮咛花下语，莫愁原不是无愁。

轮舟江行

岸薄江宽水漫盂，凭阑还是十年吾。昨宵寒雨暗秋色，一片斜阳明小姑。
舵稍暂得避嚣行，伫看层阴水外生。电炬翻江人不觉，随船白浪晚来明。

附京汉车北上

夏北秋南一转蓬，重来又见醉林红。长河白练迷朝雾，古道黄尘乱晚风。客路三千骖马外，乡心竟日殷雷中。此行若只山川兴，半载游踪不负公。

四月二十二日部胥迎于车站，告以非官瞿然也。九月三十日至都馆，人亦以非官为疑，成二绝

北来南俊悉簪缨，一士青衫愧远迎。莫怪都人轻素士，非官原可不来京。
苦乐中年逐渐催，还闻籥俊四门开。非官更无求官想，不是清高是不才。

彰仪门外郊游

燕郊初试蹇驴行，古寺疏槐照眼清。塔院慧居无人识，十年但记梵音名。

香火丛祠岁岁开，当年小阁忆衔盃。藕花渠上留残叶，已是荣枯十四回。

粉灰墙院幸依然，远客还逢主媪怜。女嫁男婚真琐事，相期珍重寄伊前。

跑马场边树可攀，场东归路夕阳殷。儿时游钓曾闻说，满荡丛芦接小山。

南归过武胜关山洞

黄叶苍山逝轸遒，一灯隔断两方秋。行人但解分南北，眼底昏昏失豫州。

南归至武陵忆都中旧游即柬福田桂生诸君

日映黄尘古蓟州，十年刼后正阳楼。华缨飞盖千人醉，宝剑明珠一夕游。时世新装非用夏，书生高论欲横秋。国家有德惟天辅，一度沧桑那便愁。

忧危何事自相惊，四海于今早厌兵。刼火光芒皆梦幻，皇都气象更昇平。群公玉阙劳赓拜，一士沧江笑独行。犹有同心二三友，天涯长与共枯荣。

南归忆金陵旧游余至金陵为参观劝业会

半天光彩耀琼楼，竹树迎辉晓未休。铁轨遥连金翠合，番花暖送绮罗浮。学穷西海怜三岛，梦入南朝误十洲。一月游仙能想象，觚稜几处旆旌秋。

南都旧事凭谁说，南省新猷又几年。匠石西来阿阁起，樯林北聚九逵联。驱车夕照长槐下，放棹新晴弱柳边。最忆江轮回首日，蒋山云上认飞仙。

秦淮从古艳章台，小阁文窗映水开。一曲凉波非旧绿，十行玉树是新栽。江山馀兴清歌腻，书剑华年浊酒催。莫把兴亡罪儿女，几人亲见国亡来。

过界首是武陵沅陵分界处暮泊缆子湾

过尽桃源地不平，辰阳何处汉关横。三峰玉立排云出，一寺高骞映日明。铁索千环牵鸟道，沙滩一线走雷声。泊舟记是曾经处，又傍戈船听夜更。

沅陵道中

岁暮天阴水急流，沅江风雪有行舟。孤帆滞梦兼晴雨，远客辞家历夏秋。书剑尚馀尘土在，风波非为稻梁谋。篷窗昼闭燃灯坐，自笑今朝应解愁。

前　题

拥帆人语诉风微，岸上柴村近夕晖。萧寺几株红叶乱，苍山一路白羊归。寒深渐觉家堪忆，岁晚方知事已非。犹剩少年精力在，晴光冷劲未添衣。

忆　家

吴楚归来忆乡国，孟冬初谢正风波。征衣不望家人寄，只有江南富绮罗。

未合即今嗟岁暮，到家方是季冬时。遥怜此际金钱卜，何处浮踪想未知。

十载虚名空见诳，为家差易为人难。为伊珍重心还怯，霁雨喧陋看上滩。

万岁千秋计早陈，百年不死恐非身成句。一编小阁焚香坐，也有旁观羡福人。

沅陵道中

顺风终日榜人闲，十里相望又一湾。远浦帆波争炫耀，寒岑云树杂斑斓。山民自昔疏生计，文教于今未化顽。尚忆明珠兴谤事，二千年上早平蛮。

过沅陵回望

两水东流路忽同，沅陵城下碧涵空。鳞鳞万屋如秋叶，势欲随流飘向东。汉垒虚传山谷字，遗民尚记伏波功。晴风亦借微阳力，暖出溪山万树红。

过泸溪夜宿浦市湘军名将杨载福泸溪人

江上崇山列阵开，山前小邑抱沙回。几家白屋成朱邸，如此边荒产将才。照影好图天马石天马山俗呼马嘴崖，劖空真似白龙堆白龙崖在浦市下。江行竟日多奇伟，更与谋生辟草莱。

南归至洪江却寄福田桂生诸君都门

露下辞京国，三旬指故林。朔云迷楚暗，鸟道向黔深。渐与朋欢远，时防雾雨侵。尘劳知素谅，聊写寄同心。

思家家未到，江上客心寒。更鼓依舟戍，渔梆警夜阑。还闻相见路，近有毒虺蟠。岁晚知谁为，长谣亦自叹。

默想十年事，清狂实自愚。读书千虑得，入世一长无。旧璞存荆玉，流光谢宋株。平生孤愤语，不忍向妻孥。

相期真面目，此外见谁来。失意同缘拙，知音不在才。帝乡思共住，家树可移栽。此际方千里，肠难日九回。

十一月初十日至洪江，十四日遵陆西上，道中感念二亲、并念书臣独居，成四律

何事征途总黯然，销魂竹瓦密云前。江乡旧是悬弧地，蓬梗方思在荫天。梦里春晖悠忽过，闲中爱日几何年。而今独到翻如客，一度思量一泪涟。

故宅依然境象殊，无人怜处始知孤。三年守道才难称，四派承家计未迂。展慰惟须先教子，耽书只合老为儒二句述庭训大意。年来涉世都逾分，悔背庭闻失故趋。

半世雄溪一宅留，是儿亲手助绸缪。门庭静肃思家政，几席安详忆健游。长保子孙犹有望，于斯歌哭又何求。伤心远道空来去，无复高堂与噢咻。

有弟留居岁月长，一身多病最难忘。三人竹国依新墓，只影沅滨当故乡。薄命孝标长郁郁，无儿伯道更茫茫。平生素悉安能助，为尔霑巾泪几行。三弟后纳妾，连举二子。

甘溪平早发道中

天与清嘉自不闲，甘溪十上渐衰颜。销魂百里沅潕路，长是云封千万山。

自晃州入黔境

晓雨方愁楚道难，晚风忽作故乡寒。卅年梦迹都云合，无处青山不露漙。生计长看松矗矗，思家只觉路盘盘。乡园苦恋知何意，不向云霄斗羽翰。

玉屏道中

不潜不跃岁华淹，五日风霜又入黔。笔架频看都觉老，三峰不似旧时尖。

随班始识平溪路，卅载回思感慨深。买得萧材如可种，故园窗下应成林。

壬子远游自镇远放舟感赋壬子

二月辞家尚鼓鼙，载来春恨压船低。窗前无数青山过，水自东流山自西。
细雨鸣鸠听惘然，烟波况是困人天。摇摇一枕微风里，好景愁心共不眠。

黔阳道中

离怀相对惜春阳，苦问雄溪路更长。一自麻衣西上后，此乡重到是他乡。
坐晚烟波百感生，中年儿女更关情。明星一颗同千里，为托星光与寄声。

沅江词代寄

新绿冒林烟亦碧，远青连岸水都明。此中疑有天台路，无怪郎今爱远行。
白浪如翻龙喷沫，中狞石齿待船来。郎生幸无封侯梦，何事终朝六桨催。
北来南去劳舟楫，各定惊魂向一方。尽日交梭江上过，平安毕竟是何乡。
春江一刻风十里，日日平流送客船。此日郎行应快意，他年归路待登天。
烽火犹思同命日，情怀终胜独吟时。愿郎早学归林鸟，愁雨愁风共一枝。

哀同乡志士

结冰天气冻云漫，乱世方知入世难。多少无衣归未得，南人也唱北中寒。

天津车站晓望时外蒙离叛和战未决

万里风沙北望愁，河津禹域几千秋。赵家开国真遗恨，未复燕云十六州。
静夜欃枪闪玉绳，穷边买斗果谁能。朝晖忽耀金银气，黄是平沙白是冰。

过杨村

霜天隔浦望人家，半岁沉灾事可嗟。无数哀鸿更何处，冰湖一白接天涯。

公园寓室癸丑

溪山望断忽经年，大野风横闭阁眠。梦里滩声还惊觉，火车声到枕函边。

关外感赋

往事明清久寂寥，简编遗恨未全销。汉家和战无成算，洪氏功名在两朝。半壁长城都自坏，来庭石砮亦天骄。谁知尺寸争来地，不比中原说后凋。

奉天感赋

一旅西来定沈阳，弯弓竟作汉家皇。新罗久分鞭箠伏，伯利谁知爪觜张。客作鲜卑荒拾决，阏氏海泮恋笙簧。可怜一代龙兴地，借与人家作战场。

大坂箕面公园

裁剪山林入望新，艺人心手与天亲。临溪不用安禅制，饿虎流莺一例驯。

水石声中枫叶国，人家都自画图来。莺花小市接飞瀑，仰视青天一鉴开。

西京一力馆当筵有赠

犹见唐人旧舞衣，流莺初啭燕双飞。神山乍到浑疑梦，未尽馀欢未许归。

岚山夜游

乍隔京尘水气香，桂川宵泛暗中凉。华灯四照终嫌俗，不及山家酒味长。

忽漫欢场在水湄，解衣盘散欲忘归。空楼对坐无宾主，共看环灯万羽飞。

题岚山酒家赠扇

百里探幽只等闲，扁舟暗上暗中还。清风一握堪持赠，但见枫樱忆此山。

琵琶湖石山酒楼买醉

八月湖阴未觉秋，楼心坐见碧川流。三间草席平如纸，卧看来波欲上楼。

调冰酒味仙于露，隔水山痕媚似烟。对画江湾千叠翠，不知心在洞庭边。

西京俵屋旅馆

坐遣溪山入座清，幽居十日水相盟。檐深不觉高花发，卧看微涟漾落英。

藏杨枝器题其皿

削颠已可窥猴目，止痛无烦拔虎须。护此枯枝为惜齿，还珠不笑古人愚。

大坂环龙馆小病

满目华风旧画同，屏山灯影出帘栊。三更梦醒忘身世，疑在唐人诗境中。
沅水西头海东岸，长相望处是天涯。沧溟一夜西风起，怪底魂飞不到家。

将来二首

归与何日计还虚，苦忆将来返故居。作个贫家生活想，门庭清静好翻书。
难得乡园散漫身，闲门儿女自相亲，人前但是逢迎少，满目缥缃未是贫。

忆家八首

苦忆贵山山下宅，城居也有树为邻。中庭一片飞云石，尚待归时为写真。
石案双横清玩在，晓来谁与共萧闲。年时寄兴非人境，一寸清波一尺山。
卅载收书百一读，何年一卷更沉潜。遥怜烛影纱窗下，古色空尊郑莫签。郑、莫藏书多自识其端，余处有之。
水磨河中堰势长，谁令公自不还乡。临流检点惊雷石，一线清湍待主张。有水碾在河上，近多崩坏。
作计城东采落英，沙沟千树照山明。近闻灵囿多徵发，避役梅株也入城。余园在东门外，花树多被公园移去，家人移其仅存者于居宅，旋萎。
旧宅从来阿寿居，游观任意亦吾庐。艰屯事事都休问，惨淡时凭一纸书。
为问年中去几回，麦西阡上翦蒿莱。凝神但记眠弓下，野气沉山夕照开。茔地主山，形家谓为眠弓势。
看松问海他人国，归去还为异地人。也有潇湘无限意，虚名终误自由身。

忆弟两首即寄

小滞萍踪便触愁，怜君独感故山秋。东坡自被虚名误，更有飞花恼子由。
新词何似久无闻，憔悴诗怀也似君。底事篇章须异好，当时忧患已平分。

渡对马海峡

方舟海峡乱流前，浪软风微势欲颠。但见凭舷忽俯仰，如教窥海穷中边。高窗倚枕且寻梦，乱世浮踪休问天。毕竟东乡非倖贵，沧波旭日自年年。

海峡舟中晚望

足底飙轮眼底愁，茫茫前路海风秋。明霞压水无天地，更向何方问矩州。
悔向人间识是非，此心安得更忘机。方舟原是无情物，载我东游复载归。

过釜山感赋

大好峰峦薄雾中，清嘉也似美人风。凝妆懒问生涯事，如此青山不厌童。
一雨秋成乐事多，丰年须唱太平歌。兴亡自是王家事，苦乐民间一样过。普通人语
万姓天生自主张，谁将种族论存亡。百年事变知多少，但论今朝总不妨。中流人语
种豆栽瓜问土宜，祖宗遗教至今垂。飞扬自是他人性，各有因缘不羡伊。上流人语也
适斋何怨楚何亲，一例他家玉帛陈。得失但关中夏事，关东战骨几回春。
文化千年演一支，只今犹见汉官仪。相逢欲堕同胞泪，记否殷家故父师。
两字羁縻误昔贤，掌中玄菟竟酣眠。于今气节销沉尽，都为明清五百年。

韩京感赋时为日韩合并三年纪念会

江上山林礼教乡，谁家旌旆此飞扬。威名汉代馀青史，大酺龙山尽赤章。南北派分安有国，东西大在尚称王。廿年前事真堪恨，我自无心问乐浪。

轨道谣朝鲜道中作

自釜山北至奉天，西至北京，南则直至汉口。

轨道如丝盘万里，牵情直到汉江头。江头丝尽情还在，飞梦湖湘觅矩州。

轨道行车箭脱弦，安能送我汉江边。江边虽到仍为客，便欲南征等上天。

轨道何时接夜郎，趁人玄鬓送还乡。还乡果有期能定，步履登程不厌长。

几度临江又却回，魂飞差胜走车雷。近来飞梦还难达，轨道须修梦里来。

天津中秋

顾曲归来欲二更，蟾光照遍六街平。良宵又庆平安过，七校刀锋映月明。

节序三年逝轸遒，重阳过去说中秋。嫦娥不问人天统，一例流光照九州。

休沐日夜归

半日能将积痗分，夷场归去酒微醺。弓车颤过双桥路，十里灯光隔暮云。新式车下沓有弹簧，如两弓相对形，余意汉时弓车或即此式。

雪夜读书

力作归来书味长，幽并气不厌悲凉。纸窗三面当风雪，一卷真成百练钢。

雪　朝

一夜飞霙冻不知，搴簾如见小庵诗。琼花万树窥窗入，炉焰初升蚤起时。

袖手公园踏玉尘，冰天别样柳条新。垂衣但弄真珠络，无复青矑更顾人。

前　题

新妆万柳烘晴出，无鸟无花放素春。探胜要先朝日上，凌晨惜少耐寒人。

北地风高禁早梅，故园方忆几枝开。客窗但有冰霜气，冷白云中稳卧来。

雾 凇

晓起探奇傥未迟，晴光映路柳悬丝。全翻二月娇春色，绿是门墙白树枝。
不待轩辕台上立，空庭已见万株明。华颠未改扶疏态，还似遥山戴雪横。

夜出大雾

北上能支蓟雪侵，相看雪后又成阴。寒晴半日幽州闭，列炬双行湿雾深。束阁诗书愁岁月，驱车城市当山林。明朝万树看花发，更免冲寒十里寻。津门冬日夜雾，来朝必有雾凇，千枝万叶悉被冰花密裹，而不见飞雪，实奇观也。

太平洋舟中乙卯

眼底波翻无世界，地中雷动亘朝昏。半生沧海初乘兴，十日红尘不到门。
乡思如烟吹更薄，诗情似酒冷重温。天公一任抟飞雪，自对鸿荒唱小言。
崎岖偏在氍毹上，十日颠腾可奈何。不怪风涛欺户牖，自因意气驾鼋鼍。
浓烟染沫浑成墨，沸水蒸云淡似罗。学得轻鸥能踏浪，已无馀地任狂歌。

前 题

靛海流珠一舶来，湿云初放嫩晴开。三山外有瀛环阔，万里中看日驭回。自古荒波非国土，于今略地重人才。沧桑一变成千古，无限鱼龙不自哀。

前 题

东云渐起西云没，积水如盂奉一船。人外喧腾无静日，客游汗漫欲登天。求仙已餍神山枣，靖海空嗟少府钱。海上即今无事业，还容萧散白鸥前。

夜海时已近美洲

夜海微明开一角，如钩冷月上层云。客怀清冷初无寐，浪语凄凉似不闻。坐对星辰疑隔世，平分昼夜说离群。相思但在天涯外，莫更同舟羡越君。

含羞草丙辰

几日幽香乍酿晴，谈绯谁翦细绒轻。盈盈翠袖珊珊骨，应恐娇魂不任惊。
一样墙阴露滴悬，秋棠恰是断肠天。还将暗壁低头意，共向西风学可怜。
柳鞾花娇若有情，小斋清玩可怜生。而今字典无羞字，只合幽闺伴月明。

附录二　香雪堂文

上光绪帝书一①

贵州举人乐嘉藻跪奏

皇帝陛下：

为政与教合、高远无功请专行新政以期速致而别设教部，以存道统，恭折仰乞圣鉴事。

窃维儒教之名，古未有也。自佛老氏兴，而儒者始标其名以自别，于是儒教之名起焉。历代相承，用之以行政，用之以教民。然自汉以迄于明，人心愈变而愈漓，国政愈变而愈紊，国事愈变而愈弱，以迄于今。戴儒冠者遍天下，睹国势之危急而莫能救，读儒书者盈朝廷，睹儒教之陵夷而莫能救。其故何哉？说者曰：今之所谓教，尧、舜、禹、汤、文、武、周公之所以治天下者也，数圣人者用之而强，后世用之而弱，是殆未能实力奉行之耳。不知数圣人之布在方策垂之后世者，已一坏于战国，再坏于秦火，至汉已荡焉无存。汉人收拾遗经，政书如《周礼》类附会支离，亦已破碎。加以历朝政治，互有因革，益变而益失其真。先王之治，更千百不能存一。其仅存者，教而已矣。而制义锢塞之，奔走于利禄之路，则并教亦在若存若亡之间。是故，今之政非古之政也，今之教非古之教也。

皇上欲强天下，欲兼用今之政，则数千年来成败可睹矣。欲兼用今之教，则不能救国家之危急，不能救本教之凌夷，又安用此今之教为哉？臣诚惶诚恐，谨为我皇上敬陈之曰：古政已亡，宜专行西政，而不可杂之以儒术。迨国势已尊，再重兴儒教，以章吾先圣之道。其不能已于言之故，请为我皇上详陈之。夫所谓专行西政不可杂之以儒术者何也？臣窃见大学堂章程中，列有经学一门。夫今日学堂之设，非所以待经生也，所以讲求新法，以救国家之急也。新学有西政、西艺等门，而要非平心静气不能读其书，非沉思窈虑不能通其理，非试验不能得其用，非推广不能与外人争胜。而为学之始，专恃译书，则学不能精，于是有习西文之劳。几何为众学之根，于是有习算学之劳。迨其学成，则国家将用之矣，而国家之急，日甚一日，专望此学者而用之。专精致力以求新学，犹惧其不精，犹惧其不速也。而复为之中学学程以挠之，心以分而浅，力以分而弱，求其中西兼长，必至中西皆无所成。不知国家用此不中不西之学何为者也。若曰两学兼用，则兼学犹可也。乃中学学成则不切用，所用者西学耳。何必令人以有限之精神分

校记

①原稿无题，据文义加。

其半以治不用之学，而转致待用之学有所不足也。

议者曰：今世之号识时务者，类皆深于中文，专通西文，恐不足以成大器。不知教人之法，不能专以上知待人。必大器而后可用，则可用之才少。若一技一能皆可用，则可用之才多。且大器用之之处少，其成也不待教。西人之成大器者，非必通中文也。一技一能用之之处多，而苟督之不专，则必惝恍而难有心得。是故中西之学断不可兼也。若夫才知之士精力有馀，不甘自囿于西学，则功课之暇，并不禁其习中学也。何用教之者先歧其途，而令中才之士无所专精哉。夫学堂所以待未学之士，而科场所以收已学之士。

皇上方行新政而不废科举，固曰天下之贤俊杂处于生员、举人间者不少其人，故因科场之旧制用新法以取之，乃两广总督张之洞等所上科场条例复归重第三场，凭经义以定去取。夫制义之无用不待言矣，而犹用以为取士之准，将借此以存儒教耶？而制义非儒教也。然则学足以上下古今，足以贯彻中外，而不能作制义，则废弃而不克，自进者比比矣！而何新法取士之足云？况入场之士，除捐纳监生等不可知之外，其馀则皆生员，何患其不能作制义？而更烦在上者之考校哉。臣请明降谕旨，于学堂章程删除经学一门，但于入学之始，令其读圣教歌诀书，浅文深意，令易领取，知有圣学而已。其经生陈言，概不列入功课，致乱其心思。以圣学立其体，以新学恢其用，不致他年有异教之惑，亦不致当前有望洋之叹，则未学之士可造也。其科场条例则请删除第三场，即以第二场新学如额取士。夫未变法之前，人士之困于制义者久矣。维新令下，群焉举其旧学委而弃之，相与讲求于古今治乱兴亡之迹、当世富国强兵之略，岂非人心一大转机？乃复存其根株，且恃之以进退天下之士。天下之士不知上之所重者制义耶？新学耶？使其专力新学，则恐制义不工，或以三场而见弃，是阻维新之生机也。使其兼习制义，则无几之光阴复不能专向新学，是挠维新之进境也。诚能删去三场，仅以史学、西学取士，使在家多读一日之书，即从政时多收一得之效，上之人易于得人，下之人易于为学，则已学之士可收也。凡此二者，臣之所谓专行新政而不可杂之以儒术者，此也。若夫国势已尊，再重兴儒教，以张吾先圣之道，则自强后数十年以后之事。当彼之时，不患无术，无俟臣之预言也。

夫专行新政，不可杂之以儒术。而重兴儒教，又在数十年后，则此数十年之中，亦非置之不议也。臣窃观西人之自待其教，可谓尊之矣。教士宣教于本国与他国，亦可谓勤矣。然西人尊之，未尝尊之以政权，教士勤于宣教，亦未未尝勤于干政，政与教两不相关，即学焉者亦两未相谋。故其行政有人，而宣教亦有人也。今国家法令之初，而以新学、旧教责之一人，微特新学难精，即旧教之学亦终难成就。臣请明降谕旨，于删除学堂、科场条例外，仍请加封圣裔，告布天下，以示国家卫圣之功无时而或息。而别设教部于京师，置一大臣，以待天下之大贤。各省置一主教，以待天下之贤者。天下之士，有能言圣人之言，行圣人之行，其学问足以贯通群经，其行谊足以感动乡里，则许其乡人上之有司。有司尊而礼之，上之于朝，畀之以宣教之权，荣之以宣教之官。其尤贤者，荣以主教，以主教权于一省；其尤贤者，尊以大臣，以主教权于天下。无其人则阙，有其人则请皇上于高爵厚禄之后，仍复接以殊礼，重以宾师。而教权之外，举凡行政用人之权，不以相假。即教权之中，其所自为学与其所以教人者，有司亦不复过问。政自政，教自教，使天下之学者志一而力专，则数十年之中，道德之士，必有结踪而起者矣；干济之才，必有不可胜用者矣。政成于上，教成于下，臣之所不能不深望于皇上者，尤在此也。

夫事有本末，教者本也，政者末也，此为古政教言之，古政教已亡，则所谓本者不本，而末者未必末也。又事有缓急，教者可缓者也，政者所急者也。如臣之言，则急者已急，而缓者亦终不缓。此两全之策也，学医者之言，曰缓则治本，急则治标。今之时势，可谓急矣。譬外邪已深，而欲盛正气以逐之，旷日持久，何以能待？先治其标，病去而后治其本，此所以能有效也。今国情形实类于此，诚能以维新之政力行于今日，以圣教之兴期诸异日，而以教部权宜维持于其间，其为两全，莫有过此者矣。此天下志士之所不能胜大愿者也。

臣来自田间，不识忌讳，是否有当，当伏乞皇上圣鉴。谨奏

戊戌七月二十日上

上光绪帝书二[①]

贵州举人臣乐嘉藻跪奏

皇帝陛下：

为粤匪未清，势逼邻省，湖南积匪，窃发可忧，请饬下疆臣，严为防范，兼请特练重兵，以镇伏戎，仿开屯田，以辑废兵，恭折仰祈圣鉴事。

窃臣籍隶贵州，流寓湖南三十年矣。湖南哥老会匪之盛，为天下最，而以

校记

①原稿无题，据文义而加。

辰、沅、永、靖为尤甚。臣生长其地，不少见闻。今粤西有警，声气遥通，在在可虞，仅将实在情形，为我皇上敬陈之。

夫辰、沅、永、靖四府，天下之岩疆也。其地西北通四川，西通贵州，南通广西，连山千馀里，民、苗、傜、仲杂生于其间，为会匪之所聚会。四省交界，则易于窜逃；山岭阻深，则易于匿迹；民情粗悍，则易于煽惑；生计硗薄，则易于泛匪。臣之所闻，城市之中、郊野之中、制兵之中、练勇之中、水师之中、衙役之中，无无哥老会匪者。往来诱惑之匪，则散飘布。长住本地之匪，则分贼赃。

臣居于洪江司，司属会同县。闻洪江山后不四五里，有匪人之窟宅，其酋白昼潜伏，辄于黑夜张灯，集群匪以决事，有号令、有死刑。其芷江县属之榆树湾，麻阳县属之花桥，更盗贼之所居。渔水湾十二三之童，无不带刀者。花桥四五十里中，无人不为盗。花桥近四川，榆树湾近贵州，黔、蜀两省行旅之人受其害者数十年矣，而湖南不觉也。二十一年，陈宝箴大治榆树湾之盗，匪人稍敛，而贵州下游各县刦案之多，一月至十数起，匪人之入黔者，接迹于途，似乎湖南可无盗矣。然去年七、八、九三月之间，沅、靖之交，刦财杀人之案约十馀起。陈宝箴之声威能禁于一时，而不能持久于四五年间，则会匪根柢之深可知矣。

臣闻人言，匪人窟宅，所在多有，不但洪江后山也。匪人之无惮忌，则颇不如榆树湾等处。至匪人之多，则未有不如者也。此辰、沅、永、靖之所同也。夫辰、沅、永、靖，其最著者也。其四府之外，匪人之多故弗如，然以人数计之，亦不下十之一二。若辈之所藉口者，打洋人烧教堂，而其处心积虑，实欲乘国家之隙，一肆其不逞之志。方今广西乱起，久未肃清，万一另股狂奔，窜入湖南，千里之间，必至云合响应，东灭西起。只臣料之，贼在广西，已极猖獗，若一入湖南，必有十倍于在广西者。今乱已数月，湖南防堵，必已早办。然臣区区之心，恐湖南会匪情形，皇上或未周知，故缕述见闻，望严饬湖南巡抚勿轻此贼，譬之蛟龙，不可纵之于大壑。湖南者，会匪之大壑也。抑臣更思之，哥老会匪之说，不自今日始，盖数十年于兹。臣居湖南，故其在湖南之情形，臣颇知之。其蔓延于东南各省者，臣闻之而不得其详，闻其数固亦不少。若辈见国家深仁厚泽，无可借口，故但以驱逐洋人为言，无赖之狡谋，亦以见人心之怨恨西人者深也。

今皇上维新令下，多本西法以振兴，天下有识之士，固莫不闻风而兴起，而市井乡曲之愚，不知圣意之高深，或不免有以夏变于夷之说疑及朝廷者。万一若辈乘间煽惑，揭竿而起，以抗新法为言，以谋不轨为事，此诚祸患之不可不预防者也。加以各省裁兵，沙汰之人不少，此辈为兵则不足、为贼则有馀。胜朝边兵，可为殷鉴，此亦祸患之不可不预防者也。

臣窃观俄皇大彼得变法之初，即练精兵十馀万人，及抗令之徒全国蠭起，乃纵兵而诛夷之，未及三年，大下大定，而法令亦遂大定。我国家数百兆神明之裔，数千年神圣之教，断无以意见不合而遂仇及君父者，然若等哥老会匪之徒，枭獍性成，不可以人理格也。敬请皇上用甲兵之大刑，辅新法以集事，慎选精于西学兵法之士，畀以大权，速以西法练精兵十馀万人，分驻西南各省，以备他日之不虞，亦以定目前之不靖。其各省裁兵所沙汰之人，则以善法安辑之。夫一夫不获，圣王曰是予之辜，此辈为兵之时，专恃口粮，一旦裁去，每致失所，此亦国家之所宜收恤者也。

臣窃观承平以来，天下之田，开垦者不过十之五六，其馀草莽荒芜，所在皆是，应请皇上仿汉屯田之法，安集沙汰之兵，设官以专督之，计口以授田，而暂缓其租赋，兼密谕各省督抚，并裁兵屯田之名而两不居，但查明应裁之兵，并为数营，移就荒田，责以屯垦之事，即令原有之本管武员自行管理，秋成以后，再停口粮。以屯垦之入者，养此废兵，即于所入之中，十取其一以供本管官之用，迨十年以后，再照天下民田，一体纳租。诚能章程妥善，实力奉行，转瞬之间，所有废兵尽化为农民，而不自知其所以然。则兵既裁而无游兵骚扰之虞，兼可免土地荒芜之叹。此亦策之两全者也。

臣前陈请设教部一书，心中更无所见，不敢自秘，用敢再陈。伏祈皇上圣鉴。谨奏

戊戌七月二十三日上

致王仲猷书己亥四月二十八

仲猷吾兄足下：

藻自都城还，见吾兄与良丞书，所以关注于藻者甚厚，感谢感谢。藻还黔后，读书有恒课，暇馀辄倦甚，不能捉笔，欲做报书，久未能就。然吾兄与藻非泛泛者，数年之别，数千里往还，又加以身亲变故，而无一字相闻，可乎？故勉就楮墨，一罄所怀。

藻之初至都中也，即闻康有为将有向用之机。康之《时务报》，藻厌饫之久矣。独至其在都之所为，奔走倖门，仆仆自荐，不能无所疑讶。既而历验之、深求之，而后恍然于康之所志，盖求措天下于富强之域，而于一身之利害，流俗之

毁誉，则不屑计也。昔苏子瞻论贾生，责其不能与绛、灌周旋，以委曲自行其道，而徒悻悻去国，哭泣以死，为有才而无识。藻以其言为然。

盖豪杰之士，类自任天下之重，以为欲安天下，必自得行其道始。得行其道，必自得君始。而苟其事非大不可为，其君非甚不可辅，但能自达于君前，即可行吾道而助吾君而大治吾国，则又何妨委曲以达之？如有公忠体国，能以人才事其上者，吾由之以达于君，计之上也。其人非公忠体国，能以人才事其上者，而其力足以致吾于君前者，吾则驭之以术，而由之以达于君，计之下也。然能达一也。公忠体国者，吾既由之以达于君矣，而尚未足恃，而复自君之所亲近而信任者而自达于君，而后可以坚吾君之志而行吾之道，此亦计之不得已者也。然其欲行吾之道而致天下富强之域之心则一也。康之所为，正此类也。故前有翁尚书、陈中丞之荐，不足以为荣；后有孙相国、张侍郎之荐，不足以为辱。彼其志，以为吾知有君，而思自效于吾君之前而已矣。但有可由之途，故不遑计翁陈之或贤而孙张之或不肖也。今有人被盗于室，其子自门外趋救之，则自正门入可也，自仄门入可也。彼其心以为吾救吾亲，其势诚不容缓，而奚计其正门、仄门也哉？康之所为，正此意也。而世之论者，曰出处大节不容苟合。斯言也，藻又非之。出处之所关，于吾身诚大矣，然以天下之安危较之，则所关实甚小。守其小者，而坐视天下之饥溺，此志士之所不忍出者也。

孟子论枉尺直寻，曰“枉己者不能直人”，藻未敢信其言。盖古今来固有进不以道，而天下蒙其赐者矣。彼李赞皇之事武宗、张江陵之事神宗，一则藉杨钦义以入相，一则结冯保以为内援，而究之会昌之世，万历之初政，其所为安百姓而威四夷者，固终有唐有明之世而未有能及之者也。藻之望康与康之自信，亦如是而已矣。固不望其为程伊川、朱晦庵。且当今之世，即真有程朱其人，恐亦未能补救于万一也。且君子之论人也，原其心而已，其迹则固不足论。独有其迹同而其心则异者，不可不辨焉。奔走倖门，仆仆自荐，此可耻之事。然康之为此，将以希荣宠、求利禄，则固罪不可逭也。若其忧世之书，借箸之谋，一出于不忍之心，而思由此以进，以助吾君而安吾民，则诚天地鬼神共谅此心也，又乌可因其小者，而并毁其大者乎？

夫刀之为器，所以杀人者也。然以之劫人则为盗，以之诛盗则为法。盗与法视其事不视其器，而昧焉者不计其事，但概刀曰此为盗之器，此今世之大惑也。

藻之至京方三月，藻之出京且九月，几与康事为终始，而与康无一面之识，无一字之往还，其不能自已于言者，此公理之不容没也。悠悠成败，庸足计乎？然吾兄之外，固不敢以语他人，望吾兄秘之。但令吾兄知故人中之最密者其所见如此而已矣。藻之志，固不以此言求合于同己者，亦不愿以此言求谅于异己者也。

至于藻之自处，又别有道，不辨中西，不分新旧，一从其是，此素所见则然也。读书于家，以待事机之至，一思自效，此素志则然也。当戊戌春闱之既竣也，可以归矣，有仄室之纳，其事亦既毕矣。所以迟迟而未行者，盖以维新一局，实旷代难逢之事，虽权柄未专，谤议沸腾，厝火积薪，所忧方大。然朝读一求贤之诏，暮读一求言之诏，敦诚迫切，感动金石，区区之心，固终望事之竟成，而己之或得厕迹于其间也。既而文侍御以朋比切责，都察六堂以壅蔽去位，皇上虚中下问，至于再至于三，于是与敬之相聚谋曰，当此时而不动心者非人也。虽己之所学未敢自信，然工师在上，网罗群材，乌知尺寸之木，不能助明堂大室之宏规乎？于是敬之有留相伊藤书，藻有请设教部书、陈兵事书。封章既上，方与敬之日坐斋中，屈指而计，曰某书何时可至军机，何时可达天听，何时可望下议或不可下议，亦可知未达或留中也。方将更有讨论，再有陈说，而不意事机之不终，时局之迁变一至于此。

嗟乎，三百年来，深仁厚泽，未有敢漠视国家者也；十载垂帘，万姓蒙福，未有敢轻议宣仁者也。然大敌方滋，国势日蹙，积重之势，亟资振作，而谁实为之？谁实沮之？反复追维，安得不愿怨母也天只，而更望悔祸于未远也。此藻之所以叹往希来，郁结不伸，而必向一知己者之前一吐其滂沛而不觉其词之无穷也。

事既无成，绝所希冀，与敬之、仁宇狼狈出都。尚在途中，搜日报觅邸抄，见夫全躯保命之臣所以示天下后世者，竟至于此，而始叹其真负我皇太后与我皇上至于此极矣。

虽然但观瓜分之图及西报之所言者，其势诚迫，然远譬之于土耳其、近譬之于高丽，似乎意外之变，亦当渐而不能骤。而果天未厌周，人犹思汉，复有戊戌三四月之所为之一日，乌知不世之遭，不及吾身而再见之乎？且自顾生三十年矣，问其国则清，问其种则黄，问其教则儒，九州之外，宁可他托？束发受书又廿馀年矣，呫哔穷年，不知商、不知工、并不知农，简编之外，宁有他计？舍中国外无以为人，舍读书外无以为事，则惟复我初心，反我敝庐，谨其言、慎其行，以全其身，以宁其亲。于史事求法戒，于史制度求经济，于诗求所以发其性情者，于文求其所以达其意志者，以致其学、以待其用。至于科名之事，要当以后年为断，得之可以悦亲，不得吾亦不能待也。总之无论得与不得，而归而事亲、读书之志则决也。此则藻今日之志，所愿期之于毕生者此也。

嗟乎，谨其言、慎其行，则今日之言，所以喋喋于吾兄之前者，此后亦不敢续陈矣。然诚亦不愿数言之也，是以此书既达，望吾兄藏之，勿令藻能言之不能行之也。

嗟嗟我兄，古今来功利之士，有忘其身以任天下之事者矣，未有忘其名以从事者也。忘其身忘其名以从事者有之矣，彼以为吾事终有成，则吾名不终毁，则是未能忘其身后之名者也。至于忘其身、忘其名，事又不可必成，而不惜孤注之一掷，以求国家万世之安，此其人古今来殆未有之有也。有其人而吾亲见其事，则推重之宜也。其事一不当而为众所攻，则辨白之宜也。吾兄转入边方，与中朝辽绝，传闻之言，于此事或有未尽，故不惜反复言之，以辨其人之诬，而陈藻之所见，想吾兄必不以为河汉也。至于陈言之无次，若有所大不得已者，吾兄见之，当亦喜其意气之犹昔尔。

嗟乎，往事又为陈迹矣。前路茫茫，风波日迫，求如曩者雷动风行之一日，果何时哉？果何时哉？

致吴雁洲太守论民权书庚子十一月二十四日

雁舟公祖大人阁下：

昨宵奉谒，备聆珠玉，所论君权民权，足以发明古帝王之用心，非徒于近代西史袭其皮毛者，敢不敬服。藻亦求新者徒，于尊见本无乎不合，特此中消息，微有所疑。素性木讷，仓卒晤对，所怀不尽，用敢奉书，以申前意。

窃以为民权之名，由君权太过相激而起也。太古之民，不知不识，自知识渐启而始有争，各奉一尊而始有君，如柳子厚所谓先有里胥、县大夫而后有天子者。斯时民本有权而归之君，君虽得权而不敢玩视天下，是以上下相忘，无为而治。中古以还，权操于上，积重难返。

昔者之民，奉其权以归之君，其事已久违而莫能记忆，于是民视为本无之权，君则视为固有之权。据其权而善用之，便为令辟；据其权而不善用之，则骄恣横暴，无所不至。凡此二者，中外古今之所同。虽其开国有先后，人种有智愚，而其递嬗之迹，未有不如此者。近代三百年来，白种之人崛兴于欧罗巴，其心思材力之进步，较前人不啻倍蓰，而为之上者不知，仍以昔日之民视之、昔日之政权治之，两不相下，大致决裂。

于是有合众国之自立，有南亚洲之继起，有法兰西、西班牙之效尤，纷纭扰乱，或成或败，而民权之说，遂昌明于五大洲。此则西人倡之，西人和之，而我数千年之古国，则尚无感动者也。夫芸芸万众，君不一君，其初莫非等夷之人也。于等夷之中而奉之为君，其待君何如其厚也；奉其固有之权而归之君，而甘心听命而不辞，其待君何如其重也。而为之君者，但知其身，不知有民，以致其民困穷无告，不得已而别聚一权以抗之，则其咎在君而不在民。君者民之所奉，君权者民之所成。民别聚一权，则君权无所附，甚至并其生命之权而失之，则其祸亦在君不在民。欧洲往事，既如此矣。

我中国人同此心，心同此理，风声所动，何独不然。故君权过重之祸，藻固久为我国危之，而俯顺舆情，以公论决国事，尤藻之所深望于上，而惧弗能得之者也。虽然民权美名也，中国二千年来，上下相蒙，施之今日，又所谓救时之药石也。然必待天子变法，人心向化，文明之象，日异月新，而始以一纸诏书，大开国会，斯乃为君民之福。若不待文王而兴，遽以民权为倡，而曰此义一明，即可驯致富强，抗衡欧美。斯言也，藻则不能无疑。夫中国民数，今日号为四万万，其中知新学之宜讲者，不过十万人，笃守旧学而知君臣之义者，其数不过百万人，其馀则皆不识字者也，不知所谓民权，亦不知所谓君权。然小民则受胥吏之刻削，良善则受官长之欺陵，其厌苦国家之心久矣。

其中又有哥老会匪之徒，欲乘国家之隙，一肆其不逞之志，此其数殆不下千万。一旦自由之论布于国中，其自由之利、自由之术，与夫所以必须自由之理，可以望其声入心通者，不过此新学之十馀万人，极其量，不过此旧学之百馀万人。若夫数万万不识字之人，则皆可以语粗不可以语精者也。夫语其精，则其中层累曲折，未易会也；语其粗，则自由二字，足以引申其厌苦国家之心，而长其作乱之志。而况此千馀万不逞之徒，伺隙而动，更可借自由之说，以为推波助澜之具哉。

由是言之，则中国之祸，殆未有涯也。夫以今日之国势，而曰不倡民权便可乂安，藻不敢为是言。然所虑者，外患之外，惟在会匪，若如前者之所言，则其变态直与法人之乱无以异。而法在当时可以不亡，在今日中国，则断无不亡之理。请试陈之。

夫法人之为是扰扰者，以福禄特尔罗索诸人倡议于前，又见合众国之自立，感而思奋者也。其人豪悍精敏，号称难治，欧洲诸国从无利其土地者，邻国若奥、若日、若西、若英，当时国势亦无以加乎法之上。虽以弑君有罪，联兵声讨，而强预他人事，亦初无灭此朝食之心。故巴黎斯之人，内定其国，外御其侮，措施裕如，以有今日。

然民心浮动，国力凋敝，伏尸十万，赤地千里，其为危险亦已甚矣。若夫今之中国，则更非可引此以自宽者也。物产之富，土地之广，万口艳羡，欲取以为殖民地者，殆合欧洲之国，无论强弱，皆有是心，而强邻环伺，兵实素备，又皆足以制我之命。所以迟迟而未发者，一则连鸡之势，莫敢先动，一则欲待我之极敝而后取之，使彼不费一矢，而坐收千里之获。若其万众云扰，无国无君，九州之内，自相驱除，壤地相接，必有乘机而先动者。一国投袂，四邻蠭起，各指其权界之所及，以逞其兵力之所能至。于斯之时，欲以凋敝之力，涣散之众，而欲平此未有之大难，如法人之再见日月，岂可得哉。

呜呼，法之不亡，法之幸也。使法今日再觏此祸，其终能侥天之倖乎？未可知矣。而况中国，其势其时，俱与法异，而欲循其最险之一途，其将何以自解？藻窃以为今之国势，殆犹孤军深入，四面皆敌，而主将方酣歌宴乐，不恤军事，于斯之时，危急存亡，固不待言。然旌旗未仆，鼓声不绝，敌亦持重，未肯轻进，而为之谋者，反激怒军心，使与主将相持，一营之内，离德离心，则覆没之祸，即在当前，直可无须再计。民权之敝，何以异此？此友人王君《译史》纲目之编，所以必须致严于君臣之分，而藻之亟欲宣播之者。非不知古圣贤之用心也，盖有为也。

且夫治乱兴亡，亦何常之有。民权者公理之极致，宜若可以无敝。然自合众国、法兰西而外，孰是以自由兴国者？若西班牙、墨西哥则因以削弱，若波兰且因以灭亡矣。而大彼得兴俄之时，俄民民权可以概见。然至今推原强盛之基，不能不数一千七百二十年间也。是故不患无权，而患无智，惟智可以用权。使今日而国势已固，民智已开，而尚以民权为大戒，则真奴隶自甘者也，不可也。国势如是，民智如是，而汲汲焉道以自由之路，则亦未见其可也。譬之久病之人，奄奄一息，远道求医，仓卒未至，而稍不能忍，投以峻劫之剂，元气不支，败征立见。后虽有扁鹊，不能为力。拘墟之识，不胜郁结，惶恐上言，不知于尊意有当否？《译史》俟暇检出，再尘乙览。此候道安不备。

答仲猷书辛丑正月初七日

仲猷吾兄足下：

奉来书，如见故人之面。继聆诲饬，且喜且惧。藻非敢自疏也，诚有如来书所谓彼此无事不作寻常通候者。而己亥书中，亦具陈所以不能勤作报书之故。承吾兄见责，亦复爽然自失，今而后知非矣，当有来必答，弗以疏慵自恕。如果因事稽延，吾兄自能谅之。

嫂夫人溘逝，吾兄依旧作客，道心自能排遣，惟小女儿幼失恃，殊为可怜。忆去岁奉书，有“读有用书，惜未死身”八字，吾兄复书作“留未死身”，颇用为疑，“未死”字，因敬之已死而感慨言之。“留”字或偶误，藻意本作“惜”字，亦努力加餐之意。若作“留”字，语意近妄，无怪吾兄之致诘也。

《译史》自己亥接到后，见委以校勘之事。藻于西史甚疏，直无从下笔。去岁九月，始读日本、大英诸志，拟俟此类书读尽后，再与细商。来书言将广收西史，重加考订，则前次寄稿，未为定本。然藻以为重加考订，自别是一事。而前次缮本，遇有机会，亦可付刻。盖此书之作，吾兄非以为名也，将为知识未定者决之疑也，将为初读西史者端其趋也。审如是，则当以早出为是。虽不精亦无伤，虽致讥亦不足恤。若将来考订加密，他日自可重刻。今日者，正不必以文字之微，致此书久秘而不显。藻蓄此意有年矣。去岁冬间，闻善后局运到聚珍铅字一具，代人印书，价可从省，若由官府付印，可不取资。局中总办为湘中吴雁舟太守，新党中人，藻往见，干以此事，而吴乃谭复生之徒，偏重民权，议论大相凿枘，藻不能尽词而返，退而致书诘难，吴亦未答，此事遂尔中辍。

今将原书缮出呈览，书中论理处，与昔年沅水舟中时持议盖有区别，偏主旧说，以为天泽之分断不可干，此当日之言也。彼时于公理二字未有领会，犹之乎一隅之见。今日之见则专略分而言理，未尝不兼用民权，而所以不肯遽倡民权之故，则时势为之，其说具见吴书中，故将《译史》一书为大川之防。俟变法之后，政教昌明，人心向化，则彼时君权可也，民权可也，合权可也。于彼时也，此书之或存或亡，未足深究也。惟此新旧接续之交，民智未开，国势未定，不能不借此书以维系人心而保全大局。凡此层累曲折，藻前日之见不尽如是，今日之见则专如是，所当亟陈于吾兄之前者。

或者难之，曰今之国势，断可知矣，变法既不可得，倡民权又虑生变，诚如子言，将姑息以终古乎？曰不倡民权，非不求新之谓也，求新之责，仍在吾党，而吾党于此，应分为二，取日本党名名之曰激烈，曰恭顺。所谓激烈者，专以求君为宗旨，刲肝陈词，委曲自达，如戊戌康梁之所为。前者骈诛，后者偶起，如日本志士之所为，期之以岁月，持之以不懈，必有一得焉。若夫读书于家，以待事机之至，一思自效，藻曾早为此言，亦甘心为恭顺者。境有不同，才有不同，不可强也。时势变迁，恭顺者或能为激烈，亦未可知也。而要之，无激烈者莫为之先，无恭顺者莫为之后，吾辈为国家谋，莫善于此。质之吾兄，以为何如？如以为是，或于此两党中无所偏注，或择一而从，亦希以见告焉。

近日学者，偏重民权，动欲躬逢华盛顿之事，仆常引以为惧。夫五洲生人，各有先后，其极盛之运，亦各有先后，有已过者，有未来者，有正当其时者。今之英人，所谓正当其时也，其历代之君，类皆碌碌，而人才之勃兴，有不待圣君贤相之作育而成者，故立国于三岛，君民共主，而国势极盛；立国于美洲，专为民主，而国势又极盛。此盖其一种之人，禀赋独绝，精华正泄，无关于君权民权之故。若夫今之中国，所谓古国也，其极盛之运，在三代两汉之时，去已远矣。然地大物博，旧教醇美，有能者损益而振作之，可以不亡。至欲其凌驾欧美，未易希也。夫君主、君民共主、民主之不一其等也。当极盛之运，独不能君主，其两者无择焉。次焉者宜君民共主，下焉者宜君主。今之中国固藉君主以少安者，变法而自强，可以为君民共主，如日本之横绝于东洋，未尝不足以自豪。而当此时固未能为君民共主，而遽欲追踪合众部，是举鼎而不知有绝膑之忧也。彼墨西哥、西班牙之往事，岂非前车之鉴哉？呜呼，舟之浮于水，以其能平也。重心一失，则不偏于左、必偏于右，有因偏而覆者矣。今之重民权者，故求其偏，独不计其覆也。生当此世，诚不知世变之何极也。

年来读书，幸无甚荒废，惟气体不强，未能及程，方考求中俄交界，书有界约勘注，图有公会图，俄界幸可明晰。惟英界无从悬揣，比年滇边与英法屡有划界之事，其界约及图，不知吾兄能代觅一本否？此事甚要，不特应藻之乞，吾兄亦不可不留意。前在蔡恒甫处，见其友人自滇寄书，言陈小圃方由旧入新，又言陈小圃及王仲仪孝廉闻雷玉峰之名，倾心向慕，有未能及门之憾。所言王孝廉，蔡疑为吾兄。雷玉峰者，思南孝廉，为严范孙学使所重，雷借以广通声气，于省城赁大宅，招集弟子，盛其仆从，号名士焉，蔡其高足也。雷之为人，盖而狡黠者，其所为学，专看《四库提要》及《书目答问》《輶轩语》诸书，能举群书之大概，众学之源流，而实未曾过目，敢为大言，立课程以诏人。耳食者翕然推之，不知其中之无有也。蔡友人书言陈小圃云云，藻未敢信，又疑王仲仪为吾兄，藻尤不之信。然两地睽隔，恐有别故，故敢致询，亦希赐复。

梅庵字收到，藻先于长沙市中见之，爱其古劲而有天然之趣，不虞梅庵之见厚如此，致为可感。

今奉上纸刀一枚，册钳十枚，俱西士所赠者，物不足重，聊以将意。良丞方在洪江。

弟嘉藻即候道安

家祭文辛丑九月十九

呜呼，泰山其颓，万木失荣，东溟其涸，众鱼失依，天崩地岌，榱坏栋折，哀我无父，此后更何能有为？

呜呼，吾父弃养，今兹二十三日矣。音容如在，训诲莫闻。追溯六十馀年之间，或耳之所闻、目之所睹，谨存梗概，莫名万一。

不孝兄弟之生，已在黔苗肃清之后。闻兵燹以前，乐氏之宅于黄平者，盖百有馀家，戊午城陷，一时迸散。吾父方在黔省，吾母间关得达，宗族闻之，数百里来归者，踵相接也。吾父一一存问，不使失所。彼时货殖之所入，未能有馀，拮据相恤，几丧其赀。然干戈遍地，奔走不遑。至于今，族人之存者，仅与吾家而四。吾父痛宗族之亡，思独建宗祠，以奠合族之灵，谓考订仪节，有待后人，因循未果。今岁夏间，不孝嘉藻始于黔省创有规模，吾父已不落其成。回思乱离之世则资其生，承平之后又为之归。吾父之敦宗有如者。先王父谨厚持身、仪型乡里，吾父事亲之节，若碌碌无异于人。

然先王父常谓人曰："自吾家仲子有生十二年以后，吾不知有艰钜事，亦不知有愁苦事。"王父王母先后辞世，吾父独肩重大，不累弟舅，附身附棺，务竭其诚。先伯父人称长者，持家有馀，谋生之事，悉资吾父。当黄平沦陷之后，先伯父挈家远避，自黔省而清镇、安顺，转徙入蜀，复自巫峡下武昌，泛洞庭溯沅江而南，至于洪江，始奠厥居，迂回凡数千百里。吾父方商于湖沅之间，远道馈粮，岁月无缺，虽已资乏，绝不顾也。先伯父即世之后，先堂兄以异议析居，吾父推诚相待，不异己子。家之不造，堂兄嫂先后弃世，息女三人，后嗣缺如。吾父昭告祖宗之灵，愿以一孙为嗣。丁亥岁，不孝嘉藻长子荣桂生，弥月以后，见之于祖，出嗣堂兄，未及两月，寻复夭殇。吾父轸念大宗，期以诸孙壮盛，当终为侄立后。岁月不待，赍志而没。然则事亲如此，事兄如此，待侄又如此。稽之孔氏之训，亦可谓笃亲者矣。

与吾父相交最久者，同乡丁福堂先生、清平刘礼亭封翁，并皆推心置腹，数十年如一日。福堂先生始与吾父相遇于重庆，一见莫逆，尝同餐时以馀羹相饷，吾父谈笑之顷，不觉立罄。福堂先生谓人曰："吾论交久矣。待友之诚，未有如乐君者。"礼亭封翁家于黔省，吾父尝寄二百金托其还债，封翁纳金被赚，自愧无以对友。吾父重寄巨赀，属终此事，慰藉良厚。封翁尝于广坐中举以告人，莫不叹曰："此今世古君子也。求之市廛，岂易得哉。"礼亭翁又述李友三姻伯之言曰："吾家与乐氏未缔姻以前，吾病卧渝旅，濒危无告，乐君挟重赀过境，亟来相视，以赀付纪纲持去，而留视医药，病痛始去，致足感云。”呜呼，此三公者，皆先吾父而没。吾父轶事，能言之者盖鲜矣。然此外交游遍于黔湘之间，或久或暂，莫不以诚笃君子相待。则吾父之厚交，其见信于人亦久矣。

凡此敦宗笃亲厚交之大端，并古初之庸行，而叔季所难能。然犹曰性分中事，无待外求。至于毛土之义，受生成于一王，而疏逖之民，隔阛阓于万里，久忘天日之尊，浸昧君臣之义。市肆之间，至有纳市征而有德色，畏关讥而趋别径者。吾父手治商务，垂五十年，辎重所经，动数千里，常恐筦运之人不明大义，或小利之是尚，致私漏之遗羞，诫谕綦严，私弊尽绝。常谓人曰：“吾辈商人，所以能安坐营运者，以有天子在上也。”咸同之际，小丑跳梁，舍生负气之俦，生命不保，遑论资财。今圣明御宇，万里澄清，吾辈得以优游岁月，坐致富寿，榷吏所取，亦以供设官养士之用，是区区者而吝于吾君，天性之薄，莫能代解。呜呼，吾父垂训如此。闻之有愧者，岂特货殖之士也哉。

生性俭朴，终身无珍裘靡葛之奉，尤爱惜物力，竹头屑木，皆无弃物。而慈惠好施与，自奉若甚吝，济人若甚奢。老弱贫病，尤所注怜，有终年受恤而不知吾父为何如人者。常有丧舟泊河下，盖宦游于黔而归葬于吴，至洪江，资斧乏绝，其子衰服登岸，乞赙黔人。吾父袖三十金登舟赠之，其人拜问姓名，不告而去。不孝嘉藻在黔中时，与其人过从，常问洪江有如此人，何人也？不孝仰体吾父隐德之说，亦未敢以实告也。黔省威宁诸邑，僻处万山，其地苦瘠，隆冬御雪，只有麻衣，女子无袴者，十居三。吾父历年施袴，不下数千事。此外施衣，尤难数计。其他修桥筑道、装饰佛舍诸役，历年有之，不遑记，亦不能备举其名矣。好善之心，根于天性。尤好与人为善，诱掖奖劝，谆谆不倦，虽一材一艺之微，教人必尽其意，以故经吾父门下者，必有成就，不至无衣食资也。教子内慈而外严，自恨少时单寒，不能成学，期望不孝兄弟者良厚。常曰：“获利万金，不如吾子得一衿。”及不孝等稍有知识，则又一以忠厚谨慎为教，稍近刻薄，辄怫然不悦。不孝兄弟陋劣无知，而至今处世持身，未获大咎，皆吾父庭训之方，有以涵育而保全之也。呜呼，孰料辛丑之岁□□之月□□之辰，为诸子哀号致奠之时也哉。

吾父禀赋素厚，少遭患难，艰苦备尝，而精神愈奋。持身有法度，每日鸡鸣而起，夜分而息，终身由之，无或少忒，故能神气清明，家事正肃。六十三时，神识稍衰，齿坠亦尽。不孝兄弟切以自危，乃未及半年，颜色忽转少壮，生儿齿数枚，自此以后，步履亦愈健，旁观者咸拟议，以为老之寿，殆未可量。呜呼，诚不料十日之疾，遽使不孝兄弟抱终天之恨于无穷也，呜呼痛哉。有习李虚中之术者，谓吾父有生之运，穷于丙申，若以命论，未能逾六十而四。丙申以后之年，皆隐德之所延，非生命之所固有也。积善馀庆，古有明训，术者之言，固无可疑。然帝与五龄，无乃太促，疑未足以报吾父也，呜呼痛哉。

综计生平，吾父之报祖宗者如此，事父兄者如此，待朋友者如此。重君臣之义，广锡类之仁，持身训子，又有如此。对越上天，允可无愧。而天之报施，亦每如愿以相偿。夫十二而主家政，十五而习计然之书，毫无凭藉，以致丰盈，不可谓无才。邮筒遍于滇蜀楚粤，遗爱留于鳏寡孤独，人识鸠杖，里重耆英，不可谓无名。美意延年，康强逢吉，周甲子而赢八，凭高朗以令终，不可谓非寿。收已坠之宗绪，张将大之门闾，紫诰之荣，上自祖父，及于兄弟，则告先可以无忝。有子四人，诸孙则六，虽不克继扬先烈，亦不至陨坠家声，则顾后可以无忧。吾父得此，亦复何憾。

所可痛者，不孝等生性庸愚，临事因循，齐家久累严亲，未申一日之养。驰晷方遵中路，遽失百年之依。仰望昊苍，何其有极。天荒地老，日往月来。呜呼哀哉。

家祭文

呜呼，吾父弃养，半岁于兹，星霜未回，吾母何亦长逝耶。白首同归，不念儿辈孤苦无依耶。呜呼哀哉。吾母以□□之岁，归于吾父，彼时货殖所入，仅能自给，六十年间，坐致丰盈，虽吾父白手兴业，操之有道，非得内助之贤，亦不易致此。有家如此，不孝坐享其成。吾父吾母先后继逝，使不孝等共席先人之业，而不获申一日之养，是可痛也。家庭日用，其目至繁，而事至琐碎，非胸具经纬者，未之能理；能理之矣，而或器识未充，以周密而流于刻薄者有之。吾母处置家事，数十年如一日，能见其大，不遗其细，诸子各已授室，未之能逮也。匪特宏纲巨目，莫窥万一，即庭阶琐屑，求如吾母在时，措施裕如，亦未之能。呜呼，整齐严肃，当年景象，不孝其能再睹之耶？然则今日之恸，上为吾母，下之亦自恸也。呜呼哀哉。

读史吊苻坚

阿房城下烟尘黑，长安天子亲击贼。雷轰电击贼不灭，绵亘六军坐绝食。天子今朝失天命，援抱苦战风不竞。昔年大敌扫燕凉，今日翻教困馀烬。雄风记否建元初，降王执梃拜丹除。不杀原有人君量，录用无乃非良图。江东主臣先赐第，直与燕凉看一例。岂知青盖未入关，萧墙乃起豺狼噬。白虏飞箭及句陈，北平崛起亦称秦。危哉前狼后猛虎，尺地兵力何由伸。五将风晦云愁碧，一剑空山钦雄魄。可怜青蘋未杀仇，反染颈血全家赤。五胡功业数苻坚，刘石未可争后先。新平固守知刑政，西都战事更经年。穷兵一误司马氏，天道无常遂及此。濒死犹存气如虹，毕竟关西出男子。我向遗编吊遗踪，如公方可说途穷。从来成败天公事，数定何曾惜英雄。英雄有泪落空谷，不怨当年少杀戮。但能七尺死不屈，得失自我亦奚辱。君不见秋风吹尽南北朝，隋唐转瞬亦萧条。干戈鼎鼐都成土，何论鲜卑何论姚。